人物書誌大系 40

今 日出海

今まど子編

日外アソシエーツ

●制作担当●尾崎 稔

1906年7月28日。左から今東光、日出海、文武の三兄弟

1936年(二・二六事件の頃)。左から一人おいて、永井龍男、中野実、崔承喜、久米正雄の各氏と今日出海(右端)

1942年4月3日、フィリピン戦線従軍中にガソリンのドラム罐で入浴する今日出海。後ろは背中を流してもらった当番兵

吉田茂氏(右端)とのひととき

兄・今東光(右)とのユーモラスな一枚

父・今日出海の仕事

　今年2009年は父・今日出海が永眠して25年になる。十数年前からダンボール箱に入った著作が山積みになっているのが気になっていた。箱から出して棚に並べているうちに図書館司書である私はカードを作り始めていた。しばしば中断したが、ともかく出来上がったカードをもって駒場の日本近代文学館に出かけて行き、著者名カードと照合してみた。私のカードにない本が何冊も出てきて、私のもっている本は父の著作の一部でしかないことを知った。直木賞を受賞した『天皇の帽子』の初版本さえなかった。その内インターネット検索が出来るようになって私のリストも長くなっていった。雑誌に書かれた小説や随筆、評論などもネットで検索したが、はじめの頃よりは年と共に遡及入力が進んでいるのであろう、今は180点くらい検索することができる。しかし、国立国会図書館が出来たのが1948年のことであり、雑誌記事索引もそれ以降作成されるようになったのであるから戦前の雑誌記事はない。『現代日本文芸総覧』が古い文芸作品をカバーしているので丹念に記事を拾っていって、私のデータベースを太らしていった。この数年間に戦前の雑誌の復刻版が出されるようになり、それに総目次や執筆者索引が付くので新しく情報を集めることができた。国会図書館・憲政資料室でサジェストされ、プランゲ文庫の索引を検索して200点近い記事が出てきたのは思いがけない収穫で有難かった。

　ダンボール箱からは何冊ものスクラップブックも出てきた。新聞記事の切り抜きがページ一杯に貼り込んである。単発の記事もあるが社会時評のコラムがいろいろな新聞に連載されている。朝日、毎日、読売、日経新聞など縮刷版が出ている新聞はクリッピングと照合しながら足りな

い所を補ってリストすることができた。その上、朝日と読売の両新聞は索引がデータベース化されているので検索は結構楽しめた。サンケイ新聞や東京新聞の連載コラムは縮刷版がないのでマイクロフィルムやマイクロフィッシュで読まなければならず、目の悪い私には大変な苦痛であった。

　図書にしても雑誌、新聞の記事にしても現物にあたって確認していかなければならず、幾つもの図書館や文学館を歩き回った。1940年代、50年代の雑誌には欠巻や欠号があり、どこの図書館にもないものもあって、どうかありますようにと祈るような気持ちで検索することもしばしばだった。戦災で資料が焼失したこともあろうが、せめて国会図書館では欠巻、欠号を埋めて欲しいものである。

　報道班員としてマニラでの戦争体験は『比島従軍』や『山中放浪』などで知ることができ、今はこれが研究テーマになっていることに驚くが、つくづく隔世の感を覚える。

　父は、若い頃から演劇に関わって、大学生のころから心座という劇団で演出をしてきた。芝居がよほど好きだったらしく、亡くなる前年まで芝居の演出をしていた。父の仕事としては芝居の演出も外せない。また「半島の舞姫」という映画でシナリオを書いて監督をしているし、小説が原作となって何本かの映画ができている。連続のテレビドラマの原作を書いているが、連続ドラマは日本ではじめての試みだったそうだ。

　父には全集がないので、この人物書誌は父の仕事の鳥瞰図とも言えようか。父の仕事に対する書誌というより索引であり、索引はできるだけ網羅的に作ってこそ役に立つと信じているので、著作ばかりでなく、芝居の演出も、映画もラジオやテレビの作品や演出や出演も加えた。

　国際映画祭の審査員としてカンヌ、ベニス、ベルリン、アジアの国々での映画祭に参加して、外国の審査員とフランス語や英語でディスカッションをして日本の映画に賞をもたらす努力をしてきたことも評価され

て良いであろう。

　八十年と八ヶ月の生涯に随分多くの方と出会い、幅の広い仕事をしてきたのだなあと、索引作成をしながら私の知らなかった父のさまざまな面を知って面白い仕事だったと思う。

　3,000点もの著作をリストしたが、探しきれないもの、掲載誌(紙)の分からないものもあって、100％網羅したとはとても言えないので、間違いや不足分など不備な点をご指摘いただければどんなに有難いことであろう。

　アドバイスを下さった方、情報を教えてくださった方、図書館でサービスをして下さった方々、メリーランド大学のプランゲ・コレクション室長の坂口英子さんにもお世話になった。厚くお礼を申し上げます。

　日外アソシエーツの尾崎稔さんには細かい仕事であるにもかかわらず、いろいろ助けて頂き、出版が祥月に間に合うようにご尽力下さった。どうも有難うございました。

　2009年5月

　　　　　　　　　　　　　　　　　　　　　　　　今　まど子

凡　例

1．本書の内容

　　本書は今日出海（1903〜1984）の業績を網羅的に収録した人物書誌である。今日出海の著作・仕事を「図書」「雑誌記事」「新聞記事」「翻訳」「その他」に分け、「Ⅰ　著作目録」に収録した。また今日出海の人物研究・作品研究に資する図書や記事を「Ⅱ　参考文献目録」として収録。年譜を「Ⅲ　今日出海年譜」として収録した。

2．記載事項

Ⅰ　著作目録

［図　書］

　　今日出海自身の編著書、全集等に掲載された作品、他者の編著書に収載された文章などを収録し、発行年順に記した。記載は以下の通り。

　　　単行図書の場合　　『書名』／著者表示／出版者／発行年月／総頁／価格／内容細目／注記

　　　図書の一部の場合　「作品名」／掲載頁／執筆者名／『書名』／著者表示／出版者／発行年月／総頁／価格／注記

　　なお、各項目の先頭に「A0001」から始まる文献番号を付した。

［雑誌記事］

　　雑誌に掲載された今日出海の創作作品・エッセイなどを収録し、発行年順に記した。記載は以下の通り。

　　　「作品名」／執筆者名（"今日出海・文"のみの場合は省略）／『雑誌名』／巻号／掲載頁／発行年月／価格／注記

　　なお、各項目の先頭に「B0001」から始まる文献番号を付した。

　　また、末尾に［主な雑誌連載一覧］と題して、長期連載の記事・コラムの内容を表形式で再掲した。

［新聞記事］
　　新聞に掲載された今日出海の創作作品・エッセイ・コラムなどの記事を収録し、発行年順に記した。記載は以下の通り。
　　「作品名」／執筆者名（"今日出海・文"のみの場合は省略）／『新聞名』／発行年月日（曜日）／夕刊は表示／掲載面／注記
　　なお、各項目の先頭に「C0001」から始まる文献番号を付した。
　　また、末尾に［新聞小説一覧］［主な新聞連載一覧］と題して、長期連載の新聞小説、記事・コラムの内容を表形式で再掲した。

［翻　訳］
　　今日出海が翻訳して図書・雑誌に掲載された作品を原著者別に収録し、原著者の姓のABC順に記した。記載は以下の通り
　　単行図書の場合の記載は、『書名』／原著者名・訳者名／出版者／発行年月／総頁／価格／注記
　　図書の一部の場合は、「作品名」／掲載頁／原著者名・訳者名／『書名』／著者表示／出版者／発行年月／総頁／価格／注記
　　雑誌掲載の場合の記載は、「作品名」／原著者名・訳者名／『雑誌名』／巻号／掲載頁／発行年月／価格／注記
　　なお、各項目の先頭に「D0001」から始まる文献番号を付した。

［その他］
　　《演劇関係》　今日出海が創作した戯曲作品や演出した作品を収録して、公演順に記した。記載は、公演（開始）年月日／公演名／公演場所／「作品名」／スタッフ／出演者／注記
　　《映画関係》　今日出海が監督した映画作品、小説作品の映画化や脚本・構成を担当した映画などを収録して、公開順に記した。記載は、「作品名」／製作者／公開年月／巻数／スタッフ／出演者／注記
　　《放送関係》　今日出海作品のドラマ化、ラジオ・テレビへの出演記録を収録して、放送順に記した。記載は、放送年月日／番組名／放送局／放送時間／スタッフ／出演者／注記
　　なお、各項目の先頭に「E0001」から始まる文献番号を付した。

(5)

Ⅱ　参考文献目録
　　　　今日出海の作品についての書評や、今日出海自身について言及している記事などを収録し、発行年順に記した。なお今日出海が執筆した自伝的作品や自伝記事もここに再掲した。記載は以下の通り。
　　　単行図書の場合　　『書名』／著者表示／出版者／発行年月／総頁／価格／内容細目／注記。
　　　図書の一部の場合　「記事名」／掲載頁／執筆者名／『書名』／著者表示／出版者／発行年月／総頁／価格／注記。
　　　雑誌掲載の場合　　「記事名」／執筆者名／『雑誌名』／巻号／掲載頁／発行年月／価格／注記。
　　　新聞掲載の場合　　「作品名」／執筆者名／『新聞名』／発行年月日（曜日）／夕刊は表示／掲載面／注記。
　　　なお、各項目の先頭に「F0001」から始まる文献番号を付した。

Ⅲ　今日出海年譜
　　　　今回新たに書き起こした今日出海の年譜を掲載した。

索　引
　　人名索引
　　　　著作目録、参考文献目録に記載された人名を五十音順に記載した。ただし演劇・映画・放送の出演者は割愛した。書誌の所在は本文の文献番号で示した。
　　作品名索引
　　　　著作目録、参考文献目録に記載された今日出海の創作作品・執筆記事タイトルを五十音順に記載した。今日出海以外の執筆のものは割愛した。また今日出海の談話を記者がまとめた"談話記事"も割愛した。書誌の所在は本文の文献番号で示した。

3．留意事項
(1) 全体を通じ、原則として旧漢字は新漢字に改めたが、一部の固有名詞に旧字のママとしたものがある。また、かなづかいは記載に従った。
(2) 本書に収録されている書誌、特に新聞記事については、スクラップブックに残されていたものが含まれている。しかし、記事の出典や年月の欠

落したものもあった。また雑誌については、現物が近隣の図書館や文学館に所蔵されていなかったものもあった。それらの中には調査が及ばなかったものが残っており、こうした著作や記事については、「掲載紙（誌）不明」あるいは「未見」と記載した。
(3) 本書は、2009年5月末までに確認したデータを収録している。

4．参考資料と利用機関

　本書誌作成にあたっては、多くの二次資料や図書館・文学館のお世話になった。以下に主なものだけではあるが列挙して謝意を表したい。

(1) 参考にした主な二次資料

　　国立国会図書館　NDL-OPAC（書誌）
　　国立国会図書館　NDL-OPAC（雑誌記事）
　　国立情報学研究所　CI-NII
　　『大宅壮一文庫雑誌記事索引総目録　人名編　3．』　（財）大宅壮一文庫　1985（昭和60）年6月　1128頁
　　『現代日本文芸総覧』増補改訂　小田切進編　明治文献資料刊行会　大空社発売　1994（平成6）年　4冊
　　『文芸雑誌内容細目総覧　戦後リトルマガジン篇』　勝又浩監修　日外アソシエーツ　2006（平成18）年11月　785頁
　　『明治・大正・昭和前期　雑誌記事索引集成』　皓星社　1992（平成4）～1998（平成10）年
　　　　人文科学編　7巻、8巻、17巻、18巻、19巻、20巻、28巻、31巻、44巻、46巻、47巻
　　　　社会科学編　29巻、43巻、57巻、60巻、63巻、64巻、68巻
　　『書誌書目シリーズ』　ゆまに書房　2007（平成19）年3月
　　　　68．戦前期四大婦人雑誌目次集成
　　　　78．戦前期週刊朝日総目次
　　　　82．戦前期サンデー毎日総目次ほか
　　『戦後雑誌目次総覧―政治・経済・社会―』　東京大学社会科学研究所戦後改革研究会編　東京大学出版会　1976（昭和51）～1977（昭和52）年　2冊
　　『文献目録　日本論・日本人論の50年　1945～1995』　日外アソシエーツ　1996（平成8）年　544頁

『日本現代演劇史』　大笹吉雄著　白水社　1990(平成2)～2001(平成13)
年　6冊
『文芸春秋七十年史　資料編』　文芸春秋　1994(平成6)年　334，176頁
『文芸年鑑』　日本文芸家協会編　新潮社　年刊
『演劇年鑑』　日本演劇協会編　日本演劇協会　年刊
朝日新聞データベース
読売新聞データベース
他に個々の新聞雑誌の索引等多数参照させていただきました。

(2) 利用した主な図書館・文学館
　　国立国会図書館東京本館
　　　　憲政資料室
　　東京都立中央図書館
　　渋谷区立中央図書館
　　神奈川県立図書館
　　慶応義塾大学三田メディアセンター
　　中央大学図書館
　　早稲田大学　演劇図書館
　　(財)大宅壮一文庫
　　(財)松竹大谷図書館
　　秩父宮記念スポーツ図書館
　　(財)日本近代文学館
　　神奈川県立図書館
　　神奈川県立神奈川近代文学館
　　横浜市立中央図書館
　　鎌倉文学館

目　次

父・今日出海の仕事 ……………………………………… (1)
凡　例 …………………………………………………… (4)

Ⅰ　著作目録 ……………………………………………　1
　　図　書 ………………………………………………　3
　　雑誌記事 ……………………………………………　34
　　　　主な雑誌連載一覧 ………………………………　129
　　新聞記事 ……………………………………………　133
　　　　新聞小説一覧 ……………………………………　198
　　　　主な新聞連載一覧 ………………………………　200
　　翻　訳 ………………………………………………　208
　　その他 ………………………………………………　216
　　　　演劇関係 …………………………………………　216
　　　　映画関係 …………………………………………　224
　　　　放送関係 …………………………………………　227

Ⅱ　参考文献目録 ………………………………………　231

Ⅲ　今日出海年譜 ………………………………………　265

　　索　引 ………………………………………………　279
　　　　人名索引 …………………………………………　281
　　　　作品名索引 ………………………………………　296

Ⅰ 著作目録

図　書

1930

A0001 「銀貨」　134～144頁／今日出海著
　　　『芸術派ヴァラエティー』　（新興芸術倶楽部編）　赤炉閣書房　1930（昭和5）年6月　393頁　￥1.20

1931

A0002 「古典前派劇の発達とその特質」　93～104頁／今日出海著
　　　『世界文学講座 6. 仏蘭西文学篇 下』　（佐藤義亮編輯）　新潮社　1931（昭和6）年3月　453頁
　　　　　注：16世紀における野外喜劇および17世紀初頭の田園劇の挿図あり

1934

A0003 「〈西欧作家鑑賞〉アンドレ・ジィドの文章」　379～386頁／今日出海著
　　　『日本現代文章講座 8. 鑑賞篇』　（編輯者・前本一男）　厚生閣　1934（昭和9）年5月　426頁　￥1.50

A0004 「現代の仏蘭西文学」　219～232頁／今日出海著
　　　『新文芸思想講座 9』　（責任編集・菊池寛ほか）　文芸春秋社　1934（昭和9）年6月　324頁

1938

A0005 「ラディゲの小説」　329～331頁／今日出海著
　　　『ドルジェ伯の舞踏会』　（レイモン・ラディゲ著、堀口大学訳）　白水社　1938（昭和13）年1月　346頁

1939

A0006 「新劇三座―新協、新築地、文学座」 90〜93頁、「編集後記」 418頁／今日出海著
　　　　『文芸年鑑 一九三九年版』 (文芸家協会編纂) 第一書房 1939(昭和14)年10月 418頁 ¥1.50
　　　　　　初出：『新潮』1939年2月

1940

A0007 「解説」 299〜301頁／今日出海著
　　　　『北京』 (阿部知二著) 新潮社 1940(昭和15)年3月 301頁 ¥1.00 (日本名作選集 12)
A0008 『大いなる薔薇』 (今日出海著) 白水社 1940(昭和15)年6月 285頁 ¥1.50
　　　　内容：勝負、旅の誘い、羅馬の春、フィレンツェの春、受胎告知、過客(続く)、過客
　　　　注：各章ごとに挿図画家が異なる：大森啓助、宮田重雄、益田義信、伊藤廉、伊原宇三郎、小寺健吉、田口省吾
　　　　装幀：益田義信

1941

A0009 「生活と文化」 49〜56頁／今日出海著
　　　　『生活と文化技術』 (新日本文化技術研究所編) 白水社 1941(昭和16)年 255頁
　　　　☆『秋の歌』(1943)に再録
A0010 『文芸銃後運動講演集』 (文芸家協会編) 文芸家協会 1941(昭和16)年5月 146頁
　　　　注：奥付に編者：今日出海とあり
A0011 『東西雑記』 (今日出海著) 三学書房 1941(昭和16)年7月 292頁 ¥2.30
　　　　内容：第一部・巴里だより、続巴里だより、巴里通信、続巴里通信、仏蘭西より帰りて、続仏蘭西より帰りて、巴里閑談、欧羅巴の知性、仏蘭西の文化、デカダンスにある現代フランス、仏蘭西敗北の内面的理由、軽信時代と先駆者、ルネサンス伊太利亜と現代伊太利亜、仏蘭西文学の行方、 第二部・象徴の嫩葉、満洲行断章、満洲の文学、 第三部・岸田国士論、余白記、精神の復興、綜合雑誌論、 第四部・新体制と文化運動、新しき文化の課題、跋／渡辺一夫
　　　　装幀：青山二郎

1942

A0012 『日本の家族制度』 （今日出海著） 青木書店 1942(昭和17)年7月 206頁 ￥2.00
　　　　内容：序説、大宝養老の律令、御成敗式目、徳川時代、家について、日本の家族制度の特徴、跋「今君へ」/辰野隆、「マラルメとメリイ・ロオランとの関係について」/鈴木信太郎、「田舎」/フランソワ・モリヤック著、河盛好蔵訳、「ヨーロッパの暗影」/アンドレ・シュアレス著、佐藤正彰訳、「フレンソワ・ラブレーの落胤について」/渡辺一夫、編輯後記/渡辺一夫
　　　　注：著者の報道班員姿の写真（陸軍省検査済）
　　　　装幀：草狛舐骨

A0013 「比島の現実」 257～258頁／今日出海著
　　　　『大東亜戦争陸軍報道班員の手記—バタアン・コレヒドール攻略戦』 （文化奉公会編） 大日本雄弁会講談社 1942(昭和17)年7月 310頁

1943

A0014 「空の総攻撃」 312～323頁／今日出海著
　　　　『比島戦記』 （比島派遣軍報道部編） 文芸春秋社 1943(昭和18)年3月 323頁 ￥2.54
　　　　発行：3000部
　　　　注：本間雅晴最高指揮官およびフィリピン各地での戦争の写真多数

A0015 『秋の歌』 （今日出海著） 三杏書院 1943(昭和18)年12月 308頁 ￥2.30
　　　　内容：小説・勝負、秋の歌、流転門、離人、評論と随筆・家族について、家について、家庭に於ける秩序、復古精神、生活と文化、大東亜戦争一年、現代フランスの滅亡、比島文化随想、急降下爆撃
　　　　発行：5000部
　　　　装幀：猪熊弦一郎

A0016 「旧教と混血児」 97～119頁／今日出海著
　　　　『比島風土記』 （三木清編） 小山書店 1943(昭和18)年12月 355頁 ￥2.50

1944

A0017 『比島従軍』 （今日出海著） 創元社 1944(昭和19)年11月 250頁 ￥2.54
　　　　内容：徴用前後、輸送船、比島従軍、空の総攻撃、あとがき（昭和19年5月16日）
　　　　発行：3000部
　　　　装幀：向井潤吉

1947

A0018 「刊行のことば」 7〜8頁／今日出海著
　　　　『児童劇集』（坪内逍遙作） かに書房 1947（昭和22）年8月 139頁 （脚本シリーズ 4. ／青少年演劇研究会編）

1948

A0019 『大いなる薔薇』 （今日出海著） 新太陽社 1948（昭和23）年7月 238頁 ￥115
　　　　内容：勝負、旅の誘ひ、羅馬の春、フィレンツェの春、受胎告知、過客（続く）、過客
　　　　装幀・挿絵：佐藤敬
　　　　注：一部に改訂あり

1949

A0020 「脂粉の舞」 323〜386頁／今日出海著
　　　　『現代小説代表選集 5.』（日本文芸家協会編） 光文社 1949（昭和24）年 449頁
　　　　初出：『文芸読物』1949年7月
A0021 「解説」 161〜164頁／今日出海著
　　　　『母代』（舟橋聖一著） 光文社 1949（昭和24）年1月 164頁 ￥60 （日本文学選 47）
A0022 『山中放浪―私は比島の浮浪人だった』 （今日出海著） 日比谷出版社 1949（昭和24）年11月 290頁 ￥170
　　　　内容：マニラ退却、山中挿話、山中放浪、台湾脱出、あとがき
　　　　注：口絵に和服を着た著者の写真（1949年10月）、比島要図あり
　　　　初出：「山中放浪」、「マニラ退却」は『雄鶏通信』に、「台湾脱出」は「脱出―敗走千里台湾脱出」と題して『改造』に掲載された
A0023 「解説」 188〜193頁／今日出海著
　　　　『羅生門 他十二篇』（芥川龍之介著） 新潮社 1949（昭和24）年12月 193頁 ￥65 （新潮文庫）

1950

A0024 「解説」 271〜273頁／今日出海著

I 著作目録（図書） 1950〜1952

『彼岸過迄』（夏目漱石著）　光文社　1950（昭和25）年5月　271頁　¥80　（日本文学選 61）

A0025　『天皇の帽子』　（今日出海著）　ジープ社　1950（昭和25）年7月　252頁　¥160
　　　　内容：天皇の帽子、独楽、懇親会の果て、駈落ち結婚式、努力賞の女、男色鑑、徴用記者、孤立の影、あとがき
　　　　映画化：東横映画 1950

A0026　『脂粉の舞』　（今日出海著）　ジープ社　1950（昭和25）年9月　309頁　¥180
　　　　内容：欲望輪廻、げんまん巴里行き、秋果てぬ、捨て草、からくり、オンリー・ツルー、訓辞、脂粉の舞
　　　　装幀：青山二郎

1951

A0027　『人間研究―小説集』　（今日出海著）　新潮社　1951（昭和26）年5月　218頁　¥180
　　　　内容：三木清における人間の研究、片輪車、狸退治、女と将軍

A0028　『たぬき部落』　（今日出海著）　創元社　1951（昭和26）年8月　241頁　¥210
　　　　内容：たぬき部落、たぬき部落異聞、罪と罰、雪の後
　　　　装幀・挿絵：宮田重雄
　　　　初出：『時事新報』連載（70回）1951年1月〜3月

A0029　『私の人物案内』　（今日出海著）　創元社　1951（昭和26）年9月　250頁　¥220
　　　　内容：辰野門下の旦那たち、英雄部落周游紀行、酒友酒癖、ジョン・ガンサーの内幕、鎌倉の紳士たち（久米正雄氏、林房雄氏の似顔絵あり）、鎌倉夫人、近衛文麿、戦後文部大臣列伝、追憶の人―菊池寛先生の三年忌にちなみて、横光さんの思い出（似顔絵あり）、中山義秀、大岡昇平、わが交友名簿、教育者辰野隆先生（清水崑氏による似顔絵あり）、社会の顔、人物評論的饒舌、野人・白洲次郎、芸術放浪
　　　　装幀：恩地孝四郎

A0030　『天皇の帽子 他二篇』　（今日出海著）　角川書店　1951（昭和26）年10月　107頁　¥40　（角川文庫-267）
　　　　内容：天皇の帽子、女と将軍、駈落ち結婚式、解説/山本健吉

A0031　「〈わが演劇観〉　新劇に求めるもの」　148〜149頁／今日出海著
　　　　『演劇講座 1. 演劇の本質』（雪の会編）　河出書房　1951（昭和26）年12月　179頁　¥240
　　　　装幀：庫田叕

1952

A0032　「解説」　161〜163頁／今日出海著
　　　　『真贋』（小林秀雄著）　創元社　1952（昭和27）年4月　181頁　¥80　（創元文庫）

〔A0025〜A0032〕

A0033 『悲劇の将軍―山下奉文・本間雅晴』　（今日出海著）　文芸春秋新社　1952（昭和27）年6月　235頁　￥180
　　　　内容：女隊長、山下奉文の悲劇、本間雅晴中将と夫人、試煉―運命の人ロハス大統領、ジョン・ガンサーの内幕、ジョン万次郎異聞
　　　　装幀：生沢朗
A0034 『山上女人国』　（今日出海著）　読売新聞社　1952（昭和27）年6月　258頁　￥190
　　　　装幀：宮田重雄
　　　　初出：『旬刊読売』連載　1951年11月21日～1952年5月11日
A0035 『雪間草』　（今日出海著）　小説朝日社　1952（昭和27）年10月　286頁　￥250
　　　　装幀：三岸節子
　　　　初出：『日本経済新聞』連載（132回）1952年2月～6月
　　　　映画化：「雪間草」松竹（大船）1953

1953

A0036 『天皇の帽子・いろは紅葉・激流の女』　（今日出海著）　小説朝日社　1953（昭和28）年3月　265頁　￥250　（現代文学叢書）
　　　　内容：いろは紅葉、天皇の帽子、母の歴史、激流の女
　　　　注：和服を着た著者の写真
　　　　装幀：西村愿定
A0037 『怒れ三平』　（今日出海著）　毎日新聞社　1953（昭和28）年3月　264頁　￥200
　　　　装本：福田豊四郎
　　　　初出：毎日新聞（夕刊）連載（102回）1952年10月～1953年2月
　　　　映画化：「怒れ三平」大映　1953
A0038 「垣根」　321～330頁／今日出海著
　　　　『創作代表選集 11. 昭和27年後期』　（日本文芸家協会編）　講談社　1953（昭和28）年4月　454頁　￥380
　　　　装幀：吉村力郎
　　　　初出：『別冊文芸春秋』1952年10月
A0039 『現代紳士録』　（今日出海著）　創元社　1953（昭和28）年6月　169頁　￥170
　　　　内容：現代紳士録、官僚、人物菊池寛
　　　　装幀：青山二郎
A0040 「怒れ三平」　3～120頁／今日出海著
　　　　『長編小説全集 18. 今日出海・永井龍男篇』　新潮社　1953（昭和28）年11月　349頁　￥200

1954

A0041 「生きる歓びの序にかえて」　1～3頁／今日出海著

『生きる歓び―生活記録集』 （今日出海選）　謄写版　（財）鉄道弘済会　1954（昭和29）年2月　198頁　非売品
　　　装幀：笹川由為子

A0042 「解説」　327〜330頁／今日出海著
　　『人生劇場　離愁篇』 （尾崎士郎著）　新潮社　1954（昭和29）年2月　330頁　¥110　（新潮文庫）

A0043 『泣くなお銀《長編小説》』 （今日出海著）　北辰堂　1954（昭和29）年11月　315頁　¥260
　　　装幀：宮永岳彦
　　　初出：共同通信 1953年11月〜1954年5月頃に配信

1955

A0044 「天皇の帽子」　153〜161頁／今日出海著
　　『昭和文学全集 53. 昭和短篇集』 （豊島与志雄ほか著）　角川書店　1955（昭和30）年2月　398頁
　　　注：平野謙による「解説」、「年譜」あり

A0045 「結婚の責任」　22〜28頁／今日出海著
　　『結婚について』 （古谷綱武編）　新装版　河出書房　1955（昭和30）年2月　170頁　¥90　（河出新書）
　　　装幀：庫田叕

A0046 「クレオパトラ」　8〜23頁／今日出海著
　　『永遠の女性』 （中野好夫編）　河出書房　1955（昭和30）年6月　217頁　¥120　（河出新書）
　　　初出：『婦人公論』1954年1月

A0047 「今日出海と語る」　1〜21頁
　　『音楽を語る 2.』 （野村光一編）　音楽之友社　1955（昭和30）年8月　232頁　¥130　（音楽新書）
　　　対談者：今日出海、野村光一（聞き手）
　　　注：日出海の写真あり
　　　初出：『音楽之友』1953年11月

A0048 『晴れた日に』 （今日出海著）　新潮社　1955（昭和30）年12月　166頁　¥170　（小説文庫）
　　　装幀：三村石邦

A0049 『続晴れた日に』 （今日出海著）　新潮社　1955（昭和30）年12月　171頁　¥170　（小説文庫）
　　　装幀：三村石邦
　　　初出：正続とも『読売新聞』連載（215回）1954年11月〜1955年6月
　　　映画化：「晴れた日に」松竹（大船）1956

1956

A0050 「短編について―現代作家の漱石観Ⅱ」　245～248頁／今日出海著
　　　　『夏目漱石作品集 2.』（夏目金之助著）　新版　創元社　1956（昭和31）年1月　256頁

A0051 『チョップ先生』（今日出海著）　毎日新聞社　1956（昭和31）年4月　249頁　¥220
　　　　装本・挿絵：福田豊四郎
　　　　初出：毎日新聞（夕刊）連載 1955年8月16日～1956年3月23日
　　　　映画化：「無敵の空手！チョップ先生」東映 1956
　　　　テレビ化：「青春気流」NHK 1967

A0052 「解説」　217～220頁／今日出海著
　　　　『随筆ヴィナス』（矢代幸雄著）　新潮社　1956（昭和31）年7月　220頁、図版16頁　¥80　（新潮文庫）

A0053 「天皇の帽子」　57～73頁、「あとがき」　167～168頁／今日出海著
　　　　『直木賞作品集 1.』（富田常雄ほか著）　大日本雄弁会講談社　1956（昭和31）年11月　172頁　¥130　（ロマン・ブックス）
　　　　注：著者の口絵写真あり

1957

A0054 「跋」　215～220頁／今日出海著
　　　　『絲竹集』（竹田小時著）　ダイヤモンド社　1957（昭和32）年2月　220頁

1958

A0055 「天皇の帽子」　137～145頁／今日出海著
　　　　『現代日本文学全集 88. 昭和小説集 3』（著者代表：きだみのる）　筑摩書房　1958（昭和33）年　428頁

A0056 『酔いどれ船―推理小説』（今日出海著）　弥生書房　1958（昭和33）年5月　303頁　¥280
　　　　装幀：宮永岳彦

A0057 「序文がわりに」　1～3頁／今日出海著
　　　　『ひとりがてん』（横山隆一著）　毎日新聞社　1958（昭和33）年8月　197頁　¥280
　　　　初出：「〈あすへの話題〉　横山隆一のこと」／今日出海著『日本経済新聞』（夕刊）1958年4月2日より

A0058 「あとがきの内〔関口氏の〕随筆について」　362～364頁／今日出海著

　　　　　　　　　　Ⅰ　著作目録（図書）　　　　　　1958〜1960

　　　　　『関口泰文集』　関口泰文集刊行会　1958（昭和33）年9月　370頁　￥500
A0059　「山中放浪」　232〜298頁／今日出海著
　　　　　『現代教養全集 3. 戦争の記録』（編集・解説：臼井吉見）　筑摩書房　1958（昭和33）年11月　421頁　￥320
　　　　　　山中放浪の内容：山中放浪（蝙蝠荘、道遠し、断たれた望み、つぎはぎ飛行機、住民部落、御来迎）、台湾脱出
　　　　　　注：報道員当時の著者の写真、比島の地図ほか

1959

A0060　「巴里だより」　209〜214頁／今日出海著
　　　　　『世界紀行文学全集 2. フランス篇』　修道社　1959（昭和34）年2月　444頁　￥480
　　　　　　初出：『文芸春秋』1938年2月
A0061　『人さまざま』　（今日出海著）　光書房　1959（昭和34）年3月　248頁　￥280
　　　　　　内容：母の血、生き不動、悪性者、百姓の笑い、アメリカの伯父さん、同室の前科者、郡虎彦に於ける人間の研究
　　　　　　装幀：灘波淳郎
A0062　「ハワイ雑感」　324〜327頁／今日出海著
　　　　　『世界紀行文学全集 17. 北アメリカ篇』　修道社　1959（昭和34）年3月　442頁　￥480
　　　　　　注：巻末にアメリカの地図、アメリカの写真多数あり
　　　　　　初出：『新潮』1950年12月
A0063　「チョップ先生」　6〜206頁／今日出海著
　　　　　『現代長編小説全集 43. 今日出海・永井龍男集』　講談社　1959（昭和34）年10月　417頁
　　　　　　装幀：斎藤清
A0064　「安吾の上着」　171〜172頁／今日出海著
　　　　　『風報随筆』（風報同人編集室編）　同室　1959（昭和34）年10月　385頁
　　　　　　発行：限定750部
　　　　　　初出：『風報』1955年6月

1960

A0065　「レヴェック神父」　89〜90頁／今日出海著
　　　　　『祈りと仕事の生涯―レヴェック神父』（〔鎌倉〕雪ノ下教会編）　レデンプトール修道会　1960（昭和35）年7月　264頁　￥280
A0066　「旧教と混血児」　13〜19頁／今日出海著
　　　　　『世界紀行文学全集 14. 南アジア篇』　修道社　1960（昭和35）年10月　372頁　￥550

〔A0059〜A0066〕

注：地図・図版あり

1961

A0067 「芸術祭」　180〜182頁／今日出海著
　　　　『芸術祭十五年史』（文部省社会教育局芸術課編）　〔同課〕　1961（昭和36）年11月　250頁

1962

A0068 「山中放浪」　104〜105頁／今日出海著
　　　　『わが小説』（朝日新聞東京本社学芸部編）　雪華社　1962（昭和37）年7月　284頁
A0069 『まだまだ夜だ』　（今日出海著）　新潮社　1962（昭和37）年12月　356頁　¥390
　　　　装幀：杉全直
　　　　初出：『産経新聞』1961年6月〜1962年5月
A0070 『日韓問題―日韓交渉をめぐる諸問題』　（今日出海著）　日本国民外交協会　1962（昭和37）年12月　48頁
　　　　注：韓国の写真あり

1963

A0071 「批評家と作家の溝（座談会）」　388〜391頁
　　　　『鑑賞と研究 現代日本文学講座 評論・随筆 3. 昭和期』（責任編集／伊藤整ほか）　三省堂　1963（昭和38）年4月　425頁　¥520
　　　　出席者：丹羽文雄、井上友一郎、中村光夫、福田恒存、河盛好蔵、今日出海
　　　　注：出席者の写真あり
A0072 『迷う人迷えぬ人』（今日出海著）　新潮社　1963（昭和38）年11月　228頁　¥360
　　　　内容：偽悪の人―今東光、無駄を嫌う人―舟橋聖一、女運―久保田万太郎、さまよえる善女―真杉静枝、野の花―佐藤得二、己を愛する人―石川達三、合理の人―桑原武夫、迷えぬ人―中島健蔵、二人の求道者―阿部知二と亀井勝一郎、悲劇の人―エレンブルグ、赤い知識人―佐野碩

1964

A0073 「あとがき」　191〜194頁／今日出海著
　　　　『一文士の告白』（尾崎士郎著）　新潮社　1964（昭和39）年6月　194頁　¥550

A0074 「〈報道班員の記録〉 比島従軍」 318〜387頁／今日出海著
『昭和戦争文学全集 4. 太平洋開戦―12月8日』 （昭和戦争文学全集編集委員会編） 集英社 1964（昭和39）年8月 502頁 ￥390
比島従軍の内容：敵前上陸、夜半、上陸、十二月二十四日（水）、行軍、バウアン第一夜、第二夜、第三夜、第四夜、ビナロナン、大晦日、元旦、バリアグ、マニラ、ベエ・ヴュー・ホテル、マニラ倶楽部（英人倶楽部）の前半まで．
注：著者を含むフィリピンの写真あり

A0075 「天皇の帽子」 461〜476頁／今日出海著
『日本文学全集 71. 名作集 3. 昭和篇 上』 新潮社 1964（昭和39）年12月 608頁 ￥330

A0076 「久保田万太郎の女運」 38〜52頁／今日出海著
『久保田万太郎回想』 （佐藤朔、池田弥三郎、白井浩司編） 中央公論社 1964（昭和39）年12月 392頁
初出：『新潮』1963年9月

1965

A0077 「暑いとき」 177〜178頁（頁の下段）／今日出海著
『日本放送史 下』 （日本放送協会放送史編修室編） 日本放送出版協会 1965（昭和40）年 907頁 非売品

A0078 「はしがき」 頁付なし／今日出海著
『私の自画像』 （石田博英著） 実業之日本社 1965（昭和40）年2月 263頁

A0079 「憎いガン」 154〜157頁／今日出海著
『瓢々録 士郎回想』 （尾崎清子編） 私家版 尾崎清子 1965（昭和40）年2月 385頁

A0080 「吉田茂氏と共にした好日」 24〜27頁／今日出海著
『文芸春秋随筆選』 （池島信平編） 文芸春秋 1965（昭和40）年3月 60頁
サイズ：106×150mm
初出：『文芸春秋』1956年5月

A0081 「山中放浪（抜粋）」 287〜332頁／今日出海著
『昭和戦争文学全集 6. 南海の死闘』 （昭和戦争文学全集編集委員会編） 集英社 1965（昭和40）年4月 478頁 ￥390
山中放浪の内容：蝙蝠荘、道遠し、断たれた望み、つぎはぎ飛行機

A0082 「マニラにて思う」 104頁／今日出海著
『山ゆかば 草むす屍』 （土谷直敏編集兼発行人） 1965（昭和40）年8月 144頁 非売品
注：図・写真多数あり
初出：「〈あすへの話題〉 マニラにて思う」／今日出海著『日本経済新聞』（夕刊）1958年4月23日より

A0083 「山中放浪（抜粋）」 205〜273頁／今日出海著
『戦争の文学 5.』 東都書房 1965（昭和40）年9月 325頁 ￥450

山中放浪の内容：蝙蝠荘、道遠し、断たれた望み、つぎはぎ飛行機、住民部落、御来迎、「解説 敗戦と人間性の問題」317〜325頁／村松剛著

A0084 「堀辰雄の影法師」 37〜39頁／今日出海著
　　　『堀辰雄全集 10.』（室生犀星ほか編） 角川書店 1965（昭和40）年12月 381頁 ￥380
　　　初出：『近代生活』1931年4月

1966

A0085 『海賊』 （今日出海著） 毎日新聞社 1966（昭和41）年6月 396頁 ￥600
　　　注：巻末に上海主要部詳細図あり
　　　装幀：村上豊
　　　初出：『毎日新聞』（夕刊）連載（324回）1964年12月〜1965年12月

A0086 「新芸術派理論に対する一つの修正（抄）」 131〜132頁、「地獄の季節」 329〜330頁、〈昭和5年度の傑作は何か〉 横光利一氏―機械（抄）」 431頁／今日出海著
　　　『論集・小林秀雄 1.（大正13年〜昭和10年）』（大岡昇平ほか編） 麦書房 1966（昭和41）年7月 464頁 ￥1800

1967

A0087 『天皇の帽子』 （今日出海著） 春陽堂書店 1967（昭和42）年 279頁 （春陽文庫）
　　　内容：天皇の帽子、女と将軍、駈落ち結婚式、勤め気、藁をつかむ、老いてなお、三角関係、情熱の花、血のロザリオ、不信の人

A0088 『チョップ先生』 （今日出海著） 春陽堂書店 1967（昭和42）年3月 324頁 ￥160 （春陽文庫）
　　　カバー画：下高原健二
　　　注：「NHKテレビ青春気流の原作」とカバーにあり

A0089 「お船のおじさん」 110〜115頁／今日出海著、え・鈴木義治
　　　『よみうりどうわ 5. 今日出海、外村繁、橘爪健、上林暁ほか』 （読売少年新聞部編） 盛光社 1967（昭和42）年3月 117頁 ￥420
　　　そうてい：渡辺三郎

A0090 「吉田さんについて」 88〜92頁／今日出海著
　　　『吉田茂』（朝日新聞社編、写真撮影／吉岡専造） 朝日新聞社 1967（昭和42）年9月 139頁 ￥1,500

A0091 『吉田茂』 （今日出海著） 講談社 1967（昭和42）年11月 278頁 ￥450
　　　内容：逮捕を招いた国際感覚、連戦連敗の中の終戦工作、息づまるマックとの対決、デモと混乱の中の組閣工作、命を賭けた講和条約、世間の非難を一身に浴びて、知られざるワンマンの内側
　　　注：観桜会における吉田氏の写真あり（1961年4月）
　　　初出：『現代』連載（7回）1967年6月〜12月

1969

A0092 「片岡蔵相失言す―昭和金融恐慌のころ」　14〜21頁
　　　　『証言 私の昭和史 1.』（東京12チャンネル報道部編）　学芸書林　1969（昭和44）
　　　　年6月　317頁　￥690
　　　　　　証言者：青木得三、高橋亀吉、今日出海
　　　　　　注：1967年3月17日放送

A0093 「洋酒の掟を守り抜く―永井龍男氏の酒」　46〜50頁の下半分／今日出海著
　　　　『洋酒マメ天国 19.』　（サン・アド（矢田純）編）　1969（昭和44）年　147頁
　　　　　　サイズ：92×71mm

A0094 「山中放浪」　207〜363頁／今日出海著
　　　　『日本文学全集 59. 今東光・今日出海集』　（伊藤整ほか編）　普及版　集英社
　　　　1969（昭和44）年2月　444頁　￥290
　　　　　　山中放浪の内容：マニラ退却、山中挿話、山中放浪、台湾脱出、注解（東光、
　　　　　　日出海）／小田切進、作家と作品（今東光、今日出海）／尾崎秀樹、年譜（東光、
　　　　　　日出海）／小田切進
　　　　　　注：今東光、日出海の写真多数

A0095 「三木清における人間の研究」　364〜387頁／今日出海著
　　　　『日本文学全集 59. 今東光・今日出海集』　（伊藤整ほか編）　普及版　集英社
　　　　1969（昭和44）年2月　444頁　￥290
　　　　　　初出：『新潮』1950年2月

A0096 「天皇の帽子」　388〜401頁／今日出海著
　　　　『日本文学全集 59. 今東光・今日出海集』　（伊藤整ほか編集）　普及版　集英社
　　　　1969（昭和44）年2月　444頁　￥290

A0097 「生きる人」　43頁／今日出海著
　　　　『川端康成展』　毎日新聞社　1969（昭和44）年4月　160頁
　　　　　　注：表題紙には「川端康成―その人と芸術」とあり

A0098 『今日出海対話集』　講談社　1969（昭和44）年6月　268頁　￥480
　　　　　　内容：「これからの日本と日本人を考える」（松下幸之助）、「もの申す!現代日本
　　　　　　の七不思議」（石田博英）、「北爆反対とミニスカート」（池田弥三郎）、「バイ
　　　　　　タリティ和尚の秘密」（今東光）、「日本人のバックボーン」（貝塚茂樹）、「日
　　　　　　本には新しい革命が必要だ」（若泉敬）、「共産主義はもう古い」（小汀利得）、
　　　　　　「文化庁長官のため息」（桶谷繁雄）、「八幡製鉄では全優の学生は採用しませ
　　　　　　ん」（藤井丙午）、「やがて日本は世界一豊かな国になる」（田中角栄）、「暴力
　　　　　　学生は甘やかされている」（河盛好蔵）、「日本人は"金魚鉢の中の金魚"だ」（永
　　　　　　井龍男）
　　　　　　注：表題紙とカバーに今日出海の顔写真、中見出しとカバー裏に対話者の顔
　　　　　　　　写真あり
　　　　　　初出：『現代』連載（12回）1968年1月〜12月

A0099 「生きる人」　148頁／今日出海著
　　　　『写真集 川端康成―その人と芸術』　毎日新聞社　1969（昭和44）年8月　175頁
　　　　￥1,800

1969～1971　　　　　Ⅰ　著作目録（図書）

- A0100　「日本人におけるリアリティの確立」　267～286頁
　　『明日への良識―混迷の中の指標―対談集』（島田一男編）　産業行動研究所
　　1969（昭和44）年9月　340頁　￥680
　　　対談者：今日出海、島田一男（ききて）
　　　初出：『総合教育技術』1969年3月
- A0101　「せめてもの願い」　18頁／今日出海著
　　『図説 鎌倉回顧―市制施行三十周年記念』（沢寿郎構成・編集）　鎌倉市　1969
　　（昭和44）年11月　240頁
　　　注：著者と手書き原稿の一部の写真あり
- A0102　「今日出海」　153～221頁／今日出海著
　　『私の履歴書 38.』（日本経済新聞社編）　日本経済新聞社　1969（昭和44）年12
　　月　337頁　￥500

1970

- A0103　「激流の女」　233～268頁／今日出海著
　　『日本短篇文学全集 32. 大仏次郎、獅子文六、尾崎士郎、海音寺潮五郎、今日出海』（責任編集・臼井吉見）　筑摩書房　1970（昭和45）年5月　279頁　￥360
　　　注：巻末に進藤純孝による「鑑賞」あり
　　　装幀：栃折久美子
　　　初出：『オール読物』1951年5月
- A0104　『静心喪失』（今日出海著）　東京美術　1970（昭和45）年7月　306頁　￥800　（ピルグリム・エッセイシリーズ 5）
　　　内容：日本の名物、回想の人々、エコノミック・アニマル、目の抵抗、日本および日本人、アンコールもうで、中国紀行
　　　注：極東部長 W.J.クレイグ氏と著者の写真あり（1969年3月）
- A0105　「序」　頁付けなし／今日出海著
　　『古色 大和路』（写真・文/入江泰吉）　保育社　1970（昭和45）年9月　242頁
- A0106　「十一代目団十郎のこと（藤間治雄君を憶う）」　33～36頁／今日出海著
　　『市川団十郎』（前田青邨ほか・文、写真撮影/吉田千秋ほか）　淡交社　1970
　　（昭和45）年10月　219頁
　　　発行：800部限定

1971

- A0107　『青春日々』（今日出海著）　雷鳥社　1971（昭和46）年3月　249頁　￥680
　　　内容：傷いまだ癒えず、青春日々
　　　初出：「傷いまだ癒えず」『読売新聞』（夕刊）連載 1970年7月～8月、「青春日々」『小説新潮』連載 1964年1月～12月
- A0108　「なつかしき友・義秀」　75～76頁／今日出海著

16　　　　　　　　　　　　　　　　　　　　　　　　　　　　　　　〔A0100～A0108〕

I 著作目録（図書） 1971～1972

『野の花にも美しさはある』（続）　（菅沢忠一編）　中山義秀文学碑建立委員会
　　1971（昭和46）年8月　101頁　非売品
　　初出：『東京新聞』1970年8月19日

A0109 「山中放浪（抜粋）」　43～80頁／今日出海著
　　『戦争文学全集 4. 戦後篇 2.』（平野謙ほか編）　毎日新聞社　1971（昭和46）年
　　12月　362頁　￥950
　　山中放浪の内容：蝙蝠荘、道遠し、断たれた望み、つぎはぎ飛行機、解説 362
　　頁／開高健

A0110 「大拙先生御夫妻」　415～417頁／今日出海著
　　『鈴木大拙―人と思想』（久松真一ほか編）　岩波書店　1971（昭和46）年12月
　　542頁
　　初出：『鈴木大拙全集月報 別巻2』6～7頁 1971年7月

1972

A0111 「春日閑談」　97～109頁
　　『小林秀雄対談集―歴史について』（小林秀雄著）　文芸春秋　1972（昭和47）年
　　4月　250頁　￥700
　　対談者：今日出海、小林秀雄
　　初出：『読売新聞』1968年1月1日

A0112 「鼎談」　179～209頁
　　『小林秀雄対談集―歴史について』（小林秀雄著）　文芸春秋　1972（昭和47）年
　　4月　250頁　￥700
　　出席者：河上徹太郎、今日出海、小林秀雄
　　初出：『新潮』1971年11月

A0113 「人物菊池寛」　417～430頁／今日出海著
　　『現代日本文学大系 44. 山本有三・菊池寛集』　筑摩書房　1972（昭和47）年10月
　　444頁　￥920
　　初出：『新潮』1952年1月

A0114 「山中放浪」　209～363頁／今日出海著
　　『日本文学全集 59. 今東光・今日出海集』（伊藤整ほか編）　豪華版　集英社
　　1972（昭和47）年12月　455頁　￥590
　　山中放浪の内容：マニラ退却、山中挿話、山中放浪、台湾脱出、注解（東光、
　　日出海）／小田切進、作家と作品（今東光、今日出海）／尾崎秀樹、年譜（東光、
　　日出海）／小田切進
　　注：今東光、日出海の写真多数

A0115 「三木清における人間の研究」　364～387頁／今日出海著
　　『日本文学全集 59. 今東光・今日出海集』（伊藤整ほか編）　豪華版　集英社
　　1972（昭和47）年12月　455頁　￥590

A0116 「天皇の帽子」　388～401頁／今日出海著
　　『日本文学全集 59. 今東光・今日出海集』（伊藤整ほか編）　豪華版　集英社
　　1972（昭和47）年12月　455頁　￥590

〔A0109～A0116〕

A0117　「坂口安吾氏とアテネ学派」　16〜17頁／今日出海著
　　　　『坂口安吾研究 1.』　冬樹社　1972（昭和47）年12月　414頁
　　　　　初出：『作品』1931年11月

1973

A0118　「天皇の帽子」　127〜135頁／今日出海著
　　　　『現代日本文学大系 92. 現代名作集 2』　筑摩書房　1973（昭和48）年3月　422頁
　　　　　¥920
　　　　　注：著者の写真あり
A0119　「五十年経って〔雑誌文芸春秋のこと〕」　22〜25頁／今日出海著
　　　　『文芸春秋随筆選』　文芸春秋　1973（昭和48）年3月　64頁
　　　　　サイズ：100×148mm
A0120　「偽悪の人今東光」　444〜452頁／今日出海著
　　　　『現代日本文学大系 62. 牧野信一・犬養健・稲垣足穂・中河与一・十一谷義三郎・
　　　　今東光集』　筑摩書房　1973（昭和48）年4月　476頁　¥920
　　　　　初出：「東光に於ける人間の研究」と題して『中央公論』1961年10月に掲載
A0121　「立派な遺言」　183〜184頁／今日出海著
　　　　『平林たい子追悼文集』　（平林たい子記念文学会編）　同会　1973（昭和48）年4
　　　　月　475頁　非売品
A0122　「池島信平を偲ぶ（対談）」　413〜426頁
　　　　『池島信平文集』　謹呈版　文芸春秋　1973（昭和48）年6月　441頁
　　　　　対談者：永井龍男、今日出海
　　　　　注：「昭和48年2月18日 NHK第1放送"私の読書案内"「池島さんの業績」に加筆
　　　　　訂正を行った」と文末にあり
A0123　「二者択一の行政ではダメ」　288〜299頁
　　　　『毒ヘビは急がない―団伊玖磨対談集』　読売新聞社　1973（昭和48）年9月　318
　　　　頁　¥850
　　　　　対談者：今日出海、団伊玖磨（両氏の写真あり）
　　　　　初出：「東光の方が親孝行」と題して『週刊読売』1972年11月18日に掲載
A0124　「読み、書き、ついに倒れる」　11〜14頁／今日出海著
　　　　『冬の花』別冊　（大仏次郎著）　風光社書店　1973（昭和48）年12月　104頁
　　　　　初出：『朝日新聞』1973年5月1日

1974

A0125　「赤坂の宿」　277〜286頁／今日出海著
　　　　『現代作家掌編小説集 上』　朝日ソノラマ　1974（昭和49）年8月　359頁　¥1,200
　　　　　注：巻末に巖谷大四による「解説」「執筆者のプロフィル」あり
　　　　　初出：『週刊朝日』1973年6月29日

I 著作目録（図書）　　　　1974〜1977

A0126 「〈自分をどう生かしていくか〉　息苦しく、錯乱に陥入らないために」　107〜122頁／今日出海著
『自分らしく生きられる—心の実感』　青春出版社　1974（昭和49）年8月　273頁　¥870　（生きる才覚 心の本 4）

A0127 「絢爛豪華な色彩美の世界」　9頁／今日出海著
『歌舞伎の衣裳』（婦人画報社編、国立劇場監修）　婦人画報　1974（昭和49）年11月　323頁　¥60,000
☆「歌舞伎の衣裳=Kabuki Costumes」（英文付）として『グラフィック デザイン』1976年3月 に再録

A0128 「対談の池島信平」　5〜11頁／今日出海著
『池島信平対談集 文学よもやま話 上』　文芸春秋　1974（昭和49）年2月　293頁　¥780

1976

A0129 「〈芸術祭随想〉　熱意の三十年」　245〜246頁／今日出海著
『芸術祭三十年史 本文編』（文化庁文化部芸術課編）　文化庁　1976（昭和51）年3月　291頁

A0130 「狐」　49〜61頁／今日出海著
『現代の小説—1975年度後期代表作』（日本文芸家協会編）　三一書房　1976（昭和51）年5月　345頁　¥1,800
注：尾崎秀樹による「あとがき」あり
初出：『オール読物』直木賞委員特集号 1975年9月

1977

A0131 「平凡な非凡人」　89〜96頁／今日出海著
『日本の名画 15. 前田青邨』（桑原住雄編）　中央公論社　1977（昭和52）年4月　130頁　¥3,200
サイズ：大型本

A0132 「解説」　250〜254頁／今日出海著
『雑誌記者』（池島信平著）　中央公論社　1977（昭和52）年6月　254頁　¥300（中公文庫）

A0133 「拾った命」　193〜238頁／今日出海著
『自伝抄 II』（笠井晴信編）　読売新聞社　1977（昭和52）年8月　282頁　¥980

A0134 「高見順の人間研究」　239〜248頁／今日出海著
『高見順全集 別巻』（高見順全集編集委員会編）　勁草書房　1977（昭和52）年9月　785頁
初出：『文芸春秋』1965年12月

〔A0126 〜 A0134〕

1978

A0135 「回想の今東光」 209～239頁
　　　　『生きるということ―瀬戸内晴美対談集』（瀬戸内晴美著）　皓星社　1978（昭和53）年　279頁
　　　　　対談者：今日出海、瀬戸内晴美
　　　　　注：誤植あり231～232頁
　　　　　注：サブタイトルはカバーと本の背のみ
　　　　　初出：『海』1977年10月

A0136 「花びら餅 東光般若鉢」 77～78頁／今日出海著
　　　　『この器 この菓子』（鶴屋八幡あるじ編）　鶴屋八幡　1978（昭和53）年2月　200頁　￥1,800
　　　　　題字・装幀：竹中郁、撮影：矢野正善

A0137 「放送番組のお目付役」 73～81頁
　　　　『日曜日のおしゃべり』（草柳大蔵編著）　OXエンタープライズ　1978（昭和53）年2月　198頁　￥980　（サンデートーク3）
　　　　　対談者：今日出海、草柳大蔵（ききて）
　　　　　注：今日出海の写真あり
　　　　　注：1976年5月16日（仙台放送制作）青森放送、秋田テレビ、岩手放送、山形放送、福島テレビ、新潟放送、仙台放送より放映

A0138 「にんじんの頃」 28頁
　　　　『東和の半世紀』（東宝・東和株式会社編）　東宝・東和株式会社　1978（昭和53）年4月　434頁　非売品

A0139 「解説」 220～222頁／今日出海著
　　　　『東光金蘭帖』（今東光著）　中央公論社　1978（昭和53）年8月　222頁　￥280（中公文庫）

A0140 『山中放浪―私は比島戦線の浮浪人だった』（今日出海著）　中央公論社　1978（昭和53）年12月　270頁　￥340　（中公文庫）
　　　　　内容：マニラ退却、山中挿話、山中放浪、台湾脱出、あとがき（昭和24年10月）、文庫版あとがき、フィリピン・ルソン島要図（扉裏）

1979

A0141 「平凡な非凡人」 85～89頁／今日出海著
　　　　『カンヴァス 日本の名画 15. 前田青邨』（井上靖、河北倫明、高階秀爾編）　中央公論社　1979（昭和54）年7月　103頁　￥1,450
　　　　　サイズ：33cm

A0142 「交友対談」 290～323頁

『小林秀雄全集 別巻 1. 人間の建設』（小林秀雄著）　新訂版　新潮社　1979（昭和54）年7月　332頁　￥1,600
　　対談者：今日出海、小林秀雄
　　初出：『毎日新聞』連載(17回) 1975年9月～10月

A0143「青春（印象Ⅰ）」　18～19頁／今日出海著
『小林秀雄全集 別巻Ⅱ 批評への道』（小林秀雄著）　新訂版　新潮社　1979（昭和54）年9月　413頁　￥1,600
　　初出：『小林秀雄全集月報』〈新潮社〉1950年11月

A0144「そそっかしい小林（印象Ⅱ）」　47～49頁／今日出海著
『小林秀雄全集 別巻Ⅱ 批評への道』（小林秀雄）　新訂版　新潮社　1979（昭和54）年9月　413頁　￥1,600
　　初出：『小林秀雄全集 月報』〈新潮社〉2号1～3頁 1955年10月

A0145「小林と私 上（印象Ⅲ）」　135～138頁
『小林秀雄全集 別巻Ⅱ 批評への道』（小林秀雄著）　新訂版　新潮社　1979（昭和54）年9月　413頁　￥1,600
　　初出：『小林秀雄全集月報』〈新潮社〉1967年8月

A0146「小林と私 下（印象Ⅲ）」　153～155頁
『小林秀雄全集 別巻Ⅱ 批評への道』（小林秀雄著）　新訂版　新潮社　1979（昭和54）年9月　413頁　￥1,600
　　初出：『小林秀雄全集月報』1967年9月

1980

A0147「荒木先生の人柄」　5～6頁／今日出海著
『疇山旅画帖』（荒木杜司馬著、荒木雄豪編）　恒星社厚生閣　1980（昭和55）年7月　236頁　非売品

A0148「鼎談」　87～118頁
『旧友交歓―小林秀雄対談集』（小林秀雄著）　求龍堂　1980（昭和55）年1月　351頁　￥1,400
　　出席者：河上徹太郎、今日出海、小林秀雄

A0149「交友対談」　119～163頁
『旧友交歓―小林秀雄対談集』（小林秀雄著）　求龍堂　1980（昭和55）年1月　351頁　￥1,400
　　対談者：今日出海、小林秀雄

A0150「春日閑談」　165～177頁
『旧友交歓―小林秀雄対談集』（小林秀雄著）　求龍堂　1980（昭和55）年1月　351頁　￥1,400
　　対談者：今日出海、小林秀雄
　　初出：『読売新聞』1968年1月1日

A0151「かけ橋」　8～25頁／今日出海著
『NHK人生読本 1』（NHK編）　日本放送出版協会　1980（昭和55）年4月　286頁

〔*A0143* ～ *A0151*〕

　　　　　　注1：NHKラジオ第1放送 6時15分～6時30分 1978年11月2日・3日・4日3夜連
　　　　　　　　続放送された
　　　　　　注2：NHKラジオ深夜便 午前1時10分～40分 2008年11月2日に3回分が短縮し
　　　　　　　　て放送された
A0152 「海を渡る鑑真像」 215～227頁
　　　　『真珠の小箱 2. 奈良の夏』 （角川書店編） 角川書店 1980（昭和55）年5月 245
　　　　頁 ￥950
　　　　　　談話者：今日出海、谷口吉郎、東山魁夷、森本孝順
　　　　　　注：1977年4～5月にパリ・プチ・パレで開催された「唐招提寺展」を前に関係
　　　　　　　者4人にそれぞれ聞いた談話。写真多数あり
A0153 「東西譚義」 20～27頁／今日出海講演
　　　　『21世紀の文明を探る──新しい学問と科学技術術のフロンティア』 （世界平和教
　　　　授アカデミー編） 教育出版センター 1980（昭和55）年5月 238頁 ￥980
　　　　（国際研究選書 1）
A0154 「東西談義──記念講演」 14～20頁／今日出海講演
　　　　『全国図書館大会記録 昭和55年度 鹿児島』 （昭和55年度全国図書館大会実行委
　　　　員会編） 1980（昭和55）年10月 167頁
　　　　　　注：講演者の写真あり

1981

A0155 「天皇の帽子」 283～303頁／今日出海著
　　　　『現代日本のユーモア文学 5.』 （吉行淳之介ほか編） 立風書房 1981（昭和56）
　　　　年1月 304頁 ￥1,000
A0156 『隻眼法楽帖』 （今日出海著） 中央公論社 1981（昭和56）年5月 262頁 ￥1,100
　　　　　　内容：隻眼法楽帖、片目草紙、あとがき
　　　　　　装幀：中川一政
A0157 『天皇の帽子』 （今日出海著） 中央公論社 1981（昭和56）年9月 216頁 ￥320
　　　　（中公文庫）
　　　　　　内容：天皇の帽子、独楽、懇親会の果て、駈落ち結婚式、努力賞の女、男色鑑、
　　　　　　徴用記者、孤立の影、あとがき、解説/植草圭之助
　　　　　　カバー画：村上豊

1982

A0158 「〈わが東大時代の青春〉 よき時代の東京大学（座談会）」 101～108頁
　　　　『教育読本 東京大学』 河出書房新社 1982（昭和57）年1月 235頁 ￥880
　　　　　　出席者：辰野隆、颯田琴次、今日出海、扇谷正造
　　　　　　初出：『知性』1955年4月
A0159 「律儀な吉川幸次郎」 37～40頁／今日出海著

　　　　　　『吉川幸次郎』（桑原武夫ほか編）　筑摩書房　1982（昭和57）年3月　293頁
　　　　　　￥2,500
A0160　「坂口安吾氏とアテネ学派（抄）」　293～294頁／今日出海著
　　　　　　『坂口安吾選集 I．小説 I．』（野坂昭如編）　講談社　1982（昭和57）年7月　308
　　　　　　頁　￥1,480
A0161　「交友対談」　71～110頁
　　　　　　『小林秀雄対談集 III 文学と人生について』（小林秀雄著）　文芸春秋　1982（昭
　　　　　　和57）年12月　236頁　￥280　　（文春文庫）
　　　　　　　　対談者：今日出海、小林秀雄
A0162　「横光さんの笑顔」　7～8頁／今日出海著
　　　　　　『没後三十五年 横光利一展―現代芸術を開く』（同展編集委員会編）　西武美術
　　　　　　館　1982（昭和57）年12月　86頁

1983

A0163　「回想の今東光（対談）」　267～307頁
　　　　　　『生きるということ』（瀬戸内晴美著）　集英社　1983（昭和58）年2月　368頁
　　　　　　￥400　（集英社文庫 20）
　　　　　　　　対談者：今日出海、瀬戸内晴美
　　　　　　　　注：日出海の写真あり
A0164　『吉田茂』（今日出海著）　中央公論社　1983（昭和58）年3月　249頁　￥320　（中
　　　　　公文庫）
　　　　　　　　内容：逮捕を招いた国際感覚、連戦連敗の中の終戦工作、息づまるマックとの
　　　　　　　　　　対決、デモと混乱の中の組閣工作、命を賭けた講和条約、世間の非難を一身
　　　　　　　　　　に浴びて、知られざるワンマンの内側
　　　　　　　　カバー絵：清水崑
A0165　「東西談義」　388～397頁／今日出海講演
　　　　　　『お茶ノ水図書館 教養の集い四十四話 3．』　石川文化事業財団　1983（昭和58）
　　　　　　年3月　397頁
　　　　　　　　注：1982年3月12日お茶ノ水図書館において行われた講演の記録
A0166　「東西譚義」　30～33頁／今日出海講演
　　　　　　『福山大学教養講座 3』（福山大学教養講座運営委員会（渡辺彰）編）　福山大学
　　　　　　1983（昭和58）年6月　253頁
　　　　　　　　注：1979年6月26日に学外講師として行った講演の記録
A0167　「青春」　96～97頁／今日出海著
　　　　　　『文芸読本 小林秀雄』　河出書房新社　1983（昭和58）年7月　279頁　￥980
A0168　「由比ヶ浜」　30～33頁／今日出海著
　　　　　　『鎌倉の海』（「愛されて100年鎌倉海水浴場記念事業実行委員会」編）　同委員
　　　　　　会（鎌倉市役所内）　1983（昭和58）年9月　131頁
　　　　　　　　注：「鎌倉の海今昔」として写真15頁、巻末に綴込版画「江ノ島恵比寿屋 永野
　　　　　　　　　　潔」あり

A0169　「こよなく桜を愛した君〈弔辞〉」　13〜17頁／今日出海著
　　　　『レクイエム 小林秀雄』（吉田煕生編）　講談社　1983（昭和58）年11月　423頁
　　　　￥2,500
　　　　　　注：「1983年3月8日青山斎場での弔辞をテープよりおこしたもの」と文末にあり
　　　　　　初出：『文芸春秋』1983年5月

A0170　「わき目もふらぬ人生」　25〜29頁／今日出海談
　　　　『レクイエム 小林秀雄』（吉田煕生編）　講談社　1983（昭和58）年11月　423頁
　　　　￥2,500
　　　　　　初出：『中央公論』1983年4月

A0171　「今日出海」　121〜189頁／今日出海著
　　　　『私の履歴書 文化人4.』（日本経済新聞社編）　日本経済新聞社　1983（昭和58）
　　　　年11月　482頁　￥3,500

A0172　「序文」　2〜3頁／今日出海著
　　　　『写真集 越路吹雪賛歌―いまもなお歌声が…』（東芝EMI音楽出版株式会社企
　　　　画編集 岩谷時子監修）　共同通信　1983（昭和58）年11月　159頁　￥8,800
　　　　　　注：今日出海を含む写真は2葉あり

1984

A0173　「漢字制限は日本語を滅ぼす」　191〜213頁／今日出海談
　　　　『鈴木健二と語り合う―「教」と「育」とについて（下）』（鈴木健二著）　全日本
　　　　青少年育成会　1984（昭和59）年9月　317頁　￥980
　　　　　　対談者：今日出海、鈴木健二
　　　　　　注：両氏の写真あり

1985

A0174　「金婚式」　154〜157頁／今日出海著
　　　　『日本の名随筆 31. 婚』（三浦哲郎編）　作品社　1985（昭和60）年5月　259頁
　　　　　　注：『隻眼法楽帖』(1981)より

A0175　『私の人物案内』（今日出海著）　中央公論社　1985（昭和60）年7月　250頁　￥380
　　　　（中公文庫）
　　　　　　内容：辰野門下の旦那たち、英雄部落周游紀行、酒友酒癖、ジョン・ガンサー
　　　　　　の内幕、鎌倉の紳士たち、鎌倉夫人、近衛文麿、戦後文部大臣列伝、追憶の
　　　　　　人、横光さんの思い出、中山義秀、大岡昇平、わが交友名簿、教育者辰野隆
　　　　　　先生、社会の顔、人物評論的饒舌、野人・白洲次郎、芸術放浪、解説：林秀雄
　　　　　　カバー画：青山二郎

1986

A0176 「由比ヶ浜」 208～211頁／今日出海著
　　　『日本随筆紀行 9. 鎌倉―くれないの武者の祈り』 作品社 1986(昭和61)年8月
　　　238頁 ¥1,200

1987

A0177 「人気作家の損と得のうち 17. 君、紙持ってない?」 45～46頁、「ポケットマネーの出し方のうち 28. 無造作に見えたけど」 67～68頁、「リアリストの本音のうち 51. 本当のことは誰も知らない」 110～111頁／今日出海著
　　　『逸話に生きる菊池寛』 (上林吾郎編) 文芸春秋 1987(昭和62)年10月 170頁 非売品
　　　　　注：菊池寛生誕百年記念
　　　　　注：3点とも「人物菊池寛」『新潮』1952年1月より抜粋

1988

A0178 『悲劇の将軍―山下奉文・本間雅晴』 (今日出海著) 中央公論社 1988(昭和63)年10月 245頁 (中公文庫)
　　　内容：女隊長、山下奉文の悲劇、本間雅晴中将と夫人、試煉―運命の人ロハス大統領、ジョン・ガンサーの内幕、ジョン万次郎異聞
　　　カバー画：生沢朗
A0179 「洪水事件」 99～100頁／今日出海著
　　　『横光利一全集月報集成』 (保昌正夫編) 河出書房 1988(昭和63)年12月 433頁 ¥4,900
　　　　　初出：『横光利一全集月報』1949年5月

1989

A0180 「教育者辰野隆先生」 207～212頁／今日出海著
　　　『日本の名随筆 78. 育』 (黒井千次編) 作品社 1989(平成1)年4月 249頁 ¥1,236
　　　　　注：『私の人物案内』(1985)より採録
A0181 「酒友酒癖」 54～63頁／今日出海著

『日本の名随筆 81. 友』 （安岡章太郎編） 作品社　1989（平成1）年7月　254頁　¥1,300
　　　注：巻末に執筆者紹介・友随筆ブックガイドあり
　　　注：『私の人物案内』(1985)より採録

A0182　「天皇の帽子」　311～320頁／今日出海著
　　『昭和文学全集 32. 中短編小説集』（井上靖ほか編）　小学館　1989（平成1）年8月　1090頁　¥4,500
　　　注：巻末に「「人と作品」のうち今日出海」1068～9頁/高橋英夫著、（日出海の写真あり）

A0183　「飲む打つ買うの天才・青山二郎」　55～68頁／今日出海著
　　『なんだか・おかしな・人たち』（文芸春秋編）　文芸春秋　1989（平成1）年10月　373頁　¥460　（文春文庫）
　　　初出：「飲む打つ買うの天才―青山二郎における人間の研究」と題して『文芸春秋』1958年9月

1990

A0184　「泣くなお銀」　125～151頁／今日出海著
　　『モダン都市文学 3. 都市の周縁』（川本三郎編）　平凡社　1990（平成2）年3月　461頁　¥2,800
　　　脚注：庄司達也
　　　初出：『文芸都市』1928年2月

A0185　「ジョン・万次郎異聞（抜粋）」　168～174頁／今日出海著
　　『中浜万次郎集成』（川澄哲夫編著）　小学館　1990（平成2）年6月　1119頁　¥18,000
　　　注：万次郎の肖像写真あり
　　　初出：『新潮』1951年4月

1991

A0186　「小林秀雄 わき目もふらぬ人生」　88～95頁／今日出海談
　　『友を偲ぶ』（遠藤周作編）　光文社　1991（平成3）年　306頁　（カッパ・ホームズ）

A0187　「河上徹太郎 無口な個性の喪失」　76～78頁／今日出海著
　　『水晶の死 ── 一九八〇年代追悼文集』（立松和平編）　鈴木出版　1991（平成3）年2月　573頁　¥4,800
　　　注：河上氏の写真あり
　　　初出：『読売新聞』(夕刊)1980年9月24日

A0188　「満洲行断章」　288～295頁／今日出海著
　　『史話 日本の歴史 別巻 2. 異国見聞譚 日本人が見た異国』（清原康正・鈴木貞美編）　作品社　1991（平成3）年4月　301頁

初出：『文芸』1939年8月

A0189 「友との日々」 277〜288頁／今日出海著
『あんそろじい旧制高校 4. 文芸の花咲き乱れ—文芸と旧制高校』（あんそろじい旧制高校編集委員会編） 国書刊行会 1991（平成3）年5月 568頁 ￥3,900 （Bankara叢書）
初出：『私の履歴書 文化人4.』（日経新聞社）より抜粋

A0190 「今東光 大々勝」 76〜80頁／今日出海著
『友を偲ぶ』（遠藤周作編） 光文社 1991（平成3）年9月 306頁 ￥890 （カッパ・ホームズ）
初出：『中央公論』1977年11月

A0191 「日本人は"狐つき"対談」 197〜220頁
『松下幸之助発言集 13.』（PHP総合研究所研究本部「松下幸之助発言集」編纂室編） PHP研究所 1991（平成3）年10月 403頁 ￥3,500
対談者：松下幸之助、今日出海
初出：『現代』1968年1月

A0192 「佐野繁次郎のプロフィル」 320〜322頁／今日出海著
『文化、それは人との巡り逢い』（鹿海信也著） 博文館新社 1991（平成3）年10月 348頁 ￥2,500
初出：Art Top 1976年4月

A0193 「山下奉文の悲劇（抜粋）」 146〜154頁
『完本・太平洋戦争 下』（文芸春秋編） 文芸春秋 1991（平成3）年12月 506頁 ￥2,200
初出：『文芸春秋』1952年4月

1992

A0194 「憎い癌」 99〜100頁／今日出海著
『吉川英治とわたし 復刻版吉川英治全集月報』（講談社編） 講談社 1992（平成4）年9月 466頁 ￥3,900
注：吉川英治生誕百年記念出版
初出：『吉川英治全集 42. 月報』11号1〜2頁 1975（昭和50）年5月

A0195 「酒食談義」 107〜108頁／今日出海著
『心の旅路—よこはま・かながわ』 有隣堂出版部 1992（平成4）年11月 254頁 ￥2,000
初出：『有隣』（300号記念）1968年1月

A0196 『天皇の帽子』（今日出海著） 埼玉福祉会 1992（平成4）年12月 390頁 ￥3,708 （大活字本シリーズ）
内容：天皇の帽子、独楽、懇親会の果て、駈落ち結婚式、努力賞の女、男色鑑、徴用記者、孤立の影、あとがき、解説／植草圭之助
注：中央公論文庫版が底本
発行：500部限定

A0197 「青山二郎における人間の研究」 242〜254頁／今日出海著

〔A0189 〜 A0197〕

『鎌倉文士骨董奇譚―現代日本のエッセイ』（青山二郎著）　講談社　1992（平成4）年12月　268頁　￥940　（講談社文芸文庫）

A0198　「〈直木三十五〉　A・B・C」　139頁上段／今日出海著
『近代作家追悼文集成 23. 小林多喜二、直木三十五、土田杏村』　ゆまに書房　1992（平成4）年12月　331頁　￥6,901
初出：『衆文』1934年4月

A0199　「〈徳田先生のことども〉　徳田先生のこと」　326～327頁／今日出海著
『近代作家追悼文集成 29. 萩原朔太郎、与謝野晶子、徳田秋声』　ゆまに書房　1992（平成4）年12月　341頁　￥7,210
初出：『新潮』1944年1月

1993

A0200　「僕の軍刀」　72～73頁／今日出海著
『文化人たちの大東亜戦争 PK部隊が行く』（桜本富雄著）　青木書店　1993（平成5）年7月　173頁　￥2,060
注：『比島従軍』など他にも引用あり
初出：『サンデー毎日』1943年1月31日

A0201　「かけ心地の悪い椅子」　105～108頁／今日出海著
『井伏さんの横顔』（河盛好蔵編）　弥生書房　1993（平成5）年9月　229頁　￥2,000
初出：『井伏鱒二全集 2. 月報』1～2頁 1964年10月

A0202　「中川一政さんのこと」　339頁／今日出海著
『夏炉冬扇―中川一政論・集成』（『夏炉冬扇』刊行会編）　沖積舎　1993（平成5）年11月　507頁　￥13,000
初出：『中川一政文集 4. 月報』1975年9月

1995

A0203　「山下奉文の悲劇(抜粋)」　245～259頁／今日出海著
『完本・太平洋戦争 3.』（文芸春秋編）　文芸春秋　1995（平成7）年1月　402頁　￥600　（文春文庫）

A0204　「対談の池島信平」　7～10頁／今日出海著
『池島信平対談集 文学よもやま話 上』　新装版　恒文社　1995（平成7）年12月　276頁

A0205　「〈芸術祭コラム〉　芸術祭の開会宣言」　108～109頁
『芸術祭五十年 戦後日本の芸術文化史』　ぎょうせい　1995（平成7）年12月　500頁

A0206　「今日出海語録抄 芸術祭十年を語る」　110～112頁
『芸術祭五十年 戦後日本の芸術文化史』　ぎょうせい　1995（平成7）年12月　500頁
対談者：安藤鶴夫、今日出海

A0207 「今日出海語録抄 芸術祭」 113～114頁
　　　　『芸術祭五十年 戦後日本の芸術文化史』 ぎょうせい 1995(平成7)年12月 500頁
A0208 「今日出海語録抄 熱意の三十年」 115～116頁／今日出海著
　　　　『芸術祭五十年 戦後日本の芸術文化史』 ぎょうせい 1995(平成7)年12月 500頁

1996

A0209 「金婚式」 176～182頁／今日出海著
　　　　『生きるってすばらしい 20 老いについて』（作品社編集部編） 作品社 1996
　　　（平成8)年4月　253頁　（新編・日本の名随筆―大きな活字で読みやすい本）
　　　　　注：『日本の名随筆 31. 婚』(1985)より
A0210 「阿部知二の『街』」 250～251頁／今日出海著
　　　　『未刊行著作集 13. 阿部知二』（竹松良明編） 白地社 1996(平成8)年6月 317
　　　　頁　¥9,800
　　　　　初出：『新潮』1939年3月

1997

A0211 「横光さんのこと」 316～318頁／今日出海著
　　　　『近代作家追悼文集成 31. 三宅雪嶺、武田麟太郎、織田作之助、幸田露伴、横光
　　　　利一』 ゆまに書房 1997(平成9)年1月 330頁 ¥8,240
　　　　　初出：『文学界』1948年2月
A0212 「横光利一の思い出（座談会）」 319～326頁
　　　　『近代作家追悼文集成 31. 三宅雪嶺、武田麟太郎、織田作之助、幸田露伴、横光
　　　　利一』 ゆまに書房 1997(平成9)年1月 330頁 ¥8,240
　　　　　出席者：菊池寛、川端康成、河上徹太郎、今日出海、舟橋聖一
　　　　　初出：『文学界』1948年2月
A0213 「菊池先生の死」 5～6頁／今日出海著
　　　　『近代作家追悼文集成 32. 菊池寛、太宰治』 ゆまに書房 1997(平成9)年1月
　　　　287頁　¥8,240
　　　　　初出：『文芸首都』1948年4月
A0214 「応接間の利用価値」 18頁／今日出海談
　　　　『近代作家追悼文集成 32. 菊池寛、太宰治』 ゆまに書房 1997(平成9)年1月
　　　　287頁　¥8,240
A0215 「久米さんの死」 5～6頁／今日出海著
　　　　『近代作家追悼文集成 34. 久米正雄、土井晩翠、斎藤茂吉』 ゆまに書房 1997
　　　　(平成9)年1月　384頁　¥8,240
　　　　　初出：『文学界』1952年4月
A0216 「モラリスト岸田国士」 58～60頁／今日出海著

『近代作家追悼文集成 36. 加藤道夫、岸田国士、坂口安吾、高浜虚子、永井荷風』
ゆまに書房　1997(平成9)年1月　411頁　¥8,240
初出：『文芸』1954年5月

1998

A0217 「由比ヶ浜」　94〜100頁／今日出海著
『心にふるさとがある 4. 海風に吹かれて』（作品社編集部編）　作品社　1998(平成10)年　253頁　（新編・日本随筆紀行―大きな活字で読みやすい本）

2000

A0218 「檸檬」　271頁／今日出海著
『梶井基次郎全集 別巻』（梶井基次郎著、鈴木貞美編）　筑摩書房　2000(平成12)年9月　674頁　¥7,200
初出：『作品』1931年7月

2001

A0219 「野人・白洲次郎」　7〜14頁／今日出海著
『プリンシプルのない日本』（白洲次郎著）　ワイアンドエフ　2001(平成13)年5月　265頁　¥1,600
注：口絵に白洲氏の写真あり
初出：『文芸春秋 臨時増刊 人物読本』1951年2月

A0220 「日本人という存在―白洲次郎氏を囲んで（座談会）」　233〜256頁
『プリンシプルのない日本』（白洲次郎著）　ワイアンドエフ　2001(平成13)年5月　265頁　¥1,600
注：口絵に白洲氏の写真あり
出席者：白洲次郎、今日出海、河上徹太郎
初出：『文芸春秋』1950年8月

A0221 「座談/鼎談」　327〜351頁
『小林秀雄全集 13. 人間の建設』（小林秀雄著）　新潮社　2001(平成13)年11月　467頁　¥8,000
出席者：河上徹太郎、今日出海、小林秀雄

A0222 「交友対談―対談」　421〜456頁
『小林秀雄全集 13. 人間の建設』（小林秀雄著）　新潮社　2001(平成13)年11月　467頁　¥8,000
対談者：今日出海、小林秀雄

2002

A0223 「白洲次郎（エッセー）」　16～18頁／今日出海著
　　　　『KAWADE夢ムック文芸別冊 白洲次郎』　河出書房新社　2002（平成14）年4月
　　　　247頁　￥1,200
　　　　　　注：『私の人物案内』（1951年9月）より再録

2003

A0224 「〈各賞選評〉　心残り」　128～129頁／今日出海著
　　　　『永井路子展』（古河文学館編）　古河文学館　2003（平成15）年10月　155頁
　　　　　　注：第五十二回直木賞選評時の言葉

2004

A0225 「いずれまた「やあ、しばらく」と言うだろう 今日出海≫小林秀雄」　208～223頁／
　　　　今日出海著
　　　　『日本人の手紙 9. 天国のあの人へ』（紀田順一郎監修）　リブリオ出版　2004
　　　　（平成16）年4月　238頁　（大活字版）
　　　　　　注：小林秀雄氏の葬儀での弔辞 1983年3月8日
A0226 「若き日の銀座―生ける昭和文壇史（Special座談会）」　220～224頁
　　　　『百店満点―「銀座百点」50年』　銀座百店会　2004（平成16）年5月　277頁　非
　　　　売品
　　　　　　出席者：井伏鱒二、今日出海、永井龍男、河盛好蔵
　　　　　　初出：『銀座百店』200号8～17頁 1971年7月
A0227 「小林と私」　302～310頁／今日出海著
　　　　『小林秀雄全作品 24 考えるヒント（下）』（小林秀雄著）　新潮社　2004（平成
　　　　16）年9月　310頁　￥2,000
A0228 「鼎談／座談」　104～130頁
　　　　『小林秀雄全作品 26. 信ずることと知ること』　新潮社　2004（平成16）年11月
　　　　264頁　￥1,700
　　　　　　出席者：河上徹太郎、今日出海、小林秀雄
A0229 「交友対談／対談」　205～244頁
　　　　『小林秀雄全作品 26. 信ずることと知ること』（小林秀雄著）　新潮社　2004
　　　　（平成16）年11月　264頁　￥1,700
　　　　　　対談者：今日出海、小林秀雄
A0230 「小林秀雄 わき目もふらぬ人生」　84～90頁／今日出海談

『友を偲ぶ』（遠藤周作編）　光文社　2004（平成16）年12月　293頁　￥619（知恵の森文庫）

A0231　「今東光 大々勝」　72〜76頁／今日出海著
　　　　『友を偲ぶ』（遠藤周作編）　光文社　2004（平成16）年12月　293頁　￥619（知恵の森文庫）

2006

A0232　「飲む打つ買うの天才―青山二郎における人間の研究」　74〜91頁／今日出海著
　　　　『青山二郎の素顔―陶に遊び美を極める』（森孝一編）　新装版　里文出版　2006（平成18）年11月　262頁　￥2,300

A0233　「野人・白洲次郎」　9〜18頁／今日出海著
　　　　『プリンシプルのない日本』（白洲次郎著）　新潮社　2006（平成18）年6月　295頁　￥476（新潮文庫）
　　　　　　注：カバーは白洲氏の写真
　　　　　　初出：『文芸春秋 臨時増刊 人物読本』1951年2月

A0234　「日本人という存在（座談会）」　249〜274頁
　　　　『プリンシプルのない日本』（白洲次郎著）　新潮社　2006（平成18）年6月　295頁　￥476（新潮文庫）
　　　　　　出席者：白洲次郎、河上徹太郎、今日出海
　　　　　　初出：『文芸春秋』1950年8月

A0235　『私の人物案内』（今日出海著）　改版　中央公論新社　2006（平成18）年12月　271頁（中公文庫）
　　　　　　内容：辰野門下の旦那たち、英雄部落周遊紀行、酒友酒癖、ジョン・ガンサーの内幕、鎌倉の紳士たち、鎌倉夫人、近衛文麿、戦後文部大臣列伝、追憶の人、横光さんの思い出、中山義秀、大岡昇平、わが交友名簿、教育者辰野隆先生、社会の顔、人物評論的饒舌、野人・白洲次郎、芸術放浪、「解説」255〜263頁/林秀雄著、「辰野仏文・自由の風」265〜271頁/出口裕弘著

A0236　「10月17日 酒友酒癖（抜粋）」　312頁／今日出海著
　　　　『毎日楽しむ名文365』（あらきみほ編、林望監修）　中経出版　2006（平成18）年12月　398頁　￥2,000

2007

A0237　「天皇の帽子」　101〜124頁／今日出海著
　　　　『戦後占領期 短編小説コレクション 5. 1950年』（紅野謙介ほか編）　藤原書店　2007（平成19）年7月　291頁　￥2,500
　　　　　　注：「解説 さまざまな萌芽」273〜282頁/辻井喬著、1950年年表〈日本の文学/文化・社会/政治・経済〉283〜291頁等あり

2008

A0238「すき焼きの弁」　106〜109頁／今日出海著
　　　『バナナは皮を食う―暮しの手帖・昭和の「食」ベストエッセイ集』（檀ふみ選、暮
　　　しの手帖書籍編集部編）　暮しの手帖社　2008(平成20)年12月　229頁　￥2,200
　　　　　注：『暮しの手帖』創刊60周年記念特別作品
　　　　　初出：『暮しの手帖』Ⅰ世紀13号 1951年

雑誌記事

1925

B0001 「イラ〔小説〕」
　　　『文党』　1巻4号　17～21頁　1925（大正14）年10月
　　　注：『文党』は以下日本近代文学館の復刻版による

1926

B0002 「党人漫談（漫談会）」
　　　『文党』　2巻1号　56～59頁　1926（大正15）年1月
　　　出席者：今東光、金子洋文、梅原北明、宮坂普九、下店静市、村山知義、赤松月船、佐藤八郎、藤井清士、今日出海、飯田豊二

B0003 「党人漫談（漫談会）」
　　　『文党』　2巻2号　42～45頁　1926（大正15）年2月
　　　出席者：今東光、藤井清士、村山知義、佐藤八郎、梅原北明、今日出海、宮川久雄、飯田豊二、太田詰一

B0004 「党人漫談（漫談会）」
　　　『文党』　2巻3号　43～51頁　1926（大正15）年3月
　　　出席者：村山知義、金子洋文、今日出海、今東光、間宮茂輔、赤松月船、飯田豊二、太田詰一、藤井清士、伊藤永之介、伊東憲、梅原北明、伊藤欽二、宮坂普九、佐藤八郎、古賀龍視、宮川久雄、下店静市

B0005 「党人漫談（漫談会）」
　　　『文党』　2巻4号　46～49頁　1926（大正15）年4月
　　　出席者：今東光、金子洋文、宮坂普九、野川隆、伊藤永之介、今日出海、村山知義、宮川久雄、藤井清士、赤松月船、佐藤八郎、伊藤欽二、飯田豊二

B0006 「開化聖人の戒め」
　　　『文党』　2巻4号　6～10頁　1926（大正15）年4月

B0007 「党人漫談（漫談会）」
　　　『文党』　2巻5号　44～47頁　1926（大正15）年5月
　　　出席者：藤井清士、村山知義、伊藤欽二、今東光、飯田豊二、今日出海、宮坂普九、野川隆、間宮茂輔、宮川久雄、古賀龍視

B0008 「流れ行く夢（小説）」
　　　『文章往来』　1巻6号　65～67頁　1926（大正15）年6月

B0009 「かなぶん」

『辻馬車』 2巻9号　10～19頁　1926(大正15)年9月
注:『辻馬車』は以下日本近代文学館の復刻版(1970)による

B0010 「フランス音楽に於ける二つの展望」
『仏蘭西文学研究』　1号　171～189頁　1926(大正15)年10月
補記:ドビッシイとフランクのこと

1927

B0011 「老いたるポール・ブルジェ—仏蘭西文学雑話」
『文芸時代』　4巻4号　36～39頁　1927(昭和2)年4月

B0012 「無題偶言」
『心座パンフレット』　第1号　5～6頁　1927(昭和2)年5月

B0013 「青空合評会 第一回 東京帝国大学文芸部聯合座談会」
『青空』　3巻5号　22～32頁　1927(昭和2)年5月
出席者:舟橋聖一、今日出海、堤正弘、丸山薫、前山鉦吉、武田麟太郎、崎山正毅、阿部知二、飯島正、北神正、湖山貢、古沢安二郎、松村一雄、三好達治、淀野隆三
注:『青空』は日本近代文学館の復刻版(1970)による　限定300部

B0014 「第三回合評会記事(東京帝国大学文芸部六月十二日)議案上程 心座の演出雑誌月評(新思潮、辻馬車、青空)転換期の文学(座談会)」
『辻馬車』　3巻7号　43～55頁　1927(昭和2)年7月
出席者:舟橋聖一、古沢安二郎、今日出海、湖山貢、淀野隆三、雅川滉、深田久弥、土方定一、藤沢恒夫、林房雄、川口浩、中野重治、土居喜久雄、神崎清、武田麟太郎

B0015 「ジャン・サルマンの戯曲」
『仏蘭西文学研究』(東京帝国大学仏蘭西文学研究室編)　3輯　200～220頁　1927(昭和2)年11月

1928

B0016 「神戸行(続く)」
『文芸都市』　1巻2号　75～81頁　1928(昭和3)年3月

B0017 「神戸行」
『文芸都市』　1巻3号　20～22頁　1928(昭和3)年5月

B0018 「新人倶楽部合評会(第二回)—「文芸都市」其他に就いて」
『文芸都市』　1巻5号　31～35頁　1928(昭和3)年6月
出席者:蔵原伸二郎、井伏鱒二、浅見淵、飯島正、前山鉦吉、崎山猷逸、今日出海、近藤正夫、阿部知二、舟橋聖一、崎山正毅、古沢安二郎、徳田戯二

B0019 「散歩の友(小説)」

　　　　　　　　　　『文芸都市』　1巻5号　56〜65頁　1928（昭和3）年6月
B0020　「黒猫（随筆）」
　　　　　　　　　　『文芸都市』　1巻6号　92〜96頁　1928（昭和3）年7月
B0021　「文芸十字軍（批評）」
　　　　　　　　　　『文芸都市』　1巻7号　73〜74頁　1928（昭和3）年8月
B0022　「ある友に」
　　　　　　　　　　『文芸都市』　1巻10号　76〜79頁　1928（昭和3）年10月
B0023　「10月のスールヤ」
　　　　　　　　　　『文芸都市』　1巻10号　101〜106頁　1928（昭和3）年10月
B0024　「東郷青児の芸術」
　　　　　　　　　　『文芸都市』　1巻11号　47〜48頁　1928（昭和3）年11月

1929

B0025　「〈既成作家を語る 1. 里見弴〉 里見弴対女性」
　　　　　　　　　　『文芸都市』　2巻1号　73頁　1929（昭和4）年1月
B0026　「フィルマン・ジェミエ」
　　　　　　　　　　『悲劇喜劇』　4号　48〜52頁　1929（昭和4）年1月
　　　　　　　　　　注：フィルマンのペン画の似顔絵あり
B0027　「泣くなお銀」
　　　　　　　　　　『文芸都市』　2巻2号　71〜92頁　1929（昭和4）年2月
　　　　　　　　　　☆『モダン都市文学 3. 都市の周縁』（1993）に再録
B0028　「仏蘭西劇の伝統」
　　　　　　　　　　『悲劇喜劇』　5号　17〜36頁　1929（昭和4）年2月
　　　　　　　　　　注：ルノルマン作「落伍者の群れ」の舞台の挿図あり
B0029　「独逸劇と仏蘭西劇の比較（座談会）」
　　　　　　　　　　『悲劇喜劇』　5号　85〜95頁　1929（昭和4）年2月
　　　　　　　　　　出席者：岩田豊雄、関口次郎、川口篤、井汲清治、高田保、舟橋聖一、高橋健
　　　　　　　　　　　　二、今日出海、岸田国士（1928年12月23日 岸田宅にて）
B0030　「抱きあった彫像（創作）」
　　　　　　　　　　『文芸都市』　2巻3号　53〜71頁　1929（昭和4）年3月
B0031　「〈新しき演劇は如何に闘うべきか〉 4. 持久せよ」
　　　　　　　　　　『文芸都市』　2巻4号　106〜107頁　1929（昭和4）年4月
B0032　「〈のおと・どらまちっく〉 築地小劇場「桜の園」の演出」
　　　　　　　　　　『悲劇喜劇』　7号　106〜107頁　1929（昭和4）年4月
B0033　「名女優ラシェル（1811〜1858）」
　　　　　　　　　　『悲劇喜劇』　7号　111〜113頁　1929（昭和4）年4月
　　　　　　　　　　注：巻頭にラシェルの肖像画あり
　　　　　　　　　　補記：ラシェルの生年は原ママだが、記載が誤っていた可能性あり

B0034　「文芸都市の向動力」
　　　『文芸都市』　2巻5号　3頁　1929(昭和4)年5月

B0035　「演劇時感」
　　　『文芸都市』　2巻5号　26〜31頁　1929(昭和4)年5月

B0036　「ミルボーの人の生活」
　　　『文芸都市』　2巻5号　33頁　1929(昭和4)年5月

B0037　「コメディ・フランセエズの沿革(テアトル・フランセエ)」
　　　『悲劇喜劇』　8号　66〜72頁　1929(昭和4)年5月

B0038　「エコール・リテレール樹立への提言(5月号評論)」
　　　『創作月刊』　2巻5号　72〜75頁　1929(昭和4)年5月

B0039　「模型舞台(合評会)」
　　　『悲劇喜劇』　9号　60〜73頁　1929(昭和4)年6月
　　　出席者：田中良、遠山静雄、河田煕、小松栄、佐原包吉、山脇巌、関口次郎、岩田豊雄、今日出海、舟橋聖一、岸田国士(1929年4月20日 紀伊国屋書店にて)

B0040　「六月号創作合評(文芸都市合評会 於紀伊国屋楼上・一九二九・六・三)中央公論、改造、新潮、文芸春秋、近代生活 文芸都市」
　　　『文芸都市』　2巻7号　59〜72頁　1929(昭和4)年7月
　　　出席者：中本たか子、井伏鱒二、古沢安二郎、阿部知二、今日出海、雅川滉、舟橋聖一、田辺茂一

B0041　「最近の新劇」
　　　『文芸レビュー』　1巻6号　27〜28頁　1929(昭和4)年8月

B0042　「演劇レビュー」
　　　『文芸レビュー』　1巻7号　10〜12頁　1929(昭和4)年9月

B0043　「〈随想〉 夏に」
　　　『1929』　2巻9号　26〜28頁　1929(昭和4)年9月　20銭

B0044　「〈新人随筆〉 支那の陶器」
　　　『婦人サロン』　1巻2号　41〜42頁　1929(昭和4)年10月

B0045　「〈時評〉 映劇時感」
　　　『1929』　2巻10号　56〜60頁　1929(昭和4)年10月　20銭

1930

B0046　「ヴィリエ・ド・リイルアダン」
　　　『文学』(第一書房)　6号　86〜89頁　1930(昭和5)年3月
　　　　注：『文学』は以下日本近代文学館の復刻版(1970)による

B0047　「公園挿話」
　　　『作品』　1巻1号　35〜52頁　1930(昭和5)年5月　30銭
　　　　注：『作品』は以下日本近代文学館の復刻版(1981)による

B0048　「髭殿様(随筆)」

　　　　　　　『文芸春秋』　8巻7号　26〜27頁　1930(昭和5)年7月

B0049　「新芸術派理論に対する一つの修正」
　　　　　　　『作品』　1巻3号　58〜61頁　1930(昭和5)年7月
　　　　　　　☆『論集・小林秀雄 1.』(1966)に一部が再録

B0050　「文芸時評」
　　　　　　　『作品』　1巻4号　34〜37頁　1930(昭和5)年8月
　　　　　　　☆『文芸時評大系』(ゆまに書房)に再録

B0051　「最近文学の享楽的傾向に就いて」
　　　　　　　『作品』　1巻5号　59〜63頁　1930(昭和5)年9月　30銭
　　　　　　　共同執筆：深田久弥、井伏鱒二、河上徹太郎、小林秀雄、今日出海、永井龍男、
　　　　　　　中村正常、小野松二

B0052　「文芸時評」
　　　　　　　『作品』　1巻5号　71〜73頁　1930(昭和5)年9月　30銭
　　　　　　　☆『文芸時評大系』(ゆまに書房)に再録

B0053　「八月の戯曲評」
　　　　　　　『三田文学』　5巻9号　108〜111頁　1930(昭和5)年9月

B0054　「〈二大怪奇読物〉のうち サン・ドニ街の殺人事件」／今日出海著、山六郎・挿画
　　　　　　　『婦人サロン』　2巻9号　266〜271頁　1930(昭和5)年9月
　　　　　　　注：文末に「フランシス・カルコより」との付記あり

B0055　「疲れた男」
　　　　　　　『作品』　1巻6号　32〜43頁　1930(昭和5)年10月　30銭

B0056　「文芸時評」
　　　　　　　『作品』　1巻6号　93〜96頁　1930(昭和5)年10月　30銭
　　　　　　　☆『文芸時評大系』(ゆまに書房)に再録

B0057　「九月の戯曲評」
　　　　　　　『三田文学』　5巻10号　125〜128頁　1930(昭和5)年10月

B0058　「〈深田久弥氏の人と芸術について〉　深田久弥氏とその作品」
　　　　　　　『作品』　1巻7号　92〜93頁　1930(昭和5)年11月

B0059　「十月の戯曲評」
　　　　　　　『三田文学』　5巻11号　34〜36頁　1930(昭和5)年11月

B0060　「〈昭和五年度の傑作は何か〉　横光利一氏―機械、堀辰雄氏―聖家族」
　　　　　　　『作品』　1巻8号　72〜73頁　1930(昭和5)年12月
　　　　　　　☆『論集・小林秀雄 1.』(1966)に一部が再録

B0061　「十一月の戯曲評」
　　　　　　　『三田文学』　5巻12号　65〜67+57頁　1930(昭和5)年12月

B0062　「『怖るべき子供たち』／ジャン・コクトー著、東郷青児訳について（批評）」
　　　　　　　『詩・現実』　3巻　375〜376頁　1930(昭和5)年12月　￥1.80

1931

B0063 「〈一九三一年の人〉 佐藤正彰について」
　　　　『作品』　2巻1号　59～60頁　1931（昭和6）年1月

B0064 「演劇時評」
　　　　『三田文学』　6巻1号　44～46頁　1931（昭和6）年1月

B0065 「〈ノオト〉『地獄の季節』/〔アルチュール・ランボー作〕」
　　　　『新文学研究』　1輯　297～298頁　1931（昭和6）年1月

B0066 「〈一人一作評〉 一月の作品」
　　　　『作品』　2巻2号　83頁　1931（昭和6）年2月

B0067 「同人通信」
　　　　『作品』　2巻2号　98頁　1931（昭和6）年2月

B0068 「瘦影」
　　　　『作品』　2巻3号　7～26頁　1931（昭和6）年3月

B0069 「〈一人一作評〉 二月の作品」
　　　　『作品』　2巻3号　97頁　1931（昭和6）年3月

B0070 「演劇時評」
　　　　『三田文学』　6巻3号　48～52頁　1931（昭和6）年3月

B0071 「〈文壇展望〉 新芸術派理論に対する一つの修正」
　　　　『新文学研究』　2輯　274～278頁　1931（昭和6）年4月

B0072 「〈人物評論―徳永直・堀辰雄〉 堀辰雄の影法師」
　　　　『近代生活』　3巻4号　54～55頁　1931（昭和6）年4月　25銭
　　　　☆『堀辰雄全集 10.』（角川書店）

B0073 「〈誌上出版記念会〉 岸田国士氏著『昨今横浜異聞』」
　　　　『作品』　2巻5号　88頁　1931（昭和6）年5月

B0074 「〈一人一作評〉 四月の作品」
　　　　『作品』　2巻5号　101頁　1931（昭和6）年5月

B0075 「私は推薦する ―文学を後継する新人は？ その推薦する理由？〔回答〕」
　　　　『近代生活』　3巻6号　35頁　1931（昭和6）年6月　25銭

B0076 「〈誌上出版記念会〉『機械』/〔横光利一著〕」
　　　　『作品』　2巻6号　109～110頁　1931（昭和6）年6月

B0077 「〈ヴァリエテ〉『新興仏蘭西文学』詩・小説・思想/アンドレ・ビイ著、草野貞之訳（書評）」
　　　　『詩と詩論』　12冊　254～255頁　1931（昭和6）年6月　￥2.00

B0078 「〈誌上出版記念会〉『檸檬』/〔梶井基次郎著〕」
　　　　『作品』　2巻7号　106～107頁　1931（昭和6）年7月

B0079 「作品の会合」

『作品』　2巻10号　57〜62頁　1931(昭和6)年10月
　　出席者：井伏鱒二、中村正常、吉村鉄太郎、木村庄三郎、河上徹太郎、今日出海、小林秀雄

B0080 「文芸時評」
　　『作品』　2巻11号　12〜15頁　1931(昭和6)年11月
　　内容：「つゆのあとさき」、「坂口安吾とアテネ学派」ほか
　　☆『文芸時評大系』(ゆまに書房)に再録
　　「坂口安吾とアテネ学派」は下記の図書に再録
　　　☆『坂口安吾研究1』冬樹社　1972
　　　☆『坂口安吾選集1. 小説1.』講談社　1982

B0081 「船出（創作）」
　　『近代生活』　3巻12号　83〜91頁　1931(昭和6)年12月

B0082 「小さき町」
　　『作品』　2巻12号　49〜59頁　1931(昭和6)年12月

1932

B0083 「小さき町」
　　『作品』　3巻1号　9〜18頁　1932(昭和7)年1月

B0084 「〈一人一作評〉　一月の作品」
　　『作品』　3巻2号　105頁　1932(昭和7)年2月

B0085 「〈一頁評論〉　正宗白鳥論」
　　『新潮』　29巻2号　37頁　1932(昭和7)年2月

B0086 「新社会派など」
　　『新潮』　29巻4号　22〜27頁　1932(昭和7)年4月

B0087 「新社会派、新心理派、新ロマン派批判（座談会）」
　　『近代生活』　4巻3号　20〜33頁　1932(昭和7)年4月
　　出席者：春山行夫、伊藤整、今日出海、岡田三郎、中河与一、雅川滉、舟橋聖一、阿部知二、飯島正

B0088 「〈『浅間山』誌上出版記念会〉　新著『浅間山』/〔岸田国士著〕」
　　『作品』　3巻6号　81頁　1932(昭和7)年6月

B0089 「演劇時評」
　　『三田文学』　7巻8号　16〜18頁　1932(昭和7)年8月

B0090 「演劇時評」
　　『三田文学』　7巻9号　112〜114頁　1932(昭和7)年9月

B0091 「〈初秋のエロティシズム〉　夜の香」
　　『若草』　8巻9号　93〜95頁　1932(昭和7)年9月

B0092 「〈五作家打診記〉　通人大仏次郎氏を語る」
　　『新潮』　29巻10号　71〜74頁　1932(昭和7)年10月

B0093 「〈『途上』誌上出版記念会〉　嘉村さんの『途上』」

『作品』 3巻10号　77〜79頁　1932(昭和7)年10月

1933

B0094 「ハムレット演出覚書」
　　　『新修シェークスピア全集別冊 月刊付録 沙翁復興』 2号　45〜49頁　1933(昭和8)年11月
　　　　注：舞台・俳優写真等5葉
　　　　注：名著普及会よりの復刻版(1990)

B0095 「〈『ヴァリエテ』誌上出版記念会〉 出版記念会欠席届」
　　　『作品』 4巻1号　83〜84頁　1933(昭和8)年1月

B0096 「〈感想・随筆〉 ロオレンスのチャタレ夫人」
　　　『新潮』 30巻4号　122〜123頁　1933(昭和8)年4月

B0097 「真夜中の客人(小説)」
　　　『若草』 9巻4号　34〜39頁　1933(昭和8)年4月

B0098 「〈創作〉 反響」／中村研一・画
　　　『文芸春秋』 11巻7号　348〜354頁　1933(昭和8)年7月

B0099 「〈創作特輯十六篇〉 同志」
　　　『新潮』 30巻9号　31〜38頁　1933(昭和8)年9月

B0100 「〈腹にためずに言いたい事を言う可し〉 表現に苦心を〔回答〕」
　　　『文芸通信』 1巻1号　25〜26頁　1933(昭和8)年10月　15銭

B0101 「二科展を見る」
　　　『文芸通信』 1巻1号　32〜33頁　1933(昭和8)年10月　15銭

B0102 「創作批評に対する感想(回答)」
　　　『新潮』 30巻10号　20頁　1933(昭和8)年10月

B0103 「文芸時評」
　　　『行動』 1巻2号　108〜116頁　1933(昭和8)年11月　25銭
　　　　注：『行動』は以下ゆまに書房の復刻版による
　　　　☆『文芸時評大系』(ゆまに書房)に再録

B0104 「純文学のうち本年度の傑作は何だ? 活躍した作家批評家は誰だ?」(回答 純文学のうち)
　　　『文芸通信』 1巻2号　56頁　1933(昭和8)年12月　15銭

1934

B0105 「黴金勘左衛門(小説)」
　　　『行動』 2巻1号　164〜175頁　1934(昭和9)年1月　50銭

B0106 「〈嘉村礒多氏追悼〉 ‥‥‥」

『作品』 5巻1号　16〜18頁　1934（昭和9）年1月
注：題名なし

B0107 「〈池谷信三郎氏追悼〉　池谷さんの死」
『作品』 5巻2号　49〜51頁　1934（昭和9）年2月

B0108 「〈久米正雄氏に捧ぐ〉　娘道成寺（小説）」
『若草』 10巻3号　18〜26頁　1934（昭和9）年3月

B0109 「文芸時評」
『行動』 2巻3号　122〜128頁　1934（昭和9）年3月　40銭
☆『文芸時評大系』（ゆまに書房）に再録

B0110 「野暮な話―前号の井伏鱒二に答ふ」
『文芸通信』 2巻3号　29〜30頁　1934（昭和9）年3月　15銭
補記：前号井伏氏の「大声小声」（F0005）に対して

B0111 「〈創作特輯〉　流転門」
『行動』 2巻4号　137〜151頁　1934（昭和9）年4月　50銭
☆『秋の歌』（1943）に再録

B0112 「鸚鵡男」
『新潮』 31巻4号　188〜199頁　1934（昭和9）年4月

B0113 「〈最近文壇二十作家人物及び作品の印象〉　深田久弥―彩色された地図」
『文芸通信』 2巻5号　44頁　1934（昭和9）年5月　15銭

B0114 「〈作家月旦〉　尾崎士郎氏素描」
『行動』 2巻6号　156〜157頁　1934（昭和9）年6月　40銭

B0115 「青春（小型小説）」／嶺田弘絵
『週刊朝日』 26巻4号　5頁　1934（昭和9）年7月22日　12銭

B0116 「現代文学の一面貌」
『行動』 2巻8号　2〜8頁　1934（昭和9）年8月　40銭

B0117 「〈作家の感想〉　読みたい」
『文芸通信』 2巻10号　43〜44頁　1934（昭和9）年10月

B0118 「鎌倉日記」
『文芸』 2巻11号　71〜75頁　1934（昭和9）年11月

B0119 「月評についての感想（アンケート）」
『文芸通信』 2巻11号　4〜6頁　1934（昭和9）年11月

B0120 「現代文芸思潮の崩壊」
『行動』 2巻12号　93〜99頁　1934（昭和9）年12月　50銭

1935

B0121 「〈今月のノート〉　映画時評」
『文学界』 2巻1号　102〜104頁　1935（昭和10）年1月

B0122 「泣いている真帆子（小説）」

『若草』 11巻2号 18〜23頁 1935(昭和10)年2月

B0123 「〈今月のノート〉 映画時評」
『文学界』 2巻2号 114〜116頁 1935(昭和10)年2月

B0124 「〈今月のノート〉 映画時評」
『文学界』 2巻3号 111〜112+110頁 1935(昭和10)年3月

B0125 「質問 一、「能動主義」についての解釈、或ひは意見、二、「新浪漫主義」についての解釈或ひは意見(回答)」
『文芸通信』 3巻3号 34頁 1935(昭和10)年3月 15銭

B0126 「〈今月のノート〉 映画時評」
『文学界』 2巻4号 95〜97頁 1935(昭和10)年4月

B0127 「〈今月のノート〉 映画時評」
『文学界』 2巻5号 69〜71頁 1935(昭和10)年5月

B0128 「〈創刊満五周年記念号〉「作品」と怠惰」
『作品』 6巻5号 4〜5頁 1935(昭和10)年5月

B0129 「〈作家の感想〉 VETO!」
『文芸通信』 3巻5号 42〜43頁 1935(昭和10)年5月

B0130 「〈今月のノート〉 映画時評」
『文学界』 2巻6号 95〜97+105頁 1935(昭和10)年6月

B0131 「〔東京六大学〕リーグ観戦記」
『文芸』 3巻6号 119〜120頁 1935(昭和10)年6月

B0132 「映画、文学、等々…」
『映画芸術研究』 3年5輯 5〜10頁 1935(昭和10)年6月

B0133 「映画の魅力と文学の魅力 今日出海氏への質問」／古谷綱武,「先ずは御返事」／今日出海
『作品』 6巻7号 135〜139頁 1935(昭和10)年7月

B0134 「始めて逢った文士と当時の思い出を語る(回答)」
『文芸通信』 3巻7号 6頁 1935(昭和10)年7月

B0135 「〈特輯・納涼地方色モンタージュ〉 高原のAmazone―軽井沢」
『若草』 11巻8号 186〜188頁 1935(昭和10)年8月

B0136 「今夏のプラン:一 旅行、二 制作、三 読書【回答】」
『文芸』 3巻8号 186頁 1935(昭和10)年8月 60銭

B0137 「〈今月のノート〉 映画時評」
『文学界』 2巻8号 122〜124頁 1935(昭和10)年8月
注:7号の間違い

B0138 「〈音楽・絵画・映画〉 音楽とスノビズム」
『新潮』 32巻8号 110〜111頁 1935(昭和10)年8月

B0139 「新緑挿話(小説)」／林唯一絵
『週刊朝日』 28巻5銷夏読物号 81〜89頁 1935(昭和10)年8月1日 15銭

B0140 「〈今月のノート〉 映画時評」
『文学界』 2巻8号 100〜102頁 1935(昭和10)年9月

B0141 「〈コント24人集〉 五種競技」
　　　　『若草』　11巻10号　274～276頁　1935（昭和10）年10月

B0142 「映画往来」
　　　　『文学界』　2巻10号　104～107頁　1935（昭和10）年11月

B0143 「終列車（エッセイ）」
　　　　『作品』　6巻11号　97～99頁　1935（昭和10）年11月　40銭

B0144 「〈特輯 新進作家短篇集〉 三枚目」
　　　　『作品』　6巻12号　22～25頁　1935（昭和10）年12月　40銭

1936

B0145 「〈春夏秋冬〉 映画時評」
　　　　『文学界』　3巻1号　206～209頁　1936（昭和11）年1月

B0146 「新年初頭文壇を観る（アンケート）」
　　　　『文芸通信』　4巻2号　8頁　1936（昭和11）年2月

B0147 「〈春夏秋冬〉 映画時評」
　　　　『文学界』　3巻2号　196～199頁　1936（昭和11）年2月

B0148 「〈文学と映画の関係〉 人生劇場所見」
　　　　『文芸通信』　4巻3号　27～28頁　1936（昭和11）年3月　15銭

B0149 「〈春夏秋冬〉 映画時評」
　　　　『文学界』　3巻3号　227～230頁　1936（昭和11）年3月

B0150 「〈特輯・日本古典文芸と現代文芸〉 現代の混乱」
　　　　『文芸懇話会』　1巻5号　12～13頁　1936（昭和11）年5月
　　　　　　注：『文芸懇話会』は以下不二出版の復刻版（1997）による

B0151 「〈小説と映画〉 純粋小説と映画」
　　　　『新潮』　33巻7号　54～58頁　1936（昭和11）年7月

B0152 「〈海・山・夏の容姿〉 ロシナンテに鞭打って」
　　　　『文芸通信』　4巻8号　24～25頁　1936（昭和11）年8月

B0153 「映画時評」
　　　　『文学界』　3巻10号　272～273頁　1936（昭和11）年10月

B0154 「日本映画のために（座談会）」
　　　　『新潮』　33巻10号　162～187頁　1936（昭和11）年10月
　　　　　　出席者：大森義太郎、筈見恒夫、飯島正、内田岐三雄、岩崎昶、板垣鷹穂、今
　　　　　日出海、村山知義、中村武羅夫

B0155 「映画時評」
　　　　『文学界』　3巻11号　188～189頁　1936（昭和11）年11月

B0156 「ペン倶楽部大会に誰を招くか（端書回答）のうち」
　　　　『文芸懇話会』　1巻11号　49頁　1936（昭和11）年11月

B0157 「一つの反駁―憤懣時評のうち映画〔北川冬彦への反論〕」
　　　　『文学界』　3巻12号　166～167頁　1936(昭和11)年12月

B0158 「〈文芸一家言〉　今年の文壇回顧」
　　　　『文芸通信』　4巻12号　8～9頁　1936(昭和11)年12月

1937

B0159 「現代芸術の分野(座談会)」
　　　　『文学界』　4巻1号　278～302頁　1937(昭和12)年1月
　　　　出席者：山根銀二(音楽)、福沢一郎(絵画)、今日出海(映画)、河上徹太郎(文学界)、六車修(映画)、林房雄(文学界)、蘆原英了(舞踊)、村山知義(文学界)、岸田国士(文学界)、舟橋聖一(文学界)、横光利一(文学界)、小林秀雄(文学界)

B0160 「〈文芸一家言〉　自由主義の最後」
　　　　『文芸通信』　5巻1号　12～13頁　1937(昭和12)年1月

B0161 「映画通信」
　　　　『文学界』　4巻2号　252～253頁　1937(昭和12)年2月

B0162 「〈欧米の文芸雑誌に現れた諸問題〉　軽信時代と先駆者―仏蘭西文芸誌に現れた諸問題」
　　　　『新潮』　34巻3号　16～20頁　1937(昭和12)年3月　60銭
　　　　☆『東西雑記』(1941)に再録

B0163 「〈演劇随筆〉　文化運動について」
　　　　『東宝』　39号　41～42頁　1937(昭和12)年3月

B0164 「〈惜春コント集〉　真珠の小匣」
　　　　『若草』　13巻5号　96～98頁　1937(昭和12)年5月

B0165 「〈文化月報〉　演劇」
　　　　『文学界』　4巻5号　57～58頁　1937(昭和12)年5月

B0166 「文化の大衆性について(座談会)」
　　　　『文学界』　4巻6号　68～91頁　1937(昭和12)年6月
　　　　出席者：浅野晃、清水幾太郎、今日出海、東郷青児、中島健蔵、青野季吉、小林秀雄、三木清、岸田国士、林房雄、河上徹太郎

B0167 「演劇時評」
　　　　『新潮』　34巻7号　74～75頁　1937(昭和12)年7月

B0168 「演劇時評」
　　　　『新潮』　34巻8号　140～141頁　1937(昭和12)年8月

B0169 「キノドラマ所感」
　　　　『サンデー毎日』　16巻42号　28頁　1937(昭和12)年8月22日　15銭

B0170 「キノドラマ「嗤う手紙」を見て」
　　　　『文芸』　5巻9号　199～202頁　1937(昭和12)年9月

B0171 「演劇時評」
　　　『新潮』　34巻9号　266〜267頁　1937（昭和12）年9月
B0172 「〈文壇カメラ・ファンのスクラップブックより〉　福島競馬場で」／今日出海・文と写真
　　　『新潮』　34巻10号　98頁　1937（昭和12）年10月
B0173 「演劇時評」
　　　『新潮』　34巻10号　142〜143頁　1937（昭和12）年10月

1938

B0174 「巴里だより」
　　　『文芸春秋』　16巻2号　260〜267頁　1938（昭和13）年2月
　　　☆『東西雑記』（1941）に再録
　　　☆『世界紀行文学全集 2. フランス篇』に再録
B0175 「巴里通信」
　　　『新潮』　35巻3号　160〜164頁　1938（昭和13）年3月
　　　☆『東西雑記』（1941）に再録
B0176 「巴里通信（芝居・映画・大衆娯楽）」
　　　『新潮』　35巻5号　224〜231頁　1938（昭和13）年5月
　　　☆『東西雑記』（1941）に再録
B0177 「続巴里だより」
　　　『文芸春秋』　16巻11号　182〜187頁　1938（昭和13）年7月
　　　☆『東西雑記』（1941）に再録
B0178 「欧州より帰りて—日本知識階級に与う（座談会）」
　　　『文芸』　6巻7号　58〜78頁　1938（昭和13）年7月
　　　出席者：今日出海、横光利一、中島健蔵、深田久弥、阿部知二
B0179 「デカダンスにある現代フランス」
　　　『日本評論』　13巻8号　158〜163頁　1938（昭和13）年7月
　　　☆『東西雑記』（1941）に再録
B0180 「巴里のレヴュー」
　　　『映画と舞台』　1巻7号　18〜21頁　1938（昭和13）年7月
B0181 「〈映画随想〉　フランス映画閑談」
　　　『サンデー毎日』　17巻34夏の映画号　25頁　1938（昭和13）年7月15日
B0182 「日本映画の貧しさとその原因」
　　　『日本映画』（大日本映画協会）　3巻8号　26〜29頁　1938（昭和13）年8月　60銭
B0183 「仏蘭西から帰って」
　　　『映画朝日』　15巻8号　49〜50頁　1938（昭和13）年8月　50銭（フォンテンブローにおける筆者の写真）
B0184 「仏蘭西映画の特質」
　　　『キネマ旬報』　655号　10〜11頁　1938（昭和13）年8月21日

B0185 「映画月報」
　　　　『文学界』　5巻9号　254〜237頁　1938（昭和13）年9月

B0186 「戦争と文学（麦と兵隊）」
　　　　『新潮』　35巻9号　31〜35頁　1938（昭和13）年9月

B0187 「日本の映画製作の機構」
　　　　『日本映画』　3巻9号　23〜27頁　1938（昭和13）年9月　50銭

B0188 「〈新秋映画随筆〉日本映画俳優に」
　　　　『スタイル』　3巻9号　66頁　1938（昭和13）年9月　35銭
　　　　注：臨川書店編集部発行の復刻版（2003）による

B0189 「勝負」
　　　　『文芸』　6巻10号　39〜62頁　1938（昭和13）年10月
　　　　☆『大いなる薔薇』（1940）に再録
　　　　☆『秋の歌』（1943）に再録

B0190 「秋の歌」
　　　　『文学界』　5巻10号　69〜97頁　1938（昭和13）年10月
　　　　☆『秋の歌』（1943）に再録

B0191 「〈特別映画批評〉最近見た日本映画」
　　　　『日本映画』　3巻10号　38〜40頁　1938（昭和13）年10月　50銭

B0192 「『太陽と薔薇』/林房雄著（ブックレヴュー）」
　　　　『文学界』　5巻11号　242〜262頁　1938（昭和13）年11月

B0193 「今日の新劇（座談会）」
　　　　『文芸』　6巻11号　196〜214頁　1938（昭和13）年11月　70銭
　　　　出席者：今日出海、岡田禎子、村山知義、千田是也

B0194 「輸出映画一考」
　　　　『日本映画』　3巻11号　24〜28頁　1938（昭和13）年11月　50銭

B0195 「〈第二回 日本映画の会〉日本主義と日本映画を論ずる会」
　　　　『日本映画』　3巻11号　36〜50頁　1938（昭和13）年11月　50銭
　　　　出席者：倉田百三、横光利一、島木健作、林房雄、今日出海、館林三喜男（司会）、渡辺捨雄、増谷達之輔、多根茂

B0196 「事変と映画界」
　　　　『映画とレヴュー』　巻号不明　頁数不明　1938（昭和13）年11月
　　　　＊未見

B0197 「映画時評」
　　　　『日本映画』　3巻12号　90〜94頁　1938（昭和13）年12月　50銭

B0198 「〈第三回 日本映画の会〉戦争映画座談会」
　　　　『日本映画』　3巻12号　123〜139頁　1938（昭和13）年12月
　　　　出席者：菊池寛、柴野中佐、山口少佐、伊藤恭雄、今日出海、坂東箕助、田坂具隆、倉田文人、白井茂、白井戦太郎、曽根千晴、唐沢俊樹、館林三喜男（司会）、増谷達之輔　（出席者の写真）

B0199 「昭和十三年の文芸界（回答）」
　　　　『新潮』　35巻12号　180頁　1938（昭和13）年12月

1939

B0200 「イタリアの春」
　　　『文学界』　6巻1号　77〜89頁　1939(昭和14)年1月
　　　☆「旅の誘い」と題して『大いなる薔薇』(1940)に再録

B0201 「〈世界の映画館を語る その1. フランス〉　巴里の映画館」
　　　『東宝映画』　2巻5号上旬特別号　14〜15頁上段のみ　1939(昭和14)年1月　20銭

B0202 「廿世紀は如何なる時代か(座談会)」
　　　『文学界』　6巻1号　202〜213頁　1939(昭和14)年1月
　　　出席者：三木清、河上徹太郎、今日出海

B0203 「文学の季節(文芸時評)」
　　　『作品』　10巻1号　49〜50頁　1939(昭和14)年1月

B0204 「映画時評」
　　　『日本映画』　4巻1号　23〜26頁　1939(昭和14)年1月　60銭

B0205 「文芸作品の映画化(映画月感)」
　　　『映画とレヴュー』　5巻1号　34〜35頁　1939(昭和14)年1月　40銭

B0206 「〈第四回 日本映画の会〉　官庁と業者代表の映画座談会」
　　　『日本映画』　4巻1号　178〜194頁　1939(昭和14)年1月　60銭
　　　出席者：城戸四郎、植村泰二、川喜多長政、今日出海、町村金吾(司会)、館林三喜男、増谷達之輔

B0207 「特種(小説)」／松野一夫画
　　　『週刊朝日』　35巻2号　128〜135頁　1939(昭和14)年1月2日　15銭

B0208 「新劇三座 新協・新築地・文学座」
　　　『新潮』　36巻2号　246〜251頁　1939(昭和14)年2月
　　　☆『文芸年鑑 1939』に再録

B0209 「映画時評」
　　　『日本映画』　4巻2号　13〜17頁　1939(昭和14)年2月　60銭

B0210 「〈映画人の印象・川喜多長政〉　川喜多さんについて」
　　　『日本映画』　4巻2号　124〜126頁　1939(昭和14)年2月　60銭(川喜多氏の写真あり)

B0211 「映画時評」
　　　『日本映画』　4巻3号　11〜15頁　1939(昭和14)年3月　50銭

B0212 「〈月報〉　映画時評」
　　　『文学界』　6巻3号　160〜163頁　1939(昭和14)年3月

B0213 「〈新刊月評〉　阿部知二の『街』」
　　　『新潮』　36巻3号　170〜171頁　1939(昭和14)年3月

B0214 「満洲の叔父さん(現代小説)」
　　　『オール読物』　9巻3号　164〜180頁　1939(昭和14)年3月

B0215 「六号雑記・グラウスの時代―蝙蝠座の巻」
　　　　『文学界』　6巻4号　276～278頁　1939（昭和14）年4月
B0216 「編集者は現代文学を如何に見るか？日本評論、改造、中央公論、文芸春秋、セルパン、文学界（アンケート調査）」
　　　　『文芸』　7巻4号　218～230頁　1939（昭和14）年4月
　　　　補記：著者による出版社の訪問調査
B0217 「岸田国士論」
　　　　『新潮』　36巻4号　44～50頁　1939（昭和14）年4月
　　　　☆『東西雑記』（1941）に再録
B0218 「映画時評」
　　　　『日本映画』　4巻5号　9～11頁　1939（昭和14）年5月　50銭
B0219 「映画時評」
　　　　『文学界』　6巻5号　179～182頁　1939（昭和14）年5月
B0220 「巴里閑談」
　　　　『改造』　21巻5号　21～27頁　1939（昭和14）年5月
　　　　☆『東西雑記』（1941）に再録
B0221 「六号雑記・グラウスの時代―PJL仏蘭西語講習会の巻」
　　　　『文学界』　6巻6号　21～27頁　1939（昭和14）年6月
B0222 「〈文化映画に何を要望するか 特輯・アンケート〉 文化映画に望む」
　　　　『新映画』　9巻6号　20～21頁　1939（昭和14）年6月　40銭
B0223 「真の文化人の従軍記―岸田国士氏『従軍五十日』」
　　　　『文学界』　6巻7号　180～182頁　1939（昭和14）年7月　60銭
　　　　☆『東西雑記』（1941）の「余白記」中に再録
B0224 「戦争の体験と文学（座談会）」
　　　　『文芸』　7巻7号　243～261頁　1939（昭和14）年7月
　　　　出席者：日比野士朗、芹沢光治良、尾崎士郎、今日出海
B0225 「象徴の嫩葉」
　　　　『観光東亜』　巻号不明　頁数不明　1939（昭和14）年7月
　　　　＊未見
　　　　☆『東西雑記』（1941）に再録
B0226 「満洲行断章」
　　　　『文芸』　7巻8号　184～188頁　1939（昭和14）年8月
　　　　☆『東西雑記』（1941）に再録
　　　　☆『史話 日本の歴史 別巻2』（1991）に収録
B0227 「羅馬の春」
　　　　『文学界』　6巻8号　4～27頁　1939（昭和14）年8月　60銭
　　　　☆『大いなる薔薇』（1940）に再録
B0228 「満映を見る」
　　　　『日本映画』　4巻8号　60～64頁　1939（昭和14）年8月　50銭（撮影風景などの写真）
B0229 「〈映画人の印象・植村泰二〉 植村氏周辺観」

　　　　　　『日本映画』　4巻8号　130〜131頁　1939(昭和14)年8月　50銭（植村氏の写真あり）

B0230 「朝鮮・満洲を巡りて（座談会）」
　　　　　　『文学界』　6巻9号　176〜189頁　1939(昭和14)年9月　60銭
　　　　　　出席者：伊藤整、村山知義、今日出海

B0231 「精神の復興─渡辺一夫兄に捧ぐ」
　　　　　　『新潮』　36巻10号　20〜25頁　1939(昭和14)年10月
　　　　　　補記：前号渡辺氏の「怪獣譚」（F0010）に対して
　　　　　　☆『東西雑記』(1941)に再録

B0232 「弘前日記（随筆）」
　　　　　　『文学界』　6巻10号　230〜231頁　1939(昭和14)年10月　70銭

B0233 「〈貝殻投票〉 平衡の要望」
　　　　　　『文芸』　7巻10号　15頁　1939(昭和14)年10月

B0234 「ルネサンス伊太利亜と現代伊太利亜」
　　　　　　『科学ペン』　4巻11号　118〜125頁　1939(昭和14)年11月
　　　　　　☆『東西雑記』(1941)に再録

B0235 「お披露目に」
　　　　　　『風報 第1次』　3号　3〜4頁　1939(昭和14)年11月

B0236 「連載小説 代り役 1.」／ゑ・小野佐世男
　　　　　　『週刊朝日』　36巻22号　30〜31頁　1939(昭和14)年11月5日

B0237 「連載小説 代り役 2.」／ゑ・小野佐世男
　　　　　　『週刊朝日』　36巻23号　16〜17頁　1939(昭和14)年11月12日

B0238 「連載小説 代り役 3.」／ゑ・小野佐世男
　　　　　　『週刊朝日』　36巻24号　32〜33頁　1939(昭和14)年11月19日

B0239 「連載小説 代り役 完結」／ゑ・小野佐世男
　　　　　　『週刊朝日』　36巻25号　12〜13頁　1939(昭和14)年11月26日

B0240 「フィレンツェの春」
　　　　　　『文学界』　6巻12号　131〜146頁　1939(昭和14)年12月　60銭
　　　　　　☆『大いなる薔薇』(1940)に再録

1940

B0241 「〈新刊月評〉『忘れ得ぬ人々』／辰野隆著」
　　　　　　『新潮』　37巻1号　344〜346頁　1940(昭和15)年1月

B0242 「忘れ得ぬ辰野先生」
　　　　　　『文学界』　7巻1号　186〜190頁　1940(昭和15)年1月　60銭
　　　　　　☆『東西雑記』(1941)の「余白記」中に収録

B0243 「仏蘭西の文化」
　　　　　　『形成』　2号　94〜104頁　1940(昭和15)年1月
　　　　　　☆『東西雑記』(1941)に再録

B0244 「受胎告知」
　　　『文学界』　7巻2号　57〜75頁　1940（昭和15）年2月　60銭
　　　（64〜75頁まで乱丁）
　　　☆『大いなる薔薇』（1940）に再録

B0245 「フランス文化と「サロン」（対談）」
　　　『文芸』　8巻2号　264〜270頁　1940（昭和15）年2月
　　　対談者：今日出海、中村光夫

B0246 「〈季節のサロン〉 野暮な話」
　　　『映画之友』　18巻2号　54頁　1940（昭和15）年2月　50銭

B0247 「日本自然風景論（座談会）」
　　　『文学界』　7巻3号　198〜209頁　1940（昭和15）年3月
　　　出席者：岡本一平、井伏鱒二、今日出海、深田久弥

B0248 「〈六号雑記〉 再興内輪話」
　　　『文学界』　7巻3号　238〜239頁　1940（昭和15）年3月

B0249 「〈銃眼〉 輿論の浮調子」
　　　『文芸春秋 時局増刊』　30号　47頁　1940（昭和15）年3月

B0250 「最近の新聞紙上に行はれている匿名文化雑誌批評をどう思ふか（ハガキ回答）」
　　　『文芸』　8巻3号　260頁　1940（昭和15）年3月

B0251 「満洲の文学」
　　　『大陸』　3巻3号　81〜85頁　1940（昭和15）年3月
　　　☆『東西雑記』（1941）に再録

B0252 「過客（続く）」
　　　『文学界』　7巻3号　79〜101頁　1940（昭和15）年3月　60銭
　　　☆『大いなる薔薇』（1940）に再録

B0253 「過客」
　　　『文学界』　7巻4号　34〜51頁　1940（昭和15）年4月　70銭
　　　☆『大いなる薔薇』（1940）に再録

B0254 「匿名文学放談（座談会）」
　　　『文学界』　7巻4号　234〜252頁　1940（昭和15）年4月
　　　出席者：武田麟太郎、上田広、今日出海、大江賢次、舟橋聖一

B0255 「批評家失格」
　　　『東宝』　76号　29〜32頁　1940（昭和15）年4月

B0256 「人さまざま―社会時評風に」
　　　『知性』　3巻5号　132〜138頁　1940（昭和15）年5月　50銭

B0257 「〈友を語る〉 僕のグループ」
　　　『新女苑』　4巻5号　164〜167頁　1940（昭和15）年5月

B0258 「旧友」
　　　『文学界』　7巻5号　181〜183頁　1940（昭和15）年5月
　　　補記：吉川幸次郎氏のこと

B0259 「技能審査委員覚書」
　　　『日本映画』　5巻5号　26〜29頁　1940（昭和15）年5月　60銭

1940　　　　　　　　Ⅰ　著作目録（雑誌記事）

B0260　「絵画断想」
　　　　『文芸』　8巻6号　118〜121頁　1940（昭和15）年6月
　　　　注：目次は「現代の絵画」となっている

B0261　「カデンツァ（音楽時評）」
　　　　『文学界』　7巻6号　134〜136頁　1940（昭和15）年6月

B0262　「〈六号雑記〉　雑感」
　　　　『文学界』　7巻6号　233〜234頁　1940（昭和15）年6月

B0263　「カデンツァ（音楽時評）」
　　　　『文学界』　7巻7号　139〜141頁　1940（昭和15）年7月

B0264　「文学界消息」
　　　　『文学界』　7巻7号　238〜239頁　1940（昭和15）年7月

B0265　「〈評論特輯〉　盲者の叫喚」
　　　　『新潮』　37巻7号　26〜30頁　1940（昭和15）年7月

B0266　「現下の欧州の情勢とわが関心（ハガキ回答）」
　　　　『新潮』　37巻8号　67頁　1940（昭和15）年8月　70銭

B0267　「〈翻訳文学の諸問題〉　翻訳物氾濫時代」
　　　　『新潮』　37巻8号　141〜142頁　1940（昭和15）年8月

B0268　「ロンドン・パリ―縁台ばなし（座談会）」
　　　　『文芸春秋』　18巻11号　272〜286頁　1940（昭和15）年8月
　　　　出席者：石黒敬七、辰野隆、南条真一、久米正雄、古垣鉄郎、小寺健吉、今日
　　　　出海、斉藤武夫

B0269　「映画文化の破壊―日活問題について」
　　　　『日本映画』　5巻8号　14〜17頁　1940（昭和15）年8月　60銭
　　　　注：目次は「映画時評（映画文化の破壊）」となっている

B0270　「白鳥の死」
　　　　『エスエス＝Screen and Stage』　5巻8号　94〜95頁　1940（昭和15）年8月　50銭

B0271　「〈穆時英君追悼〉　穆君の不慮の死をいたむ」
　　　　『文学界』　7巻9号　184〜186頁　1940（昭和15）年9月

B0272　「〈六号雑記〉　雑記」
　　　　『文学界』　7巻9号　239頁　1940（昭和15）年9月

B0273　「映画時評」
　　　　『日本映画』　5巻9号　8〜11頁　1940（昭和15）年9月　60銭

B0274　「〈六号雑記〉　発哺にて」
　　　　『文学界』　7巻10号　238頁　1940（昭和15）年10月

B0275　「新体制と文化運動」
　　　　『改造 時局版11』　22巻19号　172〜175頁　1940（昭和15）年10月
　　　　☆『東西雑記』（1941）に再録

B0276　「映画時評」
　　　　『日本映画』　5巻10号　16〜19頁　1940（昭和15）年10月　60銭

B0277　「〈フランスの敗因を思想的に見る〉　仏蘭西敗北の内面的理由」

『新潮』 37巻11号　54〜57頁　1940（昭和15）年11月
☆『東西雑記』（1941）に再録

B0278 「映画時評」
『日本映画』　5巻11号　14〜16頁　1940（昭和15）年11月　60銭

B0279 「日本の家族制度―序説」
『文学界』　7巻11号　4〜9頁　1940（昭和15）年11月
☆『日本の家族制度』（1942）に再録
☆『秋の歌』（1943）に「家族について」と題して再録

B0280 「日本文芸中央会について」
『文芸』　8巻12号　211〜212頁　1940（昭和15）年12月

B0281 「一昔（短篇小説）」／横井福次郎ゑ
『週刊朝日』　38巻28号　42〜46頁　1940（昭和15）年12月29日　15銭

1941

B0282 「家族制度について―大宝・養老の律令」
『文学界』　8巻1号　4〜10頁　1941（昭和16）年1月
☆『日本の家族制度』（1942）に再録

B0283 「余白記（書評）」
『文学界』　8巻1号　70〜73頁　1941（昭和16）年1月
内容：『印象と追憶』辰野隆著　弘文堂版、『文学の宿命』デュアメル著・渡辺一夫訳　創元社
☆『東西雑記』（1941）に再録

B0284 「新しき文化の課題」
『改造　時局版14』　23巻2号　116〜121頁　1941（昭和16）年1月
☆『東西雑記』（1941）に再録

B0285 「児童映画について―映画時評」
『日本映画』　6巻1号　18〜20頁　1941（昭和16）年1月　60銭

B0286 「〈一頁時評〉　文学」
『新女苑』　5巻1号　59頁　1941（昭和16）年1月　70銭

B0287 「〈一頁時評〉　文学」
『新女苑』　5巻2号　130頁　1941（昭和16）年2月　60銭

B0288 「家族制度について―御成敗式目」
『文学界』　8巻3号　36〜41頁　1941（昭和16）年3月
☆『日本の家族制度』（1942）に再録

B0289 「〈一頁時評〉　文学」
『新女苑』　5巻3号　61頁　1941（昭和16）年3月　60銭

B0290 「〈外から観た日本―対談集〉　文学」
『国際文化』　13号　43〜47頁　1941（昭和16）年3月
対談者：ウィルフリッド・ホワイトハウス、今日出海

1941　　　　　　　　　Ⅰ　著作目録（雑誌記事）

B0291　「家族制度について―徳川時代」
　　　　『文学界』　8巻4号　24～28頁　1941（昭和16）年4月
　　　　☆『日本の家族制度』(1942)に再録

B0292　「〈一頁時評〉　文学」
　　　　『新女苑』　5巻4号　93頁　1941（昭和16）年4月　60銭

B0293　「崔承喜と李香蘭―二人の人気者」
　　　　『改造』　23巻7号　160～163頁　1941（昭和16）年4月

B0294　「〈伝記映画特輯〉　伝記映画に就いて」
　　　　『日本映画』　6巻4号　29～31頁　1941（昭和16）年4月（五周年記念特別号）　80銭

B0295　「家族制度について―徳川時代」
　　　　『文学界』　8巻5号　26～31頁　1941（昭和16）年5月
　　　　☆『日本の家族制度』(1942)に再録

B0296　「〈一頁時評〉　文学」
　　　　『新女苑』　5巻5号　103頁　1941（昭和16）年5月　60銭

B0297　「〈新刊月評〉　リイルアダン短篇選集」
　　　　『新潮』　38巻5号　129～130頁　1941（昭和16）年5月　70銭

B0298　「映画俳優学校はいつ出来るのか（座談会）」
　　　　『日本映画』　6巻5号　131～142頁　1941（昭和16）年5月　60銭
　　　　出席者：唐沢俊樹、植村泰二、山川健、溝口健二、菊池寛、島津保次郎、不破祐
　　　　俊、田坂具隆、中野敏夫、今日出海、松浦晋、谷文一、城戸四郎、本誌・多
　　　　根茂、谷崎終平（司会）（出席者の写真）

B0299　「家族制度について」
　　　　『文学界』　8巻6号　20～25頁　1941（昭和16）年6月
　　　　☆『日本の家族制度』(1942)に再録

B0300　「〈一頁時評〉　文化」
　　　　『新女苑』　5巻6号　109頁　1941（昭和16）年6月　60銭

B0301　「家族制度について―家について」
　　　　『文学界』　8巻7号　32～39頁　1941（昭和16）年7月
　　　　☆『日本の家族制度』(1942)に再録
　　　　☆『秋の歌』(1943)に再録

B0302　「〈一頁時評〉　文化」
　　　　『新女苑』　5巻7号　77頁　1941（昭和16）年7月　60銭

B0303　「復古精神」
　　　　『知性』　4巻7号　80～83頁　1941（昭和16）年7月　70銭

B0304　「初聖体」
　　　　『新潮』　38巻7号　62～63頁　1941（昭和16）年7月（著者の近影あり）

B0305　「〈一頁時評〉　文化」
　　　　『新女苑』　5巻8号　67頁　1941（昭和16）年8月　60銭

B0306　「家族制度について」
　　　　『文学界』　8巻9号　124～129頁　1941（昭和16）年9月　60銭

B0307　「〈一頁時評〉　文化」

　　　　　『新女苑』　5巻9号　71頁　1941（昭和16）年9月　60銭
B0308　「家族制度と女性の立場（座談会）」
　　　　　『新女苑』　5巻9号　44〜57頁　1941（昭和16）年9月　60銭
　　　　　　出席者：穂積重遠、長谷川如是閑、今日出海、橋浦泰雄、長谷川時雨（出席者
　　　　　　の写真あり）
B0309　「家族制度について」
　　　　　『文学界』　8巻10号　19〜25頁　1941（昭和16）年10月　60銭
B0310　「〈一頁時評〉　文化」
　　　　　『新女苑』　5巻10号　59頁　1941（昭和16）年10月　60銭
B0311　「〈読書巡礼〉　旧刊『白痴』読後」
　　　　　『新潮』　38巻10号　78〜79頁　1941（昭和16）年10月　60銭
B0312　「〈軽爆重爆〉　文化機銃・映画」
　　　　　『改造 時局版23』　23巻20号　179頁　1941（昭和16）年10月
B0313　「〈一頁時評〉　文化」
　　　　　『新女苑』　5巻11号　99頁　1941（昭和16）年11月　50銭
B0314　「家族制度について」
　　　　　『文学界』　8巻12号　38〜43頁　1941（昭和16）年12月　60銭
　　　　　☆『文学界』8巻9・10・12・号掲載の「家族制度について」は「日本の家族制度の
　　　　　　特徴」と題して『日本の家族制度』(1942)に再録
B0315　「〈一頁時評〉　文化」
　　　　　『新女苑』　5巻12号　85頁　1941（昭和16）年12月　50銭

1942

B0316　「フィリピン雑感」
　　　　　『写真週報』　210号　11頁　1942（昭和17）年3月4日
B0317　「比島だより」
　　　　　『建設青年』　巻号不明　頁数不明　1942（昭和17）年7月
　　　　　＊未見
B0318　「〈六号雑記〉　比島だより―河上徹太郎宛」
　　　　　『文学界』　9巻7号　108〜109頁　1942（昭和17）年7月
B0319　「比島より使いして」
　　　　　『時局雑誌』　1巻10号　97〜99頁　1942（昭和17）年10月
B0320　「文化戦線にて」
　　　　　『文芸』　10巻10号　46〜51頁　1942（昭和17）年10月
B0321　「「東洋の凱歌」の製作記録」
　　　　　『新映画』　2巻12号　36〜37頁　1942（昭和17）年12月
B0322　「比島攻略従軍記 "東洋の凱歌"をめぐる座談会」
　　　　　『映画旬報』　67号　36〜41頁　1942（昭和17）年12月　80銭

〔B0308 〜 B0322〕

　　　　出席者：西山少佐、今日出海、尾崎士郎、向井潤吉、本誌・池田照勝
　　　　写真：バタアンの米軍俘虜（陸軍省検閲済）
　　　　注：『映画旬報』復刻版：「資料〈戦時下のメディア―第Ⅰ期統制化の映画雑誌〉」
　　　　　　ゆまに書房 2004年7月22日 による

1943

B0323 「六号雑記」
　　　　『文学界』　10巻1号　104～109頁　1943（昭和18）年1月

B0324 「比島より帰りて」
　　　　『放送』　13巻1号　頁数不明　1943（昭和18）年1月
　　　　＊未見

B0325 「輸送船」
　　　　『興亜』　4巻1号　163～178頁　1943（昭和18）年1月
　　　　☆『比島従軍』（1944）に再録

B0326 「比島の農民と学生」
　　　　『文芸』　11巻1号　110～114頁　1943（昭和18）年1月

B0327 「戦塵を洗う―前線のひととき」
　　　　『オール読物』　13巻1号　グラビア　1943（昭和18）年1月（マニラでの写真多数）

B0328 「〈南方随筆〉　デング熱」
　　　　『時局情報』　7年1号　51～53頁　1943（昭和18）年1月

B0329 「〈特輯・南方映画工作の根本問題〉　比島に於ける映画工作」
　　　　『映画評論』　3巻1号　18～20頁　1943（昭和18）年1月　60銭

B0330 「比島文化工作における紙芝居」
　　　　『紙芝居』　6巻1号　11～13頁　1943（昭和18）年1月10日

B0331 「南方文化戦士として―比島の映画工作点描」
　　　　『サンデー毎日』　22巻3号　14～17頁　1943（昭和18）年1月24日（著者の顔写真
　　　　あり）

B0332 「僕の軍刀（随想）」
　　　　『サンデー毎日』　22巻4号　23頁　1943（昭和18）年1月31日
　　　　☆桜本富雄『文化人たちの大東亜戦争』（1993）にもあり

B0333 「〈南方映画事情〉　比島に於ける映画工作」
　　　　『映画旬報』　71巻　18～19頁　1943（昭和18）年2月　50銭
　　　　写真：日本軍布告の立札あり
　　　　注：文末および写真にも（陸軍省検閲済）とあり

B0334 「比島遠征」
　　　　『新女苑』　7巻2号　48～53頁　1943（昭和18）年2月　50銭

B0335 「比島の女性」
　　　　『婦人公論』　28巻2号　128～133頁　1943（昭和18）年2月　50銭

B0336 「比島従軍」

I 著作目録（雑誌記事） 1943

　　　　　『文学界』　10巻2号　128～143頁　1943（昭和18）年2月
B0337　「比島従軍」
　　　　　『文学界』　10巻3号　126～143頁　1943（昭和18）年3月
B0338　「爆撃行」
　　　　　『航空文化』　巻号不明　頁数不明　1943（昭和18）年3月
　　　　　＊未見
B0339　「〈特輯・現代精神の緊急課題〉　精神の衰弱」
　　　　　『文学界』　10巻5号　31～33頁　1943（昭和18）年3月
B0340　「〈南方朗漫誌 1.〉　比島人の算数」
　　　　　『週刊朝日』　43巻12号　11頁　1943（昭和18）年3月28日　15銭
B0341　「教養の展開（座談会）」
　　　　　『新女苑』　7巻4号　18～29頁　1943（昭和18）年4月
　　　　　出席者：今日出海（作家）、山下俊郎（愛育会）、杉靖三郎（国民精神文化研究所員）、壺井栄（作家）
B0342　「〈南方朗漫誌〉　ヤンキー気質」
　　　　　『週刊朝日』　43巻16号　17頁　1943（昭和18）年4月25日
B0343　「比島従軍」
　　　　　『文学界』　10巻5号　105～117頁　1943（昭和18）年5月
B0344　「大東亜の思想（座談会）」
　　　　　『新潮』　40巻5号　38～55頁　1943（昭和18）年5月（創刊40周年記念）
　　　　　出席者：三枝博音、今日出海、春山行夫、亀井勝一郎、中島健蔵、芳賀檀、尾崎士郎
B0345　「比島文化随想」
　　　　　『国際文化』　25（南方文化建設研究）号　34～40頁　1943（昭和18）年5月
　　　　　☆『秋の歌』（1943）に再録
B0346　「比島従軍」
　　　　　『文学界』　10巻6号　90～109頁　1943（昭和18）年6月
B0347　「離人」
　　　　　『掲載誌不明』　巻号不明　頁数不明　1943（昭和18）年7月
　　　　　＊未見
　　　　　☆『秋の歌』（1943）に再録
B0348　「南の文化挺身隊（対話）」
　　　　　『オール読物』　13巻7号　64～72頁　1943（昭和18）年7月
　　　　　対話者：松井翠声、今日出海
B0349　「土に伏す者―山形県稲舟村の村塾を訪ねて」
　　　　　『新女苑』　7巻8号　80～85頁　1943（昭和18）年8月
B0350　「〈印象に残る兵隊の顔 10.〉　烈日のもと」／鈴木栄二郎・画
　　　　　『週刊毎日』　22巻31号　28～29頁　1943（昭和18）年8月8日
　　　　　　注：以下『サンデー毎日』は『週刊毎日』と改題
B0351　「比島従軍 完」
　　　　　『文学界』　10巻9号　96～116頁　1943（昭和18）年9月

〔B0337 ～ B0351〕

☆「比島従軍」5回分は『比島従軍』(1944)に再録

B0352 「〈特輯・軍人の精神と文学〉 日本の道徳」
『文学界』 10巻9号 38〜40頁 1943(昭和18)年9月

B0353 「フィリッピンの音楽と映画」
『音楽之友』 3巻9号 14〜15頁 1943(昭和18)年9月

B0354 「比律賓の音楽と文化工作の問題」
『国際文化』 28(比律賓独立記念特集)号 132〜136頁 1943(昭和18)年11月

B0355 「一、本年度の新人について 二、従軍記・報道文について 三、本年最も感銘を受けた文学作品(葉書回答)」
『文芸』 11巻12号 64頁 1943(昭和18)年12月

1944

B0356 「〈徳田秋声氏のことども〉 徳田先生のこと」
『新潮』 41巻1号 29〜30頁 1944(昭和19)年1月 50銭
☆『近代作家追悼文集成 29』(1992)に再録

B0357 「新生比島の門出」
『理想日本』 1巻3号 42〜45頁 1944(昭和19)年1月

B0358 「〈八紘一宇と興亜の子供〉 比島の子供」
『小国民文化』 3巻2号 18〜21頁 1944(昭和19)年2月

B0359 「明朗に闊達に」
『文学報国』 23号 頁付なし 1944(昭和19)年4月

B0360 「デマに迷ふ勿れ」
『週刊毎日』 23巻14号 10〜11頁 1944(昭和19)年4月9日

B0361 「欧州進寇の足場となったノルマンディーの今昔」／伊藤廉・絵
『週刊朝日』 45巻24号 7〜9頁 1944(昭和19)年6月18日

B0362 「対外宣伝映画について」
『映画評論』 1巻7号 7〜9頁 1944(昭和19)年7月 50銭

B0363 「〈サイパン以後・特集〉 朗かに黙々働く・学徒」
『週刊朝日』 46巻7号 8〜9頁 1944(昭和19)年8月13日 15銭(著者の顔写真)

B0364 「比島従軍の思い出」
『理想日本』 巻号不明 頁数不明 1944(昭和19)年11月
＊未見

1945

B0365 「比島作戦はこれからだ」
『週刊毎日』 24巻25号 頁数不明 1945(昭和20)年6月4日

*未見

1946

B0366 「同行二人―故里村欣三君のこと」
　　　　『人間』　1巻1号　77～81頁　1946(昭和21)年1月（里村氏の写真あり）

B0367 「解放された民衆」
　　　　『日本短歌』　15巻1号　8～11頁　1946(昭和21)年1月1日(1/2月合併号)　￥1.60

B0368 「女性の解放へ―新しき結婚と恋愛の道徳・政治とお台所（座談会）」
　　　　『婦人朝日』　1巻1号　28～35頁　1946(昭和21)年2月　￥1.50
　　　　出席者：今日出海、外岡茂十郎、森本静子、大浜英子、田中きねよ、渡辺道子

B0369 「頽廃を救うもの」
　　　　『文芸春秋別冊1』　24巻2号　146～150頁　1946(昭和21)年2月

B0370 「〈随想〉 火のない炉辺」
　　　　『ホープ』　1巻2号　22～24頁　1946(昭和21)年2月　￥2.30

B0371 「文化の解放」
　　　　『雄鶏通信』　2巻4号　2～3頁　1946(昭和21)年3月

B0372 「本間将軍銃殺の判決まで―証人台に立ちて」
　　　　『週刊朝日』　48巻9号　16～17頁　1946(昭和21)年3月10日　￥1.00

B0373 「本間公判より帰りて」
　　　　『旬刊ニュース』　1巻3号　12～13頁　1946(昭和21)年3月10日

B0374 「家族制度と男女平等」
　　　　『婦人政治週報』　5/6号　12～14頁　1946(昭和21)年4月24日　￥2.50

B0375 「マニラの町」
　　　　『文芸春秋』　24巻3号　68～71頁　1946(昭和21)年4/5月

B0376 「新しき文化」／加藤悦郎・画
　　　　『青年』　31巻4号　2～5頁　1946(昭和21)年5月

B0377 「カガヤン記―子供達へ」
　　　　『饗宴』　1号　100～109頁　1946(昭和21)年5月

B0378 「戦後のマニラ―比島人は如何に日本人をみたか」
　　　　『婦人文庫』　1巻1号　39～41頁　1946(昭和21)年5月　￥4.50

B0379 「文化再建について」
　　　　『文部時報』　828号　19～21頁　1946(昭和21)年5月

B0380 「これからの娯楽 1.」
　　　　『興行ヘラルド』　1巻5号　1頁　1946(昭和21)年5月　￥2.00

B0381 「〈民主主義運動の展望〉 文化の動き 文化運動」
　　　　『実業之日本』　49巻5号　36頁　1946(昭和21)年5月

B0382 「結婚と道徳について（座談会）」

　　　　　『婦人文庫』　1巻2号　24～33頁　1946（昭和21）年6月
　　　　　出席者：河盛好蔵、今日出海、芹沢光治良、川端康成（出席者の写真）

B0383　「新しき芸術への道」
　　　　　『工芸ニュース』　14巻1号　4～5頁　1946（昭和21）年6月　¥3.50

B0384　「特攻隊の母」
　　　　　『女性改造』　1巻1号　74～77頁　1946（昭和21）年6月

B0385　「仏蘭西の友」
　　　　　『ロゴス』　7号　40～42頁　1946（昭和21）年7月
　　　　　補記：マルク・ベルナールとアンドレ・マルロオのこと

B0386　「未亡人の子弟教育について」
　　　　　『新婦人』　1巻3号　6～8頁　1946（昭和21）年7月　¥5.00

B0387　「友情と恋愛」
　　　　　『LP婦人と政治』　8号　30～32頁　1946（昭和21）年8月
　　　　　注：『婦人政治週報』の改題 月刊となる

B0388　「〈特輯・素人芸能〉　素人演劇の問題」
　　　　　『日本演劇』　4巻7号　1～2頁　1946（昭和21）年8月　¥3.50

B0389　「ドルへの構想「アメリカとは何ぞやその他」」
　　　　　『アメリカ百科』　1巻4号　1～3頁　1946（昭和21）年8月　¥4.00
　　　　　補記：マルク・ベルナール著、伊吹武彦訳「アメリカとは何ぞや」を読んでの感想

B0390　「農村文化の自主性」
　　　　　『農村文化』　25巻5号　14～16頁　1946（昭和21）年8/9月合併

B0391　「自分で自分をしつけよ」
　　　　　『小国民の友』　22巻6号　6～7頁　1946（昭和21）年9月　¥50

B0392　「〈私のソ連観〉「ソ連人の包容力」」
　　　　　『月刊ソヴィエト』　1巻1号　8頁　1946（昭和21）年9月10日

B0393　「巴里と巴里人」
　　　　　『世界の動き』　1巻13号　31～32頁　1946（昭和21）年9月15日

B0394　「『オール読物』の歩み（座談会）」
　　　　　『オール読物』　45巻12号　212～219頁　1946（昭和21）年10月
　　　　　出席者：永井龍男、岩田専太郎、浜本浩、今日出海、徳川夢声、三角寛

B0395　「〈桔梗五郎君追悼〉　五郎さん」
　　　　　『批評』　2巻18号　22～27頁　1946（昭和21）年10月　¥5.00

B0396　「〈女性と新文化〉　演劇と映画等々…」
　　　　　『新女苑』　10巻9号　31～33頁　1946（昭和21）年10月　¥5.00

B0397　「巴里を憶ふ」
　　　　　『新人』　26巻7号　44～45頁　1946（昭和21）年10月

B0398　「〈映画特輯〉　映画と現代生活」
　　　　　『新婦人』　1巻5号　12～13頁　1946（昭和21）年11月

B0399　「〈想い出のクリスマス〉　モンパルナスの酒場」
　　　　　『女性』（新生社）　1巻8号　32～33頁　1946（昭和21）年11月（11/12月合併）

B0400 「〈私の音楽観〉 随想」
　　　『音楽之友』　4巻10号　6～8頁　1946（昭和21）年12月

B0401 「〈娘の民主的教育〉 新しい娘の教育（対談）」
　　　『女性ライフ』　1巻5号　11～13頁　1946（昭和21）年12月（11/12合併）
　　　対談者：今日出海、阿部静枝（両氏の写真あり）

B0402 「フランス人とその社会――居心地のよい住みよい日本を作らう」
　　　『民主文化』　1巻12/13号　52～55頁　1946（昭和21）年12月

B0403 「事実への抗議（随想）」
　　　『芸苑』　3巻10号　68～69頁　1946（昭和21）年12月

B0404 「ひとの考え・自分の考え」／井手則雄・画
　　　『少年』　1巻2号　19～21頁　1946（昭和21）年12月　￥4.50

B0405 「忙しいアンドレ」
　　　『サンライズ』（函館新聞東京支社）　1巻1号　21～22頁　1946（昭和21）年12月
　　　補記：アンドレ・マルローのこと

B0406 「新しき芸術」
　　　『美術及工芸』　1巻2号　12～14頁　1946（昭和21）年12月15日

1947

B0407 「古典芸術について」
　　　『文楽』　2巻1号　1～3頁　1947（昭和22）年1月

B0408 「市村羽左衛門について」
　　　『幕間』　2巻1号　8～9頁　1947（昭和22）年1月（羽左衛門の写真）

B0409 「学生と政治運動（はがき回答）」
　　　『学生評論』　4巻1号　48頁　1947（昭和22）年1月10日　￥9.00

B0410 「正しき意志」
　　　『衆望』　2巻1号　6～7頁　1947（昭和22）年1/2月合併

B0411 「夢想する放送（座談会）」
　　　『放送』　7巻2号　2～9頁　1947（昭和22）年2月
　　　出席者：辰野隆、渋沢秀雄、和田精、今日出海、南江治郎、有馬大五郎、溝上銈、奥屋熊郎（司会）

B0412 「邂逅」
　　　『サロン』　2巻3号　55～60頁　1947（昭和22）年3月

B0413 「もしも結婚するならばどんなお方をおえらびになります？（回答）」
　　　『朝』　1巻3/4号　10頁　1947（昭和22）年4月

B0414 「世の中の明るさ暗さ」
　　　『週刊朝日』　50巻16/17号　10頁　1947（昭和22）年4月13日

B0415 「貧窮問答（随筆）」
　　　『アサヒグラフ』　47巻16号　9頁　1947（昭和22）年6月25日

B0416 「〈懐かしの巴里祭/構成・辰野隆、鈴木信太郎、渡辺一夫〉 スファンクスの女」
　　　　『苦楽』 2巻7号　24頁　1947（昭和22）年7月

B0417 「〈海の特輯〉 波止場の町」／中村琢二・画
　　　　『旅』 21巻8号　19～21頁　1947（昭和22）年8月

B0418 「〈文化展望〉 下積みの文化―演劇・映画・美術・出版」
　　　　『月刊読売』 5巻8号　22頁　1947（昭和22）年8月　￥15

B0419 「アメリカ映画の優秀性」
　　　　『スクリーン』 2巻8号　8頁　1947（昭和22）年8月　￥17

B0420 「「遠州展望」によせて―君たちの仕事」
　　　　『遠州展望』 2号　20～22頁　1947（昭和22）年9月

B0421 「フィレンツェ記1.」
　　　　『文学界』 1巻3号　22～27頁　1947（昭和22）年9月

B0422 「努力賞の女」
　　　　『小説と読物』 2巻9号　24～33頁　1947（昭和22）年10月
　　　　☆『天皇の帽子』(1950)に再録

B0423 「鼎談」
　　　　『文学界』 1巻4号　4～15頁　1947（昭和22）年10月　￥20
　　　　出席者：久保田万太郎、真船豊、今日出海

B0424 「批評の行方」
　　　　『文芸』 4巻8号　39～45頁　1947（昭和22）年10月

B0425 「フィレンツェ記2.」
　　　　『文学界』 1巻5号　40～45頁　1947（昭和22）年11月　￥20

B0426 「ピストル―絵物語」／高橋庸夫・画
　　　　『新風』 2巻11号　巻頭頁付けなし(4頁分)　1947（昭和22）年11月

B0427 「文化論」
　　　　『月刊東奥』 9巻6号　18頁　1947（昭和22）年11月

B0428 「フィレンツェ記3. 自由都市」
　　　　『文学界』 1巻6号　46～53頁　1947（昭和22）年12月

B0429 「国語はどう改革して育てられているか―フランス」
　　　　『雄鶏通信』 3巻11号　12頁　1947（昭和22）年12月

B0430 「帰省」
　　　　『ホープ』 2巻12号　30頁　1947（昭和22）年12月　￥20

B0431 「小説の読み方」
　　　　『ダイヤ』 1巻11/12号　22～24頁　1947（昭和22）年12月　￥15

1948

B0432 「フィレンツェ記4. 自由の擁護」

『文学界』 2巻1号　68〜73頁　1948（昭和23）年1月　¥20

B0433 「作家の独白（座談会）」
　　　『社会』　3巻1号　28〜37頁　1948（昭和23）年1月
　　　出席者：横光利一、岸田国士、川端康成、今日出海

B0434 「冬の巴里」
　　　『学生』　32巻1号　28〜31頁　1948（昭和23）年1月　¥23

B0435 「異国の空」／三田康・画
　　　『新風』　3巻1号　14〜19頁　1948（昭和23）年1月　¥25

B0436 「〈かながきずいひつ〉　虚々実々」
　　　『文芸読物』　7巻2号　34〜35頁　1948（昭和23）年2月

B0437 「座談会」
　　　『文学界』　2巻2号　54〜63頁　1948（昭和23）年2月　¥25
　　　出席者：石川達三、林房雄、河上徹太郎、亀井勝一郎、上田広、草野心平、舟橋聖一、今日出海

B0438 「愚かしき正月―随筆」
　　　『モダン日本』　19巻3号　21頁　1948（昭和23）年3月　¥25

B0439 「素人演劇覚書」
　　　『劇作』　9号　59〜64頁　1948（昭和23）年3月

B0440 「横光さんの想い出」
　　　『社会』　3巻3号　42頁　1948（昭和23）年3月

B0441 「六蔵と芸妓」／絵・西尾善積
　　　『読物時事』　4巻3号　2〜7頁　1948（昭和23）年3月

B0442 「横光さんのこと」
　　　『文学界 横光利一追悼特輯号』　2巻4号　31〜33頁　1948（昭和23）年4月　¥25

B0443 「横光利一の思い出（座談会）」
　　　『文学界 横光利一追悼特輯号』　2巻4号　34〜41頁　1948（昭和23）年4月　¥25
　　　出席者：河上徹太郎、川端康成、菊池寛、舟橋聖一、今日出海

B0444 「〈菊池寛氏を悼む〉　菊池先生の死」
　　　『文芸首都』　16巻4号　17+56頁　1948（昭和23）年4月　¥28（菊池氏の写真）

B0445 「非論理と論理―青年と音楽」
　　　『シンフォニー』　6輯　2〜3頁　1948（昭和23）年4月20日　¥30

B0446 「おとこ女（ラ・ギャルソンヌ）（小説）」／関口俊吾・画
　　　『婦人朝日』　3巻28号　39〜41頁　1948（昭和23）年5月

B0447 「菊池寛の後姿」
　　　『書評』　3巻5号　25〜27頁　1948（昭和23）年5月

B0448 「私たちの読書室―青い鳥」／今日出海著、伊藤熹朔・舞台図
　　　『少年少女』　1巻4号　35〜39頁　1948（昭和23）年5月

B0449 「〈雑記〉『俘虜記』／〔大岡昇平著〕について」
　　　『文学界』　2巻5号　19〜20頁　1948（昭和23）年5月　¥30

B0450 「巴里祭近く」／岡田謙三・画

〔B0433〜B0450〕

『モダン日本』　19巻5号　22～27頁　1948（昭和23）年5月

B0451　「付録・菊池寛先生の思い出（座談会）」
　　　『文学会議』（講談社）　4号　206～212頁　1948（昭和23）年5月　￥90
　　　出席者：川端康成、中野実、小林秀雄、林芙美子、関口次郎、今日出海、石川達三（司会）

B0452　「編輯後記」
　　　『文学界』　2巻5号　〔64〕頁　1948（昭和23）年5月

B0453　「三四郎時代」／清水崑・画
　　　『小説新潮』　2巻6号　13～15頁　1948（昭和23）年6月　￥30

B0454　「〈大衆雑誌の総合的分析〉　綜合批判―祭の見世物と思えば…」
　　　『書評』　3巻6号　27～29頁　1948（昭和23）年6月

B0455　「岸田国士との対話」／文責・今日出海
　　　『文学界』　2巻6号　55～63頁　1948（昭和23）年6月　￥30
　　　出席者：岸田国士、今日出海（4月28日銀座にて）

B0456　「編輯後記」
　　　『文学界』　2巻6号　64頁　1948（昭和23）年6月　￥30

B0457　「ボーイ・フレンド、ガール・フレンドはどう交際すべきか？（対談）」／挿図・杉浦幸雄
　　　『スタイル』　11巻7号　9～12頁　1948（昭和23）年7月
　　　対談者：今日出海、西村ソノ（両氏の写真あり）
　　　補記：目次は「ボーイ・フレンドの問題について」とあり

B0458　「編輯後記」
　　　『文学界』　2巻7号　64頁　1948（昭和23）年7月　￥30

B0459　「菊池寛・人と文学を語る」
　　　『別冊文芸春秋』　7号　94～106頁　1948（昭和23）年7月
　　　出席者：小林秀雄、今日出海、河上徹太郎、林芙美子

B0460　「〈特輯・思春期の問題〉　感情主義（Sentimentalism）について」
　　　『婦人文庫』　3巻7号　16～18頁　1948（昭和23）年7月

B0461　「集団見合いは如何に行われたか？　調査と報告」
　　　『婦人』　2巻7号　18～21頁　1948（昭和23）年7月
　　　注：『婦人』は「占領期の女性雑誌シリーズ1」皓星社1997による

B0462　「平和世界の構想（はがき回答）」
　　　『民主論壇』　10号　24頁　1948（昭和23）年7月

B0463　「合歓の花咲く家」／向井潤吉・画
　　　『別冊・苦楽』　1号　94～103頁　1948（昭和23）年7月10日　￥70

B0464　「働く女―戯曲ブリューの「独り女」より」／関口俊吾・絵
　　　『婦人朝日』　3巻8号　40～42頁　1948（昭和23）年8月　￥35

B0465　「雨の日の感想」
　　　『短歌研究』　5巻7号　11～13頁　1948（昭和23）年8月（7/8月合併）　￥35

B0466　「永遠の魅力―カルメン」
　　　『女性線』　3巻8号　20～23頁　1948（昭和23）年8月

B0467 「色も香も」
　　　　『小説と読物』　3巻8号　38～41頁　1948(昭和23)年8月

B0468 「〈特集・新世界文学の動向〉　執拗なる人間探究―フランス」
　　　　『明日』　2巻7号　11～13頁　1948(昭和23)年8月

B0469 「〈風雪雑記〉　近頃のこと」
　　　　『風雪』　2巻8号　51頁　1948(昭和23)年8月　￥30

B0470 「編輯後記」
　　　　『文学界』　2巻8号　64頁　1948(昭和23)年8月

B0471 「深淵」／高井貞二・画
　　　　『薔薇』　2巻8号　50～56頁　1948(昭和23)年8月15日

B0472 「マ書簡の示唆する官吏のあり方―民主的・能率的な公僕とは？(座談会)」
　　　　『サンデー毎日』　27巻35号　3～6頁　1948(昭和23)年8月29日　￥12
　　　　出席者：上野陽一(人事院能率研究所)、坂西志保(参議院外交委員)、今日出海
　　　　(元文部省芸術課長、フランス文学者)(3氏の写真あり)

B0473 「〈特別寄稿〉　私の希望と要求」
　　　　『警友』　3巻2号　1～2頁　1948(昭和23)年9月　非売品

B0474 「男色鑑」
　　　　『日本小説』　2巻8号　49～57頁　1948(昭和23)年9月
　　　　☆『天皇の帽子』(1950)に再録

B0475 「対話(対談)」
　　　　『文学界』　2巻9号　48～54頁　1948(昭和23)年9月
　　　　対談者：長与善郎、今日出海

B0476 「捨て草」
　　　　『人間美学』　6巻9号　47～57頁　1948(昭和23)年9月
　　　　☆『脂粉の舞』(1950)に再録

B0477 「編輯後記」
　　　　『文学界』　2巻9号　64頁　1948(昭和23)年9月

B0478 「秋ぞ悲しき」／三芳悌吉・画
　　　　『現代読物』　2巻6号　36～41頁　1948(昭和23)年10月

B0479 「ダプレ・ゲールの文学」
　　　　『東北文学』(河北新報社)　3巻10号　2～5頁　1948(昭和23)年10月

B0480 「編輯後記」
　　　　『文学界』　2巻10号　64頁　1948(昭和23)年10月

B0481 「賭」
　　　　『世界文学』　27号　36～41頁　1948(昭和23)年11月

B0482 「結婚難は解消している―未婚者を囲んで語る(座談会)」
　　　　『婦人文庫』　3巻10号　14～22頁　1948(昭和23)年11月　￥45
　　　　出席者：新居格、三岸節子、今日出海、他に未婚者U,G,O,E,K,F,M

B0483 「あなたはどんな結婚式を挙げましたか？(回答)」
　　　　『婦人文庫』　3巻10号　57頁　1948(昭和23)年11月

B0484 「編輯後記」
　　　『文学界』　2巻11号　64頁　1948(昭和23)年11月

B0485 「山中放浪 1.」
　　　『雄鶏通信』　4巻10号　4〜7頁　1948(昭和23)年11月

B0486 「山中放浪 2. 蝙蝠荘」
　　　『雄鶏通信』　4巻11号　10〜15頁　1948(昭和23)年12月

B0487 「危機の意識」
　　　『婦人文庫』　3巻11号　49〜51頁　1948(昭和23)年12月　￥45

B0488 「男と女とどちらがケチか？(アンケート)」
　　　『スタイル』　11巻12号　31頁　1948(昭和23)年12月　￥40

B0489 「現代の欲情(座談会)」
　　　『文学界』　2巻12号　52〜63頁　1948(昭和23)年12月　￥40
　　　出席者：井上友一郎、林房雄、舟橋聖一、今日出海、石川達三

B0490 「編集後記」
　　　『文学界』　2巻12号　64頁　1948(昭和23)年12月

B0491 「悪魔の城(読物)」
　　　『のびゆくこども 4年』　冬　3〜6頁　1948(昭和23)年12月

1949

B0492 「山中放浪 3. 道遠し」
　　　『雄鶏通信』　5巻1号　2〜6頁　1949(昭和24)年1月

B0493 「秋果てぬ」／下高原健二・画
　　　『太陽』　3巻1号　100〜105頁　1949(昭和24)年1月

B0494 「われらいかに生くべきか！作家の巻」
　　　『VAN 風刺雑誌』　4巻1号　22〜23頁(頁上半分)　1949(昭和24)年1月　￥47

B0495 「現代歌舞伎論」
　　　『劇作』　19号　92〜96頁　1949(昭和24)年1月

B0496 「童貞」
　　　『苦楽』　4巻1号　75〜83頁　1949(昭和24)年1月

B0497 「文壇今昔縦横談(座談会)」
　　　『文芸往来』　1巻1号　12〜23頁　1949(昭和24)年1月
　　　出席者：久保田万太郎、広津和郎、久米正雄、川端康成、林芙美子、舟橋聖一、
　　　　　　今日出海、横山隆一(出席者のシルエット作成)

B0498 「悪夢」／宮田重雄・画
　　　『新春の小説：読物時事別冊』　2号　20〜25頁　1949(昭和24)年1月　￥75

B0499 「〈社会の顔〉　人物評論―楢橋渡・田中耕太郎・白洲次郎」
　　　『社会』　4巻1号　32〜35頁　1949(昭和24)年1月
　　　☆『私の人物案内』(1951)に再録

I 著作目録（雑誌記事） 1949

B0500 「妻子ある男と若い女性との恋愛問題（座談会）」／挿図・杉浦幸雄、撮影・松島進
　　　　『スタイル別冊』　11巻12別冊号　6〜11頁　1949（昭和24）年1月25日（恋愛研究号）　￥60
　　　　出席者：河盛好蔵、林繁子（林房雄夫人）、今日出海、本社側：北原武夫、宇野千代

B0501 「山中放浪 4. 断たれた望み」
　　　　『雄鶏通信』　5巻2号　22〜25頁　1949（昭和24）年2月

B0502 「楢橋渡と私（創作）」／鈴木信太郎・画
　　　　『VAN 風刺雑誌』　4巻2号　44〜48頁　1949（昭和24）年2月　￥47

B0503 「〈社会の顔〉　人物評論—石坂洋次郎・市川海老蔵」
　　　　『社会』　4巻2号　28〜31頁　1949（昭和24）年2月

B0504 「山中放浪 5. つぎはぎ飛行機」
　　　　『雄鶏通信』　5巻3号　43〜48頁　1949（昭和24）年3月

B0505 「〈社会の顔〉　人物評論—吉田茂・辰野隆・清水崑」
　　　　『社会』　4巻3号　44〜47頁　1949（昭和24）年3月
　　　　☆『私の人物案内』(1951)に再録

B0506 「〈リレー人物月旦〉　林芙美子」
　　　　『旬刊ニュース』　4巻4号　32頁　1949（昭和24）年3月25日

B0507 「山中放浪 6. 住民部落」
　　　　『雄鶏通信』　5巻4号　36〜41頁　1949（昭和24）年4月

B0508 「偶感」
　　　　『月刊労働組合』　2巻4号　24頁　1949（昭和24）年4月

B0509 「〈失恋の悩みから立ち上がるにはどうしたらよいか〉　私の場合はかうだった—悲しみに出来るだけ長く深く沈湎すること」
　　　　『スタイル』　12巻4号　27〜28頁　1949（昭和24）年4月

B0510 「人物評論的饒舌—日野原節三・池田勇人」／近藤日出造・ゑ
　　　　『社会』　4巻4号　92〜95頁　1949（昭和24）年4月（日野原氏と池田氏の似顔絵あり）
　　　　☆『私の人物案内』(1951)に再録

B0511 「人生の愉しみ（座談会）」
　　　　『文学界 復刊』　1巻2号　76〜85頁　1949（昭和24）年4月　￥60
　　　　出席者：林房雄、亀井勝一郎、田村泰次郎、舟橋聖一、今日出海

B0512 「〈法隆寺特集〉　壁画焼失について」
　　　　『学生』　33巻4号　12〜15頁　1949（昭和24）年4月　￥50（焼失壁画の写真）

B0513 「これからの女性のつとめ—女性はもっと社会に興味をもち、もっと他人の生活を尊重したい」
　　　　『新家庭』（雄鶏社）　4巻3号　14〜15頁　1949（昭和24）年4/5月合併　￥70

B0514 「山中放浪 7. 御来迎」
　　　　『雄鶏通信』　5巻5号　43〜48頁　1949（昭和24）年5月
　　　　☆「山中放浪」1〜7回まで『山中放浪』(1949)に再録

B0515 「私のファン（随筆）」

〔B0500〜B0515〕　　　　　　　　　　　　　　　　　　　　　　　　　　　　　　　　　　67

『文芸公論』 1巻1号　22～24頁　1949(昭和24)年5月　￥50

B0516　「色即是空」
　　　『太陽』 3巻5号　頁数不明　1949(昭和24)年5月
　　　　＊未見

B0517　「日本人とは?‥Humor」
　　　『女性線』 4巻5号　34～37頁　1949(昭和24)年5月

B0518　「洪水事件」
　　　『横光利一全集月報』 14号　1～2頁　1949(昭和24)年5月
　　　☆『横光利一全集月報集成』(1988)に再録

B0519　「娯楽と道楽(座談会)」
　　　『文学界　復刊』 1巻3号　106～114頁　1949(昭和24)年5月
　　　出席者：井上友一郎、井伏鱒二、河盛好蔵、永井龍男、久米正雄、今日出海

B0520　「マニラ退却 I.」
　　　『雄鶏通信』 5巻6号　35～42頁　1949(昭和24)年6月

B0521　「ジイドの仮面―その性の哲学について」
　　　『個性』(思索社) 2巻5/6号　29～31頁　1949(昭和24)年6月

B0522　「作品月評」
　　　『文学界』 3巻4号　65頁　1949(昭和24)年6月
　　　出席者：丹羽文雄、芹沢光治良、今日出海

B0523　「〈暴言多謝　男から女へ〉」
　　　『婦人朝日』 4巻6号　18頁　1949(昭和24)年6月
　　　補記：女子教育の機会均等を論ずるコラム

B0524　「〈あの日忘れ得べき〉　忘れたい日々」／絵・清水崑
　　　『アサヒグラフ』 51巻24号　17頁　1949(昭和24)年6月15日　(似顔絵あり)

B0525　「マニラ退却 II. 蛍の国」
　　　『雄鶏通信』 5巻7号　44～48頁　1949(昭和24)年7月

B0526　「『帰郷』の問題(書評)」
　　　『文学界』 3巻5号　88～89頁　1949(昭和24)年7月

B0527　「〈名作絵物語〉　「旅愁」横光利一作」／要約・今日出海、絵(カラー)・猪熊弦一郎
　　　『週刊朝日』 夏季増刊号　〔57～63〕頁　1949(昭和24)年7月　￥70

B0528　「辰野門下の旦那たち」
　　　『文芸春秋』 臨時増刊1号　66～71頁　1949(昭和24)年7月
　　　補記：旦那たち：小林秀雄、渡辺一夫、中島健蔵、三好達治、佐藤正彰、河盛好蔵、桑原武夫、井伏鱒二、鈴木信太郎先生
　　　☆『私の人物案内』(1951)に再録

B0529　「〈文人素描〉　大岡昇平」
　　　『文芸往来』 1巻7号　70～71頁　1949(昭和24)年7月
　　　☆『私の人物案内』(1951)に再録

B0530　「寂しき人々」／向井潤吉・画
　　　『婦人画報』 538号　50～53頁　1949(昭和24)年7月　￥60

B0531　「脂粉の舞」／佐野繁次郎・画

『文芸読物』 8巻6号 68～102頁 1949(昭和24)年7月
☆『脂粉の舞』(1950)に再録

B0532 「自由・幸福」
『学生』 33巻7号 2～3頁 1949(昭和24)年7月 ¥50

B0533 「マニラ退却 Ⅲ. 対空監視異常なし」
『雄鶏通信』 5巻8号 20～26頁 1949(昭和24)年8月
☆「マニラ退却」Ⅰ～Ⅲまで『山中放浪』(1949)に再録

B0534 「アダノの鐘（書評）」
『文学界』 3巻6号 89頁 1949(昭和24)年8月

B0535 「往く人帰る人―山中放浪」
『文学界 復刊』 3巻6号 90～102頁 1949(昭和24)年8月

B0536 「脱出―敗走千里台湾脱出（セミドキュメント）」
『改造』 30巻8号 72～85頁 1949(昭和24)年8月
☆『山中放浪』(1949)に再録

B0537 「山の伊達者―記録文学」／三田康・画
『週刊朝日』 54巻32号 10～13頁 1949(昭和24)年8月7日

B0538 「六代目の正体」
『幕間 別冊 六代目菊五郎追悼号』 45号 6～7頁 1949(昭和24)年8月15日
¥250

B0539 「〈文人素描〉 中山義秀」
『文芸往来』 1巻8号 72～73頁 1949(昭和24)年9月
☆『私の人物案内』(1951)に再録

B0540 「大いに文学を語る（座談会）」
『文芸公論』（丹頂書房） 1巻4号 1～17頁 1949(昭和24)年9月
出席者：辰野隆、林芙美子、今日出海、永井龍男

B0541 「私の名前（はがき回答）」
『主婦の友』 33巻9号 122頁 1949(昭和24)年9月

B0542 「記録文学について（座談会）」
『週刊朝日 別冊』 54巻38号 66～74頁 1949(昭和24)年9月 ¥60
出席者：藤原てい、延原謙、丹羽文雄、常安田鶴子、高木俊郎、今日出海、池島信平

B0543 「〈世界の酒〉 文壇左派序説」／獅子文六・構成、今日出海・文
『苦楽』 4巻9号 10～16頁（頁の下段） 1949(昭和24)年9月 ¥70

B0544 「〈文人素描〉 永井龍男」
『文芸往来』 1巻9号 82～83頁 1949(昭和24)年10月

B0545 「東京スケッチ Ⅲ. 終電の客」
『文学界』 3巻8号 98～99頁 1949(昭和24)年10月

B0546 「沖は平穏」／和久井孝・画
『別冊太陽』 5集 20～26頁 1949(昭和24)年10月

B0547 「戦後文部大臣列伝」
『文芸春秋 臨時増刊』 2号 26～29頁 1949(昭和24)年12月

〔B0532～B0547〕

☆『私の人物案内』(1951)に再録

B0548 「孤立の影」
　　　　『文芸読物』　8巻10号　70〜87頁　1949(昭和24)年12月
　　　　☆『天皇の帽子』(1950)に再録

B0549 「懇親会の果て」
　　　　『小説新潮』　3巻14号　84〜93頁　1949(昭和24)年12月
　　　　☆『天皇の帽子』(1950)に再録

B0550 「批評家と作家の溝（座談会）」
　　　　『文学界』　3巻10号　90〜99頁　1949(昭和24)年12月
　　　　出席者：丹羽文雄、井上友一郎、中村光夫、福田恒存、河盛好蔵、今日出海

1950

B0551 「〈新春随想〉　天外翁のこと」
　　　　『放送』　10巻1号　36〜37頁　1950(昭和25)年1月　¥65

B0552 「ペルメル」／永井龍男・今日出海共作
　　　　『文学界』　4巻1号　128〜129頁　1950(昭和25)年1月

B0553 「神戸のとも―わが交友録」
　　　　『雄鶏通信』　6巻1号　13〜15+37頁　1950(昭和25)年1月

B0554 「三木清における人間の研究」
　　　　『新潮』　47巻2号　35〜51頁　1950(昭和25)年2月
　　　　☆『人間研究―小説集』(1951)に再録
　　　　☆『日本文学全集 59 今東光・今日出海集』(1969)に再録

B0555 「鎌倉夫人」
　　　　『小説新潮』　4巻2号　113〜117頁　1950(昭和25)年2月
　　　　補記：久保田万太郎夫人、大仏次郎夫人、小林秀雄夫人、里見弴夫人、林房雄夫人のこと（顔写真あり）
　　　　☆『私の人物案内』(1951)に再録

B0556 「終わりなき抱擁」
　　　　『小説読物街』　巻号不明　頁数不明　1950(昭和25)年2月
　　　　＊未見

B0557 「除夜の鐘（座談会）」
　　　　『文学界』　4巻2号　130〜139頁　1950(昭和25)年2月
　　　　出席者：久保田万太郎、小林秀雄、真船豊、今日出海

B0558 「パリ放談（対談）」
　　　　『雄鶏通信』　6巻2号　16〜23頁　1950(昭和25)年2月
　　　　対談者：辰野隆、今日出海

B0559 「沈黙は金」
　　　　『芸術新潮』　1巻3号　50〜52頁　1950(昭和25)年3月

B0560 「雑誌の写真など」

『アサヒカメラ』 35巻3号 31頁 1950(昭和25)年3月
B0561 「わが交友名簿——正直なサトウ・ハチロー、倦むことをしらぬ中野実」
『雄鶏通信』 6巻3号 28〜31頁 1950(昭和25)年3月
☆『私の人物案内』(1951)に再録

B0562 「天皇の帽子」／鈴木信太郎・画
『オール読物』 5巻4号 104〜115頁 1950(昭和25)年4月
☆『天皇の帽子』(1950)ほかに再録

B0563 「独楽」
『改造文芸』 2巻4号 12〜21頁 1950(昭和25)年4月
☆『天皇の帽子』(1950)に再録

B0564 「〈一言集〉 自由の芽生える土壌」
『文芸春秋』 28巻4号 160頁 1950(昭和25)年4月

B0565 「追憶の人——菊池寛先生の三年忌にちなみて」
『文芸読物』 9巻4号 73〜77頁 1950(昭和25)年4月
☆『私の人物案内』(1951)に再録

B0566 「恐るべき姫君」
『小説と読物』 5巻3号 122〜130頁 1950(昭和25)年4月

B0567 「ストリップ時代(座談会)」
『オール読物』 5巻4号 92〜98頁 1950(昭和25)年4月
出席者：辰野隆、宮田重雄、今日出海、ゑ・清水崑

B0568 「戦後版"結婚・友情・幸福"」
『新潮』 47巻5号 72〜76頁 1950(昭和25)年5月

B0569 「駈落ち結婚式」
『面白倶楽部』 3巻5号 210〜221頁 1950(昭和25)年5月
☆『天皇の帽子』(1950)ほかに再録

B0570 「〈作家論〉 大仏さんの小説」
『読売評論』 2巻5号 116〜118頁 1950(昭和25)年5月

B0571 「ノーベル文学賞は何故もらえぬか(座談会)」
『文学界』 4巻5号 140〜154頁 1950(昭和25)年5月 ¥75
出席者：石川達三、河盛好蔵、中野好夫、浦松佐美太郎、今日出海

B0572 「酒友酒癖」
『小説新潮』 4巻5号 140〜154頁 1950(昭和25)年5月
☆『私の人物案内』(1951)に再録
☆『毎日楽しむ名文 365』(2006)「酒友酒癖」の一部が再録

B0573 「片輪車(続く)」
『風雪』(六興出版) 4巻5号 39〜47頁 1950(昭和25)年5月

B0574 「徴用記者」
『サンデー毎日 別冊』 新緑特別号 98〜101頁 1950(昭和25)年5月10日
☆『天皇の帽子』(1950)に再録

B0575 「片輪車」
『風雪』 4巻6号 19〜33頁 1950(昭和25)年6月

〔B0561〜B0575〕

☆『人間研究 小説集』(1951)に再録

B0576 「からくり」
　　　『小説新潮』　4巻6号　138〜146頁　1950(昭和25)年6月
　　　☆『脂粉の舞』(1950)に再録

B0577 「オール・サロン―作家・読者・編輯者のページ」
　　　『オール読物』　5巻6号　250〜255頁　1950(昭和25)年6月
　　　出席者：石川達三、石坂洋次郎、今日出海

B0578 「欲望輪廻」
　　　『小説公園』　1巻4号　42〜53頁　1950(昭和25)年7月
　　　補記：1950年9月新橋演舞場で上演
　　　☆『脂粉の舞』(1950)に再録

B0579 「知識人の三面記事(座談会)」
　　　『文学界』　4巻7号　120〜127頁　1950(昭和25)年7月
　　　出席者：浦松佐美太郎、井上友一郎、井上靖、今日出海、大宅壮一

B0580 「日本人という存在―白洲次郎氏を囲んで(座談会)」
　　　『文芸春秋』　28巻10号　96〜106頁　1950(昭和25)年8月
　　　出席者：白洲次郎、河上徹太郎、今日出海
　　　☆『プリンシプルのない日本』(2006)に再録

B0581 「訓示」
　　　『別冊文芸春秋 夏の小説集』　17号　101〜111頁　1950(昭和25)年8月
　　　☆『脂粉の舞』(1950)に再録

B0582 「〈巨匠のプロフィール〉 年とらぬジイド」
　　　『芸術新潮』　1巻8号　56頁　1950(昭和25)年8月 (Gideの写真あり)

B0583 「狸退治」
　　　『オール読物』　5巻8号　40〜59頁　1950(昭和25)年8月

B0584 「文壇」／丹羽文雄、平林たい子、今日出海〔共同執筆〕
　　　『新潮』　47巻8号　70〜84頁　1950(昭和25)年8月　¥95

B0585 「オンリー・ツルー」／向井潤吉・画
　　　『オール読物』　5巻9号　50〜61頁　1950(昭和25)年9月　¥85
　　　☆『脂粉の舞』(1950)に再録

B0586 「〈創作二十六人集〉 官僚の笑い」／脇田和・画
　　　『別冊小説新潮』　4巻10号　216〜225頁　1950(昭和25)年9月　¥100

B0587 「ジョン・ガンサーの内幕」
　　　『新潮』　47巻9号　85〜89頁　1950(昭和25)年9月　¥100
　　　☆『私の人物案内』(1951)に再録
　　　☆『悲劇の将軍』(1952)に再録

B0588 「文士従軍(座談会)」
　　　『日本評論』　25巻9号　140〜151頁　1950(昭和25)年9月
　　　出席者：井伏鱒二、今日出海、中山義秀、横山隆一、大宅壮一

B0589 「ハワイ通信」
　　　『週刊朝日』　55巻39号　10〜11頁　1950(昭和25)年9月3日

B0590 「クイーンとジャック」／吉岡堅二・画
　　　　『小説新潮』　4巻11号　117～127頁　1950（昭和25）年10月　￥80

B0591 「アロハの町の生活法―ホノルルにて」
　　　　『文芸春秋 秋の増刊』　28巻14号　84～87頁　1950（昭和25）年10月

B0592 「感想（第二十三回直木三十五賞決定発表）」
　　　　『オール読物』　5巻11号　189頁　1950（昭和25）年11月

B0593 「青春」
　　　　『小林秀雄全集月報』（新潮社）　2巻　1～2頁　1950（昭和25）年11月

B0594 「ハワイの風景」
　　　　『文芸』　7巻11号　13～17頁　1950（昭和25）年11月

B0595 「人に好かれるには―嫌われる日本人」
　　　　『文芸春秋』　28巻16号　109～113頁　1950（昭和25）年12月

B0596 「布哇の友」
　　　　『小説新潮』　4巻13号　132～141頁　1950（昭和25）年12月

B0597 「布哇の夜―恋愛小説」／益田義信・画
　　　　『オール読物』　5巻12号　52～77頁　1950（昭和25）年12月　￥85

B0598 「ハワイ雑感」
　　　　『新潮』　47巻12号　85～88頁　1950（昭和25）年12月
　　　　☆『世界紀行文学全集 17 北アメリカ篇』（1959）に再録

1951

B0599 「女と将軍」
　　　　『新潮』　48巻1号　82～105頁　1951（昭和26）年1月
　　　　☆『天皇の帽子 他二篇』（1951）に再録
　　　　☆『悲劇の将軍』（1952）に再録

B0600 「〈わが青春時代〉 無風の青春」
　　　　『小説新潮』　5巻2号　243～244頁　1951（昭和26）年1月

B0601 「愛する」
　　　　『サンデー毎日』　新春特別号　頁数不明　1951（昭和26）年1月
　　　　＊未見

B0602 「野人・白洲次郎」
　　　　『文芸春秋 臨時増刊 人物読本』　29巻3号　77～79頁　1951（昭和26）年2月（白洲氏の似顔絵あり）
　　　　☆『私の人物案内』（1951）に再録
　　　　☆『プリンシプルのない日本人』（2006）に再録

B0603 「真珠湾の悲劇」／向井潤吉・画
　　　　『オール読物』　6巻2号　22～53頁　1951（昭和26）年2月　￥90

B0604 「〈中篇小説特輯〉 冷笑」／寺田竹雄・画

　　　　　　　　『小説公園』　2巻3号　38～51頁　1951(昭和26)年3月　￥75

B0605　「芸術放浪 1. 音楽放浪時代」
　　　　　　　　『芸術新潮』　2巻3号　156～162頁　1951(昭和26)年3月（シコラほか音楽家の写真多数）

B0606　「偽牧師」
　　　　　　　　『文芸春秋』　29巻4号　245～251頁　1951(昭和26)年3月

B0607　「近衛文麿」
　　　　　　　　『文学界』　5巻4号　96～100頁　1951(昭和26)年4月
　　　　　　　　☆『私の人物案内』(1951)に再録

B0608　「片男波」／桜井悦・画
　　　　　　　　『小説新潮』　5巻5号　222～232頁　1951(昭和26)年4月　￥85

B0609　「ジョン万次郎異聞（小説）」
　　　　　　　　『新潮』　48巻5号　137～146頁　1951(昭和26)年4月
　　　　　　　　☆『悲劇の将軍』(1952)に再録
　　　　　　　　☆『中浜万次郎集成』(1990)に一部再録

B0610　「芸術放浪 2. 演劇青年時代」
　　　　　　　　『芸術新潮』　2巻4号　145～154頁　1951(昭和26)年4月（ハムレットほかの舞台写真多数）

B0611　「愁人」
　　　　　　　　『文学界』　5巻5号　58～68頁　1951(昭和26)年5月　￥90

B0612　「激流の女」／御正伸・画
　　　　　　　　『オール読物』　6巻5号　34～54頁　1951(昭和26)年5月　￥90
　　　　　　　　☆『天皇の帽子・いろは紅葉・激流の女』(1953)に再録
　　　　　　　　☆『日本短篇文学全集 32.』(1970)に再録

B0613　「芸術放浪 3. 〔映画監督時代〕」
　　　　　　　　『芸術新潮』　2巻5号　130～142頁　1951(昭和26)年5月（崔承喜ほか俳優女優の写真多数）

B0614　「布哇より帰りて後」
　　　　　　　　『旅』　25巻6号　34～35頁　1951(昭和26)年6月（ワイキキ海岸の写真）

B0615　「最後の良人」
　　　　　　　　『中央公論 文芸特集』　8号　28～53頁　1951(昭和26)年6月　￥120

B0616　「冒険家」／高野三三男・画
　　　　　　　　『小説新潮』　5巻8号　204～214頁　1951(昭和26)年6月　￥85

B0617　「英雄部落周游紀行」
　　　　　　　　『中央公論』　66巻6号　109～113頁　1951(昭和26)年6月
　　　　　　　　☆『私の人物案内』(1951)に再録

B0618　「罪と罰」
　　　　　　　　『別冊文芸春秋 夏の小説集』　22号　53～65頁　1951(昭和26)年7月
　　　　　　　　☆『たぬき部落』(1951)に再録

B0619　「女隊長」
　　　　　　　　『新潮』　48巻9号　132～145頁　1951(昭和26)年8月

         ☆『悲劇の将軍』(1952)に再録

B0620 「P三号」／向井潤吉・画
      『オール読物』　6巻8号　160～175頁　1951(昭和26)年8月　￥90

B0621 「別れは悲し」／脇田和・画
      『小説公園』　2巻8号　108～114頁　1951(昭和26)年8月　￥85

B0622 「オスロ土産話(座談会)」
      『演劇』　3号　60～67頁　1951(昭和26)年8月
         出席者：久保田万太郎、(ききて3人)小林秀雄、今日出海、永井龍男

B0623 「すき焼きの弁」
      『美しい暮らしの手帖』　13号　74～75頁　1951(昭和26)年9月
         ☆『バナナは皮を食う』(2008)に再録

B0624 「〔市川〕寿海東上」／林忠彦・撮影
      『芸術新潮』　2巻9号　48～50頁　1951(昭和26)年9月　￥160(寿海と筆者の写真)

B0625 「雪の後」／桜井悦・画
      『小説新潮』　5巻11号　128～141頁　1951(昭和26)年9月　￥90
         ☆『たぬき部落』(1951)に再録

B0626 「母」
      『文学界』　5巻9号　33～43頁　1951(昭和26)年9月

B0627 「銀座八丁膝栗毛〔ルポ〕」
      『オール読物』　6巻9号　96～105頁　1951(昭和26)年9月　￥90
         参加者：今日出海、山本嘉次郎、横山泰三・画

B0628 「母の歴史」
      『婦人倶楽部 秋の増刊号』　32巻12号　414～437頁　1951(昭和26)年9月

B0629 「日本百景(共作)」
      『新潮』　48巻10号　158～163頁　1951(昭和26)年9月
         共作者：今日出海、鈴木成高、平林たい子、渡辺紳一郎

B0630 「何処吹く風(コント)」／絵・松野一夫
      『サンデー毎日』　30巻38号　38～40頁　1951(昭和26)年9月16日

B0631 「日本百景(共作)」
      『新潮』　48巻11号　60～65頁　1951(昭和26)年10月
         共作者：今日出海、鈴木成高、平林たい子、渡辺紳一郎

B0632 「〈小説十二人集〉　妖怪」
      『別冊 文芸春秋』　24号　84～97頁　1951(昭和26)年10月

B0633 「ぷろむなあど」
      『文芸』　8巻10号　38～39頁　1951(昭和26)年10月

B0634 「片身草」／森田元子・え
      『小説朝日』　1巻5号　26～35頁　1951(昭和26)年10月　￥90

B0635 「愛憎」
      『小説公園』　2巻10号　108～120頁　1951(昭和26)年10月

B0636　「日本百景（共作）」
　　　　『新潮』　48巻12号　82〜87頁　1951（昭和26）年11月
　　　　　　共作者：今日出海、鈴木成高、平林たい子、渡辺紳一郎
B0637　「試煉 1. 運命の人ロハス大統領」
　　　　『文芸』　8巻11号　52〜61頁　1951（昭和26）年11月
B0638　「山上女人国—唖然たる女人国にメス」／今日出海,「今チャンの熱に浮かされ」／宮田重雄
　　　　『旬刊読売』　9巻20号　55頁　1951（昭和26）年11月11日
B0639　「山上女人国 1.」／宮田重雄・画
　　　　『旬刊読売』　9巻21号　52〜57頁　1951（昭和26）年11月21日　￥30
B0640　「試煉 2. 運命の人ロハス大統領」
　　　　『文芸』　8巻12号　66〜76頁　1951（昭和26）年12月
B0641　「動かぬ顔」
　　　　『文芸春秋』　29巻16号　206〜214頁　1951（昭和26）年12月
B0642　「〈傑作小説選〉　大臣と強盗」／茂田井武・画
　　　　『オール読物』　6巻12号　78〜89頁　1951（昭和26）年12月　￥90
B0643　「〈現代悪徳読本〉　賄賂」
　　　　『新潮』　48巻13号　53〜59頁　1951（昭和26）年12月
B0644　「一九五一年の芸術界（座談会）」
　　　　『芸術新潮』　2巻13号　105〜118頁　1951（昭和26）年12月（16頁分の写真）
　　　　　　出席者：今日出海、福田恒存、三島由紀夫、河盛好蔵（司会）
B0645　「山上女人国 2.」／宮田重雄・画
　　　　『旬刊読売』　9巻22号　50〜56頁　1951（昭和26）年12月1日　￥30
B0646　「山上女人国 3.」／宮田重雄・画
　　　　『旬刊読売』　9巻23号　50〜56頁　1951（昭和26）年12月11日　￥30
B0647　「山上女人国 4.」／宮田重雄・画
　　　　『旬刊読売』　9巻24号　50〜56頁　1951（昭和26）年12月21日

1952

B0648　「試煉 3.」／さしえ・向井潤吉
　　　　『文芸』　9巻1号　74〜84頁　1952（昭和27）年1月
B0649　「人物菊池寛」
　　　　『新潮』　49巻1号　82〜98頁　1952（昭和27）年1月
　　　　　　☆『現代紳士録』(1953)に再録
　　　　　　☆『現代日本文学大系 44.』(1972)に再録
B0650　「巴里の正月」
　　　　『小説新潮』　6巻1号　126〜127頁　1952（昭和27）年1月
B0651　「粋な話」

　　　　　　　『別冊小説新潮』　4巻1号　171～179頁　1952(昭和27)年1月
B0652　「〈特別読物〉　運命の悲劇の人　本間雅晴中将と夫人」
　　　　　　　『主婦の友』　36巻1号　92～100頁　1952(昭和27)年1月
B0653　「〈第1部「政治・社会」〉　現代日本の知的二つの世界」
　　　　　　　『文学界』　6巻1号　17～31頁　1952(昭和27)年1月
　　　　　　　出席者：浦松佐美太郎、中山伊知郎、長谷川才次、阿部知二、中野好夫、中村
　　　　　　　　光夫、宮城音弥、平林たい子、今日出海
B0654　「山上女人国 5.」／宮田重雄・画
　　　　　　　『旬刊読売』　10巻1号　106～112頁　1952(昭和27)年1月1日
B0655　「山上女人国 6.」／宮田重雄・画
　　　　　　　『旬刊読売』　10巻2号　50～56頁　1952(昭和27)年1月21日
B0656　「試煉 4. 最終回」
　　　　　　　『文芸』　9巻2号　62～74頁　1952(昭和27)年2月
　　　　　　　☆「試練」1～4まで『悲劇の将軍』(1952)に再録
B0657　「風声」
　　　　　　　『文学界』　6巻2号　122～123頁　1952(昭和27)年2月
B0658　「御存知女優篇―人間研究」
　　　　　　　『オール読物』　7巻2号　196～200頁　1952(昭和27)年2月
　　　　　　　補記：水谷八重子、山口淑子、笠置シヅ子、越路吹雪のこと
B0659　「十人十色 1. 水野成夫と南喜一」
　　　　　　　『話』　2巻2号　146～149頁　1952(昭和27)年2月　￥90（水野氏と南氏の写真
　　　　　　　　あり）
B0660　「山上女人国 7.」／宮田重雄・画
　　　　　　　『旬刊読売』　10巻3号　50～56頁　1952(昭和27)年2月1日
B0661　「山上女人国 8.」／宮田重雄・画
　　　　　　　『旬刊読売』　10巻4号　50～56頁　1952(昭和27)年2月11日
B0662　「山上女人国 9.」／宮田重雄・画
　　　　　　　『旬刊読売』　10巻5号　50～56頁　1952(昭和27)年2月21日
B0663　「十人十色 2. 巴里の友」
　　　　　　　『話』　2巻3号　60～63頁　1952(昭和27)年3月　￥90（小松清氏、井上勇氏、楢
　　　　　　　　橋渡氏の似顔絵あり）
B0664　「雪もよい」／三田康・画
　　　　　　　『小説新潮』　6巻4号　10～18頁　1952(昭和27)年3月　￥90
B0665　「地上の眠り」
　　　　　　　『ニューエイジ』(毎日新聞社)　4巻3号　42～44頁　1952(昭和27)年3月
B0666　「名優吉田茂」
　　　　　　　『オール読物』　7巻3号　222～229頁　1952(昭和27)年3月
B0667　「夜の出来事」／高野三三男・え
　　　　　　　『小説朝日』　2巻3号　40～52頁　1952(昭和27)年3月　￥100
B0668　「巴里の憂鬱（続く）」／佐藤泰治・画

　　　　　　　『小説公園』　3巻3号　10〜19頁　1952(昭和27)年3月

B0669　「山上女人国 10.」／宮田重雄・画
　　　　　　　『旬刊読売』　10巻6号　50〜56頁　1952(昭和27)年3月1日

B0670　「山上女人国 11.」／宮田重雄・画
　　　　　　　『旬刊読売』　10巻7号　50〜56頁　1952(昭和27)年3月11日

B0671　「山上女人国 12.」／宮田重雄・画
　　　　　　　『旬刊読売』　10巻8号　50〜56頁　1952(昭和27)年3月21日

B0672　「十人十色 3. 浴衣がけの徴用族」
　　　　　　　『話』　2巻4号　82〜84頁　1952(昭和27)年4月　￥90 (尾崎士郎氏の似顔絵あり)

B0673　「巴里の憂鬱」／佐藤泰治・画
　　　　　　　『小説公園』　3巻4号　70〜78頁　1952(昭和27)年4月　￥90

B0674　「〈新版五人男〉 横山隆一のベレー」
　　　　　　　『文芸春秋 春の増刊 花見読本』　30巻6号　74〜75頁　1952(昭和27)年4月

B0675　「〈コント集〉 学者の冒険」／佐藤敬・画
　　　　　　　『別冊文芸春秋』　27号　49〜55頁　1952(昭和27)年4月

B0676　「〈久米正雄を悼む〉 久米さんの死」
　　　　　　　『文学界』　6巻4号　144〜146頁　1952(昭和27)年4月
　　　　　　　☆『近代作家追悼文集成 34』(1979)に再録

B0677　「山下奉文の悲劇—マレーの虎はかくて斃れぬ」
　　　　　　　『文芸春秋』(創刊三十年)　30巻5号　68〜85頁　1952(昭和27)年4月
　　　　　　　☆『悲劇の将軍』(1952)に再録

B0678　「文学界二十年のあゆみ(座談会)」
　　　　　　　『文学界』　6巻4号　105〜121頁　1952(昭和27)年4月
　　　　　　　出席者：林房雄、中島健蔵、河上徹太郎、今日出海、小林秀雄

B0679　「山上女人国 13.」／宮田重雄・画
　　　　　　　『旬刊読売』　10巻9号　50〜56頁　1952(昭和27)年4月1日

B0680　「山上女人国 14.」／宮田重雄・画
　　　　　　　『旬刊読売』　10巻10号　50〜56頁　1952(昭和27)年4月11日

B0681　「山上女人国 15.」／宮田重雄・画
　　　　　　　『旬刊読売』　10巻12号　50〜55頁　1952(昭和27)年4月21日

B0682　「現代紳士録 1. 序説」
　　　　　　　『新潮』　49巻5号　57〜61頁　1952(昭和27)年5月

B0683　「山上女人国 16.」／宮田重雄・画
　　　　　　　『旬刊読売』　10巻13号　52〜56頁　1952(昭和27)年5月1日

B0684　「山上女人国 最終回」／宮田重雄・画
　　　　　　　『旬刊読売』　10巻14号　55〜60頁　1952(昭和27)年5月11日
　　　　　　　☆『山上女人国』(1952)に再録

B0685　「現代紳士録 2.」
　　　　　　　『新潮』　49巻6号　85〜88頁　1952(昭和27)年6月

B0686　「独立国の条件(座談会)」

　　　　　『群像』　7巻6号　8～22頁　1952（昭和27）年6月
　　　　　出席者：高見順、今日出海、堀田善衞、亀井勝一郎、清水幾太郎

B0687　「〈海千山千 27〉　鎌倉文士落穂集」／さしえ・境田昭造
　　　　　『サンデー毎日』　31巻27号　46～49頁　1952（昭和27）年6月15日

B0688　「現代紳士録 3.」
　　　　　『新潮』　49巻7号　50～54頁　1952（昭和27）年7月

B0689　「〈リレー随筆 3.〉　千円札の文化的使用法」
　　　　　『芸術新潮』　3巻7号　114～115頁　1952（昭和27）年7月

B0690　「グラウスの時代」
　　　　　『文芸』　9巻7号　42～43頁　1952（昭和27）年7月

B0691　「現代紳士録 4.」
　　　　　『新潮』　49巻8号　54～59頁　1952（昭和27）年8月

B0692　「青春悔あり」／高野三三男画
　　　　　『小説新潮』　6巻10号　108～124頁　1952（昭和27）年8月　￥90

B0693　「講演旅行（創作）」
　　　　　『文学界』　6巻8号　19～25頁　1952（昭和27）年8月　￥100

B0694　「東条を狙う男」
　　　　　『別冊文芸春秋 新涼小説集』　29号　34～56頁　1952（昭和27）年8月　￥100

B0695　「青蛙」／長谷川春子・画
　　　　　『オール読物』　7巻8号　86～95頁　1952（昭和27）年8月　￥95

B0696　「暑いとき」
　　　　　『週刊NHKラジオ新聞』　巻号不明　頁数不明　1952（昭和27）年8月17日
　　　　　　＊未見
　　　　　☆『日本放送史（下）』（1965）に再録

B0697　「現代紳士録 5.」
　　　　　『新潮』　49巻9号　14～19頁　1952（昭和27）年9月

B0698　「〈創作二十五人集〉　殺人者」／猪熊弦一郎・画
　　　　　『別冊小説新潮』　6巻12号　37～45頁　1952（昭和27）年9月　￥100

B0699　「現代紳士録 6.」
　　　　　『新潮』　49巻10号　31～35頁　1952（昭和27）年10月

B0700　「青春悔なし」／今村寅士画
　　　　　『小説新潮』　6巻13号　144～155頁　1952（昭和27）年10月　￥90

B0701　「〈わが人物ベスト5〉　頑固な五人」
　　　　　『文芸春秋』　30巻15号　115～155頁　1952（昭和27）年10月
　　　　　補記：ベスト5人とは・正宗白鳥、久保田万太郎、吉田茂、越路吹雪、小泉信三

B0702　「〈直木賞作家選〉　垣根」
　　　　　『別冊 文芸春秋 第30号記念直木賞作家小説選』　30号　76～85頁　1952（昭和27）年10月
　　　　　☆『創作代表選集 11. 昭和27年後期』（1953）に再録

B0703　「面白くもない政党とその総裁」

『改造 増刊号』 33巻15号　50〜53頁　1952(昭和27)年10月

B0704 「いまはむかし(対談)」
　　　『毎日グラフ』 5巻28号　22〜23頁　1952(昭和27)年10月1日
　　　　対談者：野田高梧、今日出海(両氏の写真あり)

B0705 「現代紳士録 7.」
　　　『新潮』 49巻11号　48〜52頁　1952(昭和27)年11月

B0706 「蟬噪」
　　　『小説公園』 3巻12号　130〜136頁　1952(昭和27)年11月

B0707 「現代紳士録 完」
　　　『新潮』 49巻12号　21〜25頁　1952(昭和27)年12月
　　　　☆『現代紳士録』(1953)に再録

B0708 「秋色の日本海をゆく―鳥取・米子・松江講演旅行」／絵・横山隆一
　　　『文芸春秋』 30巻17号　221〜223頁　1952(昭和27)年12月

B0709 「彼女の特ダネ」／生沢朗・画
　　　『オール読物』 7巻12号　148〜160頁　1952(昭和27)年12月　￥95
　　　　☆映画化：「総理大臣と女カメラマン 彼女の特ダネ」(1952)

1953

B0710 「小説 官僚」
　　　『新潮』 50巻1号　77〜93頁　1953(昭和28)年1月
　　　　☆『現代紳士録』(1953)に再録

B0711 「最後に笑う者」／生沢朗・画
　　　『小説新潮』 7巻1新春特大号　230〜240頁　1953(昭和28)年1月

B0712 「日本のおんな」
　　　『改造』 34巻3号　215〜217頁　1953(昭和28)年3月

B0713 「〈短篇小説十三人集〉 巴里生活者」
　　　『別冊文芸春秋』 35号　154〜165頁　1953(昭和28)年8月

B0714 「僕のヨーロッパ」
　　　『新潮』 50巻9号　70〜76頁　1953(昭和28)年9月

B0715 「巴里今昔」
　　　『文学界』 7巻9号　158〜163頁　1953(昭和28)年9月　￥100

B0716 「ヨーロッパの再発見(座談会)」
　　　『芸術新潮』 4巻9号　198〜213頁　1953(昭和28)年9月
　　　　出席者：今日出海、小松清、益田義信、河盛好蔵(司会)

B0717 「〈縁台涼みばなし〉 巴里のつまらなさ(対談)」
　　　『文芸春秋』 31巻13号　182〜192頁　1953(昭和28)年9月
　　　　対談者：獅子文六、今日出海(両氏の写真あり)

B0718 「戴冠式」

『文芸』 10巻10号 7〜27頁 1953(昭和28)年10月 ¥60 (女王、戴冠式への招待状、馬車行列の写真等あり)

B0719 「〈現代小説特輯アルバム〉 美貌の妻」／益田義信・画
『オール読物』 8巻10号 256〜267頁 1953(昭和28)年10月 ¥95

B0720 「顔」
『キング』 29巻12号 332〜343頁 1953(昭和28)年10月

B0721 「遁走曲」
『サンデー毎日 中秋読物』 23巻19号 34〜43頁 1953(昭和28)年10月30日

B0722 「今日出海氏と音楽を語る」
『音楽之友』 11巻11号 196〜206頁 1953(昭和28)年11月 ¥140
対談者：今日出海、野村光一(訊く人)(今日出海の写真あり)
☆『音楽を語る』(1955)に再録

B0723 「音楽評論家に与う」
『芸術新潮』 4巻11号 53〜55頁 1953(昭和28)年11月 ¥180
補記：遠山一行氏の返答は次号掲載「音楽評論家の立場」(F0083)

B0724 「マルヌの一夜」
『小説新潮』 7巻15号 118〜126頁 1953(昭和28)年12月

B0725 「南仏の一夜」
『講談倶楽部』 5巻15号 236〜246頁 1953(昭和28)年12月

1954

B0726 「失楽の王ファルーク」
『新潮』 51巻1号 81〜99頁 1954(昭和29)年1月

B0727 「世界の女性 1. クレオパトラ」
『婦人公論』 38巻1号 242〜252頁 1954(昭和29)年1月
☆『永遠の女性』(1955)に再録

B0728 「吹けよ川風(現代小説)」／三田康・画
『キング』 30巻1号 202〜213頁 1954(昭和29)年1月

B0729 「考える人形」
『婦人倶楽部』 35巻1号 172〜187頁 1954(昭和29)年1月

B0730 「吹けよ川風(現代小説)」／三田康・画
『キング』 30巻2号 340〜351頁 1954(昭和29)年2月

B0731 「考える人形」
『婦人倶楽部』 35巻2号 238〜253頁 1954(昭和29)年2月

B0732 「吹けよ川風(現代小説)」／三田康・画
『キング』 30巻4号 114〜128頁 1954(昭和29)年3月

B0733 「考える人形」
『婦人倶楽部』 35巻3号 236〜251頁 1954(昭和29)年3月

- B0734 「手こずる子供を育てるには（座談会）」
    『文芸春秋』 32巻4号　246〜256頁　1954（昭和29）年3月
    出席者：唐島基智三、山村きよ、今日出海、近藤日出造、小坂猛
- B0735 「吹けよ川風（現代小説）」／三田康・画
    『キング』 30巻5号　260〜272頁　1954（昭和29）年4月
- B0736 「考える人形」
    『婦人倶楽部』 35巻4号　278〜293頁　1954（昭和29）年4月
- B0737 「華々しき結婚」／宮田武彦・画
    『オール読物』 9巻4号　50〜59頁　1954（昭和29）年4月　¥95
- B0738 「春いまだ」
    『小説新潮』 8巻5号　246〜261頁　1954（昭和29）年4月
- B0739 「行ってみたい土地」
    『小説新潮』 8巻6号　97頁　1954（昭和29）年4月別冊
- B0740 「吹けよ川風（現代小説）」／三田康・画
    『キング』 30巻6号　96〜108頁　1954（昭和29）年5月
- B0741 「汚職」
    『文芸春秋』 32巻7号　274〜293頁　1954（昭和29）年5月
- B0742 「〈特集・岸田国士追悼号〉 モラリスト岸田国士」
    『文芸』 11巻5号　34〜36頁　1954（昭和29）年5月　¥80
    補記：岸田国士氏は1954年3月5日逝去
- B0743 「吹けよ川風（現代小説）」／三田康・画
    『キング』 30巻7号　310〜322頁　1954（昭和29）年6月
    ☆映画化：「恋化粧」（1955）
- B0744 「氷人のこころ」
    『別冊文芸春秋』 40号　17〜39頁　1954（昭和29）年7月
    補記：ゾルゲ一代記
- B0745 「凡夫凡語―わが人生処方」
    『文学界』 8巻7号　61〜65頁　1954（昭和29）年7月　¥100
- B0746 「私の好きな … ゴルフ」／土門拳撮影
    『文芸』 11巻7号　グラビア　1954（昭和29）年7月（鎌倉自宅の庭で）
- B0747 「〈小説特輯〉 十年後」
    『新潮』 51巻7号　208〜215頁　1954（昭和29）年7月
- B0748 「メディチ家の人々 1. ルネサンスのパトロン」
    『芸術新潮』 5巻7号　260〜266頁　1954（昭和29）年7月　¥190（フィレンツェ、メディチ家に関する写真あり）
- B0749 「源氏物語（座談会）」
    『文芸』 11巻9号　40〜47頁　1954（昭和29）年8月
    出席者：舟橋聖一、パワース〔Faubion Bowers〕、今日出海（3氏の写真）
- B0750 「メディチ家の人々 2. ルネサンスのパトロン」
    『芸術新潮』 5巻8号　266〜272頁　1954（昭和29）年8月　¥190（フィレンツェの写真あり）

B0751 「〈女性十二攷〉 女性周辺」
　　　　『新潮』　51巻8号　68～71頁　1954(昭和29)年8月

B0752 「メディチ家の人々 3. 大コシモ」
　　　　『芸術新潮』　5巻9号　246～252頁　1954(昭和29)年9月　￥190 (サン・マルコ修道院、ピッティのパラツォの写真あり)

B0753 「愛情の陰翳」／宮永岳彦・画
　　　　『オール読物』　9巻9号　148～159頁　1954(昭和29)年9月　￥95

B0754 「人権工場—モデル小説」
　　　　『キング』　30巻11号　156～171頁　1954(昭和29)年9月

B0755 「メディチ家の人々 4. 大コシモ」
　　　　『芸術新潮』　5巻10号　268～274頁　1954(昭和29)年10月　￥190 (コシモ像、サンタ・マリア・ノヴェラ寺院の写真あり)

B0756 「石中先生世界を廻る（座談会）」
　　　　『文芸春秋』　35巻15号　254～263頁　1954(昭和29)年10月
　　　　出席者：石坂洋次郎、石坂うら、獅子文六、宮田重雄、今日出海、吉川英治、川口松太郎、三益愛子、益田義信

B0757 「男だけの男」／高野三三男・画
　　　　『別冊小説新潮』　8巻14号　122～131頁　1954(昭和29)年10月15日　￥100

B0758 「メディチ家の人々 5. ロレンツォ・イル・マニフィコ」
　　　　『芸術新潮』　5巻11号　272～278頁　1954(昭和29)年11月　￥190 (ロレンツォに関する絵画・建物などの写真あり)

B0759 「〈実名小説〉 踊る雀」
　　　　『新潮』　51巻11号　233～238頁　1954(昭和29)年11月

B0760 「遠眼鏡」
　　　　『小説公園』　5巻9号　107～109頁　1954(昭和29)年11月　￥95

B0761 「メディチ家の人々 6. ロレンツォ・イル・マニフィコ」
　　　　『芸術新潮』　5巻12号　272～280頁　1954(昭和29)年12月　￥190 (サンタ・マリア・デル・フィオーレ寺院の写真あり)

B0762 「遠眼鏡」
　　　　『小説公園』　5巻10号　68～69頁　1954(昭和29)年12月　￥95

B0763 「〈直木賞作家選〉 幽霊軍艦の夢」
　　　　『別冊文芸春秋』　43号　60～71頁　1954(昭和29)年12月

B0764 「〈直木賞作家特集〉 濡れた男」／宮永岳彦・画
　　　　『オール読物』　9巻12号　202～212頁　1954(昭和29)年12月　￥95

1955

B0765 「遠眼鏡」
　　　　『小説公園』　6巻1号　132～134頁　1955(昭和30)年1月　￥95

B0766　「検事」
　　　『文学界』　9巻1号　30〜43頁　1955（昭和30）年1月　¥100

B0767　「芸術日本—戦後十年（座談会）」
　　　『芸術新潮』　6巻1号　203〜214頁　1955（昭和30）年1月
　　　　出席者：今日出海、花森安治、富永惣一、吉田秀和、戸板康二

B0768　「王者の谷」
　　　『文芸』　12巻3号　58〜59頁　1955（昭和30）年3月

B0769　「よき時代の東京大学（座談会）」
　　　『知性』　2巻4号　50〜57頁　1955（昭和30）年4月
　　　　出席者：辰野隆、颯田琴次、今日出海、扇谷正造（出席者4氏の写真）

B0770　「珍満亭」／宮永岳彦・画
　　　『オール読物』　10巻4号　48〜56頁　1955（昭和30）年4月　¥95

B0771　「文芸訪問 1. 吉田茂」
　　　『文芸』　12巻5号　48〜54頁　1955（昭和30）年4月（対談者の写真あり）

B0772　「文芸訪問 2. 谷崎潤一郎」
　　　『文芸』　12巻6号　38〜45頁　1955（昭和30）年5月（対談者の写真）

B0773　「〈横光利一読本〉　横光さんの神経」
　　　『文芸 臨時増刊』　12巻8号　72〜74頁　1955（昭和30）年5月　¥120

B0774　「〈特集・年頃のわが娘に与う〉　自らの道を歩くがよい」
　　　『婦人朝日』　10巻5号　44〜45頁　1955（昭和30）年5月（長女圓（まど）子、日出
　　　　海、次女無畏（むい）子の写真）

B0775　「文芸訪問 3. 原節子」
　　　『文芸』　12巻7号　108〜115頁　1955（昭和30）年6月（対談者の写真）

B0776　「安吾の上着」
　　　『風報（第4次）』　2巻6号　6〜7頁　1955（昭和30）年6月

B0777　「続珍満亭」／内田武夫・画
　　　『小説公園』　6巻6号　22〜30頁　1955（昭和30）年6月　¥95

B0778　「〈特集 小説・現代史〉　この十年（七人の仲間）」
　　　『別冊文芸春秋』　46号　18〜47頁　1955（昭和30）年6月28日　¥100
　　　☆映画化：「愛情の決算」(1956)

B0779　「日本拝見 91. 弘前 伝統の息づく町」
　　　『週刊朝日』　60巻30号　32〜34頁　1955（昭和30）年7月24日　¥30（吉岡専造
　　　　氏撮影の弘前の写真35〜40頁まであり）

B0780　「文芸訪問 4. 坂西志保」
　　　『文芸』　12巻10号　26〜36頁　1955（昭和30）年8月（対談者の写真）

B0781　「閑な話」／宮永岳彦・画
　　　『オール読物』　10巻8号　62〜70頁　1955（昭和30）年8月　¥95

B0782　「林房雄について」
　　　『新潮』　52巻8号　125〜127頁　1955（昭和30）年8月

B0783　「ひとりの人」

　　　　　　　『文芸春秋』　33巻15号　304～319頁　1955（昭和30）年8月　￥95
B0784　「十和田湖速遊記」
　　　　　　　『週刊朝日別冊』　9号　79～82頁　1955（昭和30）年8月10日　￥70（吉岡専造氏
　　　　　　　による十和田湖の風景写真と地図）
B0785　「文芸訪問 5. 桑原武夫」
　　　　　　　『文芸』　12巻11号　116～126頁　1955（昭和30）年9月　￥100（対談者の写真）
B0786　「旅嫌い」
　　　　　　　『旅』　29巻9号　52～53頁　1955（昭和30）年9月　￥90
B0787　「『文春』創刊の頃―五百号を機に」
　　　　　　　『週刊朝日』　60巻37号　30～31頁　1955（昭和30）年9月11日　￥30（創刊号の
　　　　　　　表紙、菊池氏、佐々木氏の写真あり）
B0788　「〈特集 小説現代人〉　主演は俺だ」
　　　　　　　『別冊文芸春秋』　48号　69～85頁　1955（昭和30）年10月28日　￥100
B0789　「悪い娘か」／宮永岳彦・画
　　　　　　　『オール読物』　10巻11号　232～243頁　1955（昭和30）年11月　￥95
B0790　「純血種」／森田元子・画
　　　　　　　『小説公園』　6巻12号　86～94頁　1955（昭和30）年12月　￥95
B0791　「わが失恋紀行 懐かしき失恋」
　　　　　　　『キング』　31巻14号　90～91頁　1955（昭和30）年12月
B0792　「〈特集 百人百説現代作家読本〉　大岡昇平」
　　　　　　　『文芸』　12巻16号　44頁　1955（昭和30）年12月（大岡氏の写真）
B0793　「セ・ラ・ヴィ―それが人生だ」
　　　　　　　『新女苑』　19巻12号　42～48頁　1955（昭和30）年12月
B0794　「往復書簡；今日出海・石川達三 ペルシャ人の手紙（一）（二）、スコットランド人の
　　　　　　　返事（一）（二）」
　　　　　　　『新潮』　52巻12号　52～57頁　1955（昭和30）年12月（グラヴィアに今日出海の
　　　　　　　写真）

1956

B0795　「〈新春評論集〉　敗れた知識人」
　　　　　　　『新潮』　53巻1号　60～68頁　1956（昭和31）年1月
B0796　「『冬の宿』前後」
　　　　　　　『文庫』　54号　9～10頁　1956（昭和31）年1月
B0797　「遺言状」
　　　　　　　『週刊朝日 別冊』　巻号不明　頁数不明　1956（昭和31）年1月
　　　　　　　＊未見
B0798　「酒友列伝」
　　　　　　　『小説新潮』　10巻3号　292～295頁　1956（昭和31）年2月特大号

B0799 「伊達者(ダンディ)」／宮永岳彦・画
　　　　『オール読物』　11巻3号　32〜45頁　1956(昭和31)年3月　￥100

B0800 「南蛮時計（現代小説)」
　　　　『キング』　32巻3号　272〜285頁　1956(昭和31)年3月　￥100

B0801 「黒白の外〔ドキュメンタリー小説〕」
　　　　『別冊文芸春秋』　51号　52〜63頁　1956(昭和31)年4月　￥100
　　　　（文末に「この稿は北海道佐々木銀一郎氏の手記を参考にした」とあり）

B0802 「文明人」／竹谷富士雄・画
　　　　『小説新潮』　10巻5号　164〜172頁　1956(昭和31)年4月　￥100

B0803 「吉田茂氏と共にした好日」
　　　　『文芸春秋』　34巻5号　47〜49頁　1956(昭和31)年5月
　　　　☆『文芸春秋随筆選』(1965)に再録

B0804 「よきかな朋友—思い出は遠く懐かしい（対談)」
　　　　『キング』　32巻5号　100〜110頁　1956(昭和31)年5月　￥130
　　　　出席者：田中千代（デザイナー）、今日出海（両氏の写真あり）

B0805 「夜の女王」
　　　　『別冊キング』　巻号不明　頁数不明　1956(昭和31)年5月
　　　　＊未見

B0806 「呆ける」
　　　　『文芸』　13巻8号　51〜59頁　1956(昭和31)年6月

B0807 「〈特集・日記に於ける作家の研究〉　未完成の日記—枯淡趣味へのそこはかとなき反感」
　　　　『文学界』　10巻6号　88〜92頁　1956(昭和31)年6月　￥100

B0808 「生前通夜」／佐藤泰治・画
　　　　『オール読物』　11巻6号　233〜244頁　1956(昭和31)年6月　￥100

B0809 「〈特選短編小説〉　長兄」
　　　　『文芸春秋』　34巻7号　326〜333頁　1956(昭和31)年7月

B0810 「小説とモデル問題（座談会)」
　　　　『文芸』　13巻10号　86〜100頁　1956(昭和31)年7月
　　　　出席者：舟橋聖一、井上友一郎、今日出海、壺井栄、平林たい子、十返肇（司会）
　　　　（出席者の写真あり）

B0811 「〈創作廿三人集〉　赤坂の宿」／鳥居敏文・画
　　　　『別冊小説新潮』　10巻10号　223〜231頁　1956(昭和31)年7月15日　￥100

B0812 「〈作家の苦悩〉　愚痴」
　　　　『新潮』　53巻8号　87〜89頁　1956(昭和31)年8月

B0813 「〈おかめ八目〉　おふくろの味（座談会)」
　　　　『小説公園』　7巻8号　82〜95頁　1956(昭和31)年8月
　　　　出席者：池島信平、扇谷正造、今日出海（ゲスト）

B0814 「〈鎌倉グラフと随筆〉　鎌倉今昔三十年」／カット・鳥海青児
　　　　『婦人画報』　624号　24〜26頁　1956(昭和31)年8月　￥150

B0815 「〈二大問題小説〉　黒幕」

『別冊文芸春秋』 53号 43〜57頁 1956（昭和31）年8月28日 ¥100

B0816 「世相放談（鼎談）」
  『小説新潮』 10巻12号 264〜276頁 1956（昭和31）年9月 ¥100
  出席者：今日出海、大岡昇平、戸川幸夫（出席者の写真）

B0817 「従兄」
  『小説公園』 7巻9号 228〜235頁 1956（昭和31）年9月

B0818 「〈珠玉短篇十人集〉 金時計」
  『別冊文芸春秋』 54号 84〜92頁 1956（昭和31）年10月 ¥100

B0819 「白と黒」
  『文学界』 10巻10号 17〜24頁 1956（昭和31）年10月
  補記：郡虎彦のこと
  ☆『人さまざま』（1959）に再録

B0820 「〈私は天皇制支持する〉 大統領制反対」
  『特集文芸春秋 天皇白書―嵐の中の六十年』 156〜157頁 1956（昭和31）年10月 ¥75

B0821 「日本「おかわいそうに」―「重光」と「野坂」の間」
  『文芸春秋』 34巻10号 100〜104頁 1956（昭和31）年10月

B0822 「「話のわかる、わからない」話（座談会）」
  『世界』 130号 283〜295頁 1956（昭和31）年10月 ¥150
  出席者：今日出海、池島信平、中野好夫、中屋健一、吉野源三郎（司会）

B0823 「〈戦後問題作全集〉 三木清における人間の研究」
  『文芸 増刊号』 13巻18号 262〜277頁 1956（昭和31）年10月20日 ¥150

B0824 「白い花（ブランカフローラ）」／佐藤泰治・画
  『小説新潮』 10巻15号 154〜163頁 1956（昭和31）年11月 ¥100

B0825 「ピアティゴルスキーを聴く」
  『芸術新潮』 7巻11号 48〜49頁 1956（昭和31）年11月

B0826 「女優（現代小説）」／土居栄・画
  『キング』 32巻11号 332〜345頁 1956（昭和31）年11月 ¥120

B0827 「X―七号」／宮永岳彦・画
  『オール読物』 11巻11号 78〜89頁 1956（昭和31）年11月 ¥100

B0828 「〈芥川・直木賞作家二十二人集〉 旅の誘い」
  『別冊文芸春秋』 55号 28〜37頁 1956（昭和31）年12月 ¥100

1957

B0829 「今も昔も蒼白し」
  『新潮』 54巻1号 104〜108頁 1957（昭和32）年1月

B0830 「光りの指」
  『文学界』 11巻1号 36〜43頁 1957（昭和32）年1月

〔B0816〜B0830〕

補記：郡虎彦のこと
☆『人さまざま』(1959)に再録

B0831 「木枯らし」／藤川栄子・画
『小説新潮』 11巻3号 250〜259頁 1957(昭和32)年2月 ￥100

B0832 「薄明」
『オール読物』 12巻3号 40〜49頁 1957(昭和32)年3月

B0833 「兄貴」
『中央公論』 72巻5号 302〜305頁 1957(昭和32)年4月

B0834 「『絲竹集』の作者（座談会）」
『銀座百点』 28号 6〜9頁 1957(昭和32)年4月 ￥50
出席者：竹田小時、今東光、今日出海（出席者3氏の写真あり）
補記：竹田小時さんと今兄弟はいとこ同士

B0835 「〈戦後最大の悪〉 税制也」
『新潮』 54巻4号 21〜22頁 1957(昭和32)年4月

B0836 「〈創作二十人集〉 碧録の秘仏」／竹谷富士雄・画
『別冊小説新潮』 11巻6号 44〜53頁 1957(昭和32)年4月15日 ￥100

B0837 「「中央道」ホコリ道中―縦貫道路予定コースをバスで行く」
『週刊朝日』 62巻16号 20〜21頁 1957(昭和32)年4月21日 ￥30（ヌカルミを難航するバスの写真／筆者撮影）

B0838 「憎い癌」
『吉川英治全集 42. 月報』 11号 1〜2頁 1957(昭和32)年6月
☆『吉川氏とわたし』(1992)に再録

B0839 「〈特選短篇小説〉 従妹」
『文芸春秋』 35巻7号 314〜321頁 1957(昭和32)年7月

B0840 「さすらい」
『別冊小説新潮』 11巻10号 226〜238頁 1957(昭和32)年7月
補記：郡虎彦のこと
☆『人さまざま』(1959)に再録

B0841 「汚職」／宮永岳彦・画
『オール読物』 12巻7号 194〜210頁 1957(昭和32)年7月 ￥100

B0842 「現代の狂人たち」
『新潮』 54巻8号 80〜85頁 1957(昭和32)年8月

B0843 「〈戦争小説特集〉 落日の首相官邸」
『別冊文芸春秋』 59号 18〜41頁 1957(昭和32)年8月 ￥100

B0844 「訪問・東郷青児」／文・今日出海、写真・林忠彦
『美術手帖』 130号 80〜88頁 1957(昭和32)年9月 ￥160（東郷夫人、たまみさんを含み東郷氏の写真多数）

B0845 「中島健蔵に於ける人間の研究―愛すべき「ケンチ」よ、何処へ行く」
『文芸春秋』 35巻9号 130〜137頁 1957(昭和32)年9月（中島氏の写真）

B0846 「〈日本の芸術と文部官僚〉 文部大臣への注文（対談）」
『芸術新潮』 8巻9号 284〜292頁 1957(昭和32)年9月

対談者：松永東、今日出海（松永氏の写真あり）

B0847 「〈秋季小説特集〉 三等郵便局長」
　　　『新潮』 54巻10号 89～99頁 1957（昭和32）年10月

B0848 「ひそかな夜襲」／村尾隆栄・画
　　　『別冊小説新潮』 11巻14号 118～127頁 1957（昭和32）年10月15日 ￥100

B0849 「人われを海賊と呼ぶ—やりたいことをやる男」
　　　『太陽』 1巻3号 197～201頁 1957（昭和32）年12月 ￥100
　　　補記：岩田幸夫氏のこと（岩田氏、著者を含む写真あり）

B0850 「〈芥川・直木賞作家特集号〉 堂々たるコキュ」
　　　『別冊文芸春秋』 61号 56～66頁 1957（昭和32）年12月 ￥120

B0851 「浮寝の折ふし」
　　　『オール読物』 12巻12号 102～111頁 1957（昭和32）年12月

1958

B0852 「悪性者」／大村連・画
　　　『小説新潮』 12巻1号 296～303頁 1958（昭和33）年1月 ￥100
　　　☆『人さまざま』(1959)に再録

B0853 「国際映画のプロデューサー—サム・スピーゲルと「戦場にかける橋」」
　　　『芸術新潮』 9巻2号 211～215頁 1958（昭和33）年2月

B0854 「「戦場にかける橋」を語る」
　　　『映画之友』 26巻2号 70～76頁 1958（昭和33）年2月 ￥160
　　　出席者：今日出海、火野葦平、大岡昇平、本誌より淀川長治、岡俊雄（出席者の写真および映画のシーン多数）

B0855 「比島遺文」
　　　『オール読物』 14巻3号 178～188頁 1958（昭和33）年3月

B0856 「〈創刊百号記念随筆特集〉 芸術祭縁起」
　　　『芸術新潮』 9巻4号 288～289頁 1958（昭和33）年4月 ￥190

B0857 「人間の曲り角—河野与一という学者」
　　　『新潮』 55巻4号 39～43頁 1958（昭和33）年4月

B0858 「〈佐藤栄作対談4.〉 作家と政治家 今日出海」
　　　『周山』 2巻2号 8～14頁 1958（昭和33）年4月 ￥100
　　　出席者：今日出海、佐藤栄作（両氏の写真）

B0859 「百姓の笑い」
　　　『オール読物』 13巻4号 306～317頁 1958（昭和33）年4月
　　　☆『人さまざま』(1959)に再録

B0860 「アメリカの伯父さん」
　　　『小説新潮』 12巻5号 42～55頁 1958（昭和33）年4月
　　　☆『人さまざま』(1959)に再録

B0861 「生き不動」
　　　『別冊文芸春秋』　64号　194〜204頁　1958(昭和33)年6月
　　　　☆『人さまざま』(1959)に再録

B0862 「〈読切連載 悪徳シリーズ 1.〉　救いを求める人」／上西康介・画
　　　『別冊週刊サンケイ』　15号　106〜112頁　1958(昭和33)年6月

B0863 「私の言葉」
　　　『週刊新潮』　15号　9頁　1958(昭和33)年6月30日

B0864 「〈読切連載 悪徳シリーズ 2.〉　勝負」／上西康介・画
　　　『別冊週刊サンケイ』　16号　118〜126頁　1958(昭和33)年7月

B0865 「〈読切連載 悪徳シリーズ 3.〉　片隅の子」／上西康介・画
　　　『別冊週刊サンケイ』　17号　132〜140頁　1958(昭和33)年8月

B0866 「観念像」／大村連・画
　　　『小説新潮』　12巻11号　100〜109頁　1958(昭和33)年8月　￥100

B0867 「〈特集・巨人対国鉄〉　わたり合う巨人対国鉄の作戦本部(座談会)」
　　　『野球界』　48巻9号　84〜91頁　1958(昭和33)年8月　￥130
　　　　出席者：今日出海(作家)、矢代静一(劇作家)、水原円裕(巨人監督)、宇野光雄
　　　　(国鉄監督)(出席者の写真ほか)

B0868 「鰯の嘆き」
　　　『婦人公論』　43巻8号　58〜62頁　1958(昭和33)年8月　￥130

B0869 「〈読切連載 悪徳シリーズ 4.〉　特ダネ」／上西康介・画
　　　『別冊週刊サンケイ』　18号　118〜125頁　1958(昭和33)年9月

B0870 「飲む打つ買うの天才―青山二郎に於ける人間の研究」
　　　『文芸春秋』　36巻10号　218〜224頁　1958(昭和33)年9月
　　　　☆『なんだか・おかしな・人たち』(1989)に再録
　　　　☆『鎌倉文士骨董奇譚』(1992)に再録

B0871 「〈読切連載 悪徳シリーズ 5.〉　暗い夜道」／上西康介・画
　　　『別冊週刊サンケイ』　19号　118〜125頁　1958(昭和33)年10月

B0872 「美しい空気」
　　　『オール読物』　13巻10号　60〜69頁　1958(昭和33)年10月

B0873 「〈読切連載 悪徳シリーズ 6.〉　中年の不徳」／上西康介・画
　　　『別冊週刊サンケイ』　20号　126〜133頁　1958(昭和33)年12月

B0874 「多数決の国・満場一致の国―西欧的考え方とソ連的考え方」
　　　『文芸春秋』　36巻13号　110〜116頁　1958(昭和33)年12月

B0875 「同室の前科者」
　　　『別冊 文芸春秋 芥川賞直木賞作家号』　67号　166〜176頁　1958(昭和33)年12月
　　　　☆『人さまざま』(1959)に再録

1959

- B0876 「母の血」
  『小説新潮』 13巻3号 236〜245頁 1959(昭和34)年2月
  ☆『人さまざま』(1959)に再録
- B0877 「兄弟あほだら経(対談)」／おおば比呂志・画
  『文芸春秋』 37巻2号 248〜258頁 1959(昭和34)年2月 ¥100
  対談者：今東光、今日出海（おおば氏による両氏の談話風景画）
- B0878 「森茉莉とその良人」
  『新潮』 56巻2号 48〜55頁 1959(昭和34)年2月 ¥130
  補記：森茉莉氏の返答は次号掲載「私の離婚とその後の日日」(F0115)
- B0879 「〈連載野球小説〉 走れ三平 1.」／宮永岳彦・画
  『週刊娯楽よみうり』 5巻9号 34〜37頁 1959(昭和34)年2月27日
- B0880 「日本の十大小説―サマーセット・モームばりに」
  『新潮』 56巻3号 31〜41頁 1959(昭和34)年3月
- B0881 「カヴィアールの味」
  『わいん・まがじん』(中部日本醸界新聞社) 1号 14頁 1959(昭和34)年3月 ¥34
- B0882 「〈連載野球小説〉 走れ三平 2.」／宮永岳彦・画
  『週刊娯楽よみうり』 5巻10号 34〜37頁 1959(昭和34)年3月6日 ¥30
- B0883 「〈連載野球小説〉 走れ三平 3.」／宮永岳彦・画
  『週刊娯楽よみうり』 5巻11号 34〜37頁 1959(昭和34)年3月13日 ¥30
- B0884 「〈連載野球小説〉 走れ三平 4.」／宮永岳彦・画
  『週刊娯楽よみうり』 5巻12号 36〜39頁 1959(昭和34)年3月20日 ¥30
- B0885 「〈連載野球小説〉 走れ三平 5.」／宮永岳彦・画
  『週刊娯楽よみうり』 5巻13号 36〜39頁 1959(昭和34)年3月27日
- B0886 「赤いバット 1.〈連載野球小説〉」／絵・宮永岳彦
  『週刊読売スポーツ』 1巻1号 38〜41頁 1959(昭和34)年4月3日
- B0887 「赤いバット 2.〈連載野球小説〉」／絵・宮永岳彦
  『週刊読売スポーツ』 1巻2号 38〜41頁 1959(昭和34)年4月10日
- B0888 「大使の休暇」／佐藤泰治・画
  『別冊小説新潮』 13巻6号 154〜163頁 1959(昭和34)年4月15日
- B0889 「赤いバット 3.〈連載野球小説〉」／絵・宮永岳彦
  『週刊読売スポーツ』 1巻3号 38〜41頁 1959(昭和34)年4月17日
- B0890 「赤いバット 4.〈連載野球小説〉」／絵・宮永岳彦
  『週刊読売スポーツ』 1巻4号 38〜41頁 1959(昭和34)年4月24日
- B0891 「愚神礼賛―阿呆は阿呆らしいことを考える(エウリピデス)」
  『新潮』 56巻5号 46〜50頁 1959(昭和34)年5月 ¥130

B0892 「赤いバット 5. 〈連載野球小説〉」／絵・宮永岳彦
　　　『週刊読売スポーツ』　1巻5号　38〜41頁　1959(昭和34)年5月1日

B0893 「赤いバット 6. 〈連載野球小説〉」／絵・宮永岳彦
　　　『週刊読売スポーツ』　1巻6号　38〜41頁　1959(昭和34)年5月8日

B0894 「赤いバット 7. 〈連載野球小説〉」／絵・宮永岳彦
　　　『週刊読売スポーツ』　1巻7号　38〜41頁　1959(昭和34)年5月15日

B0895 「赤いバット 8. 〈連載野球小説〉」／絵・宮永岳彦
　　　『週刊読売スポーツ』　1巻8号　38〜41頁　1959(昭和34)年5月22日

B0896 「赤いバット 9. 〈連載野球小説〉」／絵・宮永岳彦
　　　『週刊読売スポーツ』　1巻9号　38〜41頁　1959(昭和34)年5月29日

B0897 「進歩的文化人の愚行―愚神礼賛」
　　　『新潮』　56巻6号　52〜56頁　1959(昭和34)年6月

B0898 「赤いバット 10. 〈連載野球小説〉」／絵・宮永岳彦
　　　『週刊読売スポーツ』　1巻10号　38〜41頁　1959(昭和34)年6月5日

B0899 「赤いバット 11. 〈連載野球小説〉」／絵・宮永岳彦
　　　『週刊読売スポーツ』　1巻11号　38〜41頁　1959(昭和34)年6月12日

B0900 「赤いバット 12. 〈連載野球小説〉」／絵・宮永岳彦
　　　『週刊読売スポーツ』　1巻12号　38〜41頁　1959(昭和34)年6月19日

B0901 「赤いバット 13. 〈連載野球小説〉」／絵・宮永岳彦
　　　『週刊読売スポーツ』　1巻13号　38〜41頁　1959(昭和34)年6月26日

B0902 「永井荷風―隠逸伝中の人」
　　　『新潮』　56巻7号　16〜22頁　1959(昭和34)年7月

B0903 「孤立の指導者―土方与志の死」
　　　『芸術新潮』　10巻7号　42〜43頁　1959(昭和34)年7月

B0904 「ゴルフ交遊記 1. 緑林の友」
　　　『アサヒゴルフ』(全日本産業人ゴルフ協会出版局)　3号　36頁　1959(昭和34)年7月　¥270（横山隆一、横山泰三、獅子文六、今日出海諸氏のゴルフ場での写真）

B0905 「赤いバット 14. 〈連載野球小説〉」／絵・宮永岳彦
　　　『週刊読売スポーツ』　1巻14号　38〜41頁　1959(昭和34)年7月3日

B0906 「赤いバット 15. 〈連載野球小説〉」／絵・宮永岳彦
　　　『週刊読売スポーツ』　1巻15号　38〜41頁　1959(昭和34)年7月10日

B0907 「赤いバット 16. 〈連載野球小説〉」／絵・宮永岳彦
　　　『週刊読売スポーツ』　1巻16号　38〜41頁　1959(昭和34)年7月17日

B0908 「赤いバット 17. 〈連載野球小説〉」／絵・宮永岳彦
　　　『週刊読売スポーツ』　1巻17号　38〜41頁　1959(昭和34)年7月24日

B0909 「赤いバット 18. 〈連載野球小説〉」／絵・宮永岳彦
　　　『週刊読売スポーツ』　1巻18号　38〜41頁　1959(昭和34)年7月31日

B0910 「ゴルフ交遊記 2. 亀は兎に追いつけぬ」
　　　『アサヒゴルフ』　4号　20頁　1959(昭和34)年8月　¥270

B0911 「戦中戦後」
　　　　『新潮』　56巻8号　176～187頁　1959(昭和34)年8月

B0912 「春や昔の」／佐藤泰治・画
　　　　『小説新潮』　13巻11号　120～129頁　1959(昭和34)年8月　￥100

B0913 「赤いバット 19.〈連載野球小説〉」／絵・宮永岳彦
　　　　『週刊読売スポーツ』　1巻19号　38～41頁　1959(昭和34)年8月7日

B0914 「赤いバット 20.〈連載野球小説〉」／絵・宮永岳彦
　　　　『週刊読売スポーツ』　1巻20号　38～41頁　1959(昭和34)年8月14日

B0915 「赤いバット 21.〈連載野球小説〉」／絵・宮永岳彦
　　　　『週刊読売スポーツ』　1巻21号　38～41頁　1959(昭和34)年8月21日

B0916 「赤いバット 22.〈連載野球小説〉」／絵・宮永岳彦
　　　　『週刊読売スポーツ』　1巻22号　38～41頁　1959(昭和34)年8月28日

B0917 「ゴルフ交遊記 3. 雑魚の腕前」
　　　　『アサヒゴルフ』　5号　18頁　1959(昭和34)年9月　￥270

B0918 「父と子」
　　　　『別冊文芸春秋』　69号　104～116頁　1959(昭和34)年9月　￥100

B0919 「冒険小説について」
　　　　『新潮』　56巻9号　108～111頁　1959(昭和34)年9月

B0920 「赤いバット 23.〈連載野球小説〉」／絵・宮永岳彦
　　　　『週刊読売スポーツ』　1巻23号　38～41頁　1959(昭和34)年9月4日

B0921 「赤いバット 24.〈連載野球小説〉」／絵・宮永岳彦
　　　　『週刊読売スポーツ』　1巻24号　38～41頁　1959(昭和34)年9月11日

B0922 「わが声人の声 ① 家族旅行」／絵・宮本三郎
　　　　『週刊朝日』　64巻40号　40～41頁　1959(昭和34)年9月13日

B0923 「赤いバット 25.〈連載野球小説〉」／絵・宮永岳彦
　　　　『週刊読売スポーツ』　1巻25号　38～41頁　1959(昭和34)年9月18日

B0924 「わが声人の声 ② ナバブ・ダ・ルコの冠」／絵・宮本三郎
　　　　『週刊朝日』　64巻41号　40～41頁　1959(昭和34)年9月20日

B0925 「赤いバット 26.〈連載野球小説〉」／絵・宮永岳彦
　　　　『週刊読売スポーツ』　1巻26号　38～41頁　1959(昭和34)年9月25日

B0926 「わが声人の声 ③ 気ちがい時代」／絵・宮本三郎
　　　　『週刊朝日』　64巻42号　76～77頁　1959(昭和34)年9月27日

B0927 「ゴルフ交遊記 4. ゆうゆうたる老兵」
　　　　『アサヒゴルフ』　6号　16頁　1959(昭和34)年10月　￥270

B0928 「「父帰る」の演出―新劇の古典」
　　　　『文学界』　13巻10号　154～157頁　1959(昭和34)年10月

B0929 「錆びた機械」／上西康介・画
　　　　『オール読物』　14巻10号　248～260頁　1959(昭和34)年10月　￥120

B0930 「ブーム時代」

B0931 「広津和郎の真実」
　　　　『新潮』　56巻10号　24〜31頁　1959(昭和34)年10月
B0932 「家」
　　　　『別冊小説新潮』　11巻4号　110〜121頁　1959(昭和34)年10月
B0933 「赤いバット 27.〈連載野球小説〉」／絵・宮永岳彦
　　　　『週刊読売スポーツ』　1巻27号　34〜37頁　1959(昭和34)年10月2日
B0934 「わが声人の声 ④ アモック」／絵・宮本三郎
　　　　『週刊朝日』　64巻43号　60〜61頁　1959(昭和34)年10月4日
B0935 「赤いバット 28.〈連載野球小説〉」／絵・宮永岳彦
　　　　『週刊読売スポーツ』　1巻28号　34〜37頁　1959(昭和34)年10月9日
B0936 「わが声人の声 ⑤ 右か左か」／絵・宮本三郎
　　　　『週刊朝日』　64巻44号　48〜49頁　1959(昭和34)年10月11日
B0937 「赤いバット 29.〈連載野球小説〉」／絵・宮永岳彦
　　　　『週刊読売スポーツ』　1巻29号　34〜37頁　1959(昭和34)年10月16日
B0938 「わが声人の声 ⑥ 大飯食い」／絵・宮本三郎
　　　　『週刊朝日』　64巻45号　40〜41頁　1959(昭和34)年10月18日
B0939 「赤いバット 30.〈連載野球小説〉」／絵・宮永岳彦
　　　　『週刊読売スポーツ』　1巻30号　34〜37頁　1959(昭和34)年10月23日
B0940 「わが声人の声 ⑦ かみなり族」／絵・宮本三郎
　　　　『週刊朝日』　64巻46号　40〜41頁　1959(昭和34)年10月25日
B0941 「赤いバット 31.〈連載野球小説〉」／絵・宮永岳彦
　　　　『週刊読売スポーツ』　1巻31号　62〜65頁　1959(昭和34)年10月30日
B0942 「ゴルフ交遊記 5. 雨にもめげず風にもめげず」／え・辻まこと
　　　　『アサヒゴルフ』　7号　46頁　1959(昭和34)年11月　￥270
B0943 「わが声人の声 ⑧ 明日の知恵」／絵・宮本三郎
　　　　『週刊朝日』　64巻47号　78〜79頁　1959(昭和34)年11月1日
B0944 「赤いバット 32.〈連載野球小説〉」／絵・宮永岳彦
　　　　『週刊読売スポーツ』　1巻32号　44〜47頁　1959(昭和34)年11月6日
B0945 「赤いバット 33.〈連載野球小説〉」／絵・宮永岳彦
　　　　『週刊読売スポーツ』　1巻33号　44〜47頁　1959(昭和34)年11月13日
B0946 「赤いバット 34.〈連載野球小説〉」／絵・宮永岳彦
　　　　『週刊読売スポーツ』　1巻34号　34〜37頁　1959(昭和34)年11月20日
B0947 「赤いバット 35.〈連載野球小説〉」／絵・宮永岳彦
　　　　『週刊読売スポーツ』　1巻35号　34〜37頁　1959(昭和34)年11月27日
B0948 「ゴルフ交遊記 6. ボヤきの大岡」
　　　　『アサヒゴルフ』　8号　54頁　1959(昭和34)年12月　￥270
B0949 「赤いバット 36.〈連載野球小説〉」／絵・宮永岳彦
　　　　『週刊読売スポーツ』　1巻36号　34〜37頁　1959(昭和34)年12月4日

B0950 「赤いバット 37. 〈連載野球小説〉」／絵・宮永岳彦
　　　　『週刊読売スポーツ』　1巻37号　34～37頁　1959（昭和34）年12月11日

B0951 「赤いバット 38. 〈連載野球小説〉」／絵・宮永岳彦
　　　　『週刊読売スポーツ』　1巻38号　32～35頁　1959（昭和34）年12月18日

B0952 「赤いバット 39. 〈連載野球小説〉」／絵・宮永岳彦
　　　　『週刊読売スポーツ』　1巻39号　34～37頁　1959（昭和34）年12月25日

1960

B0953 「ゴルフ交遊記 7. Sashimi no tuma」
　　　　『アサヒゴルフ』　9号　34頁　1960（昭和35）年1月　￥270

B0954 「〈今日出海出題コント・クイズ〉　寝正月」
　　　　『週刊朝日 別冊』　35号　22頁　1960（昭和35）年1月　￥70

B0955 「お祭り男覚書・文士劇—思えば楽しくもあり悲しくもあり」／生沢朗・画
　　　　『文芸春秋』　38巻1号　326～329頁　1960（昭和35）年1月　￥130

B0956 「〈社会望遠鏡〉　金が物を言う時代」／小林治雄・画
　　　　『小説新潮』　14巻1号　35～37頁　1960（昭和35）年1月　￥100

B0957 「各界の回顧と展望」／祐天寺三郎・漫画
　　　　『小説新潮』　14巻1号　200～206頁　1960（昭和35）年1月

B0958 「赤いバット 40. 〈連載野球小説〉」／絵・宮永岳彦
　　　　『週刊読売スポーツ』　2巻1号　38～41頁　1960（昭和35）年1月1日

B0959 「赤いバット 41. 〈連載野球小説〉」／絵・宮永岳彦
　　　　『週刊読売スポーツ』　2巻2・3号　28～31頁　1960（昭和35）年1月15日

B0960 「赤いバット 42. 〈連載野球小説〉」／絵・宮永岳彦
　　　　『週刊読売スポーツ』　2巻4号　34～37頁　1960（昭和35）年1月22日

B0961 「赤いバット 43. 〈連載野球小説〉」／絵・宮永岳彦
　　　　『週刊読売スポーツ』　2巻5号　34～37頁　1960（昭和35）年1月29日

B0962 「ゴルフ交遊記 8. コースの寒山十得」
　　　　『アサヒゴルフ』　10号　46頁　1960（昭和35）年2月　￥270

B0963 「〈社会望遠鏡〉　空虚な時代」／マンガ・小林治雄
　　　　『小説新潮』　14巻3号　139～141頁　1960（昭和35）年2月　￥100

B0964 「〈新春小説特集〉　墳墓の地」
　　　　『新潮』　57巻2号　181～189頁　1960（昭和35）年2月　￥130

B0965 「〈演劇合評会〉　進駐軍・忠臣蔵・芸術祭」
　　　　『銀座百点』　62号　56～66頁　1960（昭和35）年2月　￥50
　　　　出席者：今日出海〔ゲスト〕、久保田万太郎、戸板康二、円地文子、池田弥三郎
　　　　（今日出海の写真）

B0966 「赤いバット 44. 〈連載野球小説〉」／絵・宮永岳彦

1960　Ⅰ　著作目録（雑誌記事）

　　　　　　『週刊読売スポーツ』　2巻6号　34～37頁　1960（昭和35）年2月5日
B0967　「赤いバット 45.〈連載野球小説〉」／絵・宮永岳彦
　　　　　　『週刊読売スポーツ』　2巻7号　34～37頁　1960（昭和35）年2月12日
B0968　「赤いバット 46.〈連載野球小説〉」／絵・宮永岳彦
　　　　　　『週刊読売スポーツ』　2巻8号　34～37頁　1960（昭和35）年2月19日
B0969　「赤いバット 47.〈連載野球小説〉」／絵・宮永岳彦
　　　　　　『週刊読売スポーツ』　2巻9号　34～37頁　1960（昭和35）年2月26日
B0970　「ゴルフ交遊記 9. 負ける掟」
　　　　　　『アサヒゴルフ』　11号　39頁　1960（昭和35）年3月　￥270
B0971　「〈今日出海出題クイズ〉　玉の輿」
　　　　　　『週刊朝日別冊』　36号　22頁　1960（昭和35）年3月　￥70
B0972　「すまじきものは」／鈴木正・画
　　　　　　『オール読物』　15巻3号　214～224頁　1960（昭和35）年3月　￥100
B0973　「〈社会望遠鏡〉　道遠し」／小林治雄・漫画
　　　　　　『小説新潮』　14巻4号　163～165頁　1960（昭和35）年3月　￥100
B0974　「隠者」
　　　　　　『小説新潮』　14巻4号　102～112頁　1960（昭和35）年3月
B0975　「海風の吹く町」／宮田武彦・画
　　　　　　『週刊朝日別冊』　35巻2号　148～155頁　1960（昭和35）年3月1日　￥70
B0976　「赤いバット 48.〈連載野球小説〉」／絵・宮永岳彦
　　　　　　『週刊読売スポーツ』　2巻10号　34～37頁　1960（昭和35）年3月4日
B0977　「赤いバット 49.〈連載野球小説〉」／絵・宮永岳彦
　　　　　　『週刊読売スポーツ』　2巻11号　34～37頁　1960（昭和35）年3月11日
B0978　「ゴルフ交遊記 10. いま当りどき」
　　　　　　『アサヒゴルフ』　12号　40頁　1960（昭和35）年4月　￥270
B0979　「〈社会望遠鏡〉　風強き雪どけ」／小林治雄・漫画
　　　　　　『小説新潮』　14巻5号　169～171頁　1960（昭和35）年4月　￥100
B0980　「賢島に遊ぶ」
　　　　　　『真珠』（近畿日本鉄道）　34号　4～5頁　1960（昭和35）年4月　￥30
B0981　「〈実名小説〉　むなしき空」／竹谷富士雄・画
　　　　　　『別冊小説新潮』　14巻6号　110～118頁　1960（昭和35）年4月15日　￥100
B0982　「ゴルフ交遊記 11. 外交官は天狗です」
　　　　　　『アサヒゴルフ』　13号　30頁　1960（昭和35）年5月　￥350
B0983　「〈社会望遠鏡〉　民の怒り」／漫画・小林治雄
　　　　　　『小説新潮』　14巻7号　261～263頁　1960（昭和35）年5月　￥100
B0984　「〈社会望遠鏡〉　左右は日本を二分している」／漫画・小林治雄
　　　　　　『小説新潮』　14巻8号　165～167頁　1960（昭和35）年6月　￥100
B0985　「〈作家の目〉　アジア映画祭後記」
　　　　　　『新潮』　57巻6号　164～165頁　1960（昭和35）年6月　￥130

B0986 「〈社会望遠鏡〉 遠い山から谷底見れば（パリにて）」／漫画・小林治雄
　　　『小説新潮』 14巻11号　163〜165頁　1960（昭和35）年8月　￥100

B0987 「愛されぬ男（連載小説1）」／絵・宮永岳彦
　　　『週刊コウロン』 2巻33号　34〜39頁　1960（昭和35）年8月23日

B0988 「「愛されぬ男」を連載する今日出海氏」
　　　『週刊コウロン』 2巻34号　グラビア1〜5頁　1960（昭和35）年8月30日

B0989 「愛されぬ男（連載小説2）」／絵・宮永岳彦
　　　『週刊コウロン』 2巻34号　34〜38頁　1960（昭和35）年8月30日

B0990 「ゴルフ交遊記 12. 旅の戒め」
　　　『アサヒゴルフ』 17号　30頁　1960（昭和35）年9月　￥300

B0991 「朝鮮人参」
　　　『小説新潮』 14巻12号　102〜112頁　1960（昭和35）年9月

B0992 「〈社会望遠鏡〉 日本の国際信用」
　　　『小説新潮』 14巻12号　165〜167頁　1960（昭和35）年9月

B0993 「「日本ブーム」はどこにもない―三つの映画審査員をつとめて」
　　　『芸術新潮』 11巻9号　46〜48頁　1960（昭和35）年9月　￥190

B0994 「愛されぬ男（連載小説3）」／絵・宮永岳彦
　　　『週刊コウロン』 2巻35号　34〜38頁　1960（昭和35）年9月6日

B0995 「愛されぬ男（連載小説4）」／絵・宮永岳彦
　　　『週刊コウロン』 2巻36号　34〜39頁　1960（昭和35）年9月13日

B0996 「愛されぬ男（連載小説5）」／絵・宮永岳彦
　　　『週刊コウロン』 2巻37号　34〜38頁　1960（昭和35）年9月20日

B0997 「愛されぬ男（連載小説6）」／絵・宮永岳彦
　　　『週刊コウロン』 2巻38号　34〜38頁　1960（昭和35）年9月27日

B0998 「ゴルフ交遊記 13. 老童の嘆き」
　　　『アサヒゴルフ』 18号　30頁　1960（昭和35）年10月　￥300

B0999 「〈社会望遠鏡〉 様々な風景」／漫画・小林治雄
　　　『小説新潮』 14巻13号　303〜305頁　1960（昭和35）年10月　￥100

B1000 「勤め気」
　　　『オール読物』 15巻10号　190〜200頁　1960（昭和35）年10月
　　　☆『天皇の帽子』（春陽文庫版）に再録

B1001 「愛されぬ男（連載小説7）」／絵・宮永岳彦
　　　『週刊コウロン』 2巻39号　36〜41頁　1960（昭和35）年10月4日

B1002 「愛されぬ男（連載小説8）」／絵・宮永岳彦
　　　『週刊コウロン』 2巻40号　36〜40頁　1960（昭和35）年10月11日

B1003 「愛されぬ男（連載小説9）」／絵・宮永岳彦
　　　『週刊コウロン』 2巻41号　34〜38頁　1960（昭和35）年10月18日

B1004 「愛されぬ男（連載小説10）」／絵・宮永岳彦
　　　『週刊公論』 2巻42号　36〜40頁　1960（昭和35）年10月25日
　　　　注：誌名変更

B1005 「ゴルフ交遊記 14. 風懐は欽慕すべきもの」
　　　『アサヒゴルフ』　19号　70頁　1960（昭和35）年11月　￥300

B1006 「〈社会望遠鏡〉　手近な話題」／漫画・小林治雄
　　　『小説新潮』　14巻14号　301〜303頁　1960（昭和35）年11月　￥100

B1007 「愛されぬ男（連載小説 11）」／絵・宮永岳彦
　　　『週刊公論』　2巻43号　36〜41頁　1960（昭和35）年11月1日

B1008 「愛されぬ男（連載小説 12）」／絵・宮永岳彦
　　　『週刊公論』　2巻44号　36〜40頁　1960（昭和35）年11月8日

B1009 「愛されぬ男（連載小説 13）」／絵・宮永岳彦
　　　『週刊公論』　2巻45号　36〜40頁　1960（昭和35）年11月15日

B1010 「愛されぬ男（連載小説 14）」／絵・宮永岳彦
　　　『週刊公論』　2巻46号　36〜40頁　1960（昭和35）年11月22日

B1011 「愛されぬ男（連載小説 15）」／絵・宮永岳彦
　　　『週刊公論』　2巻47号　36〜40頁　1960（昭和35）年11月29日

B1012 「ゴルフ交遊記 15. 器用が身のふしあわせ」
　　　『アサヒゴルフ』　20号　72頁　1960（昭和35）年12月　￥300

B1013 「〈社会望遠鏡〉　平行線時代」／漫画・小林治雄
　　　『小説新潮』　14巻15号　33〜35頁　1960（昭和35）年12月　￥100

B1014 「愛されぬ男（連載小説 16）」／絵・宮永岳彦
　　　『週刊公論』　2巻48号　70〜74頁　1960（昭和35）年12月6日

B1015 「愛されぬ男（連載小説 17）」／絵・宮永岳彦
　　　『週刊公論』　2巻49号　70〜74頁　1960（昭和35）年12月13日

B1016 「愛されぬ男（連載小説 18）」／絵・宮永岳彦
　　　『週刊公論』　2巻50号　70〜74頁　1960（昭和35）年12月20日

B1017 「愛されぬ男（連載小説 最終回）」／絵・宮永岳彦
　　　『週刊公論』　2巻51号　70〜74頁　1960（昭和35）年12月27日

1961

B1018 「運否天賦」／山内豊喜・画
　　　『サンデー毎日 特別号』　47号　32〜40頁　1961（昭和36）年1月　￥80

B1019 「思慕」／阪口茂雄・画
　　　『別冊小説新潮』　13巻1号　171〜183頁　1961（昭和36）年1月　￥30

B1020 「〈作家の目〉　三党首会見記」
　　　『新潮』　58巻3号　170〜171頁　1961（昭和36）年3月　￥130

B1021 「エジプトの印璽」
　　　『オール読物』　16巻3号　282〜294頁　1961（昭和36）年3月

B1022 「私の生活と意見」

『茶の間』（茶の間社）　46号　4～5頁　1961（昭和36）年3月　￥30

B1023　「無事」／北村修・画
　　　　『別冊小説新潮』　13巻2号　109～119頁　1961（昭和36）年4月

B1024　「迷い」
　　　　『アサヒゴルフ』　25号　37頁　1961（昭和36）年5月（三周年特大号）　￥300

B1025　「〈作家の目〉　東南アジアでの感想」
　　　　『新潮』　58巻5号　42～43頁　1961（昭和36）年5月　￥130

B1026　「映画を中心に（対談）」
　　　　『風景』　2巻7号　32～39頁　1961（昭和36）年7月　￥30
　　　　対談者：今日出海、武田泰淳（両氏の写真あり）

B1027　「香港の朝」
　　　　『別冊小説新潮』　13巻3号　64～73頁　1961（昭和36）年7月

B1028　「〈放談千夜　随筆寄席〉　一人一話・フィリピン有情」
　　　　『随筆サンケイ』　8巻7号　75～97頁　1961（昭和36）年7月　￥70
　　　　出席者：今日出海、辰野隆、渋沢秀雄、林驥、徳川夢声（出席者写真あり）
　　　　補記：1961年5月12日浜名湖畔舘山寺小汲館にて

B1029　「藁をつかむ」／鈴木正・画
　　　　『オール読物』　16巻9号　154～165頁　1961（昭和36）年9月
　　　　☆『天皇の帽子』（春陽文庫版）に再録

B1030　「〈週刊談話室〉　なんでも食べてやろう」／え・小島功
　　　　『週刊朝日』　66巻43号　32～36頁　1961（昭和36）年9月28日
　　　　出席者：宮田重雄（画家）、今日出海（両氏の写真、小島氏のイラストあり）

B1031　「見知らぬ長島の声援者」
　　　　『週刊読売スポーツ』　3巻40号　18～20頁　1961（昭和36）年9月29日　￥40（長島氏の写真）

B1032　「今東光に於ける人間の研究」
　　　　『中央公論』　76巻10号　212～224頁　1961（昭和36）年10月　￥150（東光の写真）
　　　　☆「偽悪の人——今東光」と題して『迷う人迷えぬ人』（1963）に再録

B1033　「どっちでもいい」
　　　　『小説新潮』　15巻11号　230～240頁　1961（昭和36）年11月

B1034　「入会早々」
　　　　『保土ヶ谷 H. C. C.』　86号　1頁　1961（昭和36）年12月

B1035　「幸福な国の弁」
　　　　『岩手の警察（復刊）』　16巻12号　21～24頁　1961（昭和36）年12月

B1036　「横浜再建案」
　　　　『ヨコハマ百点』　2新春号　6～7頁　1961（昭和36）年12月　￥50（写真）

B1037　「〈週刊談話室〉　《開戦二十年特集 4.》　敗戦は十二月八日から始まった」／え・小島功
　　　　『週刊朝日』　66巻53号　38～42頁　1961（昭和36）年12月8日

〔B1023 ～ B1037〕

出席者：臼井吉見、平林たい子、今日出海（町内婦人会の木銃訓練写真と出席3氏の写真、小島氏のイラストあり）

1962

B1038 「〈作家の目〉 暗流」
　　　『新潮』　59巻2号　138～139頁　1962（昭和37）年2月　￥130

B1039 「偽作（小説）」
　　　『風景』　3巻2号　52～59頁　1962（昭和37）年2月　￥30

B1040 「〈ノンフィクション特集 7.〉 舟橋聖一における人間の研究」／鈴木正・画
　　　『オール読物』　17巻4号　342～353頁　1962（昭和37）年4月
　　　☆「無駄を嫌う人——舟橋聖一」と題して『迷う人迷えぬ人』(1963)に再録

B1041 「〈作家の目〉 沖縄の悲劇」
　　　『新潮』　59巻5号　182～183頁　1962（昭和37）年5月　￥130

B1042 「〈鑑賞席〉 イヴ・モンタン パリの夜を描く」
　　　『朝日ジャーナル』　4巻20号　26頁　1962（昭和37）年5月20日　￥50
　　　注：イヴ・モンタンの写真27～29頁／撮影・松井希通

B1043 「痩せた女」
　　　『別冊小説新潮』　14巻3号　65～75頁　1962（昭和37）年7月

B1044 「迷えぬ人・中島健蔵」
　　　『新潮』　59巻8号　176～189頁　1962（昭和37）年8月　￥130
　　　☆『迷う人迷えぬ人』(1963)に再録

B1045 「赤い知識人たち」
　　　『新潮』　59巻9号　15～25頁　1962（昭和37）年9月
　　　☆「赤い知識人——佐野碩」と題して『迷う人迷えぬ人』(1963)に再録
　　　☆『静心喪失』(1970)に再録

B1046 「独身者」／北村修・画
　　　『別冊小説新潮』　14巻4号　36～47頁　1962（昭和37）年10月

B1047 「己を愛する人・石川達三」
　　　『新潮』　59巻10号　158～168頁　1962（昭和37）年10月
　　　☆『迷う人迷えぬ人』(1963)に再録

B1048 「悲劇の人・エレンブルグ」
　　　『新潮』　59巻11号　174～184頁　1962（昭和37）年11月　￥130
　　　☆『迷う人迷えぬ人』(1963)に再録
　　　☆『静心喪失』(1970)に再録

B1049 「現代版作戦要務令」
　　　『つながり』　42号　頁数不明　1962（昭和37）年11月
　　　＊未見

B1050 「阿部知二と亀井勝一郎」
　　　『新潮』　59巻12号　190～199頁　1962（昭和37）年12月　￥130

☆「二人の求道者─阿部知二と亀井勝一郎」と題して『迷う人迷えぬ人』(1963)に再録

B1051 「現代版作戦要務令 2.」／漫画・岡部一彦
『つながり』(東都製鋼(株)) 43号 46～52頁 1962(昭和37)年12月
出席者：水原茂(ゲスト・東映フライヤーズ監督)、奥野信太郎(慶応義塾大学教授)、今日出海(作家)、藤川一秋(東都製鋼社長)、西村みゆき(司会)(出席者の写真、似顔絵あり)

1963

B1052 「現代版作戦要務令 3. 新春放談・戦略あれこれ」／漫画・岡部一彦
『つながり』 44号 48～55頁 1963(昭和38)年1月
出席者：藤間紫(ゲスト・舞踊家)、奥野信太郎、今日出海、藤川一秋、西村みゆき(司会)(出席者写真あり)

B1053 「〈創作十九人集〉 三角関係」／古沢岩美・画
『別冊小説新潮』 15巻1号 96～105頁 1963(昭和38)年1月
☆『天皇の帽子』(春陽文庫版)に再録

B1054 「現代版作戦要務令 4. 情報のとり方つかい方」／漫画・岡部一彦
『つながり』 45号 48～55頁 1963(昭和38)年2月
出席者：平沢和重(ゲスト・NHK解説委員)、奥野信太郎、今日出海、藤川一秋、西村みゆき(司会)(ゲストの写真あり)

B1055 「合理の人・桑原武夫」
『新潮』 60巻2号 154～161頁 1963(昭和38)年2月 ¥130
☆『迷う人迷えぬ人』(1963)に再録

B1056 「〈閑日談義〉 憂うべき世相と文化」
『経営者』 17巻2号 58～64頁 1963(昭和38)年2月 ¥100
出席者：今日出海(作家)、新関八洲太郎(三井物産会長)(両氏の写真あり)

B1057 「現代版作戦要務令 5. 今やタイムイズマネーの時代」／漫画・岡部一彦
『つながり』 46号 44～51頁 1963(昭和38)年3月
出席者：渡辺美佐(渡辺プロダクション副社長)、奥野信太郎、今日出海、藤川一秋、西村みゆき(司会)(ゲストの写真あり)

B1058 「きょうだい素描 今東光・今日出海」／今日出海著、撮影・田沼武能、井上青龍
『小説現代』 1巻2号 グラビア 1963(昭和38)年3月

B1059 「現代版作戦要務令 6. 指導者たらんと志す人へ」／漫画・岡部一彦
『つながり』 47号 44～52頁 1963(昭和38)年4月
出席者：近藤日出造(ゲスト・漫画家)、奥野信太郎、今日出海、藤川一秋、西村みゆき(司会)(近藤氏による出席者の似顔絵あり)

B1060 「さまよえる善女─真杉静枝」／田中武一郎・画
『オール読物』 18巻4号 264～273頁 1963(昭和38)年4月
☆『迷う人迷えぬ人』(1963)に再録

B1061 「現代版作戦要務令(終)7. サラリーマンの第一第二第三人生」／漫画・岡部一彦

　　　　『つながり』　48号　44〜50頁　1963（昭和38）年5月
　　　　出席者：奥野信太郎、藤川一秋、今日出海、西村みゆき（司会）（3氏の写真あり）

B1062 「友遠方より来る――リュシアン・クートーのこと」
　　　　『みずゑ』　699号　74〜78頁　1963（昭和38）年5月　￥380（クートー氏と作品の写真あり）

B1063 「名医の定年（座談会）」
　　　　『中央公論』　78巻5号　312〜321頁　1963（昭和38）年5月　￥170
　　　　出席者：冲中重雄（虎ノ門病院院長）、清水健太郎（鉄道病院院長）、吉田富三（癌研究所所長）、今日出海（ききて）（出席者の写真あり）

B1064 「永久運動」
　　　　『小説新潮』　17巻6号　42〜51頁　1963（昭和38）年6月

B1065 「〈食豪（グールマン）座談会 1.〉　さはち料理の初がつお」／絵・宮田重雄
　　　　『文芸朝日』　2巻6号　36〜41頁　1963（昭和38）年6月
　　　　出席者：今日出海、福島慶子、宮田重雄（料理と3氏の似顔絵あり）

B1066 「〈創作十九人集〉　老いてなお」／阪口茂雄・画
　　　　『別冊小説新潮』　15巻3号　165〜175頁　1963（昭和38）年6月15日　￥120
　　　　☆『天皇の帽子』（春陽文庫版）に再録

B1067 「〈スポーツ〉〈神宮外苑はだれのもの〉　球場問題をめぐる二つの意見　アマ・プロ両方栄えよ」
　　　　『週刊朝日』　68巻26号　116〜118頁（下段のみ）　1963（昭和38）年6月21日　￥40（神宮外苑と球場の写真あり）

B1068 「〈食豪（グールマン）座談会 2.〉　"七代目"のタイの話 」／絵・宮田重雄
　　　　『文芸朝日』　2巻7号　134〜138頁　1963（昭和38）年7月
　　　　出席者：今日出海、福島慶子、宮田重雄、塩見泰充（浜作主人）（出席の3氏と浜作主人の似顔絵あり）

B1069 「〈食豪（グールマン）座談会 3.〉　ウナギの蒲焼で暑気払い」／絵・宮田重雄
　　　　『文芸朝日』　2巻8号　116〜119頁　1963（昭和38）年8月
　　　　出席者：今日出海、福島慶子、宮田重雄、大谷純代（熱海重箱主人）（3氏と重箱主人の似顔絵あり）

B1070 「〈リレー対談・袖すりあうも…〉　イモ喰って酒飲んで深夜の予算折衝」／まんが・出光永
　　　　『財界』　11巻14号　39〜44頁　1963（昭和38）年8月　￥80
　　　　出席者：坂田泰二（専売公社総裁）、今日出海（作家）（両氏の写真あり）

B1071 「支那人」
　　　　『新潮』　60巻8号　110〜111頁　1963（昭和38）年8月（新潮創刊七百号記念特大号）　￥300

B1072 「〈リレー対談・袖すりあうも…〉　工場誘致ははやり病」／まんが・出光永
　　　　『財界』　11巻15号　111〜116頁　1963（昭和38）年8月15日（創業十周年記念号）　￥150
　　　　対談者：今日出海（作家）、今里広記（日本精工社長）（両氏の写真・まんがあり）

B1073 「〈食豪（グールマン）座談会 4.〉　多摩川の涼風とアユ」／絵・宮田重雄
　　　　『文芸朝日』　2巻9号　108〜112頁　1963（昭和38）年9月

出席者：今日出海、福島慶子、宮田重雄、吉田甲子江（土筆亭主人）（3氏と土筆亭主人の似顔絵あり）

B1074　「久保田万太郎の女運」
　　　『新潮』　60巻9号　56～69頁　1963（昭和38）年9月　¥130
　　　☆「女運―久保田万太郎」と題して『迷う人迷えぬ人』(1963)に再録

B1075　「佐藤得二における人間の研究―新直木賞作家の横顔」
　　　『文芸春秋』　41巻9号　150～154頁　1963（昭和38）年9月
　　　注：目次の題名は「佐藤得二さんという人」となっている
　　　☆「野の花―佐藤得二―」と題して『迷う人迷えぬ人』(1963)に再録

B1076　「遠慮のないところ（対談）」
　　　『風景』　4巻9号　32～40頁　1963（昭和38）年9月　¥40
　　　対談者：井上友一郎、今日出海（両氏の写真あり）

B1077　「〈食豪（グールマン）座談会 5.〉　鎌倉・初秋の精進料理」／絵・宮田重雄
　　　『文芸朝日』　2巻10号　142～147頁　1963（昭和38）年10月
　　　出席者：今日出海、福島慶子、宮田重雄、大木豊道（瑞泉寺和尚）
　　　補記：途中から松田愛三郎氏参加、帰途鎌倉駅近くのてんぷら屋"ひろみ"に寄る。そこで里見弴氏に出合う。

B1078　「〈食豪（グールマン）座談会 6.〉　食は中華料理にあり」／絵・宮田重雄
　　　『文芸朝日』　2巻11号　134～139頁　1963（昭和38）年11月
　　　出席者：福島慶子、宮田重雄、新垣秀雄、蒋静安（楼外楼飯店料理人）（新垣氏、蒋氏の似顔絵、料理の絵あり）
　　　補記：今日出海はフランス出張のため欠席

B1079　「〈食豪（グールマン）座談会 7.〉　フランス料理とフランス人」／絵・宮田重雄
　　　『文芸朝日』　2巻12号　134～139頁　1963（昭和38）年12月
　　　出席者：今日出海、福島慶子、宮田重雄、橋本豊子（花の木主人）（料理の絵および花の木主人の似顔絵あり）

1964

B1080　「〈食豪（グールマン）座談会 8.〉　包丁にこめた初春の味」／絵・宮田重雄
　　　『文芸朝日』　3巻1号　142～147頁　1964（昭和39）年1月
　　　出席者：今日出海、福島慶子、宮田重雄、獅子文六（ゲスト）（東京吉兆の正月料理、獅子文六氏と吉兆主人の似顔絵あり）

B1081　「〈作家の目〉　日々の不安」
　　　『新潮』　61巻1号　182～183頁　1964（昭和39）年1月　¥150

B1082　「〈特別読物〉　酒友片々」
　　　『別冊小説新潮』　18巻1号　37～38頁　1964（昭和39）年1月

B1083　「青春日々 1.」
　　　『小説新潮』　18巻1号　38～45頁　1964（昭和39）年1月

B1084　「〈食豪（グールマン）座談会 9.〉　シャモなべに寒さを忘れる」／絵・宮田重雄
　　　『文芸朝日』　3巻2号　134～139頁　1964（昭和39）年2月

出席者：今日出海、福島慶子、宮田重雄、仲沢栄一（鳥栄主人）（料理の絵と鳥栄主人の似顔絵あり）

B1085 「さまよえる人―何処へ行く清水幾太郎氏」
　　　『自由』　6巻2号　104～111頁　1964（昭和39）年2月　￥120

B1086 「情熱の花」
　　　『小説現代』　2巻2号　240～250頁　1964（昭和39）年2月
　　　☆『天皇の帽子』(春陽文庫版)に再録

B1087 「青春日々 2.」
　　　『小説新潮』　18巻2号　104～111頁　1964（昭和39）年2月

B1088 「〈食豪（グールマン）座談会 10.〉 すっぽんに京都をしのぶ」／絵・宮田重雄
　　　『文芸朝日』　3巻3号　110～114頁　1964（昭和39）年3月
　　　出席者：今日出海、福島慶子、宮田重雄、河盛好蔵（ゲスト）（東京赤坂「大市」のすっぽん料理の絵と河盛氏の似顔絵あり）

B1089 「兄弟相喰む（対談）」
　　　『風景』　5巻3号　32～39頁　1964（昭和39）年3月　￥40
　　　対談者：今東光、今日出海（両氏の写真）

B1090 「青春日々 3.」
　　　『小説新潮』　18巻3号　200～207頁　1964（昭和39）年3月

B1091 「〈東京美女伝 1.〉 「妻」を捨てた山田五十鈴（続く）」／那須良輔・画
　　　『週刊新潮』　9巻8号　88～91頁　1964（昭和39）年3月2日　￥40

B1092 「〈東京美女伝 2.〉 「妻」を捨てた山田五十鈴」／那須良輔・画
　　　『週刊新潮』　9巻9号　88～91頁　1964（昭和39）年3月9日　￥40

B1093 「〈東京美女伝 3.〉 津軽華子さんの祖母〔津軽照子〕」／那須良輔・画
　　　『週刊新潮』　9巻10号　60～63頁　1964（昭和39）年3月16日　￥40

B1094 「〈東京美女伝 4.〉 夜の蝶「ルミ」」／那須良輔・画
　　　『週刊新潮』　9巻11号　78～81頁　1964（昭和39）年3月23日　￥40

B1095 「〈東京美女伝 5.〉 流転の婦人記者〔宮田文子〕」／那須良輔・画
　　　『週刊新潮』　9巻12号　92～95頁　1964（昭和39）年3月30日

B1096 「〈食豪（グールマン）座談会 11.〉 浅草にのこる江戸っ子の味」／絵・宮田重雄
　　　『文芸朝日』　3巻4号　142～146頁　1964（昭和39）年4月
　　　出席者：今日出海、福島慶子、宮田重雄、永井龍男（ゲスト）、「一直」主人（江原林造）（永井氏と浅草老舗一直主人の似顔絵あり）

B1097 「ドゴールに秘密はなかった」
　　　『潮』　46号　68～76頁　1964（昭和39）年4月

B1098 「〈文芸春秋と私〉 ほめたり、けなしたり」
　　　『文芸春秋』　42巻4特別号　156～159頁　1964（昭和39）年4月（創刊六百号記念）￥130（当時の社屋と創刊号表紙の写真あり）

B1099 「青春日々 4.」
　　　『小説新潮』　18巻4号　272～279頁　1964（昭和39）年4月

B1100 「〈東京美女伝 6.〉 山本富士子の運命」／那須良輔・画
　　　『週刊新潮』　9巻13号　82～85頁　1964（昭和39）年4月6日

B1101 「〈東京美女伝 7.〉　タカラジェンヌの横顔（続く）」／那須良輔・画
　　　　『週刊新潮』　9巻14号　82〜85頁　1964（昭和39）年4月13日

B1102 「〈東京美女伝 8.〉　タカラジェンヌの横顔」／那須良輔・画
　　　　『週刊新潮』　9巻15号　82〜85頁　1964（昭和39）年4月20日

B1103 「〈東京美女伝 9.〉　関東大震災の日の田中千代女史」／那須良輔・画
　　　　『週刊新潮』　9巻17号　82〜85頁　1964（昭和39）年4月27日

B1104 「〈食豪（グールマン）座談会 12.〉　スープできまる中国料理」／絵・宮田重雄
　　　　『文芸朝日』　3巻5号　138〜143頁　1964（昭和39）年5月
　　　　出席者：今日出海、福島慶子、宮田重雄、盛毓度（東京芝・留園主人）（料理と盛夫妻の似顔絵あり）

B1105 「青春日々 5.」
　　　　『小説新潮』　18巻5号　224〜231頁　1964（昭和39）年5月

B1106 「〈東京美女伝 10.〉　国際女性田中路子」／那須良輔・画
　　　　『週刊新潮』　9巻18号　88〜91頁　1964（昭和39）年5月4日

B1107 「〈東京美女伝 11.〉　芸者万竜」／那須良輔・画
　　　　『週刊新潮』　9巻19号　90〜93頁　1964（昭和39）年5月11日

B1108 「〈東京美女伝 12.〉　竹原はんの結婚時代」／那須良輔・画
　　　　『週刊新潮』　9巻20号　104〜107頁　1964（昭和39）年5月18日

B1109 「〈東京美女伝 13.〉　須磨子と八重子」／那須良輔・画
　　　　『週刊新潮』　9巻21号　100〜103頁　1964（昭和39）年5月25日

B1110 「〈食豪（グールマン）座談会 13.〉　花いっぱいの山菜料理」／絵・宮田重雄
　　　　『文芸朝日』　3巻6号　112〜116頁　1964（昭和39）年6月
　　　　出席者：今日出海、福島慶子、宮田重雄、大野亮雄（埼玉県飯能・竹寺住職）（料理と竹寺住職の似顔絵あり）

B1111 「青春日々 6.」
　　　　『小説新潮』　18巻6号　58〜65頁　1964（昭和39）年6月

B1112 「〈東京美女伝 14.〉　半島の舞姫〔崔承喜〕」／那須良輔・画
　　　　『週刊新潮』　9巻22号　98〜101頁　1964（昭和39）年6月1日

B1113 「〈東京美女伝 15.〉　李香蘭の山口淑子（続く）」／那須良輔・画
　　　　『週刊新潮』　9巻23号　98〜101頁　1964（昭和39）年6月8日

B1114 「〈東京美女伝 16.〉　李香蘭の山口淑子」／那須良輔・画
　　　　『週刊新潮』　9巻24号　96〜99頁　1964（昭和39）年6月15日

B1115 「〈東京美女伝 17.〉　石井好子に負けた石井投手」／那須良輔・画
　　　　『週刊新潮』　9巻25号　98〜101頁　1964（昭和39）年6月22日

B1116 「〈東京美女伝 18.〉　高峰秀子夫婦」／那須良輔・画
　　　　『週刊新潮』　9巻26号　140〜143頁　1964（昭和39）年6月29日

B1117 「〈作家の目〉　泣く子と地頭」
　　　　『新潮』　61巻7号　162〜163頁　1964（昭和39）年7月　¥150

B1118 「素敵な女性ゴルファー　工藤節子さん　推せん　今日出海」

1964〜1965　　　Ⅰ　著作目録（雑誌記事）

　　　　　『アサヒゴルフ』　66号　14〜15頁　1964（昭和39）年7月　￥300（工藤夫人・著者の写真あり）
B1119　「青春日々 7.」
　　　　　『小説新潮』　18巻7号　42〜49頁　1964（昭和39）年7月
B1120　「〈東京美女伝 19.〉　才女群像」／那須良輔・画
　　　　　『週刊新潮』　9巻27号　102〜105頁　1964（昭和39）年7月6日
B1121　「〈東京美女伝 20.〉　ひとり生きる藤原あき」／那須良輔・画
　　　　　『週刊新潮』　9巻28号　98〜101頁　1964（昭和39）年7月13日　￥50
B1122　「〈現代の顔〉　今・大岡の「椿姫」」／カメラ・（本誌）清水寛
　　　　　『週刊新潮』　9巻28号　3〜7頁グラビア　1964（昭和39）年7月13日
B1123　「〈東京美女伝 21.〉　外人に見込まれた大和撫子」／那須良輔・画
　　　　　『週刊新潮』　9巻29号　140〜143頁　1964（昭和39）年7月20日
B1124　「〈東京美女伝 22.〉　谷洋子の夫婦喧嘩」／那須良輔・画
　　　　　『週刊新潮』　9巻30号　96〜99頁　1964（昭和39）年7月27日
B1125　「〈近代日本の巨人100人・女性〉　松旭斎天勝」
　　　　　『文芸春秋』　42巻8号　231〜233頁　1964（昭和39）年8月　￥130（天勝の顔写真あり）
B1126　「青春日々 8.」
　　　　　『小説新潮』　18巻8号　234〜241頁　1964（昭和39）年8月
B1127　「〈きもの春夏秋冬 1.〉　着付け・色気等々」
　　　　　『美しいキモノ』　44集秋号　143〜145頁　1964（昭和39）年9月　￥400
B1128　「青春日々 9.」
　　　　　『小説新潮』　18巻9号　122〜128頁　1964（昭和39）年9月
B1129　「青春日々 10.」
　　　　　『小説新潮』　18巻10号　66〜73頁　1964（昭和39）年10月
B1130　「日記　意味のない日々」
　　　　　『風景』　5巻11号　24〜25頁　1964（昭和39）年11月（創刊50号記念）　￥40
B1131　「青春日々 11.」
　　　　　『小説新潮』　18巻11号　156〜163頁　1964（昭和39）年11月
B1132　「〈きもの春夏秋冬 2.〉　無性挌時代」
　　　　　『美しいキモノ』　45集冬号　147〜149頁　1964（昭和39）年12月　￥400
B1133　「青春日々（最終回）」
　　　　　『小説新潮』　18巻12号　212〜217頁　1964（昭和39）年12月

1965

B1134　「わが青春、わが音楽そしてわが毒舌（新春放談）」
　　　　　『音楽の友』　23巻1号　168〜173頁　1965（昭和40）年1月　￥240
　　　　　出席者：大岡昇平、今日出海、芹沢光治良（3氏の写真）

B1135 「辰野隆氏を偲んで(座談会)」
　　　　『心』　18巻2号　19〜35頁　1965(昭和40)年2月
　　　　　出席者：鈴木信太郎、中島健蔵、今日出海、市原豊太、小林秀雄

B1136 「〈きもの春夏秋冬 3.〉　色気について」
　　　　『美しいキモノ』　46集春号　135〜137頁　1965(昭和40)年3月　￥400

B1137 「〈特集 5.〉　新聞人、映画人、作家の現代テレビ診断」
　　　　『放送文化』　20巻3号　58〜65頁　1965(昭和40)年3月　￥80
　　　　　出席者：扇谷正造(朝日新聞社論説委員)、今日出海(作家)、吉村公三郎(映画監督)、飯田次男(NHK広報室長)(司会)(出席者のほかアベベその他取材写真あり)
　　　　　注：放送開始40周年記念特集

B1138 「〈連載対談＝マイクはなれて〉　演技よもやま」
　　　　『放送文化』　20巻4号　24〜27頁　1965(昭和40)年4月　￥80
　　　　　対談者：加藤道子(声優、女優、報送文化賞受賞)、今日出海(両氏の写真あり)

B1139 「〈連載対談＝マイクはなれて〉　ふらんす・よもやま」
　　　　『放送文化』　20巻5号　20〜23頁　1965(昭和40)年5月　￥80
　　　　　対談者：小林正(テレビフランス語講座講師)、今日出海(両氏の写真あり)

B1140 「〈作家の目〉　政治家の責任」
　　　　『新潮』　62巻5号　224〜225頁　1965(昭和40)年5月　￥170

B1141 「〈きもの春夏秋冬 4.〉　美への憧れ」
　　　　『美しいキモノ』　47集夏号　141〜143頁　1965(昭和40)年6月　￥400

B1142 「〈連載対談＝マイクはなれて〉　むかしの人いまの人」
　　　　『放送文化』　20巻6号　42〜46頁　1965(昭和40)年6月　￥80
　　　　　対談者：佐野周二(俳優)、今日出海(両氏の写真あり)

B1143 「〈連載対談＝マイクはなれて〉　映画・芝居・テレビ」
　　　　『放送文化』　20巻7号　48〜51頁　1965(昭和40)年7月　￥80
　　　　　対談者：八千草薫(女優)、今日出海(両氏の写真あり)

B1144 「不信の人—昭和の怪物久原房之助」
　　　　『オール読物』　20巻7号　222〜234頁　1965(昭和40)年7月
　　　　　☆『天皇の帽子』(春陽文庫版)(1967)に再録

B1145 「〈戦後20年人と事件〉　信頼と敬愛の人間天皇」
　　　　『アサヒグラフ 増刊』　2153号　18〜19頁　1965(昭和40)年7月20日

B1146 「〈連載対談＝マイクはなれて〉　縁台放送噺」
　　　　『放送文化』　20巻8号　24〜28頁　1965(昭和40)年8月　￥80
　　　　　対談者：小田善一(東京タイムズ社長)、今日出海(両氏の写真あり)

B1147 「日本および日本人 1. 数々の疑問」
　　　　『展望』　80号　97〜107頁　1965(昭和40)年8月　￥170
　　　　　☆『静心喪失』(1970)に再録

B1148 「日本および日本人 2. 二者択一の好みについて」
　　　　『展望』　81号　94〜102頁　1965(昭和40)年9月　￥170
　　　　　☆『静心喪失』(1970)に再録

〔B1135〜B1148〕

- B1149 「〈新ライバル物語 2.〉 丹羽文雄と舟橋聖一」
    『文芸春秋』 43巻9号 118〜126頁 1965(昭和40)年9月 ￥130 (丹羽氏と舟橋氏の写真あり)
- B1150 「〈大宅壮一人物料理教室 39.〉 デモ弾圧下にみる韓国」
    『週刊文春』 7巻39号 96〜100頁 1965(昭和40)年9月27日 ￥50
    対談者：今日出海、大宅壮一 (両氏の写真あり)
    補記：今日出海がNHK特派でソウルを視察したことを中心に
- B1151 「日本および日本人 3. 日本的世論」
    『展望』 82号 132〜141頁 1965(昭和40)年10月 ￥170
    ☆『静心喪失』(1970)に再録
- B1152 「回想の谷崎潤一郎」
    『日本』(講談社) 8巻10号 66〜72頁 1965(昭和40)年10月
    ☆「谷崎潤一郎」と題して『静心喪失』(1970)に再録
- B1153 「血のロザリオ」
    『小説新潮』 19巻10号 310〜329頁 1965(昭和40)年10月
    ☆『天皇の帽子』(春陽文庫版)に再録
- B1154 「日本および日本人 4. 無責任の風土」
    『展望』 83号 124〜131頁 1965(昭和40)年11月 ￥170
- B1155 「日本および日本人 5. 中国を見た目で (完)」
    『展望』 84号 92〜101頁 1965(昭和40)年12月 ￥170
- B1156 「高見順の人間研究」
    『文芸春秋』 43巻12号 220〜228頁 1965(昭和40)年12月 ￥130 (高見氏の写真あり)
    ☆『高見順全集 別巻』(1977)に再録
- B1157 「中国と北ベトナムの決意 (対談)」
    『潮』 66号 90〜101頁 1965(昭和40)年12月
    対談者：今日出海、大森実(毎日新聞外信部長) (両氏の写真ほか)

1966

- B1158 「再婚の戒め」
    『小説新潮』 20巻3号 52〜64頁 1966(昭和41)年3月

1967

- B1159 「かけ心地の悪い椅子」
    『井伏鱒二全集2巻月報』(筑摩書房) 2号 1〜2頁 1967(昭和42)年3月 (昭和17年ごろの井伏氏の写真)
    ☆『井伏鱒二全集 2.』(筑摩書房 1967)に再録

☆『井伏鱒二の横顔』(1973)に再録

B1160 「片目草紙」
　　　『風景』　8巻4号　18～19頁　1967(昭和42)年4月　￥40

B1161 「街ッ子」
　　　『銀座百点』　150号　30～31頁　1967(昭和42)年5月　￥80(著者顔写真)

B1162 「吉田茂 1. 逮捕を招いた国際感覚」
　　　『現代』　1巻6号　54～72頁　1967(昭和42)年6月(吉田氏、マッカーサー元帥、近衛氏の写真あり)

B1163 「〈週刊日記〉　日本のパーティ式宴会風景」
　　　『週刊新潮』　12巻22号　42～43頁　1967(昭和42)年6月3日

B1164 「吉田茂 2. 連戦連敗の中の終戦工作」
　　　『現代』　1巻7号　70～87頁　1967(昭和42)年7月(ニューヨークにマッカーサーを訪問する吉田氏の写真ほか)

B1165 「吉田茂 3. 息づまるマックとの対決」
　　　『現代』　1巻8号　248～267頁　1967(昭和42)年8月(国会で方針を述べる吉田氏の写真ほか)

B1166 「苦労知らず―私の青春放浪」／カット・三芳悌吉
　　　『小説現代』　5巻8号　200～203頁　1967(昭和42)年8月

B1167 「吉田茂 4. デモと混乱の中の組閣工作」
　　　『現代』　1巻9号　140～159頁　1967(昭和42)年9月(施政方針を述べる吉田氏の写真ほか)

B1168 「根付いたものの危機」
　　　『悲劇喜劇』　20巻9号　12～13頁　1967(昭和42)年9月　￥200

B1169 「吉田茂 5. 命を賭けた講和条約」
　　　『現代』　1巻10号　234～251頁　1967(昭和42)年10月(講和会議で調印する吉田氏の写真ほか)

B1170 「吉田茂 6. 世間の非難を一身に浴びて」
　　　『現代』　1巻11号　212～228頁　1967(昭和42)年11月(閣議を終えて引揚げる吉田氏の写真ほか)

B1171 「吉田茂 最終回. 誤解され続けた人間・吉田」
　　　『現代』　1巻12号　54～70頁　1967(昭和42)年12月(ジョンソン大統領と会談する吉田氏、在りし日の吉田氏、弔問する佐藤栄作夫妻の写真)
　　　☆「吉田茂1～7」は『吉田茂』(講談社 1967)ほかに再録

1968

B1172 「今日出海女性対談 1. 佐藤寛子(総理大臣夫人)」
　　　『小説新潮』　22巻1号　356～362頁　1968(昭和43)年1月　￥160(両氏の写真)

B1173 「〈作家の目〉　公平な時代」
　　　『新潮』　65巻1号　176～177頁　1968(昭和43)年1月　￥200

1968　　　　　　　　　Ⅰ　著作目録（雑誌記事）

B1174　「断想」
　　　『三田評論』　667号　58〜59頁　1968（昭和43）年1月

B1175　「〈人間問答〉　日本人は狐つき」
　　　『現代』　2巻1号　72〜83頁　1968（昭和43）年1月　¥150
　　　　　対談者：松下幸之助（松下電器産業会長）、今日出海（両氏の写真）
　　　　☆『今日出海対話集』(1969)に「これからの日本と日本人を考える」と題して再録
　　　　☆『松下幸之助発言集』(1991)に再録

B1176　「今日出海女性対談 2. 越路吹雪」
　　　『小説新潮』　22巻2号　314〜319頁　1968（昭和43）年2月

B1177　「〈人間問答〉　もの申す！　現代日本の七不思議」
　　　『現代』　2巻2号　88〜97頁　1968（昭和43）年2月　¥150
　　　　　対談者：石田博英（衆議院議員）、今日出海（両氏の写真あり）

B1178　「今日出海女性対談 3. 春野鶴子（主婦連合会副会長）」
　　　『小説新潮』　22巻3号　322〜327頁　1968（昭和43）年3月　¥150（両氏の写真あり）

B1179　「〈人間問答〉　北爆反対とミニスカート」
　　　『現代』　2巻3号　138〜147頁　1968（昭和43）年3月　¥150
　　　　　対談者：池田弥三郎（慶応大学教授）、今日出海（両氏の写真あり）

B1180　「〈随筆〉　鴨は食いたし」
　　　『風景』　9巻3号　30〜31頁　1968（昭和43）年3月　¥40

B1181　「今日出海女性対談 4. 石井好子（歌手）」
　　　『小説新潮』　22巻4号　332〜337頁　1968（昭和43）年4月　¥150（両氏写真あり）

B1182　「〈人間問答〉　バイタリティ和尚の秘密」
　　　『現代』　2巻4号　130〜139頁　1968（昭和43）年4月　¥150
　　　　　対談者：今東光（作家）、今日出海（両氏の写真あり）

B1183　「海運王オナシスの恋」
　　　『文芸春秋』　46巻4号　292〜300頁　1968（昭和43）年4月　¥140（オナシスとマリア・カラスの写真あり）

B1184　「〈特集・対立の中にも〉　奇妙な宿命」
　　　『PHP』　239号　26〜28頁　1968（昭和43）年4月　¥50

B1185　「今日出海女性対談 5. 兼高かおる（旅行家）」
　　　『小説新潮』　22巻5号　276〜281頁　1968（昭和43）年5月　¥150（両氏の写真あり）

B1186　「〈人間問答〉　日本人のバックボーン」
　　　『現代』　2巻5号　186〜195頁　1968（昭和43）年5月　¥150
　　　　　対談者：貝塚茂樹（京都大学名誉教授）、今日出海（両氏の写真あり）

B1187　「今日出海女性対談 6. 川喜多かしこ（東和商事副社長）」
　　　『小説新潮』　22巻6号　304〜309頁　1968（昭和43）年6月　¥150（両氏の写真あり）

B1188　「〈人間問答〉　日本には新しい革命が必要だ」

『現代』 2巻6号 188〜197頁 1968(昭和43)年6月 ￥150
対談者：若泉敬(京都産業大学教授)、今日出海(両氏の写真あり)

B1189 「文化庁長官に就任して」
『文部広報』 1968(昭和43)年6月28日 (自署・顔写真)

B1190 「今日出海女性対談 7. 坂西志保(評論家)」
『小説新潮』 22巻7号 284〜291頁 1968(昭和43)年7月 ￥150 (両氏の写真あり)

B1191 「〈人間問答〉 共産主義はもう古い」／カット・おおば比呂司
『現代』 2巻7号 218〜227頁 1968(昭和43)年7月 ￥150
対談者：小汀利得(評論家)、今日出海(両氏の写真あり)

B1192 「〈ヤァこんにちは 近藤日出造 713〉 お国自慢が地方文化を高める」
『週刊読売』 27巻30号 48〜52頁 1968(昭和43)年7月12日 ￥60
対談者：今日出海、近藤日出造(近藤氏による今日出海の似顔絵とカットあり)

B1193 「今日出海女性対談 8. 瀬戸内晴美(作家)」
『小説新潮』 22巻8号 302〜307頁 1968(昭和43)年8月 ￥150 (両氏の写真あり)

B1194 「〈人間問答〉 文化庁長官のため息」／カット・おおば比呂司
『現代』 2巻8号 232〜248頁 1968(昭和43)年8月 ￥150
対談者：桶谷繁雄(東京工業大学教授)、今日出海(両氏の写真あり)

B1195 「今日出海女性対談 9. 藤田小女姫(予言者)」
『小説新潮』 22巻9号 292〜297頁 1968(昭和43)年9月 ￥150 (両氏の写真あり)

B1196 「〈人間問答〉 八幡製鉄では全優の学生は採用しません」／カット・おおば比呂司
『現代』 2巻9号 190〜199頁 1968(昭和43)年9月
対談者：藤井丙午(八幡製鉄副社長)、今日出海(両氏の写真あり)

B1197 「退屈日記」
『風景』 9巻9号 24〜25頁 1968(昭和43)年9月 ￥40
注：目次には「日記」とあり

B1198 「〈この人・インタビュー〉 今日出海 文化とはうるおいなり」／今日出海・談、鳥海哲子・文
『随筆サンケイ』 15巻9号 74〜77頁 1968(昭和43)年9月 ￥90

B1199 「人間・藤田嗣治」
『週刊朝日』 73巻39号 67〜71頁 1968(昭和43)年9月13日
☆『静心喪失』(1970)に再録

B1200 「〈人間問答〉 やがて日本は世界一豊かな国になる」／カット・おおば比呂司
『現代』 2巻10号 192〜200頁 1968(昭和43)年10月
対談者：田中角栄(自民党幹事長)、今日出海(両氏の写真あり)

B1201 「明治百年と文化財保護」／今日出海・談
『月刊文化財』 61号 4〜8頁 1968(昭和43)年10月 ￥180

B1202 「〈人間問答〉 暴力学生は甘やかされている」／カット・おおば比呂司
『現代』 2巻11号 278〜287頁 1968(昭和43)年11月

　　　　　　対談者：河盛好蔵（東京教育大学名誉教授）、今日出海（両氏とドゴール大統領
　　　　　　の写真）
B1203　「日本の文化を考える―心の潤いについて」
　　　　『文部時報』　1096号　2～12頁　1968（昭和43）年11月　￥70
　　　　　　注：千葉県文化会館における講演（8月23日）より
B1204　「文化庁への期待（座談会）」
　　　　『文部時報』　1096号　13～29頁　1968（昭和43）年11月　￥70
　　　　　　出席者：今日出海（長官）、池島信平（文芸春秋社社長）、村松剛（立教大学助教
　　　　　　授）、円城寺次郎（日本経済新聞社社長）、浅利慶太（演出家）、安達健二（司
　　　　　　会）（出席者の写真あり）
B1205　「〈人間問答〉　日本人は金魚鉢の金魚だ」／カット・おおば比呂司
　　　　『現代』　2巻12号　248～257頁　1968（昭和43）年12月
　　　　　　対談者：永井龍男（作家）、今日出海（両氏の写真）
　　　　　　☆連載「人間問答」は『今日出海対話集』（1969）に再録

1969

B1206　「日本の伝統と近代」
　　　　『月刊文化財』　64号　4～10頁　1969（昭和44）年1月　￥180（古上野釉平鉢 高
　　　　鶴元・作の写真）
　　　　　　注：1968年9月11日三越劇場における第15回日本伝統工芸展特別講演より
B1207　「〈連載対談 Education Tomorrow〉　日本におけるリアリティの確立」
　　　　『綜合教育技術』　23巻15号　11～20頁　1969（昭和44）年3月　￥170
　　　　　　対談者：今日出海（文化庁長官）、島田一男（聖心女子大学教授）（ききて）（両氏
　　　　　　の写真あり）
　　　　　　☆『明日への良識』（1969）に再録
B1208　「〈リレー対談・袖すりあうも …〉　"夕刊"も売ります文化庁"長官"」／まんが・出
　　　　光永
　　　　『財界』　17巻4号　61～65頁　1969（昭和44）年3月1日
　　　　　　対談者：中山素平、今日出海（両氏の写真あり）
B1209　「〈リレー対談・袖すりあうも …〉　"万国博破産"をうれう東京五輪会」／まんが・出
　　　　光永
　　　　『財界』　17巻5号　59～63頁　1969（昭和44）年3月15日
　　　　　　対談者：今日出海、安川第五郎（両氏の写真）
B1210　「私ときもの」／カメラ・大久保滋
　　　　『美しいキモノ』　63号　136頁　1969（昭和44）年5月
B1211　「〈随筆〉　近況その他」
　　　　『風景』　10巻8号　24～25頁　1969（昭和44）年8月　￥40
B1212　「個性喪失時代」／カット・加山又造
　　　　『ミセス』　106号　180～183頁　1969（昭和44）年9月
B1213　「理屈より撓まぬ実践―民族文化の構築を考える（対談）」

　　　　　　　　　　Ⅰ　著作目録（雑誌記事）　　　　　　**1969～1970**

　　　　　『日本および日本人』　1477号　10～19頁　1969（昭和44）年9/10月
　　　　　　対談者：中山素平、今日出海
B1214　「〈連載対談＝マイクはなれて〉　芸術祭はわたしの発明」
　　　　　『放送文化』　24巻11号　64～69頁　1969（昭和44）年11月
　　　　　　出席者：今日出海（ゲスト）、小沢昭一（ききて）（両氏の写真あり）

1970

B1215　「大衆化の弊害」
　　　　　『海』　2巻1号　9～10頁　1970（昭和45）年1月　￥250

B1216　「医学の進歩と医の倫理（新春対談）」
　　　　　『Medical News』（大日本製薬（株））　104号　4～7頁　1970（昭和45）年1月
　　　　　　対談者：沖中重雄（虎ノ門病院院長）、今日出海（両氏の写真）

B1217　「〈巻頭言〉　賢者を求む」
　　　　　『The Card』（ダイヤモンドクレジット（株））　3巻1号　7頁　1970（昭和45）年
　　　　　1/2月　￥150

B1218　「〈岩田先生を偲んで〉　追悼（昭和44年12月19日）」
　　　　　『悲劇喜劇』（早川書房）　23巻3号岩田豊雄追悼号　21～22頁　1970（昭和45）年3月
　　　　　￥200

B1219　「回想の獅子文六」
　　　　　『諸君』　2巻3号　115～124頁　1970（昭和45）年3月
　　　　　☆「獅子文六」と題して『静心喪失』（1970）に再録

B1220　「万博・あすかの里」
　　　　　『文芸春秋』　48巻5号　75～76頁　1970（昭和45）年5月

B1221　「〈Joie de vivre〉　おしゃべり」
　　　　　『Creata』（日本メルク萬有）　18号　16～17頁　1970（昭和45）年6月　非売品
　　　　　（文化庁長官室にて今東光と日出海の写真あり）

B1222　「イラン紀行」
　　　　　『風景』　11巻8号　20～21頁　1970（昭和45）年8月　￥40

B1223　「横山隆一のこと」
　　　　　『漫画フクちゃん全集』（講談社）　付録　2～3頁　1970（昭和45）年8月20日
　　　　　　注：「フクちゃん」5000回を祝う会で参加者がサインした椅子と横山氏の写真あり

B1224　「追悼（昭和44年12月19日）」
　　　　　『獅子文六全集別巻付録月報』（朝日新聞社）　17号　1～2頁　1970（昭和45）年9
　　　　　月

B1225　「〈Joie de vivre〉　見る」
　　　　　『Creata』（日本メルク萬有）　19号　16～17頁　1970（昭和45）年9月　非売品
　　　　　　注：大蔵集古館で近代日本特別展をみる著者の写真あり

B1226　「地方と文化」
　　　　　『文部時報』　1120号　2～9頁　1970（昭和45）年11月

〔B1214～B1226〕　　　　　　　　　　　　　　　　　　　　　　　　　　　　　113

B1227 「〈Joie de vivre〉 笑う」
　　　　『Creata』(日本メルク萬有)　20号　22〜23頁　1970(昭和45)年12月　非売品
　　　　　注：鳥居清忠画 著者の仁木弾正に扮した絵あり
B1228 「文化遺産の継承」
　　　　『全日本国語教育協議会紀要』　5号　4頁　1970(昭和45)年12月

1971

B1229 「日本における観光と文化財の保護」
　　　　『月刊文化財』　88号　4〜9頁　1971(昭和46)年1月
　　　　　注：国宝法隆寺中門・五重塔の写真あり
B1230 「〈各界著名人訪問記 3.〉 今日出海(春草対談)」
　　　　『書芸なにわづ』　14集冬の号　2〜6頁　1971(昭和46)年1月
　　　　　対談者：今日出海、町春草(両氏の写真あり)
B1231 「〈Joie de vivre〉 飲む」
　　　　『Creata』(日本メルク萬有)　21号　22〜23頁　1971(昭和46)年3月　非売品
B1232 「歴史的風土を護るもの」／今日出海・講演
　　　　『鎌倉市民』　134号　4〜7頁　1971(昭和46)年3月　¥100
　　　　　注：全国歴史的風土保存聯盟発会式記念講演記録 圓覚寺にて1970年12月6日
B1233 「〈特集 生家・旧家・住居跡〉 保存ということは」／今日出海・談
　　　　『自然と文化』　5号　8〜10頁　1971(昭和46)年4月　¥200(写真あり)
B1234 「東西雑感(特別講演)」／今日出海・講演
　　　　『北陸経済連合会会報別冊』　15号　1〜15頁　1971(昭和46)年4月16日
　　　　　注：昭和46年度定期総会における特別講演の記録
B1235 「深田久弥のこと(随筆)」
　　　　『風景』　12巻6号　22〜23頁　1971(昭和46)年6月
B1236 「国立歴史民族博物館(仮称)の基本構想をめぐって(座談会)」
　　　　『月刊文化財』　94号　4〜18頁　1971(昭和46)年7月
　　　　　出席者：今日出海(長官)、石井良助(専修大学教授)、坂本太郎(国学院大学教
　　　　　　授)、堀米庸三(東京大学教授)、宮本馨太郎(立教大学教授)、山内正(司会)
　　　　　(出席者と佐倉城絵図の写真あり)
　　　　　注：16〜18頁は「同構想の中間まとめ」
B1237 「大拙先生ご夫妻」
　　　　『鈴木大拙全集月報 別巻2.』(岩波書店)　6〜7頁　1971(昭和46)年7月
　　　　　☆『鈴木大拙—人と思想』(1971)に再録
B1238 「若き日の銀座—生ける昭和文壇史」
　　　　『銀座百点』　200号　8〜17頁　1971(昭和46)年7月　¥80
　　　　　出席者：井伏鱒二、今日出海、永井龍男、河盛好蔵(出席者の写真あり)
　　　　　☆『百店満点「銀座百点」50年』(2004)に再録
B1239 「鼎談」

『新潮』 68巻12号 152～167頁 1971(昭和46)年11月 ￥280
出席者：小林秀雄、河上徹太郎、今日出海（3氏の写真あり）
新潮創刊八百号記念
☆『小林秀雄全作品 26.』(2004)ほかに再録

B1240 「あの頃」
『戦後文学全集 4. 月報』(毎日新聞社) 2号 1～2頁 1971(昭和46)年12月（著者の写真）

1972

B1241 「谷崎さんのこと」
『日本文学全集月報』(集英社) 5号 3～4頁 1972(昭和47)年1月

B1242 「〈特集 さくら〉 花の都の、ほど遠き」／今日出海・談
『自然と文化』 9号 8～11頁 1972(昭和47)年4月 ￥200（薄墨桜と日出海の写真あり）

B1243 「文化庁の憂鬱（対談）」
『諸君』 4巻5号 82～91頁 1972(昭和47)年5月 ￥240
対談者：石川達三、今日出海（両氏の写真あり）

B1244 「〈川端康成読本〉 川端さんとの五十年」／今日出海・談
『新潮 臨時増刊』 69巻7号 195～203頁 1972(昭和47)年6月20日 ￥360

B1245 「〈草柳大蔵大物対談 18.〉 京都の国宝仏像にはプラスチック製がある」／カット・サトウサンペイ
『週刊文春』 14巻32号 62～66頁 1972(昭和47)年8月14日
対談者：今日出海、草柳大蔵（写真あり）

B1246 「日本文化の楽屋裏（対談）」
『中央公論』 87巻9号 296～303頁 1972(昭和47)年9月 ￥250
対談者：今東光、今日出海（両氏の写真あり）

B1247 「文化と文化庁のあいだ―佐藤総理との男の約束を守った四年間の長官生活」
『文芸春秋』 50巻13号 278～288頁 1972(昭和47)年10月 ￥200

B1248 「「文化国家」に労した四年―初代文化庁長官をやめて」
『芸術新潮』 23巻10号 132～137頁 1972(昭和47)年10月 ￥480（写真）

B1249 「旅に思う」
『風景』 13巻10号 20～21頁 1972(昭和47)年10月

B1250 「〈特集・男らしさ女らしさ〉 何もありゃしませんよ」／今日出海・談
『PHP』 294号 81～84頁 1972(昭和47)年11月 ￥70

B1251 「〈団伊玖磨の風騒でゅえっと 連載対談 20.〉 兄貴・東光の方がわたしより親孝行」
『週刊読売』 31巻55号 54～58頁 1972(昭和47)年11月18日
対談者：今日出海（ゲスト）、団伊玖磨（両氏の写真あり）
☆『毒蛇は急がない』(1973)に再録

1973

B1252 「パンダその他」
　　　『新潮』　70巻3号　119～125頁　1973(昭和48)年3月　￥250
B1253 「ごあいさつ」
　　　『国際交流』　創立記念号　2～3頁　1973(昭和48)年4月　非売品
B1254 「世界の中の日本人(座談会)」
　　　『国際交流』　創立記念号　4～14頁　1973(昭和48)年4月　非売品
　　　出席者：江藤淳、萩原延寿、曽野綾子、今日出海
B1255 「わが友池島信平のこと」
　　　『中央公論』　88巻4号　130～139頁　1973(昭和48)年4月　￥200(池島氏の写真あり)
B1256 「池島信平のこと」
　　　『文芸春秋』　50巻6号　90～91頁　1973(昭和48)年4月　￥200
B1257 「人を愛し人から愛された故池島信平氏を語る」
　　　『有隣』　65号　1頁　1973(昭和48)年4月10日
　　　対談者：上林吾郎(文芸春秋常務取締役)、今日出海(池島氏と両氏の写真あり)
B1258 「不思議な大仏さん」
　　　『日本文学全集月報』(集英社)　38号　1～2頁　1973(昭和48)年5月
B1259 「片目草紙」
　　　『新潮』　70巻6号　236～243頁　1973(昭和48)年6月　￥300
B1260 「〈掌編小説〉　赤坂の宿」／ゑ・風間完
　　　『週刊朝日』　78巻28号　71～74頁　1973(昭和48)年6月29日
　　　☆『現代作家掌編小説集 上』(1974)に再録
B1261 「「贅沢人間」の条件(対談)」
　　　『三越グラフ』　夏号　20～21頁　1973(昭和48)年夏
　　　対談者：坂東三津五郎(人間国宝の指定を受けた歌舞伎俳優)、今日出海
B1262 「ロイアル愛用の弁」
　　　『人間牧場』　7号　2頁　1973(昭和48)年7月
B1263 「大仏さんのあれこれ」
　　　『新潮』　70巻7号　199～203頁　1973(昭和48)年7月　￥270
B1264 「〈みずのわ随筆〉　水は清かれ」
　　　『みずのわ』(前沢工業(株))　21号　2頁　1973(昭和48)年8月　￥500

1974

B1265 「〈随筆〉　旅立つ前に」

　　　　　　　『浪漫』　3巻1号　80〜82頁　1974(昭和49)年1月　￥280
B1266　「外国との文化交流を盛んにしよう（新春特別対談）」
　　　　　　　『週刊小説』　3巻2号　24〜29頁　1974(昭和49)年1月11日
　　　　　　　対談者：今日出海、河盛好蔵
B1267　「〈わが家庭〉　凡夫の陥穽」
　　　　　　　『泉』（文化綜合出版）　4号　34〜36頁　1974(昭和49)年3月
B1268　「樫の木は枯れまい〔ド・ゴール大統領のこと〕」
　　　　　　　『海』　6巻6号　8〜12頁　1974(昭和49)年6月
B1269　「〈エッセイ 源氏物語・その周辺〉「舟橋源氏」の演出」
　　　　　　　『文芸春秋デラックス 源氏物語の京都』　1巻3号　106頁　1974(昭和49)年7月
　　　　　　　￥600
B1270　「〈新潮〉　マルロオとの再会」
　　　　　　　『新潮』　71巻7号　144〜145頁　1974(昭和49)年7月
B1271　「〈随筆〉　紫陽花寺の周辺」
　　　　　　　『風景』　15巻8号　22〜23頁　1974(昭和49)年8月　￥80

1975

B1272　「張切る卯年生まれの作家」撮影：林忠彦、「星のせい」
　　　　　　　『週刊小説』　4巻2号　巻頭グラビア　1975(昭和50)年1月10/17日（合併）
B1273　「小林秀雄」
　　　　　　　『文芸春秋デラックス増刊 昭和50年を作った700人』　2巻3号　124頁　1975(昭和50)年2月　￥1,200（書斎の小林氏の写真あり）
B1274　「〈鎌倉対談〉　緩急自在」
　　　　　　　『椛（えい）人間賛歌』　10号　30〜41頁　1975(昭和50)年5月　￥500
　　　　　　　対談者：朝比奈宗源（円覚寺派管長）、今日出海
B1275　「文化交流こそ外交の真髄—改めたい排他的な国民性」
　　　　　　　『月刊自由民主』　233号　86〜94頁　1975(昭和50)年5月
　　　　　　　対談者：今日出海、小宮山重四郎（聞く人）
B1276　「〈同級生交歓〉　今日出海（国際交流基金理事長）、萩原徹（元駐仏大使）、高木正征（元三井生命監査役）／萩原徹・文、撮影（本社）角田孝司
　　　　　　　『文芸春秋』　53巻6号　グラビア　1975(昭和50)年6月（三人の写真）
B1277　「〈特集 八月十五日への道〉《回想・従軍報道班員の日々》戦争を顧みて」
　　　　　　　『歴史と人物』　5巻8号　71〜74頁　1975(昭和50)年8月　￥370
B1278　「〈創刊10周年記念特別企画II〉　価値観の消化不良—激動の十年」
　　　　　　　『新日本』　10巻8号　72〜97頁　1975(昭和50)年8月　￥300
　　　　　　　出席者：今日出海（作家）、遠藤左介（主婦と生活社社長）、戸川猪佐武（司会）
　　　　　　　（出席者の写真ほか）
B1279　「中川一政さんのこと」
　　　　　　　『中川一政文集 4. 月報』　4号　1〜2頁　1975(昭和50)年9月

☆『夏炉冬扇』(1993)に再録

B1280 「狐」／山野辺進・画
『オール読物』 30巻9号 322〜331頁 1975(昭和50)年9月 ￥350
☆『現代の小説』(1976)に再録

B1281 「〈エッセイ〉 由なきこと」
『俳句』 24巻10号 118〜120頁 1975(昭和50)年10月 ￥480

1976

B1282 「〈珠玉読切小説〉 風車」／え・杉全直
『週刊小説』 5巻1号 64〜74頁 1976(昭和51)年1月2/9日合併 ￥200

B1283 「〈春夏秋冬〉 舟橋聖一の大往生」
『別冊文芸春秋』 135特別号 17〜19頁 1976(昭和51)年3月 ￥400
補記：舟橋聖一氏は1976年1月13日に逝去

B1284 「回想の舟橋聖一」／今日出海・談
『中央公論』 91巻3号 290〜293頁 1976(昭和51)年3月

B1285 「舟橋聖一の夢と人生（対談）」
『海』 8巻3号 172〜191頁 1976(昭和51)年3月 ￥390
対談者：丹羽文雄、今日出海（舟橋氏と対談者の写真）
補記：対談は1月20日虎ノ門の福田家で行われた

B1286 「歌舞伎の衣裳；Kabuki Costumes」（英文付）
『グラフィックデザイン』 6号 2頁 1976(昭和51)年3月 ￥2,300
☆『歌舞伎の衣裳』(婦人画報社 1974)より転載

B1287 「想い出の昭和五十年（座談会）」
『週刊読売 臨時増刊』 35巻11号 54〜61頁 1976(昭和51)年3月10日 ￥250
出席者：今日出海、水谷八重子、沢村三樹男、杉浦幸雄（杉氏の絵および出席者の写真あり）

B1288 「〈舟橋聖一追悼〉 舟橋聖一の死」
『風景』 17巻4終刊号 6〜7頁 1976(昭和51)年4月

B1289 「〈舟橋聖一追悼＝特別随想〉 幸運な舟橋聖一」
『小説新潮』 30巻4号 66〜68頁 1976(昭和51)年4月

B1290 「〈特集 現代日本の実力画家 3.〉 佐野繁次郎のプロフィル」
『Art Top』 33号 62頁 1976(昭和51)年4月 ￥850
☆『文化、それは人との巡り逢い』(1991)に再録

B1291 「女はハダカでもかまわないじゃないか！放送番組向上委員長の気炎」
『週刊読売』 35巻18号 28頁 1976(昭和51)年4月24日

B1292 「〈随筆〉 生きて法楽」
『中央公論』 91巻11号 298〜299頁 1976(昭和51)年11月
☆『隻眼法楽帖』(1981)に再録

B1293 「〈随筆〉 名犬と駄犬（故大森義太郎のこと）」

『中央公論』 91巻12号 280〜281頁 1976（昭和51）年12月 ¥450
☆『隻眼法楽帖』（1981）に再録

1977

B1294 「〈随筆〉 河野一郎と福田蘭童と強盗と」
『中央公論』 92巻1号 38〜39頁 1977（昭和52）年1月
☆『隻眼法楽帖』（1981）に再録

B1295 「〈新潮〉 冬枯れの庭を見ながら」
『新潮』 74巻1新年特別号 198〜199頁 1977（昭和52）年1月 ¥400

B1296 「〈随筆〉 深田久弥のこと」
『中央公論』 92巻2号 38〜39頁 1977（昭和52）年2月
☆『隻眼法楽帖』（1981）に再録

B1297 「私の見たマルロー」／今日出海・談
『新潮』 74巻2号 234〜243頁 1977（昭和52）年2月 ¥400

B1298 「〈随筆〉 マルロオのこと」
『中央公論』 92巻3号 38〜39頁 1977（昭和52）年3月 ¥460
☆『隻眼法楽帖』（1981）に再録

B1299 「〈随筆〉 余暇と余裕」
『中央公論』 92巻4号 42〜43頁 1977（昭和52）年4月 ¥460
☆『隻眼法楽帖』（1981）に再録

B1300 「〈随筆〉 京の行事」
『中央公論』 92巻5号 42〜43頁 1977（昭和52）年5月 ¥460
☆『隻眼法楽帖』（1981）に再録

B1301 「古色大和」／今日出海・文、入江泰吉・写真
『太陽 臨時増刊 大和路』 169号 頁付けなし 1977（昭和52）年5月（菊池寛賞受賞記念） ¥1,800
注：『古色大和路』保育社（1970）より再録

B1302 「〈随想欄〉 毛さんあれこれ」
『小説新潮』 31巻5号 94〜95頁 1977（昭和52）年5月

B1303 「〈素顔の文人 5.〉 横光利一」／今日出海・談
『海』 9巻5号 256〜265頁 1977（昭和52）年5月 ¥470（横光氏、著者（3月4日）の写真）

B1304 「〈随筆〉 パリの唐招提寺展」
『中央公論』 92巻6号 42〜43頁 1977（昭和52）年6月 ¥490
☆『隻眼法楽帖』（1981）に再録

B1305 「野暮が天下をとっちまった（良平対談）」
『アドバンス大分』 7巻6号 86〜90頁 1977（昭和52）年6月
対談者：今日出海、良平

B1306 「〈グリーン交遊録〉 週一回のゴルフの楽しみは譲らない」

〔B1294〜B1306〕

『週刊現代』 24号 102頁 1977(昭和52)年6月9日

B1307 「〈巨匠特別対談〉 パリっ子を驚嘆させた唐招提寺展のすべて」
『週刊小説』 6巻21号 10〜15頁 1977(昭和52)年6月17日 ￥180
対談者：今日出海(国際交流基金理事長)、東山魁夷(唐招提寺障壁画作者)(両氏の写真)

B1308 「〈随筆〉 花を見て」
『中央公論』 92巻7号 42〜43頁 1977(昭和52)年7月 ￥490
☆『隻眼法楽帖』(1981)に再録

B1309 「〈随筆〉 東大寺の普請場を見る」
『中央公論』 92巻8号 42〜43頁 1977(昭和52)年8月 ￥480
☆『隻眼法楽帖』(1981)に再録

B1310 「〈随筆〉 大鰐の一夜」
『中央公論』 92巻9号 42〜43頁 1977(昭和52)年9月 ￥480
☆『隻眼法楽帖』(1981)に再録

B1311 「〈随筆〉 里村欣三の戦死等々」
『中央公論』 92巻10号 42〜43頁 1977(昭和52)年10月 ￥480
☆『隻眼法楽帖』(1981)に再録

B1312 「〈追悼 今東光〉 回想の今東光（対談）」
『海』 9巻11特大号 209〜232頁 1977(昭和52)年11月 ￥470
対談者：瀬戸内晴美、今日出海(瀬戸内氏、東光、日出海の写真あり)
補記：今東光は1977年9月19日に逝去
☆『生きるということ』(1983)に再録

B1313 「〈随筆〉 大々勝〔今東光のこと〕」
『中央公論』 92巻11号 42〜43頁 1977(昭和52)年11月 ￥480
☆『隻眼法楽帖』(1981)に再録

B1314 「〈随筆〉 パリの娘へ」
『中央公論』 92巻12号 42〜43頁 1977(昭和52)年12月 ￥480
☆『隻眼法楽帖』(1981)に再録

B1315 「〈特別随想〉 私の見た兄東光」
『オール読物』 32巻12号 72〜75頁 1977(昭和52)年12月 ￥440

1978

B1316 「〈随筆〉 明治村の帝国ホテル」
『中央公論』 93巻1号 32〜33頁 1978(昭和53)年1月 ￥490
☆『隻眼法楽帖』(1981)に再録

B1317 「〈随筆〉 庶子のことなど」
『中央公論』 93巻2号 32〜33頁 1978(昭和53)年2月 ￥480
☆『隻眼法楽帖』(1981)に再録

B1318 「〈随筆〉 赤坂の宿」
『中央公論』 93巻3号 32〜33頁 1978(昭和53)年3月 ￥490

Ⅰ　著作目録（雑誌記事）　　　　　**1978**

　　　　　　☆『隻眼法楽帖』(1981)に再録
B1319　「初対面　美女と野獣」
　　　　　『宇野千代全集9巻月報』(中央公論社)　9号　1〜2頁　1978(昭和53)年3月
B1320　「〈随筆〉　デング熱」
　　　　　『中央公論』　93巻4号　32〜33頁　1978(昭和53)年4月　￥490
　　　　　　☆『隻眼法楽帖』(1981)に再録
B1321　「〈随筆〉　穏眼」
　　　　　『中央公論』　93巻5号　32〜33頁　1978(昭和53)年5月　￥480
　　　　　　☆『隻眼法楽帖』(1981)に再録
B1322　「〈シリーズ日本人〉　今日出海」／撮影・渡辺雄吉
　　　　　『中央公論』　93巻5号　巻頭グラビア　1978(昭和53)年5月
B1323　「〈随筆〉　都の西北（杉道助のこと）」
　　　　　『中央公論』　93巻6号　32〜33頁　1978(昭和53)年6月　￥480
　　　　　　☆『隻眼法楽帖』(1981)に再録
B1324　「〈随筆〉　演歌師南喜一」
　　　　　『中央公論』　93巻7号　32〜34頁　1978(昭和53)年7月　￥480
　　　　　　☆『隻眼法楽帖』(1981)に再録
B1325　「レヴィ＝ストロス教授の滞日」
　　　　　『諸君』　10巻7号　88〜93頁　1978(昭和53)年7月(創刊9周年特別号)　￥500
B1326　「〈随筆〉　吉田茂さんとの初対面」
　　　　　『中央公論』　93巻8号　32〜33頁　1978(昭和53)年8月　￥480
　　　　　　☆『隻眼法楽帖』(1981)に再録
B1327　「〈随筆〉　楽しい夜」
　　　　　『中央公論』　93巻9号　40〜42頁　1978(昭和53)年9月　￥490
　　　　　　☆『隻眼法楽帖』(1981)に再録
B1328　「〈随筆〉　弥勒の跡」
　　　　　『文体』　5号　17〜19頁　1978(昭和53)年9月
B1329　「〈随筆〉　成金時代」
　　　　　『中央公論』　93巻10号　40〜42頁　1978(昭和53)年10月　￥490
　　　　　　☆『隻眼法楽帖』(1981)に再録
B1330　「〈随筆〉　織部との因縁あれこれ」
　　　　　『中央公論』　93巻11号　40〜41頁　1978(昭和53)年11月　￥490
　　　　　　☆『隻眼法楽帖』(1981)に再録
B1331　「〈随筆〉　凡人閑話」
　　　　　『中央公論』　93巻12号　32〜33頁　1978(昭和53)年12月　￥480
　　　　　　☆『隻眼法楽帖』(1981)に再録
B1332　「東西談義（講演）」／今日出海・講演
　　　　　『私立大学図書館協会会報』　71号　33〜47頁　1978(昭和53)年12月
　　　　　　注：私立大学図書館協会第39回総大会(京都産業大学)における講演記録

〔B1319〜B1332〕

1979

- B1333 「〈随筆〉 食べものと味覚」
    『中央公論』 94巻1号 40～42頁 1979（昭和54）年1月 ￥490
    ☆『隻眼法楽帖』（1981）に再録

- B1334 「〈随筆〉 煎茶と珈琲」
    『中央公論』 94巻2号 40～41頁 1979（昭和54）年2月 ￥490
    ☆『隻眼法楽帖』（1981）に再録

- B1335 「コーヒーと出会った頃―珈琲の記憶」
    『中央公論』 94巻2号 巻中カラーグラビア 1979（昭和54）年2月
    補記：ネスカフェのコマーシャル

- B1336 「〈特別随想〉 関根正二を憶う」／カット・松井行正
    『小説新潮』 33巻2号 40～41頁 1979（昭和54）年2月 ￥480

- B1337 「〈随筆〉 鰤と秋刀魚」
    『中央公論』 94巻3号 40～41頁 1979（昭和54）年3月 ￥490
    ☆『隻眼法楽帖』（1981）に再録

- B1338 「〈外交 法眼対談 39.〉 個性と余裕なくして文化なし」
    『月刊時事』 24巻3号 90～102頁 1979（昭和54）年3月
    対談者：今日出海、法眼晋作

- B1339 「〈随筆〉 梅干」
    『中央公論』 94巻4号 40～42頁 1979（昭和54）年4月 ￥480
    ☆『隻眼法楽帖』（1981）に再録

- B1340 「〈図書館と私〉 図書館は白々しい顔をしているよ」／今日出海・談
    『図書館雑誌』（日本図書館協会） 73巻4号 193頁 1979（昭和54）年4月

- B1341 「〈史壇散策〉 狸と狢」
    『歴史と人物』（中央公論社） 9巻4号 25～26頁 1979（昭和54）年4月 ￥480

- B1342 「〈随筆〉 精神の衛生学」
    『中央公論』 94巻5号 40～41頁 1979（昭和54）年5月 ￥480
    ☆『隻眼法楽帖』（1981）に再録

- B1343 「〈随筆〉 初夏を待つ」
    『中央公論』 94巻6号 40～41頁 1979（昭和54）年6月 ￥490
    ☆『隻眼法楽帖』（1981）に再録

- B1344 「〈これからのエネルギーを考える〉 知的な蓄えもないのに近代化と騒ぐのは醜悪である」／今日出海・談
    『文芸春秋』 57巻6号 182～183PRの頁 1979（昭和54）年6月 ￥470（写真）
    提供：電気事業連合会

- B1345 「〈随筆〉 近況」
    『中央公論』 94巻7号 40～41頁 1979（昭和54）年7月 ￥480
    ☆『隻眼法楽帖』（1981）に再録

B1346 「〈随筆〉 鎌倉にて思うこと」
　　　　『中央公論』 94巻8号 40〜41頁 1979(昭和54)年8月(創刊十周年記念特集)
B1347 「〈追悼 中島健蔵〉 中島健蔵を偲ぶ」
　　　　『海』 11巻8特別号 240〜243頁 1979(昭和54)年8月(創刊十周年創作特
　　　　集) ￥390(中島氏の写真あり)
　　　　(「この原稿はNHKラジオ「中島健蔵さんを偲ぶ」を基に作成されたものです」と
　　　　文末にあり)
　　　　補記：中島健蔵氏は6月11日逝去
B1348 「〈追悼 中島健蔵 貫いた自由人の一生〉 秘密なきケンチ」／今日出海・談
　　　　『太陽』(平凡社) 197号 103〜104頁 1979(昭和54)年9月 ￥790(中島氏の
　　　　写真あり)
B1349 「〈随筆〉 本郷西片町」
　　　　『中央公論』 94巻9号 40〜41頁 1979(昭和54)年9月 ￥490
　　　　☆『隻眼法楽帖』(1981)に再録
B1350 「〈随筆〉 地続き」
　　　　『中央公論』 94巻10号 40〜41頁 1979(昭和54)年10月 ￥490
　　　　☆『隻眼法楽帖』(1981)に再録
B1351 「〈この人に聴く 30.〉 今日出海」
　　　　『武道』 155号 84〜88頁 1979(昭和54)年10月 ￥450
　　　　対談者：今日出海、仁藤正俊(聴く人)(今日出海の写真)
B1352 「〈特集・文学界と私〉 祝辞」
　　　　『文学界』 33巻11号 228〜229頁 1979(昭和54)年11月
B1353 「〈随筆〉 荷風と洋傘」
　　　　『中央公論』 94巻11号 40〜41頁 1979(昭和54)年11月 ￥490
　　　　☆『隻眼法楽帖』(1981)に再録
B1354 「〈随筆〉 孫逸仙を見た」
　　　　『中央公論』 94巻12号 40〜41頁 1979(昭和54)年12月 ￥490
　　　　☆『隻眼法楽帖』(1981)に再録

1980

B1355 「私の越冬法」
　　　　『学士会会報』 746号 88〜89頁 1980(昭和55)年1月
B1356 「〈ずいひつ〉 ウソの効用」
　　　　『宝石』 8巻1号 186〜187頁 1980(昭和55)年1月 ￥450
B1357 「〈随筆〉 方言さまざま」
　　　　『中央公論』 95巻1号 54〜55頁 1980(昭和55)年1月 ￥580
　　　　☆『隻眼法楽帖』(1981)に再録
B1358 「〈随筆〉 ブーローニュの森」
　　　　『中央公論』 95巻2号 34〜35頁 1980(昭和55)年2月 ￥520

B1359 「〈随筆〉 死に場所」
　　　『中央公論』 95巻3号 50～51頁 1980（昭和55）年3月 ￥580
　　　☆『隻眼法楽帖』（1981）に再録

B1360 「ナイルの威容─《新潮古代美術館》に寄せて」
　　　『波』 14巻3号 42～43頁 1980（昭和55）年3月 ￥50

B1361 「〈随筆〉 藩意識」
　　　『中央公論』 95巻4号 42～43頁 1980（昭和55）年4月 ￥560
　　　☆『隻眼法楽帖』（1981）に再録

B1362 「〈随筆〉 泥棒に追い銭」
　　　『中央公論』 95巻6号 52～53頁 1980（昭和55）年5月 ￥560
　　　☆『隻眼法楽帖』（1981）に再録

B1363 「〈随筆〉 律儀な吉川幸次郎」
　　　『中央公論』 95巻7号 36～37頁 1980（昭和55）年6月 ￥580
　　　☆『隻眼法楽帖』（1981）に再録

B1364 「〈随筆〉 饒舌」
　　　『中央公論』 95巻9号 44～45頁 1980（昭和55）年7月 ￥580
　　　☆『隻眼法楽帖』（1981）に再録

B1365 「〈第8回平林たい子文学賞選評〉 感想」
　　　『潮』 254号 275頁 1980（昭和55）年7月

B1366 「〈随筆〉 芸術祭と池田勇人」
　　　『中央公論』 95巻10号 44～45頁 1980（昭和55）年8月 ￥580
　　　☆『隻眼法楽帖』（1981）に再録

B1367 「〈随筆〉 勤勉実直」
　　　『中央公論』 95巻11号 36～37頁 1980（昭和55）年9月 ￥560
　　　☆『隻眼法楽帖』（1981）に再録

B1368 「〈随筆〉 老骨」
　　　『中央公論』 95巻13号 36～37頁 1980（昭和55）年10月 ￥580
　　　☆『隻眼法楽帖』（1981）に再録

B1369 「東西談義（講演要旨）」
　　　『鹿児島県教育委員会月報』 267号 5～11頁 1980（昭和55）年10月

B1370 「〈随筆〉 クリシュナ・ムルティ」
　　　『中央公論』 95巻14号 36～37頁 1980（昭和55）年11月 ￥580
　　　☆『隻眼法楽帖』（1981）に再録

B1371 「〈随筆〉 晴耕雨読」
　　　『中央公論』 95巻15号 36～37頁 1980（昭和55）年12月 ￥620
　　　☆『隻眼法楽帖』（1981）に再録

B1372 「〈追悼 河上徹太郎〉 河上もまた」
　　　『海』 12巻12特別号 210～213頁 1980（昭和55）年12月 ￥590

B1373 「読書の周辺（対談）」
　　　『本の窓』 3巻4号 2～9頁 1980（昭和55）年12月

対談者：松田修（国文学研究資料館教授）、今日出海（国立劇場会長）（両氏の写真あり）

1981

B1374 「〈随筆〉 劇的終末」
　　　『中央公論』 96巻1号 46～47頁 1981（昭和56）年1月 ￥620
　　　☆『隻眼法楽帖』（1981）に再録

B1375 「〈随筆〉 濡れた顔」
　　　『中央公論』 96巻2号 46～47頁 1981（昭和56）年2月 ￥650
　　　☆『隻眼法楽帖』（1981）に再録

B1376 「〈随筆〉 冬籠りの日々」
　　　『中央公論』 96巻3号 46～47頁 1981（昭和56）年3月 ￥590
　　　☆『隻眼法楽帖』（1981）に再録

B1377 「〈随筆〉 金婚式」
　　　『中央公論』 96巻4号 54～55頁 1981（昭和56）年4月 ￥620
　　　☆『隻眼法楽帖』（1981）に再録
　　　☆『日本の名随筆31. 婚』（1985）に再録

B1378 「〈随筆〉 大人の話が聞きたい」
　　　『知識』（世界平和教授アカデミー） 22号 9～10頁 1981（昭和56）年4月 ￥750

B1379 「〈随筆〉 貰い物文化」
　　　『中央公論』 96巻5号 46～47頁 1981（昭和56）年5月 ￥620
　　　☆『隻眼法楽帖』（1981）に再録

B1380 「〈美術特集 東山魁夷〉 東山さんの人柄」
　　　『アサヒグラフ 別冊』 7巻3号 88頁 1981（昭和56）年8月

1982

B1381 「私の見た谷崎さん」
　　　『谷崎潤一郎全集月報』 11号 1～3頁 1982（昭和57）年3月

B1382 「〈我が家の夕めし〉 菜食から肉食へ転換」／内田祥司（本誌）・撮影
　　　『アサヒグラフ』 3077号 122頁グラビア 1982（昭和57）年3月26日 ￥450

B1383 「みんなでやろう文化交流（対談）」
　　　『知識』 27号 112～121頁 1982（昭和57）年7月
　　　出席者：中屋健一、今日出海

B1384 「〈清治芸術村一周年記念〉 清春の里を憶う」
　　　『清治』 一周年記念号 4～5頁 1982（昭和57）年7月

1983

B1385 「天皇の帽子」
　　　『オール読物』　38巻3号　356〜367頁　1983（昭和58）年3月

B1386 「〈追悼 小林秀雄〉 わき目もふらぬ人生」／今日出海・談
　　　『中央公論』　98巻4特大号　60〜63頁　1983（昭和58）年4月　¥650（故小林氏の写真）

B1387 「〈小林秀雄追悼記念号〉 わが友の生涯」
　　　『新潮 臨時増刊』　80巻5号　109〜115頁　1983（昭和58）年4月5日　¥820
　　　補記：小林秀雄氏は1983年3月1日に逝去

B1388 「〈巨人・小林秀雄の伝説〉 こよなく桜を愛した君 《弔辞》」
　　　『文芸春秋』　61巻5特別号　183〜185頁　1983（昭和58）年5月　¥550（鳥海青児氏による小林氏のスケッチあり）
　　　注：3月8日青山斎場における今氏の弔辞のテープより作成

B1389 「〈追悼 素顔の里見弴〉 真のモラリスト弴さん」／今日出海・談
　　　『別冊かまくら春秋』　6号　62〜63頁　1983（昭和58）年6月
　　　補記：里見弴氏は1983年1月11日に逝去

B1390 「東西談義（講演）」
　　　『福山大学教養講座』　3号　30〜33頁　1983（昭和58）年6月
　　　（昭和54年6月26日に学外講師として行なった講演）

B1391 「〈久保田万太郎没後二十年記念講演〉 久保田さんのライスカレー」
　　　『三田評論』　839号　56〜65頁　1983（昭和58）年8/9月　¥450

1984

B1392 「〈今日のこと昨日のこと〉 時間を殺す」
　　　『婦人画報』　966号　256〜257頁　1984（昭和59）年1月

B1393 「〈今日のこと昨日のこと〉 変わらぬ風景」
　　　『婦人画報』　967号　168〜169頁　1984（昭和59）年2月

B1394 「〈今日のこと昨日のこと〉 人間性の回復」
　　　『婦人画報』　968号　156〜157頁　1984（昭和59）年3月

B1395 「〈今日のこと昨日のこと〉 吉川幸次郎君のことなど」
　　　『婦人画報』　969号　216〜217頁　1984（昭和59）年4月

B1396 「〈没後一年小林秀雄特集〉 小林とともに生きて」／今日出海・談
　　　『新潮』　81巻4号　226〜235頁　1984（昭和59）年4月　¥680

B1397 「〈巻頭随筆〉 失業者」
　　　『新潮45+』　3巻4号　33〜34頁　1984（昭和59）年4月　¥450

B1398 「〈特集 追悼・藤原啓〉 一度会った人」
　　　　『炎芸術』 6号 74〜75頁 1984（昭和59）年4月 ￥2,000（藤原氏と作品の写真あり）
B1399 「〈今日のこと昨日のこと〉 山に登る」
　　　　『婦人画報』 970号 188〜189頁 1984（昭和59）年5月
B1400 「〈今日のこと昨日のこと〉 大震災」
　　　　『婦人画報』 971号 180〜181頁 1984（昭和59）年6月
B1401 「〈今日のこと昨日のこと〉 死別」
　　　　『婦人画報』 972号 228〜229頁 1984（昭和59）年7月
B1402 「〈今日のこと昨日のこと〉 種も仕掛けもない話」絶筆
　　　　『婦人画報』 973号 164〜165頁 1984（昭和59）年8月
　　　　補記：今日出海は1984年7月30日死去

1989

B1403 「〈直木賞受賞傑作短篇35〉 天皇の帽子」／秋野卓美・画
　　　　『オール読物 臨時増刊号』 44巻5号 236〜248頁 1989（平成1）年3月
　　　　※コラム「受賞作の周辺」、著者の略歴と写真あり

1991

B1404 「真の文化人の従軍記――「従軍五十日」《資料紹介》」
　　　　『岸田国士全集24. 月報』 17号 7〜8頁 1991（平成3）年3月
　　　　注：『文学界』（1939年7月号）より再録

1994

B1405 「菊池先生とうんこ」
　　　　『菊池寛全集通信 第6巻付録』（高松市） 3号 7頁 1994（平成6）年4月

2002

B1406 「〈直木賞「受賞のことば」集成—オールabout直木賞〉 天皇の帽子」
　　　　『オール読物』 57巻8号 355〜356頁 2002（平成14）年8月 （写真）

2008

B1407　「〈特集「名篇再録」昭和の風俗を語ろう〉　世相放談（鼎談）」
　　　　『小説新潮』　62巻10号　220〜234頁　2008（平成20）年10月1日　￥780
　　　　出席者：今日出海、大岡昇平、戸川幸夫（出席者の当時の写真）
　　　　初出：『小説新潮』1956年9月

※主な雑誌連載一覧

山中放浪 （7回）
『雄鶏通信』 1948年11月（4巻10号）～1949年5月（5巻5号）

1948（昭和23）年		
1	11月/4巻10号	
2	12月/4巻11号	蝙蝠荘
1949（昭和24）年		
3	1月/5巻1号	道遠し
4	2月/5巻2号	断たれた望み
5	3月/5巻3号	つぎはぎ飛行機
6	4月/5巻4号	住民部落
7	5月/5巻5号	御来迎

メディチ家の人々 （6回）
『芸術新潮』 1954年7月（5巻7号）～12月（5巻12号）

1954（昭和29）年		
1	7月/5巻7号	ルネサンスのパトロン
2	8月/5巻8号	ルネサンスのパトロン
3	9月/5巻9号	大コシモ
4	10月/5巻10号	大コシモ
5	11月/5巻11号	ロレンツォ・イル・マニフィコ
6	12月/5巻12号	ロレンツォ・イル・マニフィコ

文芸訪問 （5回）
『文芸』 1955年4月（12巻5号）～9月（12巻11号）

1955（昭和30）年		
1	4月/12巻5号	吉田茂
2	5月/12巻6号	谷崎潤一郎
3	6月/12巻7号	原節子
4	8月/12巻10号	坂西志保
5	9月/12巻11号	桑原武夫

読切連載 悪徳シリーズ （6回）
『別冊週刊サンケイ』 1958年6月（15号）～12月（20号）

1958（昭和33）年		
1	6月/15号	救いを求める人
2	7月/16号	勝負
3	8月/17号	片隅の子
4	9月/18号	特ダネ
5	10月/19号	暗い夜道
6	12月/20号	中年の不徳

ゴルフ交遊記 （15回）
『アサヒゴルフ』 1959年7月（3号）～1960年12月（20号）

1959（昭和34）年		
1	7月/3号	緑林の友
2	8月/4号	亀は兎に追いつけぬ
3	9月/5号	雑魚の腕前
4	10月/6号	ゆうゆうたる老兵
5	11月/7号	雨にもめげず風にもめげず
6	12月/8号	ボヤきの大岡
1960（昭和35）年		
7	1月/9号	Sashimi no tuma
8	2月/10号	コースの寒山十得
9	3月/11号	負ける掟
10	4月/12号	いま当りどき
11	5月/13号	外交官は天狗です
12	9月/17号	旅の戒め
13	10月/18号	老童の嘆き
14	11月/19号	風懐は欽慕すべきもの
15	12月/20号	器用が身のふしあわせ

わが声人の声 （8回）
『週刊朝日』 1959年9月13日（64巻40号）～11月1日（64巻47号）

1959（昭和34）年		
1	9月13日/64巻40号	家族旅行
2	9月20日/64巻41号	ナバブ・ダ・ルコの冠
3	9月27日/64巻42号	気ちがい時代
4	10月4日/64巻43号	アモック
5	10月11日/64巻44号	右か左か
6	10月18日/64巻45号	大飯食い
7	10月25日/64巻46号	かみなり族
8	11月1日/64巻47号	明日の知恵

社会望遠鏡 （11回）
『小説新潮』 1960年1月（14巻1号）～12月（14巻15号）

1960（昭和35）年		
[1]	1月/14巻1号	金が物を言う時代
[2]	2月/14巻3号	空虚な時代
[3]	3月/14巻4号	道遠し
[4]	4月/14巻5号	風強き雪どけ
[5]	5月/14巻7号	民の怒り
[6]	6月/14巻8号	左右は日本を二分している
[7]	8月/14巻11号	遠い山から谷底見れば（パリにて）
[8]	9月/14巻12号	日本の国際信用
[9]	10月/14巻13号	様々な風景

主な雑誌連載一覧　　I　著作目録（雑誌記事）

[10]	11月/14巻14号	手近な話題
[11]	12月/14巻15号	平行線時代

現代版作戦要務令　（7回）
『つながり』　1962年11月（42号）～1963年5月（48号）

1962（昭和37）年		
[1]	11月/42号	
2	12月/43号	ゲスト：水原茂
1963（昭和38）年		
3	1月/44号	新春放談・戦略あれこれ ゲスト：藤間紫
4	2月/45号	情報のとり方つかい方 ゲスト：平沢和重
5	3月/46号	今やタイムイズマネーの時代 ゲスト：渡辺美佐
6	4月/47号	指導者たらんと志す人へ ゲスト：近藤日出造
7	5月/48号	サラリーマンの第一第二第三人生 出席者：奥野信太郎　藤川一秋、今日出海、西村みゆき（司会）

食豪（グールマン）座談会　（13回）
『文芸朝日』　1963年6月（2巻6号）～1964年6月（3巻6号）

1963（昭和38）年		
1	6月/2巻6号	さはち料理の初がつお
2	7月/2巻7号	"七代目"のタイの話
3	8月/2巻8号	ウナギの蒲焼で暑気払い
4	9月/2巻9号	多摩川の涼風とアユ
5	10月/2巻10号	鎌倉・初秋の精進料理
6	11月/2巻11号	食は中華料理にあり
7	12月/2巻12号	フランス料理とフランス人
1964（昭和39）年		
8	1月/3巻1号	包丁にこめた初春の味
9	2月/3巻2号	シャモなべに寒さを忘れる
10	3月/3巻3号	すっぽんに京都をしのぶ
11	4月/3巻4号	浅草にのこる江戸っ子の味
12	5月/3巻5号	スープできまる中国料理
13	6月/3巻6号	花いっぱいの山菜料理

東京美女伝　（22回）
『週刊新潮』　1964年3月2日（9巻8号）～7月27日（9巻30号）

1964（昭和39）年		
1	3月2日/9巻8号	「妻」を捨てた山田五十鈴（続く）
2	3月9日/9巻9号	「妻」を捨てた山田五十鈴
3	3月16日/9巻10号	津軽華子さんの祖母〔津軽照子〕
4	3月23日/9巻11号	夜の蝶「ルミ」
5	3月30日/9巻12号	流転の婦人記者〔宮田文子〕
6	4月6日/9巻13号	山本富士子の運命
7	4月13日/9巻14号	タカラジェンヌの横顔（続く）
8	4月20日/9巻15号	タカラジェンヌの横顔
9	4月27日/9巻17号	関東大震災の日の田中千代女史
10	5月4日/9巻18号	国際女性田中路子
11	5月11日/9巻19号	芸者万竜
12	5月18日/9巻20号	竹原はんの結婚時代
13	5月25日/9巻21号	須磨子と八重子
14	6月1日/9巻22号	半島の舞姫〔崔承喜〕
15	6月8日/9巻23号	李香蘭の山口淑子（続く）
16	6月15日/9巻24号	李香蘭の山口淑子
17	6月22日/9巻25号	石井好子に負けた石井投手
18	6月29日/9巻26号	高峰秀子夫婦
19	7月6日/9巻27号	才女群像
20	7月13日/9巻28号	ひとり生きる藤原あき
21	7月20日/9巻29号	外人に見込まれた大和撫子
22	7月27日/9巻30号	谷洋子の夫婦喧嘩

きもの春夏秋冬　（4回）
『美しいキモノ』　1964年9月（44集秋号）～1965年6月（47集夏号）

1964（昭和39）年		
1	9月/44集秋号	着付け・色気等々
2	12月/45集冬号	無性捨時代
1965（昭和40）年		
3	3月/46集春号	色気について
4	6月/47集夏号	美への憧れ

連載対談=マイクはなれて （5回）

『放送文化』 1965年4月（20巻4号）～8月（20巻8号）

1965（昭和40）年		
[1]	4月/20巻4号	演技よもやま 対談者：加藤道子
[2]	5月/20巻5号	ふらんす・よもやま 対談者：小林正
[3]	6月/20巻6号	むかしの人いまの人 対談者：佐野周二
[4]	7月/20巻7号	映画・芝居・テレビ 対談者：八千草薫
[5]	8月/20巻8号	縁台放送噺 対談者：小田善一

日本および日本人 （5回）

『展望』 1965年8月（80号）～12月（84号）

1965（昭和40）年		
1	8月/80号	数々の疑問
2	9月/81号	二者択一の好みについて
3	10月/82号	日本的世論
4	11月/83号	無責任の風土
5	12月/84号	中国を見た目で

吉田茂 （7回）

『現代』 1967年6月（1巻6号）～12月（1巻12号）

1967（昭和42）年		
1	6月/1巻6号	逮捕を招いた国際感覚
2	7月/1巻7号	連戦連敗の中の終戦工作
3	8月/1巻8号	息づまるマックとの対決
4	9月/1巻9号	デモと混乱の中の組閣工作
5	10月/1巻10号	命を賭けた講和条約
6	11月/1巻11号	世間の非難を一身に浴びて
7	12月/1巻12号	誤解され続けた人間・吉田

今日出海女性対談 （9回）

『小説新潮』 1968年1月（22巻1号）～9月（22巻9号）

1968（昭和43）年		
1	1月/22巻1号	佐藤寛子
2	2月/22巻2号	越路吹雪
3	3月/22巻3号	春野鶴子
4	4月/22巻4号	石井好子
5	5月/22巻5号	兼高かおる
6	6月/22巻6号	川喜多かしこ
7	7月/22巻7号	坂西志保
8	8月/22巻8号	瀬戸内晴美
9	9月/22巻9号	藤田小女姫

人間問答 （12回）

『現代』 1968年1月（2巻1号）～12月（2巻12号）

1968（昭和43）年		
[1]	1月/2巻1号	日本人は狐つき 対談者：松下幸之助
[2]	2月/2巻2号	もの申す！現代日本の七不思議 対談者：石田博英
[3]	3月/2巻3号	北爆反対とミニスカート 対談者：池田弥三郎
[4]	4月/2巻4号	バイタリティ和尚の秘密 対談者：今東光
[5]	5月/2巻5号	日本人のバックボーン 対談者：貝塚茂樹
[6]	6月/2巻6号	日本には新しい革命が必要だ 対談者：若泉敬
[7]	7月/2巻7号	共産主義はもう古い 対談者：小汀利得
[8]	8月/2巻8号	文化庁長官のため息 対談者：桶谷繁雄
[9]	9月/2巻9号	八幡製鉄では全優の学生は採用しません 対談者：藤井丙午
[10]	10月/2巻10号	やがて日本は世界一豊かな国になる 対談者：田中角栄
[11]	11月/2巻11号	暴力学生は甘やかされている 対談者：河盛好蔵
[12]	12月/2巻12号	日本人は金魚鉢の金魚だ 対談者：永井龍男

Joie de vivre （4回）

『Creata』 1970年6月（18号）～1971年3月（21号）

1970（昭和45）年		
[1]	6月/18号	おしゃべり
[2]	9月/19号	見る
[3]	12月/20号	笑う
1971（昭和46）年		
[4]	3月/21号	飲む

主な雑誌連載一覧　　Ⅰ　著作目録（雑誌記事）

随筆　（55回）

『中央公論』　1976年11月（91巻11号）〜1981年5月（96巻5号）

\multicolumn{3}{l}{1976（昭和51）年}
[1]	11月/91巻11号	生きて法楽
[2]	12月/91巻12号	名犬と駄犬（故大森義太郎のこと）
\multicolumn{3}{l}{1977（昭和52）年}
[3]	1月/92巻1号	河野一郎と福田蘭童と強盗と
[4]	2月/92巻2号	深田久弥のこと
[5]	3月/92巻3号	マルロオのこと
[6]	4月/92巻4号	余暇と余裕
[7]	5月/92巻5号	京の行事
[8]	6月/92巻6号	パリの唐招提寺展
[9]	7月/92巻7号	花を見て
[10]	8月/92巻8号	東大寺の普請場を見る
[11]	9月/92巻9号	大鰐の一夜
[12]	10月/92巻10号	里村欣三の戦死等々
[13]	11月/92巻11号	大々勝〔今東光のこと〕
[14]	12月/92巻12号	パリの娘へ
\multicolumn{3}{l}{1978（昭和53）年}
[15]	1月/93巻1号	明治村の帝国ホテル
[16]	2月/93巻2号	庶子のことなど
[17]	3月/93巻3号	赤坂の宿
[18]	4月/93巻4号	デング熱
[19]	5月/93巻5号	穏眼
[20]	6月/93巻6号	都の西北（杉道助のこと）
[21]	7月/93巻7号	演歌師南喜一
[22]	8月/93巻8号	吉田茂さんとの初対面
[23]	9月/93巻9号	楽しい夜
[24]	10月/93巻10号	成金時代
[25]	11月/93巻11号	織部との因縁あれこれ
[26]	12月/93巻12号	凡人閑話
\multicolumn{3}{l}{1979（昭和54）年}
[27]	1月/94巻1号	食べものと味覚
[28]	2月/94巻2号	煎茶と珈琲
[29]	3月/94巻3号	鰤と秋刀魚
[30]	4月/94巻4号	梅干
[31]	5月/94巻5号	精神の衛生学
[32]	6月/94巻6号	初夏を待つ
[33]	7月/94巻7号	近況
[34]	8月/94巻8号	鎌倉にて思うこと
[35]	9月/94巻9号	本郷西片町
[36]	10月/94巻10号	地続き
[37]	11月/94巻11号	荷風と洋傘
[38]	12月/94巻12号	孫逸仙を見た

\multicolumn{3}{l}{1980（昭和55）年}
[39]	1月/95巻1号	方言さまざま
[40]	2月/95巻2号	ブーローニュの森
[41]	3月/95巻3号	死に場所
[42]	4月/95巻4号	藩意識
[43]	5月/95巻6号	泥棒に追い銭
[44]	6月/95巻7号	律儀な吉川幸次郎
[45]	7月/95巻9号	饒舌
[46]	8月/95巻10号	芸術祭と池田勇人
[47]	9月/95巻11号	勤勉実直
[48]	10月/95巻13号	老骨
[49]	11月/95巻14号	クリシュナ・ムルティ
[50]	12月/95巻15号	晴耕雨読
\multicolumn{3}{l}{1981（昭和56）年}
[51]	1月/96巻1号	劇的終末
[52]	2月/96巻2号	濡れた顔
[53]	3月/96巻3号	冬籠りの日々
[54]	4月/96巻4号	金婚式
[55]	5月/96巻5号	貰い物文化

今日のこと昨日のこと　（8回）

『婦人画報』　1984年1月（966号）〜8月（973号）

\multicolumn{3}{l}{1984（昭和59）年}
[1]	1月/966号	時間を殺す
[2]	2月/967号	変わらぬ風景
[3]	3月/968号	人間性の回復
[4]	4月/969号	吉川幸次郎君のことなど
[5]	5月/970号	山に登る
[6]	6月/971号	大震災
[7]	7月/972号	死別
[8]	8月/973号	種も仕掛けもない話　絶筆

新聞記事

1928

C0001 「〈去年と今年〉 河原崎長十郎」
　　　　『都新聞』 1928(昭和3)年1月4日(水) 7面

1930

C0002 「〈落下傘〉 ジッドからシャルドンヌへ」
　　　　『帝国大学新聞』359号 1930(昭和5)年11月10日(月) 5面
　　　　☆復刻版(不二出版、1984年6月)4巻297頁に再録

1931

C0003 「〈新刊合評〉 書方草紙(横光利一著)」
　　　　『読売新聞』 1931(昭和6)年12月19日(土) 4面
　　　　　※評者の1人
　　　　　※横光氏の写真あり

1932

C0004 「現代の問題―混沌とした仏蘭西文壇」
　　　　『帝国大学新聞』449号 1932(昭和7)年10月17日(月) 5面
　　　　☆復刻版(不二出版、1984年6月)6巻295頁に再録

1933

C0005 「文芸時評(1)」
　　　　『報知新聞』 1933(昭和8)年8月27日(日) 5面
　　　　☆『文芸時評大系』ゆまに書房に再録

C0006　「文芸時評（2）」
　　　『報知新聞』　1933（昭和8）年8月28日（月）　5面
　　　☆『文芸時評大系』ゆまに書房に再録
C0007　「文芸時評（3）」
　　　『報知新聞』　1933（昭和8）年8月29日（火）　5面
　　　☆『文芸時評大系』ゆまに書房に再録
C0008　「文芸時評（4）」
　　　『報知新聞』　1933（昭和8）年8月30日（水）　5面
　　　☆『文芸時評大系』ゆまに書房に再録
C0009　「文芸時評（5）」
　　　『報知新聞』　1933（昭和8）年8月31日（木）　5面
　　　☆『文芸時評大系』ゆまに書房に再録
C0010　「文芸時評（6）」
　　　『報知新聞』　1933（昭和8）年9月1日（金）　5面
　　　☆『文芸時評大系』ゆまに書房に再録

1934

C0011　「文芸時評（一）」
　　　『国民新聞』　1934（昭和9）年6月28日（木）　6面
　　　☆「文芸時評大系」ゆまに書房に再録
C0012　「文芸時評（二）」
　　　『国民新聞』　1934（昭和9）年6月29日（金）　5面
　　　☆「文芸時評大系」ゆまに書房に再録
C0013　「文芸時評（三）」
　　　『国民新聞』　1934（昭和9）年6月30日（土）　5面
　　　☆「文芸時評大系」ゆまに書房に再録
C0014　「知識階級人の嘆き（1）」
　　　『報知新聞』　1934（昭和9）年12月13日（木）　5面
C0015　「知識階級人の嘆き（2）」
　　　『報知新聞』　1934（昭和9）年12月14日（金）　5面
C0016　「知識階級人の嘆き（3）」
　　　『報知新聞』　1934（昭和9）年12月15日（土）　5面

1935

C0017　「深田久弥のこと」
　　　『帝国大学新聞』592号　1935（昭和10）年9月30日（月）　9面
　　　☆復刻版（不二出版、1984年6月）9巻357頁に再録

1936

C0018 「〈愚痴話〉 映画監督の立場」
　　　　『帝国大学新聞』627号　1936(昭和11)年5月25日(月)　10面
　　　　☆復刻版(不二出版、1984年6月)10巻230頁に再録
C0019 「〈制作メモから〉 映画「生きものの記録」」
　　　　『帝国大学新聞』643号　1936(昭和11)年10月19日(月)　10面
　　　　☆復刻版(不二出版、1984年6月)10巻410頁に再録

1938

C0020 「〈文芸〉 フランスから帰って―若い者共通の告白」
　　　　『読売新聞』　1938(昭和13)年6月4日(土)　夕刊　7面
C0021 「完璧 遂に迫力なし―仏蘭西の劇界」
　　　　『帝国大学新聞』724号　1938(昭和13)年6月13日(月)　10面
　　　　☆復刻版(不二出版、1984年6月)12巻274頁に再録
C0022 「秋の随筆 (一)」
　　　　『都新聞』　1938(昭和13)年9月24日(土)　1面
C0023 「秋の随筆 (二)」
　　　　『都新聞』　1938(昭和13)年9月25日(日)　1面
C0024 「秋の随筆 (三)」
　　　　『都新聞』　1938(昭和13)年9月26日(月)　1面
C0025 「〈遮断機〉 文学以前の現実―和田伝著『螟虫と雀』」
　　　　『帝国大学新聞』739号　1938(昭和13)年11月7日(月)　7面
　　　　☆復刻版(不二出版、1984年6月)12巻443頁に再録
C0026 「〈今昔高校の横顔 18.〉 さながら桃源境 浦和=野性のままに育つ」
　　　　『帝国大学新聞』740号　1938(昭和13)年11月14日(月)　8面
　　　　※浦高校舎の写真
　　　　☆復刻版(不二出版、1984年6月)12巻456頁に再録

1939

C0027 「綜合雑誌論 (1)」
　　　　『都新聞』　1939(昭和14)年4月6日(木)　1面
　　　　☆『東西雑記』に再録
C0028 「綜合雑誌論 (2)」

〔C0018 ~ C0028〕

　　　　　　　　『都新聞』　1939（昭和14）年4月7日（金）　1面
　　　　　　　☆『東西雑記』に再録
C0029　「綜合雑誌論（3）」
　　　　　　　　『都新聞』　1939（昭和14）年4月8日（土）　1面
　　　　　　　☆『東西雑記』に再録
C0030　「綜合雑誌論（4）」
　　　　　　　　『都新聞』　1939（昭和14）年4月9日（日）　1面
　　　　　　　☆『東西雑記』に再録
C0031　「文芸会館成る」
　　　　　　　　『朝日新聞』　1939（昭和14）年4月10日（月）　7面
C0032　「〈槍騎兵〉　批評家の貧しさ」
　　　　　　　　『朝日新聞』　1939（昭和14）年7月2日（日）　7面
C0033　「〈私の読書票〉　多くの啓示」
　　　　　　　　『朝日新聞』　1939（昭和14）年7月10日（月）　4面
　　　　　　　※岸田国士著『従軍五十日』について
C0034　「欧洲の知性（1）」
　　　　　　　　『都新聞』　1939（昭和14）年9月22日（金）　1面
　　　　　　　☆「欧羅巴の知性」として『東西雑記』に再録
C0035　「欧洲の知性（2）」
　　　　　　　　『都新聞』　1939（昭和14）年9月23日（土）　1面
　　　　　　　☆「欧羅巴の知性」として『東西雑記』に再録
C0036　「欧洲の知性（3）」
　　　　　　　　『都新聞』　1939（昭和14）年9月24日（日）　1面
　　　　　　　☆「欧羅巴の知性」として『東西雑記』に再録
C0037　「欧洲の知性（4）」
　　　　　　　　『都新聞』　1939（昭和14）年9月25日（月）　1面
　　　　　　　☆「欧羅巴の知性」として『東西雑記』に再録
C0038　「〈危機に立つ新劇への提言〉　大劇場進出は成長でも飛躍でもない」
　　　　　　　　『朝日新聞』　1939（昭和14）年10月4日（水）　10面
C0039　「〈著作権を護る〉　今後は楽になる　我々文芸家の立場」（今日出海・談）
　　　　　　　　『朝日新聞』　1939（昭和14）年11月17日（金）　8面
　　　　　　　※日本文芸家著作権保護同盟結成について

1940

C0040　「〈槍騎兵〉　プラーゲ旋風」
　　　　　　　　『朝日新聞』　1940（昭和15）年3月19日（火）　6面
C0041　「文芸銃後運動の感想（上）」
　　　　　　　　『都新聞』　1940（昭和15）年5月8日（水）　1面
C0042　「文芸銃後運動の感想（下）」

I 著作目録(新聞記事)　　1940〜1941

　　　　　『都新聞』　1940(昭和15)年5月9日(木)　1面

C0043　「7月の芝居(明治座と有楽座)見物の低さ」
　　　　　『朝日新聞』　1940(昭和15)年7月11日(木)　6面

C0044　「7月の芝居(演舞場と東劇)芝居の魅力」
　　　　　『朝日新聞』　1940(昭和15)年7月12日(金)　6面

C0045　「〈文壇に新体制の機運を探る〉(座談会)のうち「今後の推移を見て」」(今日出海・談)
　　　　　『日本読書新聞』　1940(昭和15)年8月25日(日)　1面
　　　　　☆復刻版(不二出版、1988年)3巻97頁に再録

C0046　「〈海外文化層の動向〉　フランス(上)必然の敗戦」
　　　　　『都新聞』　1940(昭和15)年8月30日(金)　1面
　　　　　☆『東西雑記』に再録

C0047　「〈海外文化層の動向〉　フランス(下)文学の行方」
　　　　　『都新聞』　1940(昭和15)年8月31日(土)　1面
　　　　　☆「仏蘭西文学の行方」として『東西雑記』に再録

C0048　「動く文壇と演劇界　再組織の構へ」(今日出海・談)
　　　　　『朝日新聞』　1940(昭和15)年9月7日(土)　7面

C0049　「文芸の新体制について(上)要は精神にある」
　　　　　『朝日新聞』　1940(昭和15)年9月25日(水)　5面

C0050　「文芸の新体制について(下)強力な統合へ」
　　　　　『朝日新聞』　1940(昭和15)年9月26日(木)　5面

C0051　「職域奉公に邁進—文芸家協会の新体制を研究してゆく」(今日出海・談)
　　　　　『朝日新聞』　1940(昭和15)年9月26日(木)　7面

1941

C0052　「〈曳光弾〉　話題の貧しさ」
　　　　　『朝日新聞』　1941(昭和16)年5月21日(水)　5面

C0053　「翻訳の問題(座談会)・企画を公表せよ(編輯者懇談会)(6月16日)」
　　　　　『日本読書新聞』　1941(昭和16)年6月25日(水)　3面
　　　　　出席者：編集者側より水野保ほか2名、評論家側より河上徹太郎、今日出海、協
　　　　　会側より松本文化局長他3名
　　　　　☆復刻版(不二出版、1988年)3巻219頁に再録

C0054　「翻訳の問題(座談会)・ベストセラーの翻訳制限(翻訳家懇談会)(6月21日)」
　　　　　『日本読書新聞』　1941(昭和16)年6月25日(水)　3面
　　　　　出席者：阿部知二、今日出海、新庄嘉章、辰野隆、中野好夫、本多顕彰
　　　　　※出席者の写真
　　　　　☆復刻版(不二出版、1988年)3巻219頁に再録

1942

C0055 「〈現地座談会〉 文化人のみた比島(上)」
　　　　『朝日新聞』　1942(昭和17)年8月26日(水)　1面
　　　　出席者：吉川英治、今日出海、石坂洋次郎、火野葦平、武田麟太郎、田中佐一郎、向井潤吉、猪熊弦一郎、鈴木栄二郎、西本支局長
　　　　※吉川英治氏等が南方視察の折にマニラで報道班員等と行った座談会の記録

C0056 「〈現地座談会〉 文化人のみた比島(下)」
　　　　『朝日新聞』　1942(昭和17)年8月27日(木)　1面
　　　　出席者：吉川英治、今日出海、石坂洋次郎、火野葦平、武田麟太郎、田中佐一郎、向井潤吉、猪熊弦一郎、鈴木栄二郎、西本支局長

C0057 「〈興南文化を語る〉（座談会）1.現実の処理」
　　　　『東京新聞』　1942(昭和17)年11月22日(日)　3面
　　　　出席者：石川達三(海軍報道班員)、富沢有為男(陸軍報道班員)、尾崎士郎(同)、大木惇夫(同)、福田豊四郎(同)、今日出海(同)以下出席者同じ

C0058 「〈興南文化を語る〉（座談会）2.祖国なき子」
　　　　『東京新聞』　1942(昭和17)年11月23日(月)　4面

C0059 「〈興南文化を語る〉（座談会）3.日本人の質」
　　　　『東京新聞』　1942(昭和17)年11月24日(火)　3面

C0060 「〈興南文化を語る〉（座談会）4.宣言の方法」
　　　　『東京新聞』　1942(昭和17)年11月25日(水)　3面
　　　　※今日出海の顔写真

C0061 「〈興南文化を語る〉（座談会）5.人格の尊重」
　　　　『東京新聞』　1942(昭和17)年11月26日(木)　3面

C0062 「〈興南文化を語る〉（座談会）6.権力と政策」
　　　　『東京新聞』　1942(昭和17)年11月27日(金)　3面

C0063 「〈興南文化を語る〉（座談会）7.協力する心」
　　　　『東京新聞』　1942(昭和17)年11月28日(土)　3面

C0064 「〈興南文化を語る〉（座談会）8.共同犠牲論」
　　　　『東京新聞』　1942(昭和17)年11月29日(日)　3面

C0065 「〈興南文化を語る〉（座談会）9.比島の農民」
　　　　『東京新聞』　1942(昭和17)年11月30日(月)　4面

C0066 「〈興南文化を語る〉（座談会）10.生活と精神」
　　　　『東京新聞』　1942(昭和17)年12月1日(火)　3面

C0067 「〈興南文化を語る〉（座談会）11.兵隊と人情」
　　　　『東京新聞』　1942(昭和17)年12月2日(水)　3面

C0068 「〈興南文化を語る〉（座談会）12.伝統なき言語」
　　　　『東京新聞』　1942(昭和17)年12月3日(木)　3面

1943

C0069 「言葉の真実─指導者に望む戦場原理」
　　　　『日本読書新聞』　1943(昭和18)年4月10日(土)　1面
　　　　☆復刻版(不二出版、1988年)4巻265頁に再録

C0070 「文芸時評 1.意志的な従順」
　　　　『東京新聞』　1943(昭和18)年7月4日(日)　夕刊　3面

C0071 「文芸時評 2.意志的な従順」
　　　　『東京新聞』　1943(昭和18)年7月5日(月)　夕刊　4面

C0072 「文芸時評 3.血液と伝統」
　　　　『東京新聞』　1943(昭和18)年7月6日(火)　夕刊　3面

C0073 「文芸時評 4.指導の厳格」
　　　　『東京新聞』　1943(昭和18)年7月7日(水)　夕刊　3面

C0074 「〈婦人・文化〉　第二回大東亜文学者大会(第一日)決戦大会の序曲」
　　　　『読売新聞』　1943(昭和18)年8月26日(木)　4面

C0075 「〈婦人・文化〉　第二回大東亜文学者大会に列席して 2 作品活動の時期」
　　　　『読売新聞』　1943(昭和18)年8月27日(金)　4面

C0076 「〈婦人・文化〉　第二回大東亜文学者大会に列席して 完 聖戦道義性の交流」
　　　　『読売新聞』　1943(昭和18)年8月28日(土)　4面

C0077 「〈文化〉　大東亜文学者大会を顧る（一）喜憂を共に」
　　　　『東京新聞』　1943(昭和18)年9月1日(水)　3面
　　　　※文学報国会企画課長として

C0078 「〈文化〉　大東亜文学者大会を顧る（二）重大な事実」
　　　　『東京新聞』　1943(昭和18)年9月2日(木)　3面

C0079 「〈文化〉　大東亜文学者大会を顧る（三）中国の理解」
　　　　『東京新聞』　1943(昭和18)年9月3日(金)　3面

C0080 「〈婦人・文化〉　比島の文化工作（上）共栄圏民族として新生」
　　　　『読売新聞』　1943(昭和18)年10月20日(水)　4面

C0081 「〈婦人・文化〉　比島の文化工作（中）謀略なき信頼感を」
　　　　『読売新聞』　1943(昭和18)年10月22日(金)　4面

C0082 「〈婦人・文化〉　比島の文化工作（下）許容の精神をもって」
　　　　『読売新聞』　1943(昭和18)年10月23日(土)　4面

C0083 「〈雑誌〉　大衆・婦人雑誌批判─徒なる戒めの言葉」
　　　　『日本読書新聞』　1943(昭和18)年12月4日(土)　3面
　　　　☆復刻版(不二出版、1988年)4巻393頁に再録

1944

C0084 「〈随筆〉 娯楽の反省」
　　　　『日本読書新聞』　1944（昭和19）年4月11日（火）　1面
　　　　　☆復刻版（不二出版、1988年）5巻45頁に再録

1945

C0085 「桜咲く峠」
　　　　『台湾新報』　1945（昭和20）年5月15日（火）か？　2面
　　　　　※画・飯田実雄
　　　　　※小説連載7月8日まで（41回）

1946

C0086 「マニラ法廷」
　　　　『掲載紙不明』　1946（昭和21）年2月17日（日）
C0087 「「真夏の夜の夢」帝劇」
　　　　『読売新聞』　1946（昭和21）年6月8日（土）　2面
　　　　　※演劇評者の1人

1948

C0088 「立派な往生」
　　　　『朝日新聞』　1948（昭和23）年3月8日（月）　2面
　　　　　※〔菊池寛氏への追悼文〕
C0089 「〈このごろの新聞 座談会〉より「事実―たゞ事実」」
　　　　『朝日新聞』　1948（昭和23）年10月2日（土）　2面
　　　　　出席者：緒方富雄、大塚美保子、今日出海、中川善之助、藤倉修一、高野編集
　　　　　　局長、大島（司会）
C0090 「リラダン党―斎藤磯雄訳『リラダン全集』」
　　　　『日本読書新聞』　1948（昭和23）年12月15日（水）　2面
　　　　　※補記：『日本読書新聞』は、戦前は旬刊であったが戦後は水曜日発行の週刊と
　　　　　　なった
　　　　　☆復刻版（不二出版、1988年）5巻458頁に再録

1949

C0091 「〈学芸〉 文学賞の流行」
　　　『日本読書新聞』 1949(昭和24)年3月2日(水) 1面
　　　☆復刻版(不二出版、1988年)6巻19頁に再録

1950

C0092 「〈十五人展〉 木下孝則作「エレロ夫人像」」
　　　『読売新聞』 1950(昭和25)年1月27日(金) 夕刊 2面
　　　※写真：エレロ夫人像
C0093 「醜い日本を切捨てる―亀井勝一郎著『現代人の研究』」
　　　『日本読書新聞』 1950(昭和25)年3月8日(水) 2面
　　　※注：書評
　　　☆復刻版(不二出版、1988年)6巻146頁に再録
C0094 「〈おみやげ話〉 違いすぎる環境―ハワイの読書風景」(今日出海・談)
　　　『図書新聞』63号 1950(昭和25)年9月20日(水) 1面
　　　☆復刻版(不二出版、1989年5月)1巻173頁に再録

1951

C0095 「たぬき部落」
　　　『時事新報』 1951(昭和26)年1月1日(月) 夕刊 7面
　　　※挿絵・宮田重雄
　　　※小説連載3月12日まで(70回)
C0096 「わが家のしつけ」
　　　『朝日新聞』 1951(昭和26)年2月9日(金) 4面
C0097 「年々歳々不変―芸術祭によせて―」
　　　『朝日新聞』 1951(昭和26)年10月5日(金) 夕刊 4面
C0098 「〈交換書評〉 扇谷正造著『鉛筆ぐらし』」
　　　『図書新聞』117号 1951(昭和26)年10月15日(月) 3面
　　　※扇谷氏の顔写真
　　　☆復刻版(不二出版、1989年5月)2巻163頁に再録

1952

C0099 「ことしの化け物」
　　　　『読売新聞』付録　1952（昭和27）年1月1日（火）　10面
C0100 「映画界の壁を壊す」
　　　　『朝日新聞』　1952（昭和27）年1月31日（木）　4面
　　　　　※〔羅生門の受賞〕
C0101 「雪間草」
　　　　『日本経済新聞』　1952（昭和27）年2月9日（土）　7面
　　　　　※挿絵・三岸節子
　　　　　※小説連載6月19日まで（132回）
C0102 「〈コントコンクール〉　自由主義者」
　　　　『読売新聞』　1952（昭和27）年6月2日（月）　4面
　　　　　※え・高岡徳太郎
C0103 「〈林夫人はなぜ自殺したか〉」のうち、「長男の留学心配」（今日出海・談）
　　　　『読売新聞』　1952（昭和27）年6月9日（月）　3面
　　　　　※岐阜より
C0104 「映画批評家への批評―読者を相手に語れ」
　　　　『読売新聞』　1952（昭和27）年9月8日（月）　2面
C0105 「〈一日一題〉　公明より賢明選挙へ」
　　　　『読売新聞』　1952（昭和27）年9月13日（土）　夕刊　1面
C0106 「怒れ三平」
　　　　『毎日新聞』　1952（昭和27）年10月10日（金）　夕刊　4面
　　　　　※福田豊四郎・画
　　　　　※小説連載1953年2月2日まで（102回）
C0107 「〈文化〉　漫画について」
　　　　『読売新聞』　1952（昭和27）年10月21日（火）　夕刊　4面

1953

C0108 「〈文化〉　生きているパリ」
　　　　『読売新聞』　1953（昭和28）年1月21日（水）　6面
　　　　　※カット・シャイヨー宮殿
C0109 「ゴッホ終焉の地を訪う」（パリにて）
　　　　『読売新聞』　1953（昭和28）年3月6日（金）　6面
C0110 「ギリシア紀行」（アテネにて）
　　　　『読売新聞』　1953（昭和28）年3月9日（月）　6面
　　　　　※カット・パルテノン神殿

C0111 「〈文化〉 太陽が多すぎる伊太利」(ローマにて)
　　　　『読売新聞』　1953(昭和28)年4月17日(金)　8面
　　　　　※ヴェニスの運河とゴンドラ

C0112 「〈演芸〉 カンヌ映画祭を見て 雑な日本の出品説明」
　　　　『読売新聞』　1953(昭和28)年5月4日(月)　夕刊　4面
　　　　　※在パリ

C0113 「戴冠式に参列して 痛々しい王冠 救い給えと神に祈る」
　　　　『読売新聞』　1953(昭和28)年6月3日(水)　3面
　　　　　※ウェスト・ミンスター寺院にて

C0114 「泣くなお銀」
　　　　『共同通信』　1953(昭和28)年11月1日(月)
　　　　　※絵・宮永岳彦
　　　　　※小説連載1954年5月31日まで(210回)

C0115 「雲をつかむ男」
　　　　『サン写真新聞』　1953(昭和28)年12月10日(木)　夕刊　4面
　　　　　※絵・朝倉摂
　　　　　※小説連載1954年5月15日まで(155回)

1954

C0116 「〈文化〉 芸術院の在り方 栄誉に伴う年金を出すべきだ」
　　　　『読売新聞』　1954(昭和29)年3月15日(月)　8面
　　　　　※カット・久野修男

C0117 「〈文化〉 ゴルフ入門」
　　　　『読売新聞』　1954(昭和29)年5月17日(月)　8面
　　　　　※カット・木内広

C0118 「帰れ故郷へ」
　　　　『三社連合紙』　1954(昭和29)年6月3日(木)　夕刊
　　　　　※絵・宮永岳彦
　　　　　※小説連載12月30日まで(204回)

C0119 「次の朝刊連載小説「晴れた日に」作者の言葉」(今日出海・談)
　　　　『読売新聞』　1954(昭和29)年11月9日(火)　7面
　　　　　※伊勢氏と今の顔写真

C0120 「晴れた日に」
　　　　『読売新聞』　1954(昭和29)年11月13日(土)　4面
　　　　　※画・伊勢正義
　　　　　※小説連載1955年6月17日まで(215回)

1955

C0121 「〈外遊スナップ〉 グレコの家 /写真・文 今日出海」
　　　　『朝日新聞』　1955（昭和30）年4月29日（金）　9面
　　　　　　※〔小林秀雄氏を写す〕
C0122 「チョップ先生」
　　　　『毎日新聞』　1955（昭和30）年8月16日（火）　夕刊　2面
　　　　　　※福田豊四郎・画
　　　　　　※小説連載1956年3月23日まで（215回）

1956

C0123 「映画チョップ先生―原作者の立場から」
　　　　『毎日新聞』　1956（昭和31）年4月6日（金）　夕刊　5面
　　　　　　※映画の1シーンの写真
C0124 「笑え勘平」
　　　　『東京タイムズ』　1956（昭和31）年5月18日（金）　4面
　　　　　　※絵・宮永岳彦
　　　　　　※小説連載1957年4月24日まで（339回）
C0125 「「城への招待」（新劇合同公演）を見て―"粋"でイヤ味がない」
　　　　『朝日新聞』　1956（昭和31）年8月6日（月）　6面
　　　　　　※舞台写真
C0126 「〈あすへの話題〉 勤勉と怠惰」
　　　　『日本経済新聞』　1956（昭和31）年11月21日（水）　夕刊　1面
　　　　　　※（社会時評）1960年3月23日まで（151回）
C0127 「〈あすへの話題〉 大英帝国のたそがれ」
　　　　『日本経済新聞』　1956（昭和31）年11月28日（水）　夕刊　1面
C0128 「〈あすへの話題〉 危険な爆発物」
　　　　『日本経済新聞』　1956（昭和31）年12月5日（水）　夕刊　1面
C0129 「〈あすへの話題〉 実業家の稚気」
　　　　『日本経済新聞』　1956（昭和31）年12月12日（水）　夕刊　1面
C0130 「〈あすへの話題〉 静かになったパリ」
　　　　『日本経済新聞』　1956（昭和31）年12月19日（水）　夕刊　1面
C0131 「〈あすへの話題〉 クリスマスのこと」
　　　　『日本経済新聞』　1956（昭和31）年12月26日（水）　夕刊　1面

1957

C0132　「〈あすへの話題〉　正月と平和」
　　　　『日本経済新聞』　1957（昭和32）年1月9日（水）　夕刊　1面

C0133　「〈あすへの話題〉　豊作貧乏」
　　　　『日本経済新聞』　1957（昭和32）年1月16日（水）　夕刊　1面

C0134　「〈あすへの話題〉　減税をはばむもの」
　　　　『日本経済新聞』　1957（昭和32）年1月23日（水）　夕刊　1面

C0135　「〈あすへの話題〉　恐ろしい世の中」
　　　　『日本経済新聞』　1957（昭和32）年2月6日（水）　夕刊　1面

C0136　「〈あすへの話題〉　知識人の発言」
　　　　『日本経済新聞』　1957（昭和32）年2月13日（水）　夕刊　1面

C0137　「〈あすへの話題〉　検閲法への恐れ」
　　　　『日本経済新聞』　1957（昭和32）年2月20日（水）　夕刊　1面

C0138　「〈あすへの話題〉　石橋首相退陣と減税」
　　　　『日本経済新聞』　1957（昭和32）年2月27日（水）　夕刊　1面

C0139　「〈あすへの話題〉　すずめの疑惑」
　　　　『日本経済新聞』　1957（昭和32）年3月6日（水）　夕刊　1面

C0140　「〈あすへの話題〉　実力行使と暴力」
　　　　『日本経済新聞』　1957（昭和32）年3月13日（水）　夕刊　1面

C0141　「〈あすへの話題〉　貧乏ぜいたく」
　　　　『日本経済新聞』　1957（昭和32）年3月20日（水）　夕刊　1面

C0142　「〈スポーツ怪談〉　上　〔相撲に関して〕（座談会）」
　　　　『報知新聞』　1957（昭和32）年3月26日（火）　1面
　　　　出席者：獅子文六、今日出海、永井龍男、大岡昇平、小林秀雄、生沢朗、竹内
　　　　四郎（司会・本社社長）
　　　　　※出席者の集合写真

C0143　「〈あすへの話題〉　中央高速道の視察」
　　　　『日本経済新聞』　1957（昭和32）年3月27日（水）　夕刊　1面

C0144　「〈スポーツ怪談〉　下　〔プロ野球・ゴルフ〕（座談会）」
　　　　『報知新聞』　1957（昭和32）年3月27日（水）　3面
　　　　出席者：獅子文六、今日出海、永井龍男、大岡昇平、小林秀雄、生沢朗、竹内
　　　　四郎（本社社長・司会）
　　　　　※出席者各々の写真

C0145　「〈あすへの話題〉　"野暮"を映す鏡」
　　　　『日本経済新聞』　1957（昭和32）年4月3日（水）　夕刊　1面

C0146　「〈あすへの話題〉　仕方がない」
　　　　『日本経済新聞』　1957（昭和32）年4月10日（水）　夕刊　1面

C0147 「〈あすへの話題〉 万三哉の死と信仰」
　　　　『日本経済新聞』　1957(昭和32)年4月17日(水)　夕刊　1面

C0148 「〈あすへの話題〉 松下特使をねぎらう」
　　　　『日本経済新聞』　1957(昭和32)年4月24日(水)　夕刊　1面

C0149 「〈あすへの話題〉 世界の中の日本」
　　　　『日本経済新聞』　1957(昭和32)年5月1日(水)　夕刊　1面

C0150 「〈あすへの話題〉 日本人と団体生活」
　　　　『日本経済新聞』　1957(昭和32)年5月8日(水)　夕刊　1面

C0151 「〈あすへの話題〉 "分らない"世論」
　　　　『日本経済新聞』　1957(昭和32)年5月15日(水)　夕刊　1面

C0152 「〈近況報告〉 怠惰の功徳」
　　　　『読売新聞』　1957(昭和32)年5月21日(火)　夕刊　3面
　　　　※著者顔写真

C0153 「〈あすへの話題〉 「相撲協会の改革」から」
　　　　『日本経済新聞』　1957(昭和32)年5月22日(水)　夕刊　1面

C0154 「〈あすへの話題〉 個性喪失への心配」
　　　　『日本経済新聞』　1957(昭和32)年5月29日(水)　夕刊　1面

C0155 「〈あすへの話題〉 真相と感情」
　　　　『日本経済新聞』　1957(昭和32)年6月12日(水)　夕刊　1面

C0156 「〈あすへの話題〉 足りぬのは何か」
　　　　『日本経済新聞』　1957(昭和32)年6月19日(水)　夕刊　1面

C0157 「〈あすへの話題〉 道徳教育への不安」
　　　　『日本経済新聞』　1957(昭和32)年6月26日(水)　夕刊　1面

C0158 「〈あすへの話題〉 集団主義について」
　　　　『日本経済新聞』　1957(昭和32)年7月3日(水)　夕刊　1面

C0159 「〈あすへの話題〉 第四共和制の嘆き」
　　　　『日本経済新聞』　1957(昭和32)年7月17日(水)　夕刊　1面

C0160 「〈あすへの話題〉 誤解と政治家」
　　　　『日本経済新聞』　1957(昭和32)年7月24日(水)　夕刊　1面

C0161 「〈あすへの話題〉 政治家の信念」
　　　　『日本経済新聞』　1957(昭和32)年8月7日(水)　夕刊　1面

C0162 「〈あすへの話題〉 過剰人口を思う」
　　　　『日本経済新聞』　1957(昭和32)年8月14日(水)　夕刊　1面

C0163 「〈あすへの話題〉 怠惰のすすめ」
　　　　『日本経済新聞』　1957(昭和32)年8月21日(水)　夕刊　1面

C0164 「〈あすへの話題〉 "吹きだまり"の弁」
　　　　『日本経済新聞』　1957(昭和32)年8月28日(水)　夕刊　1面

C0165 「〈あすへの話題〉 バナナの不正輸入に思う」
　　　　『日本経済新聞』　1957(昭和32)年9月4日(水)　夕刊　1面

I 著作目録(新聞記事)　　　1957〜1958

C0166 「〈あすへの話題〉　自由と圧迫」
　　　　『日本経済新聞』　1957(昭和32)年9月11日(水)　夕刊　1面
C0167 「〈あすへの話題〉　紳士道徳」
　　　　『日本経済新聞』　1957(昭和32)年9月18日(水)　夕刊　1面
C0168 「〈あすへの話題〉　ボリショイのバレエ」
　　　　『日本経済新聞』　1957(昭和32)年9月25日(水)　夕刊　1面
C0169 「〈あすへの話題〉　相撲協会改革その後」
　　　　『日本経済新聞』　1957(昭和32)年10月2日(水)　夕刊　1面
C0170 「久生十蘭君を悼む　仕事に打ちこんでいた」
　　　　『朝日新聞』　1957(昭和32)年10月7日(月)　6面
C0171 「〈あすへの話題〉　八百長の横行」
　　　　『日本経済新聞』　1957(昭和32)年10月9日(水)　夕刊　1面
C0172 「〈あすへの話題〉　失われる常識」
　　　　『日本経済新聞』　1957(昭和32)年10月16日(水)　夕刊　1面
C0173 「〈あすへの話題〉　職人気質の衰退」
　　　　『日本経済新聞』　1957(昭和32)年10月23日(水)　夕刊　1面
C0174 「〈あすへの話題〉　ペン大会を思う」
　　　　『日本経済新聞』　1957(昭和32)年10月30日(水)　夕刊　1面
C0175 「〈あすへの話題〉　テレビ雑感」
　　　　『日本経済新聞』　1957(昭和32)年11月6日(水)　夕刊　1面
C0176 「〈あすへの話題〉　悪道路は国の恥」
　　　　『日本経済新聞』　1957(昭和32)年11月13日(水)　夕刊　1面
C0177 「〈あすへの話題〉　三悪追放実行せよ」
　　　　『日本経済新聞』　1957(昭和32)年11月20日(水)　夕刊　1面
C0178 「〈あすへの話題〉　シリ馬に乗れ」
　　　　『日本経済新聞』　1957(昭和32)年11月27日(水)　夕刊　1面
C0179 「〈あすへの話題〉　自由日本」
　　　　『日本経済新聞』　1957(昭和32)年12月4日(水)　夕刊　1面
C0180 「〈あすへの話題〉　大きな夢小さな夢」
　　　　『日本経済新聞』　1957(昭和32)年12月11日(水)　夕刊　1面
C0181 「〈あすへの話題〉　貧乏と年の暮」
　　　　『日本経済新聞』　1957(昭和32)年12月18日(水)　夕刊　1面
C0182 「〈あすへの話題〉　マス・コミによる平均化」
　　　　『日本経済新聞』　1957(昭和32)年12月25日(水)　夕刊　1面

1958

C0183 「政界にもの申す─納得いく政治を（座談会）」

〔C0166 〜 C0183〕

　　　　　『山陽新聞』　1958(昭和33)年1月3日(金)　2面
　　　　　出席者：川島正次郎、浅沼稲次郎、池田潔、今日出海、松岡洋子、村田為五郎
　　　　　（司会）
　　　　　※出席者の写真

C0184　「〈きのうきょう〉　広い世間」
　　　　　『朝日新聞』　1958(昭和33)年1月6日(月)　3面
　　　　　※連載6月30日まで（26回）

C0185　「〈あすへの話題〉　泥棒」
　　　　　『日本経済新聞』　1958(昭和33)年1月8日(水)　夕刊　1面

C0186　「〈きのうきょう〉　住宅難」
　　　　　『朝日新聞』　1958(昭和33)年1月13日(月)　3面

C0187　「〈あすへの話題〉　食べもののこと」
　　　　　『日本経済新聞』　1958(昭和33)年1月15日(水)　夕刊　1面

C0188　「〈第5回スポーツ怪談〉　上〔相撲〕（座談会）」
　　　　　『報知新聞』　1958(昭和33)年1月19日(日)　2面
　　　　　出席者：尾崎士郎、今日出海、大岡昇平、竹内四郎(本社社長)
　　　　　※出席者の写真

C0189　「〈きのうきょう〉　予算のゆくえ」
　　　　　『朝日新聞』　1958(昭和33)年1月20日(月)　3面

C0190　「〈第5回スポーツ怪談〉　下〔相撲〕（座談会）」
　　　　　『報知新聞』　1958(昭和33)年1月20日(月)　3面
　　　　　出席者：尾崎士郎、今日出海、大岡昇平、竹内四郎(本社社長)
　　　　　※出席者の写真

C0191　「〈あすへの話題〉　比島戦没者を思う」
　　　　　『日本経済新聞』　1958(昭和33)年1月22日(水)　夕刊　1面

C0192　「〈きのうきょう〉　駅弁」
　　　　　『朝日新聞』　1958(昭和33)年1月27日(月)　3面

C0193　「〈あすへの話題〉　アスワン・ダム工事」
　　　　　『日本経済新聞』　1958(昭和33)年1月29日(水)　夕刊　2面

C0194　「〈きのうきょう〉　売春防止法の行方」
　　　　　『朝日新聞』　1958(昭和33)年2月3日(月)　2面

C0195　「〈あすへの話題〉　日本人の悪いクセ」
　　　　　『日本経済新聞』　1958(昭和33)年2月5日(水)　夕刊　1面

C0196　「〈きのうきょう〉　サッパリしない今日このごろ」
　　　　　『朝日新聞』　1958(昭和33)年2月10日(月)　3面

C0197　「〈きのうきょう〉　無事を祈る」
　　　　　『朝日新聞』　1958(昭和33)年2月17日(月)　3面

C0198　「〈あすへの話題〉　日本製品の輸出」
　　　　　『日本経済新聞』　1958(昭和33)年2月19日(水)　夕刊　1面

C0199　「〈きのうきょう〉　百家低鳴」
　　　　　『朝日新聞』　1958(昭和33)年2月24日(月)　3面

C0200　「〈あすへの話題〉　流感の退治策を」
　　　　『日本経済新聞』　1958（昭和33）年2月26日（水）　夕刊　1面

C0201　「〈きのうきょう〉　物騒な世の中」
　　　　『朝日新聞』　1958（昭和33）年3月3日（月）　3面

C0202　「〈あすへの話題〉　武力なき外交」
　　　　『日本経済新聞』　1958（昭和33）年3月5日（水）　夕刊　1面

C0203　「〈きのうきょう〉　愛される日本人」
　　　　『朝日新聞』　1958（昭和33）年3月10日（月）　3面

C0204　「〈あすへの話題〉　低姿勢」
　　　　『日本経済新聞』　1958（昭和33）年3月12日（水）　夕刊　1面

C0205　「〈きのうきょう〉　人さまざま」
　　　　『朝日新聞』　1958（昭和33）年3月17日（月）　3面

C0206　「〈あすへの話題〉　閑と多忙」
　　　　『日本経済新聞』　1958（昭和33）年3月19日（水）　夕刊　1面

C0207　「〈きのうきょう〉　道徳教育への不安」
　　　　『朝日新聞』　1958（昭和33）年3月24日（月）　3面

C0208　「〈あすへの話題〉　かよわき国」
　　　　『日本経済新聞』　1958（昭和33）年3月26日（水）　夕刊　1面

C0209　「〈きのうきょう〉　孤蓬庵見聞記」
　　　　『朝日新聞』　1958（昭和33）年3月31日（月）　3面

C0210　「〈あすへの話題〉　横山隆一のこと」
　　　　『日本経済新聞』　1958（昭和33）年4月2日（水）　夕刊　1面
　　　　☆横山隆一著『ひとりがてん』に再録

C0211　「〈きのうきょう〉　歳々年々人相同じ」
　　　　『朝日新聞』　1958（昭和33）年4月7日（月）　3面

C0212　「〈あすへの話題〉　ベルギー外交官夫人の手記」
　　　　『日本経済新聞』　1958（昭和33）年4月9日（水）　夕刊　1面

C0213　「〈きのうきょう〉　新時代の出現」
　　　　『朝日新聞』　1958（昭和33）年4月14日（月）　3面

C0214　「〈あすへの話題〉　国民外交」
　　　　『日本経済新聞』　1958（昭和33）年4月16日（水）　夕刊　1面

C0215　「〈きのうきょう〉　マニラ今昔」
　　　　『朝日新聞』　1958（昭和33）年4月21日（月）　3面
　　　　※マニラで

C0216　「〈あすへの話題〉　マニラにて思う」
　　　　『日本経済新聞』　1958（昭和33）年4月23日（水）　夕刊　1面
　　　　☆土谷直敏編『山ゆかば・草むす屍』に再録

C0217　「〈きのうきょう〉　日暮れて道遠し」
　　　　『朝日新聞』　1958（昭和33）年4月28日（月）　3面
　　　　※マニラで

〔*C0200* ～ *C0217*〕

C0218　「〈あすへの話題〉　旅から帰って」
　　　　『日本経済新聞』　1958（昭和33）年4月30日（水）　夕刊　1面

C0219　「〈きのうきょう〉　幸福な国」
　　　　『朝日新聞』　1958（昭和33）年5月5日（月）　3面

C0220　「〈あすへの話題〉　総選挙」
　　　　『日本経済新聞』　1958（昭和33）年5月7日（水）　夕刊　1面

C0221　「〈きのうきょう〉　自家用車とバス」
　　　　『朝日新聞』　1958（昭和33）年5月12日（月）　3面

C0222　「〈あすへの話題〉　日本という幸福な国」
　　　　『日本経済新聞』　1958（昭和33）年5月14日（水）　夕刊　1面

C0223　「〈きのうきょう〉　世界平和の凶兆」
　　　　『朝日新聞』　1958（昭和33）年5月19日（月）　3面

C0224　「〈親子対談〉　公約について」
　　　　『東京新聞』　1958（昭和33）年5月20日（火）　5面
　　　　対談者：今日出海、今無畏子
　　　　　※二人の写真あり

C0225　「〈あすへの話題〉　くさりを解かれたプロメテ」
　　　　『日本経済新聞』　1958（昭和33）年5月21日（水）　夕刊　1面

C0226　「新政局の動向を語る（評論家座談会）（1）」
　　　　『東京新聞』　1958（昭和33）年5月24日（土）　1面
　　　　出席者：今日出海、大宅壮一、山浦貫一、三宅晴輝、唐島基智三（司会）
　　　　　※出席者の写真

C0227　「新政局の動向を語る（評論家座談会）（2）」
　　　　『東京新聞』　1958（昭和33）年5月25日（日）　1面
　　　　出席者：今日出海、大宅壮一、山浦貫一、三宅晴輝、唐島基智三（司会）
　　　　　※各出席者の顔写真

C0228　「〈きのうきょう〉　悲しき予言書」
　　　　『朝日新聞』　1958（昭和33）年5月26日（月）　3面

C0229　「〈あすへの話題〉　ドゴールの出現」
　　　　『日本経済新聞』　1958（昭和33）年5月28日（水）　夕刊　1面

C0230　「〈きのうきょう〉　シルク・ロード」
　　　　『朝日新聞』　1958（昭和33）年6月2日（月）　3面

C0231　「〈あすへの話題〉　デモ隊と釣師たち」
　　　　『日本経済新聞』　1958（昭和33）年6月4日（水）　夕刊　1面

C0232　「〈きのうきょう〉　心の奏者」
　　　　『朝日新聞』　1958（昭和33）年6月9日（月）　3面

C0233　「〈あすへの話題〉　言論の妨げ」
　　　　『日本経済新聞』　1958（昭和33）年6月11日（水）　夕刊　1面

C0234　「〈きのうきょう〉　多数尊重主義」
　　　　『朝日新聞』　1958（昭和33）年6月16日（月）　3面

I　著作目録（新聞記事）　　　　　　　　　1958

C0235 「〈あすへの話題〉　暴力禁止法」
　　　　『日本経済新聞』　1958（昭和33）年6月18日（水）　夕刊　1面

C0236 「〈ファン・デラックス版〉　"大女優"はほめられっぱなし（対談）」
　　　　『報知新聞』　1958（昭和33）年6月19日（月）　6面
　　　　対談者：淡島千景、今日出海
　　　　　※両者の写真

C0237 「〈きのうきょう〉　七転八起」
　　　　『朝日新聞』　1958（昭和33）年6月23日（月）　3面

C0238 「〈あすへの話題〉　罪はだれにある」
　　　　『日本経済新聞』　1958（昭和33）年6月25日（水）　夕刊　1面

C0239 「〈きのうきょう〉　最先端主義」
　　　　『朝日新聞』　1958（昭和33）年6月30日（月）　3面

C0240 「〈あすへの話題〉　舶来品のニセ物」
　　　　『日本経済新聞』　1958（昭和33）年7月2日（水）　夕刊　1面

C0241 「〈あすへの話題〉　愚連隊追放」
　　　　『日本経済新聞』　1958（昭和33）年7月9日（水）　夕刊　1面

C0242 「〈あすへの話題〉　保守と革新」
　　　　『日本経済新聞』　1958（昭和33）年7月30日（水）　夕刊　1面

C0243 「〈文化〉　日本映画の歩み」
　　　　『産経新聞』　1958（昭和33）年8月4日（月）　3面
　　　　　※顔写真あり

C0244 「〈あすへの話題〉　愚連隊は根絶されぬか」
　　　　『日本経済新聞』　1958（昭和33）年8月6日（水）　夕刊　1面

C0245 「〈あすへの話題〉　映画の量産競争」
　　　　『日本経済新聞』　1958（昭和33）年8月20日（水）　夕刊　1面

C0246 「〈あすへの話題〉　彼等は千年の眠りから覚めた」
　　　　『日本経済新聞』　1958（昭和33）年8月27日（水）　夕刊　1面
　　　　　※テヘランにて

C0247 「〈あすへの話題〉　マルタン・デュ・ガールの死」
　　　　『日本経済新聞』　1958（昭和33）年9月4日（木）　夕刊　1面
　　　　　※ベニスにて

C0248 「〈あすへの話題〉　ベニス市雑感」
　　　　『日本経済新聞』　1958（昭和33）年9月10日（水）　夕刊　1面
　　　　　※ベニスにて

C0249 「〈あすへの話題〉　ベニス映画祭の受賞」
　　　　『日本経済新聞』　1958（昭和33）年9月17日（水）　夕刊　1面

C0250 「〈あすへの話題〉　離れ小島の幸福」
　　　　『日本経済新聞』　1958（昭和33）年9月24日（水）　夕刊　1面
　　　　　※ベニスにて

C0251 「〈あすへの話題〉　世界の放火魔」
　　　　『日本経済新聞』　1958（昭和33）年10月1日（水）　夕刊　1面

〔C0235～C0251〕

C0252 「〈あすへの話題〉 ドゴールとフランス」
　　　　『日本経済新聞』　1958（昭和33）年10月8日（水）　夕刊　1面
　　　　　※パリにて

C0253 「ジンクス破れる―ホッとした大量点」
　　　　『報知新聞』　1958（昭和33）年10月13日（月）　1面
　　　　　※巨人・水原監督に帽子を贈る今日出海の写真あり

C0254 「〈あすへの話題〉 パリの秋、日本の秋」
　　　　『日本経済新聞』　1958（昭和33）年10月15日（水）　夕刊　1面

C0255 「〈あすへの話題〉 混血文化の国」
　　　　『日本経済新聞』　1958（昭和33）年10月22日（水）　夕刊　1面
　　　　　※ミュンヘンにて

C0256 「〈あすへの話題〉 破壊と建設」
　　　　『日本経済新聞』　1958（昭和33）年10月29日（水）　夕刊　1面

C0257 「〈話の広場〉 日本人の姿」
　　　　『読売新聞』　1958（昭和33）年11月13日（木）　夕刊　3面

C0258 「〈あすへの話題〉 フルシチョフ声明診断」
　　　　『日本経済新聞』　1958（昭和33）年11月19日（水）　夕刊　1面

C0259 「〈あすへの話題〉 新しい波」
　　　　『日本経済新聞』　1958（昭和33）年11月26日（水）　夕刊　1面
　　　　　※パリにて

C0260 「〈あすへの話題〉 フランス総選挙」
　　　　『日本経済新聞』　1958（昭和33）年12月3日（水）　夕刊　1面

C0261 「〈スポーツ怪談〉 上 〔野球〕（座談会）」
　　　　『報知新聞』　1958（昭和33）年12月5日（金）　1面
　　　　　出席者：獅子文六、今日出海、永井龍男、宮田重雄、水原円裕、竹内四郎（本社社長・司会）
　　　　　※出席者の写真

C0262 「〈スポーツ怪談〉 下 〔野球・相撲・ゴルフ〕（座談会）」
　　　　『報知新聞』　1958（昭和33）年12月6日（土）　1面
　　　　　出席者：獅子文六、今日出海、永井龍男、宮田重雄、水原円裕、竹内四郎（本社社長・司会）
　　　　　※出席者の写真

C0263 「〈あすへの話題〉 小産階級・微産階級」
　　　　『日本経済新聞』　1958（昭和33）年12月10日（水）　夕刊　1面
　　　　　※パリにて

C0264 「〈文化〉 マルローに会って（上）あれから二十年目」
　　　　『東京新聞』　1958（昭和33）年12月11日（木）　夕刊　8面

C0265 「〈文化〉 マルローに会って（下）鉄壁を崩すために」
　　　　『東京新聞』　1958（昭和33）年12月12日（金）　夕刊　8面

C0266 「〈あすへの話題〉 旧友の話」
　　　　『日本経済新聞』　1958（昭和33）年12月17日（水）　夕刊　1面

C0267 「〈あすへの話題〉 パステルナーク事件」
　　　　『日本経済新聞』 1958（昭和33）年12月24日（水）　夕刊　1面

1959

C0268 「〈娯楽〉 フランス・にっぽん よもやまばなし」
　　　　『信濃毎日新聞』 1959（昭和34）年1月1日（木）　16面
　　　　出席者：今日出海、越路吹雪、岸恵子
　　　　※出席者の写真
C0269 「〈あすへの話題〉 ゴットフリート・ベンの二重生活」
　　　　『日本経済新聞』 1959（昭和34）年1月7日（水）　夕刊　1面
C0270 「〈あすへの話題〉 政争ごっこ」
　　　　『日本経済新聞』 1959（昭和34）年1月14日（水）　夕刊　1面
C0271 「〈あすへの話題〉 宮中に庶民性を期待する」
　　　　『日本経済新聞』 1959（昭和34）年1月21日（水）　夕刊　1面
C0272 「〈あすへの話題〉 道路と交通と美観」
　　　　『日本経済新聞』 1959（昭和34）年1月28日（水）　夕刊　1面
C0273 「面白くなったプロ野球（座談会）」
　　　　『報知新聞』 1959（昭和34）年1月29日（木）　1面
　　　　出席者：今日出海（司会）、水原円裕（巨人監督）、宇野光雄（国鉄監督）
　　　　※出席者の写真
C0274 「〈あすへの話題〉 人間不在の世」
　　　　『日本経済新聞』 1959（昭和34）年2月4日（水）　夕刊　1面
C0275 「〈あすへの話題〉 二つの世界」
　　　　『日本経済新聞』 1959（昭和34）年2月11日（水）　夕刊　1面
C0276 「〈スポーツ論壇〉 みんな私が悪いのよ」
　　　　『報知新聞』 1959（昭和34）年2月16日（月）　2面
　　　　※「ゴルフ骨折に感あり」〔筆者の補記〕
C0277 「〈あすへの話題〉 中国の興奮」
　　　　『日本経済新聞』 1959（昭和34）年2月25日（水）　夕刊　1面
C0278 「〈あすへの話題〉 中国の不思議」
　　　　『日本経済新聞』 1959（昭和34）年3月4日（水）　夕刊　1面
C0279 「〈あすへの話題〉 話合いの道」
　　　　『日本経済新聞』 1959（昭和34）年3月11日（水）　夕刊　1面
C0280 「〈あすへの話題〉 日本人の受動性」
　　　　『日本経済新聞』 1959（昭和34）年3月25日（水）　夕刊　1面
C0281 「〈スポーツ論壇〉 過失と八百長」
　　　　『報知新聞』 1959（昭和34）年4月5日（日）　2面
C0282 「〈あすへの話題〉 鎌倉の観光客」

1959　　　　　Ⅰ　著作目録（新聞記事）

　　　　　『日本経済新聞』　1959（昭和34）年4月8日（水）　夕刊　1面
C0283　「〈あすへの話題〉　マス・コミ需要と供給」
　　　　　『日本経済新聞』　1959（昭和34）年4月15日（水）　夕刊　1面
C0284　「〈あすへの話題〉　罪と罰」
　　　　　『日本経済新聞』　1959（昭和34）年4月22日（水）　夕刊　1面
C0285　「〈あすへの話題〉　マラヤ旅行」
　　　　　『日本経済新聞』　1959（昭和34）年5月6日（水）　夕刊　1面
C0286　「〈あすへの話題〉　マラヤという新興国」
　　　　　『日本経済新聞』　1959（昭和34）年5月13日（水）　夕刊　1面
C0287　「〈文化〉　日本映画の国際性 アジア映画祭から帰って思う」
　　　　　『読売新聞』　1959（昭和34）年5月16日（土）　夕刊　3面
　　　　　※著者顔写真
C0288　「〈あすへの話題〉　国をあげて発狂時代」
　　　　　『日本経済新聞』　1959（昭和34）年5月20日（水）　夕刊　1面
C0289　「〈あすへの話題〉　香港の危機」
　　　　　『日本経済新聞』　1959（昭和34）年5月27日（水）　夕刊　1面
C0290　「〈あすへの話題〉　泰平無事」
　　　　　『日本経済新聞』　1959（昭和34）年6月3日（水）　夕刊　2面
C0291　「〈あすへの話題〉　週刊誌の功罪」
　　　　　『日本経済新聞』　1959（昭和34）年6月10日（水）　夕刊　1面
C0292　「〈スポーツ論壇〉　ゴルフ場の食事」
　　　　　『報知新聞』　1959（昭和34）年6月16日（火）　2面
C0293　「〈あすへの話題〉　逃げたデュビビエ」
　　　　　『日本経済新聞』　1959（昭和34）年6月17日（水）　夕刊　1面
C0294　「〈あすへの話題〉　戦場にかける橋」
　　　　　『日本経済新聞』　1959（昭和34）年6月24日（水）　夕刊　1面
C0295　「〈あすへの話題〉　不良週刊誌」
　　　　　『日本経済新聞』　1959（昭和34）年7月1日（水）　夕刊　1面
C0296　「〈あすへの話題〉　北海道らしさを」
　　　　　『日本経済新聞』　1959（昭和34）年7月8日（水）　夕刊　1面
C0297　「〈スポーツ論壇〉　スポーツとテレビ」
　　　　　『報知新聞』　1959（昭和34）年7月10日（金）　2面
C0298　「〈あすへの話題〉　時蔵の思い出」
　　　　　『日本経済新聞』　1959（昭和34）年7月15日（水）　夕刊　1面
C0299　「〈あすへの話題〉　がんこおやじ」
　　　　　『日本経済新聞』　1959（昭和34）年7月22日（水）　夕刊　1面
C0300　「〈あすへの話題〉　食べ物」
　　　　　『日本経済新聞』　1959（昭和34）年7月29日（水）　夕刊　1面
C0301　「〈あすへの話題〉　海の無法者」

　　　　　　　　『日本経済新聞』　1959（昭和34）年8月19日（水）　夕刊　1面
C0302　「〈あすへの話題〉　都造り」
　　　　　　　　『日本経済新聞』　1959（昭和34）年8月26日（水）　夕刊　1面
C0303　「〈あすへの話題〉　隣国中共の姿」
　　　　　　　　『日本経済新聞』　1959（昭和34）年9月2日（水）　夕刊　1面
C0304　「〈スポーツ論壇〉　人間の味」
　　　　　　　　『報知新聞』　1959（昭和34）年9月4日（金）　2面
C0305　「〈あすへの話題〉　暴力団の取締り」
　　　　　　　　『日本経済新聞』　1959（昭和34）年9月9日（水）　夕刊　1面
C0306　「〈あすへの話題〉　社党大会に思う」
　　　　　　　　『日本経済新聞』　1959（昭和34）年9月16日（水）　夕刊　1面
C0307　「〈あすへの話題〉　騒音」
　　　　　　　　『日本経済新聞』　1959（昭和34）年9月30日（水）　夕刊　1面
C0308　「〈あすへの話題〉　備えあれば」
　　　　　　　　『日本経済新聞』　1959（昭和34）年10月7日（水）　夕刊　1面
C0309　「〈スポーツ論壇〉　玄人っぽいファン」
　　　　　　　　『報知新聞』　1959（昭和34）年10月11日（日）　2面
C0310　「〈あすへの話題〉　台風と金のシャチホコ」
　　　　　　　　『日本経済新聞』　1959（昭和34）年10月14日（水）　夕刊　1面
C0311　「〈あすへの話題〉　佐久間ダム」
　　　　　　　　『日本経済新聞』　1959（昭和34）年10月21日（水）　夕刊　1面
C0312　「〈あすへの話題〉　日本シリーズ」
　　　　　　　　『日本経済新聞』　1959（昭和34）年10月28日（水）　夕刊　1面
C0313　「〈あすへの話題〉　台風を待つ」
　　　　　　　　『日本経済新聞』　1959（昭和34）年11月4日（水）　夕刊　1面
C0314　「〈あすへの話題〉　人気ということ」
　　　　　　　　『日本経済新聞』　1959（昭和34）年11月11日（水）　夕刊　1面
C0315　「〈スポーツ論壇〉　水原君の辞意は残念」
　　　　　　　　『報知新聞』　1959（昭和34）年11月12日（木）　2面
C0316　「〈あすへの話題〉　好戦的な進歩派」
　　　　　　　　『日本経済新聞』　1959（昭和34）年11月18日（水）　夕刊　1面
C0317　「〈あすへの話題〉　ノボセ性」
　　　　　　　　『日本経済新聞』　1959（昭和34）年11月25日（水）　夕刊　1面
C0318　「〈あすへの話題〉　集団マヒ」
　　　　　　　　『日本経済新聞』　1959（昭和34）年12月2日（水）　夕刊　1面
C0319　「〈スポーツ論壇〉　ファンにも訓練が必要」
　　　　　　　　『報知新聞』　1959（昭和34）年12月7日（月）　2面
C0320　「〈あすへの話題〉　人権の尊重」
　　　　　　　　『日本経済新聞』　1959（昭和34）年12月9日（水）　夕刊　1面

〔C0302 ～ C0320〕

1960

C0321　「〈あすへの話題〉 こたつの中で」
　　　　『日本経済新聞』 1960（昭和35）年1月6日（水）　夕刊　1面
C0322　「〈あすへの話題〉 自由と公共性」
　　　　『日本経済新聞』 1960（昭和35）年1月13日（水）　夕刊　1面
C0323　「〈スポーツ論壇〉 選手の養成費」
　　　　『報知新聞』 1960（昭和35）年1月18日（月）　2面
C0324　「〈映画にみる人間像〉「女が階段を上る時」」
　　　　『読売新聞』 1960（昭和35）年1月25日（月）　9面
　　　　※映画の1シーン
C0325　「〈あすへの話題〉 遺跡とダム建設」
　　　　『日本経済新聞』 1960（昭和35）年1月27日（水）　夕刊　1面
C0326　「〈あすへの話題〉 新しい波」
　　　　『日本経済新聞』 1960（昭和35）年2月3日（水）　夕刊　1面
C0327　「〈思うこと〉 近ごろの若者」
　　　　『産経新聞』 1960（昭和35）年2月4日（木）　夕刊　2面
　　　　※連載7月28日まで（25回）
C0328　「〈あすへの話題〉 感傷的な世論」
　　　　『日本経済新聞』 1960（昭和35）年2月10日（水）　夕刊　1面
C0329　「〈スポーツ論壇〉 "センチ論"の追放」
　　　　『報知新聞』 1960（昭和35）年2月10日（水）　2面
C0330　「〈思うこと〉 逆行を笑うもの」
　　　　『産経新聞』 1960（昭和35）年2月11日（木）　夕刊　2面
C0331　「〈あすへの話題〉 遺跡の救済」
　　　　『日本経済新聞』 1960（昭和35）年2月17日（水）　夕刊　1面
C0332　「〈思うこと〉 赤い新聞の雪どけ」
　　　　『産経新聞』 1960（昭和35）年2月18日（木）　夕刊　2面
C0333　「〈あすへの話題〉 主婦の生活時間」
　　　　『日本経済新聞』 1960（昭和35）年2月24日（水）　夕刊　1面
C0334　「〈思うこと〉 狭く小さく無計画で」
　　　　『産経新聞』 1960（昭和35）年2月25日（木）　夕刊　2面
C0335　「〈あすへの話題〉 交通法の改正」
　　　　『日本経済新聞』 1960（昭和35）年3月2日（水）　夕刊　1面
C0336　「〈思うこと〉 誤断時代」
　　　　『産経新聞』 1960（昭和35）年3月3日（木）　夕刊　2面
C0337　「〈スポーツ論壇〉 スポーツ好き」

I 著作目録（新聞記事） 1960

　　　　　『報知新聞』　1960（昭和35）年3月8日（火）　2面
C0338 「〈あすへの話題〉　老齢」
　　　　　『日本経済新聞』　1960（昭和35）年3月9日（水）　夕刊　1面
C0339 「〈思うこと〉　東海道の新路線」
　　　　　『産経新聞』　1960（昭和35）年3月10日（木）　夕刊　2面
C0340 「〈あすへの話題〉　日教組と暴力」
　　　　　『日本経済新聞』　1960（昭和35）年3月16日（水）　夕刊　1面
C0341 「〈思うこと〉　雪どけ」
　　　　　『産経新聞』　1960（昭和35）年3月17日（木）　夕刊　2面
C0342 「〈あすへの話題〉　擱筆の弁」
　　　　　『日本経済新聞』　1960（昭和35）年3月23日（水）　夕刊　1面
C0343 「〈思うこと〉　出世主義の追放」
　　　　　『産経新聞』　1960（昭和35）年3月24日（木）　夕刊　2面
C0344 「〈映画にみる人間像〉「ロベレ将軍」」
　　　　　『読売新聞』　1960（昭和35）年3月28日（月）　9面
　　　　　※映画の1シーン
C0345 「〈思うこと〉　近ごろの世相」
　　　　　『産経新聞』　1960（昭和35）年3月31日（木）　夕刊　2面
C0346 「〈思うこと〉　アジアの憂愁」
　　　　　『産経新聞』　1960（昭和35）年4月7日（木）　夕刊　2面
C0347 「〈思うこと〉　家と庭」
　　　　　『産経新聞』　1960（昭和35）年4月14日（木）　夕刊　2面
C0348 「〈第24回読売短編小説賞入選作品〉　選評」
　　　　　『読売新聞』　1960（昭和35）年4月19日（火）　夕刊　4面
　　　　　※入選作品：「上海艦褸」/中島竜平著
C0349 「〈スポーツ論壇〉　気をもむ快感」
　　　　　『報知新聞』　1960（昭和35）年4月20日（水）　2面
C0350 「〈思うこと〉　隣国の憂い」
　　　　　『産経新聞』　1960（昭和35）年4月21日（木）　夕刊　2面
C0351 「〈思うこと〉　目に余る子どもたち」
　　　　　『産経新聞』　1960（昭和35）年4月28日（木）　夕刊　2面
C0352 「〈思うこと〉　自由の声」
　　　　　『産経新聞』　1960（昭和35）年5月12日（木）　夕刊　2面
C0353 「〈思うこと〉　美しい海浜」
　　　　　『産経新聞』　1960（昭和35）年5月19日（木）　夕刊　2面
　　　　　※南仏カンヌで
C0354 「〈思うこと〉　新しい世界の対立」
　　　　　『産経新聞』　1960（昭和35）年5月26日（木）　夕刊　2面
　　　　　※パリで
C0355 「〈思うこと〉　パリの表情」

〔C0338～C0355〕

　　　　　　　『産経新聞』　1960(昭和35)年6月2日(木)　夕刊　2面
　　　　　　　　※パリで
C0356　「〈思うこと〉　黒っぽい服」
　　　　　　　『産経新聞』　1960(昭和35)年6月9日(木)　夕刊　2面
　　　　　　　　※パリで
C0357　「〈思うこと〉　パリのストライキ」
　　　　　　　『産経新聞』　1960(昭和35)年6月16日(木)　夕刊　2面
　　　　　　　　※パリで
C0358　「〈思うこと〉　日本の騒ぎ」
　　　　　　　『産経新聞』　1960(昭和35)年6月23日(木)　夕刊　2面
　　　　　　　　※パリで
C0359　「〈思うこと〉　政治と良識」
　　　　　　　『産経新聞』　1960(昭和35)年6月30日(木)　夕刊　2面
　　　　　　　　※パリで
C0360　「〈思うこと〉　話し合いの難しさ」
　　　　　　　『産経新聞』　1960(昭和35)年7月7日(木)　夕刊　2面
　　　　　　　　※ベルリンで
C0361　「〈思うこと〉　純真な日本国民」
　　　　　　　『産経新聞』　1960(昭和35)年7月14日(木)　夕刊　2面
　　　　　　　　※ベルリンで
C0362　「西欧と日本の現実（上）終戦直後の対日感情へ」
　　　　　　　『東京新聞』　1960(昭和35)年7月19日(火)　夕刊　8面
C0363　「西欧と日本の現実（下）困難な国際信用の回復」
　　　　　　　『東京新聞』　1960(昭和35)年7月20日(水)　夕刊　8面
C0364　「〈思うこと〉　道への情熱」
　　　　　　　『産経新聞』　1960(昭和35)年7月21日(木)　夕刊　2面
C0365　「外国から見た日本　デモ事件を中心に」
　　　　　　　『読売新聞』　1960(昭和35)年7月27日(水)　夕刊　3面
　　　　　　　　※著者顔写真
C0366　「〈思うこと〉　タクシード」
　　　　　　　『産経新聞』　1960(昭和35)年7月28日(木)　夕刊　2面
C0367　「まさに「夢の夢」―あっという間に5点」
　　　　　　　『報知新聞』　1960(昭和35)年7月28日(木)　2面
　　　　　　　　※試合観戦中の今日出海の写真あり
C0368　「〈スポーツ論壇〉　清潔な目」
　　　　　　　『報知新聞』　1960(昭和35)年8月10日(水)　2面
C0369　「〈スポーツ論壇〉　貧乏人根性」
　　　　　　　『報知新聞』　1960(昭和35)年9月7日(水)　2面
C0370　「〈スポーツ論壇〉　賭けを楽しめぬ国民性」
　　　　　　　『報知新聞』　1960(昭和35)年10月10日(月)　2面
C0371　「〈スポーツ怪談〉　黄金の60年をかえりみる（上）（座談会）」

　　　　　『報知新聞』　1960(昭和35)年10月26日(水)　1面
　　　　　出席者：獅子文六、今日出海、永井龍男、宮田重雄、竹内四郎(本社社長・司
　　　　　　会)、古谷茂(本社運動部長)
　　　　　※出席者の写真

C0372　「〈スポーツ怪談〉　黄金の60年をかえりみる(下)(座談会)」
　　　　　『報知新聞』　1960(昭和35)年10月27日(木)　1面
　　　　　出席者：獅子文六、今日出海、永井龍男、宮田重雄、竹内四郎(本社社長・司
　　　　　　会)、古谷茂(本社運動部長)
　　　　　※出席者の写真

C0373　「〈スポーツ論壇〉　日米接戦の喜び」
　　　　　『報知新聞』　1960(昭和35)年11月4日(金)　2面

C0374　「〈憂楽帳〉　赤字解消論」
　　　　　『毎日新聞』　1960(昭和35)年12月4日(日)　夕刊　5面
　　　　　※時事評論連載1961年2月まで(12回)

C0375　「〈スポーツ論壇〉　力士の栄枯盛衰」
　　　　　『報知新聞』　1960(昭和35)年12月6日(火)　2面

C0376　「〈憂楽帳〉　マヒ寸前の交通」
　　　　　『毎日新聞』　1960(昭和35)年12月11日(日)　夕刊　7面

C0377　「〈憂楽帳〉　太平洋の孤児」
　　　　　『毎日新聞』　1960(昭和35)年12月18日(日)　夕刊　7面

C0378　「〈憂楽帳〉　逆効果な宣伝」
　　　　　『毎日新聞』　1960(昭和35)年12月25日(日)　夕刊　5面

1961

C0379　「国づくり放談―海外を見た目で(座談会)」
　　　　　『産経新聞』　1961(昭和36)年1月1日(日)　15面
　　　　　出席者：水上達三、岸道三、阿部孝次郎、東海林武雄、今日出海、筑井経済部
　　　　　　長(本社側)
　　　　　※出席者の写真

C0380　「〈憂楽帳〉　"人なみ"なこと」
　　　　　『毎日新聞』　1961(昭和36)年1月8日(日)　夕刊　3面

C0381　「〈憂楽帳〉　美術品の公開」
　　　　　『毎日新聞』　1961(昭和36)年1月15日(日)　夕刊　3面

C0382　「〈憂楽帳〉　二兆円予算の国」
　　　　　『毎日新聞』　1961(昭和36)年1月22日(日)　夕刊　3面

C0383　「〈スポーツ論壇〉　人気スター」
　　　　　『報知新聞』　1961(昭和36)年1月22日(日)　2面

C0384　「〈憂楽帳〉　減煙運動」
　　　　　『毎日新聞』　1961(昭和36)年1月29日(日)　夕刊　3面

〔C0372～C0384〕

C0385　「〈憂楽帳〉　国民の自衛」
　　　　『毎日新聞』　1961（昭和36）年2月5日（日）　夕刊　3面

C0386　「〈憂楽帳〉　自由を守れ」
　　　　『毎日新聞』　1961（昭和36）年2月12日（日）　夕刊　5面

C0387　「〈憂楽帳〉　一方的な非難」
　　　　『毎日新聞』　1961（昭和36）年2月19日（日）　夕刊　3面

C0388　「〈憂楽帳〉　人類の進歩の現状」
　　　　『毎日新聞』　1961（昭和36）年2月26日（日）　夕刊　5面

C0389　「〈スポーツ論壇〉　失われるフェアプレーの精神」
　　　　『報知新聞』　1961（昭和36）年2月26日（日）　2面

C0390　「〈見たまま聞いたまま 10〉　なぜ文化財をみすみす焼くか（座談会）」
　　　　『産経新聞』　1961（昭和36）年3月21日（火）　10面
　　　　　出席者：清水康平（ゲスト・文化財保護委員会事務局長）、今日出海（司会）、星裕（本社社会部）、近藤俊一郎（同）、日野耕之祐（本社文化部）、関久巳（本社日光通信部）
　　　　　※司会とゲストの写真

C0391　「三つの名前」
　　　　『東京新聞』　1961（昭和36）年3月30日（木）　夕刊　8面

C0392　「〈スポーツ論壇〉　プロ野球序幕談義」
　　　　『報知新聞』　1961（昭和36）年4月27日（木）　2面

C0393　「〈見たまま聞いたまま 19〉　食中毒（座談会）」
　　　　『産経新聞』　1961（昭和36）年5月22日（月）　10面
　　　　　出席者：小串政常（ゲスト・下谷保健所）、今日出海（司会）、相川宏（本社社会部）、石井行夫（同）、林秀彦（同）、関久巳（本社婦人部）
　　　　　※司会とゲストの写真、司会者の似顔絵（え・小島功）あり

C0394　「〈スポーツ論壇〉　凡夫の体験」
　　　　『報知新聞』　1961（昭和36）年6月1日（木）　2面

C0395　「〈見たまま聞いたまま 23〉　ちょっとひどすぎる―上がりっぱなしの公共料金（座談会）」
　　　　『産経新聞』　1961（昭和36）年6月19日（月）　10面
　　　　　出席者：太田和男（ゲスト・東京都副知事）、今日出海（司会）、加須屋五郎（本社社会部）、松田芳則（同）、野田衛（同）、相川宏（同）
　　　　　※司会とゲストの写真あり

C0396　「まだまだ夜だ」
　　　　『産経新聞』　1961（昭和36）年6月21日（水）　3面
　　　　　※杉全直・画
　　　　　※小説連載1962年5月12日まで（323回）

C0397　「〈スポーツ論壇〉　気紛れ論議」
　　　　『報知新聞』　1961（昭和36）年7月12日（水）　2面

C0398　「隣人　小林秀雄（上）考えたことは忘れぬ」
　　　　『朝日新聞』　1961（昭和36）年7月31日（月）　9面

Ⅰ 著作目録（新聞記事） 1961

C0399 「隣人 小林秀雄（中）凝り性で鋭敏な感覚」
　　　　『朝日新聞』　1961（昭和36）年8月1日（火）　9面

C0400 「隣人 小林秀雄（下）深い思索、鋭い読み」
　　　　『朝日新聞』　1961（昭和36）年8月2日（水）　7面

C0401 「〈スポーツ論壇〉 耐久力と科学的食餌法」
　　　　『報知新聞』　1961（昭和36）年8月3日（木）　2面

C0402 「〈見たまま聞いたまま 30〉 レジャー――あちらと日本（座談会）」
　　　　『産経新聞』　1961（昭和36）年8月7日（月）　10面
　　　　出席者：今日出海（司会）、青木彰（本社社会部）、藤村邦苗（同）、千葉俊彦（同）
　　　　※司会者の写真あり

C0403 「〈〔松川事件判決〕真犯人を捜して〉のうち「割り切れないものが残る」」（今日出海・談）
　　　　『掲載紙不明』　1961（昭和36）年8月9日（水）？
　　　　※写真：著者の顔

C0404 「八月十五日前後（上）筆たたれ異邦人気分」
　　　　『朝日新聞』　1961（昭和36）年8月14日（月）　9面
　　　　※皇居前の写真

C0405 「八月十五日前後（下）「もう戦争はよそうや」」
　　　　『朝日新聞』　1961（昭和36）年8月15日（火）　9面
　　　　※玉音放送に涙する女学生

C0406 「〈見たまま聞いたまま 35〉 もうたくさんだ――悪臭（座談会）」
　　　　『産経新聞』　1961（昭和36）年9月11日（月）　10面
　　　　出席者：野尻高経（ゲスト・東京都都市公害部長）、大竹勇二（ゲスト・航空管制官）、今日出海（司会）、松田芳則（本社社会部）、田中平（同）、池一恭（同）、白井丈夫（本社川崎支局）
　　　　※司会とゲストの写真あり

C0407 「〈スポーツ論壇〉 プロ野球と酷使」
　　　　『報知新聞』　1961（昭和36）年9月15日（金）　2面

C0408 「〈見たまま聞いたまま 38〉 ファン――このすさまじき人種（座談会）」
　　　　『産経新聞』　1961（昭和36）年10月2日（月）　10面
　　　　出席者：宮城音弥（ゲスト・社会心理学者）、今日出海（司会）、田中稔（本社運動部）、北川貞二郎（同）、小松公二（本社教養部）、岡野弁（同）、野田衛（本社社会部）
　　　　※司会とゲストの写真あり

C0409 「〈スポーツ論壇〉 柏鵬の横綱昇進に思う」
　　　　『報知新聞』　1961（昭和36）年10月6日（金）　2面

C0410 「五輪組織委にもの申す ぐずぐずするな」
　　　　『産経新聞』　1961（昭和36）年10月8日（日）　1面
　　　　※著者の写真

C0411 「中道のすすめ」
　　　　『民学連新聞』第11号　1961（昭和36）年10月15日（日）　2面
　　　　※顔写真あり

〔C0399 ～ C0411〕

1961　　　　　Ⅰ　著作目録（新聞記事）

C0412　「〈見たまま聞いたまま 41〉　こども―交通事故から守ろう（座談会）」
　　　　『産経新聞』　1961（昭和36）年10月23日（月）　10面
　　　　出席者：杉村安子（ゲスト・目黒区大岡山小の緑のおばさん）、今日出海（司会）、大貫昇（本社社会部）、正木輝日（同）、斎藤彰久（同）、池田明（同）、藤野和男（同）、本光繁幸（同）、加地富久（同）
　　　　※司会とゲストの写真あり

C0413　「誤解や悪影響の心配はない「釈迦」を見て」
　　　　『東京新聞』　1961（昭和36）年10月31日（火）　夕刊　4面
　　　　※〔映画評〕

C0414　「〈スポーツ論壇〉　ペナント・レース回顧」
　　　　『報知新聞』　1961（昭和36）年11月9日（木）　2面

C0415　「低調の芸術祭を切る（対談）」
　　　　『東京新聞』　1961（昭和36）年11月15日（水）　1面
　　　　対談者：今日出海・池田弥三郎
　　　　　※両氏の写真

C0416　「〈スポーツ論壇〉　世界の柔道」
　　　　『報知新聞』　1961（昭和36）年12月10日（日）　2面

C0417　「〈見たまま聞いたまま 49〉　酔っぱらいの季節（座談会）」
　　　　『産経新聞』　1961（昭和36）年12月18日（月）　10面
　　　　出席者：野尻高経（ゲスト・警視庁鳥居坂保護所保護主任官）、今日出海（司会）、石橋一郎（本社社会部）、布施田寛（同）、大貫昇（同）、市園盛一郎（同）
　　　　※司会とゲストの写真あり

C0418　「〈第44回読売短編小説賞入選作品〉　選評」
　　　　『読売新聞』　1961（昭和36）年12月24日（日）　夕刊　5面
　　　　※入選作品：「雨に濡れた女」/赤木泉介著

C0419　「〈見たまま聞いたまま 50 司会者が集まって〉　ことしのタナおろし（上）"イノチ"からがらの交通地獄（座談会）」
　　　　『産経新聞』　1961（昭和36）年12月25日（月）　10面
　　　　出席者：池島信平、池田弥三郎、今日出海、三鬼陽之助、平林たい子、大宅壮一（司会）、小野田社会部長
　　　　※出席者の写真あり

C0420　「〈見たまま聞いたまま 51 司会者が集まって〉　ことしのタナおろし（中）オリンピック・求人難・郵便（座談会）」
　　　　『産経新聞』　1961（昭和36）年12月26日（火）　10面
　　　　出席者：池田弥三郎、池島信平、今日出海、三鬼陽之助、平林たい子、大宅壮一（司会）、小野田社会部長
　　　　※池田・池島・三鬼各氏の顔写真あり

C0421　「〈見たまま聞いたまま 52 司会者が集まって〉　ことしのタナおろし（下）暴力事件・景気・来年の見通し（座談会）」
　　　　『産経新聞』　1961（昭和36）年12月27日（水）　10面
　　　　出席者：池田弥三郎、池島信平、今日出海、三鬼陽之助、平林たい子、大宅壮一（司会）、小野田社会部長
　　　　※大宅・今・平林各氏の顔写真あり

1962

C0422 「価値ある二人の男」
　　　『報知新聞』　1962(昭和37)年1月1日(月)　1面
　　　※〔水原茂と三船敏郎のこと〕
　　　※2人の写真あり

C0423 「〈わが小説〉(50)『山中放浪』―フィリピン敗走記録」
　　　『朝日新聞』　1962(昭和37)年1月13日(土)　11面
　　　※著者の写真

C0424 「〈一冊の本〉(53)小林秀雄『ランボオ論』『ボオドレエル論』新鮮な驚異と魅力」
　　　『朝日新聞』　1962(昭和37)年1月25日(木)　夕刊　3面
　　　※著者の写真

C0425 「〈スポーツ論壇〉　テレビ桟敷」
　　　『報知新聞』　1962(昭和37)年1月28日(日)　2面

C0426 「孤独になれぬ国民性」
　　　『日本経済新聞』　1962(昭和37)年2月4日(日)　16面
　　　※写真

C0427 「〈スポーツ論壇〉　選手と食生活」
　　　『報知新聞』　1962(昭和37)年2月18日(日)　2面

C0428 「岸道三君をしのぶ」
　　　『朝日新聞』　1962(昭和37)年3月16日(金)　9面
　　　※岸氏の写真

C0429 「〈文化〉　沖縄を視察旅行して」
　　　『信濃毎日新聞』　1962(昭和37)年4月1日(日)　6面

C0430 「沖縄の現実と問題点」
　　　『共同通信』　1962(昭和37)年4月4日(水)
　　　※写真

C0431 「〈スポーツ論壇〉　呼吸を長く」
　　　『報知新聞』　1962(昭和37)年4月26日(木)　2面

C0432 「日本人のオギョウギ(1)独りを慎む」
　　　『毎日新聞』　1962(昭和37)年4月30日(月)　夕刊　3面
　　　※え・横山隆一

C0433 「私の憲法論」
　　　『北海道新聞』　1962(昭和37)年5月3日(木)　9面
　　　※写真

C0434 「板門店にて(上)南北の憎悪たぎる」
　　　『朝日新聞』　1962(昭和37)年5月16日(水)　9面
　　　※境界線付近の写真

C0435 「板門店にて(中)皮肉な理想郷」

『朝日新聞』　1962(昭和37)年5月17日(木)　13面
　　※38度線の写真・地図

C0436　「板門店にて(下)案外に明るい表情」
　　　『朝日新聞』　1962(昭和37)年5月18日(金)　9面

C0437　「〈文化〉　現代史を書く―「まだまだ夜だ」を終わって」
　　　『産経新聞』　1962(昭和37)年5月18日(金)　夕刊　2面
　　　　※写真：著者

C0438　「ひとつのチャンス　筆一本の生活」
　　　『産経新聞』　1962(昭和37)年6月17日(日)　夕刊　4面
　　　　※え・野村守夫

C0439　「〈スポーツ論壇〉　八方ふさがり」
　　　『報知新聞』　1962(昭和37)年7月21日(土)　2面

C0440　「吉川さん・東光・私」
　　　『朝日新聞』　1962(昭和37)年9月7日(金)　2面
　　　　※吉川英治氏の写真

C0441　「〈スポーツ論壇〉　スポーツの妙味」
　　　『報知新聞』　1962(昭和37)年10月13日(土)　2面
　　　　※題字・町春草、カット・野口昂明

C0442　「〈スポーツ論壇〉　与謝野よ　がんばれ」
　　　『報知新聞』　1962(昭和37)年11月2日(金)　2面
　　　　※題字・町春草、カット・朝倉摂

C0443　「三井寺見ずじまい記」
　　　『日本経済新聞』　1962(昭和37)年11月4日(日)　12面

C0444　「人づくり私見」
　　　『西日本新聞』　1962(昭和37)年12月11日(火)　8面
　　　　※顔写真あり

1963

C0445　「〈文化〉　"世界連邦"へのビジョン　困難だが夢ではない」
　　　『読売新聞』　1963(昭和38)年1月3日(木)　17面
　　　　※写真あり

C0446　「〈スポーツ論壇〉　春が待ち遠しい」
　　　『報知新聞』　1963(昭和38)年1月3日(木)　2面
　　　　※題字・尾崎士郎、カット・三谷十糸子

C0447　「わが家の教育基本法 9　"言行不一致"をにくむ」
　　　『日本経済新聞』　1963(昭和38)年1月16日(水)　夕刊　4面
　　　　※写真

C0448　「〈スポーツと私 28〉　すべて上達せず」
　　　『報知新聞』　1963(昭和38)年1月29日(火)　5面

I 著作目録（新聞記事） 1963

　　　　※え・宮田武彦
C0449 「〈スポーツと私 29〉 苦しさ、辛さに中止」
　　　　『報知新聞』 1963（昭和38）年1月30日（水）　5面
　　　　※え・宮田武彦
C0450 「〈スポーツと私 30〉 週に一度はコースへ」
　　　　『報知新聞』 1963（昭和38）年1月31日（木）　5面
　　　　※え・宮田武彦
C0451 「〈随想〉「地方選挙 でき合いの顔 顔 顔」」
　　　　『読売新聞』 1963（昭和38）年2月2日（土）　夕刊　2面
C0452 「〈随想〉「地方選挙 小もの知事論」」
　　　　『読売新聞』 1963（昭和38）年2月9日（土）　夕刊　2面
C0453 「〈東京論壇〉 紀元節是非」
　　　　『東京新聞』 1963（昭和38）年2月10日（日）　3面
　　　　※顔写真あり
C0454 「〈随想〉「地方選挙 水争いのような選挙」」
　　　　『読売新聞』 1963（昭和38）年2月16日（土）　夕刊　2面
C0455 「〈随想〉「地方選挙 地方色はあせる」」
　　　　『読売新聞』 1963（昭和38）年2月23日（土）　夕刊　2面
C0456 「クートーと私 30年来の友・詩人のような画家」
　　　　『東京新聞』 1963（昭和38）年3月26日（火）　夕刊　8面
　　　　※クートー氏の写真
C0457 「文化交流に果たす大きな力 国際映画祭を語る」（今日出海・談）
　　　　『毎日新聞』 1963（昭和38）年4月23日（火）　夕刊　5面
　　　　※写真
C0458 「アジア各国の映画祭―今日出海氏にきく」（今日出海・談）
　　　　『北海道新聞』 1963（昭和38）年4月23日（火）　夕刊　8面
　　　　※今日出海の写真
　　　　※他に「アジア映画祭審査から―今日出海氏に聞く」の見出しの新聞もあり
C0459 「詩人 久保田万太郎―シンの強い寂しがりや」
　　　　『朝日新聞』 1963（昭和38）年5月7日（火）　11面
　　　　※〔久保田氏の追悼〕
C0460 「〈第61回読売短編小説賞入選作品〉 選評」
　　　　『読売新聞』 1963（昭和38）年5月26日（日）　夕刊　4面
　　　　※入選作品：「爪痕」/正木俊著
C0461 「三代貫く大河小説 佐藤得二著『女のいくさ』」
　　　　『日本経済新聞』 1963（昭和38）年6月3日（月）　16面
　　　　※書評
C0462 「〈文化〉「ヨーロッパ拝見」1 イタリアと映画祭」
　　　　『産経新聞』 1963（昭和38）年10月24日（木）　夕刊　2面
　　　　※連載10月31日まで（6回）
　　　　※顔写真あり

〔C0449～C0462〕　　　　　　　　　　　　　　　　　　　　　　　　　165

C0463　「〈文化〉「ヨーロッパ拝見」2 イタリア」
　　　　『産経新聞』　1963（昭和38）年10月25日（金）　夕刊　2面
　　　　　※写真：ベニスのゴンドラと今の顔写真

C0464　「〈文化〉「ヨーロッパ拝見」3 イタリアからフランスへ」
　　　　『産経新聞』　1963（昭和38）年10月28日（月）　夕刊　2面
　　　　　※写真：ローマで小林秀雄氏と筆者

C0465　「〈文化〉「ヨーロッパ拝見」4 みじめな戦勝国からの脱出」
　　　　『産経新聞』　1963（昭和38）年10月29日（火）　夕刊　2面
　　　　　※写真：パリ・エリゼ宮の庭とドゴールの顔写真

C0466　「〈文化〉「ヨーロッパ拝見」5 流動するEEC」
　　　　『産経新聞』　1963（昭和38）年10月30日（水）　夕刊　2面
　　　　　※写真：EEC本部のビル

C0467　「〈文化〉「ヨーロッパ拝見」6 ヨーロッパと日本」
　　　　『産経新聞』　1963（昭和38）年10月31日（木）　夕刊　4面
　　　　　※写真：ロンドン時計塔

C0468　「〈続・私の好きな言葉 あすの政治を期待して〉 言葉、言葉、言葉」
　　　　『朝日新聞』　1963（昭和38）年11月18日（月）　夕刊　5面

C0469　「〈文化〉 文士劇今昔 ここにも著しい若手の進出」
　　　　『読売新聞』　1963（昭和38）年11月25日（月）　夕刊　9面
　　　　　※顔写真あり

C0470　「正当とは限らぬ世論 コラムのタネは絶えない」
　　　　『東京新聞』　1963（昭和38）年12月27日（金）　3面
　　　　　※顔写真あり

C0471　「大食凡夫観」
　　　　『日本経済新聞』　1963（昭和38）年12月29日（日）　16面
　　　　　※写真

1964

C0472　「"列強なみ"の日本（上）各方面に独得な伸び」
　　　　『朝日新聞』　1964（昭和39）年1月15日（水）　11面

C0473　「"列強なみ"の日本（下）活力こそ繁栄のもと」
　　　　『朝日新聞』　1964（昭和39）年1月16日（木）　11面

C0474　「楽しく祭典を迎えよう 平常心をもって」
　　　　『東京新聞』　1964（昭和39）年2月15日（土）　3面
　　　　　※〔オリンピック東京大会〕
　　　　　※今の写真あり

C0475　「辰野隆氏をいたむ 文学と人生の師」
　　　　『産経新聞』　1964（昭和39）年2月29日（土）　14面

C0476　「〈私の本〉「迷う人・迷えぬ人」」

　　　　　『読売新聞』　1964（昭和39）年3月15日（日）　20面
　　　　　※顔写真あり

C0477　「〈随想〉「勲章 あまり階級つけるな」」
　　　　　『読売新聞』　1964（昭和39）年4月1日（水）　夕刊　2面

C0478　「三好達治君をいたむ」
　　　　　『読売新聞』　1964（昭和39）年4月6日（月）　14面

C0479　「〈随想〉「勲章 "ほしい"という感情」」
　　　　　『読売新聞』　1964（昭和39）年4月8日（水）　夕刊　2面

C0480　「〈随想〉「勲章 ユーモアある光景」」
　　　　　『読売新聞』　1964（昭和39）年4月15日（水）　夕刊　2面

C0481　「〈随想〉「勲章 世間の納得するもの」」
　　　　　『読売新聞』　1964（昭和39）年4月22日（水）　夕刊　2面

C0482　「あふれる批判精神―阿部真之助氏をいたむ」
　　　　　『毎日新聞』　1964（昭和39）年7月10日（金）　夕刊　3面
　　　　　※阿部氏の写真

C0483　「第1回サンケイ放送文学大賞 〈選考委員のことば〉「才能の発見に喜び」」
　　　　　『産経新聞』　1964（昭和39）年9月2日（水）　3面
　　　　　※今の写真あり
　　　　　※補記：テレビ部門金賞 受賞作品「市子と零子」/泉尚子作

C0484　「〈文化勲章の人びと〉（上）本とネコと原稿紙―大仏次郎氏」
　　　　　『朝日新聞』　1964（昭和39）年10月30日（金）　11面
　　　　　※大仏氏の写真

C0485　「〈第79回読売短編小説賞入選作品〉 選評」
　　　　　『読売新聞』　1964（昭和39）年11月22日（日）　夕刊　4面
　　　　　※入選作品：「秋茄子」/深潟月子著

C0486　「〈アンコールもうで〉 上 ジャングルに眠るクメール文化」
　　　　　『読売新聞』　1964（昭和39）年11月25日（水）　夕刊　9面
　　　　　※アンコールの壁画を見る筆者

C0487　「〈アンコールもうで〉 中 ヒンズー、仏教両様式混合の興味」（今日出海・文と写真）
　　　　　『読売新聞』　1964（昭和39）年11月27日（金）　夕刊　9面
　　　　　※アンコールの菩薩像

C0488　「〈アンコールもうで〉 下 たくましい香港の中国難民」（今日出海・文と写真）
　　　　　『読売新聞』　1964（昭和39）年11月28日（土）　夕刊　9面
　　　　　※香港の難民アパート

C0489　「海賊」
　　　　　『毎日新聞』　1964（昭和39）年12月23日（水）　夕刊　2面
　　　　　※え・村上豊
　　　　　※小説連載1965年12月28日まで（396回）

〔C0477～C0489〕

1965

C0490 「〈文化〉　チャーチルとイギリス人気質」
　　　　『読売新聞』　1965(昭和40)年1月25日(月)　夕刊　5面
　　　　　　※顔写真
C0491 「アジア映画祭の作品を見て―ベトナム映画「ぬいぐるみ人形」」
　　　　『朝日新聞』　1965(昭和40)年5月15日(土)　夕刊　9面
　　　　　　※映画の1シーンの写真
C0492 「新しい芝居新しい映画(上)築地小劇場の出現」
　　　　『朝日新聞』　1965(昭和40)年7月22日(木)　5面
　　　　　　※カット・中村正義
C0493 「新しい芝居新しい映画(中)カブキ保存の方法」
　　　　『朝日新聞』　1965(昭和40)年7月23日(金)　5面
　　　　　　※カット・中村正義
C0494 「新しい芝居新しい映画(下)映画の進歩と危機」
　　　　『朝日新聞』　1965(昭和40)年7月24日(土)　5面
　　　　　　※カット・中村正義
C0495 「第18回新聞週間記念のつどい(『読売新聞』新聞社社告)」「国際報道と日本の立場
　　　　(座談会)」(10月23日)
　　　　『読売新聞』　1965(昭和40)年10月11日(月)　14面
　　　　　　出席予定者：福島慎太郎(ジャパン・タイムス)、川田侃(東大助教授)、今日出
　　　　　　海(作家・評論家)、太田康正(共同通信外信部長・司会)
C0496 「〈中国紀行 1〉　いま、いかに―悠長な老北京人」(今日出海・文と写真)
　　　　『産経新聞』　1965(昭和40)年12月3日(金)　夕刊　1面
　　　　　　※連載12月17日まで(11回)
　　　　　　※筆者撮影の写真付
　　　　　　※写真：香港の水上生活者
　　　　　　☆『静心喪失』(1970)に再録
C0497 「〈中国紀行 2〉　国境―愛想いい役人たち」(今日出海・文と写真)
　　　　『産経新聞』　1965(昭和40)年12月4日(土)　夕刊　1面
　　　　　　※写真：中共国境の駅
　　　　　　☆『静心喪失』(1970)に再録
C0498 「佐野碩氏が"里帰り"亡命から35年ぶり」のうち今日出海の談話あり
　　　　『読売新聞』　1965(昭和40)年12月7日(火)　14面
C0499 「〈中国紀行 3〉　広州―白々しい清潔さ」(今日出海・文と写真)
　　　　『産経新聞』　1965(昭和40)年12月7日(火)　夕刊　1面
　　　　　　※写真：清潔な広州の商店街
　　　　　　☆『静心喪失』(1970)に再録
C0500 「〈中国紀行 4〉　人民公社―あじけない服装」(今日出海・文と写真)
　　　　『産経新聞』　1965(昭和40)年12月8日(水)　夕刊　1面

※写真:広州郊外の並木
☆『静心喪失』(1970)に再録

C0501 「〈中国紀行 5〉 東方紅―物語りは革命史」(今日出海・文と写真)
   『産経新聞』 1965(昭和40)年12月9日(木) 夕刊 1面
   ※写真:大歌劇「東方紅」の舞台
   ☆『静心喪失』(1970)に再録

C0502 「〈中国紀行 6〉 北京にて―人間改造に疑問」(今日出海・文と写真)
   『産経新聞』 1965(昭和40)年12月10日(金) 夕刊 1面
   ※写真:人力車に代って輪タクが
   ☆『静心喪失』(1970)に再録

C0503 「〈中国紀行 7〉 国慶節―"兵器パレード"なし」(今日出海・文と写真)
   『産経新聞』 1965(昭和40)年12月13日(月) 夕刊 2面
   ※写真:国慶節の人出
   ☆『静心喪失』(1970)に再録

C0504 「〈中国紀行 8〉 包囲の中で―恐るべき団結力」(今日出海・文と写真)
   『産経新聞』 1965(昭和40)年12月14日(火) 夕刊 1面
   ※写真:北京西北の万寿山
   ☆『静心喪失』(1970)に再録

C0505 「〈中国紀行 9〉 君子の町―ムダのない生活」(今日出海・文と写真)
   『産経新聞』 1965(昭和40)年12月15日(水) 夕刊 1面
   ※写真:天壇
   ☆『静心喪失』(1970)に再録

C0506 「〈中国紀行 10〉 南京・蘇州―詩の町の近代化」(今日出海・文と写真)
   『産経新聞』 1965(昭和40)年12月16日(木) 夕刊 2面
   ※写真:孫文の碑
   ☆『静心喪失』(1970)に再録

C0507 「〈中国紀行 11〉 上海・杭州―勤勉・七億のアリ」(今日出海・文と写真)
   『産経新聞』 1965(昭和40)年12月17日(金) 夕刊 2面
   ※写真:上海の託児所
   ☆『静心喪失』(1970)に再録

C0508 「終わらぬ話―「海賊」後記」
   『毎日新聞』 1965(昭和40)年12月28日(火) 夕刊 3面
   ※え・村上豊
   ※顔写真

1966

C0509 「〈文化〉 暗黒の世界」
   『朝日新聞』 1966(昭和41)年10月20日(木) 夕刊 7面
   ※〔網膜はく離の手術のこと〕

C0510 「〈文化〉 師走の風」
   『読売新聞』 1966(昭和41)年12月13日(火) 夕刊 7面

1966〜1967　　　Ⅰ　著作目録（新聞記事）

C0511 「選挙浄化委 各委員の意見のうち」（今日出海・談）
　　　『読売新聞』 1966（昭和41）年12月27日（火）　3面

1967

C0512 「正しい選挙を訴える 浄化委大講演会の内容のうち「日本人と政治」」（今日出海・講演）
　　　『読売新聞』 1967（昭和42）年1月10日（火）　3面
　　　　※写真あり
C0513 「現地ルポ（続）浄化委員の目 1. 三多摩」
　　　『読売新聞』 1967（昭和42）年4月3日（月）　1面
C0514 「〈文化〉〈フィクションとノンフィクション〉 上 文学は衰えたか」
　　　『読売新聞』 1967（昭和42）年4月25日（火）　夕刊　7面
　　　　※顔写真あり
C0515 「〈文化〉〈フィクションとノンフィクション〉 下 事実より人間への興味」
　　　『読売新聞』 1967（昭和42）年4月26日（水）　夕刊　7面
C0516 「中国文化大革命について 現実的な考え方を」
　　　『朝日新聞』 1967（昭和42）年6月6日（火）　夕刊　9面
C0517 「〈東風西風〉 政治家とカネ」
　　　『読売新聞』 1967（昭和42）年7月1日（土）　夕刊　7面
　　　　※連載コラム1968年6月29日まで（51回）
C0518 「〈東風西風〉 ズレた落後者」
　　　『読売新聞』 1967（昭和42）年7月8日（土）　夕刊　7面
C0519 「〈東風西風〉 万国博と想像力」
　　　『読売新聞』 1967（昭和42）年7月15日（土）　夕刊　7面
C0520 「〈東風西風〉 京都の保守性」
　　　『読売新聞』 1967（昭和42）年7月22日（土）　夕刊　7面
C0521 「〈東風西風〉 隣は何を…」
　　　『読売新聞』 1967（昭和42）年7月29日（土）　夕刊　7面
C0522 「〈東風西風〉 日本的じゅ術」
　　　『読売新聞』 1967（昭和42）年8月5日（土）　夕刊　7面
C0523 「〈東風西風〉 フランスの気安さ」
　　　『読売新聞』 1967（昭和42）年8月12日（土）　夕刊　5面
C0524 「〈東風西風〉 ルール」
　　　『読売新聞』 1967（昭和42）年8月19日（土）　夕刊　7面
　　　　☆『静心喪失』（1970）に再録
C0525 「〈東風西風〉 「人間の土地」運動」
　　　『読売新聞』 1967（昭和42）年8月26日（土）　夕刊　7面
C0526 「〈東風西風〉 文革に黒幕はいないか」

I 著作目録(新聞記事) 1967

　　　　『読売新聞』 1967(昭和42)年9月2日(土)　夕刊　9面
C0527 「〈東風西風〉 値上げ」
　　　　『読売新聞』 1967(昭和42)年9月9日(土)　夕刊　7面
C0528 「〈東風西風〉 「わからない」派」
　　　　『読売新聞』 1967(昭和42)年9月16日(土)　夕刊　7面
C0529 「〈読書〉『昭和史の天皇 1』/読売新聞社編――われわれの時代知る」
　　　　『読売新聞』 1967(昭和42)年9月21日(木)　夕刊　7面
　　　　　※カット・豊田一男
C0530 「〈東風西風〉 学生の暴徒化」
　　　　『読売新聞』 1967(昭和42)年9月23日(土)　夕刊　7面
C0531 「〈東風西風〉 超高層ビル時代」
　　　　『読売新聞』 1967(昭和42)年9月30日(土)　夕刊　7面
C0532 「〈東風西風〉 法と国民」
　　　　『読売新聞』 1967(昭和42)年10月7日(土)　夕刊　7面
C0533 「〈東風西風〉 純情礼賛」
　　　　『読売新聞』 1967(昭和42)年10月14日(土)　夕刊　7面
C0534 「〈東風西風〉 沖縄問題私観」
　　　　『読売新聞』 1967(昭和42)年10月21日(土)　夕刊　7面
C0535 「〈茶の間席〉 吉田元首相追悼番組をみて――日テレ「吉田氏をしのぶ(座談会)」出席者:増田甲子七、山田久就、今日出海、白川威海(司会)」
　　　　『読売新聞』 1967(昭和42)年10月22日(日)　10面
C0536 「〈東風西風〉 人間の浪費」
　　　　『読売新聞』 1967(昭和42)年10月28日(土)　夕刊　7面
　　　　　☆『静心喪失』(1970)に再録
C0537 「〈東風西風〉 投書」
　　　　『読売新聞』 1967(昭和42)年11月4日(土)　夕刊　7面
C0538 「〈東風西風〉 対話ばやり」
　　　　『読売新聞』 1967(昭和42)年11月11日(土)　夕刊　7面
　　　　　☆『静心喪失』(1970)に再録
C0539 「〈東風西風〉 治外法権」
　　　　『読売新聞』 1967(昭和42)年11月18日(土)　夕刊　7面
C0540 「〈東風西風〉 沖縄問題」
　　　　『読売新聞』 1967(昭和42)年11月25日(土)　夕刊　7面
C0541 「〈著者との対話〉『吉田茂』の今日出海」(今日出海・談)
　　　　『名古屋タイムズ』 1967(昭和42)年11月27日(月)　夕刊　4面
　　　　　※今日出海の写真
　　　　　※「栃木新聞」11月29日、「福島民報」12月1日にも同内容の記事あり
C0542 「〈東風西風〉 ボーナス景気」
　　　　『読売新聞』 1967(昭和42)年12月2日(土)　夕刊　7面
C0543 「〈東風西風〉 中国の不可解」

〔C0527～C0543〕　　　　　　　　　　　　　　　　　　　　　　　　　　171

『読売新聞』　1967(昭和42)年12月9日(土)　夕刊　7面

C0544 「〈東風西風〉　トインビー来日の意義」
　　　　『読売新聞』　1967(昭和42)年12月16日(土)　夕刊　7面

C0545 「〈東風西風〉　アウトサイダー」
　　　　『読売新聞』　1967(昭和42)年12月23日(土)　夕刊　7面
　　　　☆『静心喪失』(1970)に再録

1968

C0546 「〈文化〉　小林秀雄との対話　豊かな学問の道」
　　　　『読売新聞』　1968(昭和43)年1月1日(月)　25面
　　　　対談者：今日出海・小林秀雄
　　　　　※両氏の写真

C0547 「〈東風西風〉　新春偶感」
　　　　『読売新聞』　1968(昭和43)年1月6日(土)　夕刊　5面

C0548 「〈東風西風〉　百年の大計」
　　　　『読売新聞』　1968(昭和43)年1月13日(土)　夕刊　5面

C0549 「〈講演会から〉　成人式に臨んで　私の日常心」
　　　　『朝日新聞』　1968(昭和43)年1月18日(木)　19面
　　　　　※1月15日鎌倉公民館にて
　　　　　※顔写真あり

C0550 「〈東風西風〉　あのころ、このころ」
　　　　『読売新聞』　1968(昭和43)年1月20日(土)　夕刊　7面

C0551 「〈東風西風〉　事件の核心」
　　　　『読売新聞』　1968(昭和43)年1月27日(土)　夕刊　5面

C0552 「〈東風西風〉　根気くらべ」
　　　　『読売新聞』　1968(昭和43)年2月3日(土)　夕刊　5面

C0553 「〈東風西風〉　百花斉放」
　　　　『読売新聞』　1968(昭和43)年2月10日(土)　夕刊　7面

C0554 「〈東風西風〉　再び海外雄飛を」
　　　　『読売新聞』　1968(昭和43)年2月17日(土)　夕刊　7面
　　　　☆『静心喪失』(1970)に再録

C0555 「〈東風西風〉　海暗」
　　　　『読売新聞』　1968(昭和43)年2月24日(土)　夕刊　7面

C0556 「〈東風西風〉　全学連」
　　　　『読売新聞』　1968(昭和43)年3月2日(土)　夕刊　7面

C0557 「〈東風西風〉　寛容と調和」
　　　　『読売新聞』　1968(昭和43)年3月9日(土)　夕刊　7面

C0558 「〈東風西風〉　文化財」

　　　　　　　　Ⅰ　著作目録（新聞記事）　　　　1968

　　　　　『読売新聞』　1968（昭和43）年3月16日（土）　夕刊　7面
C0559　「〈東風西風〉　黒船以来」
　　　　　『読売新聞』　1968（昭和43）年3月23日（土）　夕刊　9面
C0560　「〈東風西風〉　不思議な国」
　　　　　『読売新聞』　1968（昭和43）年3月30日（土）　夕刊　9面
C0561　「〈東風西風〉　自然の中で」
　　　　　『読売新聞』　1968（昭和43）年4月6日（土）　夕刊　9面
C0562　「〈東風西風〉　ベトナム戦後」
　　　　　『読売新聞』　1968（昭和43）年4月13日（土）　夕刊　9面
C0563　「〈東風西風〉　観光地の俗化防止」
　　　　　『読売新聞』　1968（昭和43）年4月20日（土）　夕刊　9面
C0564　「〈東風西風〉　交通地獄」
　　　　　『読売新聞』　1968（昭和43）年4月27日（土）　夕刊　9面
C0565　「〈東風西風〉　和平と名誉」
　　　　　『読売新聞』　1968（昭和43）年5月4日（土）　夕刊　9面
C0566　「〈東風西風〉　心の貧しさ」
　　　　　『読売新聞』　1968（昭和43）年5月11日（土）　夕刊　9面
　　　　　☆『静心喪失』（1970）に再録
C0567　「〈東風西風〉　交通犯罪」
　　　　　『読売新聞』　1968（昭和43）年5月18日（土）　夕刊　9面
C0568　「〈東風西風〉　ドゴールの危機」
　　　　　『読売新聞』　1968（昭和43）年5月25日（土）　夕刊　9面
C0569　「〈東風西風〉　自由化」
　　　　　『読売新聞』　1968（昭和43）年6月1日（土）　夕刊　9面
C0570　「〈東風西風〉　仏五月革命の教訓」
　　　　　『読売新聞』　1968（昭和43）年6月8日（土）　夕刊　9面
C0571　「〈東風西風〉　フランスの学生騒動」
　　　　　『読売新聞』　1968（昭和43）年6月15日（土）　夕刊　9面
C0572　「文化とはなにか　ぼくのやりたいこと」
　　　　　『産経新聞』　1968（昭和43）年6月15日（土）　夕刊　2面
　　　　　※顔写真あり
C0573　「お役所が遺跡をこわす　今文化庁長官大いに怒る」
　　　　　『毎日新聞』　1968（昭和43）年6月21日（金）　14面
　　　　　注：病院と今日出海の写真
C0574　「〈東風西風〉　理由なき反抗」
　　　　　『読売新聞』　1968（昭和43）年6月22日（土）　夕刊　9面
C0575　「〈東風西風〉　タネはつきない」
　　　　　『読売新聞』　1968（昭和43）年6月29日（土）　夕刊　9面
C0576　「〈放射線〉　もっと沈思黙考しよう」
　　　　　『東京新聞』　1968（昭和43）年7月2日（火）　夕刊　1面

〔C0559 ～ C0576〕　　　　　　　　　　　　　　　　　　　　　173

1968　　　　　Ⅰ　著作目録（新聞記事）

※連載1969年12月23日まで（本名で執筆した期間のみ収録）

C0577 「〈この人〉　知性を包む"東洋の心"　今日出海」（吉村暁記者・文）
　　　　『読売新聞』　1968（昭和43）年7月4日（木）　18面
　　　　※写真

C0578 「〈土曜訪問〉　"文化指導への防波堤に"」（今日出海・談）
　　　　『東京新聞』　1968（昭和43）年7月6日（土）　夕刊　12面
　　　　※写真

C0579 「〈放射線〉　考える習慣をつくろう」
　　　　『東京新聞』　1968（昭和43）年7月9日（火）　夕刊　1面

C0580 「〈放射線〉　学生運動は新しい問題だ」
　　　　『東京新聞』　1968（昭和43）年7月16日（火）　夕刊　1面

C0581 「〈放射線〉　"観光"の名で消える"名勝"」
　　　　『東京新聞』　1968（昭和43）年7月23日（火）　夕刊　1面

C0582 「〈放射線〉　大国の奇妙なおせっかい」
　　　　『東京新聞』　1968（昭和43）年7月30日（火）　夕刊　1面

C0583 「〈放射線〉　痛ましい事故が多過ぎる」
　　　　『東京新聞』　1968（昭和43）年8月6日（火）　夕刊　1面

C0584 「地方文化を育成　〔衆議院文教委で〕今長官初答弁」
　　　　『読売新聞』　1968（昭和43）年8月7日（水）　夕刊　1面
　　　　※要旨あり

C0585 「〈講演会から〉　観光事業と自然の破壊　"文化事業"の認識持て」
　　　　『朝日新聞』　1968（昭和43）年8月8日（木）　21面
　　　　※8月1日東京朝日講堂にて

C0586 「〈放射線〉　新生チェコに期待」
　　　　『東京新聞』　1968（昭和43）年8月13日（火）　夕刊　1面

C0587 「〈放射線〉　全盲学生の死に思う」
　　　　『東京新聞』　1968（昭和43）年8月20日（火）　夕刊　1面

C0588 「〈放射線〉　不運と悲劇の国々」
　　　　『東京新聞』　1968（昭和43）年8月27日（火）　夕刊　1面

C0589 「〈放射線〉　小国は立つ瀬がない」
　　　　『東京新聞』　1968（昭和43）年9月3日（火）　夕刊　1面

C0590 「静心（しずごころ）なき文化国家」
　　　　『産経新聞』　1968（昭和43）年9月7日（土）　夕刊　4面
　　　　※顔写真あり

C0591 「〈放射線〉　不平不満の表わし方」
　　　　『東京新聞』　1968（昭和43）年9月10日（火）　夕刊　1面

C0592 「〈日本の名物 1〉　アユとイノシシ」
　　　　『読売新聞』　1968（昭和43）年9月14日（土）　夕刊　9面
　　　　※連載10月26日まで（11回）
　　　　※題字・カット・麻田鷹司
　　　　☆『静心喪失』（1970）に収録

I 著作目録（新聞記事） 1968

C0593 「〈日本の名物 2〉 古づけと地玉子」
　　　　『読売新聞』　1968（昭和43）年9月16日（月）　夕刊　9面
　　　　☆『静心喪失』（1970）に収録

C0594 「〈放射線〉 アンバランス」
　　　　『東京新聞』　1968（昭和43）年9月17日（火）　夕刊　1面

C0595 「〈日本の名物 3〉 津軽の「ねぷた」」
　　　　『読売新聞』　1968（昭和43）年9月24日（火）　夕刊　9面
　　　　☆『静心喪失』（1970）に収録

C0596 「〈放射線〉 常識の通らぬ世の中」
　　　　『東京新聞』　1968（昭和43）年9月24日（火）　夕刊　1面
　　　　☆『静心喪失』（1970）に収録

C0597 「〈日本の名物 4〉 弘前の花、京の花」
　　　　『読売新聞』　1968（昭和43）年9月30日（月）　夕刊　9面
　　　　☆『静心喪失』（1970）に収録

C0598 「〈日本の名物 5〉 夏の京 二大行事」
　　　　『読売新聞』　1968（昭和43）年10月1日（火）　夕刊　9面
　　　　☆『静心喪失』（1970）に収録

C0599 「〈放射線〉 こわい植民地文化」
　　　　『東京新聞』　1968（昭和43）年10月1日（火）　夕刊　1面
　　　　☆『静心喪失』（1970）に収録

C0600 「〈日本の名物 6〉 六斎念仏、千灯会」
　　　　『読売新聞』　1968（昭和43）年10月2日（水）　夕刊　9面
　　　　☆『静心喪失』（1970）に収録

C0601 「〈土曜放談〉 高い文化意識―今日出海氏」
　　　　『山陽新聞』　1968（昭和43）年10月5日（土）　8面
　　　　対談者：楠本憲吉、今日出海
　　　　※両者の写真

C0602 「〈日本の名物 7〉 長崎の「おくんち」」
　　　　『読売新聞』　1968（昭和43）年10月8日（火）　夕刊　9面
　　　　☆『静心喪失』（1970）に収録

C0603 「〈放射線〉 恐るべき女性」
　　　　『東京新聞』　1968（昭和43）年10月8日（火）　夕刊　1面

C0604 「〈日本の名物 8〉 遠のく祭りばやし」
　　　　『読売新聞』　1968（昭和43）年10月11日（金）　夕刊　9面
　　　　☆『静心喪失』（1970）に収録

C0605 「〈日本の名物 9〉 「お十夜」と鎌倉」
　　　　『読売新聞』　1968（昭和43）年10月15日（火）　夕刊　9面
　　　　☆『静心喪失』（1970）に収録

C0606 「〈放射線〉 大学騒動解決の方向」
　　　　『東京新聞』　1968（昭和43）年10月15日（火）　夕刊　1面

C0607 「認められた日本文学―今文化庁長官が語る」（今日出海・談）

〔C0593〜C0607〕

『朝日新聞』　1968（昭和43）年10月18日（金）　1面
　　　　※川端康成氏ノーベル文学賞受賞への談話

C0608　「川端康成氏を語る　ノーベル文学賞受賞対談」
　　　　『朝日新聞』　1968（昭和43）年10月18日（金）　5面
　　　　対談者：今日出海・立野信之
　　　　　※両氏の写真
　　　　　※鎌倉市長谷にて

C0609　「〈日本の名物 10〉　北国の熱いナベ」
　　　　『読売新聞』　1968（昭和43）年10月19日（土）　夕刊　9面
　　　　☆『静心喪失』(1970)に収録

C0610　「〈放射線〉　切実な西欧の脅威感」
　　　　『東京新聞』　1968（昭和43）年10月22日（火）　夕刊　1面

C0611　「〈日本の名物 11〉　豊かな神話の風土」
　　　　『読売新聞』　1968（昭和43）年10月26日（土）　夕刊　9面
　　　　☆『静心喪失』(1970)に収録

C0612　「〈放射線〉　ノーベル賞に思う」
　　　　『東京新聞』　1968（昭和43）年10月29日（火）　夕刊　1面

C0613　「〈放射線〉　世界注目の米大統領選」
　　　　『東京新聞』　1968（昭和43）年11月5日（火）　夕刊　1面

C0614　「〈放射線〉　自由の天国と理性」
　　　　『東京新聞』　1968（昭和43）年11月12日（火）　夕刊　1面
　　　　☆『静心喪失』(1970)に収録

C0615　「〈放射線〉　寺社の荒廃より人心が荒廃」
　　　　『東京新聞』　1968（昭和43）年11月19日（火）　夕刊　1面

C0616　「〈放射線〉　駒場祭のポスター」
　　　　『東京新聞』　1968（昭和43）年11月26日（火）　夕刊　1面

C0617　「〈放射線〉　悲しい戦争時代を連想」
　　　　『東京新聞』　1968（昭和43）年12月3日（火）　夕刊　1面

C0618　「〈放射線〉　消費景気と暴動と」
　　　　『東京新聞』　1968（昭和43）年12月10日（火）　夕刊　1面

C0619　「〈放射線〉　フランスの悩み」
　　　　『東京新聞』　1968（昭和43）年12月17日（火）　夕刊　1面
　　　　　※パリで

C0620　「〈文化〉　ノーベル賞授賞式に参列して」
　　　　『朝日新聞』　1968（昭和43）年12月20日（金）　夕刊　7面
　　　　　※著者の写真

C0621　「〈放射線〉　憂うつなクリスマス」
　　　　『東京新聞』　1968（昭和43）年12月24日（火）　夕刊　1面
　　　　　※パリで

C0622　「名画「マルセル」を返して！　今文化庁長官"犯人"に訴える」（今日出海・談）
　　　　『読売新聞』　1968（昭和43）年12月29日（日）　15面
　　　　　※写真

1969

C0623 「〈新春兄弟対談〉（上）"ワッハッハ!! 正月万才だよ"」
　　　『国民協会』　1969(昭和44)年1月1日(水)　4〜5面
　　　　出席者：今東光、今日出海、栗原広美(本社広報部・司会)
　　　　※今兄弟の写真

C0624 「〈放射線〉　解決のイメージぐらいは」
　　　『東京新聞』　1969(昭和44)年1月7日(火)　夕刊　1面

C0625 「〈新春兄弟対談〉（下）"何が文化国家ですか"—心やすく発言しすぎます」
　　　『国民協会』　1969(昭和44)年1月11日(土)　3面
　　　　出席者：今東光、今日出海、栗原広美(本社広報部・司会)
　　　　※今兄弟の写真

C0626 「〈放射線〉　社会に迷惑をかけた責任」
　　　『東京新聞』　1969(昭和44)年1月14日(火)　夕刊　1面

C0627 「〈放射線〉　けわしい東大正常化の道」
　　　『東京新聞』　1969(昭和44)年1月21日(火)　夕刊　1面

C0628 「〈放射線〉　相手の言うことも聞こう」
　　　『東京新聞』　1969(昭和44)年1月28日(火)　夕刊　1面

C0629 「〈放射線〉　人間をつくる中学・高校に」
　　　『東京新聞』　1969(昭和44)年2月4日(火)　夕刊　1面

C0630 「〈放射線〉　悪魔にも「おきて」が」
　　　『東京新聞』　1969(昭和44)年2月11日(火)　夕刊　1面
　　　　☆『静心喪失』(1970)に収録

C0631 「〈文化〉　金曜インタビュー　今日出海氏にきく「文化と国家」」((Y)・文)
　　　『読売新聞』　1969(昭和44)年2月14日(金)　9面
　　　　※写真

C0632 「〈放射線〉　日本とドイツの繁栄」
　　　『東京新聞』　1969(昭和44)年2月18日(火)　夕刊　1面
　　　　☆『静心喪失』(1970)に収録

C0633 「〈放射線〉　教官たちの責任」
　　　『東京新聞』　1969(昭和44)年2月25日(火)　夕刊　1面
　　　　☆『静心喪失』(1970)に収録

C0634 「〈放射線〉　異常な過渡時代の春」
　　　『東京新聞』　1969(昭和44)年3月4日(火)　夕刊　1面

C0635 「〈放射線〉　ほんとうの声はどこに」
　　　『東京新聞』　1969(昭和44)年3月11日(火)　夕刊　1面

C0636 「〈放射線〉　なぜ急ぐのか」
　　　『東京新聞』　1969(昭和44)年3月18日(火)　夕刊　1面

1969　　　　　　　　Ⅰ　著作目録（新聞記事）

　　　　　☆『静心喪失』（1970）に収録
C0637　「〈放射線〉　バランスのとれた進歩を」
　　　　　『東京新聞』　1969（昭和44）年3月25日（火）　夕刊　1面
　　　　　☆『静心喪失』（1970）に収録
C0638　「〈放射線〉　実直な日本の市民」
　　　　　『東京新聞』　1969（昭和44）年4月1日（火）　夕刊　1面
　　　　　☆『静心喪失』（1970）に収録
C0639　「〈母の味・妻の味〉　日米混血料理」
　　　　　『報知新聞』　1969（昭和44）年4月6日（日）　11面
　　　　　※顔写真あり
　　　　　※カット：中尾進
C0640　「〈放射線〉　「心」を持つ人間と新発見」
　　　　　『東京新聞』　1969（昭和44）年4月8日（火）　夕刊　1面
　　　　　☆『静心喪失』（1970）に収録
C0641　「〈放射線〉　サクラを枯らすな」
　　　　　『東京新聞』　1969（昭和44）年4月15日（火）　夕刊　1面
C0642　「〈放射線〉　一般学生を犠牲にするな」
　　　　　『東京新聞』　1969（昭和44）年4月22日（火）　夕刊　1面
C0643　「〈放射線〉　場あたり風潮」
　　　　　『東京新聞』　1969（昭和44）年4月29日（火）　夕刊　1面
　　　　　☆『静心喪失』（1970）に収録
C0644　「〈'69年の対話〉（16）"文化国家日本"の転機　今日出海氏/河盛好蔵氏」
　　　　　『読売新聞』　1969（昭和44）年5月4日（日）　5面
　　　　　対談者：今日出海・河盛好蔵
　　　　　※両氏の写真
C0645　「〈放射線〉　国の大きな損失」
　　　　　『東京新聞』　1969（昭和44）年5月6日（火）　夕刊　1面
C0646　「〈放射線〉　米国の対日感情」
　　　　　『東京新聞』　1969（昭和44）年5月13日（火）　夕刊　1面
　　　　　☆『静心喪失』（1970）に収録
C0647　「〈放射線〉　絶えない紛争事件」
　　　　　『東京新聞』　1969（昭和44）年5月20日（火）　夕刊　1面
C0648　「〈おいでさまです〉　文化講演会講師として来弘した─今日出海文化庁長官」（今日出海・談）
　　　　　『陸奥新聞』　1969（昭和44）年5月22日（木）　7面
　　　　　※今日出海の写真
C0649　「〈放射線〉　平和な東北を歩いて思う」
　　　　　『東京新聞』　1969（昭和44）年5月27日（火）　夕刊　1面
C0650　「〈放射線〉　仏大統領選とドゴール」
　　　　　『東京新聞』　1969（昭和44）年6月3日（火）　夕刊　1面
C0651　「〈放射線〉　暴徒はすぐ取り締まれ」

I 著作目録(新聞記事)　　1969

　　　　　　『東京新聞』　1969(昭和44)年6月10日(火)　夕刊　1面
C0652　「若者よ、海外に雄飛を」
　　　　　　『日本フロンティア通信』第11号　1969(昭和44)年6月15日(日)　1面
　　　　　　※顔写真あり
C0653　「〈放射線〉　もう一度都民の声を」
　　　　　　『東京新聞』　1969(昭和44)年6月17日(火)　夕刊　1面
　　　　　　☆『静心喪失』(1970)に収録
C0654　「〈放射線〉　三年たてば三つになる」
　　　　　　『東京新聞』　1969(昭和44)年6月24日(火)　夕刊　1面
C0655　「〈放射線〉　自由化台風」
　　　　　　『東京新聞』　1969(昭和44)年7月1日(火)　夕刊　1面
　　　　　　☆『静心喪失』(1970)に収録
C0656　「〈放射線〉　むしろ敗戦の惨状の露出」
　　　　　　『東京新聞』　1969(昭和44)年7月8日(火)　夕刊　1面
C0657　「〈放射線〉　映画界の再起を望む」
　　　　　　『東京新聞』　1969(昭和44)年7月15日(火)　夕刊　1面
C0658　「〈放射線〉　祇園祭に思う」
　　　　　　『東京新聞』　1969(昭和44)年7月22日(火)　夕刊　1面
C0659　「〈放射線〉　アポロの何に感心したか」
　　　　　　『東京新聞』　1969(昭和44)年7月29日(火)　夕刊　1面
C0660　「〈放射線〉　北海道の将来性」
　　　　　　『東京新聞』　1969(昭和44)年8月5日(火)　夕刊　1面
C0661　「〈放射線〉　むしろ好戦的な世相」
　　　　　　『東京新聞』　1969(昭和44)年8月12日(火)　夕刊　1面
C0662　「〈放射線〉　八ツ目のカメラ」
　　　　　　『東京新聞』　1969(昭和44)年8月19日(火)　夕刊　1面
C0663　「〈私の履歴書 1〉　幼少のころ　記憶に薄い生地函館」
　　　　　　『日本経済新聞』　1969(昭和44)年8月22日(金)　20面
　　　　　　※連載9月15日まで(25回)
　　　　　　※写真
C0664　「〈私の履歴書 2〉　神戸のころ　楽しく美しい瀬戸内」
　　　　　　『日本経済新聞』　1969(昭和44)年8月23日(土)　20面
C0665　「〈私の履歴書 3〉　東京へ移る　漱石のゆかりの地へ」
　　　　　　『日本経済新聞』　1969(昭和44)年8月24日(日)　20面
C0666　「〈私の履歴書 4〉　暁星中学へ　病気勝ちで乱読生活」
　　　　　　『日本経済新聞』　1969(昭和44)年8月25日(月)　20面
C0667　「〈私の履歴書 5〉　音楽会通い　なにを聴いても恍惚」
　　　　　　『日本経済新聞』　1969(昭和44)年8月26日(火)　20面
C0668　「〈放射線〉　日本を外から見る」
　　　　　　『東京新聞』　1969(昭和44)年8月26日(火)　夕刊　1面

〔C0652〜C0668〕

C0669 「〈私の履歴書 6〉 浦和高校へ 座禅、読経で入試準備」
　　　『日本経済新聞』 1969(昭和44)年8月27日(水) 20面

C0670 「〈私の履歴書 7〉 寄宿寮生活 記念祭の芝居で主役」
　　　『日本経済新聞』 1969(昭和44)年8月28日(木) 20面

C0671 「〈私の履歴書 8〉 関東大震災(上)長瀞逗留中にグラリ」
　　　『日本経済新聞』 1969(昭和44)年8月29日(金) 20面

C0672 「〈私の履歴書 9〉 関東大震災(下)大宮から線路を歩く」
　　　『日本経済新聞』 1969(昭和44)年8月30日(土) 20面

C0673 「〈私の履歴書 10〉 東大仏文へ バラック教室で講義」
　　　『日本経済新聞』 1969(昭和44)年8月31日(日) 20面

C0674 「〈私の履歴書 11〉 出会い "乱暴なヤツ"小林秀雄」
　　　『日本経済新聞』 1969(昭和44)年9月1日(月) 20面

C0675 「〈私の履歴書 12〉 彼と私 小林の"集中力"に感服」
　　　『日本経済新聞』 1969(昭和44)年9月2日(火) 20面

C0676 「〈私の履歴書 13〉 演劇活動 奇妙な劇団「心座」入団」
　　　『日本経済新聞』 1969(昭和44)年9月3日(水) 20面

C0677 「〈私の履歴書 14〉 恋愛事件 演出が縁、藤間春枝と」
　　　『日本経済新聞』 1969(昭和44)年9月4日(木) 20面

C0678 「〈私の履歴書 15〉 放心の日々 美術研究所に就職」
　　　『日本経済新聞』 1969(昭和44)年9月5日(金) 20面

C0679 「〈私の履歴書 16〉 満洲事変 あいまいな空気一掃」
　　　『日本経済新聞』 1969(昭和44)年9月6日(土) 20面

C0680 「〈放射線〉 ロシア人」
　　　『東京新聞』 1969(昭和44)年9月6日(土) 夕刊 1面
　　　※旅行のため土曜日掲載

C0681 「〈私の履歴書 17〉 2・26事件 映画の撮影中に凶報」
　　　『日本経済新聞』 1969(昭和44)年9月7日(日) 20面

C0682 「〈私の履歴書 18〉 パリ時代 気楽な裏町生活満喫」
　　　『日本経済新聞』 1969(昭和44)年9月8日(月) 20面

C0683 「〈私の履歴書 19〉 徴用令書 ウムを言わさず船に」
　　　『日本経済新聞』 1969(昭和44)年9月9日(火) 20面

C0684 「〈私の履歴書 20〉 比島従軍 五ヵ月間密林で生活」
　　　『日本経済新聞』 1969(昭和44)年9月10日(水) 20面

C0685 「〈私の履歴書 21〉 敗戦 転機を求め文部省入り」
　　　『日本経済新聞』 1969(昭和44)年9月11日(木) 20面

C0686 「〈私の履歴書 22〉 芸術祭 混乱時こそ伝統誇示」
　　　『日本経済新聞』 1969(昭和44)年9月12日(金) 20面

C0687 「〈私の履歴書 23〉 小林と旅へ 九ヶ国こまめに見物」
　　　『日本経済新聞』 1969(昭和44)年9月13日(土) 20面

C0688 「〈私の履歴書 24〉 戦後雑感 豊かさにどこか狂い」
　　　　『日本経済新聞』 1969（昭和44）年9月14日（日）　20面

C0689 「〈私の履歴書 25〉 凡人の論理 悲しい思い出はない」
　　　　『日本経済新聞』 1969（昭和44）年9月15日（月）　20面

C0690 「〈放射線〉 チェコのにわとり」
　　　　『東京新聞』 1969（昭和44）年9月16日（火）　夕刊　1面

C0691 「〈放射線〉 『ほしがりません』」
　　　　『東京新聞』 1969（昭和44）年9月30日（火）　夕刊　1面

C0692 「〈放射線〉 なお疑問は残る」
　　　　『東京新聞』 1969（昭和44）年10月7日（火）　夕刊　1面

C0693 「〈放射線〉 情報時代の空虚なことば」
　　　　『東京新聞』 1969（昭和44）年10月14日（火）　夕刊　1面

C0694 「〈放射線〉 平和憲法下の国民らしく」
　　　　『東京新聞』 1969（昭和44）年10月21日（火）　夕刊　1面

C0695 「〈放射線〉 どうする教官の責任」
　　　　『東京新聞』 1969（昭和44）年10月28日（火）　夕刊　1面

C0696 「果たして日本は文化国家か―今文化庁長官を囲んで（座談会）」
　　　　『今週の日本』 1969（昭和44）年11月2日（日）　2面
　　　　出席者：今日出海、松方三郎、新井正義
　　　　　※三氏の写真

C0697 「〈放射線〉 国民の迷惑を考えよ」
　　　　『東京新聞』 1969（昭和44）年11月4日（火）　夕刊　1面

C0698 「国立博物館、美術館で 無料入場ただいまテスト中―"善政"にさえぬ関係者の胸の内」
　　　　『東京新聞』 1969（昭和44）年11月8日（土）　8～9面
　　　　　※今日出海（発案者）の写真と談話あり

C0699 「〈放射線〉 寒々とした大学」
　　　　『東京新聞』 1969（昭和44）年11月11日（火）　夕刊　1面

C0700 「〈今日の問題〉 太宰府史跡公園」
　　　　『朝日新聞』 1969（昭和44）年11月14日（火）　夕刊　1面

C0701 「〈放射線〉 警棒廃止を提案する」
　　　　『東京新聞』 1969（昭和44）年11月18日（火）　夕刊　1面

C0702 「〈放射線〉 物ごとの判断」
　　　　『東京新聞』 1969（昭和44）年11月25日（火）　夕刊　1面

C0703 「〈放射線〉 安心してはいられない」
　　　　『東京新聞』 1969（昭和44）年12月2日（火）　夕刊　1面

C0704 「〈放射線〉 大国にかこまれた小国」
　　　　『東京新聞』 1969（昭和44）年12月9日（火）　夕刊　1面

C0705 「〈放射線〉 文六さんとケチ」
　　　　『東京新聞』 1969（昭和44）年12月16日（火）　夕刊　1面

C0706 「〈放射線〉 本欄と十八年」
　　　　『東京新聞』 1969（昭和44）年12月23日（火）　夕刊　1面
　　　　※補記:今日出海が18年にわたって毎週このコラムを匿名で執筆していた。1968年の7月からは本名で執筆するようになったので、この目録には本名で書いたコラムのタイトルを収録した。

1970

C0707 「〈昭和史の天皇〉 1049 独立 1.三百年来の期待」（今日出海・談）
　　　　『読売新聞』 1970（昭和45）年1月1日（木）　6面
　　　　※モロ族の子供の写真

C0708 「〈昭和史の天皇〉 1050 独立 2.はびこる物質主義」（今日出海・談）
　　　　『読売新聞』 1970（昭和45）年1月3日（土）　9面
　　　　※マゼラン上陸記念レリーフ

C0709 「〈昭和史の天皇〉 1051 独立 3.心服しない現地人」（今日出海・談）
　　　　『読売新聞』 1970（昭和45）年1月4日（日）　19面
　　　　※かつての日本軍司令部

C0710 「"名園"ではない臨川寺の庭—理解に苦しむ吉田澄夫氏の投書」
　　　　『東京新聞』 1970（昭和45）年2月17日（火）　夕刊　8面

C0711 「飛鳥保存に新法 今文化庁長官が方針表明」
　　　　『朝日新聞』 1970（昭和45）年6月24日（水）　夕刊　2面

C0712 「文化財—破壊と保護 文化庁開設して2年」
　　　　『朝日新聞』 1970（昭和45）年6月29日（月）　夕刊　7面

C0713 「〈私の意見〉 史跡保存に新法を」
　　　　『日本経済新聞』 1970（昭和45）年7月6日（月）　1面
　　　　※著者の写真

C0714 「「飛鳥保存」を諮問 文相らから文化財審に—解説—文化庁、やや立遅れ」
　　　　『朝日新聞』 1970（昭和45）年7月14日（火）　夕刊　1面
　　　　※顔写真あり

C0715 「〈傷いまだ癒えず—ある報道班員の回想— 1〉 仕方ない"ウソの報告"」
　　　　『読売新聞』 1970（昭和45）年7月31日（金）　夕刊　5面
　　　　※連載8月27日まで（16回）
　　　　※カット・向井潤吉
　　　　※写真あり
　　　　☆『青春日々』（1971）に再録

C0716 「〈傷いまだ癒えず—ある報道班員の回想— 2〉 惨敗マニラ湾、声をのむ」
　　　　『読売新聞』 1970（昭和45）年8月1日（土）　夕刊　5面
　　　　☆『青春日々』（1971）に再録

C0717 「〈傷いまだ癒えず—ある報道班員の回想— 3〉 悔恨と憤まん 視察どころか」
　　　　『読売新聞』 1970（昭和45）年8月3日（月）　夕刊　5面
　　　　☆『青春日々』（1971）に再録

Ⅰ　著作目録（新聞記事）　　　　1970

C0718 「〈傷いまだ癒えず―ある報道班員の回想―4〉　止めどない軍の酔態」
　　　　『読売新聞』　1970（昭和45）年8月6日（木）　夕刊　5面
　　　　☆『青春日々』（1971）に再録

C0719 「〈傷いまだ癒えず―ある報道班員の回想―5〉　市民は完全にソッポ」
　　　　『読売新聞』　1970（昭和45）年8月7日（金）　夕刊　5面
　　　　☆『青春日々』（1971）に再録

C0720 「〈傷いまだ癒えず―ある報道班員の回想―6〉　士気ゆるみ、備えなし」
　　　　『読売新聞』　1970（昭和45）年8月10日（月）　夕刊　5面
　　　　☆『青春日々』（1971）に再録

C0721 「〈傷いまだ癒えず―ある報道班員の回想―7〉　低空銃撃の洗礼」
　　　　『読売新聞』　1970（昭和45）年8月11日（火）　夕刊　5面
　　　　☆『青春日々』（1971）に再録

C0722 「〈傷いまだ癒えず―ある報道班員の回想―8〉　橋も落とされ一夜を河原で」
　　　　『読売新聞』　1970（昭和45）年8月14日（金）　夕刊　5面
　　　　☆『青春日々』（1971）に再録

C0723 「〈傷いまだ癒えず―ある報道班員の回想―9〉　運を天に任せて砂漠を直進」
　　　　『読売新聞』　1970（昭和45）年8月15日（土）　夕刊　7面
　　　　☆『青春日々』（1971）に再録

C0724 「〈傷いまだ癒えず―ある報道班員の回想―10〉　山岳地帯に追い込まれる」
　　　　『読売新聞』　1970（昭和45）年8月17日（月）　夕刊　7面
　　　　☆『青春日々』（1971）に再録

C0725 「〈傷いまだ癒えず―ある報道班員の回想―11〉　書くことで絶望から自分を守る」
　　　　『読売新聞』　1970（昭和45）年8月18日（火）　夕刊　5面
　　　　☆『青春日々』（1971）に再録

C0726 「〈傷いまだ癒えず―ある報道班員の回想―12〉　"不可能な脱出"を決意」
　　　　『読売新聞』　1970（昭和45）年8月21日（金）　夕刊　5面
　　　　☆『青春日々』（1971）に再録

C0727 「〈傷いまだ癒えず―ある報道班員の回想―13〉　戦火のただ中"方丈"の自由」
　　　　『読売新聞』　1970（昭和45）年8月22日（土）　夕刊　5面
　　　　☆『青春日々』（1971）に再録

C0728 「〈傷いまだ癒えず―ある報道班員の回想―14〉　"勝ち味ない"に袋だたき」
　　　　『読売新聞』　1970（昭和45）年8月24日（月）　夕刊　5面
　　　　☆『青春日々』（1971）に再録

C0729 「〈傷いまだ癒えず―ある報道班員の回想―15〉　帰国するとかん口令」
　　　　『読売新聞』　1970（昭和45）年8月25日（火）　夕刊　7面
　　　　☆『青春日々』（1971）に再録

C0730 「〈傷いまだ癒えず―ある報道班員の回想―16〉　被占領時代の反省を」
　　　　『読売新聞』　1970（昭和45）年8月27日（木）　夕刊　7面
　　　　☆『青春日々』（1971）に再録

C0731 「なわ張り根性では史跡守れぬ―衆院文教委で今長官」
　　　　『神奈川新聞』　1970（昭和45）年9月9日（水）　13面
　　　　※今日出海の写真

〔C0718 ～ C0731〕

1970〜1972　　　　　Ⅰ　著作目録（新聞記事）

C0732　「〈体験者7〉　交通安全への証言」（今日出海・談あり）
　　　　『毎日新聞』　1970（昭和45）年10月12日（月）　18面
　　　　　※え・真鍋恒博
　　　　　※顔写真

1971

C0733　「「日本人とユダヤ人」〈座右の書〉」
　　　　『日本経済新聞』　1971（昭和46）年1月31日（日）　24面
C0734　「〈ご訪欧に国民の声〉　一度いわれず何回でも　なるべくご自由に」（今日出海・談）
　　　　『読売新聞』　1971（昭和46）年2月23日（火）　夕刊　8面
C0735　「〈文化〉　テーマ随想 伝統と変化 5. 歴史は一つの流れ」
　　　　『サンケイ新聞』　1971（昭和46）年3月2日（火）　15面
　　　　　※顔写真あり
C0736　「〈水曜レポート〉　作家と兼業 "作家だけ"はダメ」のうち、「"一筋"は大きらい」（今日出海・談）
　　　　『サンケイ新聞』　1971（昭和46）年5月12日（水）　夕刊　3面
C0737　「〈私の20代〉　心労不要をモットーに」
　　　　『つばめ』第168号　1971（昭和46）年5月29日（土）　2面
　　　　　※今日出海の写真あり
C0738　「文化庁は要求せぬ 尾瀬の車道計画変更 今長官語る」
　　　　『朝日新聞』　1971（昭和46）年8月13日（金）　18面
C0739　「なつかしき友・義秀」
　　　　『東京新聞』　1970（昭和46）年8月19日（水）　夕刊　8面
C0740　「"名画"3点やはり"迷画" 西洋美術館「今後いっさい展示せぬ」」（今日出海・談）
　　　　『朝日新聞』　1971（昭和46）年9月19日（日）　3面
C0741　「〈私のファンレター〉　越路吹雪―精進で独自の"歌"生む女傑」
　　　　『読売新聞』　1971（昭和46）年10月2日（土）　夕刊　7面
　　　　　※今日出海と越路吹雪の写真
C0742　「〈ひと・ぴぃぷる〉　芸術祭―「GHQの歌舞伎ファンが誕生手助け」」（今日出海・談、長野祐二・文）
　　　　『夕刊フジ』　1971（昭和46）年12月15日（水）　9面
　　　　　※今日出海の写真
　　　　　※カメラ・西出義宗

1972

C0743　「〈日本人〉　（6）私の日本人論 おせっかい」（今日出海・談）
　　　　『朝日新聞』　1972（昭和47）年1月7日（金）　19面

C0744 「〈私の日中国交論 3〉 清高な復交を念じる―みっともない右往左往ぶり」(今日出
　　　 海・談)
　　　　『中国新聞』　1972(昭和47)年9月17日(日)　2面
　　　　　※今日出海の写真

C0745 「〈この人に聞く〉(上)「国際交流基金」理事長 今日出海氏―文化国家の名が泣く―
　　　 政府予算は世界七、八番目」(今日出海・談)
　　　　『やまと新聞』　1972(昭和47)年10月12日(木)　3面
　　　　　※今日出海の写真

C0746 「〈この人に聞く〉(下)「国際交流基金」理事長 今日出海氏―国情無視は逆効果―海
　　　 外援助 広く深い理解が大切」(今日出海・談)
　　　　『やまと新聞』　1972(昭和47)年10月13日(金)　3面
　　　　　※今日出海の写真

C0747 「〈ズームアイ〉 文化交流の秘策を練る今日出海氏―民衆レベルの相互理解を」(今
　　　 日出海・談)
　　　　『日本経済新聞』　1972(昭和47)年10月16日(月)　1面
　　　　　※似顔絵とカット：清水崑

C0748 「今理事長、キ〔ッシンジャー〕補佐官と会談 国際交流基金発足であいさつ」
　　　　『朝日新聞』　1972(昭和47)年11月16日(木)　夕刊　2面

C0749 「対日外交など懇談 今日出海氏とキ〔ッシンジャー〕補佐官」
　　　　『読売新聞』　1972(昭和47)年11月16日(木)　夕刊　2面

C0750 「文化交流もっと積極的に 今日出海氏帰国談」
　　　　『読売新聞』　1972(昭和47)年11月22日(水)　2面

1973

C0751 「〈文化〉「文化小感」」
　　　　『サンケイ新聞』　1973(昭和48)年1月12日(金)　4面
　　　　　※顔写真あり

C0752 「〈直言〉 静観のとき」
　　　　『サンケイ新聞』　1973(昭和48)年3月6日(火)　夕刊　2面
　　　　　※連載5月29日まで(12回)

C0753 「〈直言〉 現代の愚公」
　　　　『サンケイ新聞』　1973(昭和48)年3月13日(火)　夕刊　2面

C0754 「〈直言〉 日米協調」
　　　　『サンケイ新聞』　1973(昭和48)年3月20日(火)　夕刊　3面

C0755 「〈直言〉 食わず嫌い不可論」
　　　　『サンケイ新聞』　1973(昭和48)年3月27日(火)　夕刊　2面

C0756 「東西文化交流の基本は"善意"―今日出海氏きのう午後講演」
　　　　『The Hawaii Hochi』　1973(昭和48)年3月31日(土)　5面
　　　　　※今日出海の写真および講演要旨掲載

〔C0744～C0756〕

C0757 「〈直言〉 全国的伝染病」
　　　　『サンケイ新聞』　1973（昭和48）年4月3日（火）　夕刊　2面

C0758 「〈直言〉 ハワイで思ったこと」
　　　　『サンケイ新聞』　1973（昭和48）年4月10日（火）　夕刊　2面

C0759 「〈直言〉 東京を美しくする人」
　　　　『サンケイ新聞』　1973（昭和48）年4月17日（火）　夕刊　2面

C0760 「〈直言〉 うつろな響き」
　　　　『サンケイ新聞』　1973（昭和48）年4月24日（火）　夕刊　2面

C0761 「〈追悼特集〉 大仏次郎氏の人と文学—「天皇の世紀」に全力」
　　　　『朝日新聞』　1973（昭和48）年5月1日（火）　17面
　　　　※大仏の自筆原稿の写真

C0762 「〈直言〉 旧友の死」
　　　　『サンケイ新聞』　1973（昭和48）年5月1日（火）　夕刊　2面
　　　　※阿部知二氏のこと

C0763 「〈直言〉 声なき人々」
　　　　『サンケイ新聞』　1973（昭和48）年5月8日（火）　夕刊　2面

C0764 「〈直言〉 シェークスピア劇を見る」
　　　　『サンケイ新聞』　1973（昭和48）年5月15日（火）　夕刊　2面

C0765 「〈直言〉 韓国行」
　　　　『サンケイ新聞』　1973（昭和48）年5月22日（火）　夕刊　2面

C0766 「〈直言〉 優秀で勤勉な国民」
　　　　『サンケイ新聞』　1973（昭和48）年5月29日（火）　夕刊　2面

C0767 「新派の芸を伝える柱 八重子十種」のうち（今日出海・談、山口竜之輔記者・文）
　　　　『朝日新聞』　1973（昭和48）年9月4日（火）　17面

C0768 「〈私のすすめる本〉 トインビー著『死について』ほか」
　　　　『サンケイ新聞』　1973（昭和48）年9月10日（月）　4面
　　　　※顔写真

C0769 「大岡昇平全集〔中公版〕について」
　　　　『サンケイ新聞』　1973（昭和48）年10月31日（水）　8面
　　　　※大岡氏の顔写真

C0770 「文化功労者の三作家に〔川口松太郎、海音寺潮五郎、永井龍男〕」
　　　　『読売新聞』　1973（昭和48）年11月5日（月）　夕刊　7面
　　　　※3氏と日出海の顔写真

1974

C0771 「〈論壇〉 教育投資をふやせ—石油対策よりも重要」
　　　　『朝日新聞』　1974（昭和49）年1月13日（日）　5面

C0772 「〈論壇〉 心ないあわてもの時代」

『報知新聞』 1974(昭和49)年2月18日(月)　5面
　　　※カット・風間完、筆者の写真

C0773　「〈論壇〉　三十年の孤独」
　　　『報知新聞』　1974(昭和49)年3月18日(月)　5面
　　　※カット・風間完

C0774　「〈論壇〉　モナ・リザの招来は愚挙か」
　　　『報知新聞』　1974(昭和49)年4月19日(金)　5面
　　　※カット・風間完

C0775　「〈にんげん'74〉　文学捨てたつもりはないよ」(今日出海・談)
　　　『報知新聞』　1974(昭和49)年5月2日(木)　9面
　　　※著者の写真

C0776　「〈論壇〉　新しい原則」
　　　『報知新聞』　1974(昭和49)年5月27日(月)　5面
　　　※カット・風間完

C0777　「〈論壇〉　コロンボ・ファン」
　　　『報知新聞』　1974(昭和49)年6月15日(土)　5面
　　　※カット・風間完

C0778　「日英親善の灯は消えず ブッシュさん囲み送別会」
　　　『朝日新聞』　1974(昭和49)年6月29日(土)　18面
　　　注：ブッシュさん一家の写真、今氏の挨拶など

C0779　「〈論壇〉　日本人の考え方」
　　　『報知新聞』　1974(昭和49)年7月20日(土)　5面
　　　※カット・風間完

C0780　「〈日本と日本人〉　これからの文化 今日出海氏に聞く」
　　　『掲載紙不明』　1974(昭和49)年7月28日(日)

C0781　「〈踊る阿呆に見る阿呆 1〉　消えちゃう古都」
　　　『東京タイムズ』　1974(昭和49)年9月6日(金)　9面
　　　※連載11月7日まで（60回）
　　　※題字は筆者

C0782　「〈踊る阿呆に見る阿呆 2〉　いつまで踊れる」
　　　『東京タイムズ』　1974(昭和49)年9月7日(土)　11面

C0783　「〈踊る阿呆に見る阿呆 3〉　ブッシュさん脱出」
　　　『東京タイムズ』　1974(昭和49)年9月8日(日)　11面

C0784　「〈踊る阿呆に見る阿呆 4〉　平凡」
　　　『東京タイムズ』　1974(昭和49)年9月9日(月)　9面

C0785　「〈踊る阿呆に見る阿呆 5〉　非凡」
　　　『東京タイムズ』　1974(昭和49)年9月10日(火)　9面

C0786　「〈踊る阿呆に見る阿呆 6〉　頑固と愛敬」
　　　『東京タイムズ』　1974(昭和49)年9月11日(水)　9面

C0787　「〈踊る阿呆に見る阿呆 7〉　八方ふさがり」
　　　『東京タイムズ』　1974(昭和49)年9月12日(木)　9面

1974　　　　　　　　Ⅰ　著作目録（新聞記事）

C0788　「〈踊る阿呆に見る阿呆 8〉　革新」
　　　　『東京タイムズ』　1974（昭和49）年9月13日（金）　9面
C0789　「〈踊る阿呆に見る阿呆 9〉　孤独の安売り」
　　　　『東京タイムズ』　1974（昭和49）年9月14日（土）　11面
C0790　「〈踊る阿呆に見る阿呆 10〉　養殖鮎」
　　　　『東京タイムズ』　1974（昭和49）年9月15日（日）　11面
C0791　「〈踊る阿呆に見る阿呆 11〉　津軽弁」
　　　　『東京タイムズ』　1974（昭和49）年9月16日（月）　9面
C0792　「〈踊る阿呆に見る阿呆 12〉　出生地と国籍」
　　　　『東京タイムズ』　1974（昭和49）年9月17日（火）　9面
C0793　「〈踊る阿呆に見る阿呆 13〉　地玉子の味」
　　　　『東京タイムズ』　1974（昭和49）年9月18日（水）　11面
C0794　「〈踊る阿呆に見る阿呆 14〉　神戸今昔」
　　　　『東京タイムズ』　1974（昭和49）年9月19日（木）　9面
C0795　「〈踊る阿呆に見る阿呆 15〉　から橋」
　　　　『東京タイムズ』　1974（昭和49）年9月20日（金）　9面
C0796　「〈踊る阿呆に見る阿呆 16〉　勤勉がアダ？」
　　　　『東京タイムズ』　1974（昭和49）年9月21日（土）　11面
C0797　「〈踊る阿呆に見る阿呆 17〉　学者の町」
　　　　『東京タイムズ』　1974（昭和49）年9月22日（日）　11面
C0798　「〈踊る阿呆に見る阿呆 18〉　多摩川」
　　　　『東京タイムズ』　1974（昭和49）年9月24日（火）　14面
C0799　「〈踊る阿呆に見る阿呆 19〉　現代の青年」
　　　　『東京タイムズ』　1974（昭和49）年9月25日（水）　11面
C0800　「〈踊る阿呆に見る阿呆 20〉　気候と国民性」
　　　　『東京タイムズ』　1974（昭和49）年9月26日（木）　9面
C0801　「〈踊る阿呆に見る阿呆 21〉　遊び場」
　　　　『東京タイムズ』　1974（昭和49）年9月27日（金）　11面
C0802　「〈踊る阿呆に見る阿呆 22〉　舌の訓練」
　　　　『東京タイムズ』　1974（昭和49）年9月28日（土）　11面
C0803　「〈踊る阿呆に見る阿呆 23〉　鴨好き」
　　　　『東京タイムズ』　1974（昭和49）年9月29日（日）　11面
C0804　「〈踊る阿呆に見る阿呆 24〉　拝金主義」
　　　　『東京タイムズ』　1974（昭和49）年9月30日（月）　11面
C0805　「〈踊る阿呆に見る阿呆 25〉　貿易の世界」
　　　　『東京タイムズ』　1974（昭和49）年10月1日（火）　11面
C0806　「〈踊る阿呆に見る阿呆 26〉　羊肉ブーム」
　　　　『東京タイムズ』　1974（昭和49）年10月2日（水）　9面
C0807　「〈踊る阿呆に見る阿呆 27〉　好きな画」

I 著作目録（新聞記事） 1974

　　　　　『東京タイムズ』　1974（昭和49）年10月3日（木）　9面
C0808　「〈踊る阿呆に見る阿呆 28〉　慣れぬことの罰」
　　　　　『東京タイムズ』　1974（昭和49）年10月4日（金）　9面
C0809　「〈踊る阿呆に見る阿呆 29〉　長生きと井伏」
　　　　　『東京タイムズ』　1974（昭和49）年10月5日（土）　11面
C0810　「〈踊る阿呆に見る阿呆 30〉　老人と公園」
　　　　　『東京タイムズ』　1974（昭和49）年10月6日（日）　11面
C0811　「〈踊る阿呆に見る阿呆 31〉　若者の考え」
　　　　　『東京タイムズ』　1974（昭和49）年10月7日（月）　9面
C0812　「〈踊る阿呆に見る阿呆 32〉　リーチ氏の功績」
　　　　　『東京タイムズ』　1974（昭和49）年10月8日（火）　9面
C0813　「〈踊る阿呆に見る阿呆 33〉　お隣と噂話」
　　　　　『東京タイムズ』　1974（昭和49）年10月9日（水）　9面
C0814　「〈踊る阿呆に見る阿呆 34〉　生活と花」
　　　　　『東京タイムズ』　1974（昭和49）年10月10日（木）　9面
C0815　「〈踊る阿呆に見る阿呆 35〉　平和憲法とは」
　　　　　『東京タイムズ』　1974（昭和49）年10月11日（金）　9面
C0816　「〈踊る阿呆に見る阿呆 36〉　日本の公園」
　　　　　『東京タイムズ』　1974（昭和49）年10月12日（土）　11面
C0817　「〈踊る阿呆に見る阿呆 37〉　傘と英国紳士」
　　　　　『東京タイムズ』　1974（昭和49）年10月13日（日）　11面
C0818　「〈こころ〉　わが人生のとき 孤独に徹しなければ」（今日出海・談、（ひ）・文）
　　　　　『毎日新聞』　1974（昭和49）年10月14日（月）　9面
　　　　　※顔写真あり
C0819　「〈踊る阿呆に見る阿呆 38〉　栄あり佐藤さん」
　　　　　『東京タイムズ』　1974（昭和49）年10月14日（月）　9面
C0820　「〈踊る阿呆に見る阿呆 39〉　真似る習慣」
　　　　　『東京タイムズ』　1974（昭和49）年10月15日（火）　9面
C0821　「〈踊る阿呆に見る阿呆 40〉　心底つかれた」
　　　　　『東京タイムズ』　1974（昭和49）年10月16日（水）　9面
C0822　「〈論壇〉　現代の英雄」
　　　　　『報知新聞』　1974（昭和49）年10月17日（木）　5面
　　　　　※カット・風間完
C0823　「〈踊る阿呆に見る阿呆 41〉　乏しい資源」
　　　　　『東京タイムズ』　1974（昭和49）年10月17日（木）　9面
C0824　「〈踊る阿呆に見る阿呆 42〉　怒りの底に」
　　　　　『東京タイムズ』　1974（昭和49）年10月18日（金）　9面
C0825　「〈踊る阿呆に見る阿呆 43〉　薪ストーブ」
　　　　　『東京タイムズ』　1974（昭和49）年10月19日（土）　11面

1974　　　　　　　Ⅰ　著作目録（新聞記事）

C0826　「〈踊る阿呆に見る阿呆 44〉　別れの対面旅行」
　　　　『東京タイムズ』　1974（昭和49）年10月20日（日）　11面

C0827　「〈踊る阿呆に見る阿呆 45〉　新しい頭脳を」
　　　　『東京タイムズ』　1974（昭和49）年10月21日（月）　13面

C0828　「〈踊る阿呆に見る阿呆 46〉　吉田茂の怒り」
　　　　『東京タイムズ』　1974（昭和49）年10月22日（火）　9面

C0829　「〈踊る阿呆に見る阿呆 47〉　シンボル」
　　　　『東京タイムズ』　1974（昭和49）年10月23日（水）　9面

C0830　「〈踊る阿呆に見る阿呆 48〉　万太郎の離縁状」
　　　　『東京タイムズ』　1974（昭和49）年10月24日（木）　9面

C0831　「〈踊る阿呆に見る阿呆 49〉　奇妙な混乱」
　　　　『東京タイムズ』　1974（昭和49）年10月25日（金）　13面

C0832　「〈踊る阿呆に見る阿呆 50〉　歩く健康法」
　　　　『東京タイムズ』　1974（昭和49）年10月27日（日）　11面

C0833　「〈踊る阿呆に見る阿呆 51〉　「欲しがりません」」
　　　　『東京タイムズ』　1974（昭和49）年10月28日（月）　9面

C0834　「〈踊る阿呆に見る阿呆 52〉　うまい酒まずい酒」
　　　　『東京タイムズ』　1974（昭和49）年10月29日（火）　11面

C0835　「〈踊る阿呆に見る阿呆 53〉　呑気な性分」
　　　　『東京タイムズ』　1974（昭和49）年10月30日（水）　11面

C0836　「〈踊る阿呆に見る阿呆 54〉　兄を語る」
　　　　『東京タイムズ』　1974（昭和49）年10月31日（木）　11面

C0837　「〈踊る阿呆に見る阿呆 55〉　人物の鑑別」
　　　　『東京タイムズ』　1974（昭和49）年11月1日（金）　9面

C0838　「〈踊る阿呆に見る阿呆 56〉　涙と女の欲望」
　　　　『東京タイムズ』　1974（昭和49）年11月2日（土）　11面

C0839　「〈踊る阿呆に見る阿呆 57〉　葡萄酒の味」
　　　　『東京タイムズ』　1974（昭和49）年11月4日（月）　9面

C0840　「〈踊る阿呆に見る阿呆 58〉　憂う分裂国家」
　　　　『東京タイムズ』　1974（昭和49）年11月5日（火）　9面

C0841　「〈踊る阿呆に見る阿呆 59〉　貧しい未来への目」
　　　　『東京タイムズ』　1974（昭和49）年11月6日（水）　9面

C0842　「〈踊る阿呆に見る阿呆 60〉　新聞記事の大小」
　　　　『東京タイムズ』　1974（昭和49）年11月7日（木）　9面

C0843　「〈論壇〉　将棋の駒」
　　　　『報知新聞』　1974（昭和49）年11月18日（月）　5面
　　　　　※カット・風間完

C0844　「〈論壇〉　オーストラリアの日本人」
　　　　『報知新聞』　1974（昭和49）年12月22日（日）　5面
　　　　　※カット・風間完

1975

C0845 「〈読書〉 私の見た東光の自画像」
　　　　『サンケイ新聞』　1975(昭和50)年9月4日(木)　11面
　　　　　※今東光の顔写真

C0846 「小林秀雄氏・今日出海氏 現代文明を語る」
　　　　『毎日新聞』　1975(昭和50)年9月20日(土)　1面
　　　　　対談者：小林秀雄・今日出海
　　　　　※両氏の写真
　　　　　※「交友対談」の連載予告

C0847 「〈交友対談 1〉 山の上の家」
　　　　『毎日新聞』　1975(昭和50)年9月23日(火)　5面
　　　　　対談者：小林秀雄・今日出海
　　　　　※両氏の顔写真
　　　　　※「交友対談」連載10月12日まで(17回)

C0848 「〈交友対談 2〉 泥棒からの手紙」
　　　　『毎日新聞』　1975(昭和50)年9月24日(水)　5面
　　　　　対談者：小林秀雄・今日出海
　　　　　※写真：椅子に座る小林氏

C0849 「〈交友対談 3〉 怪我っぽい」
　　　　『毎日新聞』　1975(昭和50)年9月26日(金)　5面
　　　　　対談者：小林秀雄・今日出海
　　　　　※写真：出勤する今氏

C0850 「〈交友対談 4〉 鎌倉今昔」
　　　　『毎日新聞』　1975(昭和50)年9月27日(土)　5面
　　　　　対談者：小林秀雄・今日出海
　　　　　※写真：小林・今両氏の古い写真

C0851 「〈交友対談 5〉 日本を滅ぼす者は?」
　　　　『毎日新聞』　1975(昭和50)年9月28日(日)　5面
　　　　　対談者：小林秀雄・今日出海
　　　　　※写真：本居宣長の肖像画

C0852 「〈戦後30年 天皇ご訪米に思う〉 より深い理解へ第一歩」(今日出海・談)
　　　　『朝日新聞』　1975(昭和50)年9月30日(火)　3面

C0853 「〈交友対談 6〉 学者の自画像」
　　　　『毎日新聞』　1975(昭和50)年9月30日(火)　5面
　　　　　対談者：小林秀雄・今日出海
　　　　　※写真：今西錦司氏

C0854 「〈交友対談 7〉 歴史と常識」
　　　　『毎日新聞』　1975(昭和50)年10月1日(水)　5面
　　　　　対談者：小林秀雄・今日出海
　　　　　※写真：パリの小林氏/今氏写す

C0855 「〈交友対談 8〉 調べることと考えること」
　　　　『毎日新聞』　1975(昭和50)年10月2日(木)　5面
　　　　　対談者：小林秀雄・今日出海
　　　　　※写真：原稿を読む今氏

C0856 「〈交友対談 9〉 おかしな未来学」
　　　　『毎日新聞』　1975(昭和50)年10月3日(金)　5面
　　　　　対談者：小林秀雄・今日出海
　　　　　※写真：中原中也の詩碑除幕式にて河上徹太郎、小林、今、大岡昇平諸氏

C0857 「〈交友対談 10〉 日本人の宗教心」
　　　　『毎日新聞』　1975(昭和50)年10月4日(土)　5面
　　　　　対談者：小林秀雄・今日出海
　　　　　※写真：辰野氏と小林氏

C0858 「〈交友対談 11〉 本当にリアルな目」
　　　　『毎日新聞』　1975(昭和50)年10月5日(日)　5面
　　　　　対談者：小林秀雄・今日出海
　　　　　※写真：小林・円地・今・伊藤整の4氏

C0859 「〈交友対談 12〉 鏡に映る自分」
　　　　『毎日新聞』　1975(昭和50)年10月7日(火)　5面
　　　　　対談者：小林秀雄・今日出海
　　　　　※写真：小林氏・今氏

C0860 「〈交友対談 13〉 "小説の神様"」
　　　　『毎日新聞』　1975(昭和50)年10月8日(水)　5面
　　　　　対談者：小林秀雄・今日出海
　　　　　※写真：水上勉氏・(故宇野浩二氏)

C0861 「〈交友対談 14〉 文壇空中楼閣」
　　　　『毎日新聞』　1975(昭和50)年10月9日(木)　5面
　　　　　対談者：小林秀雄・今日出海
　　　　　※写真：小林氏

C0862 「〈交友対談 15〉 天理教と勾玉」
　　　　『毎日新聞』　1975(昭和50)年10月10日(金)　5面
　　　　　対談者：小林秀雄・今日出海
　　　　　※写真：今氏

C0863 「〈交友対談 16〉 おっかさん」
　　　　『毎日新聞』　1975(昭和50)年10月11日(土)　5面
　　　　　対談者：小林秀雄・今日出海
　　　　　※写真：小林氏・今氏・那須良輔氏

C0864 「〈交友対談 17〉 五十年の信頼」
　　　　『毎日新聞』　1975(昭和50)年10月12日(日)　5面
　　　　　対談者：小林秀雄・今日出海
　　　　　※写真：小林氏・今氏の横顔

C0865 「イコンを見る─ロシア人の堅固で純朴な心情に打たれる」
　　　　『毎日新聞』　1975(昭和50)年11月11日(火)　夕刊　5面
　　　　　※著者とイコンの写真

1976

C0866 「〈片目草紙 1〉 狸 —— 人間離れした嗅覚」
　　　　『サンケイ新聞』　1976(昭和51)年1月5日(月)　夕刊　5面
　　　　※連載2月16日まで(15回)
　　　　※え・藤本東一良

C0867 「〈片目草紙 2〉 中立国国民 —— 時間と根気と誇り」
　　　　『サンケイ新聞』　1976(昭和51)年1月8日(木)　夕刊　5面

C0868 「〈片目草紙 3〉 牡丹 —— 北京の五月の朝に」
　　　　『サンケイ新聞』　1976(昭和51)年1月13日(火)　夕刊　5面

C0869 「舟橋聖一氏を悼む 豊かな日本的伝統」(今日出海・談)
　　　　『朝日新聞』　1976(昭和51)年1月14日(水)　夕刊　3面

C0870 「〈片目草紙 4〉 舌びらめ —— 曲がない魚料理」
　　　　『サンケイ新聞』　1976(昭和51)年1月19日(月)　夕刊　5面

C0871 「〈片目草紙 5〉 歴史を黙らせるもの —— 勝手な解釈ばかり」
　　　　『サンケイ新聞』　1976(昭和51)年1月20日(火)　夕刊　5面

C0872 「〈片目草紙 6〉 戦争の中の"笑い" —— "穴の深さ"で戦犯に」
　　　　『サンケイ新聞』　1976(昭和51)年1月22日(木)　夕刊　5面

C0873 「〈片目草紙 7〉 モロ族の島々 —— 戦時中も近づかず」
　　　　『サンケイ新聞』　1976(昭和51)年1月27日(火)　夕刊　5面

C0874 「〈片目草紙 8〉 由なきこと —— 高級紳士向きの店」
　　　　『サンケイ新聞』　1976(昭和51)年1月29日(木)　夕刊　5面

C0875 「盗難の名画「マルセル」発見 — あきらめかけていた」(今日出海・談)
　　　　『朝日新聞』　1976(昭和51)年1月30日(金)　1面
　　　　※「マルセル」の写真

C0876 「「マルセル戻る」にブラボー」のうち「「時効待っていたのでは…」今日出海さん」」との談話あり
　　　　『読売新聞』　1976(昭和51)年1月30日(金)　夕刊　11面

C0877 「〈片目草紙 9〉 好きな画家 —— 歴史を超えた執念」
　　　　『サンケイ新聞』　1976(昭和51)年2月2日(月)　夕刊　5面

C0878 「〈片目草紙 10〉 味気ない話 —— ニセ民芸品の横行」
　　　　『サンケイ新聞』　1976(昭和51)年2月3日(火)　夕刊　5面

C0879 「〈片目草紙 11〉 空虚な言葉の革新 —— 困りものの本末転倒」
　　　　『サンケイ新聞』　1976(昭和51)年2月5日(木)　夕刊　5面

C0880 「〈片目草紙 12〉 肥満文化児 —— 物がありすぎる国」
　　　　『サンケイ新聞』　1976(昭和51)年2月9日(月)　夕刊　5面

C0881 「〈片目草紙 13〉 サンタ・キアラ像 —— 人知れずぽつんと」
　　　　『サンケイ新聞』　1976(昭和51)年2月10日(火)　夕刊　5面

C0882　「〈片目草紙 14〉　ポッペン考——やるせない単純さ」
　　　　『サンケイ新聞』　1976（昭和51）年2月12日（木）　夕刊　5面

C0883　「〈片目草紙 15〉　狸と狢——どこで見分けるか」
　　　　『サンケイ新聞』　1976（昭和51）年2月16日（月）　夕刊　5面
　　　　　☆「片目草紙」1〜15まで『隻眼法楽帖』（1981）に再録

C0884　「〈学芸〉　貧弱な日本の文化予算　金の使い方知らないね」（今日出海・談）
　　　　『毎日新聞』　1976（昭和51）年10月8日（金）　夕刊　5面
　　　　　※顔写真あり

C0885　「〈天皇在位五十年に思う〉　ともに平和祈念を」（今日出海・談）
　　　　『朝日新聞』　1976（昭和51）年11月10日（水）　4面
　　　　　※筆者写真

C0886　「晩秋のパリからまた悲報　日仏文化交流の"旗手" 75歳、来日4たび マルロー氏」のうち今日出海の談話あり
　　　　『読売新聞』　1976（昭和51）年11月24日（水）　23面

1977

C0887　「〈自伝抄〉「拾った命」1回　敗走の比島、地獄で仏」
　　　　『読売新聞』　1977（昭和52）年1月28日（金）　夕刊　5面
　　　　　※連載2月21日まで（20回）
　　　　　※タイトル・署名自筆
　　　　　☆『自伝抄 II』（1977）に再録

C0888　「〈自伝抄〉「拾った命」2回　なぜか湧かぬ緊張感」
　　　　『読売新聞』　1977（昭和52）年1月29日（土）　夕刊　5面

C0889　「〈自伝抄〉「拾った命」3回　孤絶救う生活のチエ」
　　　　『読売新聞』　1977（昭和52）年1月31日（月）　夕刊　5面

C0890　「〈自伝抄〉「拾った命」4回　「生死」考える煩わしさ」
　　　　『読売新聞』　1977（昭和52）年2月1日（火）　夕刊　5面

C0891　「〈自伝抄〉「拾った命」5回　頭隠して「足が邪魔だ」」
　　　　『読売新聞』　1977（昭和52）年2月2日（水）　夕刊　5面

C0892　「〈自伝抄〉「拾った命」6回　原野で夢の"ご馳走"」
　　　　『読売新聞』　1977（昭和52）年2月3日（木）　夕刊　5面

C0893　「〈自伝抄〉「拾った命」7回　親友戦死の報に衝撃」
　　　　『読売新聞』　1977（昭和52）年2月4日（金）　夕刊　5面

C0894　「〈自伝抄〉「拾った命」8回　目の前に日本機が…」
　　　　『読売新聞』　1977（昭和52）年2月5日（土）　夕刊　5面

C0895　「〈自伝抄〉「拾った命」9回　新司偵で帰国とは!」
　　　　『読売新聞』　1977（昭和52）年2月7日（月）　夕刊　5面

C0896　「〈自伝抄〉「拾った命」10回　機体の穴にブリキ罐」

I 著作目録（新聞記事） 1977～1978

　　　　　『読売新聞』 1977(昭和52)年2月8日(火) 夕刊 5面
C0897 「〈自伝抄〉「拾った命」11回 連載小説前金で一息」
　　　　　『読売新聞』 1977(昭和52)年2月9日(水) 夕刊 7面
C0898 「〈自伝抄〉「拾った命」12回 日本へ帰還の命令」
　　　　　『読売新聞』 1977(昭和52)年2月10日(木) 夕刊 7面
C0899 「〈自伝抄〉「拾った命」13回 もう安心、急に空腹感」
　　　　　『読売新聞』 1977(昭和52)年2月12日(土) 夕刊 5面
C0900 「〈自伝抄〉「拾った命」14回 砂糖と握り飯を交換」
　　　　　『読売新聞』 1977(昭和52)年2月14日(月) 夕刊 5面
C0901 「〈自伝抄〉「拾った命」15回 家族の無事に満足感」
　　　　　『読売新聞』 1977(昭和52)年2月15日(火) 夕刊 5面
C0902 「〈自伝抄〉「拾った命」16回 フィリピン情勢書くな」
　　　　　『読売新聞』 1977(昭和52)年2月16日(水) 夕刊 5面
C0903 「〈自伝抄〉「拾った命」17回 内地の空襲に恐怖感」
　　　　　『読売新聞』 1977(昭和52)年2月17日(木) 夕刊 7面
C0904 「〈自伝抄〉「拾った命」18回 終戦、さまざまの感懐」
　　　　　『読売新聞』 1977(昭和52)年2月18日(金) 夕刊 7面
C0905 「〈自伝抄〉「拾った命」19回 ペニシリンに救われ」
　　　　　『読売新聞』 1977(昭和52)年2月19日(土) 夕刊 5面
C0906 「〈自伝抄〉「拾った命」20回 飢えをこらえ芸術祭」
　　　　　『読売新聞』 1977(昭和52)年2月21日(月) 夕刊 7面
C0907 「〈日本の美〉 美を愛する国民」
　　　　　『サンケイ新聞』 1977(昭和52)年3月5日(土) 夕刊 5面
　　　　　※顔写真
C0908 「鑑真和上パリっ子の心打つ」
　　　　　『日本経済新聞』 1977(昭和52)年5月20日(金) 24面
　　　　　※顔写真あり
C0909 「〈顔 442〉 売り方ってのも文化」((鰭)・文)
　　　　　『読売新聞』 1977(昭和52)年6月20日(月) 夕刊 1面
　　　　　※顔写真あり
C0910 「戦時の記録的な日記 石坂洋次郎著『マヨンの煙』」
　　　　　『東京新聞』 1977(昭和52)年10月29日(土) 夕刊 7面
　　　　　※書評

1978

C0911 「〈テレビ人語録〉 放送番組向上委員長今日出海氏 気になる視聴率万能」(今日出海・談、(洋)・文)
　　　　　『朝日新聞』 1978(昭和53)年7月11日(火) 24面

〔C0897 ～ C0911〕　　　　　　　　　　　　　　　　　　195

1979

C0912 「〈文化〉 今日出海さんと一時間 国際文化交流をめぐって」(木村英二記者・文)
　　　　『読売新聞』　1979(昭和54)年4月2日(月)　夕刊　9面
　　　　　※写真
C0913 「「お世話になりました」中島健蔵氏 妻へ最後の言葉」のうち「普通の人の死と違う」
　　　　今日出海談
　　　　『読売新聞』　1979(昭和54)年6月12日(火)　23面
C0914 「〈ビデオテープ〉 私の自叙伝―ルソン島脱出記」(今日出海・談)
　　　　『朝日新聞』　1979(昭和54)年7月25日(水)　24面
　　　　　※7月19日夜7時30分NHK教育テレビで放映された
C0915 「〈文化〉 芸術祭について」
　　　　『サンケイ新聞』　1979(昭和54)年11月12日(月)　夕刊　5面
　　　　　※顔写真

1980

C0916 「東京―NY 姉妹都市20周年 お祭り"進行委"」
　　　　『読売新聞』　1980(昭和55)年3月4日(火)　21面
　　　　　※今日出海は顧問の1人
C0917 「無口な個性の喪失―河上徹太郎を悼む」
　　　　『読売新聞』　1980(昭和55)年9月24日(水)　夕刊　7面
　　　　　※河上の写真

1981

C0918 「横着極楽―考えてどうにもならぬなら…」
　　　　『朝日新聞』　1981(昭和56)年1月6日(火)　夕刊　5面
　　　　　※顔写真
C0919 「「映画の架け橋半世紀―川喜多長政さん死去」のうち「民衆の心つかむ」」(今日出
　　　　海・談)
　　　　『朝日新聞』　1981(昭和56)年5月25日(月)　23面
C0920 「〈ビデオテープ〉 〔藤田嗣治の思い出〕」(今日出海・談)
　　　　『朝日新聞』　1981(昭和56)年9月20日(日)　24面
　　　　　※顔写真

1981

C0921 「新年一筆」
　　　　『日経連タイムス』　1982(昭和57)年1月1日(金)　11面
　　　　※顔写真あり。題字も筆者。

※新聞小説一覧

「桜咲く峠」　飯田実雄絵 　　『台湾新報』　1945（昭和20）年5月15日？〜7月8日　（41回）
「たぬき部落」　宮田重雄絵 　　『時事新報』（夕刊）　1951（昭和26）年1月1日〜3月12日　（70回） 　　　　【単行本】『たぬき部落』　創元社　1951（昭和26）8月　241頁　￥210
「雪間草」　三岸節子絵 　　『日本経済新聞』　1952（昭和27）年2月9日〜6月19日　（132回） 　　　　【単行本】『雪間草』　小説朝日社　1952（昭和27）10月　285頁　￥250 　　　　【映画化】「雪間草」　松竹（大船）　1953 　　　　【テレビ】「愛の山河」　NTV　1974年7月2日〜9月24日（火）午後10時〜10時55分
「怒れ三平」　福田豊四郎絵 　　『毎日新聞』（夕刊）　1952（昭和27）年10月10日〜1953（昭和28）2月2日　（102回） 　　　　【単行本】『怒れ三平』　毎日新聞社　1953（昭和28）3月　264頁　￥200 　　　　【映画化】「怒れ三平」　大映　1953
「雲をつかむ男」　朝倉摂絵 　　『サン写真新聞』（夕刊）　1953（昭和28）年12月10日〜1954（昭和29）5月15日　（155回）
「泣くなお銀」　宮永岳彦絵 　　『共同通信』　1953（昭和28）年11月〜1954（昭和29）5月　（210回） 　　　　【単行本】『泣くなお銀』　北辰堂　1954（昭和29）年11月　315頁　￥260
「帰れ故郷へ」　宮永岳彦絵 　　『三社連合紙』（夕刊）　1954（昭和29）年6月3日〜12月30日　（204回）
「晴れた日に」　伊勢正義絵 　　『読売新聞』　1954（昭和29）年11月13日〜1955（昭和30）6月17日　（215回） 　　　　【単行本】『晴れた日に』正続　新潮社　1955（昭和30）12月　2冊（小説文庫） 　　　　　　　　各￥170 　　　　【映画化】「晴れた日に」　松竹（大船）　1956 　　　　【ラジオ】「晴れた日に」　ラジオ東京「名作アルバム」　1956年7月25日〜8月2日 　　　　　　　　（9回）　午前10時10分〜25分まで

I 著作目録（新聞記事） 新聞小説一覧

「チョップ先生」　福田豊四郎絵
　『毎日新聞』（夕刊）　1955（昭和30）年8月16日～1956（昭和31）3月23日　（215回）
　　【単行本】『チョップ先生』　毎日新聞社　1956（昭和31）4月　249頁　￥220
　　【映画化】「無敵の空手!チョップ先生」　東映　1956
　　【テレビ】「青春気流」　NHKTV　1967年4月5日～10月4日（水）　午後8時～9時

「笑え勘平」　宮永岳彦絵
　『東京タイムズ』　1956（昭和31）年5月18日～1957（昭和32）4月24日　（339回）

「まだまだ夜だ」　杉全直絵
　『産経新聞』　1961（昭和36）年6月21日～1962（昭和37）5月12日　（323回）
　　【単行本】『まだまだ夜だ』　新潮社　1962（昭和37）年12月　356頁　￥390
　　【映画化】「笑え勘平より 消えた短剣」　東映　1957

「海賊」　村上豊絵
　『毎日新聞』（夕刊）　1964（昭和39）年12月23日～1965（昭和40）12月28日　（324回）
　　【単行本】『海賊』　毎日新聞社　1966（昭和41）6月　396頁　￥600

※主な新聞連載一覧

あすへの話題　（151回）
『日本経済新聞』(夕刊)　1956年11月21日〜1960年3月23日（水曜日掲載）

1956（昭和31）年		
[1]	11月21日	勤勉と怠惰
[2]	11月28日	大英帝国のたそがれ
[3]	12月5日	危険な爆発物
[4]	12月12日	実業家の稚気
[5]	12月19日	静かになったパリ
[6]	12月26日	クリスマスのこと
1957（昭和32）年		
[7]	1月9日	正月と平和
[8]	1月16日	豊作貧乏
[9]	1月23日	減税をはばむもの
[10]	2月6日	恐ろしい世の中
[11]	2月13日	知識人の発言
[12]	2月20日	検閲法への恐れ
[13]	2月27日	石橋首相退陣と減税
[14]	3月6日	すずめの疑惑
[15]	3月13日	実力行使と暴力
[16]	3月20日	貧乏ぜいたく
[17]	3月27日	中央高速道の視察
[18]	4月3日	"野暮"を映す鏡
[19]	4月10日	仕方がない
[20]	4月17日	万三哉の死と信仰
[21]	4月24日	松下特使をねぎらう
[22]	5月1日	世界の中の日本
[23]	5月8日	日本人と団体生活
[24]	5月15日	"分らない"世論
[25]	5月22日	「相撲協会の改革」から
[26]	5月29日	個性喪失への心配
[27]	6月12日	真相と感情
[28]	6月19日	足りぬのは何か
[29]	6月26日	道徳教育への不安
[30]	7月3日	集団主義について
[31]	7月17日	第四共和制の嘆き
[32]	7月24日	誤解と政治家
[33]	8月7日	政治家の信念
[34]	8月14日	過剰人口を思う
[35]	8月21日	怠惰のすすめ
[36]	8月28日	"吹きだまり"の弁
[37]	9月4日	バナナの不正輸入に思う
[38]	9月11日	自由と圧迫
[39]	9月18日	紳士道徳

[40]	9月25日	ボリショイのバレエ
[41]	10月2日	相撲協会改革その後
[42]	10月9日	八百長の横行
[43]	10月16日	失われる常識
[44]	10月23日	職人気質の衰退
[45]	10月30日	ペン大会を思う
[46]	11月6日	テレビ雑感
[47]	11月13日	悪道路は国の恥
[48]	11月20日	三悪追放実行せよ
[49]	11月27日	シリ馬に乗れ
[50]	12月4日	自由日本
[51]	12月11日	大きな夢小さな夢
[52]	12月18日	貧乏と年の暮
[53]	12月25日	マス・コミによる平均化
1958（昭和33）年		
[54]	1月8日	泥棒
[55]	1月15日	食べもののこと
[56]	1月22日	比島戦没者を思う
[57]	1月29日	アスワン・ダム工事
[58]	2月5日	日本人の悪いクセ
[59]	2月19日	日本製品の輸出
[60]	2月26日	流感の退治策を
[61]	3月5日	武力なき外交
[62]	3月12日	低姿勢
[63]	3月19日	閑と多忙
[64]	3月26日	かよわき国
[65]	4月2日	横山隆一のこと
[66]	4月9日	ベルギー外交官夫人の手記
[67]	4月16日	国民外交
[68]	4月23日	マニラにて思う
[69]	4月30日	旅から帰って
[70]	5月7日	総選挙
[71]	5月14日	日本という幸福な国
[72]	5月21日	くさりを解かれたプロメテ
[73]	5月28日	ドゴールの出現
[74]	6月4日	デモ隊と釣師たち
[75]	6月11日	言論の妨げ
[76]	6月18日	暴力禁止法
[77]	6月25日	罪はだれにある
[78]	7月2日	舶来品のニセ物
[79]	7月9日	愚連隊追放
[80]	7月30日	保守と革新
[81]	8月6日	愚連隊は根絶されぬか
[82]	8月20日	映画の量産競争
[83]	8月27日	彼等は千年の眠りから覚めた
[84]	9月4日	マルタン・デュ・ガールの死 *木曜日掲載
[85]	9月10日	ベニス市雑感

I 著作目録(新聞記事) 主な新聞連載一覧

[86]	9月17日	ベニス映画祭の受賞
[87]	9月24日	離れ小島の幸福
[88]	10月1日	世界の放火魔
[89]	10月8日	ドゴールとフランス
[90]	10月15日	パリの秋、日本の秋
[91]	10月22日	混血文化の国
[92]	10月29日	破壊と建設
[93]	11月19日	フルシチョフ声明診断
[94]	11月26日	新しい波
[95]	12月3日	フランス総選挙
[96]	12月10日	小産階級・微産階級
[97]	12月17日	旧友の話
[98]	12月24日	パステルナーク事件
1959(昭和34)年		
[99]	1月7日	ゴットフリート・ベンの二重生活
[100]	1月14日	政争ごっこ
[101]	1月21日	宮中に庶民性を期待する
[102]	1月28日	道路と交通と美観
[103]	2月4日	人間不在の世
[104]	2月11日	二つの世界
[105]	2月25日	中国の興奮
[106]	3月4日	中国の不思議
[107]	3月11日	話合いの道
[108]	3月25日	日本人の受動性
[109]	4月8日	鎌倉の観光客
[110]	4月15日	マス・コミ需要と供給
[111]	4月22日	罪と罰
[112]	5月6日	マラヤ旅行
[113]	5月13日	マラヤという新興国
[114]	5月20日	国をあげて発狂時代
[115]	5月27日	香港の危機
[116]	6月3日	泰平無事
[117]	6月10日	週刊誌の功罪
[118]	6月17日	逃げたデュビビエ
[119]	6月24日	戦場にかける橋
[120]	7月1日	不良週刊誌
[121]	7月8日	北海道らしさを
[122]	7月15日	時蔵の思い出
[123]	7月22日	がんこおやじ
[124]	7月29日	食べ物
[125]	8月19日	海の無法者
[126]	8月26日	都造り
[127]	9月2日	隣国中共の姿
[128]	9月9日	暴力団の取締り
[129]	9月16日	社党大会に思う
[130]	9月30日	騒音
[131]	10月7日	備えあれば

[132]	10月14日	台風と金のシャチホコ
[133]	10月21日	佐久間ダム
[134]	10月28日	日本シリーズ
[135]	11月4日	台風を待つ
[136]	11月11日	人気ということ
[137]	11月18日	好戦的な進歩派
[138]	11月25日	ノボセ性
[139]	12月2日	集団マヒ
[140]	12月9日	人権の尊重
1960(昭和35)年		
[141]	1月6日	こたつの中で
[142]	1月13日	自由と公共性
[143]	1月27日	遺跡とダム建設
[144]	2月3日	新しい波
[145]	2月10日	感傷的な世論
[146]	2月17日	遺跡の救済
[147]	2月24日	主婦の生活時間
[148]	3月2日	交通法の改正
[149]	3月9日	老齢
[150]	3月16日	日教組と暴力
[151]	3月23日	擱筆の弁

きのうきょう (26回)

『朝日新聞』 1958年1月6日～6月30日(月曜日掲載)

1958(昭和33)年		
[1]	1月6日	広い世間
[2]	1月13日	住宅難
[3]	1月20日	予算のゆくえ
[4]	1月27日	駅弁
[5]	2月3日	売春防止法の行方
[6]	2月10日	サッパリしない今日このごろ
[7]	2月17日	無事を祈る
[8]	2月24日	百家低鳴
[9]	3月3日	物騒な世の中
[10]	3月10日	愛される日本人
[11]	3月17日	人さまざま
[12]	3月24日	道徳教育への不安
[13]	3月31日	孤蓬庵見聞記
[14]	4月7日	歳々年々人相同じ
[15]	4月14日	新時代の出現
[16]	4月21日	マニラ今昔
[17]	4月28日	日暮れて道遠し
[18]	5月5日	幸福な国
[19]	5月12日	自家用車とバス
[20]	5月19日	世界平和の凶兆
[21]	5月26日	悲しき予言書
[22]	6月2日	シルク・ロード

主な新聞連載一覧　　I　著作目録（新聞記事）

[23]	6月9日	心の奏者
[24]	6月16日	多数尊重主義
[25]	6月23日	七転八起
[26]	6月30日	最先端主義

スポーツ論壇　（34回）

『報知新聞』　1959年2月16日～1963年1月3日

1959（昭和34）年		
[1]	2月16日	みんな私が悪いのよ
[2]	4月5日	過失と八百長
[3]	6月16日	ゴルフ場の食事
[4]	7月10日	スポーツとテレビ
[5]	9月4日	人間の味
[6]	10月11日	玄人っぽいファン
[7]	11月12日	水原君の辞意は残念
[8]	12月7日	ファンにも訓練が必要
1960（昭和35）年		
[9]	1月18日	選手の養成費
[10]	2月10日	"センチ論"の追放
[11]	3月8日	スポーツ好き
[12]	4月20日	気をもむ快感
[13]	8月10日	清潔な目
[14]	9月7日	貧乏人根性
[15]	10月10日	賭けを楽しめ国民性
[16]	11月4日	日米接戦の喜び
[17]	12月6日	力士の栄枯盛衰
1961（昭和36）年		
[18]	1月22日	人気スター
[19]	2月26日	失われるフェアプレーの精神
[20]	4月27日	プロ野球序幕談義
[21]	6月1日	凡夫の体験
[22]	7月12日	気紛れ論議
[23]	8月3日	耐久力と科学的食餌法
[24]	9月15日	プロ野球と酷使
[25]	10月6日	柏鵬の横綱昇進に思う
[26]	11月9日	ペナント・レース回顧
[27]	12月10日	世界の柔道
1962（昭和37）年		
[28]	1月28日	テレビ桟敷
[29]	2月18日	選手と食生活
[30]	4月26日	呼吸を長く
[31]	7月21日	八方ふさがり
[32]	10月13日	スポーツの妙味
[33]	11月2日	与謝野よ　がんばれ
1963（昭和38）年		
[34]	1月3日	春が待ち遠しい

思うこと　（25回）

『産経新聞』（夕刊）　1960年2月4日～7月28日（木曜日掲載）

1960（昭和35）年		
[1]	2月4日	近ごろの若者
[2]	2月11日	逆行を笑うもの
[3]	2月18日	赤い新聞の雪どけ
[4]	2月25日	狭く小さく無計画で
[5]	3月3日	誤断時代
[6]	3月10日	東海道の新路線
[7]	3月17日	雪どけ
[8]	3月24日	出世主義の追放
[9]	3月31日	近ごろの世相
[10]	4月7日	アジアの憂愁
[11]	4月14日	家と庭
[12]	4月21日	隣国の憂い
[13]	4月28日	目に余る子どもたち
[14]	5月12日	自由の声
[15]	5月19日	美しい海浜
[16]	5月26日	新しい世界の対立
[17]	6月2日	パリの表情
[18]	6月9日	黒っぽい服
[19]	6月16日	パリのストライキ
[20]	6月23日	日本の騒ぎ
[21]	6月30日	政治と良識
[22]	7月7日	話し合いの難しさ
[23]	7月14日	純真な日本国民
[24]	7月21日	道への情熱
[25]	7月28日	タクシード

憂楽帳　（12回）

『毎日新聞』（夕刊）　1960年12月4日～1961年2月26日（日曜日掲載）

1960（昭和35）年		
[1]	12月4日	赤字解消論
[2]	12月11日	マヒ寸前の交通
[3]	12月18日	太平洋の孤児
[4]	12月25日	逆効果な宣伝
1961（昭和36）年		
[5]	1月8日	"人なみ"なこと
[6]	1月15日	美術品の公開
[7]	1月22日	二兆円予算の国
[8]	1月29日	減煙運動
[9]	2月5日	国民の自衛
[10]	2月12日	自由を守れ
[11]	2月19日	一方的な非難
[12]	2月26日	人類の進歩の現状

I 著作目録（新聞記事） 主な新聞連載一覧

ヨーロッパ拝見 （6回）

『産経新聞』（夕刊） 1963年10月24日～10月31日

1963（昭和38）年		
1	10月24日	イタリアと映画祭
2	10月25日	イタリア
3	10月28日	イタリアからフランスへ
4	10月29日	みじめな戦勝国からの脱出
5	10月30日	流動するEEC
6	10月31日	ヨーロッパと日本

中国紀行 （11回）

『産経新聞』（夕刊） 1965年12月3日～12月17日

1965（昭和40）年		
1	12月3日	いま、いかに──悠長な老北京人
2	12月4日	国境──愛想いい役人たち
3	12月7日	広州──白々しい清潔さ
4	12月8日	人民公社──あじけない服装
5	12月9日	東方紅──物語りは革命史
6	12月10日	北京にて──人間改造に疑問
7	12月13日	国慶節──"兵器パレード"なし
8	12月14日	包囲の中で──恐るべき団結力
9	12月15日	君子の町──ムダのない生活
10	12月16日	南京・蘇州──詩の町の近代化
11	12月17日	上海・杭州──勤勉・七億のアリ

東風西風 （52回）

『読売新聞』（夕刊） 1967年7月1日～1968年6月29日（土曜日掲載）

1967（昭和42）年		
[1]	7月1日	政治家とカネ
[2]	7月8日	ズレた落後者
[3]	7月15日	万国博と想像力
[4]	7月22日	京都の保守性
[5]	7月29日	隣は何を…
[6]	8月5日	日本的じゅ術
[7]	8月12日	フランスの気安さ
[8]	8月19日	ルール
[9]	8月26日	「人間の土地」運動
[10]	9月2日	文革に黒幕はいないか
[11]	9月9日	値上げ
[12]	9月16日	「わからない」派
[13]	9月23日	学生の暴徒化
[14]	9月30日	超高層ビル時代
[15]	10月7日	法と国民
[16]	10月14日	純情礼賛
[17]	10月21日	沖縄問題私観
[18]	10月28日	人間の浪費
[19]	11月4日	投書
[20]	11月11日	対話ばやり
[21]	11月18日	治外法権
[22]	11月25日	沖縄問題
[23]	12月2日	ボーナス景気
[24]	12月9日	中国の不可解
[25]	12月16日	トインビー来日の意義
[26]	12月23日	アウトサイダー

1968（昭和43）年		
[27]	1月6日	新春偶感
[28]	1月13日	百年の大計
[29]	1月20日	あのころ、このころ
[30]	1月27日	事件の核心
[31]	2月3日	根気くらべ
[32]	2月10日	百花斉放
[33]	2月17日	再び海外雄飛を
[34]	2月24日	海暗
[35]	3月2日	全学連
[36]	3月9日	寛容と調和
[37]	3月16日	文化財
[38]	3月23日	黒船以来
[39]	3月30日	不思議な国
[40]	4月6日	自然の中で
[41]	4月13日	ベトナム戦後
[42]	4月20日	観光地の俗化防止
[43]	4月27日	交通地獄
[44]	5月4日	和平と名誉
[45]	5月11日	心の貧しさ
[46]	5月18日	交通犯罪
[47]	5月25日	ドゴールの危機
[48]	6月1日	自由化
[49]	6月8日	仏五月革命の教訓
[50]	6月15日	フランスの学生騒動
[51]	6月22日	理由なき反抗
[52]	6月29日	タネはつきない

放射線 （75回）

『東京新聞』（夕刊） 1968年7月2日～1969年12月23日（火曜日掲載）

1968（昭和43）年		
[1]	7月2日	もっと沈思黙考しよう
[2]	7月9日	考える習慣をつくろう
[3]	7月16日	学生運動は新しい問題だ
[4]	7月23日	"観光"の名で消える"名勝"
[5]	7月30日	大国の奇妙なおせっかい

203

主な新聞連載一覧　　　　Ⅰ　著作目録（新聞記事）

[6]	8月6日	痛ましい事故が多過ぎる
[7]	8月13日	新生チェコに期待
[8]	8月20日	全盲学生の死に思う
[9]	8月27日	不運と悲劇の国々
[10]	9月3日	小国は立つ瀬がない
[11]	9月10日	不平不満の表わし方
[12]	9月17日	アンバランス
[13]	9月24日	常識の通らぬ世の中
[14]	10月1日	こわい植民地文化
[15]	10月8日	恐るべき女性
[16]	10月15日	大学騒動解決の方向
[17]	10月22日	切実な西欧の脅威感
[18]	10月29日	ノーベル賞に思う
[19]	11月5日	世界注目の米大統領選
[20]	11月12日	自由の天国と理性
[21]	11月19日	寺社の荒廃より人心が荒廃
[22]	11月26日	駒場祭のポスター
[23]	12月3日	悲しい戦争時代を連想
[24]	12月10日	消費景気と暴動と
[25]	12月17日	フランスの悩み
[26]	12月24日	憂うつなクリスマス
1969(昭和44)年		
[27]	1月7日	解決のイメージくらいは
[28]	1月14日	社会に迷惑をかけた責任
[29]	1月21日	けわしい東大正常化の道
[30]	1月28日	相手の言うことも聞こう
[31]	2月4日	人間をつくる中学・高校に
[32]	2月11日	悪魔にも「おきて」が
[33]	2月18日	日本とドイツの繁栄
[34]	2月25日	教官たちの責任
[35]	3月4日	異常な過渡時代の春
[36]	3月11日	ほんとうの声はどこに
[37]	3月18日	なぜ急ぐのか
[38]	3月25日	バランスのとれた進歩を
[39]	4月1日	実直な日本の市民
[40]	4月8日	「心」を持つ人間と新発見
[41]	4月15日	サクラを枯らすな
[42]	4月22日	一般学生を犠牲にするな
[43]	4月29日	場あたり風潮
[44]	5月6日	国の大きな損失
[45]	5月13日	米国の対日感情
[46]	5月20日	絶えない紛争事件
[47]	5月27日	平和な東北を歩いて思う
[48]	6月3日	仏大統領選とドゴール
[49]	6月10日	暴徒はすぐ取り締まれ
[50]	6月17日	もう一度都民の声を
[51]	6月24日	三年たてば三つになる
[52]	7月1日	自由化台風

[53]	7月8日	むしろ敗戦の惨状の露出
[54]	7月15日	映画界の再起を望む
[55]	7月22日	祇園祭に思う
[56]	7月29日	アポロの何に感心したか
[57]	8月5日	北海道の将来性
[58]	8月12日	むしろ好戦的な世相
[59]	8月19日	八ツ目のカメラ
[60]	8月26日	日本を外から見る
[61]	9月6日	ロシア人 *土曜日掲載
[62]	9月16日	チェコのにわとり
[63]	9月30日	『ほしがりません』
[64]	10月7日	なお疑問は残る
[65]	10月14日	情報時代の空虚なことば
[66]	10月21日	平和憲法下の国民らしく
[67]	10月28日	どうする教官の責任
[68]	11月4日	国民の迷惑を考えよ
[69]	11月11日	寒々とした大学
[70]	11月18日	警棒廃止を提案する
[71]	11月25日	物ごとの判断
[72]	12月2日	安心してはいられない
[73]	12月9日	大国にかこまれた小国
[74]	12月16日	文六さんとケチ
[75]	12月23日	本欄と十八年

日本の名物　（11回）
『読売新聞』（夕刊）　1968年9月14日～10月26日

1968(昭和43)年		
1	9月14日	アユとイノシシ
2	9月16日	古づけと地玉子
3	9月24日	津軽の「ねぶた」
4	9月30日	弘前の花、京の花
5	10月1日	夏の京 二大行事
6	10月2日	六斎念仏、千灯会
7	10月8日	長崎の「おくんち」
8	10月11日	遠のく祭りばやし
9	10月15日	「お十夜」と鎌倉
10	10月19日	北国の熱いナベ
11	10月26日	豊かな神話の風土

私の履歴書　（25回）
『日本経済新聞』　1969年8月22日～9月15日

1969(昭和44)年		
1	8月22日	幼少のころ 記憶に薄い生地函館
2	8月23日	神戸のころ 楽しく美しい瀬戸内

204

I 著作目録（新聞記事） 主な新聞連載一覧

3	8月24日	東京へ移る 漱石のゆかりの地へ
4	8月25日	暁星中学へ 病気勝ちで乱読生活
5	8月26日	音楽会通い なにを聴いても恍惚
6	8月27日	浦和高校へ 座禅、読経で入試準備
7	8月28日	寄宿寮生活 記念祭の芝居で主役
8	8月29日	関東大震災（上）長瀞逗留中にグラリ
9	8月30日	関東大震災（下）大宮から線路を歩く
10	8月31日	東大仏文へ バラック教室で講義
11	9月1日	出会い "乱暴なヤツ"小林秀雄
12	9月2日	彼と私 小林の"集中力"に感服
13	9月3日	演劇活動 奇妙な劇団「心座」入団
14	9月4日	恋愛事件 演出が縁、藤間春枝と
15	9月5日	放心の日々 美術研究所に就職
16	9月6日	満洲事変 あいまいな空気一掃
17	9月7日	2・26事件 映画の撮影中に凶報
18	9月8日	パリ時代 気楽な裏町生活満喫
19	9月9日	徴用令書 ウムを言わさず船に
20	9月10日	比島従軍 五ヵ月間密林で生活
21	9月11日	敗戦 転機を求め文部省入り
22	9月12日	芸術祭 混乱時こそ伝統誇示
23	9月13日	小林と旅へ 九ヶ国こまめに見物
24	9月14日	戦後雑感 豊かさにどこか狂い
25	9月15日	凡人の論理 悲しい思い出はない

傷いまだ癒えず―ある報道班員の回想―
（16回）
『読売新聞』（夕刊） 1970年7月31日～8月27日

1970（昭和45）年
1	7月31日	仕方ない"ウソの報告"

2	8月1日	惨敗マニラ湾、声をのむ
3	8月3日	悔恨と憤まん 視察どころか
4	8月6日	止めどない軍の酔態
5	8月7日	市民は完全にソッポ
6	8月10日	士気ゆるみ、備えなし
7	8月11日	低空銃撃の洗礼
8	8月14日	橋も落とされ一夜を河原で
9	8月15日	運を天に任せて砂漠を直進
10	8月17日	山岳地帯に追い込まれる
11	8月18日	書くことで絶望から自分を守る
12	8月21日	"不可能な脱出"を決意
13	8月22日	戦火のただ中"方丈"の自由
14	8月24日	"勝ち味ない"に袋だたき
15	8月25日	帰国するとかん口令
16	8月27日	被占領時代の反省を

直言 （13回）
『サンケイ新聞』（夕刊） 1973年3月6日～5月29日（火曜日掲載）

1973（昭和48）年
[1]	3月6日	静観のとき
[2]	3月13日	現代の愚公
[3]	3月20日	日米協調
[4]	3月27日	食わず嫌い不可論
[5]	4月3日	全国的伝染病
[6]	4月10日	ハワイで思ったこと
[7]	4月17日	東京を美しくする人
[8]	4月24日	うつろな響き
[9]	5月1日	旧友の死
[10]	5月8日	声なき人々
[11]	5月15日	シェークスピア劇を見る
[12]	5月22日	韓国行
[13]	5月29日	優秀で勤勉な国民

論壇 （9回）
『報知新聞』 1974年2月18日～12月22日

1974（昭和49）年
[1]	2月18日	心ないあわてもの時代
[2]	3月18日	三十年の孤独
[3]	4月19日	モナ・リザの招来は愚挙か
[4]	5月27日	新しい原則
[5]	6月15日	コロンボ・ファン
[6]	7月20日	日本人の考え方
[7]	10月17日	現代の英雄
[8]	11月18日	将棋の駒
[9]	12月22日	オーストラリアの日本人

主な新聞連載一覧　　　I　著作目録（新聞記事）

踊る阿呆に見る阿呆　（60回）
『東京タイムズ』　1974年9月6日～11月7日

1974（昭和49）年		
1	9月6日	消えちゃう古都
2	9月7日	いつまで踊れる
3	9月8日	ブッシュさん脱出
4	9月9日	平凡
5	9月10日	非凡
6	9月11日	頑固と愛敬
7	9月12日	八方ふさがり
8	9月13日	革新
9	9月14日	孤独の安売り
10	9月15日	養殖鮎
11	9月16日	津軽弁
12	9月17日	出生地と国籍
13	9月18日	地玉子の味
14	9月19日	神戸今昔
15	9月20日	から橋
16	9月21日	勤勉がアダ？
17	9月22日	学者の町
18	9月24日	多摩川
19	9月25日	現代の青年
20	9月26日	気候と国民性
21	9月27日	遊び場
22	9月28日	舌の訓練
23	9月29日	鴨好き
24	9月30日	拝金主義
25	10月1日	貿易の世界
26	10月2日	羊肉ブーム
27	10月3日	好きな画
28	10月4日	慣れぬことの罰
29	10月5日	長生きと井伏
30	10月6日	老人と公園
31	10月7日	若者の考え
32	10月8日	リーチ氏の功績
33	10月9日	お隣と噂話
34	10月10日	生活と花
35	10月11日	平和憲法とは
36	10月12日	日本の公園
37	10月13日	傘と英国紳士
38	10月14日	栄あり佐藤さん
39	10月15日	真似る習慣
40	10月16日	心底つかれた
41	10月17日	乏しい資源
42	10月18日	怒りの底に
43	10月19日	薪ストーブ
44	10月20日	別れの対面旅行
45	10月21日	新しい頭脳を
46	10月22日	吉田茂の怒り
47	10月23日	シンボル
48	10月24日	万太郎の離縁状
49	10月25日	奇妙な混乱
50	10月27日	歩く健康法
51	10月28日	「欲しがりません」
52	10月29日	うまい酒まずい酒
53	10月30日	呑気な性分
54	10月31日	兄を語る
55	11月1日	人物の鑑別
56	11月2日	涙と女の欲望
57	11月4日	葡萄酒の味
58	11月5日	憂う分裂国家
59	11月6日	貧しい未来への目
60	11月7日	新聞記事の大小

交友対談　（17回）
『毎日新聞』　1975年9月23日～10月12日

1975（昭和50）年		
1	9月23日	山の上の家
2	9月24日	泥棒からの手紙
3	9月26日	怪我っぽい
4	9月27日	鎌倉今昔
5	9月28日	日本を滅ぼす者は？
6	9月30日	学者の自画像
7	10月1日	歴史と常識
8	10月2日	調べることと考えること
9	10月3日	おかしな未来学
10	10月4日	日本人の宗教心
11	10月5日	本当にリアルな目
12	10月7日	鏡に映る自分
13	10月8日	"小説の神様"
14	10月9日	文壇空中楼閣
15	10月10日	天理教と勾玉
16	10月11日	おっかさん
17	10月12日	五十年の信頼

片目草紙　（15回）
『サンケイ新聞』（夕刊）　1976年1月5日～2月16日

1976（昭和51）年		
1	1月5日	狸——人間離れした嗅覚
2	1月8日	中立国民——時間と根気と誇り
3	1月13日	牡丹——北京の五月の朝に
4	1月19日	舌びらめ——曲がない魚料理
5	1月20日	歴史を黙らせるもの——勝手な解釈ばかり

I 著作目録（新聞記事）　主な新聞連載一覧

6	1月22日	戦争の中の"笑い"——"穴の深さ"で戦犯に
7	1月27日	モロ族の島々——戦時中も近づかず
8	1月29日	由なきこと——高級紳士向きの店
9	2月2日	好きな画家——歴史を超えた執念
10	2月3日	味気ない話——ニセ民芸品の横行
11	2月5日	空虚な言葉の革新——困りものの本末転倒
12	2月9日	肥満文化児——物がありすぎる国
13	2月10日	サンタ・キアラ像——人知れずぽつんと
14	2月12日	ポッペン考——やるせない単純さ
15	2月16日	狸と狢——どこで見分けるか

自伝抄「拾った命」（20回）
『読売新聞』（夕刊）　1977年1月28日～2月21日

1977（昭和52）年		
1	1月28日	敗走の比島、地獄で仏
2	1月29日	なぜか湧かぬ緊張感
3	1月31日	孤絶救う生活のチエ
4	2月1日	「生死」考える煩わしさ
5	2月2日	頭隠して「足が邪魔だ」
6	2月3日	原野で夢の"ご馳走"
7	2月4日	親友戦死の報に衝撃
8	2月5日	目の前に日本機が…
9	2月7日	新司偵で帰国とは！
10	2月8日	機体の穴にブリキ罐
11	2月9日	連載小説前金で一息
12	2月10日	日本へ帰還の命令
13	2月12日	もう安心、急に空腹感
14	2月14日	砂糖と握り飯を交換
15	2月15日	家族の無事に満足感
16	2月16日	フィリピン情勢書くな
17	2月17日	内地の空襲に恐怖感
18	2月18日	終戦、さまざまの感懐
19	2月19日	ペニシリンに救われ
20	2月21日	飢えをこらえ芸術祭

I 著作目録(翻訳)

翻　訳

アルラン, マルセル
Marcel Arland(1899〜1986)

D0001 「影像」(マルセル・アルラン著、今日出海訳)
　　　『作品』　2巻6号　58〜60頁　1931(昭和6)年6月

アルヌー, アレキサンドル
Alexandre Arnoux(1884〜1973)

D0002 「十字路」(アレキサンドル・アルヌー著、今日出海訳)
　　　『悲劇喜劇』　9号　98〜100頁　1929(昭和4)年6月

ブデル, モーリス
Maurice Bedel(1884〜1954)

D0003 『北緯六十度の恋（ジェロオム）』(モオリス・ブデル著、今日出海訳)　実業之日本社　1940(昭和15)年4月　341頁　(仏蘭西文学賞叢書4)　¥1.50
　　　注：巻末に訳者による「解説」あり
　　　注：1927年ゴンクール賞受賞作品
　　　装幀：水島茂樹

D0004 『北緯六十度の恋』(モオリス・ブデル著、今日出海・福永武彦共訳)　新潮社　1951(昭和26)年9月　226頁　¥240
　　　注：巻末に今日出海による「解説」あり
　　　装幀：益田義信

コポー, ジャック
Jacques Copeau(1879〜1949)

D0005 「ジュール・ルナール「偏屈女」評 オデオン座上演」(ジャック・コポー著、今日出海訳)
　　　『悲劇喜劇』　10号　70〜79頁　1929(昭和4)年7月

デュマ（父），アレキサンドル
Alexandre Dumas, père（1802～1870）

D0006 「〈名作物語〉 三銃士 1.」（アレキサンドル・デュマ原作、今日出海抄訳、田代光画）
『クラス 中学雑誌』 3巻3号　35～30頁　1948（昭和23）年3月　￥20.

D0007 「〈名作物語〉 三銃士 2.」（アレキサンドル・デュマ原作、今日出海抄訳、田代光画）
『クラス 中学雑誌』 3巻4号　34～37頁　1948（昭和23）年4月　￥20.

D0008 「〈名作物語〉 三銃士 3.」（アレキサンドル・デュマ原作、今日出海抄訳、ŌHA画）
『クラス 中学雑誌』 3巻5号　34～36頁　1948（昭和23）年5月　￥22.

エイゼンシュタイン，セルゲイ
Sergei Mikhailovich Eizenshtein（1898～1948）

D0009 「日本劇」（セルゲイ・エイゼンシュタイン著、今日出海訳）
『悲劇喜劇』 7号　79～86頁　1929（昭和4）年4月
注：エイゼンシュタインと河原崎長十郎の写真あり

フランス，アナトール
Anatole France（1844～1924）

D0010 「ピカルディの女、ポアティエの女、トゥールの女、リオンの女、巴里の女」　81～87頁（アナトオル・フランス著、今日出海訳）
『アナトオル・フランス短篇小説全集 5. ジャック・トゥールヌブローシュのコント』 （渡辺一夫ほか訳）　白水社　1940（昭和15）年1月　302頁
注：アナトオル・フランスの写真あり

D0011 「ピカルディの女、ポアティエの女、トゥールの女、リオンの女、巴里の女」　81～87頁（アナトオル・フランス著、今日出海訳）
『アナトオル・フランス短篇小説全集 5. ジャック・トゥールヌブローシュのコント』 （渡辺一夫ほか訳）　白水社　1950（昭和25）年　302頁
注：アナトオル・フランスの写真あり

D0012 「ピカルディの女、ポワティエの女、トゥールの女、リヨンの女、パリの女」　67～73頁（アナトール・フランス著、今日出海訳）
『アナトール・フランス小説集 10. ジャック・トゥルヌブローシュのコント―短篇集』 （渡辺一夫ほか訳）　白水社　2000（平成12）年9月　261頁　新装復刊
￥2,400

ジェラルディ, ポール
Paul Géraldy（1885〜1983）

D0013 「モーリス・ドゥ・フェローディ」（ポール・ジェラルディ著、今日出海抄訳）
　　　『悲劇喜劇』　4号　57〜61頁　1929（昭和4）年1月
　　　　注：シャルル・リュアンの肖像画あり

ジイド, アンドレ
André Gide（1869〜1951）

D0014 「ひと様々」　177〜211頁（アンドレ・ジイド著、今日出海訳）
　　　『文芸評論』（佐藤正彰ほか訳）　芝書店　1933（昭和8）年1月　335頁　限定1000部　￥2.50
　　　　口絵：ジイドの肖像と筆蹟の写真あり

D0015 「ディヴェル」　375〜539頁（アンドレ・ジイド著、今日出海・鈴木健郎・中島健蔵共訳）
　　　『アンドレ・ジイド全集 9. 評論』（秋田滋ほか訳）　建設社　1934（昭和9）年4月　539頁　￥2.50
　　　　注：「ディヴェル」のうち「人さまざま」379〜405頁、「書取」459〜472頁／今日出海訳
　　　　口絵：ジードが正面を見ている写真あり
　　　　装幀：青山二郎

D0016 「ディヴェル」　275〜439頁（アンドレ・ジイド著、今日出海・鈴木健郎・中島健蔵共訳）
　　　『アンドレ・ジイド全集 8. 評論』（渡辺一夫ほか訳）　建設社　1936（昭和11）年9月　547頁　新修普及版　￥1.50
　　　　注：「ディヴェル」のうち「人さまざま」279〜305頁、「書取」359〜372頁／今日出海訳
　　　　口絵：ジイドの写真あり

D0017 「偏見なき精神—文学論抄」　229〜337頁（アンドレ・ジイド著、今日出海・鈴木健郎・中島健蔵共訳）
　　　『アンドレ・ジイド全集 15. 贋金つくりの日記』（訳者代表・堀口大学）　新潮社　1951（昭和26）年8月　341頁
　　　　注：「偏見なき精神」のうち「人さまざま」231〜248頁／今日出海訳
　　　　口絵：帽子とコートを着ているジイドの写真あり

D0018 「青春」（アンドレ・ジイド著、今日出海訳）
　　　『行動』　2巻2号　79〜94頁　1934（昭和9）年2月

D0019 「青春」　361〜380頁（アンドレ・ジイド著、今日出海訳）
　　　『アンドレ・ジイド全集 1. 小説』（山内義雄ほか訳）　建設社　1934（昭和9）年3月　489頁　￥2.50
　　　　口絵：若いジイドの写真あり
　　　　装幀：青山二郎

I 著作目録(翻訳)

D0020 「青春」 361～380頁(アンドレ・ジイド著、今日出海訳)
『アンドレ・ジイド全集 1. 小説』(山内義雄ほか訳) 建設社 1936(昭和11)年7月 489頁 新修普及版 ¥1.50

D0021 『青春』(アンドレ・ジイド著、今日出海訳) 山本書店 1936(昭和11)年 57頁 (山本文庫 5)
内容:「青春」、「書取り」、「ノオト」

D0022 「青春」 19～37頁(アンドレ・ジイド著、今日出海訳)
『秋の断想』(辰野隆ほか訳) 新潮社 1952(昭和27)年2月 312頁 (新潮文庫) ¥110

D0023 「青春」 19～37頁(アンドレ・ジイド著、今日出海訳)
『秋の断想』(辰野隆ほか訳) 新潮社 1994(平成6)年 312頁 (新潮文庫復刊323) ¥600

D0024 『イザベル』(アンドレ・ジイド著、今日出海訳) 六蜂書房、上田屋書店(発売) 1934(昭和9)年7月 166頁 18x13.5cm ¥1.20

D0025 「イザベル」 475～593頁(アンドレ・ジイド著、今日出海訳)
『アンドレ・ジイド全集 5. 小説』(生島遼一ほか訳) 建設社 1934(昭和9)年12月 593頁 ¥2.50
口絵:ノートを取るジイドの写真あり
装幀:青山二郎

D0026 「イザベル」 475～593頁(アンドレ・ジイド著、今日出海訳)
『アンドレ・ジイド全集 5. 小説』(生島遼一ほか訳) 建設社 1936(昭和11)年10月 593頁 新修普及版 ¥1.50
口絵:額に手を当てるジイドの写真あり

D0027 『イザベル・青春』(アンドレ・ジイド著、今日出海訳) 新書版 弘文堂書房 1940(昭和15)年11月 163頁 (世界文庫 仏XX) 50銭
注:巻末に訳者による「あとがき」あり

D0028 「イザベル」 81～179頁(アンドレ・ジイド著、今日出海訳)
『アンドレ・ジイド全集 5. 田園交響楽』(訳者代表・神西清) 新潮社 1950(昭和25)年6月 297頁 ¥340
口絵:ジイドの写真あり

D0029 「地の糧」 351～540頁(アンドレ・ジイド著、今日出海訳)
『アンドレ・ジイド全集 2. 劇・散文』(岸田国士ほか訳) 建設社 1934(昭和9)年7月 545頁 ¥2.50
口絵:本を読むジイドの写真あり
装幀:青山二郎

D0030 「地の糧」 91～286頁(アンドレ・ジイド著、今日出海訳)
『アンドレ・ジイド全集 3. 小説』 建設社 1936(昭和11)年 550頁 新修普及版 ¥1.50

D0031 『地の糧、ひと様々』(アンドレ・ジイド著、今日出海訳) 白水社 1936(昭和11)年1月 280頁 ¥1.00

D0032 『地の糧』(アンドレ・ジイド著、今日出海訳) 鎌倉文庫 1947(昭和22)年6月 293頁 (青春の書 8) ¥65

I 著作目録（翻訳）

D0033 「地の糧」 3〜158頁（アンドレ・ジイド著、今日出海訳）
『アンドレ・ジイド全集 2. 地の糧・新しき糧』（訳者代表・今日出海） 新潮社 1950（昭和25）年11月 341頁 ￥340
口絵：本を読むジイドの写真あり

D0034 『地の糧』（アンドレ・ジイド著、今日出海訳） 新潮社 1952（昭和27）年3月 172頁 （新潮文庫 344） ￥80
注：巻末に訳者による「あとがき」あり

D0035 『地の糧』（アンドレ・ジイド著、今日出海訳） 改版 新潮社 1969（昭和44）年2月 169頁 （新潮文庫 344）
注：巻末に訳者による「あとがき」あり

D0036 「地の糧」 167〜256頁（アンドレ・ジイド著、今日出海訳）
『新潮世界文学 28. ジッド 1.』 新潮社 1970（昭和45）年8月 758頁 ￥1,200
口絵：ジイドの写真あり

D0037 『二つの交響楽』（アンドレ・ジイド著、今日出海訳） 白水社 1936（昭和11）年12月 308頁 ￥1.00
内容：田園交響楽、イザベル
口絵：ほほ杖をつくジイドの写真あり

D0038 『田園交響楽』（アンドレ・ジイド著、今日出海訳） 角川書店 1952（昭和27）年9月 92頁 （角川文庫456） ￥40
注：巻末に訳者による「解説」あり

D0039 『田園交響楽、イザベル』（アンドレ・ジイド著、今日出海訳） 白水社 1952（昭和27）年10月 308頁 ￥230
注：ジイドの写真あり

D0040 『ジイド全集 5.』（アンドレ・ジイド著、今日出海訳） 角川書店 1957（昭和32）年11月 179頁 ￥380
内容：田園交響楽、イザベル、青春、あとがき

D0041 『田園交響楽・イザベル』（アンドレ・ジイド著、今日出海訳） 白水社 1962（昭和37）年8月 227頁 ￥380
注：巻末に訳者による「解説（自我追求の人）」あり
注：学校図書館用特選図書

D0042 『田園交響楽 他一篇』（アンドレ・ジイド著、今日出海訳） 改版 角川書店 1968（昭和43）年8月 226頁 （角川文庫456） ￥110
内容：田園交響楽、イザベル
注：巻末に松崎芳隆による解説あり
カバー画：大沢泰夫

ユーゴー，ヴィクトル
Victor Marie Hugo（1802〜1885）

D0043 「伝奇小説 九三年 1.」（ヴィクトル・ユーゴー著、今日出海抄訳、中島亀三郎絵）
『学生』 30巻1号 50〜58頁 1946（昭和21）年1月 ￥1.20

D0044 「伝奇小説 九三年 2.」（ヴィクトル・ユーゴー著、今日出海抄訳、中島亀三郎絵）

I 著作目録（翻訳）

　　　　　『学生』　30巻2号　54〜62頁　1946（昭和21）年2月　￥1.50
D0045　「伝奇小説 九三年 3.」（ヴィクトル・ユーゴー著、水谷準訳、中島亀三郎絵）
　　　　　『学生』　30巻3号　46〜51頁　1946（昭和21）年3月　￥2.00
　　　　　注：今日出海マニラ出張のため水谷氏が訳した
D0046　「伝奇小説 九三年 4.」（ヴィクトル・ユーゴー著、今日出海抄訳、中島亀三郎絵）
　　　　　『学生』　30巻4号　48〜53頁　1946（昭和21）年4月　￥2.00
D0047　「伝奇小説 九三年 5.」（ヴィクトル・ユーゴー著、今日出海抄訳、中島亀三郎絵）
　　　　　『学生』　30巻5号　50〜58頁　1946（昭和21）年5月　￥2.50
D0048　「伝奇小説 九三年 6.」（ヴィクトル・ユーゴー著、今日出海抄訳、中島亀三郎絵）
　　　　　『学生』　30巻6号　54〜63頁　1946（昭和21）年6月　￥2.50
D0049　「伝奇小説 九三年 7.」（ヴィクトル・ユーゴー著、今日出海抄訳、中島亀三郎絵）
　　　　　『学生』　30巻8号　56〜62頁　1946（昭和21）年9月　￥3.00
D0050　「伝奇小説 九三年 8.」（ヴィクトル・ユーゴー著、今日出海抄訳、中島亀三郎絵）
　　　　　『学生』　30巻9号　56〜62頁　1946（昭和21）年10月　￥3.00
D0051　「伝奇小説 九三年 9.」（ヴィクトル・ユーゴー著、今日出海抄訳、中島亀三郎絵）
　　　　　『学生』　31巻2号　56〜62頁　1947（昭和22）年2月　￥7.00
D0052　「伝奇小説 九三年 10.」（ヴィクトル・ユーゴー著、今日出海抄訳、中島亀三郎絵）
　　　　　『学生』　31巻3号　56〜62頁　1947（昭和22）年4月　￥8.00
D0053　「伝奇小説 九三年 11.」（ヴィクトル・ユーゴー著、今日出海抄訳、中島亀三郎絵）
　　　　　『学生』　31巻4号　56〜62頁　1947（昭和22）年5月　￥15.00
D0054　「伝奇小説 九三年 12.」（ヴィクトル・ユーゴー著、今日出海抄訳、中島亀三郎絵）
　　　　　『学生』　31巻5号　58〜63頁　1947（昭和22）年6月　￥15.00
D0055　「伝奇小説 九三年 13.」（ヴィクトル・ユーゴー著、今日出海抄訳、中島亀三郎絵）
　　　　　『学生』　31巻6号　58〜63頁　1947（昭和22）年7月　￥15.00
D0056　「伝奇小説 九三年 14.」（ヴィクトル・ユーゴー著、今日出海抄訳、中島亀三郎絵）
　　　　　『学生』　31巻7号　58〜63頁　1947（昭和22）年8月　￥15.00
D0057　「伝奇小説 九三年 15.」（ヴィクトル・ユーゴー著、今日出海抄訳、中島亀三郎絵）
　　　　　『学生』　31巻8号　58〜62頁　1947（昭和22）年9月　￥15.00
D0058　「伝奇小説 九三年 16.」（ヴィクトル・ユーゴー著、今日出海抄訳、中島亀三郎絵）
　　　　　『学生』　31巻9号　58〜61頁　1947（昭和22）年10月　￥15.00
D0059　「伝奇小説 九三年（大団円）」（ヴィクトル・ユーゴー著、今日出海抄訳、中島亀三郎絵）
　　　　　『学生』　31巻10号　58〜63頁　1947（昭和22）年11月　￥15.00
D0060　『九三年』（ヴィクトル・ユーゴー著、今日出海訳）　国立書院　1948（昭和23）年　314頁　￥170
　　　　　挿図・装幀：向井潤吉
　　　　　注：表紙内側にブルターニュ地方の略図あり
D0061　「九三年」　155〜356頁（ヴィクトル・ユーゴー著、今日出海訳）
　　　　　『世界文学大系 25. シャトーブリアン、ヴィニー、ユゴー』（今日出海ほか訳）
　　　　　筑摩書房　1961（昭和36）年9月　385頁

〔D0045 〜 D0061〕

I 著作目録（翻訳）

注：ユゴーの写真あり

マルセル，ガブリエル
Gabriel Marcel（1889〜1973）

D0062 「「作家論」のうちアンドレ・マルロオ」（ガブリエル・マルセル著、今日出海訳）
　　　『ヨーロッパ』　1巻2号　27〜30頁　1947（昭和22）年6月　¥15.

メリメ，プロスペル
Prosper Mérimée（1803〜1870）

D0063 「アルセーヌ・ギヨー」　1〜93頁（プロスペル・メリメ著、今日出海訳）
　　　『プロスペル・メリメ全集 4.』　河出書房　1939（昭和14）年2月　404頁
　　　注：メリメの肖像画あり
D0064 「戯曲―サン・サクルマンの四輪馬車（カロッス）」　1〜60頁（プロスペル・メリメ著、今日出海・斎藤正直共訳）
　　　『プロスペル・メリメ全集 5.』　河出書房　1939（昭和14）年4月　392頁
　　　注：メリメの自画像（戯画）あり

ルヴェルディ，ピエール
Pierre Reverdy（1889〜1960）

D0065 「詩人達ほか4篇」（ピエール・ルヴェルディ著、今日出海訳）
　　　『詩・現実』　2号　238〜241頁　1930（昭和5）年9月
　　　内容：詩人達、常に独り、冬、夜曲（ノクチュルヌ）、平凡な概観

スーポー，フィリップ
Philippe Soupault（1897〜1990）

D0066 「生活の王者」（フィリップ・スウポオ著、今日出海訳）
　　　『作品』　2巻8号　47〜51頁　1931（昭和6）年8月
D0067 「生命の王者」　19〜26頁（フィリップ・スウポオ著、今日出海訳）、「解説―作家と動向」　335〜360頁（今日出海著）
　　　『現代世界文学叢書 5. 現代仏蘭西短篇集』（今日出海編）　中央公論社　1940（昭和15）年11月　360頁　¥1.80
　　　注：スーポーの似顔絵あり

I 著作目録(翻訳)

シュアレス,アンドレ
André Suares(1868〜1948)

D0068 「ジャック・コポオ」(アンドレ・シュアレス著、今日出海訳)
　　　『悲劇喜劇』　6号　69〜76頁　1929(昭和4)年3月
　　　　注：コポオの似顔絵あり

その他

演劇関係
― 戯曲・台本・演出 ―

E0001　1927(昭和2)年 5月29日(日)・30日(月)18時　心座 第5回公演　帝国ホテル演芸場
　　　「時は夢なり」6場
　　　　作：アンリ・ルネ・ルノルマン、訳：岸田国士、演出：第二部(今・堤・古沢・舟橋)、装置：小松栄
　　　　出演者：河原崎長十郎、市川団次郎、花柳はるみほか
　　　　※補記：今日出海が舟橋聖一氏の誘いで心座の演出部に参加したのは1926(大正15)年9月の第4回公演の直後だったという。この舞台が最初で4人の共同演出であった。

E0002　1927(昭和2)年　心座 第6回公演　新橋演舞場
　　　「飢渇」
　　　　作：ユージン・オニール、演出：今日出海、装置：伊藤熹朔
　　　　出演者：藤間春枝(後の吾妻徳穂)、河原崎長十郎、市川団次郎ほか

E0003　1927(昭和2)年 11月27日・28日　築地小劇場
　　　「声」1幕
　　　　作：ジャン・コクトー、訳：東郷青児、演出：舟橋聖一・今日出海

E0004　1930(昭和5)年　蝙蝠座 第1回公演
　　　「ルル子」7幕
　　　　共作：池谷信三郎・中村正常・舟橋聖一・西村晋一・坪田勝、演出：舟橋聖一・今日出海

E0005　1933(昭和8)年 10月　築地小劇場（同劇場改築竣工記念）
　　　「ハムレット」5幕20場
　　　　作：ウィリアム・シェークスピア、訳：坪内逍遙、演出：久米正雄・久保栄・今日出海、作曲：山田耕作、装置：伊藤熹朔
　　　　出演者：薄田研二、高津慶子、丸山定雄ほか
　　　　※補記：シェークスピア全集(坪内逍遙訳)の出版完結(中央公論社)を記念して

E0006　1934(昭和9)年 1月　日本新劇祭　築地小劇場
　　　「地蔵経由来」1幕
　　　　演出：久米正雄・今日出海
　　　　出演者：市川楽三郎、坂東調右衛門、室町歌江、小峰千代子ほか

E0007　1937(昭和12)年 9月　新橋演舞場か？
　　　「乃木将軍」3幕
　　　　作：真山青果、演出：今日出海
　　　　出演者：辰巳柳太郎ほか

E0008　1939(昭和14)年 1月末の2日間　未明座第5回公演　日本倶楽部

I 著作目録（その他）　　　演劇関係

　　　　　「片隅の生活」
　　　　　作：植草圭之助、演出：今日出海
E0009　1940（昭和15）年 11月　前進座公演　大阪中座（再演・新橋演舞場）
　　　　　「成吉思汗」
　　　　　作：尾崎士郎、脚色：今日出海、演技指導：上泉秀信
　　　　　出演者：河原崎長十郎、中村翫右衛門ほか
E0010　1944（昭和19）年
　　　　　【戯曲】
　　　　　「十二月八日」上／今日出海著『日本演劇』2巻6号 39～63頁 1944（昭和19）年6月
　　　　　「十二月八日」下／今日出海著『日本演劇』2巻7号 48～63頁 1944（昭和19）年7月
　　　　　「十二月八日」149～199頁／今日出海著『「戦争と平和」戯曲全集』4巻／藤木宏幸、
　　　　　　源五郎、今村忠純編　日本図書センター　1998（平成10）年9月 324頁
E0011　1946（昭和21）年 8月　東京劇場
　　　　　「無明と愛染」
　　　　　作：谷崎潤一郎、演出：今日出海
E0012　1948（昭和23）年 4月　演劇革新興行 市川猿之助・八重子一座 井上正夫参加　東劇
　　　　　昼「千手と頼朝と」4幕
　　　　　作：舟橋聖一、演出：今日出海
　　　　　出演者：市川猿之助、水谷八重子、井上正夫
E0013　1948（昭和23）年 5月　第1回文芸公演 日本文芸家協会主催 故菊池寛作品集 市川猿
　　　　　之助劇団　新橋演舞場
　　　　　「貞操問答」4幕7場
　　　　　脚色：中野実、演出：今日出海
E0014　1950（昭和25）年 9月　新派大合同興行　新橋演舞場
　　　　　「欲望輪廻」5景
　　　　　原作：今日出海、脚色・演出：阿木翁助
　　　　　出演者：花柳章太郎、大矢市次郎、水谷八重子ほか
　　　　　台本：「欲望輪廻」5場 阿木翁助脚色・演出 松竹 1950（昭和25）年 36頁 謄写版
　　　　　原作：今日出海著「欲望輪廻」『小説公園』1950年7月
E0015　1952（昭和27）年
　　　　　【戯曲】
　　　　　「戯曲 本間雅晴―悲劇の将軍」／今日出海作『講談倶楽部』4巻11号 162～179頁
　　　　　　1952（昭和27）年9月
E0016　1952（昭和27）年 10月　芸術祭公演 新派大合同興行 小杉天外追悼上演　新橋演舞場
　　　　　「初すがた」5幕9場
　　　　　原作：小杉天外、構成：舟橋聖一、脚色：北条誠、演出：今日出海
　　　　　出演者：花柳章太郎、水谷八重子、藤村秀雄ほか
E0017　1953（昭和28）年
　　　　　【演出】
　　　　　『ドモ又の死、父帰る、息子』／有島武郎ほか作 今日出海演出 創元社 1953（昭和
　　　　　　28）年 93頁（舞台文庫 6）
　　　　　※内容：ドモ又の死（有島武郎作）、父帰る（菊池寛作）、息子（小山内薫作）
E0018　1953（昭和28）年 10月　芸術祭参加十月 市川猿之助劇団興行　新橋演舞場
　　　　　「花の生涯」7幕14場

〔E0009～E0018〕　　　　　　　　　　　　　　　　　　　　　　　　　　　　217

演劇関係　　　　　　　　Ⅰ　著作目録（その他）

　　　　　　　作：舟橋聖一、脚色：北条誠、演出：今日出海・阿部広次、監督：久保田万太郎
　　　　　　　出演者：市川猿之助、水谷八重子、市川中車ほか
　　　　　　　台本：謄写版 229頁

E0019　1953（昭和28）年 12月9日　　Azuma Dance Troupe　　新橋演舞場
　　　　　　「Kabuki Dance and Samisen Music」
　　　　　　　演出：今日出海
　　　　　　　出演者：吾妻徳穂ほか

E0020　1954（昭和29）年 7月　　市川猿之助劇団 水谷八重子・中村時蔵合同公演　　明治座
　　　　　昼「花の生涯 黒船前後 附唐人お吉」8幕13場
　　　　　　　原作：舟橋聖一、脚色：北条誠、演出：今日出海、監督：久保田万太郎
　　　　　　　出演者：市川猿之助、水谷八重子、中村時蔵ほか
　　　　　　　台本：謄写版 251頁

E0021　1955（昭和30）年 3月　　新派大合同　　明治座
　　　　　「新日本橋」3幕
　　　　　　　作：高田保、改訂・演出：今日出海
　　　　　　　出演者：花柳章太郎、水谷八重子、大矢市次郎ほか

E0022　1955（昭和30）年 5月　　新派大合同　　新橋演舞場
　　　　　「青春怪談」3幕6場
　　　　　　　作：獅子文六、脚色：水木洋子、演出：今日出海
　　　　　　　出演者：花柳武始、水谷八重子、花柳章太郎、石井寛ほか

E0023　1955（昭和30）年 7月　　新派合同公演　　明治座
　　　　　夜「皇女和宮」3幕5場
　　　　　　　作：川口松太郎、演出：今日出海
　　　　　　　出演：花柳章太郎、水谷八重子、石井寛ほか

E0024　1955（昭和30）年 8月　　八月大歌舞伎　　新橋演舞場
　　　　　「浮世絵師 写楽」3場
　　　　　　　立案：漫画集団、作：横山隆一、演出：今日出海
　　　　　　　出演者：森田勘弥、市川中車

E0025　1955（昭和30）年 12月　　歌舞伎座
　　　　　夜「茅の屋根」1幕
　　　　　　　作：菊池寛、演出：今日出海
　　　　　　　出演者：森田勘弥、市川八百蔵、片岡我童ほか
　　　　　　　プログラム：「菊池寛の後姿」19頁/今日出海著

E0026　1956（昭和31）年 8月　　東西合同大歌舞伎　　新橋演舞場
　　　　　昼「蛇性の淫」3幕6場
　　　　　　　原作：上田秋成、脚本：弘津千代、演出：今日出海

E0027　1956（昭和31）年 9月　　歌舞伎座
　　　　　「海の百万石」3幕7場
　　　　　　　作：舟橋聖一作、演出：今日出海、美術：伊藤熹朔
　　　　　　　出演者：市川猿之助、沢村宗十郎、市川中車ほか

E0028　1956（昭和31）年 9-10月　　花柳章太郎全快・水谷八重子芸術院賞受賞記念新派大合同
　　　　　新橋演舞場
　　　　　「皇女和の宮」3幕5場
　　　　　　　作：川口松太郎、演出：今日出海

Ⅰ　著作目録（その他）　　　　　　　　　　　　　　　　　　演劇関係

　　　　　　　出演者：花柳章太郎、水谷八重子、京塚昌子ほか
E0029　1956（昭和31）年 12月　新橋演舞場
　　　　「青春怪談」2幕6場
　　　　原作：獅子文六、脚色：水木洋子、演出：今日出海

E0030　1957（昭和32）年 6月
　　　　「新忠臣蔵」5幕
　　　　原作：舟橋聖一、脚色：圓地文子、演出：今日出海
　　　　出演者：市川海老蔵、尾上松緑ほか

E0031　1957（昭和32）年 11月　フジセイテツ・コンサート 第12回文部省芸術祭音楽部門（洋楽）参加　目黒公会堂（録音）18時30分
　　　　「兵士の物語」
　　　　作曲：イゴール・ストラヴィンスキー、訳詩・演出：今日出海、演奏：NFC室内管弦楽団
　　　　出演者：水島弘（語り手）、小山田宗徳（兵士）、池田忠夫（悪魔）ほか
　　　　※補記：1957年11月23日 16時〜17時 ニッポン放送より放送された。

E0032　1958（昭和33）年 3月　明治座
　　　　「皇女和宮 夕秀の巻」3幕
　　　　出演者：花柳章太郎、水谷八重子ほか

E0033　1959（昭和34）年 6月　新国劇
　　　　夜「富岡先生」3幕
　　　　原作：国木田独歩、作：真山青果、演出：今日出海
　　　　出演者：島田正吾、香川京子、辰巳柳太郎ほか

E0034　1959（昭和34）年 8月　新宿第一劇場
　　　　夜「父帰る」1幕
　　　　作：菊池寛、演出：今日出海
　　　　出演者：中村又五郎、花柳武始、大矢市次郎ほか
　　　　プログラム：「「父帰る」の演出に当って」/今日出海著 頁付けなし

E0035　1961（昭和36）年 4月　新派祭　明治座
　　　　「新日本橋」3幕
　　　　作者：高田保、改訂・演出：今日出海、装置：伊藤熹朔
　　　　出演者：花柳章太郎、水谷八重子ほか
　　　　台本：明治座上演台本 84頁 1961（昭和36）年4月 謄写版

E0036　1963（昭和38）年 5月　大阪歌舞伎座
　　　　昼「花の生涯」6幕14場
　　　　作：舟橋聖一、脚色：北条誠、演出：今日出海
　　　　出演者：尾上松緑、淡島千景、市村羽左衛門ほか
　　　　台本：大阪歌舞伎座上演台本 170頁

E0037　1963（昭和38）年 6月　六月特別公演　歌舞伎座
　　　　昼「袈裟の良人」1幕（5駒）
　　　　作：菊池寛作、演出：今日出海
　　　　出演者：市川猿之助、大谷友右衛門、実川延若ほか
　　　　プログラム：「袈裟の良人について」4頁/今日出海著

E0038　1964（昭和39）年 2月　新派八重子舞台五十年記念　新橋演舞場

〔E0029〜E0038〕　　　　　　　　　　　　　　　　　　　　　　　　　　219

演劇関係　　　　　　　Ⅰ　著作目録（その他）

　　　　　　「皇女和の宮」
　　　　　　　作：川口松太郎、演出：今日出海

E0039　1964（昭和39）年 3月　歌舞伎座
　　　　夜「源氏物語 桐壺・〔空蟬〕・夕顔・若紫・紅葉賀・賢木」6幕
　　　　　　作：舟橋聖一、演出：今日出海・金沢康隆、美術：前田青邨・守屋多々志
　　　　　　出演者：市川団十郎、中村梅幸、坂東三津五郎
　　　　　　台本：歌舞伎座上演台本 116頁

E0040　1964（昭和39）年 7月　日生劇場
　　　　　　「椿姫」
　　　　　　　原作：A.デュマ・フィス、訳編：大岡昇平、演出：今日出海
　　　　　　出演者：水谷八重子、森雅之、大矢市次郎、市川翠扇ほか

E0041　1964（昭和39）年 12月　大阪新歌舞伎座
　　　　　　「新日本橋」3幕
　　　　　　　作：高田保、改訂・演出：今日出海
　　　　　　台本：今日出海改訂 松竹 74丁（和）

E0042　1965（昭和40）年 2月　春の新派祭 花柳章太郎追悼公演
　　　　夜「新日本橋」3幕
　　　　　　作：高田保、演出：今日出海

E0043　1965（昭和40）年 11月　芸術祭主催公演大歌舞伎　歌舞伎座
　　　　夜「細川ガラシア夫人」5幕6場
　　　　　　作：ヘルマン・ホイヴェルス、演出：今日出海、振付：藤間勘十郎、美術監督：
　　　　　　　山口蓬春
　　　　　　出演者：中村歌右衛門、森田勘弥、坂東三津五郎ほか
　　　　　　台本：歌舞伎座上演台本 88頁
　　　　　　プログラム：「芸術祭とガラシア夫人」28頁/今日出海著

E0044　1967（昭和42）年 3月　新派3月公演　新橋演舞場
　　　　昼「花の生涯」5幕12場
　　　　　　作：舟橋聖一、脚色：北条誠、演出：今日出海・矢田弥八
　　　　　　出演者：水谷八重子、柳永二郎、森雅之ほか
　　　　　　台本：演舞場上演台本 177頁

E0045　1967（昭和42）年 5月　新橋演舞場
　　　　夜「絵島生島」7幕16場
　　　　　　作：舟橋聖一、演出：今日出海・矢田弥八
　　　　　　出演者：淡島千景、市川猿之助、柳永二郎、森雅之ほか（八重子休演）
　　　　　　台本：演舞場上演台本 176頁

E0046　1968（昭和43）年 3月　新派八十年記念公演　新橋演舞場
　　　　昼「皇女和の宮」3幕
　　　　　　作：川口松太郎、演出：今日出海、美術：伊藤熹朔
　　　　　　出演者：水谷八重子、安井昌二、市川翠扇、石井寛ほか

E0047　1968（昭和43）年 3月　新橋演舞場
　　　　夜「辰巳巷談」3幕
　　　　　　原作：泉鏡花、脚色・演出：久保田万太郎、監修：今日出海
　　　　　　出演者：水谷八重子、菅原謙二、大矢市次郎、市川翠扇ほか

E0048　1969（昭和44）年 2月　新国劇　新橋演舞場

I　著作目録（その他）　　　　　　　　　　　　　　　　　　　演劇関係

　　　　〔演目不明〕
　　　　プログラム：「沢正の大菩薩峠」2〜3頁/今日出海著

E0049　1969（昭和44）年 6月　明治座
　　　　昼「花の生涯」5幕13場
　　　　原作：舟橋聖一、脚色：北条誠、演出：今日出海・北条誠、美術：朝倉摂、音
　　　　　楽：神津善行
　　　　出演者：尾上松緑、羽左衛門、淡島千景、高橋英樹ほか

E0050　1969（昭和44）年 11月　中座
　　　　「帰郷」4幕9場
　　　　原作：大仏次郎、脚色：川口松太郎、演出：今日出海
　　　　出演者：芦田伸介、扇千景、山茶花究ほか

E0051　1970（昭和45）年 2月　尾上菊五郎劇団二月大歌舞伎　歌舞伎座
　　　　昼「源氏物語 桐壺・空蝉・夕顔・若紫・紅葉賀・賢木」6幕
　　　　脚本：舟橋聖一、演出：今日出海・巌谷慎一、美術監修：前田青邨
　　　　出演者：市川海老蔵、尾上菊之助、尾上辰之助ほか

E0052　1970（昭和45）年 10月　芸術祭主催公演　国立劇場
　　　　夜「関白殿下秀吉」6幕12場
　　　　作：舟橋聖一、演出：今日出海・伊藤信夫
　　　　出演者：中村勘三郎、中村鴈治郎、中村雀右衛門、市川猿之助ほか
　　　　台本：「関白殿下秀吉」六幕十二場/舟橋聖一作、今日出海演出『国立劇場歌舞伎
　　　　　公演上演台本 昭和45年10月』国立劇場 1970（昭和45）年10月 142頁
　　　　「演出のことば 舟橋もの演出にあたって」60頁/今日出海著『国立劇場資料集〔別
　　　　　冊〕国立劇場委嘱 新作歌舞伎作品資料集』/国立劇場調査養成部編 国立劇場
　　　　　2008（平成20）年12月 129頁

E0053　1970（昭和45）年 6月　六月歌舞伎 菊五郎劇団、市川海老蔵参加
　　　　昼「新・忠臣蔵 安宅丸」5幕6場
　　　　作：舟橋聖一、脚色：圓地文子、演出：今日出海
　　　　出演者：市川海老蔵、尾上松緑、中村梅幸ほか

E0054　1970（昭和45）年 12月　尾崎士郎七回忌　明治座
　　　　「人生劇場・残俠編」
　　　　原作：尾崎士郎、脚色：仁村美津夫、演出：今日出海
　　　　出演者：花柳昌三郎、宇津井健ほか

E0055　1971（昭和46）年 1月　新派初春興行　新橋演舞場
　　　　夜「皇女和の宮」4幕
　　　　作：川口松太郎、演出：今日出海、美術：伊藤熹朔
　　　　出演者：水谷八重子、市川海老蔵、市川翠扇ほか
　　　　プログラム：「針路を見つめよ」2〜3頁/今日出海

E0056　1971（昭和46）年 2月　松竹現代劇公演　東横劇場
　　　　「帰郷」4幕9場
　　　　原作：大仏次郎、脚色：川口松太郎、演出：今日出海、美術：織田音也、音楽：
　　　　　神津善行
　　　　出演者：芦田伸介、扇千景、飯窪精子/高松加奈子の交代
　　　　台本：東横劇場上演台本 214頁

E0057　1971（昭和46）年 10月　新派特別公演　新橋演舞場

〔E0049〜E0057〕　　　　　　　　　　　　　　　　　　　　　　　　　　　221

演劇関係　　　　　　　Ⅰ　著作目録（その他）

「女人武蔵」5幕13場
作：川口松太郎、演出：今日出海・乾譲、振付：西川右近、美術：長瀬直諒
出演者：波野久里子、光本幸子、片岡孝夫ほか
台本：演舞場新派特別公演台本 244頁

E0058　1972（昭和47）年 1月　新派初春興行　新橋演舞場
昼「帰郷」4幕9場
原作：大仏次郎、脚本：川口松太郎、演出：今日出海・増見利清、美術：織田音也
出演者：芦田伸介、波野久里子、阿部洋子、大森義夫ほか
台本：新橋演舞場 新派初春公演台本 謄写版 204頁

E0059　1972（昭和47）年 2月　尾上菊五郎劇団二月大歌舞伎　歌舞伎座
「万葉集 額田女王」5幕11場
作：谷口喜久雄、補綴：巌谷慎一、演出：今日出海・巌谷慎一、監修：久松潜一、美術：守屋多々志
出演者：尾上菊之助、尾上辰之助、市川海老蔵ほか
台本：万葉集（額田女王）上演台本 154頁

E0060　1973（昭和48）年 3月　新派三月特別興行　明治座
夜「花の生涯」6幕13場
作：舟橋聖一、脚色：北条誠、演出：今日出海、美術：織田音也
出演者：松本幸四郎、水谷八重子、菅原謙二ほか
台本：演舞場上演台本 謄写版 249頁 ほかに準備稿あり

E0061　1973（昭和48）年 4月　瑩山禅師六百五十回忌記念歌舞伎　歌舞伎座
「雲水記」3幕
作：野口達二、演出：今日出海、美術：長瀬直諒
出演者：中村歌右衛門、中村鴈治郎、坂東三津五郎ほか

E0062　1974（昭和49）年 4月　陽春四月大歌舞伎　歌舞伎座
昼「源氏物語 朧月夜かんの君」5幕8場
作：舟橋聖一、演出：今日出海・北条誠、美術監修：前田青邨・守屋多々志、音楽：宮城道雄・荻江露友
出演者：市川海老蔵、尾上菊五郎、中村吉右衛門、中村勘九郎ほか
台本：歌舞伎座上演台本 141頁

E0063　1974（昭和49）年 7月　吉例歌舞伎特別公演　名古屋中日劇場
「細川ガラシア夫人」5幕
作：ヘルマン・ホイヴェルス、監修：今日出海、演出：戸部銀作
出演者：中村歌右衛門、中村福助、中村富十郎ほか
台本：中日劇場上演台本 松竹 112頁

E0064　1974（昭和49）年 10月　新橋演舞場
「女人武蔵」
作：川口松太郎、演出：今日出海

E0065　1974（昭和49）年 11月　歌舞伎第六十八回公演　国立劇場
「戦国流転」5幕13場
原作：司馬遼太郎の短篇「割って、城を」、脚色：今日出海・北条誠、演出：今日出海・北条誠、美術：長瀬直諒
出演者：市川染五郎、中村吉右衛門、中村富十郎ほか
プログラム：脚色・演出のことば「古田織部像」25頁／今日出海著

222　　　　　　　　　　　　　　　　　　　　　　　　　　　〔E0058～E0065〕

I 著作目録(その他)　　　　　　　　演劇関係

　　　　資料集：「脚色・演出のことば 古田織部像」108頁/今日出海著『国立劇場資料集
　　　　〔別冊〕 国立劇場委嘱 新作歌舞伎作品資料集』/国立劇場調査養成部編 国立
　　　　劇場 2008(平成20)年12月 129頁

E0066　1975(昭和50)年 5月　松竹八十周年記念新派特別公演　新橋演舞場
　　　　夜「皇女和の宮」4幕
　　　　　作：川口松太郎、演出：今日出海、美術：伊藤熹朔
　　　　　出演者：水谷八重子、中村吉右衛門、坂東玉三郎、菅原謙次ほか

E0067　1976(昭和51)年 9月　帝国劇場新開場十周年記念特別公演　帝国劇場
　　　　「風と雲と虹と」3幕12場
　　　　　原作：海音寺潮五郎、脚本：水谷幹夫、演出：今日出海・小野操、美術：織田
　　　　　音也
　　　　　出演者：市川染五郎、松本幸四郎、三益愛子、村松英子ほか
　　　　　台本：謄写版 242頁

E0068　1976(昭和51)年 9月　秋の新派祭り　明治座
　　　　昼「皇女和の宮」3幕5場
　　　　　作：川口松太郎、演出：今日出海・斉藤喬、美術：伊藤熹朔・中島八郎
　　　　　出演者：水谷八重子、林与一、水谷良重、菅原謙次ほか
　　　　　台本：新派上演台本 謄写版 114頁

E0069　1977(昭和52)年 6月　六月花形歌舞伎　新橋演舞場
　　　　「千姫春秋記」4幕8場
　　　　　作：圓地文子、演出：今日出海・乾譲、美術：織田音也
　　　　　出演者：尾上菊五郎、坂東玉三郎、中村勘九郎、片岡孝夫ほか
　　　　　台本：謄写版 90頁

E0070　1977(昭和52)年 10月　錦秋花形歌舞伎 菊池寛没後三十周年記念　新橋演舞場
　　　　昼「藤十郎の恋」2幕3場
　　　　　作：菊池寛、演出：今日出海・乾譲、美術：釘町久磨次
　　　　　出演者：市川海老蔵、坂東玉三郎、中村梅枝ほか
　　　　　台本：謄写版 54頁

E0071　1978(昭和53)年 3月　陽春特別公演　明治座（創業85周年・再開場20周年記念）
　　　　「花の生涯」6幕14場
　　　　　作：舟橋聖一、脚本：北条誠、演出：今日出海・乾譲、美術：織田音也
　　　　　出演者：尾上松緑、坂東玉三郎、尾上辰之助ほか

E0072　1979(昭和54)年 6月　六月歌舞伎名作公演　新橋演舞場
　　　　夜「細川ガラシア夫人」5幕11場
　　　　　作：ヘルマン・ホイヴェルス、補綴・演出：戸部銀作、美術：織田音也、監修：
　　　　　今日出海
　　　　　出演者：中村歌右衛門、中村吉右衛門、中村富十郎ほか

E0073　1980(昭和55)年 2月　春の新派祭 水谷八重子追悼　明治座
　　　　昼「皇女和の宮」4幕（八重子十種の内）
　　　　　作：川口松太郎、演出：今日出海、美術：伊藤熹朔・中島八郎
　　　　　出演者：波野久里子、安井昌二、水谷良重ほか

E0074　1981(昭和56)年 10月　新派第10回公演　国立劇場
　　　　「鏡花描く」(台本：上・日本橋 中・婦系図、下・滝の白糸)
　　　　　作：泉鏡花、脚色：川口松太郎、振付：藤間勘十郎、監修：今日出海

〔E0066 ～ E0074〕　　　　　　　　　　　　　　　　　　　　　　　　　　　223

映画関係　　　　Ⅰ　著作目録（その他）

　　　　　　出演者：花柳武始、波野久里子、菅原謙二、水谷良重ほか
E0075　1982（昭和57）年 10月　新派第11回公演 樋口一葉名作集　国立劇場
　　　　「たけくらべ幻想」（たけくらべを題材にした舞踊劇）4景
　　　　原作：樋口一葉、脚本：川口松太郎、振付：藤間勘十郎、監修：今日出海
　　　　出演者：波野久里子、水谷良重、英太郎ほか
E0076　1983（昭和58）年 5月　団菊祭五月大歌舞伎　歌舞伎座
　　　　「源氏物語 桐壺・空蝉・夕顔・若紫・紅葉賀・賢木」6幕11場
　　　　作：舟橋聖一、演出：今日出海・戌井一郎、美術：前田青邨・守屋多々志
　　　　出演者：市川海老蔵、尾上菊五郎、尾上辰之助、中村雀右衛門ほか
　　　　台本：謄写版 143頁
E0077　1983（昭和58）年 10月　司葉子・市川海老蔵初顔合公演　大阪中座
　　　　「絵島生島」6幕11場
　　　　作：舟橋聖一、脚本・演出：伊藤信夫、監修：今日出海、美術：鳥居清光
　　　　出演者：市川海老蔵、司葉子、岩井半四郎ほか
　　　　台本：謄写版 174頁
E0078　1983（昭和58）年 12月　歌舞伎公演　国立劇場
　　　　「冬木心中」2幕3場
　　　　作：額田六福、演出：今日出海、美術：長倉稠
　　　　出演者：中村勘九郎、坂田藤十郎、市川左団次ほか
　　　　台本：謄写版 128頁
　　　　「冬木心中」2幕3場／額田六福作、今日出海演出『国立劇場歌舞伎公演上演台本』
　　　　　4冊（123）国立劇場 1983年

映画関係
― 監督・原作・スクリプター ―

E0079　「半島の舞姫」
　　　　製作：新興キネマ（東京撮影所）　1936（昭和11）年4月　白黒　（9巻）
　　　　原作：湯浅克衛、脚本：今日出海、監督：今日出海、撮影：三木茂
　　　　出演：崔承喜、菅井一郎、江川なほみ、千田是也、薄田研二
　　　　※今日出海が脚本を書き監督をした最初で最後の作品。朝鮮の舞踊家崔承喜を
　　　　　ヒロインとした踊りと音楽のドラマ。朝鮮半島にもロケをしてわずか23日で
　　　　　撮影しなければならなかったという。戦後崔承喜は北朝鮮で名誉を回復して
　　　　　1969年8月8日に死去したとのことである。フィルムの所在は不明。
E0080　「天皇の帽子」
　　　　製作：マキノ光雄 東横映画　1950年12月1日　白黒　（9巻）
　　　　原作：今日出海、脚本：棚田吾郎・村松道平、監督：斎藤寅次郎・毛利正樹、撮
　　　　　影：伊佐山三郎
　　　　出演：片岡千恵蔵、折原哲子、斉藤達雄、千秋実、清水将夫、東山千栄子
　　　　※原作「天皇の帽子」は『オール読物』1950年4月号に掲載されたユーモア中篇小
　　　　　説で、同年上期の第23回直木賞を受賞した作品。
　　　　※1958年と1959年の2回テレビドラマ化されている。
　　　　※シナリオ：「天皇の帽子」ジープ社 1950年11月 85頁
E0081　「総理大臣と女カメラマン 彼女の特ダネ」

製作：大映（東京撮影所）米田治　1952年12月29日　白黒
原作：今日出海、脚本：舟橋和郎・棚田吾郎、監督：仲木繁夫、撮影：相坂操一
出演：京マチ子、若尾文子、船越英二、菅原謙二、三宅邦子
※1952年12月『オール読物』の「彼女の特ダネ」が原作か？
※シナリオ：謄写版　1冊

E0082　「ハワイの夜」
　　　　製作：新東宝　伊藤基彦プロダクション　1953年1月9日　白黒　（10巻）
　　　　原作：今日出海、脚本：松浦健郎、監督：松林宗恵・マキノ雅弘
　　　　出演：鶴田浩二、岸恵子、水の江滝子、三橋達也ほか
　　　　※大東亜戦争の開始で日米は敵国同士となり、在米の二世の立場は苦しいものとなった。そこで二世たちは442部隊を結成してイタリア戦線で活躍した。442部隊の在郷軍人会から原作の執筆を依頼され、占領中であったが1950年8月から約40日間ハワイでの取材が認められた。戦争と恋とスポーツが絡んだ物語である。
　　　　※DVDあり

E0083　「怒れ三平」
　　　　製作：大映（東京撮影所）　1953年4月1日　白黒　（10巻）
　　　　原作：今日出海、脚本：松崎俊、監督：久松静児、撮影：山崎安一郎
　　　　出演：菅原謙二、若尾文子、高松英郎、三条美樹、進藤英太郎
　　　　※原作は『毎日新聞』夕刊に1952年10月から102回にわたって連載された同名の小説である。

E0084　「雪間草」
　　　　製作：松竹（大船撮影所）山口三郎　1953年7月8日　白黒　（9巻）
　　　　原作：今日出海、脚本：中山隆三、監督：佐々木啓祐、撮影：鶴見正二
　　　　出演：川喜多雄二、紙京子、三宅邦子、市川春代、草間百合子
　　　　※1952年2月から132回にわたって『日本経済新聞』に連載された同名の小説が原作である。

E0085　「恋化粧」
　　　　製作：東宝　田中友幸　1955年1月9日　白黒　（9巻）
　　　　原作：今日出海、脚本：西島大、監督：本多猪四郎、撮影：飯村正
　　　　出演：池部良、小泉博、越路吹雪、岡田茉莉子、青山京子
　　　　※月刊雑誌『キング』に1954年1月から6ヶ月間連載した小説「吹けよ、川風」が原作である。

E0086　「愛情の決算」
　　　　製作：東宝　藤本真澄　1956年3月28日　白黒
　　　　原作：今日出海、脚本：井手俊郎、監督：佐分利信・川西正義、撮影：山田一夫、音楽：団伊玖磨
　　　　出演：小林桂樹、佐分利信、三船敏郎、千葉一郎、田中春男、原節子、八千草薫、藤間紫
　　　　※「別冊文芸春秋」1955年6月号に掲載された「この十年（七人の仲間）」が原作である。佐分利信が監督もした作品。

E0087　「晴れた日に」
　　　　製作：松竹（大船撮影所）山内静夫　1956年8月　白黒　（11巻）
　　　　原作：今日出海、脚本：柳井隆雄、監督：大庭秀雄、撮影：厚田雄春
　　　　出演：有馬稲子、佐田啓二、高橋貞二、杉田弘子ほか

映画関係　　　　　　　Ⅰ　著作目録（その他）

※1954年11月から『読売新聞』に215回にわたって連載された同名の小説が原作。ラジオ東京「名作アルバム」でも1956年8月から9回にわたって放送された。映画と同じ有馬稲子がヒロインを演じた。

E0088　「無敵の空手！チョップ先生」
　　　　製作：東映（東京撮影所）　1956年4月4日　白黒　（8巻）
　　　　原作：今日出海、脚本：舟橋和郎・結束信二、監督：小石栄一、撮影：星島栄一、音楽：飯島三郎
　　　　出演：岡田英次、南原伸二、高倉健、堀雄二、田代百合子
　　　　※1955年8月から『読売新聞』夕刊に215回にわたって連載されたユーモア小説「チョップ先生」が原作である。
　　　　※NHKテレビドラマ『青春気流』の原作にもなり、川口浩がチョップ先生を演じた。

E0089　「笑え勘平より　消えた短剣」
　　　　製作：東映　1957年　白黒　（6巻）
　　　　原作：今日出海、脚色：小川正、監督：津田不二夫、撮影：西川庄衛
　　　　出演：松本克平、波島進、今井俊二、松浦築枝、十朱久雄
　　　　※『東京タイムス』ほか地方9紙に1956年5月から連載された「笑え勘平」が原作で2本の映画が製作された。

E0090　「笑え勘平より　摩天楼の秘密」
　　　　製作：東映　1957年　白黒　（6巻）
　　　　原作：今日出海、脚色：小川正、監督：津田不二夫、撮影：西川庄衛
　　　　出演：波島進、今井俊二、小宮光江、神楽坂浮子ほか
　　　　※「笑え勘平より　消えた短剣」に続く第2部。製作スタッフは前作と同じ、キャストもほぼ同じメンバーによる。

E0091　「東京オリンピック」
　　　　製作：オリンピック東京大会組織委員会　田口助太郎　1965年　（13巻）
　　　　脚本：和田夏十、谷川俊太郎、市川崑ほか、撮影：林田重男ほか
　　　　ナレーション：三国一朗
　　　　※今日出海はスクリプターの一人として参加している。

E0092　「日本と日本人」
　　　　製作：東宝　藤本真澄・今日出海　1970年3月　カラー　（23分 マルチスクリーン）
　　　　総監督：市川崑、脚本：谷川俊太郎
　　　　※万国博覧会日本館で上映のため

E0093　「秘録・太平洋戦争全史」
　　　　製作：東京12チャンネル　1975年
　　　　スクリプター：今日出海、草柳大蔵、五味川純平ほか
　　　　ナレーション：江守徹
　　　　※アメリカ国防省と日本の映画会社が撮影した記録映画やニュース映画を集大成させたもの。次の3章よりなる。
　　　　　1.　怒涛の章　真珠湾の奇襲からミッドウェー海戦まで
　　　　　2.　悲風の章　ガダルカナルの悲劇からサイパン島玉砕まで
　　　　　3.　落日の章　ペリリュー島玉砕から敗戦まで

E0094　「Bridge on the River Kwai」（戦場にかける橋）
　　　　製作：サム・スピーゲル
　　　　監督：デイヴィッド・リーン、製作顧問・字幕翻訳：今日出海

※ビデオカセット：ソニーピクチャースエンターテイメント 1992

放送関係
― ラジオ・テレビの原作・出演 ―

E0095 1935（昭和10）年 5月30日
　　　「港の別れ」10分間オペラ　JOAK　20：30
　　　　　作：今日出海、演出：今日出海、作曲・指揮：飯田信夫
　　　　　出演：杉村春子、藤山一郎ほか

E0096 1938（昭和13）年 12月6日
　　　「北岸部隊の歌」音楽劇　JOAK　20：00
　　　　　原作：林芙美子（「漢口従軍記」より）、脚色・演出：今日出海、作曲：飯田信夫

E0097 1948（昭和23）年 5月14日
　　　「地方文化の諸問題（座談会）」　ラジオ第2放送
　　　　　出席者：今日出海、松尾邦之助ほか

E0098 1950（昭和25）年 12月20日
　　　「世相と流行を語る（座談会）」　ラジオ　19：30
　　　　　出席者：今和次郎、今日出海、吉屋信子、平沢和重（司会）

E0099 1952（昭和27）年 12月28日
　　　「東西文士劇・白波五人男」　NHK第1放送　14：00
　　　　　出演者：久保田万太郎（日本駄衛門）、永井龍男（弁天小僧）、今日出海（忠信利平）ほか

E0100 1953（昭和28）年 11月2日
　　　「幸福への起伏」　NHK連続ホームドラマ（13回）　11月2日～1954年1月25日 月曜　20：30～21：00
　　　　　原作：今日出海、演出：永山弘、装置：島公靖
　　　　　出演者：村瀬幸子、汐見洋、松本克平、岩崎加根子ほか
　　　　　※今日出海が提案したホームドラマ。30分の連続ドラマはNHKで初めての経験であったという。

E0101 1954（昭和29）年 11月24日
　　　「風光る」　NHKテレビ　20：30～21：15
　　　　　作：今日出海、演出：梅本重信
　　　　　出演者：石黒達也、日高ゆりえほか
　　　　　※芸術祭初参加作品

E0102 1954（昭和29）年 11月28日
　　　「海の勇者」（文士劇）　NHKテレビ
　　　　　出演者：吉屋信子、小島政次郎、今日出海、近藤日出造ほか

E0103 1954（昭和29）年 12月1日
　　　「海の勇者」（文士劇）　文化放送　11：00～11：50
　　　　　出演者：同上

E0104 1955（昭和30）年 秋
　　　「芸術祭は国民大衆のものか?」　NHK放送討論会
　　　　　出演者：秦豊吉（帝劇）、内藤誉三郎（文部省）、今日出海（作家）

放送関係　　　　　　　Ⅰ　著作目録（その他）

E0105　1956（昭和31）年 5月7日～7月30日
　　　「海風が吹けば」　NHKテレビドラマ（13回）　月曜 20：30～21：00
　　　　　作：今日出海、演出：永山弘
　　　　　出演：笈川武夫、大森義夫、霧立のぼる、滝田祐介ほか

E0106　1956（昭和31）年 7月25日～8月2日
　　　「〈名作アルバム〉　晴れた日に」　ラジオ東京　9回連続 午前10：10～10：25
　　　　　原作：今日出海
　　　　　出演者：有馬稲子、桑山正一、朝丘雪路ほか

E0107　1957（昭和32）年 5月14日～7月30日
　　　「歴史は眠る」　NHKテレビドラマ　火曜 21：00～21：30
　　　　　原作：今日出海、演出：梅本重信
　　　　　出演：園井啓介、千秋みのる、外山高士、藤山竜一ほか

E0108　1957（昭和32）年 11月21日
　　　「青春回顧・特集座談会」　ニッポン放送　14：30～15：00
　　　　　出席者：今東光、今文武、今日出海、東郷青児（司会）

E0109　1958（昭和33）年 2月4日
　　　「天皇の帽子」　NTV　火曜 20：00～20：30
　　　　　原作：今日出海、脚本：白坂依志夫、演出：安藤勇二
　　　　　出演者：柳谷寛、初井言栄、中村是好、藤村有弘ほか

E0110　1958（昭和33）年 3月4日～3月25日
　　　「遠くから来た男」　NHKテレビ（4回）　火曜 21：00～21：30
　　　　　原作：今日出海、演出：永山弘
　　　　　出演者：松本克平、藤山竜一、徳大寺君枝、福田豊士ほか

E0111　1959（昭和34）年 12月28日
　　　「天皇の帽子」　CX　月曜 20：30～21：00
　　　　　原作：今日出海
　　　　　出演者：伊藤雄之助、村瀬幸子、汐見洋ほか

E0112　1961（昭和36）年 1月
　　　「三党首会見記」/今日出海　NHKテレビ
　　　　　1日 池田勇人首相との会談 首相官邸2階において
　　　　　2日 西尾末広民社党委員長との会談
　　　　　3日 江田三郎社会党書記長との会談

E0113　1964（昭和39）年 1月3日
　　　「新春党首訪問」　NHKテレビ　8：30
　　　　　元日 池田勇人首相を山岡荘八氏が訪問
　　　　　2日 河上社会党委員長を水上勉氏が訪問
　　　　　3日 西尾民社党委員長を今日出海が訪問

E0114　1965（昭和40）年 3月17日
　　　「特別番組 総理と語る 9.」　NHK総合テレビ・第一ラジオ　19：30
　　　　　出席者：内閣総理大臣・佐藤栄作、作家・今日出海、名寄農業高校校長・金森
　　　　　繁、大阪城東区主婦・中村加代子、司会・鈴木健二（アナウンサー）
　　　　　※3月18日再放送

E0115　1965（昭和40）年 9月14日

228　　　　　　　　　　　　　　　　　　　　　　　　　　　　　　　　　〔E0105～E0115〕

「特別番組 総理と語る 10.」 NHK総合テレビ・第一ラジオ
出席者：内閣総理大臣・佐藤栄作、作家・今日出海、京都大学教授・猪木正道

E0116 1967（昭和42）年 3月17日
「証言 私の昭和史 片岡蔵相失言す―昭和金融恐慌のころ」 東京12チャンネル放送
証言者：青木得三（中央大学名誉教授・旧大蔵省文書課長）、高橋亀吉（経済評論家）、今日出海（文化庁長官）
※『証言 私の昭和史 1.』東京12チャンネル報道部編 学芸所林 1969（昭和44）年6月 317頁 ￥690

E0117 1967（昭和42）年 4月5日～10月4日
「青春気流」 NHKテレビ 水曜 20：00～21：00
原作：今日出海、脚色：今日出海・須川栄三、演出：中山三雄
出演者：川口浩、広瀬みさ、松村達雄、加藤嘉ほか

E0118 1967（昭和42）年 11月20日
「なくなられた吉田総理をしのんで（座談会）」 NHKテレビ 10：15
出席者：岸信介、武見太郎、今日出海、加瀬俊一郎（司会）

E0119 1974（昭和49）年 7月2日～9月24日
「愛の山河」 NTV 火曜 22：00～22：55
原作：今日出海「雪間草」、脚本：高橋玄洋、監督：結城章介
出演者：大原麗子、若林豪、月丘夢路、美川陽一郎、宝生あやこ

E0120 1975（昭和50）年 5月16日
「日曜日のおしゃべり―放送番組のお目付け役」 仙台放送作成、青森放送、秋田テレビ、岩手放送、山形放送、福島テレビ、新潟放送、仙台放送より放映
出演者：今日出海、草柳大蔵（ききて）
※「放送番組のお目付役」73～81頁『日曜日のおしゃべり』/草柳大蔵編 OXエンタープライズ 1978年2月 198頁（サンデートーク 3）￥980
※今日出海は翌1976（昭和51）年に放送番組向上委員長に就任した。

E0121 1978（昭和53）年 11月2日・3日・4日
「かけ橋」 NHKラジオ第1放送 6：15～6：30 連続放送
出演者：今日出海
→ 2008年11月2日に再放送

E0122 1978（昭和53）年 12月3日
「座談会」 テレビ東京（12チャンネル）
出演者：井伏鱒二、永井龍男、河盛好蔵、今日出海

E0123 1979（昭和54）年 3月21日
「人に歴史あり」 テレビ東京（12チャンネル）
出演：今日出海ほか、司会：八木アナウンサー

E0124 1979（昭和54）年 7月19日
「わたしの自叙伝―ルソン島脱出記」 NHK教育テレビ 19：30
出演：今日出海

E0125 1979（昭和54）年 6月12日
「中島健蔵さんをしのぶ」 NHKラジオ第一放送 23：05

E0126 1981（昭和56）年 9月13日
「絵描きと戦争」 TBS 15：00～16：30

放送関係　　　　　　　　Ⅰ　著作目録（その他）

　　　　※藤田嗣治について語った
E0127　1984（昭和59）年 8月1日
　　　「今日出海さんを偲ぶ」　NHK総合テレビ　23：30～0：00
E0128　2008年 11月2日
　　　「かけ橋」　NHKラジオ深夜便　午前1：10～1：40
　　　　※1978年11月2・3・4日連続放送された分を30分に短縮して放送された。

Ⅱ　参考文献目録

1927

F0001 「藤間春江の婿選び」
　　　『読売新聞』　1927（昭和2）年11月25日（金）　7面　（藤間氏写真）
　　　補記：藤間春江（春枝）は後の吾妻徳穂

1930

F0002 「「風貌・姿勢」のうち今日出海」（井伏鱒二著）
　　　『作品』　1巻6号　81～83頁　1930（昭和5）年10月

1931

F0003 「今日出海氏の人」（佐藤正彰著）
　　　『作品』　2巻1号　58～59頁　1931（昭和6）年1月

1934

F0004 「アンドレ・ジイド著 今日出海訳「イザベラ」〔推薦文〕」（横光利一・文、小林秀雄・文）
　　　『文芸春秋』　12巻2号　245頁　1934（昭和9）年2月　40銭
　　　補記：六蜂書房からの出版広告の中の推薦文、この中で書名は「イザベラ」となっている

F0005 「〈作者の感想〉　大声小声」（井伏鱒二著）
　　　『文芸通信』　2巻2号　4頁　1934（昭和9）年2月　15銭
　　　注：目次では〈作家の感想〉となっている
　　　注：近代文学館の復刻版による
　　　補記：今日出海の返答は次号「野暮な話」（B0110）

1936

F0006 「〈新映画評〉　半島の舞姫 新興映画」（Q・文）
　　　『朝日新聞』　1936（昭和11）年3月31日（火）　13面

〔F0001 ～ F0006〕

1938

F0007　「「〈文芸時評〉　人情の美しさ」のうち今日出海著「秋の歌」、「勝負」を含む」（川端康成著）
　　　　『朝日新聞』　1938（昭和13）年10月2日（日）　7面

1939

F0008　「六号雑記・グラウスの時代―蝙蝠座の巻」（今日出海著）
　　　　『文学界』　6巻4号　276〜278頁　1939（昭和14）年4月
F0009　「六号雑記・グラウスの時代―PJL仏蘭西語講習会の巻」（今日出海著）
　　　　『文学界』　6巻6号　21〜27頁　1939（昭和14）年6月
F0010　「怪獣譚―今日出海学兄に捧ぐ」（渡辺一夫著）
　　　　『新潮』　36巻9号　26〜31頁　1939（昭和14）年9月
　　　　補記：今日出海の返答は次号掲載「精神の復興」（B0231）
F0011　「〈槍騎兵〉『文学界』（新年号評）」のうち「辰野隆著「忘れえぬ人々」の評/今日出海」（竹賢人・文）
　　　　『朝日新聞』　1939（昭和14）年12月23日（土）　7面

1940

F0012　「都会人について―今日出海著『大いなる薔薇』に寄す」（中島健蔵著）
　　　　『文学界』　7巻10号　132〜137頁　1940（昭和15）年10月

1941

F0013　「都会人について―今日出海のこと」　241〜249頁（中島健蔵著）
　　　　『現代作家論』　河出書房　1941（昭和16）年9月　280頁

1943

F0014　「戦塵を洗う―前線のひととき」

『オール読物』 13巻1号　グラビア　1943（昭和18）年1月　（フィリピン戦地の写真多数）

1945

F0015　「文部辞令 社会教育局文化課長 今日出海」
　　　　『朝日新聞』　1945（昭和20）年11月28日（水）　1面
F0016　「〔文部省〕文化課長に今氏」
　　　　『読売新聞』　1945（昭和20）年11月28日（水）　2面
F0017　「作家 初のお役人 文部省芸術課長 今日出海氏」
　　　　『アサヒグラフ』　44巻41号　4頁　1945（昭和20）年12月25日　（写真）　30銭

1946

F0018　「今氏証人でマニラへ」
　　　　『朝日新聞』　1946（昭和21）年1月5日（土）　2面
　　　　補記：本間雅晴中将の弁護人側の証人としてマニラへ出張
F0019　「〈官界人物記〉 文部省芸術課長 今日出海」（（百合吉）・文）
　　　　『掲載誌（紙）不明』　1946（昭和21）年5月16日
F0020　「今日出海氏〔文部省初代芸術課長〕辞職」
　　　　『朝日新聞』　1946（昭和21）年11月29日（金）　2面

1948

F0021　「〈同人巡礼〉 今日出海」（文と似顔絵・清水崑）
　　　　『文学界』　2巻1号　57頁　1948（昭和23）年1月　￥20
F0022　「山中放浪 1.」（今日出海著）
　　　　『雄鶏通信』　4巻10号　4〜7頁　1948（昭和23）年11月
F0023　「山中放浪 2. 蝙蝠荘」（今日出海著）
　　　　『雄鶏通信』　4巻11号　10〜15頁　1948（昭和23）年12月

1949

F0024　「山中放浪 3. 道遠し」（今日出海著）
　　　　『雄鶏通信』　5巻1号　2〜6頁　1949（昭和24）年1月

〔F0015 〜 F0024〕

F0025 「山中放浪 4. 断たれた望み」(今日出海著)
　　　　『雄鶏通信』　5巻2号　22〜25頁　1949(昭和24)年2月

F0026 「山中放浪 5. つぎはぎ飛行機」(今日出海著)
　　　　『雄鶏通信』　5巻3号　43〜48頁　1949(昭和24)年3月

F0027 「山中放浪 6. 住民部落」(今日出海著)
　　　　『雄鶏通信』　5巻4号　36〜41頁　1949(昭和24)年4月

F0028 「〈リレー人物月旦〉　今日出海」(辰野隆著)
　　　　『旬刊ニュース』　4巻3号　26頁　1949(昭和24)年2月10日　¥40

F0029 「〈"瓜二つ"告知板〉　今日出海氏・小国秀雄氏」
　　　　『アサヒグラフ』　51巻16号　15頁　1949(昭和24)年4月20日　(両氏の写真)

F0030 「山中放浪 7. 御来迎」(今日出海著)
　　　　『雄鶏通信』　5巻5号　43〜48頁　1949(昭和24)年5月

F0031 「マニラ退却 I.」(今日出海著)
　　　　『雄鶏通信』　5巻6号　35〜42頁　1949(昭和24)年6月

F0032 「マニラ退却 II. 蛍の国」(今日出海著)
　　　　『雄鶏通信』　5巻7号　44〜48頁　1949(昭和24)年7月

F0033 「マニラ退却 III. 対空監視異常なし」(今日出海著)
　　　　『雄鶏通信』　5巻8号　20〜26頁　1949(昭和24)年8月

F0034 「脱出―敗走千里台湾脱出(セミドキュメント)」(今日出海著)
　　　　『改造』　30巻8号　72〜85頁　1949(昭和24)年8月

F0035 『山中放浪―私は比島の浮浪人だった』(今日出海著)　日比谷出版社　1949(昭和24)年11月　290頁　¥170
　　　　内容：マニラ退却、山中挿話、山中放浪、台湾脱出、あとがき
　　　　注：口絵写真(1949年10月)

F0036 「〈文芸書 紹介と批評〉　今日出海著『山中放浪』―弥次サンのひとり旅 淡々として伝える真実」(大岡昇平著)
　　　　『図書新聞』23号　1949(昭和24)年12月6日(火)　2面
　　　　注：『図書新聞復刻版』1巻48頁 不二出版 1989年5月による

1950

F0037 「〈人と人〉　今日出海 成熟しない魅力」(中間子・文)
　　　　『夕刊毎日新聞』　1950(昭和25)年2月7日(火)　1面　(似顔絵)

F0038 「〈書評〉 戦争の悲哀―今日出海著『山中放浪』」
　　　　『朝日評論』　5巻3号　96〜98頁　1950(昭和25)年3月

F0039 「"人間"三木清を巡るペンの爆弾合戦」
　　　　『読売新聞』　1950(昭和25)年3月11日(土)　3面

F0040 「〈ブックレヴュー人物版〉　今日出海―人間の一面だけ見た嫌い 成心なく取組むことを期待」((岩)・文)

　　　　　『日本読書新聞』　1950（昭和25）年3月22日（水）　1面　（今日出海の似顔絵あり）
　　　　　注：『日本読書新聞復刻版』6巻151頁　不二出版　1988（昭和63）による

F0041　「〈人物天気図〉　今や流行作家 "雲水イズム" の今日出海」（（葉）・文）
　　　　　『夕刊朝日新聞』　1950（昭和25）年4月19日（水）　1面　（写真）

F0042　「文壇に "狸" 騒動」
　　　　　『読売新聞』　1950（昭和25）年7月1日（土）　3面

F0043　「〈ちらり パチリ〉　二流のサムライ 文芸評論家 今日出海氏」（呆助・文）
　　　　　『夕刊毎日新聞』　1950（昭和25）年7月23日（日）　1面　（写真）

F0044　「今日出海における人間の研究（上）『山中放浪』の義理堅さ」（永井龍男著）
　　　　　『夕刊朝日新聞』　1950（昭和25）年7月27日（木）　2面

F0045　「今日出海における人間の研究（下）持前の人なつっこさ」（永井龍男著）
　　　　　『夕刊朝日新聞』　1950（昭和25）年7月28日（金）　2面

F0046　「今日出海氏ハワイへ─渡米」
　　　　　『朝日新聞』　1950（昭和25）年8月1日（火）　2面

F0047　「今日出海氏ハワイへ」
　　　　　『読売新聞』　1950（昭和25）年8月1日（火）　3面　（顔写真）

F0048　「〈街の人物評論〉　今日出海」
　　　　　『中央公論』　65巻9号　117～118頁　1950（昭和25）年9月　（似顔絵あり）

F0049　「〈文学〉　今〔日出海〕氏と小山〔いと子〕氏に─直木賞の授賞決る」
　　　　　『朝日新聞』　1950（昭和25）年9月5日（火）　2面

F0050　「直木賞の二氏〔今日出海、小山いと子〕決る」
　　　　　『毎日新聞』　1950（昭和25）年9月5日（火）　2面

F0051　「USO放送局　天皇の帽子」
　　　　　『読売新聞』　1950（昭和25）年9月7日（木）　2面

F0052　「今日出海氏ら〔ハワイより〕帰国」
　　　　　『毎日新聞』大阪本社版　1950（昭和25）年9月13日（水）　3面

F0053　「〈顔〉　今日出海（作家）」
　　　　　『週刊朝日』　55巻42号　38頁　1950（昭和25）年9月24日

F0054　「〈書評〉　コント・ユモレスク─今日出海著『天皇の帽子』」
　　　　　『朝日評論』　5巻11号　152～154頁　1950（昭和25）年11月

F0055　「感想（第二十三回）直木賞選評」（井伏鱒二著）
　　　　　『オール読物』　5巻11号　193頁　1950（昭和25）年11月

F0056　「今日出海」　54～55頁
　　　　　『人物天気図』（斎藤信也著）　朝日新聞社　1950（昭和26）年12月　201頁
　　　　　￥250

F0057　「〈一頁訪問〉　今日出海」
　　　　　『オール読物』　5巻12号　51頁　1950（昭和25）年12月

F0058　「〈一九五〇年度文学賞受賞者告知板〉　天皇の帽子　今日出海」
　　　　　『アサヒグラフ』　54巻23号　16頁　1950（昭和25）年12月6日　（写真）　￥30

〔F0041～F0058〕

1951

F0059 「〈わが青春時代〉 無風の青春」(今日出海著)
　　　『小説新潮』 5巻2号 243〜244頁 1951(昭和26)年1月

F0060 「芸術放浪 1. 音楽放浪時代」(今日出海著)
　　　『芸術新潮』 2巻3号 156〜162頁 1951(昭和26)年3月 (シコラほか音楽家の写真多数)

F0061 「〈客間訪問 8.〉 横山隆一」
　　　『サンデー毎日』 30巻9号 36〜39頁 1951(昭和26)年3月4日
　　　※主人・横山隆一氏、客・今日出海、永井龍男、横山泰三、秋好馨の諸氏

F0062 「芸術放浪 2. 演劇青年時代」(今日出海著)
　　　『芸術新潮』 2巻4号 145〜154頁 1951(昭和26)年4月 (ハムレットほかの舞台写真多数)

F0063 「芸術放浪 3.〔映画監督時代〕」(今日出海著)
　　　『芸術新潮』 2巻5号 130〜142頁 1951(昭和26)年5月 (崔承喜ほか俳優女優の写真多数)

F0064 「芸術放浪」 197〜250頁 (今日出海著)
　　　『私の人物案内』 創元社 1951(昭和26)年9月 250頁 ￥220

F0065 「〈交換書評〉 今日出海著『私の人物案内』」(徳川夢声・文)
　　　『図書新聞』117号 1951(昭和26)年10月15日(月) 3面 (今日出海の写真)
　　　　注:『図書新聞復刻版』23巻63頁 不二出版 1989年5月による

F0066 「今日出海」 34頁、126〜127頁 (清水崑・文と絵)
　　　『筆をかついで』 創元社 1951(昭和26)年11月 210頁 (似顔絵) ￥200

1952

F0067 「〈親友交歓〉 今日出海氏と関口隆克氏」(関口隆克著・今日出海著)
　　　『旬刊読売』 10巻2号 グラビア 1952(昭和27)年1月21日 (両氏の写真) ￥30

F0068 「グラウスの時代」(今日出海著)
　　　『文芸』 9巻7号 42〜43頁 1952(昭和27)年7月

F0069 「青春悔あり」(今日出海著・高野三三男画)
　　　『小説新潮』 6巻10号 108〜124頁 1952(昭和27)年8月 ￥90

F0070 「青春悔なし」(今日出海著・今村寅士画)
　　　『小説新潮』 6巻13号 144〜155頁 1952(昭和27)年10月 ￥90

F0071 「小林〔秀雄〕・今〔日出海〕両氏渡欧」
　　　『朝日新聞』 1952(昭和27)年12月26日(金) 7面

F0072 「"モデル小説"でまた波紋——今日出海氏の『官僚』」
　　　　『東日』　1952(昭和27)年12月28日（日）

1953

F0073 「まじめに美術見物 ヨーロッパの今・小林両氏」
　　　　『毎日新聞』　1953(昭和28)年2月1日（日）　夕刊　2面　（両氏の写真）

F0074 「「怒れ三平」撮影開始 衣装にこる久松監督」
　　　　『毎日新聞』　1953(昭和28)年3月5日（木）　4面

F0075 「"三平"宙ブラリン！"怒れ"のロケで菅原がひや汗」
　　　　『毎日新聞』　1953(昭和28)年3月27日（金）　4面
　　　　注：「怒れ三平」は原作・今日出海。菅原は主演の菅原謙二のこと

F0076 「〈風貌・姿勢〉　今日出海」　113～114頁　（井伏鱒二著）
　　　　『現代日本随筆選 I.』　筑摩書房　1953(昭和28)年7月　221頁　¥200

F0077 「小林、今両氏〔欧米より〕きょう帰国」
　　　　『朝日新聞』　1953(昭和28)年7月4日（土）　3面　（タラップ上の両氏の写真）

F0078 「今〔日出海〕、小林〔秀雄〕両氏帰国」
　　　　『毎日新聞』　1953(昭和28)年7月4日（土）　8面

F0079 「"花の生涯"初の本読み——十月の新橋演舞場・出演者は各劇団から」
　　　　『毎日新聞』　1953(昭和28)年9月9日（水）　4面
　　　　注：原作は舟橋聖一、演出は久保田万太郎・今日出海

F0080 「〈やァこんにちは 日出造見参 14.〉　今日出海氏」
　　　　『週刊読売』　11巻88号　66～71頁　1953(昭和28)年10月25日
　　　　対談者：今日出海、近藤日出造

F0081 「〈まないた〉　今日出海の巻」
　　　　『東日』　1953(昭和28)年11月7日（土）

F0082 「珍脚本の「忠臣蔵」で文士劇」
　　　　『毎日新聞』　1953(昭和28)年11月22日（日）　8面
　　　　補記：文春祭り

F0083 「音楽評論家の立場——今日出海氏への答え」（遠山一行著）
　　　　『芸術新潮』　4巻12号　194～196頁　1953(昭和28)年12月
　　　　補記：前号今日出海の「音楽評論家に与う」（B0723）に対して

F0084 「「忠臣蔵」〔文士劇〕をスピード上演」
　　　　『毎日新聞』　1953(昭和28)年12月4日（金）　7面　（久保田万太郎、岩田専太郎
　　　　の写真）

1954

F0085 「〈人物なくて七癖〉 今日出海の巻」(清水崑・文と絵)
　　　　『キング』 30巻1号　152～155頁　1954(昭和29)年1月

F0086 「私の好きな … ゴルフ」(今日出海著、土門拳撮影)
　　　　『文芸』 11巻7号　グラビア　1954(昭和29)年7月　(鎌倉自宅の庭で)

F0087 「今日出海の胃袋」
　　　　『毎日新聞』 1954(昭和29)年7月24日(土)　6面　(顔写真)

F0088 「〈人さまざま〉作家 今日出海 身軽な足さばき」(〈天地人〉・文)
　　　　『朝日新聞』 1954(昭和29)年9月25日(土)　5面　(今日出海のカリカチュア)

F0089 「〈わが人物評〉 今日出海 器用すぎる万年青年」(那須良輔・文と絵)
　　　　『日本経済新聞』 1954(昭和29)年12月2日(木)　10面　(今日出海の漫画)

1955

F0090 「今日出海における人間の研究」　217～221頁　(永井龍男著)
　　　　『人なつこい季節』 四季社　1955(昭和30)年12月　287頁

F0091 「わが失恋紀行 懐かしな失恋」(今日出海著)
　　　　『キング』 31巻14号　90～91頁　1955(昭和30)年12月

F0092 「〈特集・百人百説 現代作家読本 一九五五年の横顔〉 今日出海」(鈴木信太郎著)
　　　　『文芸』 12巻16号　31頁　1955(昭和30)年12月　(今日出海の写真)

F0093 「今ちゃんの冒険」(大岡昇平著)
　　　　『新潮』 52巻12号　38～40頁　1955(昭和30)年12月

1956

F0094 「「チョップ先生」〔本紙夕刊連載〕 東映で撮影開始」
　　　　『毎日新聞』 1956(昭和31)年3月2日(金)　夕刊　4面

F0095 「〈映画〉 娯楽もの二つ「チョップ先生」「飛剣鷹の羽」」(岡本博著)
　　　　『毎日新聞』 1956(昭和31)年4月9日(月)　夕刊　2面
　　　　注：「チョップ先生」映画評

F0096 「「晴れた日に」最後の追込み 今氏も飛入り出演〔大船撮影所〕」
　　　　『読売新聞』 1956(昭和31)年7月19日(木)　夕刊　4面　(有馬稲子、高橋貞
　　　二、今日出海の写真)

F0097 「製作顧問に今日出海氏 コロムビアのクワイ河 … 」

『東京タイムズ』 1956（昭和31）年10月19日（金） 6面 （今・早川雪州両氏の顔写真）

F0098 「「宮本武蔵」と「三文オペラ」―28日・豪華な顔ぶれの文士劇・文芸春秋まつり」
『毎日新聞』 1956（昭和31）年11月13日（火） 夕刊 3面

1957

F0099 「〈酒談義〉 酒品」（大岡昇平著）
『小説新潮』 11巻12号 34～35頁 1957（昭和32）年9月 ¥100

F0100 「駅弁屋の上得意 今日出海氏」
『毎日新聞』 1957（昭和32）年9月22日（日） 7面

F0101 「主役はグルグル回しで分担―「文春」の文士劇・仮名手本忠臣蔵」
『毎日新聞』 1957（昭和32）年11月2日（土） 夕刊 2面
注：「今氏鷺坂判内役で出演予定」とある

F0102 「〈中間小説評〉 今日出海、久々のヒット」（LON・文）
『読売新聞』 1957（昭和32）年11月26日（火） 夕刊 3面
補記：「悪性者」について

F0103 「「きのうきょう」の新筆者―今日出海」
『朝日新聞』 1957（昭和32）年12月31日（火） 3面 （顔写真あり）

1958

F0104 「〈消息〉 今日出海氏」
『毎日新聞』 1958（昭和33）年3月30日（日）
注：アジア映画祭マニラへ中野好夫氏と出席

F0105 「今、中野〔好夫〕両氏出発 アジア映画祭へ」
『報知新聞』 1958（昭和33）年4月13日（日） 6面 （2人の写真）

F0106 「審査員の今、中野両氏が報告会 善意に満ちていたアジア各国の映画」
『報知新聞』 1958（昭和33）年5月2日（金） 6面

F0107 「〈学芸〉 今日出海著『酔いどれ船』―チンピラ青年活躍〔書評〕」
『毎日新聞』 1958（昭和33）年6月4日（水） 8面

F0108 「今日出海氏を審査員に委嘱 ベニス映画祭」
『毎日新聞』 1958（昭和33）年7月19日（土） 9面 （顔写真）

F0109 「〈横顔〉 ベニス国際映画祭審査員に選ばれた今日出海」
『産経新聞』 1958（昭和33）年7月23日（水） 3面 （写真）

F0110 「今日出海氏出発 ベニス映画祭審査員」
『報知新聞』 1958（昭和33）年8月20日（水） 6面 （写真）

F0111 「〈話題の人たち〉 今日出海氏（ベニス国際映画祭日本側委員として8月渡欧）」

〔F0098～F0111〕

　　　　　『小説新潮』　12巻13号　口絵写真　1958（昭和33）年10月　￥100
F0112　「今日出海氏帰る」
　　　　　『東京新聞』　1958（昭和33）年10月5日（日）　7面
　　　　　注：パリからの帰国記事
F0113　「山中放浪」　232〜298頁（今日出海著）
　　　　　『現代教養全集 3. 戦争の記録』（編集・解説：臼井吉見）　筑摩書房　1958（昭和33）年11月　421頁
　　　　　内容：山中放浪、台湾脱出

1959

F0114　「文壇模擬内閣 総理大臣・青野季吉、国務大臣（防衛庁長官）・今東光、官房長官・今日出海」〔他の大臣達は省略〕（大宅壮一作）
　　　　　『読売新聞』　1959（昭和34）年1月22日（木）　夕刊　3面
F0115　「私の離婚とその後の日日―今日出海氏へ」（森茉莉著）
　　　　　『新潮』　56巻3号　140〜147頁　1959（昭和34）年3月
　　　　　補記：前号今日出海の「森茉莉とその良人」（B0878）に対して
F0116　「〈短評〉のうち『人さまざま』（今日出海著）」
　　　　　『読売新聞』　1959（昭和34）年4月4日（土）　3面
F0117　「踊り人生愛恋―日本に訣別して、アメリカへ永住する徳穂が出発を前にして語る踊りと男の人生記録」（吾妻徳穂）
　　　　　『文芸春秋』　37巻6号　182〜201頁　1959（昭和34）年6月
F0118　「今日出海氏の「松川裁判」非難について」（小林茂夫著）
　　　　　『多喜二と百合子』　7巻10号　6〜9頁　1959（昭和34）年11月
F0119　「〈父の一面〉 "筋の通った"わがまま 作家今日出海氏」（今無畏子・談）
　　　　　『朝日新聞』　1959（昭和34）年11月22日（日）　17面　（日出海と無畏子（次女）の写真）

1960

F0120　「放火魔」（大岡昇平著）
　　　　　『小説新潮』　14巻1号　176〜177頁　1960（昭和35）年1月1日　￥100
F0121　「今日出海氏の薪割り」
　　　　　『週刊朝日 別冊』　35号　174頁　1960（昭和35）年1月1日
F0122　「国際映画祭審査員やめた今日出海氏」（今日出海・談）
　　　　　『山陽新聞』　1960（昭和35）年8月11日（木）　4面　（写真）
F0123　「このごろの父」（今無畏子・文）
　　　　　『週刊コウロン』　2巻34号　グラビア5頁　1960（昭和35）年8月30日

F0124 「〈雑誌評〉「勤め気」(オール読物十月号)」
　　　　『読売新聞』　1960(昭和35)年9月14日(水)　夕刊　3面
F0125 「〈読書〉　読書欄書評記事執筆のメンバーの1人」
　　　　『朝日新聞』　1960(昭和35)年10月7日(金)　7面

1961

F0126 「〈雑誌評〉「エジプトの印璽」(オール読物三月号)」
　　　　『読売新聞』　1961(昭和36)年1月31日(火)　夕刊　3面
F0127 「〈あなたのクラブをテストする 2.〉　今日出海氏の場合」(中村寅吉プロ指導)
　　　　『アサヒゴルフ』　26号　90～91頁　1961(昭和36)年6月　(両氏の写真)
F0128 「〈雑誌評〉「藁をつかむ」(オール読物九月号)」((X)・文)
　　　　『読売新聞』　1961(昭和36)年7月31日(月)　夕刊　5面
F0129 「論壇時評」のうち「今東光における人間の研究」(中央公論 10月号)
　　　　『読売新聞』　1961(昭和36)年9月27日(木)　夕刊　5面
F0130 「二十七、八日に「文芸春秋」祭り」
　　　　『毎日新聞』　1961(昭和36)年11月20日(月)　夕刊　3面
　　　　注：「「伊勢音頭」に舟橋・今両氏は女形で出演予定」とのこと
F0131 「〈マスコミ交遊録 12.〉　今日出海氏」(扇谷正造著、横山泰三・挿絵)
　　　　『銀座百店』　84号　52～55頁　1961(昭和36)年12月

1962

F0132 「〈わが小説 50.〉『山中放浪』今日出海 フィリピン敗走記録」(今日出海著)
　　　　『朝日新聞』　1962(昭和37)年1月13日(土)　11面　(写真)
F0133 「〈風貌・姿勢〉　今日出海」　426頁(井伏鱒二著)
　　　　『昭和文学全集 16. 井伏鱒二』　角川書店　1962(昭和37)年7月　458頁　￥390
F0134 「山中放浪」　104～105頁(今日出海著)
　　　　『わが小説』(朝日新聞東京本社学芸部編)　雪華社　1962(昭和37)年7月　284
　　　　頁　(写真)

1963

F0135 「今日出海氏」　84～92頁(扇谷正造著)
　　　　『マスコミ交遊録』　文芸春秋新社　1963(昭和38)年　279頁
F0136 「今日出海著『まだまだ夜だ』—生れ出る新興財閥〔書評〕」

『朝日新聞』　1963（昭和38）年1月14日（月）　4面
F0137　「〈新・人国記 198.〉　北海道(15)函館作家」(え・山口蓬春)
　　　　『朝日新聞』　1963（昭和38）年4月26日（金）　夕刊　7面
F0138　「"日向ボケ、結構" 作家 今日出海さん、黒岩重吾さん」
　　　　『朝日新聞』宮崎版　1963（昭和38）年11月7日（木）　（両氏の写真）
F0139　「「人間の研究」さまざま 今日出海著『迷う人・迷えぬ人』―〔書評〕」
　　　　『朝日新聞』　1963（昭和38）年12月9日（月）　11面

1964

F0140　「青春日々 1.」(今日出海著)
　　　　『小説新潮』　18巻1号　38～45頁　1964（昭和39）年1月
F0141　「青春日々 2.」(今日出海著)
　　　　『小説新潮』　18巻2号　104～111頁　1964（昭和39）年2月
F0142　「青春日々 3.」(今日出海著)
　　　　『小説新潮』　18巻3号　200～207頁　1964（昭和39）年3月
F0143　「〈タウン〉　パリのカツラ―今兄弟のアベコベ物語」
　　　　『週刊新潮』　9巻9号　19頁　1964（昭和39）年3月9日　（両氏の写真）
F0144　「青春日々 4.」(今日出海著)
　　　　『小説新潮』　18巻4号　272～279頁　1964（昭和39）年4月
F0145　「青春日々 5.」(今日出海著)
　　　　『小説新潮』　18巻5号　224～231頁　1964（昭和39）年5月
F0146　「青春日々 6.」(今日出海著)
　　　　『小説新潮』　18巻6号　58～65頁　1964（昭和39）年6月
F0147　「〈人〉　日生劇場で「椿姫」を演出する今日出海」
　　　　『朝日新聞』　1964（昭和39）年6月17日（水）　14面　（写真）
F0148　「青春日々 7.」(今日出海著)
　　　　『小説新潮』　18巻7号　42～49頁　1964（昭和39）年7月
F0149　「〈劇評〉　同感できる幕切れ 日生劇場「椿姫」〔今日出海演出〕」(戸板康二著)
　　　　『東京新聞』　1964（昭和39）年7月12日（日）　夕刊　4面
F0150　「青春日々 8.」(今日出海著)
　　　　『小説新潮』　18巻8号　234～241頁　1964（昭和39）年8月
F0151　「青春日々 9.」(今日出海著)
　　　　『小説新潮』　18巻9号　122～128頁　1964（昭和39）年9月
F0152　「青春日々 10.」(今日出海著)
　　　　『小説新潮』　18巻10号　66～73頁　1964（昭和39）年10月
F0153　「〈風貌・姿勢〉　今日出海」　41～43頁（井伏鱒二著）
　　　　『井伏鱒二全集 9.』　筑摩書房　1964（昭和39）年11月　501頁

F0154 「青春日々 11.」（今日出海著）
　　　　『小説新潮』　18巻11号　156〜163頁　1964（昭和39）年11月
F0155 「青春日々（最終回）」（今日出海著）
　　　　『小説新潮』　18巻12号　212〜217頁　1964（昭和39）年12月

1965

F0156 「山中放浪（抜粋）」　287〜332頁（今日出海著）
　　　　『昭和戦争文学全集 6. 南海の死闘』（昭和戦争文学全集編集委員会編）　集英社　1965（昭和40）年4月　478頁　￥390
　　　　内容：山中放浪（蝙蝠荘、道遠し、断たれた望み、つぎはぎ飛行機）
F0157 「山中放浪（抜粋）」　209〜273頁（今日出海著）
　　　　『戦争の文学 5.』　東都書房　1965（昭和40）年9月　325頁　￥450
　　　　内容：山中放浪（蝙蝠荘、道遠し、断たれた望み、つぎはぎ飛行機、住民部落、御来迎）、解説 敗戦と人間性の問題/村松剛著
F0158 「「海賊」の舞台へ 今日出海氏ら訪中」
　　　　『毎日新聞』　1965（昭和40）年9月25日（土）　夕刊　5面
　　　　注：挿絵画家の村上豊氏と同行
F0159 「〈記者席〉 閣僚席をぐっと一にらみ〔社会開発懇談会において〕」
　　　　『朝日新聞』　1965（昭和40）年12月10日（金）　2面　（顔写真）

1966

F0160 「〈本と雑誌（月刊誌散歩）〉 今日出海『海賊』日華事変の表裏描く」
　　　　『朝日新聞』　1966（昭和41）年6月19日（日）　18面

1967

F0161 「〈折り折りの人 4.〉 箱根丸―関根船長と今日出海」（高木市之助・文、岡田又三郎・絵）
　　　　『朝日新聞』　1967（昭和42）年4月20日（木）　夕刊　9面
F0162 「〈今昔文壇酒徒銘々帳 12〉 愉快坊」（巌谷大四著）
　　　　『酒』　15巻5号　54〜55頁　1967（昭和42）年5月
F0163 「苦労知らず―私の青春放浪」（今日出海著、カット・三芳悌吉）
　　　　『小説現代』　5巻8号　200〜203頁　1967（昭和42）年8月
F0164 「今日出海」　23〜25頁（井伏鱒二著）
　　　　『風貌・姿勢』　講談社　1967（昭和42）年10月　250頁　（名著シリーズ）　￥450

1967～1968　　　　　Ⅱ　参考文献目録

F0165　「〈よみうり抄〉 今日出海氏（作家）台北輔仁大学へ」
　　　　『読売新聞』 1967（昭和42）年10月27日（金） 夕刊　7面

1968

F0166　「〈ときの人〉「フロンティア協会」会長になった今日出海」（沢開進・文）
　　　　『毎日新聞』 1968（昭和43）年5月30日（木）　2面　（写真）
F0167　「文化庁長官に今日出海氏 政府折衝」
　　　　『読売新聞』 1968（昭和43）年6月5日（水）　夕刊　1面　（写真）
F0168　「今日出海氏に 文化庁の初代長官」
　　　　『朝日新聞』 1968（昭和43）年6月6日（木）　1面
F0169　「「気楽にやりますよ」今氏 文化庁長官受諾の感想」
　　　　『朝日新聞』大阪版　1968（昭和43）年6月6日（木）　夕刊　10面　（写真）
F0170　「「抱負はまだないよ」今日出海氏の弁―文化庁発足」
　　　　『朝日新聞』 1968（昭和43）年6月6日（木）　夕刊　10面　（写真）
F0171　「「文化…みんなで考えよう」新長官内定の今日出海氏語る」
　　　　『読売新聞』 1968（昭和43）年6月6日（木）　14面
F0172　「文化庁長官に今日出海氏内定」
　　　　『毎日新聞』 1968（昭和43）年6月6日（木）　4面　（写真）
F0173　「初代長官に今氏 文部省文化庁」
　　　　『東京新聞』 1968（昭和43）年6月6日（木）　3面　（写真）
F0174　「「地方文化を高めたい」―今長官、初登庁で抱負語る」
　　　　『朝日新聞』 1968（昭和43）年6月15日（土）　夕刊　11面　（文化庁の表札をか
　　　　　ける灘尾文相と今日出海の写真）
　　　　※別版では「サングラスで初登庁―初代文化庁長官の今さん」の見出しもあり
F0175　「文化庁が店開き「芸術祭再検討」今長官語る」
　　　　『毎日新聞』 1968（昭和43）年6月15日（土）　夕刊　10面　（文化庁の表札をか
　　　　　ける文相と今日出海の写真）
　　　　※別版では「文化庁が店開き―今長官「よろしく」と初登庁」の見出しもあり
F0176　「「文化だけを考えるょ」文士長官今さん初登庁」（今日出海・談）
　　　　『読売新聞』 1968（昭和43）年6月15日（土）　夕刊　10面
　　　　※文化庁の看板の前で
　　　　※別版では「新文化庁長官 今さん初登庁―"役人くさくなんかならんよ"」の見
　　　　　出しもあり
F0177　「文化庁が誕生 "文化長官"が初登庁 しゃれた姿でさっそうと」
　　　　『東京新聞』 1968（昭和43）年6月15日（土）　夕刊　6面　（写真）
　　　　※別版では「文化庁が誕生―今長官、気軽に初登庁」の見出しもあり
F0178　「〈登場〉 初代文化庁長官に決った今日出海氏」
　　　　『中部日本新聞』 1968（昭和43）年6月15日（土）　14面　（写真）

F0179 「〈人〉 初代文化庁長官になった今日出海」
　　　　『朝日新聞』　1968（昭和43）年6月18日（火）　5面　（写真）

F0180 「今文化庁長官への期待―心のやわらかさ生かして」（永井龍男・文）
　　　　『読売新聞』　1968（昭和43）年6月21日（金）　夕刊　9面　（永井氏、今日出海の写真あり）

F0181 「〈気流〉 文化庁の地方啓発に期待」（唐木健作・文）
　　　　『読売新聞』　1968（昭和43）年6月21日（金）　8面

F0182 「〈今週の顔〉 文化庁初代長官に内定した今日出海氏」（撮影・石井信夫）
　　　　『週刊朝日』　73巻26号　160頁グラビア　1968（昭和43）年6月21日

F0183 「今日出海長官の爆弾宣言」
　　　　『週刊サンケイ』　17巻27号　20～21頁　1968（昭和43）年6月24日

F0184 「"事務屋"にはならんゾと文化庁長官 今日出海へ20の質問」
　　　　『サンデー毎日』　46巻27号　116～117頁　1968（昭和43）年6月30日　（写真）

F0185 「今日出海・山中放浪・天皇の帽子」　442～443頁（酒井森之介著）
　　　　『現代日本文学大事典』　増訂縮刷版　（久松潜一ほか編）　明治書院　1968（昭和43）年7月　1426頁

F0186 「〈この人〉 知性を包む"東洋の心" 文化庁長官今日出海」（吉村暁記者・文）
　　　　『読売新聞』　1968（昭和43）年7月4日（木）　18面　（写真）

F0187 「特権意識の今文化庁長官」（丸山邦男著）
　　　　『アサヒ芸能』　1150号　12頁　1968（昭和43）年7月7日

F0188 「〈人物交差点〉 今日出海」（八公・文、中村伊助・似顔絵）
　　　　『中央公論』　83巻8号　46～47頁　1968（昭和43）年8月

F0189 「〈社会観察〉 日本文化会議 お上の御用の文化人」（め・文）
　　　　『朝日ジャーナル』　10巻32号　102～103頁　1968（昭和43）年8月4日

F0190 「〈私の仕事机〉 今日出海氏の朝鮮の大机」
　　　　『銀花』　6号　152頁グラビア　1968（昭和43）年11月

F0191 「前略 文化庁長官殿へ―美術界の醜行に改革のメスを」（木村東介著）
　　　　『月刊時事』　13巻11号　202～205頁　1968（昭和43）年11月

F0192 「文化庁長官への提言」（木村東介著）
　　　　『20世紀』　3巻11号　124～135頁　1968（昭和43）年11月

1969

F0193 「作家と作品 今東光・今日出海」　415～445頁（尾崎秀樹著）
　　　　『日本文学全集 59. 今東光・今日出海集』　普及版　集英社　1969（昭和44）年2月　444頁

F0194 「年譜 今東光・今日出海」　446～455頁（小田切進編）
　　　　『日本文学全集 59. 今東光・今日出海集』　普及版　集英社　1969（昭和44）年2月　444頁

〔F0179 ～ F0194〕

F0195 「お通夜の晩まで陽気に──今日出海氏の酒」 46〜50頁（頁の上半分）（永井龍男著）
　　　『洋酒マメ天国 19.』（サン・アド（矢田純）編）　サントリー　1969（昭和44）年
　　　147頁　サイズ97x71mm

F0196 「山中放浪」　207〜363頁（今日出海著）
　　　『日本文学全集 59. 今東光・今日出海集』　普及版　（伊藤整ほか編）　集英社
　　　1969（昭和44）年2月　444頁　￥290
　　　内容：マニラ退却、山中挿話、山中放浪、台湾脱出、注解/小田切進、作家と作
　　　　品 今東光・今日出海（両氏の写真多数）/尾崎秀樹、年譜/小田切進

F0197 「〈文化〉　〈金曜インタビュー〉　文化庁長官 今日出海氏にきく」（Y・文）
　　　『読売新聞』　1969（昭和44）年2月14日（金）　9面　（写真）

F0198 「紙の中の戦争 3. 今日出海『山中放浪』の場合」（開高健著）
　　　『文学界』　23巻3号　192〜201頁　1969（昭和44）年3月

F0199 「〈風貌・姿勢〉　4. 今日出海「入歯をつかみ出した仁木弾正」」（井伏鱒二著、中島
　　　健蔵撮影）
　　　『産経新聞』　1969（昭和44）年3月4日（火）　夕刊　3面
　　　注：1957年11月26日文芸春秋祭文士劇「忠臣蔵」の楽屋で白塗りの化粧をして出
　　　　を待つ今日出海。写真は中島健蔵氏の撮影

F0200 「〈続・現代虚人列伝〉　今日出海──文化の空中楼閣に立つ」（丸山邦男著）
　　　『現代の眼』　10巻5号　154〜161頁　1969（昭和44）年5月

F0201 「今文化庁長官が訪ソ」
　　　『日本経済新聞』　1969（昭和44）年8月21日（木）　夕刊　11面

F0202 「〈私の履歴書〉　今日出海」連載（25回）（今日出海著）
　　　『日本経済新聞』　1969（昭和44）年8月22日（金）〜9月15日（月）　20面

F0203 「今日出海」　153〜221頁（今日出海著）
　　　『私の履歴書 38.』（日本経済新聞社編）　日本経済新聞社　1969（昭和44）年12
　　　月　337頁　（写真）　￥500

1970

F0204 「鑑賞」　277〜279頁（進藤純孝・文）
　　　『日本短篇文学全集 32. 大仏次郎、獅子文六、尾崎士郎、海音寺潮五郎、今日出
　　　海』（責任編集・臼井吉見）　筑摩書房　1970（昭和45）年5月　279頁　￥360
　　　注：「激流の女」について

F0205 「〈風貌・姿勢〉　今日出海」　203〜205頁（井伏鱒二著、中島健蔵撮影）
　　　『釣人』（井伏鱒二著）　新潮社　1970（昭和45）年6月　240頁

F0206 「傷いまだ癒えず──ある報道班員の回想」（16回連載）（今日出海著、カット・向井潤吉）
　　　『読売新聞』　1970（昭和45）年7月31日（金）〜8月27日（木）　夕刊　5面

F0207 「国立劇場で「関白殿下秀吉」舟橋氏の作品を今氏が演出」
　　　『朝日新聞』　1970（昭和45）年8月19日（水）　夕刊　6面　（舟橋、今、中村勘三
　　　郎、中村鴈治郎、中村雀右衛門の顔写真）

Ⅱ　参考文献目録　　　　1970～1971

F0208　「〈気流〉　私の「桜咲く峠」」（滝忠之・文）
　　　　『読売新聞』　1970（昭和45）年9月5日（土）　21面
　　　　補記：「傷いまだ癒えず」に関わる投書

F0209　「〈病気とつきあう〉　今日出海 網膜はく離」
　　　　『東京新聞』　1970（昭和45）年9月16日（水）　6面　（写真）

F0210　「〈体験者7.〉　交通安全への証言 今日出海さん」
　　　　『毎日新聞』　1970（昭和45）年10月12日（月）　18面

1971

F0211　「〈回想旧友記1.〉　入れ歯落とした弾正 文士劇で度々共演の今日出海氏」（宮田重雄・文）
　　　　『東京新聞』　1971（昭和46）年1月29日（金）　夕刊　10面　（宮田、今の写真）

F0212　「〈舞台〉　松竹現代劇「帰郷」芦田の男っぽさ〔今日出海演出〕」（（川）・文）
　　　　『日本経済新聞』　1971（昭和46）年2月16日（火）　夕刊　12面

F0213　「役にはまった芦田―松竹現代劇「帰郷」・東横劇場」（（高）・文）
　　　　『毎日新聞』　1971（昭和46）年2月20日（土）　夕刊　5面
　　　　注：今日出海演出

F0214　「傷いまだ癒えず―ある報道班員の回想」　5～58頁（今日出海著）
　　　　『青春日々』　雷鳥社　1971（昭和46）年3月　249頁　￥680
　　　　初出：『読売新聞』（夕刊）1970年7月～8月連載

F0215　「青春日々」　59～249頁（今日出海著）
　　　　『青春日々』　雷鳥社　1971（昭和46）年3月　249頁　￥680
　　　　初出：『小説新潮』1964年1月～12月連載

F0216　「昭和前期の豊かな精神 今日出海著『青春日々』〔書評〕」
　　　　『京都新聞』　1971（昭和46）年3月6日（土）　22面

F0217　「〈忘れ得ぬ人々8.〉　文士劇 "名優" の珍奇談も豊富」（鷲尾洋三・文）
　　　　『東京新聞』　1971（昭和46）年6月10日（木）　夕刊　4面　（「父帰る」舞台写真）

F0218　「山中放浪」　43～80頁（今日出海著）
　　　　『戦争文学全集 4. 戦後篇2.』（平野謙ほか編）　毎日新聞社　1971（昭和46）年12月　362頁　￥950
　　　　内容：山中放浪（蝙蝠荘、道遠し、断たれた望み、つぎはぎ飛行機）、解説/開高健

F0219　「〈文壇百人〉　今日出海 機知縦横の快男子」（（赤頭巾）・文、似顔絵・牧野圭一）
　　　　『読売新聞』　1971（昭和46）年12月2日（木）　17面

F0220　「ダンディ長官毒舌おさめてベランメエ 芸術祭―「GHQの歌舞伎ファンが誕生手助け」（長野祐二・文、西出義宗・カメラ）
　　　　『夕刊フジ』　1971（昭和46）年12月15日（水）　9面　（写真）

〔F0208～F0220〕

1972

F0221 「今日出海『山中放浪』の場合」 81〜99頁（開高健著）
　　　　『紙の中の戦争』 文芸春秋社　1972（昭和47）年3月　276頁　￥700

F0222 「今文化庁長官が辞意」
　　　　『毎日新聞』　1972（昭和47）年6月14日（水）　夕刊　1面

F0223 「今文化庁長官が辞意」
　　　　『朝日新聞』　1972（昭和47）年6月15日（木）　2面

F0224 「"佐藤さんやめるから" 引退する"文士長官"今さん」
　　　　『読売新聞』　1972（昭和47）年6月15日（木）　14面　（写真）

F0225 「頼まれたボクもやめなくては …」
　　　　『サンケイ新聞』　1972（昭和47）年6月15日（木）　14面　（今日出海写真、佐藤首相似顔絵）

F0226 「文化人なんて偽善者 首相が「新聞記者をきらうようじゃあ …」今文化長官最後の"独演"」
　　　　『朝日新聞』　1972（昭和47）年7月1日（土）　22面　（写真あり）

F0227 「「文化はタダでは買えない」―"文人長官"今さん、最後の弁」
　　　　『読売新聞』　1972（昭和47）年7月1日（土）　14面　（写真あり）

F0228 「今度は銀座で会うか―今さん、文化庁退任の弁」
　　　　『東京新聞』　1972（昭和47）年7月1日（土）　14面　（今日出海の写真）

F0229 「"文士長官"がやめるとき」
　　　　『週刊文春』　14巻26号　20頁　1972（昭和47）年7月3日

F0230 「理事長に今氏が内定 新発足の「国際交流基金」」
　　　　『朝日新聞』　1972（昭和47）年9月18日（月）　夕刊　2面　（顔写真）

F0231 「「今理事長」本決り 国際交流基金」
　　　　『朝日新聞』　1972（昭和47）年9月19日（火）　夕刊　2面　（顔写真あり）

F0232 「初代理事長に今日出海氏―国際交流基金」
　　　　『毎日新聞』　1972（昭和47）年9月19日（火）　夕刊　2面

F0233 「国際交流基金初代理事長 今氏を了承」
　　　　『読売新聞』　1972（昭和47）年9月19日（火）　夕刊　2面　（写真）

F0234 「天声人語」
　　　　『朝日新聞』　1972（昭和47）年9月20日（水）　1面

F0235 「〈記者席〉　いい身分？ 失業すぐに再就職」
　　　　『毎日新聞』　1972（昭和47）年9月20日（水）　4面

F0236 「〈ひと〉　国際交流基金の理事長になった今日出海」（（川）・文）
　　　　『朝日新聞』　1972（昭和47）年9月26日（火）　5面　（顔写真）

F0237 「今日出海」　102〜103頁（（赤頭巾）・文）

『文壇百人』 （読売新聞文化部編） 読売新聞社 1972（昭和47）年10月 237頁 （写真）

F0238 「第2回佐藤尚武郷土大賞決まる」
『東奥日報』 1972（昭和47）年10月2日（月） 1面 （写真）

F0239 「山中放浪」 207～363頁（今日出海著）
『日本文学全集 59. 今東光・今日出海集』 豪華版 （伊藤整ほか編） 集英社 1972（昭和47）年12月 455頁 ￥590
内容：マニラ退却、山中挿話、山中放浪、台湾脱出、注解/小田切進、作家と作品 今東光・今日出海（両氏の写真多数）/尾崎秀樹、年譜/小田切進

F0240 「作家と作品 今東光・今日出海」 415～445頁（尾崎秀樹著）
『日本文学全集 59. 今東光・今日出海』 豪華版 集英社 1972（昭和47）年12月 455頁 ￥590

F0241 「年譜 今東光・今日出海」 446～455頁（小田切進編）
『日本文学全集 59. 今東光・今日出海集』 豪華版 集英社 1972（昭和47）年12月 455頁 ￥590

F0242 「今日出海学兄に」（渡辺一夫・文）
『日本文学全集 今東光・今日出海集月報』 28号 3～4頁 1972（昭和47）年12月

1973

F0243 「今日出海」 298～299頁（鈴木信太郎著）
『鈴木信太郎全集 5. 随筆』 （平井啓之編） 大修館書店 1973（昭和48）年1月 730頁

F0244 「今日出海」 129～130頁
『戦後作家の履歴』 （「国文学解釈と鑑賞;臨時増刊号」編） 至文堂 1973（昭和48）年6月 346頁

F0245 「〈現代の作家 71〉 今日出海」（撮影：秋山庄太郎）
『週刊小説』 2巻25号 巻頭グラビア 1973（昭和48）年7月6日

F0246 「今日出海」 68頁（撮影・中島健蔵、巌谷大四連著）
『その人・その頃』 丸ノ内出版 1973（昭和48）年9月 345頁
補記：文芸春秋祭文士劇「忠臣蔵」の楽屋で出を待つ白塗りの今日出海の写真（中島健蔵氏撮影1957年11月26日）、第2部は巌谷氏の自伝で、その中に今日出海が諸所に登場する

F0247 「〈月曜登板〉 産構審に発足した余暇部会の部会長 今日出海さん―精神的なゆとりを」（丹羽克彦記者・文）
『東京新聞』 1973（昭和48）年11月5日（月） 2面 （今日出海の写真あり）

〔F0238～F0247〕

1974

F0248 「春の叙勲 受章者」
　　　　『毎日新聞』　1974(昭和49)年4月29日（月）　2面

F0249 「放火魔」　88～90頁（大岡昇平著）
　　　　『大岡昇平全集 12.』　中央公論社　1974(昭和49)年5月　644頁　¥3,500

F0250 「今日出海『山中放浪 私は比島戦線の浮浪人だった』」　154～155頁（佐々木啓一著）
　　　　『現代小説事典;国文学解釈と鑑賞 臨時増刊号』（大久保典夫、笠原伸夫編）　39巻9号　1974(昭和49)年5月28日　¥1,500

1975

F0251 「張切る卯年生まれの作家」撮影：林忠彦、「星のせい」（今日出海・文）
　　　　『週刊小説』　4巻2号　巻頭グラビア　1975(昭和50)年1月10/17日（合併）

F0252 「今ちゃんの冒険」　156～158頁（大岡昇平著）
　　　　『大岡昇平全集 14.』　中央公論社　1975(昭和50)年2月　499頁　¥3,500

F0253 「酒品」　173～175頁（大岡昇平著）
　　　　『大岡昇平全集 14.』　中央公論社　1975(昭和50)年2月　499頁　¥3,500

F0254 「〈昭和50年をつくった700人〉 今日出海」（進藤純孝著）
　　　　『文芸春秋 デラックス 増刊』　2巻3号　125頁　1975(昭和50)年2月　（写真）

F0255 「〈私の愛蔵〉 愛蟬記」
　　　　『週刊小説』　4巻17号　71～72頁　1975(昭和50)年5月9日　（写真）

F0256 「〈風貌・姿勢 その三〉 今日出海」　360～362頁（井伏鱒二著、中島健蔵撮影）
　　　　『井伏鱒二全集 14.』　筑摩書房　1975(昭和50)年7月　515頁

1976

F0257 「〈自伝抄〉 拾った命」連載20回（今日出海著）
　　　　『読売新聞』　1976(昭和51)年1月28日(金)～2月21日（月）　夕刊　5面

F0258 「〈玄関望見〉 今日出海（作家）鎌倉市二階堂」（菅洋志・文と撮影）
　　　　『週刊現代』　18巻4号　巻頭グラビア　1976(昭和51)年1月29日

F0259 「新委員長に今氏 放送番組向上委〔員会〕」
　　　　『朝日新聞』　1976(昭和51)年4月8日（木）　22面

F0260 「〈放送番組〉 "お目付役"に今さん〔放送番組向上委員会委員長〕」
　　　　『毎日新聞』　1976(昭和51)年4月8日（木）　18面

II　参考文献目録　　　　　　1976～1978

F0261　「〈反射光〉　向上しろといったって」
　　　　『朝日新聞』　1976(昭和51)4月9日（金）　24面
F0262　「〈エトセトラ〉「たたりこわい」と出演者はげます」
　　　　『朝日新聞』　1976(昭和51)年8月28日（土）　夕刊　4面
　　　　補記：帝劇新開場十周年記念公演「風と雲と虹と」の演出でのあいさつ

1977

F0263　「〈Salon〉　あいつのゴルフ」(那須良輔・文、針すなお・え)
　　　　『週刊文春』　19巻17号　55頁　1977(昭和52)年4月28日
　　　　補記：今日出海・小林秀雄氏とのゴルフ交友
F0264　「〈自伝抄〉　旅の環 18. 展覧会成功に三氏の力」(東山魁夷・文)
　　　　『読売新聞』　1977(昭和52)年6月20日（月）　夕刊　6面
　　　　補記：三氏とは今日出海国際交流基金理事長、森本孝順唐招提寺管長、谷口吉
　　　　郎建築研究所長
F0265　「拾った命」　193～238頁（今日出海著）
　　　　『自伝抄 II』　(笠井晴信編)　読売新聞社　1977(昭和52)年8月　282頁　￥980
F0266　「今日出海」　65～66頁（河盛好蔵著）
　　　　『日本近代文学大事典 2.』（日本近代文学館編）　講談社　1977(昭和52)年11月
　　　　564頁　（写真）

1978

F0267　「女優時代」　53～59頁（吾妻徳穂著）
　　　　『女でござる』　読売新聞社　1978(昭和53)年3月　270頁　￥1,300
F0268　「〈シリーズ日本人〉　今日出海」（今日出海・文、撮影・渡辺雄吉）
　　　　『中央公論』　93巻5号　巻頭グラビア　1978(昭和53)年5月
F0269　「〈文化〉　このごろ　今日出海さん」（篠原寛記者・文、野村成次・写真）
　　　　『サンケイ新聞』　1978(昭和53)年5月13日（土）　夕刊　5面　（今日出海の写真
　　　　あり）
F0270　「今日出海さん―わが酒中交遊記」（那須良輔・文と画）
　　　　『銀座百点』　284号　60～64頁　1978(昭和53)年7月　（似顔絵）　￥150
F0271　「〈テレビ人語録〉　放送番組向上委員会委員長今日出海氏 気になる視聴率万能」
　　　　((洋)・文)
　　　　『朝日新聞』　1978(昭和53)年7月11日（火）　24面
F0272　「文化功労者の略歴」のうち今日出海
　　　　『朝日新聞』　1978(昭和53)年10月27日（金）　夕刊　14面　（顔写真あり）
F0273　「文化功労者　今日出海」

〔F0261～F0273〕　　　　　　　　　　　　　　　　　　　　　　　　　　　　253

1978〜1979　　　　　　　　　Ⅱ　参考文献目録

　　　　　『毎日新聞』　1978（昭和53）年10月27日（金）　夕刊　1面
F0274　「文化勲章 文化功労賞 略歴」のうち今日出海
　　　　　『読売新聞』　1978（昭和53）年10月27日（金）　夕刊　14面　（顔写真あり）
F0275　「文化功労者を表彰」
　　　　　『朝日新聞』　1978（昭和53）年11月6日（月）　夕刊　10面
F0276　『山中放浪―私は比島の浮浪人だった』（今日出海著）　中央公論社　1978（昭和53）
　　　　　年12月　270頁　（中公文庫）　￥340
　　　　　　　内容：マニラ退却、山中挿話、山中放浪、台湾脱出、あとがき（昭和二十四年十
　　　　　　　　月）、文庫版あとがき、フィリピン・ルソン島要図（扉裏）

1979

F0277　「今日出海 作家兼行政官」
　　　　　『日中画報』　3巻3期　21〜25頁　1979（昭和54）年　（中国語）
F0278　「コーヒーと出会った頃―珈琲の記憶」（今日出海・文）
　　　　　『中央公論』　94巻2号　巻中カラーグラビア　1979（昭和54）年2月
　　　　　　　補記：ネスカフェのコマーシャル
F0279　「人と庭 今日出海（鎌倉市二階堂）」（文と撮影・井上和博）
　　　　　『人と日本』　12巻5号　巻頭カラーグラビア　1979（昭和54）年5月
F0280　「「天平の甍」配役など決まる 来春公開へ」
　　　　　『読売新聞』　1979（昭和54）年5月16日（水）　夕刊　7面
　　　　　　　補記：今日出海は同映画製作委員会委員長
F0281　「〈文化〉　芸術祭執行委員長に今日出海氏」
　　　　　『朝日新聞』　1979（昭和54）年6月15日（金）　22面
F0282　「〈ビデオテープ〉 私の自叙伝―「今日出海・ルソン島脱出記」」
　　　　　『朝日新聞』　1979（昭和54）年7月25日（水）　24面
　　　　　　　注：7月19日夜7時30分NHK教育テレビで放映された
F0283　「伝統文化振興財団を設立へ―ポーラ化粧品」
　　　　　『日経産業新聞』　1979（昭和54）年9月8日（土）　8面
　　　　　　　注：今日出海が会長就任予定
F0284　「今日出海」　20+144頁（田沼武能・撮影と文）
　　　　　『文士 田沼武能写真集』　新潮社　1979（昭和54）年10月　181頁　￥5,000
F0285　「"美しい東京"論議 都顧問会議、初顔合わせ」
　　　　　『読売新聞』　1979（昭和54）年10月23日（火）　21面
　　　　　　　補記：今日出海はメンバーの1人
F0286　「兄弟二代・異端の文学〔うち今東光と今日出海のこと〕」　109〜116頁（清藤碌郎著）
　　　　　『津軽文士群（文壇資料）』　講談社　1979（昭和54）年11月　270頁　￥1,400
F0287　「今日出海さん」　105〜114頁（那須良輔・文と画）
　　　　　『わが酒中交遊記』　講談社　1979（昭和54）年12月　233頁

1980

F0288 「〈めぐりあい〉 今日出海さん」(村田博・文)
　　　『毎日新聞』 1980(昭和55)年3月31日(月) 夕刊 3面 (村田氏、荒川豊蔵氏、今氏の写真)

F0289 「〈カラー版 うちの三代目〉 今日出海さん」(今日出海談、撮影・田沼武能)
　　　『中央公論』 95巻4号 巻中カラーグラビア 1980(昭和55)年4月
　　　補記:孫の有紀と成志と共に自宅で

F0290 「今日出海さんたちの大正元年の草野球—下田プロ野球コミッショナーはトンネルばかり?!」(竹内惇(本誌記者)・文)
　　　『週刊朝日』 85巻33号 166～167頁 1980(昭和55)年7月25日 (下田氏・今氏の写真)

F0291 「今日出海氏を座長に発足 名誉都民選考委」
　　　『朝日新聞』 1980(昭和55)年8月30日(土) 20面

F0292 「名誉都民に6人 15年ぶり復活」のうち名誉都民推薦委員会座長今日出海の談話あり
　　　『読売新聞』 1980(昭和55)年9月13日(土) 22面

F0293 「新会長に今日出海氏 国立劇場」
　　　『読売新聞』 1980(昭和55)年9月30日(火) 夕刊 10面

F0294 「初回から活発意見—総合芸術文化施設建設懇・東京都豊島区」
　　　『読売新聞』 1980(昭和55)年11月5日(水) 20面
　　　補記:懇談会会長には今日出海が選出された

1981

F0295 「〈インテリア・エクステリア〉 今日出海さん どっかりまきストーブ」
　　　『読売新聞』 1981(昭和56)年1月14日(水) 31面 (写真)

F0296 「八つ岳山麓にオープンしたアトリエ群」
　　　『毎日グラフ』 34巻20号 26～30頁 1981(昭和56)年5月17日 (今日出海を含む写真多数)

F0297 「〈新人国記'81〉 147 神奈川県 4 多彩な鎌倉文化人」
　　　『朝日新聞』 1981(昭和56)年11月6日(金) 夕刊 1面 (永井龍男氏、浄智寺井上禅定氏の写真)

1982

F0298 「池袋に総合芸術の殿堂 都懇談会が答申」

1982～1984　　　　　Ⅱ　参考文献目録

　　　　　『日本経済新聞』　1982（昭和57）年1月30日（土）　23面
　　　　　　補記：懇談会会長は今日出海
F0299　「今日出海における人間の研究」　354～356頁（永井龍男著）
　　　　　『永井龍男全集11.』　講談社　1982（昭和57）年2月　435頁　￥4,200
F0300　「〈我が家の夕めし〉　菜食から肉食へ転換」（今日出海・文、内田祥司（本誌）・撮影）
　　　　　『アサヒグラフ』　3077号　122頁グラビア　1982（昭和57）年3月26日　￥450
F0301　「〈ドラマ30年⑥〉　ホームドラマ 今日出海氏が考案」（原田信夫記者・文）
　　　　　『読売新聞』　1982（昭和57）年5月8日（土）　夕刊　6面

1983

F0302　『昭和文学盛衰史 上・下』（高見順著）　福武書店　1983（昭和58）年3月　2冊　（文芸選書）
　　　　　補記：著作を通して諸所に今日出海との関わりあり
F0303　「テンプラ火事 ぬれた毛布で消す」
　　　　　『サンケイ新聞』　1983（昭和58）年5月25日（水）　21面　（今日出海の写真）
F0304　「〈ひと〉　今度は文化財15万点を直接守る責任者です 今日出海」（山野上純夫・文）
　　　　　『毎日新聞』　1983（昭和58）年9月30日（金）　3面　（顔写真）
F0305　「今日出海」　121～189頁（今日出海著）
　　　　　『私の履歴書 文化人4.』（日本経済新聞社編）　日本経済新聞社　1983（昭和58）年11月　482頁　（写真）　￥3,500

1984

F0306　「初代文化庁長官 今日出海氏が死去」1面、「故今日出海氏 作家の枠超えた生涯」23面
　　　　　『朝日新聞』　1984（昭和59）年7月31日（火）　（顔写真）
　　　　　※23面には大岡昇平氏、河盛好蔵氏の談話あり
F0307　「文化庁初代長官 今日出海氏が死去」1面、「べらんめえ文人 野人の風ぼう、最後まで 今日出海さん」21面
　　　　　『毎日新聞』　1984（昭和59）年7月31日（火）　（今日出海の写真）
　　　　　※永井龍男氏、横山隆一氏の談話あり
F0308　「作家、初代文化庁長官 今日出海氏死去」1面、「べらんめえ文化人 今日出海さん 愛された80年の生涯」23面
　　　　　『読売新聞』　1984（昭和59）年7月31日（火）　（写真）
　　　　　※大岡昇平氏、中村光夫氏、有光次郎氏の談話あり
F0309　「編集手帳」
　　　　　『読売新聞』　1984（昭和59）年8月1日（水）　1面
　　　　　補記：今日出海のこと

II　参考文献目録　　　　　　　　　　　　　　　1984

F0310　「故今日出海氏に〔天皇より〕供物料」
　　　　『毎日新聞』　1984(昭和59)年8月1日(水)　19面

F0311　「地獄を見た人の円満さ」(大岡昇平・文)
　　　　『毎日新聞』　1984(昭和59)年8月1日(水)　夕刊　5面

F0312　「今さんに別れ惜しんで 800人参列し教会で葬儀」
　　　　『朝日新聞』　1984(昭和59)年8月2日(木)　22面　(雪ノ下カトリック教会での葬儀の写真)

F0313　「最後の別れを惜しむ 今日出海さん葬儀」
　　　　『毎日新聞』　1984(昭和59)年8月2日(木)　19面

F0314　「今日出海さん告別式 800人最後の別れ」
　　　　『読売新聞』　1984(昭和59)年8月2日(木)　22面　(献花する会葬者の写真)

F0315　「今日出海君を悼む アイスクリームのこと」(永井龍男著)
　　　　『読売新聞』　1984(昭和59)年8月3日(金)　夕刊　11面　(顔写真)

F0316　「今さんのこと」(巌谷大四著)
　　　　『サンケイ新聞』　1984(昭和59)年8月4日(土)　夕刊　5面　(今日出海の写真)

F0317　「〈タウン〉　今日出海氏の死にざま」
　　　　『週刊新潮』　29巻32号　21頁　1984(昭和59)年8月9日

F0318　「〈This Week〉　入れ歯を隠し、チェロを愛した美食家。江戸っ子より粋な 今日出海の死」
　　　　『週刊文春』　26巻32号　28頁　1984(昭和59)年8月9日　￥230

F0319　「〈close up〉「小説家の枠を超えた作家」今日出海さんの葬儀には天皇陛下から祭粢料が届けられた」
　　　　『週刊文春』　26巻33号　巻頭グラビア　1984(昭和59)年8月16/23日　(母今あや、東光、文武、日出海3兄弟、明治43年の写真)　￥230

F0320　「文学の介在せぬ五十年―今日出海君の思い出」(川口松太郎著)
　　　　『文学界』　38巻10号　170～174頁　1984(昭和59)年10月

F0321　「〈追悼・今日出海〉 同人雑誌の頃」(井伏鱒二著)
　　　　『新潮』　81巻10号　222～224頁　1984(昭和59)年10月

F0322　「〈追悼・今日出海〉 百日紅」(永井龍男著)
　　　　『新潮』　81巻10号　224～225頁　1984(昭和59)年10月

F0323　「〈追悼・今日出海〉 思い出すことども」(大岡昇平著)
　　　　『新潮』　81巻10号　225～229頁　1984(昭和59)年10月特大号

F0324　「〈追悼・今日出海〉 またとない友」(河盛好蔵著)
　　　　『新潮』　81巻10号　229～232頁　1984(昭和59)年10月

F0325　「〈追悼・今日出海〉 今日出海を口説いた話」(丹羽文雄著)
　　　　『新潮』　81巻10号　232～236頁　1984(昭和59)年10月

F0326　「今日出海」　627頁　(河盛好蔵著)
　　　　『日本近代文学大事典』　机上版　(近代文学館、小田切進編)　講談社　1984(昭和59)年10月　1839頁　(写真)

F0327　「今日出海さんのこと(エッセイEssay)」(高橋義孝著)

『正論』 141号　21～22頁　1984（昭和59）年10月　￥550
F0328　「〈男性自身 1077〉　今日出海先生」（山口瞳著）
　　　　『週刊新潮』　29巻44号　74～75頁　1984（昭和59）年11月1日

1985

F0329　「芸術放浪」　188～241頁（今日出海著）
　　　　『私の人物案内』　中央公論社　1985（昭和60）年7月　250頁　（中公文庫）　￥380
F0330　「故今日出海さんをしのぶ会に千人」
　　　　『読売新聞』　1985（昭和60）年7月16日（火）　夕刊　7面
F0331　「今日出海を偲ぶ――一周忌を終えて」（内海誓一郎著）
　　　　『音楽芸術』　43巻10号　89～93頁　1985（昭和60）年10月

1986

F0332　「今日出海」　62～63頁（林忠彦・文と写真）
　　　　『文士の時代 写真集』　朝日新聞社　1986（昭和61）年4月　236頁
F0333　「〈創造の感動に生きる人々〉　世界に踊る・吾妻徳穂 2.―踊りと恋と仏への帰依―
　　　　連載対談」
　　　　『正論』　195号　186～197頁　1986（昭和61）年5月　￥550
　　　　　対談者：吾妻徳穂、鹿内信隆
F0334　「今日出海先生」　83～87頁（山口瞳著）
　　　　『私の根本思想』　新潮社　1986（昭和61）年9月　280頁　（男性自身シリーズ 21）

1987

F0335　「百日紅―今日出海追悼」　175～179頁（永井龍男著）
　　　　『落葉の上を』　朝日新聞社　1987（昭和62）年7月　234頁　￥1,600

1988

F0336　「今日出海」　533頁（河盛好蔵著）
　　　　『新潮日本文学辞典』増補改訂　（新潮社辞典編集部編）　新潮社　1988（昭和63）
　　　　年1月　1756頁　￥6,500
F0337　「今日出海」　62～63頁（林忠彦・文と写真）

『文士の時代』 朝日新聞社 1988(昭和63)年7月 218頁 (朝日文庫) ￥680
F0338 「今日出海さん」 67〜71頁（吾妻徳穂著）
『踊って躍って八十年―思い出の交遊記』 読売新聞社 1988(昭和63)年11月 213頁 ￥1,800

1989

F0339 「今日出海」 63頁
『芥川賞・直木賞100回記念展』 （日本文学振興会・日本近代文学館編集・発行） 1989(平成1)年 97頁

F0340 「今日出海」 82, 162, 177頁
『作家の顔 文壇エピソード・写真館』 文芸春秋社 1989(平成1)年 210頁
注：芥川賞・直木賞第100回記念

F0341 「今日出海の比島戦記―山中放浪・天皇の帽子」 43〜52頁（尾崎秀樹著）
『大衆文学の歴史(下)』 講談社 1989(平成1)年3月

1990

F0342 「今日出海」 129〜140頁（巖谷大四著）
『かまくら文壇史―近代文学を極めた文士群像』 かまくら春秋 1990(平成2)年5月 277頁

1991

F0343 「またとない友」 196〜200頁（河盛好蔵著）
『水晶の死―1980年代追悼文集』 （立松和平編） 鈴木出版 1991(平成3)年 537頁

F0344 「思い出すことども」 200〜205頁（大岡昇平著）
『水晶の死―1980年代追悼文集』 （立松和平編） 鈴木出版 1991(平成3)年 573頁

F0345 「今日出海」 239〜240頁（鈴木信太郎著）
『記憶の蜃気楼―現代日本のエッセイ』 講談社 1991(平成3)年1月 348頁 （講談社文芸文庫） ￥980

F0346 「今日出海氏を偲ぶ」 244〜249頁（永井龍男著）
『東京の横丁』 講談社 1991(平成3)年1月 293頁 ￥2,000

F0347 「同人雑誌の頃（今日出海）」 203〜208頁（井伏鱒二著）
『文士の風貌』 福武書店 1991(平成3)年4月 365頁 ￥2,400

1992

F0348 「今日出海のフィリピン従軍―《大東亜共栄圏》の建設と崩壊」 185〜205頁（上田博著）
　　　『作家のアジア体験;近代文学の陰画』（芦谷信和、上田博、木村一信編） 世界思想社 1992(平成4)年2月 285頁 （世界思想ゼミナール）
　　　内容：フランス的知性の行方、「文化の戦士」フィリピン従軍、三木の印象、数奇な運命、全比島攻略経過図、関連作品原文として「比島従軍(抜粋)」203〜205頁の掲載あり

F0349 「第二三回 一九五〇年上半期 今日出海 受賞作『天皇の帽子』」 345〜348頁
　　　『芥川・直木賞―受賞者総覧―1992年版』（編集代表・溝川徳二） 教育社 1992(平成4)年7月 681頁

1993

F0350 「同人雑誌の頃（今日出海）」 167〜171頁（井伏鱒二著）
　　　『文士の風貌』 福武書店 1993(平成5)年6月 301頁 （福武文庫） ¥650

F0351 「〈笑わぬでもなし 244〉 正直」（山本夏彦著）
　　　『諸君』 25巻7号 322〜323頁 1993(平成5)年7月

F0352 『晩年の中川一政先生』（佐々木惣助著） 中央公論社 1993(平成5)年7月 237頁 ¥1,800
　　　注：30〜33頁に小林秀雄・今日出海との交友が記されている

1994

F0353 「今日出海先生」 265〜270頁（山口瞳著）
　　　『男性自身―木槿の花』 新潮社 1994(平成6)年 386頁 （新潮文庫）

F0354 「戦争と人間―今日出海、里村欣三、竹山道雄」 153〜167頁（村松剛著）
　　　『西欧との対決：漱石から三島、遠藤まで』 新潮社 1994(平成6)年2月 249頁 ¥1,800

F0355 「とむらい酒の話」 152〜153頁（斎藤茂太著）
　　　『男を磨く酒の本』 PHP研究所 1994(平成6)年5月 200頁 （PHP文庫） ¥460

1995

F0356 『1945年マニラ新聞―ある毎日新聞記者の終章』(南条岳彦著)　草思社　1995(平成7)年2月　269頁
　　　　注：『山中放浪』よりの引用あり

F0357 「酒品」　589～591頁（大岡昇平著）
　　　　『大岡昇平全集 17.』　筑摩書房　1995(平成7)年5月　812頁

F0358 「今日出海著『山中放浪』」　592頁（大岡昇平著）
　　　　『大岡昇平全集 17.』　筑摩書房　1995(平成7)年5月　812頁

F0359 「今ちゃんの冒険」　593～596頁（大岡昇平著）
　　　　『大岡昇平全集 17.』　筑摩書房　1995(平成7)年5月　812頁

F0360 「放火魔」　597～599頁（大岡昇平著）
　　　　『大岡昇平全集 17.』　筑摩書房　1995(平成7)年5月　812頁

F0361 「地獄を見た人の円満さ」　600～602頁（大岡昇平著）
　　　　『大岡昇平全集 17.』　筑摩書房　1995(平成7)年5月　812頁

F0362 「思い出すことども」　603～608頁（大岡昇平著）
　　　　『大岡昇平全集 17.』　筑摩書房　1995(平成7)年5月　812頁

F0363 「〈芸術祭コラム〉　今日出海氏と「芸術祭」草創期」　117～120頁（桑原経重著）
　　　　『芸術祭五十年 前後日本の芸術文化史』　ぎょうせい　1995(平成7)年12月　500頁

1996

F0364 「大声小声」　348～349頁（井伏鱒二著）
　　　　『井伏鱒二全集 4.』　筑摩書房　1996(平成8)年12月　665頁　￥5,768

1997

F0365 「今日出海」　61～62頁
　　　　『鎌倉文学散歩;雪ノ下・浄明寺方面』　鎌倉文学館　1997(平成9)年　206頁
　　　　（鎌倉文学館資料シリーズ Ⅲ）
　　　　注：同館のホームページにも同様の記述あり

F0366 「〈風貌・姿勢〉　今日出海」　274～275頁（井伏鱒二著）
　　　　『井伏鱒二全集 2.』　筑摩書房　1997(平成9)年2月　579頁　￥5,768

F0367 「〈風貌・姿勢〉　今日出海」　397～399頁（井伏鱒二著、中島健蔵撮影）
　　　　『井伏鱒二全集 24.』　筑摩書房　1997(平成9)年12月　630頁　￥5,800

補記：文芸春秋祭の文士劇「忠臣蔵」楽屋で白塗りの化粧をしているが、眼鏡をかけていて後ろに世話をしている桂子が写っている。

1998

F0368 「感想（第二十三回）直木賞選評」　565〜566頁（井伏鱒二著）
　　　『井伏鱒二全集 14.』　筑摩書房　1998（平成10）年6月

1999

F0369 「今日出海の徴用体験」　26〜35頁（竹松良明著）
　　　『植民地下、占領下における日本文学についての総合的研究：研究成果報告』
　　　（神谷忠孝・研究代表者）　1999（平成11）年
　　　補記：北海道大学文学部神谷忠孝教授を中心に行われた国文学分野の研究で、
　　　　　　1998・1999年の科学研究費による研究成果
F0370 「〈日本文学の百年 57. もう一つの海流〉　今日出海『山中放浪』」（尾崎秀樹著）
　　　『東京新聞』　1999（平成11）年6月14日（月）　夕刊　9面

2000

F0371 「〈ちらり パチリ〉　二流のサムライ 文芸評論家 今日出海氏」　35頁（呆助・文）
　　　『ドキュメント人と業績大事典 10.』　ナダ出版センター　2000（平成12）年2月
　　　注：新聞切抜きの複製（『夕刊毎日新聞』1950年7月23日）
F0372 「〈人と人〉　今日出海 成熟しない魅力」　33頁（中間子・文）
　　　『ドキュメント人と業績大事典 10.』　ナダ出版センター　2000（平成12）年12月
　　　240, 55頁
　　　注：新聞切抜きの複製（『夕刊毎日新聞』1950年2月7日）
F0373 「〈人物天気図〉　今や流行作家 "雲水イズム"の今日出海」　34頁（（葉）・文）
　　　『ドキュメント人と業績大事典 10.』　ナダ出版センター　2000（平成12）年12月
　　　注：新聞切抜きの複製（『夕刊朝日新聞』1950年4月19日）
F0374 「〈人〉　初代文化庁長官になった今日出海」　36頁
　　　『ドキュメント人と業績大事典 10.』　ナダ出版センター　2000（平成12）年12月
　　　注：新聞切抜きの複製（『朝日新聞』1968年6月18日）
F0375 「今文化庁長官が辞意」　36頁
　　　『ドキュメント人と業績大事典 10.』　ナダ出版センター　2000（平成12）年12月
　　　注：新聞切抜きの複製（『朝日新聞』1972年6月15日）

2001

F0376 「ジイド著 今日出海訳「イザベル」」 85頁（小林秀雄著）
　　　『小林秀雄全集 3. 私小説論』 新潮社 2001（平成13）年12月 485頁

2002

F0377 「『267 秋の歌』今日出海」 160～161頁
　　　『近代戦争文学事典』 第7輯 （矢野貫一編） 和泉書院 2002（平成14）年5月 417頁 （和泉事典シリーズ 11.）
F0378 「今日出海」 320頁
　　　『作家・小説家人名事典 新訂』 日外アソシエーツ 2002（平成14）年10月 66, 811頁 ￥9,800

2003

F0379 「ジイド著 今日出海訳「イザベル」」 89頁（小林秀雄著）
　　　『小林秀雄全作品 5.「罪と罰」について』 新潮社 2003（平成15）年2月 257頁 ￥1,700

2004

F0380 「今日出海」 4～21頁（祖田浩一著）
　　　『不機嫌な作家たち』 青蛙書房 2004（平成16）年2月 267頁
F0381 「〈蔵出し写真館 45〉 今日出海」巻頭グラビア（撮影・樋口進）、「死の淵が生んだモラリスト」272～273頁（川本三郎・文）
　　　『諸君』 36巻3号 2004（平成16）年3月
F0382 「天皇の帽子」699頁、「今日出海」 1238頁（松村良著）
　　　『日本現代小説大事典』 （浅井清・佐藤勝編） 明治書院 2004（平成16）年7月 41, 1613頁

〔*F0376* ～ *F0382*〕

2006

F0383 「芸術放浪」　197～253頁（今日出海著）
　　　　『私の人物案内』　改版　中央公論新社　2006（平成18）年12月　271頁　（中公文庫）

2007

F0384 「〈文化〉　"文化人長官"が残したもの　河合隼雄さん文化庁長官退任」
　　　　『朝日新聞』　2007（平成19）年1月23日（火）　28面　（写真）

2008

F0385 『輿論と世論――日本的民意の系譜学』（佐藤卓己著）　新潮社　2008（平成20）年9月　350頁　（新潮社選書）　￥1,470
　　　　補記：「日本および日本人 3. 日本的世論」/今日出海著『展望』1965年10月からの引用あり

Ⅲ　今日出海年譜

1903（明治36）年
11月6日　日出海は、今武平、あやの三男として函館で生まれた。長男には1898（明治31）年生まれの東光、次男は1899（明治32）年生まれの文武がいた。父武平は日本郵船に勤務していたので一家は港町を転居していた。

1905または6年　　　2歳
※日出海は、函館には2歳までしかいなかったという。その後横浜を経由して神戸に転居した。

1910（明治43）年　　7歳
※神戸市中宮小学校に入学。

1912（明治45）年　　9歳
4月　神戸市諏訪山尋常小学校に編入（男女別学となったため）。

1916（大正5）年　　13歳
3月　諏訪山尋常小学校卒業。
4月　県立神戸第一中学校に入学。
※白洲次郎氏、吉川幸次郎氏（後の京大教授）等と同級生であった。

1917（大正6）年　　14歳
4月　病気のため神戸一中を休学して、神戸衛生病院に入院。

1918（大正7）年　　15歳
4月　武平が欧州航路の船長を引退し陸上勤務となって、東京市本郷西片町10ロノ6号に住んだ。日出海も上京し、1年遅れて曉星中学校1年に入学。
※チェロを習い始め神田一ツ橋にあった音楽学校分教場に通い始めた。

1922（大正11）年　　19歳
3月　曉星中学校を4年で卒業。音楽学校への進学を断念する。
4月　新設の浦和高等学校文科丙類（仏語）に入学。佐野碩（後の演出家）と寮で同室となる。また、作曲を独学している諸井三郎氏と親交を結び、高校、大学を通じて、諸井氏等と組んでトリオを練習したり、音楽会に通ったり音楽に親しんだ。父の影響もあってか菜食主義を始める。

1923（大正12）年　　20歳
9月1日　関東大震災の時、諸井三郎氏と長瀞にいて地震に遭い、交通通信が途絶する中を後のデザイナー田中千代氏（当時は松井）一家と同道して帰

京する。

1925（大正14）年　　22歳
3月　　浦和高等学校を卒業。
4月　　東京帝国大学文学部仏蘭西文学科に入学。辰野隆先生、鈴木信太郎先生、の教えを受け、先輩の渡辺一夫先生、小林秀雄氏、佐藤正彰氏、中島健蔵氏、阿部知二氏（英文）、舟橋聖一氏（国文）等生涯にわたる友人を得る。
10月　　兄東光が主催する雑誌『文党』に短い小説「イラ」を発表。

1926（大正15）年　　23歳
6月　　「かなぶん」を『辻馬車』に発表。
9月　　舟橋聖一氏の誘いで池谷信三郎氏や河原崎長十郎氏等の新劇グループ「心座」の演出部に入ったのは第4回公演の直後だった。5回、6回の公演では舟橋氏等と合同で演出を行っている。

1927（昭和2）年　　24歳
　　※第6回公演「飢渇」を演出した時、女優として入ってきた藤間春枝（後の吾妻徳穂）氏と恋愛し、大学の卒業を待って結婚するつもりでいたが、新聞種になり、春枝さんの出奔騒ぎもあってこの恋愛は成就しなかった。

1928（昭和3）年　　25歳
2月　　同人雑誌『文芸都市』が創刊され、同人に加わる。
　　　※毎号のように創作を発表している。
3月　　東京帝国大学文学部を卒業。
4月　　東京帝国大学法学部に入学。
11月　　「心座」の村山知義氏、河原崎長十郎氏等が左傾し、舟橋氏や今氏は相容れなくなって脱退する。

1929（昭和4）年　　26歳
3月　　東京帝国大学法学部退学。
　　　※美術史研究家矢代幸雄が所長を務める美術研究所に入所、西洋美術史の研究を行う。
4月　　「泣くなお銀」を『文芸都市』に発表。他にもフランス文学、演劇論などを『文芸都市』や『悲劇喜劇』に発表する。

1930（昭和5）年　　　27歳
　　　　　　※舟橋聖一氏、池谷信三郎氏、中村正常氏等と劇団「蝙蝠座」を創設、演出を手がける。
11月 8日　美術研究所で宗教美術を研究していた林桂子と知り合って結婚。桂子はカトリック教徒だったので教会で式を挙げた。
　　　　　　※東京市外代々幡町幡ヶ谷10番地に住む。
11月27〜28日　ジャン・コクトー作、東郷青児訳「声」を舟橋氏と共に演出。
　　　　　　※『文芸都市』が廃刊になり『作品』の同人となる。

1931（昭和6）年　　　28歳
夏　　　　鎌倉は塔の辻に転居。隣家にマルクス経済学者の大森義太郎氏が住んでいた。その後、葛西カ谷に移転。この家に岸田国士氏が来訪、明治大学に山本有三を学科長とする文芸科が創設されることを伝え、参加を誘われて受諾した。

1932（昭和7）年　　　29歳
　　　　　　※鎌倉市雪ノ下411番地に転居（1軒おいて隣が大仏次郎氏邸）。
3月23日　長女圓（まど）子誕生。
4月　　　明治大学文芸科の講師に就任、「フランス文学概論」の講座を担当。
　　　　　　※『作品』、『三田評論』に評論、演劇評などを掲載する。

1933（昭和8）年　　　30歳
　　　　　　※築地座改築竣工記念にシェークスピア作「ハムレット」を久米正雄、久保栄、今日出海が合同で演出した。
11月 5日　次女無畏（むい）子誕生。

1934（昭和9）年　　　31歳
　　　　　　※ジードの「青春」、「イザベル」などの翻訳をする。

1935（昭和10）年　　　32歳
　　　　　　※「映画時評」を『文学界』にほとんど毎月執筆している。
5月　　　JOAK夜の10分間オペラ「港の別れ」の脚本の執筆と演出をした。

1936（昭和11）年　　　33歳
4月　　　明治大学文芸科科長が山本有三氏から岸田国士氏に交代し、「戯曲研究」、「脚本解説」、「近代劇論」、「トーキー論」、「フランス語」など演劇関係の講義も担当した。
　　　　　　※新興キネマの映画「半島の舞姫」のシナリオを書き、監督をした。朝鮮の女優崔承喜の舞踊と音楽の映画であった。

8月16日　父武平が食道がんのため永眠。68歳。

1937（昭和12）年　　　34歳
　　　　　※文芸家協会の書記長となる。
10月10日　アンドレ・ルボン号で神戸港よりフランスへ向った。
　　　　　※約40日の船旅であった。フランスでは、作家のアンドレ・マルロー、劇作家マルク・ベルナール、画家ルシアン・クートー、小松清等と親交を結ぶ。映画、演劇、美術館めぐりなどパリの生活を楽しんだ。

1938（昭和13）年　　　35歳
4月5日　パリのガール・ド・リヨンを小松清氏と同道で出発、フィレンツェ、ローマを経て4月15日ナポリを出港、6月神戸に入港し帰国した。
6月　　　明治大学文学部教授に昇進。
9月　　　『文学界』の同人となる。
　　　　　※フランス事情、フランス映画、演劇事情等の執筆多数。

1939（昭和14）年　　　36歳
　　　　　※『文学界』、『日本映画』に「映画時評」を毎月のように執筆している。

1940（昭和15）年　　　37歳
4月　　　学生演劇聯盟が創設され、顧問になる。
6月　　　『大いなる薔薇』（白水社）を出版。

1941（昭和16）年　　　38歳
1月　　　「日本の家族制度」について『文学界』に執筆を続ける。
6月　　　『東西雑記』三学書房より出版。
7月　　　「歌え国民詩」国民詩発表朗読会の演出。
11月初旬　文芸家協会主催の銃後文芸運動のために北九州へ講演旅行に行く。井伏鱒二、中野実、竹田敏彦氏等と同道。
11月　　　徴用令を受ける。
11月25日　東部軍司令部に集合し、身体検査を受け、東京駅から汽車で広島へ行き、宇品から輸送船で台湾を経由して澎湖島の沖合に停泊中12月8日の開戦を知る。陸軍報道班員としてフィリピンに派遣されたのであった（比島派遣軍渡1600部隊に所属）。
12月24日　ルソン島リンガエン湾で敵前上陸。

1942（昭和17）年　　　39歳
1月5日　マニラ到着。宣伝部の企画班に属し、宣撫のために映画館、劇場を再開させ、宣伝のための伝単（ポスター）の作成、映画の製作等に携わる。

3月24日	爆撃行(敵地に伝単を散布するため)。
7月	『日本の家族制度』青木書店より出版。
11月6日	徴用員の1年間の任期が終了し帰国。

1943(昭和18)年　　40歳
2月	「比島従軍」を『文学界』に5回にわたり執筆し、フィリピンでの戦争体験、文化工作に関する記事の執筆、座談会の記録など多数発表。
12月	『秋の歌』三杏書院から出版。

1944(昭和19)年　　41歳
4月	文学報国会事業部長に就任(文芸家協会が文学報国会に吸収された)。
5月14日	三女枈(のり)子誕生。
7月	桂子と3人の娘は逗子に疎開。
	※横須賀市逗子町新宿2098番地。
12月	大本営報道部から里村欣三氏と再度フィリピンに派遣され、台湾を経て空路マニラへ向う。
12月29日	マニラ着。

1945(昭和20)年　　42歳
1月6日	リンガエン湾に米軍反撃の艦砲射撃開始。日本軍と共に今、里村はマニラからの撤退開始。ブシラク村に逗留。
2月22日	バギオで里村氏戦死。
3月25日	ブシラク村を出てエチャゲに逗留。
4月末	エチャゲに不時着して修理した新司偵に同乗し、フィリピンを脱出して台湾に帰着。台湾新報に「桜咲く峠」を連載。
5月25日	渋谷区金王町の家は空襲で灰燼に帰した。
6月1日	台湾を離陸、空路を九州に向い、雁ノ巣空港に着陸。奇跡の生還を遂げた。
11月27日	文部省社会教育局長の関口泰氏からの誘いにより文部省社会教育局文化課長に就任。
12月3日	芸術課が新設され、文化課長から芸術課長に就任。
12月	明治大学文学部教授を辞任。

1946(昭和21)年　　43歳
1月6日	フィリピン最高司令官本間雅晴中将の「軍事裁判」の弁護人側証人として空路マニラへ。45日滞在。
1月	ヴィクトル・ユーゴーの「93年」を翻訳し『学生』に連載を始める(17回)。
3月	逗子より鎌倉市雪ノ下411番地に転居。
8月	「無明と愛染」(東京劇場)を演出。

9月　5日　文部省主催第一回芸術祭を2ヶ月間開催。芸術祭は今日まで継続されている。
11月28日　文部省を退官。

1947（昭和22）年　　　44歳
　　　　　　※肺炎のため病臥。約半年。
9月　　　「フィレンツェ記」を『文学界』に連載する（4回）。

1948（昭和23）年　　　45歳
11月　　　「山中放浪」（7回）を『雄鶏通信』に書き始める。

1950（昭和25）年　　　47歳
2月　　　「三木清における人間の研究」を『新潮』に掲載。
4月　　　「天皇の帽子」を『オール読物』に発表。
6月　　　「山中放浪」に続く「マニラ退却」（3回）を『雄鶏通信』に執筆。
8月　1日　羽田空港よりハワイへ。ハワイ二世在郷軍人会からの招待で第二次大戦における二世部隊の活躍を題材とした映画のシナリオを書くための取材旅行。後に「ハワイの夜」と題する映画が製作された。
9月　5日　4月に発表した「天皇の帽子」で第23回（昭和25年上半期）直木賞を受賞。
9月12日　プレジデント・ウィルソン号でハワイより帰国。横浜港で直木賞受賞を知らされる。
9月　　　今日出海作「欲望輪廻」（小説公園7月号）が新派合同興行（新橋演舞場）で上演された。
11月　3日　鎌倉市が主催して3つの文学賞受賞記念祝賀会が開かれた。
　　　　　　※大仏次郎氏「帰郷」で芸術院賞受賞、永井龍男氏「朝霧」で横光利一賞受賞、今日出海「天皇の帽子」で直木賞受賞。
12月　　　映画「天皇の帽子」（東横映画）が片岡知恵蔵主演で封切られる。

1951（昭和26）年　　　48歳
1月　　　「たぬき部落」（70回）を『時事新報』に連載開始。
3月　　　鎌倉市雪ノ下より市内二階堂34番地に転居。

1952（昭和27）年　　　49歳
2月　9日　「雪間草」（132回）を『日本経済新聞』に連載開始。後に松竹で映画化され、テレビドラマにもなった。
10月　　　「初すがた」（新橋演舞場）を演出。
10月10日　「怒れ三平」（102回）を『毎日新聞』（夕刊）に連載開始。大映で映画化される。
12月25日　小林秀雄氏と羽田を発って空路ヨーロッパへ向う。

1953(昭和28)年　　　50歳
- 1月　　　映画「ハワイの夜」(新東宝)封切。
- 5月　　　カンヌの国際映画祭に出席。
- 6月2日　イギリス・ウェストミンスター寺院におけるエリザベス女王の戴冠式に出席。
- 7月4日　小林氏とヨーロッパ旅行より帰国。フランス、イギリス、オランダ、エジプト、ギリシャ、スイス、イタリア、スペイン、オランダ、アメリカ等9カ国を9ヶ月半で廻った旅であった。戴冠式の記事を始め各地からのレポートは新聞その他に掲載された。
- 9月　　　「花の生涯」(新橋演舞場)を演出。
- 11月2日　「幸福への起伏」(13回)今日出海作。NHKより初めての連続ホームドラマとして毎週月曜日の夜に放映された。

1955(昭和30)年　　　52歳
- 3月　　　「青春怪談」(新橋演舞場)を演出。他に8月、12月にも芝居の演出をしている。
- 6月17日　「晴れた日に」(215回)を『読売新聞』に連載開始。松竹で映画化され、ラジオ東京「名作アルバム」(9回)でも放送された。
- 8月16日　「チョップ先生」(215回)を『毎日新聞』(夕刊)に連載開始。
  - ※東映で映画化され、後に「青春気流」と題してNHKでテレビドラマにもなった。

1956(昭和31)年　　　53歳
- 1月27日　母今あや、大阪府八尾市で東光が住職の天台院で永眠。88歳
- 5月18日　「笑え勘平」(339回)を『東京タイムズ』に連載開始。後に2本の映画になった。
- 9～10月　「皇女和の宮」(新橋演舞場)を演出。この年はほとんど毎月芝居の演出をしている。
- 10月　　「クワイ川にかかる橋」(コロンビア映画サム・スピーゲル製作)の日本側顧問に就任。

1957(昭和32)年　　　54歳
- ※ストラヴィンスキー作曲「兵士の物語」を演出。
- 11月21日　「あすへの話題」社会時評のコラムを『日経新聞』(夕刊)に毎週水曜日に連載開始。1960年3月23日まで。

1958(昭和33)年　　　55歳
- 1月6日　「きのうきょう」社会時評のコラム(26回)を『朝日新聞』毎週月曜日に執筆。
- 3月12日　アジア映画祭に審査委員として中野好夫氏と共にマニラへ。

8月	ヴェニス国際映画祭の日本委員として出席。その後、ヨーロッパの道路事情を視察する岸道三道路公団総裁と自動車旅行をし、コペンハーゲンで田付景一大使と旧交を温めた。

1959（昭和34）年　　　56歳

4月	アジア映画祭（第6回）クアラルンプルに審査委員として宮田重雄氏と出席。

1960（昭和35）年　　　57歳

4月	カンヌ国際映画祭に審査委員として出席。その後、パリに逗留その間アメリカに留学していた長女圓子と合流。
6月	ベルリン映画祭に審査員として出席。終了後圓子と共に帰国。
8月16日	外交問題懇談会のメンバーになる。

1961（昭和36）年　　　58歳

5月7日	韓国日報の招きで訪韓。10日に帰国。
6月21日	「まだまだ夜だ」（323回）を『サンケイ新聞』に連載。

1963（昭和38）年　　　60歳

3月	パリ時代の友人で画家のルシアン・クートー氏夫妻来日。
4月15日	アジア映画祭（第10回）が東京で開催され、審査委員長として出席。
5月	「花の生涯」（大阪歌舞伎座）を演出。
6月	「袈裟の良人」（歌舞伎座）を演出。
7月	「椿姫」（日生劇場）を演出。
9月	ヴェニス映画祭に審査委員として出席。
11月	『迷う人、迷えぬ人』新潮社より出版。

1964（昭和39）年　　　61歳

2月	「皇女和の宮」（新橋演舞場）を演出。
3月	「源氏物語」（歌舞伎座）を演出。
9月25日	「海賊」を『毎日新聞』（夕刊）に連載するため、さし絵画家の村上豊氏と中国へ取材旅行に行く。
12月23日	「海賊」（324回）を『毎日新聞』（夕刊）に連載開始。
	※タイのアンコールワット旅行へ桂子らと参加。

1965（昭和40）年　　　62歳

4月	アジア映画祭（京都）に審査委員長として出席。

1966（昭和41）年　　　63歳
- 1月10日　網膜はく離のため、墨田区の同愛病院に入院。
- 5月　　京都大学病院に転院。
- 9月　　京大病院退院。片目の視力を失う。
- 11月　　「細川ガラシア夫人」（歌舞伎座）を演出。
- 12月　　社会開発懇談会委員。

1967（昭和42）年　　　64歳
- 3月　　「花の生涯」（新橋演舞場）を演出。
- 4月　　京都産業大学客員教授に就任。
- 5月　　「絵島生島」（新橋演舞場）を演出。
- 7月 1日　「東風西風」社会時評のコラム（52回）を『読売新聞』（夕刊）毎週土曜日掲載開始。
- 10月29日　台北補仁大学へ招待される（11月3日まで）。

1968（昭和43）年　　　65歳
- 3月　　「皇女和の宮」（新橋演舞場）を演出。
- 5月　　フロンティア協会会長に就任。
- 6月15日　文部省文化局と文化財保護委員会を統合して新設された文化庁の初代長官に就任。
- 12月 3日　川端康成氏のノーベル賞授賞式に出席するため桂子を伴ってスウェーデンへ。帰途フランス、イタリアを廻る。

1969（昭和44）年　　　66歳
- 6月　　「花の生涯」（明治座）を演出。
- 8月21日　ソ連文化省の招待で訪ソ。モスクワのプーシュキン美術館で日本彫刻展の開会式に主席。
- 8月22日　「私の履歴書」（25回）を『日本経済新聞』に掲載開始。

1970（昭和45）年　　　67歳
- 7月31日　「傷いまだ癒えず―ある報道班員の回想」（16回）を『読売新聞』（夕刊）に連載。
- 10月　　「関白殿下秀吉」（国立劇場）を演出。
- 11月　　ボストン美術館創立100周年記念「禅林美術展」の開会式に出席のため次女無畏子を伴って渡米。帰途ボストン美術館等文化行政を視察。

1971（昭和46）年　　　68歳
- 1月　　「皇女和の宮」（新橋演舞場）を演出。
  ※フランスよりレジョン・ド・ヌール勲章受勲。

1972（昭和47）年　　　69歳
- 1月　　　「帰郷」（新橋演舞場）を演出。
- 2月　　　急性肺炎で久里浜の病院に救急入院し、4月末退院。
- 7月 1日　文化庁長官を退官。
- 10月 2日　創設された特殊法人国際交流基金理事長に就任。
- 11月15日　国際交流基金・アメリカ諮問委員会の初会合に出席のため渡米。キッシンジャー米大統領補佐官と会談。

1973（昭和48）年　　　70歳
- 7月16日　国立劇場の理事（非常勤）に就任。
- 11月　　　産業構造審議会の余暇部会部会長に就任。

1974（昭和49）年　　　71歳
- 4月29日　勲一等瑞宝章受賞。
- 9月　　　「風と雲と虹と」（帝国劇場十周年記念公演）を演出。
- 11月　　　「戦国流転記」（国立劇場）を脚色・演出。
  - ※モナリザ招致。

1975（昭和50）年　　　72歳
- 9月23日　小林秀雄氏との「交友対談」（17回）が『毎日新聞』に掲載。

1976（昭和51）年　　　73歳
- 4月　　　放送番組向上委員長に就任。

1977（昭和52）年　　　74歳
- 1月28日　「自伝抄 拾った命」（20回）を『読売新聞』（夕刊）に連載。
- 4月 6日　パリのプチ・パレ美術館で5月22日まで開かれる「唐招提寺展」の開会式に出席のため桂子を伴って渡仏。
- 9月19日　兄東光永眠。79歳
- 10月　　　「藤十郎の恋」菊池寛没後30年記念（新橋演舞場）を演出。

1978（昭和53）年　　　75歳
- 11月　　　文化功労賞受賞。

1979（昭和54）年　　　76歳
- ※芸術祭執行委員長に就任。

1980（昭和55）年　　　77歳
　8月29日　　名誉都民選考委員会座長に就任。
　9月　　　　国際交流基金理事長辞任。
　10月 2日　　国立劇場会長に就任。

1982（昭和57）年　　　79歳
　1月　　　　東京総合芸術文化施設建設懇談会会長に就任。

1984（昭和59）年　　　80歳
　3月　　　　大阪国立文楽劇場の柿落しに出席。
　7月 9日　　鎌倉市内道躰医院に脳梗塞のため入院。
　7月30日　　同病院で午後3時45分永眠。80歳
　8月 1日　　鎌倉雪ノ下カトリック教会で葬儀ミサ。

1997（平成9）年
　5月 8日　　桂子鎌倉市内ヒロ病院で永眠。92歳

索 引

人名索引
作品名索引

人名索引

【あ】

相川 宏 …………………… C0393, C0395
相坂 繰一 ……………………………… E0081
青木 彰 ………………………………… C0402
青木 得三 ………………………… A0092, E0116
青野 季吉 ………………………… B0166, F0114
青山 二郎 ……………………… A0011, A0026,
　　　A0039, A0175, A0183, A0197, A0232,
　　　B0870, D0015, D0019, D0025, D0029
赤木 泉介 ……………………………… C0418
赤松 月船 ………………… B0002, B0004, B0005
阿木 翁助 ……………………………… E0014
秋田 滋 ………………………………… D0015
秋野 卓美 ……………………………… B1403
秋山 庄太郎 …………………………… F0245
秋好 馨 ………………………………… F0061
芥川 龍之介 …………………………… A0023
浅井 清 ………………………………… F0382
朝倉 摂 …………………… C0115, C0442, E0049
麻田 鷹司 ……………………………… C0592
浅沼 稲次郎 …………………………… C0183
浅野 晃 ………………………………… B0166
朝比奈 宗源 …………………………… B1274
浅見 淵 ………………………………… B0018
浅利 慶太 ……………………………… B1204
芦田 伸介 ………………………… F0212, F0213
蘆原 英了 ……………………………… B0159
芦谷 信和 ……………………………… F0348
安達 健二 ……………………………… B1204
厚田 雄春 ……………………………… E0087
吾妻 徳穂 ……………………………………
　　　C0677, F0001, F0117, F0267, F0333, F0338
阿部 孝次郎 …………………………… C0379
阿部 静枝 ……………………………… B0401
阿部 真之助 …………………………… C0482
阿部 知二 ……………………… A0007, A0072, A0210,
　　　B0013, B0018, B0040, B0087, B0178,
　　　B0213, B0653, B1050, C0054, C0762
阿部 広次 ……………………………… E0018
アベベ・ビキラ ………………………… B1137

【い】

新井 正義 ……………………………… C0696
新垣 秀雄 ……………………………… B1078
荒川 豊蔵 ……………………………… F0288
荒木 杜司馬 …………………………… A0147
あらき みほ …………………………… A0236
荒木 雄豪 ……………………………… A0147
有島 武郎 ……………………………… E0017
有馬 稲子 ……………………………… F0096
有馬 大五郎 …………………………… B0411
有光 次郎 ……………………………… F0308
アルヌー, アレキサンドル …………… D0002
アルラン, マルセル …………………… D0001
淡島 千景 ……………………………… C0236
安藤 鶴夫 ……………………………… A0206
安藤 勇二 ……………………………… E0109

【い】

飯島 三郎 ……………………………… E0088
飯島 正 …………… B0013, B0018, B0087, B0154
飯田 実雄 ……………………………… C0085
飯田 次男 ……………………………… B1137
飯田 豊二 ……………………… B0002〜B0005, B0007
飯田 信夫 ………………………… E0095, E0096
飯村 正 ………………………………… E0085
生沢 朗 ………………………… A0033, A0178,
　　　B0709, B0711, B0955, C0142, C0144
生島 遼一 ………………………… D0025, D0026
井汲 清治 ……………………………… B0029
池 一恭 ………………………………… C0406
池島 信平 ……………………… A0080, A0122, A0128,
　　　A0132, A0204, B0542, B0813, B0822,
　　　B1204, B1255〜B1257, C0419〜C0421
池田 明 ………………………………… C0412
池田 潔 ………………………………… C0183
池田 照勝 ……………………………… B0322
池田 勇人 …………… B0510, B1366, E0112, E0113
池田 弥三郎 …………………………… A0076,
　　　A0098, B0965, B1179, C0419〜C0421
池谷 信三郎 ……………………… B0107, E0004
伊佐山 三郎 …………………………… E0080
石井 信夫 ……………………………… F0182

281

石井 行夫	C0393
石井 好子	B1115, B1181
石井 良助	B1236
石川 達三	A0072, B0437, B0451, B0489, B0571, B0577, B0794, B1047, B1243, C0057〜C0068
石黒 敬七	B0268
石坂 うら	B0756
石坂 洋次郎	B0503, B0577, B0756, C0055, C0056, C0910
石田 博英	A0078, A0098, B1177
石橋 一郎	C0417
石橋 湛山	C0138
泉 鏡花	E0047, E0074
泉 尚子	C0483
伊勢 正義	C0119, C0120
板垣 鷹穂	B0154
市川 海老蔵	B0503
市川 崑	E0091, E0092
市川 寿海	B0624
市川 団十郎	A0106
市園 盛一郎	C0417
市原 豊太	B1135
市村 羽左衛門	B0408
井手 俊郎	E0086
井手 則雄	B0404
出光 永	B1070, B1072, B1208, B1209
伊藤 永之介	B0004, B0005
伊藤 熹朔	B0448, E0002, E0005, E0027, E0035, E0046, E0055, E0066, E0068, E0073
伊藤 欽二	B0004, B0005, B0007
伊東 憲	B0004
伊藤 整	A0071, A0094〜A0096, A0114〜A0116, B0087, B0230, C0858, F0196, F0239
伊藤 信夫	E0052, E0077
伊藤 基彦	E0082
伊藤 恭雄	B0198
伊藤 廉	A0008, B0361
戌井 一郎	E0076
乾 讓	E0057, E0069〜E0071
井上 勇	B0663
井上 和博	F0279
井上 青龍	B1058
井上 禅定	F0297
井上 友一郎	A0071, A0489, B0519, B0550, B0579, B0810, B1076
井上 靖	A0141, A0182, B0579
猪木 正道	E0115
猪熊 弦一郎	A0015, B0527, B0698, C0055, C0056
伊原 宇三郎	A0008
伊吹 武彦	B0389
井伏 鱒二	A0226, B0018, B0040, B0051, B0079, B0110, B0247, B0519, B0528, B0588, B1159, B1238, E0122, F0002
	F0005, F0055, F0076, F0133, F0153, F0164, F0199, F0205, F0256, F0321, F0347, F0350, F0364, F0366〜F0368
今里 広記	B1072
今西 錦司	C0853
今村 忠純	E0010
今村 寅士	B0700, F0070
入江 泰吉	A0105, B1301
岩崎 昶	B0154
岩田 専太郎	B0394, F0084
岩田 豊雄	B0029, B0039, B1218
岩田 幸夫	B0849
岩谷 時子	A0172
巌谷 慎一	E0051, E0059
巌谷 大四	A0125, F0162, F0246, F0316, F0342

【う】

植草 圭之助	A0157, A0196, E0008
上田 秋成	E0026
上田 広	B0254, B0437
上田 博	F0348
上西 康介	B0862, B0864, B0865, B0869, B0871, B0873, B0929
上野 陽一	B0472
植村 泰二	B0206, B0229, B0298
臼井 吉見	A0059, A0103, B1037, F0113, F0204
内田 岐三雄	B0154
内田 祥司	B1382, F0300
内田 武夫	B0777
内海 誓一郎	F0331
宇野 浩二	C0860
宇野 千代	B0500, B1319
宇野 光雄	B0867, C0273
梅原 北明	B0002〜B0004
梅本 重信	E0101, E0107
浦松 佐美太郎	B0571, B0579, B0653

【え】

エイゼンシュタイン, セルゲイ	D0009
エウリピデス	B0891
江田 三郎	E0112
江藤 淳	B1254
江原 林造	B1096
エレロ夫人	C0092

エレンブルグ, イリヤ ……… A0072, B1048
円城寺 次郎 ………………… B1204
円地 文子 …………………
　　B0965, C0858, E0030, E0053, E0069
遠藤 左介 …………………… B1278
遠藤 周作 …… A0186, A0190, A0230, A0231

【お】

扇谷 正造 ……………… A0158, B0769,
　　B0813, B1137, C0098, F0131, F0135
大江 賢次 …………………… B0254
大岡 昇平 ………… A0029, A0086, A0175,
　　A0235, B0449, B0529, B0792, B0816,
　　B0854, B1122, B1134, B1407, C0142,
　　C0144, C0188, C0190, C0769, C0856,
　　E0040, F0036, F0093, F0099, F0120,
　　F0249, F0252, F0253, F0306, F0308,
　　F0311, F0323, F0344, F0357～F0362
大木 惇夫 ……………… C0057～C0068
大木 豊道 …………………… B1077
大久保 滋 …………………… B1210
大久保 典夫 ………………… F0250
大沢 泰夫 …………………… D0042
大島部長 …………………… C0089
太田 和男 …………………… C0395
太田 詰一 ……………… B0003, B0004
太田 康正 …………………… C0495
大竹 勇二 …………………… C0406
大谷 純代 …………………… B1069
大塚 美保子 ………………… C0089
大貫 昇 ……………… C0412, C0417
大野 亮雄 …………………… B1110
大庭 秀雄 …………………… E0087
おおば 比呂司 ………… B0877, B1191,
　　B1194, B1196, B1200, B1202, B1205
大浜 英子 …………………… B0368
大村 連 ……………… B0852, B0866
大森 啓助 …………………… A0008
大森 実 …………………… B1157
大森 義太郎 ……………… B0154, B1293
大宅 壮一 ……… B0579, B0588, B1150,
　　C0226, C0227, C0419～C0421, F0114
岡 俊雄 …………………… B0854
岡田 謙三 …………………… B0450
岡田 三郎 …………………… B0087
岡田 禎子 …………………… B0193
緒方 富雄 …………………… C0089
岡田 又三郎 ………………… F0161
岡野 弁 …………………… C0408

岡部 一彦 ………………… B1051,
　　B1052, B1054, B1057, B1059, B1061
岡本 一平 …………………… B0247
岡本 博 …………………… F0095
小川 正 ……………… E0089, E0090
荻江 露友 …………………… E0062
沖中 重雄 ……………… B1063, B1216
小串 政常 …………………… C0393
小国 秀雄 …………………… F0029
奥野 信太郎 ……………… B1051,
　　B1052, B1054, B1057, B1059, B1061
奥屋 熊郎 …………………… B0411
桶谷 繁雄 ……………… A0098, B1194
尾崎 清子 …………………… A0079
尾崎 士郎 …… A0042, A0073, B0114, B0224,
　　B0322, B0344, B0672, C0057～C0068,
　　C0188, C0190, C0446, E0009, E0054
尾崎 秀樹 ………… A0094, A0114, A0130,
　　F0193, F0196, F0239, F0240, F0341, F0370
小山内 薫 …………………… E0017
大仏 次郎 …………………
　　A0124, B0092, B0555, B0570, B1258,
　　B1263, C0484, C0761, E0050, E0056, E0058
小沢 昭一 …………………… B1214
織田 音也 ………………… E0056,
　　E0058, E0060, E0067, E0069, E0071, E0072
小田 善一 …………………… B1146
小田切 進 ………………… A0094,
　　A0114, F0194, F0196, F0239, F0241, F0326
オナシス, A. ………………… B1183
オニール, ユージン ………… E0002
小野 佐世男 ……………… B0236～B0239
小野 松二 …………………… B0051
小野 操 …………………… E0067
尾上 菊五郎 ………………… B0538
小野田社会部長 ……… C0419～C0421
小汀 利得 ……………… A0098, B1191
恩地 孝四郎 ………………… A0029

【か】

海音寺 潮五郎 …………… C0770, E0067
開高 健 …… A0109, F0198, F0218, F0221
貝塚 茂樹 ……………… A0098, B1186
笠井 晴信 ……………… A0133, F0265
笠置 シヅ子 ………………… B0658
笠原 伸夫 …………………… F0250
風間 完 ……………… B1260, C0772～C0774,
　　C0776, C0777, C0779, C0843, C0844
加地 富久 …………………… C0412
梶井 基次郎 ……………… A0218, B0078

柏戸 ･････････････････････････････ C0409
春日 道雄 ･････････････････････････ C0756
加須屋 五郎 ･･･････････････････････ C0395
加瀬 俊一郎 ･･･････････････････････ E0118
片岡 直温 ･･････････････････ A0092, E0116
加藤 悦郎 ･････････････････････････ B0376
加藤 道子 ･････････････････････････ B1138
金沢 康隆 ･････････････････････････ E0039
金森 繁 ･･･････････････････････････ E0114
金子 洋文 ･･････････････ B0002, B0004, B0005
兼高 かおる ･･･････････････････････ B1185
上泉 秀信 ･････････････････････････ E0009
神谷 忠孝 ･････････････････････････ F0369
嘉村 礒多 ･･･････････････････ B0093, B0106
亀井 勝一郎 ･･････････････････ A0072, B0344,
    B0437, B0511, B0686, B1050, C0093
加山 又造 ･････････････････････････ B1212
唐木 健作 ･････････････････････････ F0181
唐沢 俊樹 ･･･････････････････ B0198, B0298
唐島 基智三 ･･････････････ B0734, C0226, C0227
カラス, マリア ･････････････････････ B1183
河合 隼雄 ･････････････････････････ F0384
河上 丈太郎 ･･･････････････････････ E0113
河上 徹太郎 ･･ A0112, A0148, A0187, A0212,
    A0220, A0221, A0228, A0234, B0051,
    B0079, B0159, B0166, B0202, B0318,
    B0437, B0443, B0459, B0580, B0678,
    B1239, B1372, C0053, C0856, C0917
川喜多 かしこ ･････････････････････ B1187
川喜多 長政 ･････････････ B0206, B0210, C0919
河北 倫明 ･････････････････････････ A0141
川口 篤 ･･･････････････････････････ B0029
川口 浩 ･･･････････････････････････ B0014
川口 松太郎
    B0756, C0770, E0023, E0028, E0038,
    E0046, E0050, E0055～E0058, E0064,
    E0066, E0068, E0073～E0075, F0320
川島 正次郎 ･･･････････････････････ C0183
川澄 哲夫 ･････････････････････････ A0185
河田 煕 ･･･････････････････････････ B0039
川田 侃 ･･･････････････････････････ C0495
川西 正義 ･････････････････････････ E0086
川端 康成 ･･･････････････････ A0097, A0099,
    A0212, B0382, B0433, B0443, B0451,
    B0497, B1244, C0607, C0608, F0007
河辺 ルミ（川辺るみ子）･･････････････ B1094
川本 三郎 ･････････････････････ A0184, F0381
河盛 好蔵 ･･･ A0012, A0071, A0098, A0201,
    A0226, B0382, B0500, B0519, B0528,
    B0550, B0571, B0644, B0716, B1088,
    B1202, B1238, B1266, C0644, E0122,
    F0266, F0306, F0324, F0326, F0336, F0343
河原崎 長十郎 ･･････････････････ C0001, D0009
ガンサー, ジョン ･････････････････････ A0029,
    A0033, A0175, A0178, A0235, B0587

神崎 清 ･･･････････････････････････ B0014
鑑真 ･･････････････････････････ A0152, C0908
上林 吾郎 ･･････････････････････ A0177, B1257

【き】

木内 広 ･･･････････････････････････ C0117
桔梗 五郎 ･････････････････････････ B0395
菊池 寛 ･･･････････････････････････
    A0004, A0029, A0039, A0113, A0177,
    A0212～A0214, B0198, B0298, B0443,
    B0444, B0447, B0451, B0459, B0565,
    B0649, B0787, B1301, B1405, C0088,
    E0013, E0017, E0025, E0034, E0037, E0070
岸 恵子 ･･････････････････････････ C0268
岸 信介 ･･････････････････････････ E0118
岸 道三 ･････････････････････ C0379, C0428
岸田 国士 ･････････････････････････
    A0216, B0029, B0039, B0073, B0088,
    B0159, B0166, B0217, B0223, B0433,
    B0455, B0742, B1404, D0029, E0001
紀田 順一郎 ･･･････････････････････ A0225
北神 正 ･･･････････････････････････ B0013
北川 貞二郎 ･･･････････････････････ C0408
北川 冬彦 ･････････････････････････ B0157
北原 武夫 ･････････････････････････ B0500
北村 修 ･･････････････････････ B1023, B1046
キッシンジャー, H. ･････････････ C0748, C0749
城戸 四郎 ･････････････････････ B0206, B0298
木下 孝則 ･････････････････････････ C0092
木村 英二 ･････････････････････････ C0912
木村 一信 ･････････････････････････ F0348
木村 庄三郎 ･･･････････････････････ B0079
木村 東介 ･････････････････････ F0191, F0192
清原 康正 ･････････････････････････ A0188

【く】

釘町 久磨次 ･･･････････････････････ E0070
草野 貞之 ･････････････････････････ B0077
草野 心平 ･････････････････････････ B0437
草柳 大蔵 ････ A0137, B1245, E0093, E0120
楠本 憲吉 ･････････････････････････ C0601
クートー, リュシアン ･･･････････ B1062, C0456
工藤 節子 ･････････････････････････ B1118
久原 房之助 ･･･････････････････････ B1144
久保 栄 ･･･････････････････････････ E0005

久保田 万太郎 ……… A0072, A0076, B0423,
　　B0497, B0555, B0557, B0622, B0701,
　　B0965, B1074, B1391, C0459, C0830,
　　E0018, E0020, E0047, E0099, F0079, F0084
久米 正雄 ……… A0029, A0215, B0108, B0268,
　　B0497, B0519, B0676, E0005, E0006
庫田 叕 ……………………… A0031, A0045
倉田 百三 …………………………… B0195
倉田 文人 …………………………… B0198
蔵原 伸二郎 ………………………… B0018
栗原 広美 ………………… C0623, C0625
クレイグ, W.J. ……………………… A0104
クレオパトラ ………………………… B0727
黒井 千次 …………………………… A0180
黒岩 重吾 …………………………… F0138
桑原 住雄 …………………………… A0131
桑原 武夫 ……………………………
　　A0072, A0159, B0528, B0785, B1055
桑原 経重 …………………………… F0363

【け】

結束 信二 …………………………… E0088

【こ】

小石 栄一 …………………………… E0088
小泉 信三 …………………………… B0701
神津 善行 …………………… E0049, E0056
高鶴 元 ……………………………… B1206
河野 一郎 …………………………… B1294
紅野 謙介 …………………………… A0237
高野 三三男 …………………………
　　B0616, B0667, B0692, B0757, F0069
河野 与一 …………………………… B0857
郡 虎彦 …… A0061, B0819, B0830, B0840
古賀 龍視 …………………… B0004, B0007
コクトー, ジャン ………… B0062, E0003
小坂 猛 ……………………………… B0734
越路 吹雪 …………………………… A0172,
　　B0658, B0701, B1176, C0268, C0741
小島 功 ……………………… B1030, B1037
小島 政次郎 ………………………… E0102
小杉 天外 …………………… B0551, E0016
ゴッホ, V.v. ………………………… C0109
小寺 健吉 …………………… A0008, B0268
近衛 文麿 ……………………………
　　A0029, A0175, A0235, B0607, B1162

小林 茂夫 …………………………… F0118
小林 正 ……………………………… B1139
小林 治雄 ……………………………
　　B0956, B0963, B0973, B0979, B0983,
　　B0984, B0986, B0999, B1006, B1013
小林 秀雄 …………………………… A0032,
　　A0086, A0111, A0112, A0142〜A0146,
　　A0148〜A0150, A0161, A0167, A0169,
　　A0170, A0186, A0221, A0222, A0225,
　　A0227〜A0230, B0051, B0079, B0159,
　　B0166, B0451, B0459, B0528, B0555,
　　B0557, B0593, B0622, B0678, B1135,
　　B1239, B1273, B1386〜B1388, B1396,
　　C0121, C0142, C0144, C0398〜C0400,
　　C0424, C0464, C0546, C0674, C0675,
　　C0687, C0846〜C0851, C0853〜C0864,
　　F0004, F0071, F0073, F0077,
　　F0078, F0263, F0352, F0376, F0379
コポー, ジャック ………… D0005, D0068
小松 清 …………………… B0663, B0716
小松 公二 …………………………… C0408
小松 栄 ……………………… B0039, E0001
五味川 純平 ………………………… E0093
小宮山 重四郎 ……………………… B1275
小山 いと子 ………………… F0049, F0050
湖山 貢 ……………………… B0013, B0014
今 あや ……………………………… F0319
今 東光 ……………………………… A0072,
　　A0094〜A0096, A0098, A0114〜A0116,
　　A0120, A0123, A0135, A0136, A0139,
　　A0163, A0190, A0231, B0002〜B0005,
　　B0007, B0554, B0834, B0877, B1032,
　　B1058, B1089, B1182, B1221, B1246,
　　B1251, B1312, B1313, B1315, C0440,
　　C0623, C0625, C0836, C0845, E0108,
　　F0114, F0129, F0143, F0193, F0194,
　　F0196, F0239〜F0242, F0286, F0319
今 文武 ……………………… E0108, F0319
今 圓子 ……………………………… B0774
今 無畏子 …… B0774, C0224, F0119, F0123
今 和次郎 …………………………… E0098
近藤 俊一郎 ………………………… C0390
近藤 日出造 …………………………
　　B0510, B0734, B1059, B1192, E0102, F0080
近藤 正夫 …………………………… B0018

【さ】

崔 承喜 ………………………………
　　B0293, B0613, B1112, E0079, F0063
三枝 博音 …………………………… B0344

斎藤 彰久	C0412
斎藤 磯雄	C0090
斎藤 清	A0063
斎藤 茂太	F0355
斎藤 信也	F0056
斉藤 喬	E0068
斉藤 武夫	B0268
斎藤 寅次郎	E0080
斎藤 正直	D0064
酒井 森之介	F0185
境田 昭造	B0687
坂口 安吾	A0064, A0117, A0160, B0080, B0776
阪口 茂雄	B1019, B1066
坂田 泰二	B1070
坂西 志保	B0472, B0780, B1190
坂本 太郎	B1236
崎山 正毅	B0013, B0018
崎山 獣逸	B0018
桜井 悦	B0608, B0625
桜本 富雄	A0200, B0332
笹川 由為子	A0041
佐々木 銀一郎	B0801
佐々木 啓一	F0250
佐々木 啓祐	E0084
佐々木 惣助	F0352
佐々木 茂索	B0787
颯田 琴次	A0158, B0769
佐藤 栄作	B0858, B1171, B1247, C0819, E0114, E0115, F0224～F0226
佐藤 義亮	A0002
佐藤 敬	A0019, B0675
佐藤 朔	A0076
サトウ サンペイ	B1245
佐藤 泰治	B0668, B0673, B0808, B0824, B0888, B0912
佐藤 卓己	F0385
佐藤 得二	A0072, B1075, C0461
佐藤 尚武	F0238
佐藤 八郎（サトウ・ハチロー）	B0002～B0005, B0561
佐藤 寛子	B1172
佐藤 正彰	A0012, B0063, B0528, D0014, F0003
佐藤 勝	F0382
里見 弴	B0025, B0555, B1077, B1389
里村 欣三	B0366, B1311, F0354
佐野 繁次郎	A0192, B0531, B1290
佐野 周二	B1142
佐野 碩	A0072, B1045, C0498
佐分利 信	E0086
サルマン, ジャン	B0015
沢 寿郎	A0101
沢開 進	F0166
沢村 三樹男	B1287

佐原 包吉	B0039
三田 康	B0435, B0537, B0664, B0728, B0730, B0732, B0735, B0740, B0743

【し】

ジイド, アンドレ	A0003, B0521, C0002, D0014～D0042, F0004, F0376, F0379
シェークスピア, ウィリアム	B0094, C0764, E0005
ジェミエ, フィルマン	B0026
ジェラルディ, ポール	D0013
塩見 泰充	B1068
鹿海 信也	A0192
鹿内 信隆	F0333
重光 葵	B0821
シコラ	B0605, F0060
獅子 文六	B0543, B0717, B0756, B0904, B1080, B1219, B1224, C0142, C0144, C0261, C0262, C0371, C0372, C0705, E0022, E0029
篠原 寛	F0269
司馬 遼太郎	E0065
柴野 中佐	B0198
渋沢 秀雄	B0411, B1028
島 公靖	E0100
島木 健作	B0195
島津 保次郎	B0298
島田 一男	A0100, B1207
清水 幾太郎	B0166, B0686, B1085
清水 健太郎	B1063
清水 康平	C0390
清水 崑	A0029, A0164, B0453, B0505, B0524, B0567, C0747, F0021, F0066, F0085
清水 寛	B1122
下田 武三	F0290
下高原 健二	A0088, B0493
下店 静市	B0002, B0004
シャルドンヌ, J.	C0002
シュアレス, アンドレ	A0012, D0068
蒋 静安	B1078
松旭斎 天勝	B1125
東海林 武雄	C0379
庄司 達也	A0184
昭和天皇	B1145, C0852, C0885, F0310, F0319
ジョンソン, リンドン	B1171
ジョン万次郎	A0033, A0178, A0185, B0609
白井 浩司	A0076
白井 茂	B0198
白井 戦太郎	B0198

白井 丈夫	C0406
白川 威海	C0535
白坂 依志夫	E0109
白洲 次郎	A0029, A0175, A0219, A0220, A0223, A0233〜A0235, B0499, B0580, B0602
神西 清	D0028
新庄 嘉章	C0054
進藤 純孝	A0103, F0204, F0254

【す】

スウボオ, フィリップ	D0066, D0067
菅 洋志	F0258
菅沢 忠一	A0108
須川 栄三	E0117
菅原 謙二	F0075
杉 道助	B1323
杉 靖三郎	B0341
杉浦 幸雄	B0457, B0500, B1287
杉全 直	A0069, B1282, C0396
杉村 安子	C0412
鈴木 栄三郎	B0350, C0055, C0056
鈴木 健二	A0173, E0114
鈴木 健郎	D0015〜D0017
鈴木 貞美	A0188, A0218
鈴木 成高	B0629, B0631, B0636
鈴木 信太郎	A0012, B0416, B0502, B0528, B0562, B1135, F0092, F0243, F0345
鈴木 大拙	A0110, B1237
鈴木 正	B0972, B1029, B1040
鈴木 義治	A0089
ストラヴィンスキー, イゴール	E0031
スピーゲル, サム	B0853, E0094

【せ】

盛 毓度	B1104
清藤 碌郎	F0286
関 久巳	C0390, C0393
関口 俊吾	B0446, B0464
関口 次郎	B0029, B0039, B0451
関口 隆克	F0067
関口 泰文	A0058
関根 正二	B1336
関根船長	F0161
瀬戸内 晴美	A0135, A0163, B1193, B1312
芹沢 光治良	B0224, B0382, B0522, B1134

千田 是也	B0193

【そ】

草狛舐骨	A0012
祖田 浩一	F0380
曽根 千晴	B0198
曽野 綾子	B1254
孫 文	B1354, C0506

【た】

大コシモ	B0752, B0755
大鵬	C0409
高井 貞二	B0471
高岡 徳太郎	C0102
高木 市之助	F0161
高木 俊夫	B0542
高木 正征	B1276
高階 秀爾	A0141
高田 保	B0029, E0021, E0035, E0041, E0042
高野編集局長	C0089
高橋 亀吉	A0092, E0116
高橋 健二	B0029
高橋 玄洋	E0119
高橋 貞二	F0096
高橋 英夫	A0182
高橋 庸夫	B0426
高橋 義孝	F0327
高見 順	A0134, B0686, B1156, F0302
高峰 秀子	B1116
滝 忠之	F0208
田口 省吾	A0008
田口 助太郎	E0091
竹内 悸	F0290
竹内 四郎	C0142, C0144, C0188, C0190, C0261, C0262, C0371, C0372
竹田 小時	A0054, B0834
武田 泰淳	B1026
武田 麟太郎	B0013, B0014, B0254, C0055, C0056
竹中 郁	A0136
竹原 はん	B1108
竹松 良明	A0210, F0369
武見 太郎	E0118
竹谷 富士雄	B0802, B0836, B0981
竹山 道雄	F0354

287

田坂 具隆 ･････････････････････････ B0198, B0298
田代 光 ･･･････････････････････････ D0006, D0007
辰野 隆 ････････････････････････････ A0012, A0029,
　　　　　A0158, A0175, A0180, A0235, B0241,
　　　　　B0242, B0268, B0283, B0411, B0416,
　　　　　B0505, B0528, B0540, B0558, B0567,
　　　　　B0769, B1028, B1135, C0054, C0475,
　　　　　C0857, D0022, D0023, F0011, F0028
立野 信之 ････････････････････････････････ C0608
館林 三喜男 ･･･････････････････ B0195, B0198, B0206
立松 和平 ････････････････････････ A0187, F0343, F0344
田中 角栄 ････････････････････････････ A0098, B1200
田中 きねよ ･････････････････････････････ B0368
田中 耕太郎 ･････････････････････････････ B0499
田中 佐一郎 ･･･････････････････････ C0055, C0056
田中 平 ････････････････････････････････ C0406
田中 千代 ････････････････････････ B0804, B1103
田中 友幸 ･････････････････････････････ E0085
田中 武一郎 ･････････････････････････････ B1060
田中 路子 ･････････････････････････････ B1106
田中 稔 ････････････････････････････････ C0408
田中 良 ････････････････････････････････ B0039
棚田 吾郎 ･････････････････････････ E0080, E0081
田辺 茂一 ･････････････････････････････ B0040
谷 文一 ･･･････････････････････････････ B0298
谷 洋子 ･･･････････････････････････････ B1124
谷川 俊太郎 ･････････････････････････････ E0091
谷口 喜久雄 ･････････････････････････････ E0059
谷口 吉郎 ･････････････････････････ A0152, F0264
谷崎 終平 ･････････････････････････････ B0298
谷崎 潤一郎
　　　　　B0772, B1152, B1241, B1381, E0011
田沼 武能 ･･･････････････････････ B1058, F0284, F0289
多根 茂 ･････････････････････････ B0195, B0298
田村 泰次郎 ･････････････････････････････ B0511
団 伊玖磨 ･････････････････････ A0123, B1251, E0086
檀 ふみ ････････････････････････････････ A0238

【ち】

千葉 俊彦 ･････････････････････････････ C0402
チャーチル, W. ････････････････････････････ C0490
鳥海 青児 ･･････････････････････････ B0814, B1388

【つ】

津軽 照子 ･････････････････････････････ B1093
津軽 華子 ･････････････････････････････ B1093

筑井経済部長 ･･･････････････････････････ C0379
辻 まこと ･････････････････････････････ B0942
辻井 喬 ･･･････････････････････････････ A0237
津田 不二夫 ･･･････････････････････ E0089, E0090
土谷 直敏 ･･･････････････････････ A0082, C0216
堤 正弘 ･････････････････････････ B0013, E0001
雅川 滉 ･･･････････････････････ B0014, B0040, B0087
常安 田鶴子 ･････････････････････････････ B0542
角田 孝司 ･･･････････････････････････････ B1276
壺井 栄 ･････････････････････････ B0341, B0810
坪内 逍遙 ･･･････････････････････ A0018, E0005
坪田 勝 ･････････････････････････････････ E0004
鶴見 正二 ･････････････････････････････ E0084

【て】

出口 裕弘 ･････････････････････････････ A0235
デュアメル, G. ･･････････････････････････ B0283
デュビビエ, J. ･･････････････････････････ C0293
デュマ, アレキサンドル
　　　　　････････････････ D0006～D0008, E0040
寺田 竹雄 ･････････････････････････････ B0604

【と】

土居 喜久雄 ･････････････････････････････ B0014
土居 栄 ･････････････････････････････････ B0826
戸板 康二 ･･･････････････････ B0767, B0965, F0149
トインビー, A. ･････････････････････ C0544, C0768
東郷 青児
　　　　　B0024, B0062, B0166, B0844, E0003, E0108
東郷 たまみ ･････････････････････････････ B0844
東条 英機 ･････････････････････････････ B0694
遠山 一行 ･････････････････････････････ F0083
遠山 静雄 ･････････････････････････････ B0039
十返 肇 ･････････････････････････････････ B0810
戸川 猪佐武 ･････････････････････････････ B1278
戸川 幸夫 ･･････････････････････････ B0816, B1407
徳川 夢声 ･･･････････････････ B0394, B1028, F0065
徳田 秋声 ･･････････････････････････ A0199, B0356
徳田 戯二 ･･･････････････････････････････ B0018
徳永 直 ･････････････････････････････････ B0072
ド・ゴール, C. ･････････････････････ B1202, B1268,
　　　　　C0229, C0252, C0465, C0568, C0650
栃折 久美子 ･････････････････････････････ A0103
外岡 茂十郎 ･････････････････････････････ B0368
ドビュッシー, C. ･･･････････････････････････ B0010
戸部 銀作 ･････････････････････････ E0063, E0072

人名索引　　　　　　　　にしむ

富沢 有為男	C0057〜C0068
富田 常雄	A0053
富永 惣一	B0767
土門 拳	B0746, F0086
豊島 与志雄	A0044
豊田 一男	C0529
鳥居 清忠	B1227
鳥居 清光	E0077
鳥居 敏文	B0811
鳥海 哲子	B1198

【な】

内藤 誉三郎	E0104
直木 三十五	A0198
永井 荷風	B0902, B1353
永井 龍男	A0040, A0063, A0093, A0098, A0122, A0226, B0051, B0394, B0519, B0540, B0544, B0552, B0622, B1096, B1205, B1238, C0142, C0144, C0261, C0262, C0371, C0372, C0770, E0099, E0122, F0044, F0045, F0061, F0090, F0180, F0195, F0297, F0299, F0307, F0315, F0322, F0335, F0346
永井 路子	A0224
中尾 進	C0639
中川 一政	A0156, A0202, B1279, F0352
中川 善之助	C0089
中河 与一	B0087
仲木 繁夫	E0081
長倉 稠	E0078
仲沢 栄一	B1084
中島 亀三郎	D0043〜D0059
中島 健蔵	A0072, B0166, B0178, B0344, B0528, B0678, B0845, B1044, B1135, B1347, B1348, C0913, D0015〜D0017, E0125, F0012, F0013, F0199, F0205, F0246, F0256, F0367
長島 茂雄	B1031
中島 八郎	E0068, E0073
中島 竜平	C0348
長瀬 直諒	E0057, E0061, E0065
永野 潔	A0168
中野 重治	B0014
中野 敏夫	B0298
中野 実	B0451, B0561, E0013
長野 祐二	C0742, F0220
中野 好夫	A0046, B0571, B0653, B0822, C0054, F0104〜F0106
中浜 万次郎	A0185, B0609
中原 中也	C0856

中村 伊助	F0188
中村 加代子	E0114
中村 勘三郎	F0207
中村 鴈治郎	F0207
中村 研一	B0098
中村 雀右衛門	F0207
中村 琢二	B0417
中村 時蔵	C0298
中村 寅吉	F0127
中村 正常	B0051, B0079, E0004
中村 正義	C0492〜C0494
中村 光夫	A0071, B0245, B0550, B0653, F0308
中村 武羅夫	B0154
中本 たか子	B0040
中屋 健一	B0822, B1383
中山 伊知郎	B0653
中山 義秀	A0029, A0108, A0175, A0235, B0539, B0588, C0739
中山 素平	B1208, B1213
永山 弘	E0100, E0105, E0110
中山 三雄	E0117
中山 隆三	E0084
長与 善郎	B0475
那須 良輔	B1091〜B1095, B1100〜B1103, B1106〜B1109, B1112〜B1116, B1120, B1121, B1123, B1124, C0863, F0089, F0263, F0270, F0287
灘尾 弘吉	F0174, F0175
夏目 漱石	A0024, A0050, C0665
楢橋 渡	B0499, B0663
南江 治郎	B0411
南条 真一	B0268
南条 岳彦	F0356
灘波 淳郎	A0061

【に】

新居 格	B0482
新関 八洲太郎	B1056
西尾 末広	E0112, E0113
西尾 善積	B0441
西川 右近	E0057
西川 庄衛	E0089, E0090
西島 大	E0085
西出 義宗	C0742, F0220
西村 晋一	E0004
西村 ソノ	B0457
西村 みゆき	B1051, B1052, B1054, B1057, B1059, B1061
西村 慇定	A0036

289

西本支局長 ……………… C0055, C0056
西山少佐 …………………………… B0322
仁藤 正俊 …………………………… B1351
仁村 美津夫 ………………………… E0054
丹羽 克彦 …………………………… F0247
丹羽 文雄 ………… A0071, B0522, B0542,
　　　　　B0550, B0584, B1149, B1285, F0325

【ぬ】

額田 六福 …………………………… E0078

【の】

野川 隆 …………………… B0005, B0007
野口 昂明 …………………………… C0441
野口 達二 …………………………… E0061
野坂 昭如 …………………………… A0160
野坂 参三 …………………………… B0821
野尻 高経 ………………… C0406, C0417
野田 高梧 …………………………… B0704
野田 衛 …………………… C0395, C0408
延原 謙 ……………………………… B0542
野村 光一 ………………… A0047, B0722
野村 成次 …………………………… F0269
野村 守夫 …………………………… C0438

【は】

芳賀 檀 ……………………………… B0344
萩原 延寿 …………………………… B1254
萩原 徹 ……………………………… B1276
橋浦 泰雄 …………………………… B0308
橋本 豊子 …………………………… B1079
パステルナーク, ボリス …………… C0267
筈見 恒夫 …………………………… B0154
長谷川 才次 ………………………… B0653
長谷川 時雨 ………………………… B0308
長谷川 如是閑 ……………………… B0308
長谷川 春子 ………………………… B0695
秦 豊吉 ……………………………… E0104
花森 安治 …………………………… B0767
浜本 浩 ……………………………… B0394
早川 雪州 …………………………… F0097

林 繁子 …………………… B0500, C0103
林 驥 ………………………………… B1028
林 唯一 ……………………………… B0139
林 忠彦 ……………………………………
　　　B0624, B0844, B1272, F0251, F0332, F0337
林 望 ………………………………… A0236
林 秀雄 …………………… A0175, A0235
林 秀彦 ……………………………… C0393
林 房雄 ………… A0029, B0014, B0159,
　　　B0166, B0192, B0195, B0437, B0489,
　　　B0500, B0511, B0555, B0678, B0782
林 芙美子 …………………………………
　　　B0451, B0459, B0497, B0506, B0540, E0096
林田 重男 …………………………… E0091
原 節子 ……………………………… B0775
原田 信夫 …………………………… F0301
針 すなお …………………………… F0263
春野 鶴子 …………………………… B1178
春山 行夫 ………………… B0087, B0344
バワース, F. ………………………… B0749
坂東 三津五郎 ……………………… B1261
坂東 箕助 …………………………… B0198

【ひ】

ピアティゴルスキー, G. …………… B0825
ビイ, アンドレ …………………… B0077
東山 魁夷 …… A0152, B1307, B1380, F0264
樋口 一葉 …………………………… E0075
樋口 進 ……………………………… F0381
久生 十蘭 …………………………… C0170
久野 修男 …………………………… C0116
久松 真一 …………………………… A0110
久松 静児 ………………… E0083, F0074
久松 潜一 ………………… E0059, F0185
土方 定一 …………………………… E0014
土方 与志 …………………………… B0903
火野 葦平 ………… B0854, C0055, C0056
日野 耕之祐 ………………………… C0390
日野原 節三 ………………………… B0510
日比野 士朗 ………………………… B0224
姫岡 良平 …………………………… B1305
平井 啓之 …………………………… F0243
平沢 和重 ………………… B1054, E0098
平野 謙 …………… A0044, A0109, F0218
平林 たい子 ………………………… A0121,
　　　B0584, B0629, B0631, B0636, B0653,
　　　B0810, B1037, B1365, C0419〜C0421
広津 和郎 ………………… B0497, B0931
弘津 千代 …………………………… E0026

【ふ】

ファルーク B0726
深潟 月子 C0485
深田 久弥 B0014, B0051, B0058, B0113,
　　B0178, B0247, B1235, B1296, C0017
福沢 一郎 B0159
福島 慶子 B1065,
　　B1068, B1069, B1073, B1077～B1080,
　　B1084, B1088, B1096, B1104, B1110
福島 慎太郎 C0495
福田 恒存 A0071, B0550, B0644
福田 豊四郎 A0037,
　　A0051, C0057～C0068, C0106, C0122
福田 蘭童 B1294
福永 武彦 D0004
藤井 清士 .... B0002～B0005, B0007
藤井 丙午 A0098, B1196
藤川 一秋 B1051,
　　B1052, B1054, B1057, B1059, B1061
藤川 栄子 B0831
藤木 宏幸 E0010
藤倉 修一 C0089
藤沢 恒夫 B0014
藤田 小女姫 B1195
藤田 嗣治 B1199, C0920, E0126
藤野 和男 C0412
藤間 勘十郎 E0043, E0074, E0075
藤間 春枝 ....
　　C0677, F0001, F0117, F0267, F0333, F0338
藤間 治雄 A0106
藤間 万三哉 C0147
藤間 紫 B1052
藤村 邦苗 C0402
藤本 東一良 C0866
藤本 真澄 E0086, E0092
藤原 あき B1121
藤原 啓 B1398
藤原 てい B0542
布施田 寛 C0417
ブッシュ, L.W. C0778, C0783
ブデル, モオリス D0003, D0004
舟橋 和郎 E0081, E0088
舟橋 聖一 ....
　　A0021, A0072, A0212, B0013, B0014,
　　B0018, B0029, B0039, B0040, B0087,
　　B0159, B0254, B0437, B0443, B0489,
　　B0497, B0511, B0749, B0810, B1040,
　　B1149, B1269, B1283～B1285, B1288,
　　B1289, C0869, E0001, E0003, E0004,
　　E0012, E0016, E0018, E0020, E0027,
　　E0030, E0036, E0039, E0044, E0045,
　　E0049, E0051～E0053, E0060, E0062,
　　E0071, E0076, E0077, F0079, F0130, F0207
ブラーゲ, W. C0040
フランク, C. B0010
フランス, アナトール .... D0010～D0012
古垣 鉄郎 B0268
古沢 岩美 B1053
古沢 安二郎 ....
　　B0013, B0014, B0018, B0040, B0087, E0001
ブルジェ, ポール B0011
フルシチョフ, N. C0258
古谷 茂 C0371, C0372
古谷 綱武 A0045, B0133
不破 祐俊 B0298

【へ】

ベルナール, マルク B0385, B0389
ベン, ゴットフリート C0269

【ほ】

ホイヴェルス, ヘルマン
　　............ E0043, E0063, E0072
法眼 晋作 B1338
北条 誠 E0016, E0018, E0020, E0036,
　　E0044, E0049, E0060, E0062, E0065, E0071
穆 時英 B0271
星 裕 C0390
星島 栄一 E0088
保昌 正夫 A0179
堀田 善衛 B0686
穂積 重遠 B0308
ボードレール, C. C0424
堀 辰雄 A0084, B0060, B0072
堀口 大学 A0005, D0017
堀米 庸三 B1236
ホワイトハウス, ウィルフリッド B0290
本多 顕彰 C0054
本多 猪四郎 E0085
本間 雅晴 A0014, A0033, A0178,
　　B0372, B0373, B0652, E0015, F0018

【ま】

前田 青邨 A0106, A0131,
　　A0141, E0039, E0051, E0062, E0076
前本 一男 A0003
前山 鉦吉 B0013, B0018
牧野 圭一 F0219
マキノ 雅弘 E0082
マキノ 光雄 E0080
正木 俊 C0460
正木 輝日 C0412
正宗 白鳥 B0085, B0701
真杉 静枝 A0072, B1060
増田 甲子七 C0535
益田 義信 A0008,
　　B0597, B0716, B0719, B0756, D0004
増谷 達之輔 B0195, B0198, B0206
増見 利清 E0058
マゼラン, F. C0708
町 春草 B1230, C0441, C0442
町村 金吾 B0206
松井 翠声 B0348
松井 須磨子 B1109
松井 希通 B1042
松井 行正 B1336
松浦 健郎 E0082
松浦 晋 B0298
松尾 邦之助 E0097
松岡 洋子 C0183
マッカーサー, D. B1162, B1164, B1165
松方 三郎 C0696
松崎 俊 E0083
松崎 芳隆 D0042
松下 幸之助 A0098, A0191, B1175
松下 正寿 C0148
松島 進 B0500
松田 愛三郎 B1077
松田 修 B1373
松田 芳則 C0395, C0406
松永 東 B0846
松野 一夫 B0207, B0630
松林 宗恵 E0082
松村 一雄 B0013
松村 良 F0382
松本文化局長 C0053
真鍋 恒博 C0732
マニフィコ, ロレンツォ・イル .. B0758, B0761
真船 豊 B0423, B0557
間宮 茂輔 B0004, B0007
真山 青果 E0007
マラルメ, S. A0012

マルセル, ガブリエル D0062
マルタン・デュ・ガール, ロジェ C0247
丸山 薫 B0013
丸山 邦男 F0187, F0200
マルロー, アンドレ
　　　　B0385, B0405, B1270, B1297,
　　B1298, C0264, C0265, C0886, D0062
万竜 B1107

【み】

三浦 哲郎 A0174
三木 清 A0016, A0027, A0095, A0115,
　　　B0166, B0202, B0554, B0823, F0039
三木 茂 E0079
三鬼 陽之助 .... C0419～C0421
三岸 節子 A0035, B0482, C0101
三島 由紀夫 B0644
御正 伸 B0612
水上 達三 C0379
水上 勉 C0860, E0113
水木 洋子 E0022, E0029
水島 茂樹 D0003
水谷 準 D0045
水谷 幹夫 E0067
水谷 八重子 .. B0658, B1109, B1287, C0767
水野 成夫 B0659
水野 保 C0053
水原 茂（円裕） B0867, B1051,
　　　　C0261, C0262, C0273, C0315, C0422
三角 寛 B0394
溝上 鋌 B0411
溝川 徳二 F0349
溝口 健二 B0298
三谷 十糸子 C0446
南 喜一 B0659, B1324
源 五郎 E0010
嶺田 弘 B0115
三船 敏郎 C0422
三益 愛子 B0756
三村 石邦 A0048, A0049
宮川 久雄 .... B0003～B0005, B0007
宮城 音弥 B0653, C0408
宮城 道雄 E0062
三宅 晴輝 C0226, C0227
宮坂 普九 B0002, B0004, B0005, B0007
宮田 重雄 A0008, A0028, A0034, B0498,
　　　B0567, B0638, B0639, B0645～B0647,
　　　B0654, B0655, B0660～B0662,
　　　B0669～B0671, B0679～B0681, B0683,
　　　B0684, B0756, B1030, B1065, B1068,

  B1069, B1073, B1077〜B1080, B1084,
  B1088, B1096, B1104, B1110, C0095,
  C0261, C0262, C0371, C0372, F0211
宮田 武彦 …… B0737, B0975, C0448〜C0450
宮田 文子 …………………………… B1095
宮永 岳彦 ………… A0043, A0056, B0753,
  B0764, B0770, B0781, B0789, B0799,
  B0827, B0841, B0879, B0882〜B0887,
  B0889, B0890, B0892〜B0896,
  B0898〜B0901, B0905〜B0909,
  B0913〜B0916, B0920, B0921, B0923,
  B0925, B0933, B0935, B0937, B0939,
  B0941, B0944〜B0947, B0949〜B0952,
  B0958〜B0961, B0966〜B0969, B0976,
  B0977, B0987, B0989, B0994〜B0997,
  B1001〜B1004, B1007〜B1011,
  B1014〜B1017, C0114, C0118, C0124
宮本 馨太郎 ……………………… B1236
宮本 三郎 ………… B0922, B0924, B0926,
  B0934, B0936, B0938, B0940, B0943
三好 達治 ………… B0013, B0528, C0478
三芳 悌吉 ………… B0478, B1166, F0163
ミルボー, O. …………………………… B0036

【む】

向井 潤吉 ………… A0017, B0322, B0463,
  B0530, B0585, B0603, B0620, B0648,
  C0055, C0056, C0715, D0060, F0206
六車 修 …………………………… B0159
村尾 隆栄 ………………………… B0848
村上 豊
  A0085, A0157, C0489, C0508, F0158
村田 為五郎 ……………………… C0183
村田 博 …………………………… F0288
村松 剛 …………………… B1204, F0354
村松 道平 ………………………… E0080
村山 知義 ………… B0002〜B0005,
  B0007, B0154, B0159, B0193, B0230
ムルティ, クリシュナ …………… B1370
室生 犀星 ………………………… A0084

【め】

メディチ（家）………………… B0748,
  B0750, B0752, B0755, B0758, B0761
メリメ, プロスペル ……… D0063, D0064

【も】

毛 沢東 …………………………… B1302
毛利 正樹 ………………………… E0080
茂田井 武 ………………………… B0642
本居 宣長 ………………………… C0851
本光 繁幸 ………………………… C0412
モーム, サマーセット …………… B0880
森 孝一 …………………………… A0232
森 茉莉 ………………… B0878, F0115
森田 元子 ……………… B0634, B0790
森本 孝順 ……………… A0152, F0264
森 静子 …………………………… B0368
守屋 多々志 … E0039, E0059, E0062, E0076
モリヤック, フランソワ ………… A0012

【や】

八木 治郎 ………………………… E0123
矢代 静一 ………………………… B0867
矢代 幸雄 ………………………… A0052
安岡 章太郎 ……………………… A0181
安川 第五郎 ……………………… B1209
矢田 純 ………………… A0093, F0195
矢田 弥八 ……………… E0044, E0045
八千草 薫 ………………………… B1143
柳井 隆雄 ………………………… E0087
矢野 貫一 ………………………… F0377
矢野 正善 ………………………… A0136
山 六郎 …………………………… B0054
山内 正 …………………………… B1236
山浦 貫一 ……………… C0226, C0227
山岡 荘八 ………………………… E0113
山川 健 …………………………… B0298
山口 三郎 ………………………… E0084
山口 瞳 ………… F0328, F0334, F0353
山口 蓬春 ……………… E0043, F0137
山口 淑子 ……… B0658, B1113, B1114
山口 竜之輔 ……………………… C0767
山口 少佐 ………………………… B0198
山崎 安一郎 ……………………… E0083
山下 俊郎 ………………………… B0341
山下 奉文
  A0033, A0178, A0193, A0203, B0677
山田 五十鈴 …………… B1091, B1092
山田 一夫 ………………………… E0086
山田 耕作 ………………………… E0005

山田 久就 ················· C0535
山根 銀二 ················· B0159
山野上 純夫 ··············· F0304
山内 静夫 ················· E0087
山内 豊喜 ················· B1018
山内 義雄 ········· D0019, D0020
山野辺 進 ················· B1280
山村 きよ ················· B0734
山本 嘉次郎 ··············· B0627
山本 健吉 ················· A0030
山本 夏彦 ················· F0351
山本 富士子 ··············· B1100
山脇 巌 ··················· B0039

吉田 熙生 ·········· A0169, A0170
吉野 源三郎 ··············· B0822
吉村 公三郎 ··············· B1137
吉村 暁 ············ C0577, F0186
吉村 鉄太郎 ··············· B0079
吉村 力郎 ················· A0038
吉屋 信子 ·········· E0098, E0102
吉行 淳之介 ··············· A0155
淀川 長治 ················· B0854
淀野 隆三 ·········· B0013, B0014
米田 治 ··················· E0081

【ゆ】

湯浅 克衛 ················· E0079
結城 章介 ················· E0119
祐天寺 三郎 ··············· B0957
ユーゴー, ヴィクトル ······ D0043〜D0061

【ら】

ラシェル ··················· B0033
ラディゲ, レイモン ········· A0005
ランボー, アルチュール ··· B0065, C0424

【り】

李 香蘭 ········· B0293, B1113, B1114
リーチ, バーナード ········· C0812
リュアン, シャルル ········· D0013
リラダン, A. ······ B0046, B0297, C0090
リーン, デイヴィッド ······· E0094

【よ】

横井 福次郎 ··············· B0281
横光 利一 ······ A0029, A0086, A0162,
          A0175, A0179, A0211, A0212, A0235,
          B0060, B0076, B0159, B0178, B0195,
          B0433, B0440, B0442, B0443, B0518,
          B0527, B0773, B1303, C0003, F0004
横山 泰三 ····· B0627, B0904, F0061, F0131
横山 隆一 ············ A0057, B0497,
          B0588, B0674, B0708, B0904, B1223,
          C0210, C0432, E0024, F0061, F0307
吉岡 堅二 ················· B0590
吉岡 専造 ······· A0090, B0779, B0784
吉川 英治 ·················· A0194,
          B0756, B0838, C0055, C0056, C0440
吉川 幸次郎 ·· A0159, B0258, B1363, B1395
吉田 甲子江 ··············· B1073
吉田 茂 ···················
          A0080, A0090, A0091, A0164, B0505,
          B0666, B0701, B0771, B0803, B1162,
          B1164, B1165, B1167, B1169〜B1171,
          B1326, C0541, C0828, E0118
吉田 澄夫 ················· C0710
吉田 千秋 ················· A0106
吉田 富三 ················· B1063
吉田 秀和 ················· B0767

【る】

ルヴェルディ, ピエール ····· D0065
ルノルマン, アンリ・ルネ ··· B0028, E0001

【れ】

レヴィ=ストロース, C. ······ B1325
レヴェック神父 ············ A0065

【ろ】

ロオラン, メリイ ……………… A0012
ロハス大統領 ‥ A0033, A0178, B0637, B0640
ロレンス, D.H. ……………… B0096

【わ】

若泉 敬 ……………………… A0098, B1188
脇田 和 ……………………… B0586, B0621
和久井 孝 ……………………… B0546
鷲尾 洋三 ……………………… F0217
和田 精 ……………………… B0411
和田 伝 ……………………… C0025
和田 夏十 ……………………… E0091
渡辺 彰 ……………………… A0166
渡辺 一夫 ……………………… A0011,
　　A0012, B0231, B0283, B0416, B0528,
　　D0010〜D0012, D0016, F0010, F0242
渡辺 三郎 ……………………… A0089
渡辺 紳一郎 ……… B0629, B0631, B0636
渡辺 捨雄 ……………………… B0195
渡辺 美佐 ……………………… B1057
渡辺 道子 ……………………… B0368
渡辺 雄吉 ……………… B1322, F0268

作品名索引

【あ】

愛されぬ男 ……………………
 B0987, B0989, B0994〜B0997, B1001
 〜B1004, B1007〜B1011, B1014〜B1017
愛される日本人 …………………… C0203
愛情の陰翳 …………………… B0753
愛情の決算 …………………… E0086
愛する …………………… B0601
愛憎 …………………… B0635
相手の言うことも聞こう …………… C0628
愛の山河 …………………… E0119
アウトサイダー …………………… C0545
青蛙 …………………… B0695
青空合評会 第一回 東京帝国大学文芸部
 聯合座談会 …………………… B0013
青山二郎における人間の研究 ……… A0197
赤い新聞の雪どけ …………………… C0332
赤い知識人―佐野碩 …………… A0072
赤い知識人たち …………………… B1045
赤いバット ……… B0886, B0887, B0889,
 B0890, B0892〜B0896, B0898〜B0901,
 B0905〜B0909, B0913〜B0916, B0920,
 B0921, B0923, B0925, B0933, B0935,
 B0937, B0939, B0941, B0944〜B0947,
  B0949〜B0952, B0958〜B0961,
  B0966〜B0969, B0976, B0977
赤坂の宿 ……… A0125, B0811, B1260, B1318
赤字解消論 …………………… C0374
秋ぞ悲しき …………………… B0478
秋の歌 ……… A0015, B0190, F0007, F0377
秋の随筆 …………………… C0022〜C0024
秋果てぬ …………………… A0026, B0493
悪性者 ……… A0061, B0852, F0102
悪道路は国の恥 …………………… C0176
悪徳シリーズ …………………… B0862,
  B0864, B0865, B0869, B0871, B0873
悪魔にも「おきて」が …………… C0630

悪魔の城 …………………… B0491
悪夢 …………………… B0498
浅草にのこる江戸っ子の味 ………… B1096
アジア映画祭後記 …………………… B0985
アジア映画祭の作品を見て―ベトナム
 映画「ぬいぐるみ人形」 ……… C0491
アジアの憂愁 …………………… C0346
味気ない話―ニセ民芸品の横行 …… C0878
紫陽花寺の周辺 …………………… B1271
明日の知恵 …………………… B0943
あすへの話題 …………………… C0126〜C0141,
 C0143, C0145〜C0151, C0153〜C0169,
 C0171〜C0182, C0185, C0187, C0191,
 C0193, C0195, C0198, C0200, C0202,
 C0204, C0206, C0208, C0210, C0212,
 C0214, C0216, C0218, C0220, C0222,
 C0225, C0229, C0231, C0233, C0235,
 C0238, C0240〜C0242, C0244〜C0252,
  C0254〜C0256, C0258〜C0260,
 C0263, C0266, C0267, C0269〜C0272,
  C0274, C0275, C0277〜C0280,
  C0282〜C0286, C0288〜C0291,
  C0293〜C0296, C0298〜C0303,
  C0305〜C0308, C0310〜C0314,
  C0316〜C0318, C0320〜C0322,
  C0325, C0326, C0328, C0331,
  C0333, C0335, C0338, C0340, C0342
アスワン・ダム工事 …………………… C0193
遊び場 …………………… C0801
アダノの鐘 …………………… B0534
頭隠して「足が邪魔だ」 …………… C0891
新しい原則 …………………… C0776
新しい芝居新しい映画 ……… C0492〜C0494
新しい頭脳を …………………… C0827
新しい世界の対立 …………………… C0354
新しい波 …………………… C0259, C0326
新しい娘の教育 …………………… B0401
新しき芸術 …………………… B0406
新しき芸術への道 …………………… B0383
新しき文化 …………………… B0376
新しき文化の課題 …………… A0011, B0284

暑いとき	A0077, B0696
あとがき（『一文士の告白』）	A0073
あとがき（『山中放浪』）	
	A0022, A0140, F0035, F0276
あとがき（『ジイド全集5』）	D0040
あとがき（『隻眼法楽帖』）	A0156
あとがき（『天皇の帽子』）	
	A0025, A0157, A0196
あとがき（『比島従軍』）	A0017
あとがきの内随筆について	A0058
あなたはどんな結婚式を挙げましたか？	
	B0483
兄貴	B0833
兄貴・東光の方がわたしより親孝行	B1251
兄を語る	C0836
あの頃	B1240
あのころ、このころ	C0550
あふれる批判精神—阿部真之助氏をいたむ	
	C0482
阿部知二と亀井勝一郎	B1050
阿部知二の『街』	A0210, B0213
アポロの何に感心したか	C0659
雨にもめげず風にもめげず	B0942
雨の日の感想	B0465
アメリカ映画の優秀性	B0419
アメリカの伯父さん	A0061, B0860
アモック	B0934
アユとイノシシ	C0592
荒木先生の人柄	A0147
歩く健康法	C0832
アルセーヌ・ギヨー	D0063
ある友に	B0022
あれから二十年目	C0264
アロハの町の生活法—ホノルルにて	B0591
案外に明るい表情	C0436
暗黒の世界	C0509
安吾の上着	A0064, B0776
アンコールもうで	A0104, C0486〜C0488
安心してはいられない	C0703
アンドレ・ジイドの文章	A0003
アンドレ・マルロオ	D0062
アンバランス	C0594
暗流	B1038

【い】

イヴ・モンタン パリの夜を描く	B1042
家	B0932
家と庭	C0347
家について	A0012, A0015
医学の進歩と医の倫理	B1216
怒りの底に	C0824
怒れ三平	
	A0037, A0040, C0106, E0083, F0074, F0075
息づまるマックとの対決	
	A0091, A0164, B1165
生きているパリ	C0108
生きて法楽	B1292
粋な話	B0651
生き不動	A0061, B0861
生きる人	A0097, A0099
生きる歓びの序にかえて	A0041
池島信平のこと	B1256
池島信平を偲ぶ	A0122
池谷さんの死	B0107
異国の空	B0435
イコンを見る—ロシア人の堅固で純朴な心情に打たれる	
	C0865
イザベラ	F0004
イザベル	D0024〜D0028, D0037, D0039〜D0042, F0376, F0379
石井好子（歌手）	B1181
石井好子に負けた石井投手	B1115
意志的な従順	C0070, C0071
石中先生世界を廻る	B0756
石橋首相退陣と減税	C0138
異常な過渡時代の春	C0634
いずれまた「やあ、しばらく」と言うだろう 今日出海≫小林秀雄	A0225
伊勢音頭	F0130
遺跡とダム建設	C0325
遺跡の救済	C0331
忙しいアンドレ	B0405
痛ましい事故が多過ぎる	C0583
イタリア	C0463
イタリアからフランスへ	C0464
イタリアと映画祭	C0462
イタリアの春	B0200
一月の作品	B0066, B0084
一度会った人	B1398
市村羽左衛門について	B0408
行ってみたい土地	B0739
一般学生を犠牲にするな	C0642
一方的な非難	C0387
いつまで踊れる	C0782
従兄	B0817
従妹	B0839

いのち　　　　　　　　作品名索引

命を賭けた講和条約 ‥ A0091, A0164, B1169
いま当りどき ‥‥‥‥‥‥‥‥‥‥‥ B0978
いま、いかに―悠長な老北京人 ‥‥‥ C0496
いまはむかし ‥‥‥‥‥‥‥‥‥‥‥ B0704
今も昔も蒼白し ‥‥‥‥‥‥‥‥‥‥ B0829
今やタイムイズマネーの時代 ‥‥‥‥ B1057
イモ喰って酒飲んで深夜の予算折衝 ‥ B1070
イラン ‥‥‥‥‥‥‥‥‥‥‥‥‥‥ B0001
イラン紀行 ‥‥‥‥‥‥‥‥‥‥‥‥ B1222
色気について ‥‥‥‥‥‥‥‥‥‥‥ B1136
いろは紅葉 ‥‥‥‥‥‥‥‥‥‥‥‥ A0036
色も香も ‥‥‥‥‥‥‥‥‥‥‥‥‥ B0467
鰯の嘆き ‥‥‥‥‥‥‥‥‥‥‥‥‥ B0368
隠者 ‥‥‥‥‥‥‥‥‥‥‥‥‥‥‥ B0974

【う】

ヴィリエ・ド・リイルアダン ‥‥‥‥ B0046
VETO! ‥‥‥‥‥‥‥‥‥‥‥‥‥‥ B0129
植村氏周辺観 ‥‥‥‥‥‥‥‥‥‥‥ B0229
飢えをこらえ芸術祭 ‥‥‥‥‥‥‥‥ C0906
浮寝の折ふし ‥‥‥‥‥‥‥‥‥‥‥ B0851
浮世絵師 写楽 ‥‥‥‥‥‥‥‥‥‥ E0024
動かぬ顔 ‥‥‥‥‥‥‥‥‥‥‥‥‥ B0641
失われる常識 ‥‥‥‥‥‥‥‥‥‥‥ C0172
失われるフェアプレーの精神 ‥‥‥‥ C0389
ウソの効用 ‥‥‥‥‥‥‥‥‥‥‥‥ B1356
美しい海浜 ‥‥‥‥‥‥‥‥‥‥‥‥ C0353
美しい空気 ‥‥‥‥‥‥‥‥‥‥‥‥ B0872
うつろな響き ‥‥‥‥‥‥‥‥‥‥‥ C0760
ウナギの蒲焼で暑気払い ‥‥‥‥‥‥ B1069
うまい酒まずい酒 ‥‥‥‥‥‥‥‥‥ B0834
海風が吹けば ‥‥‥‥‥‥‥‥‥‥‥ E0105
海風の吹く町 ‥‥‥‥‥‥‥‥‥‥‥ B0975
海暗 ‥‥‥‥‥‥‥‥‥‥‥‥‥‥‥ C0555
海の百万石 ‥‥‥‥‥‥‥‥‥‥‥‥ E0027
海の無法者 ‥‥‥‥‥‥‥‥‥‥‥‥ C0301
海の勇者 ‥‥‥‥‥‥‥‥ E0102, E0103
海を渡る鑑真像 ‥‥‥‥‥‥‥‥‥‥ A0152
梅干 ‥‥‥‥‥‥‥‥‥‥‥‥‥‥‥ B1339
浦和高校へ 座禅、読経で入試準備 ‥ C0669
憂う分裂国家 ‥‥‥‥‥‥‥‥‥‥‥ C0840
憂うべき世相と文化 ‥‥‥‥‥‥‥‥ B1056
雲水記 ‥‥‥‥‥‥‥‥‥‥‥‥‥‥ E0061
運否天賦（うんぷてんぷ）‥‥‥‥‥ B1018
運命の悲劇の人 本間雅晴中将と夫人 ‥ B0652
運命の人ロハス大統領 ‥‥‥‥‥‥‥
　　　　　　　A0033, A0178, B0637, B0640
運を天に任せて砂漠を直進 ‥‥‥‥‥ C0723

【え】

永遠の魅力―カルメン ‥‥‥‥‥‥‥ B0466
映画「生きものの記録」‥‥‥‥‥‥ C0019
映画往来 ‥‥‥‥‥‥‥‥‥‥‥‥‥ B0142
映画界の壁を壊す ‥‥‥‥‥‥‥‥‥ C0100
映画界の再起を望む ‥‥‥‥‥‥‥‥ C0657
映画監督時代 ‥‥‥‥‥‥‥ B0613, F0063
映画監督の立場 ‥‥‥‥‥‥‥‥‥‥ C0018
映画月報 ‥‥‥‥‥‥‥‥‥‥‥‥‥ B0185
映画・芝居・テレビ ‥‥‥‥‥‥‥‥ B1143
映画時評 ‥‥‥‥‥‥ B0121, B0123, B0124,
　　　　B0126, B0127, B0130, B0137, B0140,
　　　　B0145, B0147, B0149, B0153, B0155,
　　　　B0197, B0204, B0209, B0211, B0212,
　　　　B0218, B0219, B0273, B0276, B0278
映画チョップ先生―原作者の立場から ‥ C0123
映画通信 ‥‥‥‥‥‥‥‥‥‥‥‥‥ B0161
映画と現代生活 ‥‥‥‥‥‥‥‥‥‥ B0398
映画の進歩と危機 ‥‥‥‥‥‥‥‥‥ C0494
映画の量産競争 ‥‥‥‥‥‥‥‥‥‥ C0245
映画俳優学校はいつ出来るのか ‥‥‥ B0298
映画批評家への批評―読者を相手に語
　れ ‥‥‥‥‥‥‥‥‥‥‥‥‥‥‥ C0104
映画、文学、等々… ‥‥‥‥‥‥‥‥ B0132
映画文化の破壊―日活問題について ‥ B0269
映画を中心に ‥‥‥‥‥‥‥‥‥‥‥ B1026
永久運動 ‥‥‥‥‥‥‥‥‥‥‥‥‥ B1064
映劇時感 ‥‥‥‥‥‥‥‥‥‥‥‥‥ B0045
影像 ‥‥‥‥‥‥‥‥‥‥‥‥‥‥‥ D0001
英雄部落周游紀行 ‥‥‥‥‥‥‥‥‥
　　　　　　A0029, A0175, A0235, B0617
絵描きと戦争 ‥‥‥‥‥‥‥‥‥‥‥ E0126
駅弁 ‥‥‥‥‥‥‥‥‥‥‥‥‥‥‥ C0192
エコノミック・アニマル ‥‥‥‥‥‥ A0104
エコール・リテレール樹立への提言 ‥ B0038
エジプトの印璽 ‥‥‥‥‥‥ B1021, F0126
絵島生島 ‥‥‥‥‥‥‥‥‥‥ E0045, E0077
X―七号 ‥‥‥‥‥‥‥‥‥‥‥‥‥ B0827
演歌師南喜一 ‥‥‥‥‥‥‥‥‥‥‥ B1324
演技よもやま ‥‥‥‥‥‥‥‥‥‥‥ B1138
演劇 ‥‥‥‥‥‥‥‥‥‥‥‥‥‥‥ B0165
演劇活動 奇妙な劇団「心座」入団 ‥ C0676

演劇時感 ……………………… B0035
演劇時評 ………… B0064, B0070, B0089,
　　　B0090, B0167, B0168, B0171, B0173
演劇青年時代 ……………… B0610, F0062
演劇と映画等々… ………………… B0396
演劇レビュー …………………… B0042
「遠州展望」によせて―君たちの仕事 ‥ B0420
縁台放送噺 ……………………… B1146
遠慮のないところ ……………… B1076

【お】

老いたるポール・ブルジェ―仏蘭西文学
　　雑話 ………………………… B0011
老いてなお ……………… A0087, B1066
扇谷正造著『鉛筆ぐらし』 ………… C0098
黄金の60年をかえりみる …… C0371, C0372
王者の谷 ………………………… B0768
欧州進寇の足場となったノルマンディー
　　の今昔 ……………………… B0361
欧洲の知性 ……………… C0034～C0037
欧州より帰りて―日本知識階級に与う
　　………………………………… B0178
応接間の利用価値 ……………… A0214
横着極楽―考えてどうにもならぬなら
　　………………………………… C0918
往復書簡 ………………………… B0794
鸚鵡男 …………………………… B0112
大いなる薔薇 ……… A0008, A0019, F0012
大いに文学を語る ……………… B0540
大岡昇平 ………………………………
　　　　A0029, A0175, A0235, B0529, B0792
大岡昇平全集〔中公版〕について … C0769
大きな夢小さな夢 ……………… C0180
多くの啓示 ……………………… C0033
大晦日 …………………………… A0074
大飯食い ………………………… B0938
大鰐の一夜 ……………………… B1310
おかしな未来学 ………………… C0856
沖縄の現実と問題点 …………… C0430
沖縄の悲劇 ……………………… B1041
沖縄問題 ………………………… C0540
沖縄問題私観 …………………… C0534
沖縄を視察旅行して …………… C0429
沖は平穏 ………………………… B0546
お国自慢が地方文化を高める … B1192
尾崎士郎氏素描 ………………… B0114

大仏さんのあれこれ …………… B1263
大仏さんの小説 ………………… B0570
大仏次郎氏の人と文学―「天皇の世紀」
　　に全力 ……………………… C0761
おしゃべり ……………………… B1221
「お十夜」と鎌倉 ………………… C0605
汚職 ……………………… B0741, B0841
オーストラリアの日本人 ……… C0844
オスロ土産話 …………………… B0622
『怖るべき子供たち』／ジャン・コクトー
　　著、東郷青児訳について ……… B0062
恐るべき女性 …………………… C0603
恐るべき姫君 …………………… B0566
恐ろしい世の中 ………………… C0135
おっかさん ……………………… C0863
おとこ女（ラ・ギャルソンヌ） …… B0446
男だけの男 ……………………… B0757
男と女とどちらがケチか? …… B0488
大人の話が聞きたい …………… B1378
お隣と噂話 ……………………… C0813
踊る阿呆に見る阿呆 …… C0781～C0817,
　　　　　　　C0819～C0821, C0823～C0842
踊る雀 …………………………… B0759
己を愛する人―石川達三 … A0072, B1047
お披露目に ……………………… B0235
おふくろの味 …………………… B0813
お船のおじさん ………………… A0089
お祭り男覚書・文士劇―思えば楽しくも
　　あり悲しくもあり ………… B0955
想い出の昭和五十年 …………… B1287
思うこと ………………………………
　　　C0327, C0330, C0332, C0334, C0336,
　　　C0339, C0341, C0343, C0345～C0347,
　　　　　C0350～C0361, C0364, C0366
面白くなったプロ野球 ………… C0273
面白くもない政党とその総裁 … B0703
親子対談 ………………………… C0224
織部との因縁あれこれ ………… B1330
オール・サロン―作家・読者・編集者の
　　ページ ……………………… B0577
『オール読物』の歩み …………… B0394
愚かしき正月―随筆 …………… B0438
終わらぬ話―「海賊」後記 ……… C0508
終わりなき抱擁 ………………… B0556
音楽会通い なにを聴いても恍惚 … C0667
音楽とスノビズム ……………… B0138
音楽評論家に与う ……………… C0723
音楽放浪時代 …………… B0605, F0060
穏眼 ……………………………… B1321
女運―久保田万太郎 …………… A0072

「女が階段を上る時」 …………… C0324
女隊長 …………… A0033, A0178, B0619
女と将軍 …… A0027, A0030, A0087, B0599
女はハダカでもかまわないじゃないか!
　放送番組向上委員長の気炎 …… B1291
オンリー・ツルー ………… A0026, B0585

【か】

海運王オナシスの恋 …………… B1183
開化聖人の戒め ………………… B0006
絵画断想 ………………………… B0260
解決のイメージぐらいは ……… C0624
邂逅 ……………………………… B0412
外交官は天狗です ……………… B0982
外国から見た日本 デモ事件を中心に … C0365
外国との文化交流を盛んにしよう …… B1266
悔恨と憤まん 視察どころか …… C0717
外人に見込まれた大和撫子 …… B1123
解説(『雑誌記者』) …………… A0132
解説(『真贋』) ………………… A0032
解説(『人生劇場 離愁篇』) … A0042
解説(『随筆ヴィナス』) ……… A0052
解説(『東光金蘭帖』) ………… A0139
解説(『母代』) ………………… A0021
解説(『北京』) ………………… A0007
解説(『彼岸過迄』) …………… A0024
解説(『羅生門 他十二篇』) … A0023
回想・従軍報道班員の日々 戦争を顧み
　て ……………………………… B1277
回想の今東光 …… A0135, A0163, B1312
回想の獅子文六 ………………… B1219
回想の谷崎潤一郎 ……………… B1152
回想の人々 ……………………… A0104
回想の舟橋聖一 ………………… B1284
海賊 …… A0085, C0489, F0158, F0160
解放された民衆 ………………… B0367
カヴィアールの味 ……………… B0881
帰れ故郷へ ……………………… C0118
顔 ………………………………… B0720
鏡に映る自分 …………………… C0859
カガヤン記—子供達へ ………… B0377
書方草紙(横光利一著) ……… C0003
書取り …………………………… D0021
垣根 …………………… A0038, B0702
過客 …… A0008, A0019, B0252, B0253
各界の回顧と展望 ……………… B0957

書くことで絶望から自分を守る …… C0725
学者の自画像 …………………… C0853
学者の冒険 ……………………… B0675
学者の町 ………………………… C0797
各賞選評 心残り ……………… A0224
革新 ……………………………… C0788
学生運動は新しい問題だ ……… C0580
学生と政治運動 ………………… B0409
学生の暴徒化 …………………… C0530
擱筆の弁 ………………………… C0342
各方面に独得な伸び …………… C0472
賭 ………………………………… B0481
駈落ち結婚式 …………… A0025,
　　A0030, A0087, A0157, A0196, B0569
かけ心地の悪い椅子 …… A0201, B1159
かけ橋 …………… A0151, E0121, E0128
賭けを楽しめぬ国民性 ………… C0370
風車 ……………………………… B1282
傘と英国紳士 …………………… C0817
賢島に遊ぶ ……………………… B0980
過失と八百長 …………………… C0281
樫の木は枯れまい ……………… B1268
過剰人口を思う ………………… C0162
数々の疑問 ……………………… B1147
風強き雪どけ …………………… B0979
風と雲と虹と …………………… E0067
風光る ………………………… E0101
家族制度と女性の立場 ………… B0308
家族制度と男女平等 …………… B0374
家族制度について
　　B0282, B0288, B0291, B0295,
　　B0299, B0301, B0306, B0309, B0314
家族の無事に満足感 …………… C0901
家族旅行 ………………………… B0922
片岡蔵相失言す—昭和金融恐慌のころ
　　……………………… A0092, E0116
片男波 …………………………… B0608
片隅の子 ………………………… B0865
片隅の生活 ……………………… E0008
片身草 …………………………… B0634
片目草紙
　A0156, B1160, B1259, C0866～C0868,
　　C0870～C0874, C0877～C0883
片輪車 …………… A0027, B0573, B0575
価値ある二人の男 ……………… C0422
価値観の消化不良—激動の十年 … B1278
"勝ち味ない"に袋だたき ……… C0728
活力こそ繁栄のもと …………… C0473
家庭に於ける秩序 ……………… A0015
カデンツァ …………… B0261, B0263

悲しい戦争時代を連想 …………	C0617
悲しき予言書 ………………………	C0228
仮名手本忠臣蔵 ……………………	F0101
かなぶん …………………………	B0009
金が物を言う時代 ………………	B0956
兼高かおる（旅行家） …………	B1185
彼女の特ダネ ……………………	B0709
徽金勘左衛門 ……………………	B0105
荷風と洋傘 ………………………	B1353
Kabuki Dance and Samisen Music …	E0019
歌舞伎の衣装 ……………………	B1286
カブキ保存の方法 ………………	C0493
鎌倉今昔 …………………………	C0850
鎌倉今昔三十年 …………………	B0814
鎌倉・初秋の精進料理 …………	B1077
鎌倉日記 …………………………	B0118
鎌倉にて思うこと ………………	B1346
鎌倉の観光客 ……………………	C0282
鎌倉の紳士たち …… A0029, A0175, A0235	
鎌倉夫人 …… A0029, A0175, A0235, B0555	
鎌倉文士落穂集 …………………	B0687
かみなり族 ………………………	B0940
嘉村さんの『途上』 ……………	B0093
亀は兎に追いつけぬ ……………	B0910
鴨好き ……………………………	C0803
鴨は食いたし ……………………	B1180
茅の屋根 …………………………	E0025
かよわき国 ………………………	C0208
からくり ………………… A0026, B0576	
から橋 ……………………………	C0795
彼と私 小林の"集中力"に感服 ……	C0675
彼等は千年の眠りから覚めた …	C0246
河上徹太郎 無口な個性の喪失 …	A0187
河上もまた ………………………	B1372
川喜多かしこ（東和商事副社長） …	B1187
川喜多さんについて ……………	B0210
川端さんとの五十年 ……………	B1244
川端康成氏を語る ノーベル文学賞受賞 対談	C0608
河原崎長十郎 ……………………	C0001
変わらぬ風景 ……………………	B1393
代り役 ………………… B0236〜B0239	
考えたことは忘れぬ ……………	C0398
考える習慣をつくろう …………	C0579
考える人形 … B0729, B0731, B0733, B0736	
緩急自在 …………………………	B1274
観光事業と自然の破壊 "文化事業"の認識持て	C0585
観光地の俗化防止 ………………	C0563
刊行のことば ……………………	A0018
"観光"の名で消える"名勝" ………	C0581
がんこおやじ ……………………	C0299
韓国行 ……………………………	C0765
頑固と愛敬 ………………………	C0786
頑固な五人 ………………………	B0701
漢字制限は日本語を滅ぼす ……	A0173
感情主義（Sentimentalism）について	B0460
感傷的な世論 ……………………	C0328
鑑真和上パリっ子の心打つ ……	C0908
感想（第二十三回直木三十五賞決定発表）	B0592
感想（第8回平林たい子文学賞選評） …	B1365
元旦 ………………………………	A0074
官庁と業者代表の映画座談会 …	B0206
関東大震災の日 ………… C0671, C0672	
関東大震災の日の田中千代女史 …	B1103
カンヌ映画祭を見て 雑な日本の出品説明	C0112
観念像 ……………………………	B0866
関白殿下秀吉 ……………………	E0052
完璧 遂に迫力なし─仏蘭西の劇界 …	C0021
寛容と調和 ………………………	C0557
官僚 ………………… A0039, B0710, F0072	
官僚の笑い ………………………	B0586

【き】

偽悪の人 今東光 ………… A0072, A0120	
消えちゃう古都 …………………	C0781
祇園祭に思う ……………………	C0658
『機械』／〔横光利一著〕 ………	B0076
飢渇 ………………………………	E0002
危機の意識 ………………………	B0487
帰郷 ‥ E0050, E0056, E0058, F0212, F0213	
『帰郷』の問題 ……………………	B0526
戯曲─サン・サクルマンの四輪馬車（カロッス）	D0064
菊池寛先生の思い出 ……………	B0451
菊池寛の後姿 ……………………	B0447
菊池寛・人と文学を語る ………	B0459
菊池先生とうんこ ………………	B1405
菊池先生の死 …………… A0213, B0444	
紀元節是非 ………………………	C0453
危険な爆発物 ……………………	C0128
気候と国民性 ……………………	C0800
帰国するとかん口令 ……………	C0729

偽作 …………………………………… B1039
岸田国士氏著『昨今横浜異聞』…… B0073
岸田国士との対話 …………………… B0455
岸田国士論 ………………… A0011, B0217
岸道三君をしのぶ …………………… C0428
寄宿寮生活 記念祭の芝居で主役 …… C0670
傷いまだ癒えず―ある報道班員の回想
　　　　A0107, C0715～C0730, F0206, F0214
帰省 …………………………………… B0430
機体の穴にブリキ罐 ………………… C0896
北国の熱いナベ ……………………… C0609
気ちがい時代 ………………………… B0926
着付け・色気等々 …………………… B1127
狐 …………………………… A0130, B1280
きのうきょう ……………… C0184, C0186,
　　C0189, C0192, C0194, C0196, C0197,
　　C0199, C0201, C0203, C0205, C0207,
　　C0209, C0211, C0213, C0215, C0217,
　　C0219, C0221, C0223, C0228, C0230,
　　C0232, C0234, C0237, C0239, F0103
技能審査委員覚書 …………………… B0259
木下孝則作「エレロ夫人像」……… C0092
キノドラマ所感 ……………………… B0159
キノドラマ「嗤う手紙」を見て …… B0170
気紛れ論議 …………………………… C0397
奇妙な混乱 …………………………… C0831
奇妙な宿命 …………………………… B1184
きもの春夏秋冬 ……………………………
　　　　　　　B1127, B1132, B1136, B1141
逆効果な宣伝 ………………………… C0378
逆行を笑うもの ……………………… C0330
旧刊『白痴』読後 …………………… B0311
旧教と混血児 ……………… A0016, A0066
急降下爆撃 …………………………… A0015
九三年 ……………………… D0043～D0062
球場問題をめぐる二つの意見 アマ・プ
　　ロ両方栄えよ ……………………… B1067
宮中に庶民性を期待する …………… C0271
旧友 …………………………………… B0255
旧友の死 ……………………………… C0762
旧友の話 ……………………………… C0266
喜憂を共に …………………………… C0077
教育者辰野隆先生 …………………………
　　　　　　A0029, A0175, A0180, A0235
教育投資をふやせ―石油対策よりも重
　　要 …………………………………… C0771
共栄圏民族として新生 ……………… C0080
鏡花描く ……………………………… E0074
器用が身のふしあわせ ……………… B1012
教官たちの責任 ……………………… C0633

共産主義はもう古い ……… A0098, B1191
暁星中学へ 病気勝ちで乱読生活 …… C0666
兄弟相喰む …………………………… B1089
兄弟あほだら経 ……………………… B0877
きょうだい素描 今東光・今日出海 … B1058
京都の国宝仏像にはプラスチック製があ
　　る …………………………………… B1245
京都の保守性 ………………………… C0520
京の行事 ……………………………… B1300
今日のこと昨日のこと
　　　　　　B1392～B1395, B1399～B1402
教養の展開 …………………………… B0341
強力な統合へ ………………………… C0050
虚々実々 ……………………………… B0436
清春の里を憶う ……………………… B1384
許容の精神をもって ………………… C0082
ギリシア紀行 ………………………… C0110
記録文学について …………………… B0542
気をもむ快感 ………………………… C0349
銀貨 …………………………………… A0001
近況 …………………………………… B1345
近況その他 …………………………… B1211
金婚式 ……………… A0174, A0209, B1377
銀座八丁膝栗毛 ……………………… B0627
金時計 ………………………………… B0818
勤勉がアダ? ………………………… C0796
勤勉実直 ……………………………… B1367
勤勉と怠惰 …………………………… C0126

【く】

クイーンとジャック ………………… B0590
偶感 …………………………………… B0508
空虚な言葉の革新―困りものの本末転
　　倒 …………………………………… C0879
空虚な時代 …………………………… B0963
九月の戯曲評 ………………………… B0057
くさりを解かれたプロメテ ………… C0225
愚神礼賛―阿呆は阿呆らしいことを考
　　える ………………………………… B0891
愚痴 …………………………………… B0812
クートーと私 30年来の友・詩人のよう
　　な画家 ……………………………… C0456
国づくり放談―海外を見た目で …… C0379
国の大きな損失 ……………………… C0645
国をあげて発狂時代 ………………… C0288
久保田さんのライスカレー ………… B1391

久保田万太郎の女運 ……… A0076, B1074
久米さんの死 …………… A0215, B0676
雲をつかむ男 ………………………… C0115
暗い夜道 ……………………………… B0871
グラウスの時代 ………………
　B0215, B0221, B0690, F0008, F0009, F0068
クリシュナ・ムルティ ……………… B1370
クリスマスのこと …………………… C0131
苦しさ、辛さに中止 ………………… C0449
食豪（グールマン）座談会 ……… B1065,
　　B1068, B1069, B1073, B1077～B1080,
　　B1084, B1088, B1096, B1104, B1110
クレオパトラ ……………… A0046, B0727
グレコの家 …………………………… C0121
愚連隊追放 …………………………… C0241
愚連隊は根絶されぬか ……………… C0244
苦労知らず―私の青春放浪 … B1166, F0163
玄人っぽいファン …………………… C0309
黒っぽい服 …………………………… C0356
黒猫 …………………………………… B0020
黒船以来 ……………………………… C0559
黒幕 …………………………………… B0815
食わず嫌い不可論 …………………… C0755
桑原武夫 ……………………………… B0785
訓示 …………………………………… B0581
訓辞 …………………………………… A0026
君子の町―ムダのない生活 ………… C0505
「勲章 あまり階級つけるな」……… C0477
「勲章 世間の納得するもの」……… C0481
「勲章 "ほしい"という感情」……… C0479
「勲章 ユーモアある光景」………… C0480

【け】

芸者万竜 ……………………………… B1107
芸術院の在り方 栄誉に伴う年金を出す
　べきだ ……………………………… C0116
芸術祭 ………………………………… A0067
芸術祭 混乱時こそ伝統誇示 ………… C0686
芸術祭縁起 …………………………… B0856
〈芸術祭コラム〉 芸術祭の開会宣言 … A0205
〈芸術祭随想〉 熱意の三十年 ……… A0129
芸術祭と池田勇人 …………………… B1366
芸術祭について ……………………… C0915
芸術祭は国民大衆のものか? ……… E0104
芸術祭はわたしの発明 ……………… B1214
芸術日本―戦後十年 ………………… B0767

芸術放浪 …………………… A0029,
　A0175, A0235, B0605, B0610, B0613,
　F0060, F0062～F0064, F0329, F0383
軽信時代と先駆者 ………… A0011, B0162
警棒廃止を提案する ………………… C0701
怪我っぽい …………………………… C0849
劇的終末 ……………………………… B1374
激流の女 …………… A0036, A0103, B0612
袈裟の良人 …………………………… E0037
血液と伝統 …………………………… C0072
結婚と道徳について ………………… B0382
結婚難は解消している―未婚者を囲ん
　で語る ……………………………… B0482
結婚の責任 …………………………… A0045
決戦大会の序曲 ……………………… C0074
月評についての感想 ………………… B0119
けわしい東大正常化の道 …………… C0627
検閲法への恐れ ……………………… C0137
減煙運動 ……………………………… C0384
現下の欧州の情勢とわが関心 ……… B0266
"言行不一致"をにくむ ……………… C0447
検事 …………………………………… B0766
源氏物語 ……………………………… B0749
源氏物語 朧月夜かんの君 ………… E0062
源氏物語 桐壺・空蝉・夕顔・若紫・紅葉
　賀・賢木 ………… E0039, E0051, E0076
賢者を求む …………………………… B1217
減税をはばむもの …………………… C0134
現代歌舞伎論 ………………………… B0495
現代芸術の分野 ……………………… B0159
現代史を書く―「まだまだ夜だ」
　を終わって ………………………… C0437
現代紳士録 … A0039, B0682, B0685, B0688,
　　　B0691, B0697, B0699, B0705, B0707
現代日本の知的二つの世界 ………… B0653
現代の英雄 …………………………… C0822
現代の狂人たち ……………………… B0842
現代の愚公 …………………………… C0753
現代の混乱 …………………………… B0150
現代の青年 …………………………… C0799
現代の仏蘭西文学 …………………… A0004
現代の問題―混沌とした仏蘭西文壇 … C0004
現代の欲情 …………………………… B0489
現代版作戦要務令 ………… B1049, B1051,
　　　B1052, B1054, B1057, B1059, B1061
現代フランスの滅亡 ………………… A0015
現代文学の一面貌 …………………… B0116
現代文芸思潮の崩壊 ………………… B0120
現代文明を語る ……………………… C0846
見物の低さ …………………………… C0043

げんまん巴里行き ………………… A0026
原野で夢の"ご馳走" ……………… C0892
絢爛豪華な色彩美の世界 ………… A0127
言論の妨げ ………………………… C0233

【こ】

ごあいさつ ………………………… B1253
恋化粧 ……………………………… E0085
幸運な舟橋聖一 …………………… B1289
公園挿話 …………………………… B0047
講演旅行 …………………………… B0693
行軍 ………………………………… A0074
高原のAmazone―軽井沢 ………… B0135
広州―白々しい清潔さ …………… C0499
工場誘致ははやり病 ……………… B1072
皇女和の宮 ………… E0023, E0028, E0032,
　　E0038, E0046, E0055, E0066, E0068, E0073
洪水事件 …………………… A0179, B0518
好戦的な進歩派 …………………… C0316
交通地獄 …………………………… C0564
交通犯罪 …………………………… C0567
交通法の改正 ……………………… C0335
興南文化を語る ……………… C0057～C0068
河野一郎と福田蘭童と強盗と …… B1294
幸福な国 …………………………… C0219
幸福な国の弁 ……………………… B1035
幸福への起伏 ……………………… E0100
公平な時代 ………………………… B1173
神戸行 ……………………… B0016, B0017
神戸今昔 …………………………… C0794
神戸のころ 楽しく美しい瀬戸内 … C0664
神戸のとも―わが交友録 ………… B0553
公明より賢明選挙へ ……………… C0105
蝙蝠荘 ……………… A0059, A0081, A0083,
　　A0109, B0486, F0023, F0156, F0157, F0218
公約について ……………………… C0224
交友対談 …… A0142, A0149, A0161, A0222,
　　A0229, C0847～C0851, C0853～C0864
合理の人―桑原武夫 ……… A0072, B1055
声 …………………………………… E0003
声なき人々 ………………………… C0763
郡虎彦に於ける人間の研究 ……… A0061
誤解され続けた人間・吉田 ……… B1171
誤解と政治家 ……………………… C0160
誤解や悪影響の心配はない 「釈迦」を
　　見て ……………………………… C0413

木枯らし …………………………… B0831
呼吸を長く ………………………… C0431
国語はどう改革して育てられているか
　　―フランス ……………………… B0429
国際映画のプロデューサー―サム・ス
　　ピーゲルと「戦場にかける橋」 … B0853
国際女性田中寿子 ………………… B1106
国際報道と日本の立場 …………… C0495
黒白の外 …………………………… B0801
国民外交 …………………………… C0214
国民の自衛 ………………………… C0385
国民の迷惑を考えよ ……………… C0697
国立歴史民俗博物館（仮称）の基本構想
　　をめぐって ……………………… B1236
心座の演出雑誌月評 ……………… B0014
心ないあわてもの時代 …………… C0772
心の奏者 …………………………… C0232
心の貧しさ ………………………… C0566
「心」を持つ人間と新発見 ………… C0640
越路吹雪 …………………………… B1176
越路吹雪―精進で独自の"歌"生む女傑
　　…………………………………… C0741
五十年経って〔雑誌文芸春秋のこと〕… A0119
五十年の信頼 ……………………… C0864
五種競技 …………………………… B0141
古色大和 …………………………… B1301
コースの寒山十得 ………………… B0962
個性喪失時代 ……………………… B1212
個性喪失への心配 ………………… C0154
個性と余裕なくして文化なし …… B1338
御成敗式目 ………………………… A0012
孤絶救う生活のチエ ……………… C0889
御存知女優篇―人間研究 ………… B0658
こたつの中で ……………………… C0321
誤断時代 …………………………… C0336
国境―愛想いい役人たち ………… C0497
国慶節―"兵器パレード"なし …… C0503
ゴットフリート・ベンの二重生活 … C0269
ゴッホ終焉の地を訪う …………… C0109
古典芸術について ………………… B0407
古典前派劇の発達とその特質 …… A0002
孤独になれぬ国民性 ……………… C0426
孤独の安売り ……………………… C0789
ことしのタナおろし ……… C0419～C0421
ことしの化け物 …………………… C0099
今年の文壇回顧 …………………… B0158
言葉、言葉、言葉 ………………… C0468
言葉の真実―指導者に望む戦場原理 … C0069
こども―交通事故から守ろう …… C0412
近衛文麿 …… A0029, A0175, A0235, B0607

このごろの新聞 ……………………… C0089
この十年（七人の仲間） ……………… B0778
この人に聴く ……………………………… B1351
小林と旅へ 九ヶ国こまめに見物 …… C0687
小林とともに生きて …………………… B1396
小林と私 …………… A0145, A0146, A0227
小林秀雄 ………………………………… B1273
小林秀雄との対話 豊かな学問の道 … C0546
小林秀雄 『ランボオ論』『ボオドレエ
　ル論』 新鮮な驚異と魅力 ………… C0424
小林秀雄 わき目もふらぬ人生 ‥ A0186, A0230
コーヒーと出会った頃―珈琲の記憶
　……………………………… B1335, F0278
孤逢庵見聞記 …………………………… C0209
独楽 ……… A0025, A0157, A0196, B0563
駒場祭のポスター ……………………… C0616
コメディ・フランセエズの沿革 （テア
　トル・フランセエ） ……………… B0037
こよなく桜を愛した君 《弔辞》
　…………………………… A0169, B1388
御来迎 ……………………………………
　……… A0059, A0083, B0514, F0030, F0157
娯楽と道楽 ……………………………… B0519
娯楽の反省 ……………………………… C0084
凝り性で鋭敏な感覚 …………………… C0399
孤立の影 … A0025, A0157, A0196, B0548
孤立の指導者―土方与志の死 ……… B0903
五輪組織委にもの申す ぐずぐずするな
　…………………………………………… C0410
ゴルフ交遊記 ……………………………
　B0904, B0910, B0917, B0927, B0942,
　B0948, B0953, B0962, B0970, B0978,
　B0982, B0990, B0998, B1005, B1012
ゴルフ場の食事 ………………………… C0292
ゴルフ入門 ……………………………… C0117
これからの娯楽 ………………………… B0380
これからの女性のつとめ―女性はもっと
　社会に興味をもち、もっと他人の生
　活を尊重したい ……………………… B0513
これからの日本と日本人を考える …… A0098
五郎さん ………………………………… B0395
コロンボ・ファン ……………………… C0777
こわい植民地文化 ……………………… C0599
今・大岡の「椿姫」 …………………… B1122
今夏のプラン …………………………… B0136
根気くらべ ……………………………… C0552
混血文化の国 …………………………… C0255
今後の推移を見て ……………………… C0045
懇親会の果て ‥ A0025, A0157, A0196, B0549
今東光 大々勝 ………………… A0190, A0231

今東光における人間の研究 …… B1032, F0129
困難な国際信用の回復 ………………… C0363
今日の新劇 ……………………………… B0193
今日出海語録抄 芸術祭 ………………… A0207
今日出海語録抄 芸術祭十年を語る …… A0206
今日出海語録抄 熱意の三十年 ………… A0208
今日出海氏と音楽を語る ……………… B0722
今日出海女性対談 ………………………
　　　　B1172, B1176, B1178, B1181,
　　　B1185, B1187, B1190, B1193, B1195
今日出海対話集 ………………………… A0098
今日出海と語る ………………………… A0047

【さ】

最近見た日本映画 ……………………… B0191
最近の新劇 ……………………………… B0041
最近の新聞紙上に行はれている匿名文
　化雑誌批評をどう思ふか …………… B0250
最近文学の享楽的傾向に就いて ……… B0051
再興内輪話 ……………………………… B0248
最後に笑う者 …………………………… B0711
最後の良人 ……………………………… B0615
再婚の戒め ……………………………… B1158
歳々年々人相同じ ……………………… C0211
妻子ある男と若い女性との恋愛問題 … B0500
崔承喜と李香蘭―二人の人気者 ……… B0293
菜食から肉食へ転換 …………… B1382, F0300
才女群像 ………………………………… B1120
最先端主義 ……………………………… C0239
「才能の発見に喜び」 ………………… C0483
栄あり佐藤さん ………………………… C0819
坂口安吾とアテネ学派 ………… A0117, A0160
坂西志保 ………………………………… B0780
坂西志保（評論家） …………………… B1190
作品活動の時期 ………………………… C0075
作品月評 ………………………………… B0522
「作品」と怠惰 ………………………… B0128
作品の会合 ……………………………… B0079
佐久間ダム ……………………………… C0311
桜咲く峠 ………………………………… C0085
サクラを枯らすな ……………………… C0641
雑魚の腕前 ……………………………… B0917
Sashimi no tuma ……………………… B0953
さすらい ………………………………… B0840
座談会 …………………………………… E0122
座談/鼎談 ……………………………… A0221

作家と政治家 ……………………… B0858
作家の独白 ……………………… B0433
雑感 ……………………………… B0262
雑記 ……………………………… B0272
雑誌の写真など ………………… B0560
殺人者 …………………………… B0698
サッパリしない今日このごろ …… C0196
佐藤得二における人間の研究—新直木
　賞作家の横顔 ………………… B1075
砂糖と握り飯を交換 …………… C0900
佐藤寛子（総理大臣夫人） …… B1172
佐藤正彰について ……………… B0063
里見弴対女性 …………………… B0025
里村欣三の戦死等々 …………… B1311
さながら桃源境 浦和＝野性のままに育
　つ ……………………………… C0026
佐野繁次郎のプロフィル …… A0192, B1290
さはち料理の初がつお ………… B1065
寂しき人々 ……………………… B0530
錆びた機械 ……………………… B0929
様々な風景 ……………………… B0999
さまよえる善女—真杉静枝 … A0072, B1060
さまよえる人—何処へ行く清水幾太郎
　氏 ……………………………… B1085
寒々とした大学 ………………… C0699
左右は日本を二分している …… B0984
サラリーマンの第一第二第三人生 … B1061
沢正の大菩薩峠 ………………… E0048
三悪追放実行せよ ……………… C0177
三角関係 ……………………… A0087, B1053
山岳地帯に追い込まれる ……… C0724
三銃士 ………………………… D0006〜D0008
三十年の孤独 …………………… C0773
山上女人国 ………………………
　　A0034, B0639, B0645〜B0647, B0654,
　　B0655, B0660〜B0662, B0669〜B0671,
　　B0679〜B0681, B0683, B0684
山上女人国—唖然たる女人国にメス … B0638
三四郎時代 ……………………… B0453
三代貫く大河小説 佐藤得二著『女のい
　くさ』 ………………………… C0461
サンタ・キアラ像—人知れずぽつんと … C0881
山中挿話 ……………… A0022, A0094,
　　A0114, A0140, F0035, F0196, F0239, F0276
山中放浪 ……………… A0022, A0059,
　　A0068, A0081, A0083, A0094, A0109,
　　A0114, A0140, B0485, B0486, B0492,
　　B0501, B0504, B0507, B0514, F0022〜
　　F0027, F0030, F0035, F0036, F0038, F0044,
　　F0113, F0132, F0134, F0156, F0157,
　　F0185, F0196, F0198, F0218, F0221,
　　F0239, F0250, F0276, F0341, F0358, F0370
三党首会見記 ………………… B1020, E0112
三等郵便局長 …………………… B0847
サン・ドニ街の殺人事件 ……… B0054
三年たてば三つになる ………… C0654
惨敗マニラ湾、声をのむ ……… C0716
散歩の友 ………………………… B0019
三枚目 …………………………… B0144
三文オペラ ……………………… F0098

【し】

ジイド全集 ……………………… D0040
ジイドの仮面—その性の哲学について
　………………………………… B0521
シェークスピア劇を見る ……… C0764
仕方がない ……………………… C0146
仕方ない"ウソの報告" ………… C0715
四月の作品 ……………………… B0074
自家用車とバス ………………… C0221
時間を殺す ……………………… B1392
色即是空 ………………………… B0516
持久せよ ………………………… B0031
士気ゆるみ、備えなし ………… C0720
事件の核心 ……………………… C0551
『地獄の季節』／〔アルチュール・ラン
　ボー作〕 ……………………… B0065
事実への抗議 …………………… B0403
事実より人間への興味 ………… C0515
寺社の荒廃より人心が荒廃 …… C0615
詩人 久保田万太郎—シンの強い寂しが
　りや …………………………… C0459
詩人達 …………………………… D0065
静かになったパリ ……………… C0130
静心（しずごころ）なき文化国家 … C0590
史跡保存に新法を ……………… C0713
自然の中で ……………………… C0561
地蔵経由来 ……………………… E0006
下積みの文化—演劇・映画・美術・出
　版 ……………………………… B0418
舌の訓練 ………………………… C0802
舌びらめ—曲がない魚料理 …… C0870
地玉子の味 ……………………… C0793
7月の芝居 …………………… C0043, C0044
『絲竹集』の作者 ……………… B0834
実業家の稚気 …………………… C0129

失業者	B1397
地続き	B1350
実直な日本の市民	C0638
ジッドからシャルドンヌへ	C0002
執拗なる人間探究―フランス	B0468
失楽の王ファルーク	B0726
実力行使と暴力	C0140
児童映画について―映画時評	B0285
指導者たらんと志す人へ	B1059
指導の厳格	C0073
支那人	B1071
支那の陶器	B0044
死に場所	B1359
芝居の魅力	C0044
自分で自分をしつけよ	B0391
脂粉の舞	A0020, A0026, B0531
〈自分をどう生かしていくか〉息苦しく、錯乱に陥入らないために	A0126
死別	B1401
事変と映画界	B0196
思慕	B1019
市民は完全にソッポ	C0719
社会に迷惑をかけた責任	C0626
社会の顔	A0029, A0175, A0235
社会望遠鏡	B0956, B0963, B0973, B0979, B0983, B0984, B0986, B0992, B0999, B1006, B1013
蛇性の淫	E0026
ジャック・コポオ	D0068
社党大会に思う	C0306
シャモなべに寒さを忘れる	B1084
ジャングルに眠るクメール文化	C0486
ジャン・サルマンの戯曲	B0015
上海・杭州―勤勉・七億のアリ	C0507
十一月の戯曲評	B0061
十一代目目十郎のこと（藤間治雄君を憶う）	A0106
週一回のゴルフの楽しみは譲らない	B1306
自由化	C0569
自由化台風	C0655
十月の戯曲評	B0059
10月のスールヤ	B0023
週刊誌の功罪	C0291
自由・幸福	B0532
自由主義者	C0102
自由主義の最後	B0160
秋色の日本海をゆく―鳥取・米子・松江講演旅行	B0708
十字路	D0002
愁人	B0611
終戦、さまざまの感懐	C0904
終戦直後の対日感情へ	C0362
重大な事実	C0078
住宅難	C0186
集団主義について	C0158
集団マヒ	C0318
集団見合いは如何に行われたか？ 調査と報告	B0461
終電の客	B0545
自由と圧迫	C0166
自由と公共性	C0322
自由都市	B0428
週に一度はコースへ	C0450
十二月二十四日（水）	A0074
十二月八日	E0010
自由日本	C0179
十人十色	B0659, B0663, B0672
十年後	B0747
自由の声	C0352
自由の天国と理性	C0614
自由の芽生える土壌	B0564
自由の擁護	B0432
住民部落	A0059, A0083, B0507, F0027, F0157
終列車	B0143
自由を守れ	C0386
主演は俺だ	B0788
寿海東上	B0624
祝辞	B1352
酒食談義	A0195
受胎告知	A0008, A0019, B0244
出生地と国籍	C0792
出世主義の追放	C0343
出版記念会欠席届	B0095
主婦の生活時間	C0333
酒友酒癖	A0029, A0175, A0181, A0235, A0236, B0572
酒友片々	B1082
酒友列伝	B0798
ジュール・ルナール「偏屈女」評 オデオン座上演	D0005
純血種	B0790
春日閑談	A0111, A0150
純情礼賛	C0533
純真な日本国民	C0361
純粋小説と映画	B0151
春草対談	B1230
序（『古色 大和路』）	A0105
浄化委員の目	C0513
正月と平和	C0132

しょう　　　　　作品名索引

将棋の駒	C0843
松旭斎天勝	B1125
小国は立つ瀬がない	C0589
小産階級・微産階級	C0263
常識の通らぬ世の中	C0596
饒舌	B1364
小説・勝負	A0015
小説とモデル問題	B0810
"小説の神様"	C0860
小説の読み方	B0431
象徴の嫩葉	A0011, B0225
情熱の花	A0087, B1086
消費景気と暴動と	C0618
勝負	A0008, A0019, B0189, B0864, F0007
情報時代の空虚なことば	C0693
情報のとり方つかい方	B1054
上陸	A0074
『昭和史の天皇 1』/読売新聞社編——われわれの時代知る	C0529
昭和十三年の文芸界	B0199
初夏を待つ	B1343
食中毒	C0393
職人気質の衰退	C0173
食は中華料理にあり	B1078
庶子のことなど	B1317
女性周坡	B0751
女性の解放へ——新しき結婚と恋愛の道　徳・政治とお台所	B0368
序説（日本の家族制度）	A0012, B0279
初対面 美女と野獣	B1319
序文（『写真集 越路吹雪賛歌』）	A0172
序文がわりに（『ひとりがてん』）	A0057
除夜の鐘	B0557
女優	B0826
Joie de vivre	B1221, B1225, B1227, B1231
ジョン・ガンサーの内幕	A0029, A0033, A0175, A0178, A0235, B0587
ジョン万次郎異聞	A0033, A0178, A0185, B0609
白洲次郎	A0223
調べることと考えること	C0855
知られざるワンマンの内側	A0091, A0164
シリ馬に乗れ	C0178
シリーズ日本人	B1322
シルク・ロード	C0230
試煉	A0033, A0178, B0637, B0640, B0648, C0656
素人演劇覚書	B0439
素人演劇の問題	B0388
白と黒	B0819

「城への招待」（新劇合同公演）を見て——"粋"でイヤ味がない	C0125
師走の風	C0510
深淵	B0471
成吉思汗	E0009
ジンクス破れる——ホッとした大量点	C0253
新芸術派理論に対する一つの修正	A0086, B0049, B0071
新劇三座——新協、新築地、文学座	A0006, B0208
人権工場——モデル小説	B0754
人権の尊重	C0320
『新興仏蘭西文学』詩・小説・思想／アンドレ・ビイ著、草野貞之訳	B0077
新時代の出現	C0213
新司偵で帰国とは!	C0895
紳士道徳	C0167
新社会派、新心理派、新ロマン派批判	B0087
新社会派など	B0086
真珠の小匣	B0164
真珠湾の悲劇	B0603
新春兄弟対談	C0623, C0625
新春偶感	C0547
新春党首訪問	E0113
新春放談・戦略あれこれ	B1052
新政局の動向を語る	C0226, C0227
人生劇場・残侠編	C0054
人生劇場所見	B0148
新生チェコに期待	C0586
人生の愉しみ	B0511
新生比島の門出	B0357
真相と感情	C0155
心底つかれた	C0821
新体制と文化運動	A0011, B0275
進駐軍・忠臣蔵・芸術祭	B0965
新・忠臣蔵	E0030, E0053
新著『浅間山』/〔岸田国士著〕	B0088
新日本橋	E0021, E0035, E0041, E0042
新年一筆	C0921
新年初頭文壇を観る	B0146
真の文化人の従軍記——岸田国士氏『従軍五十日』	B0223, B1404
真のモラリスト弾さん	B1389
人物菊池寛	A0039, A0113, B0649
人物の鑑別	C0837
人物評論——石坂洋次郎・市川海老蔵	B0503
人物評論——楢橋渡・田中耕太郎・白洲次郎	B0499
人物評論——吉田茂・辰野隆・清水崑	B0505
人物評論的饒舌	A0029, A0175, A0235

人物評論的饒舌—日野原節三・池田勇
　　人 ………………………………… B0510
新聞記事の大小 ………………… C0842
新聞人、映画人、作家の現代テレビ診
　　断 ………………………………… B1137
進歩的文化人の愚行—愚神礼賛 …… B0897
シンボル ………………………… C0829
人民公社—あじけない服装 ……… C0500
親友戦死の報に衝撃 ……………… C0893
信頼と敬愛の人間天皇 …………… B1145
新緑挿話 ………………………… B0139
人類の進歩の現状 ………………… C0388
心労不要をモットーに …………… C0737

【す】

随想 ……………………………… B0400
好きな画 ………………………… C0807
好きな画家—歴史を超えた執念 …… C0877
すき焼きの弁 …………… A0238, B0623
救いを求める人 …………………… B0862
すずめの疑惑 …………………… C0139
すっぽんに京都をしのぶ ………… B1088
素敵な女性ゴルファー 工藤節子さん … B1118
捨て草 …………………… A0026, B0476
ストリップ時代 ………………… B0567
スファンクスの女 ……………… B0416
スープできまる中国料理 ………… B1104
すべて上達せず ………………… C0448
スポーツ怪談 ……… C0142, C0144, C0188,
　　　　C0190, C0261, C0262, C0371, C0372
スポーツ好き …………………… C0337
スポーツとテレビ ……………… C0297
スポーツの妙味 ………………… C0441
スポーツ論壇 …………………………
　　　　C0276, C0281, C0292, C0297, C0304,
　　　　C0309, C0315, C0319, C0323, C0329,
　　　　C0337, C0349, C0368～C0370,
　　　　C0373, C0375, C0383, C0389,
　　　　C0392, C0394, C0397, C0401, C0407,
　　　　C0409, C0414, C0416, C0425, C0427,
　　　　C0431, C0439, C0441, C0442, C0446
須磨子と八重子 ………………… B1109
すまじきものは ………………… B0972
相撲協会改革その後 …………… C0169
「相撲協会の改革」から ………… C0153
ズレた落後者 …………………… C0518

【せ】

西欧と日本の現実 ………… C0362, C0363
政界にもの申す—納得いく政治を …… C0183
生活と花 ………………………… C0814
生活と文化 ……………… A0009, A0015
生活の王者 ……………………… D0066
静観のとき ……………………… C0752
清潔な目 ………………………… C0368
晴耕雨読 ………………………… B1371
政治家とカネ …………………… C0517
政治家の信念 …………………… C0161
政治家の責任 …………………… B1140
「生死」考える煩わしさ ………… C0890
政治と良識 ……………………… C0359
青春 ……………… A0143, A0167, B0115,
　　　　B0593, D0018～D0023, D0027, D0040
青春回顧・特集座談会 …………… E0108
青春怪談 ………………… E0022, E0029
青春気流 ………………………… E0117
青春悔あり ……………… B0692, F0069
青春悔なし ……………… B0700, F0070
青春日々 ……………………………
　　　　A0107, B1083, B1087, B1090, B1099,
　　　　B1105, B1111, B1119, B1126, B1128,
　　　　B1129, B1131, B1133, F0140～F0142,
　　　　F0144～F0146, F0148, F0150～F0152,
　　　　F0154, F0155, F0215, F0216
成人式に臨んで 私の日常心 ……… C0549
静心喪失 ………………………… A0104
精神の衛生学 …………………… B1342
精神の衰弱 ……………………… B0339
精神の復興 ……………… A0011, B0231
税制也 …………………………… B0835
生前通夜 ………………………… B0808
聖戦道義性の交流 ……………… C0076
政争ごっこ ……………………… C0270
「贅沢人間」の条件 ……………… B1261
正当とは限らぬ世論 コラムのタネは絶
　　えない ………………………… C0470
生命の王者 ……………………… D0067
世界注目の米大統領選 …………… C0613
世界の柔道 ……………………… C0416
世界の中の日本 ………………… C0149
世界の中の日本人 ……………… B1254
世界の放火魔 …………………… C0251
世界平和の凶兆 ………………… C0223

"世界連邦"へのビジョン 困難だが夢で
　はない ･････････････････････････ C0445
隻眼法楽帖 ･･････････････････････ A0156
関根正二を憶う ･･････････････････ E1336
世間の非難を一身に浴びて
　･･････････････････ A0091, A0164, B1170
世相と流行を語る ････････････････ E0098
世相放談 ･･････････････ B0816, B1407
切実な西欧の脅威感 ･････････････ C0610
瀬戸内晴美（作家） ･･････････････ B1193
狭く小さく無計画で ･････････････ C0334
せめてもの願い ･･････････････････ A0101
セ・ラ・ヴィ—それが人生だ ････ B0793
千円札の文化的使用法 ･･････････ B0689
全学連 ･･････････････････････････ C0556
戦火のただ中"方丈"の自由 ････ C0727
一九五一年の芸術界 ･･･････････ B0644
全国的伝染病 ････････････････････ C0757
戦国流転 ････････････････････････ E0065
戦後雑感 豊かさにどこか狂い ･･ C0588
戦後のマニラ—比島人は如何に日本人
　をみたか ･･････････････････････ B0378
戦後版"結婚・友情・幸福" ････ B0568
戦後文部大臣列伝
　････････ A0029, A0175, A0235, B0547
戦時の記録的な日記 石坂洋次郎著『マ
　ヨンの煙』 ････････････････････ C0910
選手と食生活 ････････････････････ C0427
千手と頼朝と ････････････････････ E0012
選手の養成費 ････････････････････ C0323
戦場にかける橋 ･･････ C0294, E0094, F0097
「戦場にかける橋」を語る ･･････ B0854
戦塵を洗う—前線のひととき ･･ B0327
蟬噪 ････････････････････････････ B0706
戦争映画座談会 ･･････････････････ B0198
戦争と文学 （麦と兵隊） ････････ B0186
戦争の体験と文学 ･･････････････ B0224
戦争の中の"笑い"—"穴の深さ"で戦犯
　に ･･････････････････････････ C0872
煎茶と珈琲 ･････････････････････ B1334
戦中戦後 ･･･････････････････････ B0911
"センチ論"の追放 ･･･････････ C0329
千姫春秋記 ････････････････････ E0069
選評（読売短編小説賞）
　･･･････ C0348, C0418, C0460, C0485
全盲学生の死に思う ･･･････････ C0587

【そ】

痩影 ････････････････････････････ B0068
騒音 ････････････････････････････ C0307
綜合雑誌論 ････････ A0011, C0027〜C0030
綜合批判—祭の見世物と思えば ･･･ B0454
創作批評に対する感想 ･･････････ B0102
総選挙 ･････････････････････････ C0220
総理大臣と女カメラマン 彼女の特ダネ
　････････････････････････････ E0081
総理と語る ･･････････ E0114, E0115
続珍満亭 ･･････････････････････ B0777
続巴里だより ･･････････ A0011, B0177
続巴里通信 ････････････････････ A0011
続晴れた日に ･･････････････････ A0049
続仏蘭西より帰りて ･･････････ A0011
そそっかしい小林 ･･･････････ A0144
備えあれば ･･･････････････････ C0308
空の総攻撃 ･･････････ A0014, A0017
ソ連人の包容力 ････････････････ B0392
孫逸仙を見た ･･････････････････ B1354

【た】

大英帝国のたそがれ ･･････････ C0127
対外宣伝映画について ･･････････ B0362
大学騒動解決の方向 ･･････････ C0606
戴冠式 ････････････････････････ B0718
戴冠式に参列して 痛々しい王冠 救い給
　えと神に祈る ････････････････ C0113
耐久力と科学的食餌法 ･･････････ C0401
対空監視異常なし ･･････ B0533, F0033
退屈日記 ････････････････････････ B1197
大劇場進出は成長でも飛躍でもない ･･･ C0038
大国にかこまれた小国 ･･････････ C0704
大国の奇妙なおせっかい ･･････ C0582
大コシモ ･･････････････ B0752, B0755
第三夜 ･････････････････････････ A0074
大使の休暇 ････････････････････ B0888
大衆化の弊害 ･･････････････････ B1215
大衆・婦人雑誌批判—徒なる戒めの言
　葉 ･････････････････････････ C0083
大食凡夫観 ････････････････････ C0471
"大女優"はほめられっぱなし ･･･ C0236

作品名索引　　　　　　　　　　　　　　ちしき

大震災	B1400
大臣と強盗	B0642
大拙先生御夫妻	A0110, B1237
大々勝	B1313
怠惰の功徳	C0152
怠惰のすすめ	C0163
対談の池島信平	A0128, A0204
大東亜戦争一年	A0015
大東亜の思想	B0344
大東亜文学者大会を願る	C0077〜C0079
大統領制反対	B0820
第二回大東亜文学者大会	C0074
第二回大東亜文学者大会に列席して	C0075, C0076
第二夜	A0074
頽廃を救うもの	B0369
台風と金のシャチホコ	C0310
台風を待つ	C0313
泰平無事	C0290
太平洋の孤児	C0377
大宝養老の律令	A0012
逮捕を招いた国際感覚	A0091, A0164, B1162
太陽が多すぎる伊太利	C0111
『太陽と薔薇』/林房雄著	B0192
第四共和制の嘆き	C0159
第四夜	A0074
対話	B0475
対話ばやり	C0538
台湾脱出	A0022, A0059, A0094, A0114, A0140, F0035, F0113, F0196, F0239, F0276
絶えない紛争事件	C0647
高い文化意識	C0601
高見順の人間研究	A0134, B1156
高峰秀子夫婦	B1116
タカラジェンヌの横顔	B1101, B1102
抱きあった影像	B0030
タクシード	C0366
たくましい香港の中国難民	C0488
たけくらべ幻想	E0075
竹原はんの結婚時代	B1108
多数決の国・満場一致の国―西欧的考え方とソ連的考え方	B0874
多数尊重主義	C0234
正しき意志	B0410
断たれた望み	A0059, A0081, A0083, A0109, B0501, F0025, F0156, F0157, F0218
脱―敗走千里台湾脱出	B0536, F0034
辰野門下の旦那たち	A0029, A0175, A0235, B0528
辰野隆氏をいたむ 文学と人生の師	C0475
辰野隆氏を偲んで	B1135
辰巳巷談	E0047
谷崎さんのこと	B1241
谷崎潤一郎	B0772
谷洋子の夫婦喧嘩	B1124
狸―人間離れした嗅覚	C0866
狸退治	A0027, B0583
狸と狢	B1341
狸と狢―どこで見分けるか	C0883
たぬき部落	A0028, C0095
たぬき部落異聞	A0028
タネはつきない	C0575
種も仕掛けもない話	B1402
楽しい夜	B1327
楽しく祭典を迎えよう 平常心をもって	C0474
旅から帰って	C0218
旅嫌い	B0786
旅立つ前に	B1265
旅に思う	B1249
旅の戒め	B0990
旅の誘い	A0008, A0019, B0828
ダプレ・ゲールの文学	B0479
食べ物	C0300
食べものと味覚	B1333
食べもののこと	C0187
多摩川	C0798
多摩川の涼風とアユ	B1073
玉の輿	B0971
民の怒り	B0983
足りぬのは何か	C0156
男色鑑	A0025, A0157, A0196, B0474
断想	B1174
伊達者（ダンディ）	B0799
短編について―現代作家の漱石観Ⅱ	A0050

【ち】

小さき町	B0082, B0083
チェコのにわとり	C0690
治外法権	C0539
近頃のこと	B0469
近ごろの世相	C0345
近ごろの若者	C0327
知識階級人の嘆き	C0014〜C0016
知識人の三面記事	B0579

311

知識人の発言 ……………………… C0136
地上の眠り ………………………… B0665
父帰る ……………………… E0017, E0034
「父帰る」の演出―新劇の古典 … B0928
父と子 ……………………………… B0918
知的な蓄えもないのに近代化と騒ぐの
　は醜悪である ………………… B1344
地の糧 …………………… D0029～D0036
血のロザリオ ……………… A0087, B1153
「地方選挙 小もの知事論」 ……… C0452
「地方選挙 地方色はあせる」 …… C0455
「地方選挙 でき合いの顔 顔 顔」 … C0451
「地方選挙 水争いのような選挙」 … C0454
地方と文化 ………………………… B1226
地方文化の諸問題 ………………… E0097
チャーチルとイギリス人気質 …… C0490
中央高速道の視察 ………………… C0143
「中央道」ホコリ道中―縦貫道路予定
　コースをバスで行く ………… B0837
中国紀行
　　　A0104, C0496, C0497, C0499～C0507
中国と北ベトナムの決意 ………… B1157
中国の興奮 ………………………… C0277
中国の不可解 ……………………… C0543
中国の不思議 ……………………… C0278
中国の理解 ………………………… C0079
中国文化大革命について 現実的な考え
　方を …………………………… C0516
中国を見た目で …………………… B1155
忠臣蔵 … F0082, F0084, F0199, F0246, F0367
中道のすすめ ……………………… C0411
中年の不徳 ………………………… B0873
中立国国民―時間と根気と誇り … C0867
長兄 ………………………………… B0809
超高層ビル時代 …………………… C0531
朝鮮人参 …………………………… B0991
朝鮮・満洲を巡りて ……………… B0230
徴用記者 …… A0025, A0157, A0196, B0574
徴用前後 …………………………… A0017
徴用令書 ウムを言わさず船に … C0683
直言 ………………………… C0752～C0755,
　　　　　C0757～C0760, C0762～C0766
ちょっとひどすぎる―上がりっぱなしの
　公共料金 ……………………… C0395
チョップ先生 ……………………… A0051,
　　　A0063, A0088, C0122, F0094, F0095
珍満亭 ……………………………… B0770
沈黙は金 …………………………… B0559

【つ】

追憶の人 ……… A0029, A0175, A0235, B0565
追悼（岩田豊雄/獅子文六） …… B1218, B1224
通人大仏次郎氏を語る …………… B0092
津軽の「ねぶた」 ………………… C0595
津軽華子さんの祖母 ……………… B1093
津軽弁 ……………………………… C0791
疲れた男 …………………………… B0055
築地小劇場「桜の園」の演出 …… B0032
築地小劇場の出現 ………………… C0492
つぎはぎ飛行機 …… A0059, A0081, A0083,
　　　A0109, B0504, F0026, F0156, F0157, F0218
土に伏す者―山形県稲舟村の村塾を訪
　ねて …………………………… B0349
勤め気 ……………… A0087, B1000, F0124
常に独り …………………………… D0065
椿姫 ………………… E0040, F0147, F0149
「妻」を捨てた山田五十鈴 … B1091, B1092
罪と罰 ……………… A0028, B0618, C0284
罪はだれにある …………………… C0238

【て】

出会い"乱暴なヤツ"小林秀雄 ……… C0674
ディヴェル ………………… D0015, D0016
低空銃撃の洗礼 …………………… C0721
低姿勢 ……………………………… C0204
貞操問答 …………………………… E0013
鼎談 ………… A0112, A0148, B0423, B1239
鼎談/座談 ………………………… A0228
低調の芸術祭を切る ……………… C0415
デカダンスにある現代フランス
　………………………… A0011, B0179
敵前上陸 …………………………… A0074
手こずる子供を育てるには ……… B0734
手近な話題 ………………………… B1006
鉄壁を崩すために ………………… C0265
テーマ随想 伝統と変化 …………… C0735
デマに迷ふ勿れ …………………… B0360
デモ隊と釣師たち ………………… C0231
デモ弾圧下にみる韓国 …………… B1150
デモと混乱の中の組閣工作
　………………………… A0091, A0164, B1167

作品名索引　　　　　　　　　　　　　　　　　とんそ

テレビ桟敷 ……………………………… C0425
テレビ雑感 ……………………………… C0175
田園交響楽 ……………………… D0037〜D0042
天外翁のこと …………………………… B0551
転換期の文学 …………………………… B0014
伝記映画に就いて ……………………… B0294
デング熱 ………………………… B0328, B1320
天皇の帽子 ……………………………… A0025,
　　　A0030, A0036, A0044, A0053, A0055,
　　　A0075, A0087, A0096, A0116, A0118,
　　　A0155, A0157, A0182, A0196, A0237,
　　　B0562, B1385, B1403, E0080, E0109,
　　　E0111, F0049〜F0051, F0054, F0055,
　　　F0058, F0185, F0341, F0349, F0368, F0382
天平の甍 ………………………………… F0280
天理教と勾玉 …………………………… C0862

【と】

独逸劇と仏蘭西劇の比較 ……………… B0029
トインビー著『死について』ほか …… C0768
トインビー来日の意義 ………………… C0544
東海道の新路線 ………………………… C0339
東京を美しくする人 …………………… C0759
東京オリンピック ……………………… E0091
同行二人―故里村欣三君のこと ……… B0366
東京美女伝 ‥ B1091〜B1095, B1100〜B1103,
　　　　　　　B1106〜B1109, B1112〜B1116,
　　　　　　　B1120, B1121, B1123, B1124
東京へ移る 漱石のゆかりの地へ …… C0665
東郷青児の芸術 ………………………… B0024
東西雑感 ………………………………… B1234
東西雑記 ………………………………… A0011
東西譚義 ………………………… A0153, A0166
東西談義 ……… A0165, B1332, B1369, B1390
東西談義―記念講演 …………………… A0154
東西文士劇・白波五人男 ……………… E0099
同志 ……………………………………… B0099
同室の前科者 …………………… A0061, B0875
藤十郎の恋 ……………………………… E0070
投書 ……………………………………… C0537
東条を狙う男 …………………………… B0694
同人通信 ………………………………… B0067
党人漫談 ……………… B0002〜B0005, B0007
どうする教官の責任 …………………… C0695
東大寺の普請場を見る ………………… B1309
東大仏文へ バラック教室で講義 …… C0673

童貞 ……………………………………… B0496
堂々たるコキュ ………………………… B0850
道徳教育への不安 ……………… C0157, C0207
東南アジアでの感想 …………………… B1025
東風西風 … C0517〜C0528, C0530〜C0534,
　　　　　　C0536〜C0540, C0542〜C0545, C0547,
　　　　　　C0548, C0550〜C0571, C0574, C0575
東方紅―物語りは革命史 ……………… C0501
「東洋の凱歌」の製作記録 …………… C0321
道路と交通と美観 ……………………… C0272
遠い山から谷底見れば ………………… B0986
遠くから来た男 ………………………… E0110
遠のく祭りばやし ……………………… C0604
遠眼鏡 …………………… B0760, B0762, B0765
時蔵の思い出 …………………………… C0298
時は夢なり ……………………………… E0001
徳川時代 ………………………………… A0012
読書の周辺 ……………………………… B1373
独身者 …………………………………… B1046
徳田先生のこと ………………… A0199, B0356
特ダネ …………………………………… B0869
特種 ……………………………………… B0207
匿名文学放談 …………………………… B0254
独立国の条件 …………………………… B0686
何処吹く風 ……………………………… B0630
ドゴールとフランス …………………… C0252
ドゴールに秘密はなかった …………… B1097
ドゴールの危機 ………………………… C0568
ドゴールの出現 ………………………… C0229
年とらぬジイド ………………………… B0582
図書館は白々しい顔をしているよ …… B1340
特攻隊の母 ……………………………… B0384
どっちでもいい ………………………… B1033
隣は何を… ……………………………… C0521
乏しい資源 ……………………………… C0823
富岡先生 ………………………………… E0033
止めどない軍の酔態 …………………… C0718
友遠方より来る―リュシアン・クートー
　のこと ………………………………… B1062
友との日々 ……………………………… A0189
ドモ又の死 ……………………………… E0017
努力賞の女 … A0025, A0157, A0196, B0422
ドルへの構想 「アメリカとは何ぞやそ
　の他」 ………………………………… B0389
泥棒 ……………………………………… C0185
泥棒からの手紙 ………………………… C0848
泥棒に追い銭 …………………………… B1362
十和田湖速遊記 ………………………… B0784
遁走曲 …………………………………… B0721

313

【な】

内地の空襲に恐怖感 …………… C0903
泣いている真帆子 ……………… B0122
ナイルの威容─《新潮古代美術館》に寄
　せて ……………………………… B1360
〈直木三十五〉Ａ・Ｂ・Ｃ ……… A0198
直木賞「受賞のことば」 ………… B1406
なお疑問は残る …………………… C0692
永井荷風─隠逸伝中の人 ………… B0902
長生きと井伏 ……………………… C0809
永井龍男 …………………………… B0544
中川一政さんのこと …… A0202, B1279
長崎の「おくんち」 ……………… C0602
中島健蔵さんをしのぶ …………… E0125
中島健蔵に於ける人間の研究─愛すべ
　き「ケンチ」よ、何処へ行く …… B0845
中島健蔵を偲ぶ …………………… B1347
中山義秀 ……… A0029, A0175, A0235, B0539
流れ行く夢 ………………………… B0008
泣く子と地頭 ……………………… B1117
泣くなお銀 … A0043, A0184, B0027, C0114
なくなられた吉田総理をしのんで（座
　談会） …………………………… E0118
なぜ急ぐのか ……………………… C0636
なぜか湧かぬ緊張感 ……………… C0888
なぜ文化財をみすみす焼くか …… C0390
なつかしき友・義秀 ……… A0108, C0739
夏に ………………………………… B0043
夏の京　二大行事 ………………… C0598
七転八起 …………………………… C0237
"七代目"のタイの話 ……………… B1068
"何が文化国家ですか"─心やすく発言
　しすぎます ……………………… C0625
何もありゃしませんよ …………… B1250
ナバブ・ダ・ルコの冠 …………… B0924
涙と女の欲望 ……………………… B0838
楢橋渡と私 ………………………… B0502
成金時代 …………………………… B1329
慣れぬことの罰 …………………… C0808
南京・蘇州─詩の町の近代化 …… C0506
なんでも食べてやろう …………… B1030
南蛮時計 …………………………… B0800
南仏の一夜 ………………………… B0725
南方文化戦士として─比島の映画工作
　点描 ……………………………… B0331
南北の憎悪たぎる ………………… C0434

【に】

二月の作品 ………………………… B0069
二科展を見る ……………………… B0101
憎いガン …………………………… A0079
憎い癌 ………………………… A0194, B0838
逃げたデュビビエ ………………… C0293
廿世紀は如何なる時代か ………… B0202
二者択一の行政ではダメ ………… A0123
二者択一の好みについて ………… B1148
偽牧師 ……………………………… B0606
日米協調 …………………………… C0754
日米混血料理 ……………………… C0639
日米接戦の喜び …………………… C0373
二兆円予算の国 …………………… C0382
日曜日のおしゃべり─放送番組のお付
　け役 ……………………………… E0120
日韓問題─日韓交渉をめぐる諸問題 … A0070
日記　意味のない日々 …………… B1130
日教組と暴力 ……………………… C0340
2・26事件　映画の撮影中に凶報 … C0681
日本映画の歩み …………………… C0243
日本映画の国際性　アジア映画祭から帰
　って思う ………………………… C0287
日本映画のために ………………… B0154
日本映画の貧しさとその原因 …… B0182
日本映画俳優について …………… B0188
日本「おかわいそうに」─「重光」
　と「野坂」の間 ………………… B0821
日本および日本人 ………… A0104, B1147,
　　　　B1148, B1151, B1154, B1155, F0385
日本劇 ……………………………… D0009
日本自然風景論 …………………… B0247
日本主義と日本映画を論ずる会 … B0195
日本シリーズ ……………………… C0312
日本人という存在 ………… A0220, A0234, B0580
日本人と団体生活 ………………… C0150
日本人とは？‥Humor …………… B0517
「日本人とユダヤ人」〈座右の書〉 … C0733
日本人におけるリアリティの確立 … A0100
日本人のオギョウギ ……………… C0432
日本人の考え方 …………………… C0779
日本人の宗教心 …………………… C0857
日本人の受動性 …………………… C0280
日本人の姿 ………………………… C0257
日本人のバックボーン …… A0098, B1186
日本人の悪いクセ ………………… C0195

| 日本人は"狐つき" ………… A0191, B1175
| 日本人は"金魚鉢の中の金魚"だ
| 　　　　　　　　　　………… A0098, B1205
| 日本製品の輸出 ……………………… C0198
| 日本的じゅ術 ………………………… C0522
| 日本的世論 …………………… B1151, F0385
| 日本という幸福な国 ………………… C0222
| 日本とドイツの繁栄 ………………… C0632
| 日本と日本人 ………………………… E0092
| 日本における観光と文化財の保護 … B1229
| 日本におけるリアリティの確立 …… B1207
| 日本には新しい革命が必要だ ‥ A0098, B1188
| 日本の映画製作の機構 ……………… B0187
| 日本のおんな ………………………… B0712
| 日本の家族制度 ……………………… A0012
| 日本の家族制度の特徴 ……………… A0012
| 日本の公園 …………………………… C0816
| 日本の国際信用 ……………………… B0992
| 日本の騒ぎ …………………………… C0358
| 日本の十大小説―サマーセット・モーム
| 　　ばりに ……………………… B0880
| 日本の伝統と近代 …………………… B1206
| 日本の道徳 …………………………… B0352
| 日本のパーティ式宴会風景 ………… B1163
| 日本の文化を考える―心の潤いについ
| 　　て ……………………………… B1203
| 日本の名物 ……………… A0104, C0592,
| 　　C0593, C0595, C0597, C0598, C0600,
| 　　C0602, C0604, C0605, C0609, C0611
| 日本百景 ………… B0629, B0631, B0636
| 「日本ブーム」はどこにもない―三つの
| 　　映画審査員をつとめて ………… B0993
| 日本文化の楽屋裏 …………………… B1246
| 日本文芸中央会について …………… B0280
| 日本へ帰還の命令 …………………… C0898
| 日本を外から見る …………………… C0668
| 日本を滅ぼす者は? …………………… C0851
| 入会早々 ……………………………… B1034
| 女人武蔵 ……………………… E0057, E0064
| 丹羽文雄と舟橋聖一 ………………… B1149
| 人気作家の損と得のうち 17. 君、紙持っ
| 　　てない? ………………………… A0177
| 人気スター …………………………… C0383
| 人気ということ ……………………… C0314
| 人間研究―小説集 …………………… A0027
| 人間性の回復 ………………………… B1394
| 人間の味 ……………………………… C0304
| 「人間の土地」運動 ………………… C0525
| 人間の曲り角―河野与一という学者 … B0857
| 人間の浪費 …………………………… C0536

人間不在の世 ………………………… C0274
人間・藤田嗣治 ……………………… B1199
人間問答 ……………………… B1175, B1177,
　　B1179, B1182, B1186, B1188, B1191,
　　B1194, B1196, B1200, B1202, B1205
人間をつくる中学・高校に ………… C0629
にんじんの頃 ………………………… A0138

【ぬ】

濡れた男 ……………………………… B0764
濡れた顔 ……………………………… B1375

【ね】

値上げ ………………………………… C0527
寝正月 ………………………………… B0954
根付いたものの危機 ………………… B1168
合歓の花咲く家 ……………………… B0463
年々歳々不変―芸術祭によせて― … C0097

【の】

農村文化の自主性 …………………… B0390
ノオト ………………………………… D0021
乃木将軍 ……………………………… E0007
夜曲（ノクチュルヌ） ……………… D0065
野の花―佐藤得二 …………………… A0072
ノーベル賞授賞式に参列して ……… C0620
ノーベル賞に思う …………………… C0612
ノーベル文学賞は何故もらえぬか … B0571
ノボセ性 ……………………………… C0317
飲む …………………………………… B1231
飲む打つ買うの天才 ………………… A0183
飲む打つ買うの天才―青山二郎におけ
　　る人間の研究 ……… A0232, B0870
呑気な性分 …………………………… C0835

【は】

場あたり風潮	C0643
拝金主義	C0804
売春防止法の行方	C0194
敗戦 転機を求め文部省入り	C0685
敗戦は十二月八日から始まった	B1037
敗走の比島、地獄で仏	C0887
バイタリティ和尚の秘密	A0098, B1182
バウアン第一夜	A0074
破壊と建設	C0256
爆撃行	B0338
白鳥の死	B0270
柏鵬の横綱昇進に思う	C0409
薄明	B0832
舶来品のニセ物	C0240
はしがき（『私の自画像』）	A0078
始めて逢った文士と当時の思い出を語る	B0134
橋も落とされ一夜を河原で	C0722
走れ三平	B0879, B0882〜B0885
パステルナーク事件	C0267
鰰と秋刀魚	B1337
働く女―戯曲ブリューの「独り女」より	B0464
八月十五日前後	C0404, C0405
八月の戯曲評	B0053
跋（『絲竹集』）	A0054
初すがた	E0016
初聖体	B0304
八方ふさがり	C0439, C0787
発哺にて	B0274
果たして日本は文化国家か―今文化庁長官を囲んで	C0696
波止場の町	B0417
花いっぱいの山菜料理	B1110
話合いの道	C0279
話し合いの難しさ	C0360
「話のわかる、わからない」話	B0822
バナナの不正輸入に思う	C0165
花の生涯	E0018, E0036, E0044, E0049, E0060, E0071, F0079
花の生涯 黒船前後 附唐人お吉	E0020
花の都の、ほど遠き	B1242
華々しき結婚	B0737
花びら餅 東光般若鉢	A0136
離れ小島の幸福	C0250
花を見て	B1308
母	B0626
母の血	A0061, B0876
母の歴史	A0036, B0628
ハムレット	E0005
ハムレット演出覚書	B0094
林房雄について	B0782
林芙美子	B0506
原節子	B0775
バランスのとれた進歩を	C0637
バリアグ	A0074
巴里閑談	A0011, B0220
巴里今昔	B0715
巴里祭近く	B0450
パリ時代 気楽な裏町生活満喫	C0682
巴里生活者	B0713
巴里だより	A0011, A0060, B0174
巴里通信	A0011, B0175, B0176
パリっ子を驚嘆させた唐招提寺展のすべて	B1307
巴里と巴里人	B0393
パリの秋、日本の秋	C0254
巴里の映画館	B0201
巴里の正月	B0650
パリのストライキ	C0357
巴里のつまらなさ	B0717
パリの唐招提寺展	B1304
巴里の友	B0663
パリの表情	C0355
パリの娘へ	B1314
巴里の憂鬱	B0668, B0673
巴里のレヴュー	B0180
パリ放談	B0558
巴里を憶ふ	B0397
春いまだ	B0738
春が待ち遠しい	C0446
春野鶴子（主婦連合会副会長）	B1178
春や昔の	B0912
晴れた日に	A0048, C0120, E0087, E0106, F0096
ハワイ雑感	A0062, B0598
ハワイ通信	B0589
ハワイで思ったこと	C0758
布哇の友	B0596
ハワイの風景	B0594
ハワイの夜	E0082
布哇の夜―恋愛小説	B0597
布哇より帰りて後	B0614
藩意識	B1361
反響	B0098

万国博と想像力 ………………… C0519
"万国博破産"をうれう東京五輪会 … B1209
パンダその他 …………………… B1252
半島の舞姫 ………… B1112, E0079, F0006
万博・あすかの里 ………………… B1220
板門店にて ……………… C0434〜C0436

【ひ】

ピアティゴルスキーを聴く ………… B0825
東山さんの人柄 …………………… B1380
光りの指 …………………………… B0830
ピカルディの女、ポアティエの女、ト
　ゥールの女、リオンの女、巴里の女
　………………………… D0010〜D0012
日暮れて道遠し …………………… C0217
悲劇の将軍―山下奉文・本間雅晴
　………………………… A0033, A0178
悲劇の人―エレンブルグ …… A0072, B1048
髭殿様 ……………………………… B0048
久生十蘭君を悼む 仕事に打ちこんでい
　た ……………………………… C0170
P三号 ……………………………… B0620
美術品の公開 ……………………… C0381
ピストル―絵物語 ………………… B0426
被占領時代の反省を ……………… C0730
ひそかな夜襲 ……………………… B0848
羊肉ブーム ………………………… C0806
必然の敗戦 ………………………… C0046
比島遺文 …………………………… B0855
比島遠征 …………………………… B0334
比島攻略従軍記 "東洋の凱歌" をめぐる
　座談会 ………………………… B0322
比島作戦はこれからだ …………… B0365
比島従軍 ………… A0017, A0074, B0336,
　　　B0337, B0343, B0346, B0351, F0348
比島従軍 五ヵ月間密林で生活 …… C0684
比島従軍の思い出 ………………… B0364
比島人の算数 ……………………… B0340
比島戦没者を思う ………………… C0191
比島だより ……………… B0317, B0318
比島に於ける映画工作 …… B0329, B0333
比島の現実 ………………………… A0013
比島の子供 ………………………… B0358
比島の女性 ………………………… B0335
比島の農民と学生 ………………… B0326
比島の文化工作 ………… C0080〜C0082

比島文化工作における紙芝居 …… B0330
比島文化随想 …………… A0015, B0345
比島より帰りて …………………… B0324
比島より使いして ………………… B0319
ひと様々 ………………… D0014, D0031
人さまざま …… A0061, B0256, C0205, F0116
人づくり私見 ……………………… C0444
ひとつのチャンス 筆一本の生活 … C0438
一つの反駁―憤懣時評のうち映画 … B0157
"人なみ" なこと ………………… C0380
人に好かれるには―嫌われる日本人 … B0595
人に歴史あり ……………………… E0123
ひとの考え・自分の考え ………… B0404
一昔 ………………………………… B0281
ひとり生きる藤原あき …………… B1121
一人一話・フィリピン有情 ……… B1028
ひとりの人 ………………………… B0783
独りを慎む ………………………… C0432
人われを海賊と呼ぶ―やりたいことを
　やる男 ………………………… B0849
人を愛し人から愛された故池島信平氏
　を語る ………………………… B1257
ビナロナン ………………………… A0074
皮肉な理想郷 ……………………… C0435
火のない炉辺 ……………………… B0370
日々の不安 ………………………… B1081
批評家失格 ………………………… B0255
批評家と作家の溝 ………… A0071, B0550
批評家の貧しさ …………………… C0032
批評の行方 ………………………… B0424
美への憧れ ………………………… B1141
美貌の妻 …………………………… B0719
非凡 ………………………………… C0785
閑と多忙 …………………………… C0206
閑な話 ……………………………… B0781
肥満文化児―物がありすぎる国 … C0880
秘密なきケンチ …………………… B1348
百姓の笑い ……………… A0061, B0859
百年の大計 ………………………… C0548
百花斉放 …………………………… C0553
百家低鳴 …………………………… C0199
表現に苦心を ……………………… B0100
氷人のこころ ……………………… B0744
評論と随筆・家族について ……… A0015
広い世間 …………………………… C0184
秘録・太平洋戦争全史 …………… E0093
弘前 伝統の息づく町 …………… B0779
弘前日記 …………………………… B0232
弘前の花、京の花 ………………… C0597
広津和郎の真実 …………………… B0931

317

拾った命 ………………………………	
A0133, C0887〜C0906, F0257, F0265	
非論理と論理―青年と音楽 ………	B0445
美を愛する国民 ……………………	C0907
貧窮問答 ……………………………	B0415
ヒンズー、仏教両様式混合の興味 …	C0487
貧乏ぜいたく ………………………	C0141
貧乏と年の暮 ………………………	C0181
貧乏人根性 …………………………	C0369

【ふ】

ファン―このすさまじき人種 ………	C0408
ファンにも訓練が必要 ……………	C0319
フィクションとノンフィクション	
……………………… C0514, C0515	
フィリッピンの音楽と映画 ………	B0353
フィリピン雑感 ……………………	B0316
フィリピン情勢書くな ……………	C0902
比律賓の音楽と文化工作の問題 …	B0354
フィルマン・ジェミエ ……………	B0026
フィレンツェ記	
B0421, B0425, B0428, B0432	
フィレンツェの春 …… A0008, A0019, B0240	
風懐は欽慕すべきもの ……………	B1005
風声 …………………………………	B0657
不運と悲劇の国々 …………………	C0588
深い思索、鋭い読み ………………	C0400
深田久弥―彩色された地図 ………	B0113
深田久弥氏とその作品 ……………	B0058
深田久弥のこと …… B1235, B1296, C0017	
"不可能な脱出"を決意 ……………	C0726
"吹きだまり"の弁 …………………	C0164
福島競馬場で ………………………	B0172
吹けよ川風 ………………… B0728,	
B0730, B0732, B0735, B0740, B0743	
無事 …………………………………	B1023
不思議な国 …………………………	C0560
不思議な大仏さん …………………	B1258
藤田小女姫（予言者） ……………	B1195
無事を祈る …………………………	C0197
不信の人 ………………… A0087, B1144	
再び海外雄飛を ……………………	C0554
二つの交響楽 ………………………	D0037
二つの世界 …………………………	C0275
二人の求道者―阿部知二と亀井勝一郎	
……………………………………	A0072
仏五月革命の教訓 …………………	C0570
復古精神 ………………… A0015, B0303	
ブッシュさん脱出 …………………	C0783
物騒な世の中 ………………………	C0201
仏大統領選とドゴール ……………	C0650
筆たたれ異邦人気分 ………………	C0404
葡萄酒の味 …………………………	C0839
船出 …………………………………	B0081
「舟橋源氏」の演出 ………………	B1269
舟橋聖一における人間の研究 ……	B1040
舟橋聖一の死 ………………………	B1288
舟橋聖一の大往生 …………………	B1283
舟橋聖一の夢と人生 ………………	B1285
不平不満の表わし方 ………………	C0591
ブーム時代 …………………………	B0930
冬 ……………………………………	D0065
冬枯れの庭を見ながら ……………	B1295
冬木心中 ……………………………	E0078
冬籠りの日々 ………………………	B1376
冬の巴里 ……………………………	B0434
『冬の宿』前後 ……………………	B0796
ブラーゲ旋風 ………………………	B0040
白い花（ブランカフローラ） ……	B0824
フランス ………………… C0046, C0047	
フランス映画閑談 …………………	B0181
仏蘭西映画の特質 …………………	B0184
フランス音楽に於ける二つの展望 …	B0010
仏蘭西から帰って …………………	B0183
フランスから帰って―若い者共通の告	
白 …………………………………	C0020
仏蘭西劇の伝統 ……………………	B0028
フランス人とその社会―居心地のよい	
住みよい日本を作らう …………	B0402
フランス総選挙 ……………………	C0260
フランス・にっぽん よもやまばなし …	C0268
フランスの学生騒動 ………………	C0571
フランスの気安さ …………………	C0523
仏蘭西の友 …………………………	B0385
フランスの悩み ……………………	C0619
仏蘭西の文化 …………… A0011, B0243	
仏蘭西敗北の内面的理由 … A0011, B0277	
仏蘭西文学の行方 …………………	A0011
フランス文化と「サロン」 ………	B0245
ふらんす・よもやま ………………	B1139
仏蘭西より帰りて …………………	A0011
フランス料理とフランス人 ………	B1079
不良週刊誌 …………………………	C0295
『俘虜記』／〔大岡昇平著〕について …	B0449
武力なき外交 ………………………	C0202
フルシチョフ声明診断 ……………	C0258

| 作品名索引 | へにす |

古づけと地玉子	C0593
ブーローニュの森	B1358
ぶろむなあど	B0633
プロ野球序幕談義	C0392
プロ野球と酷使	C0407
文化	B0300, B0302, B0305, B0307, B0310, B0313, B0315
文化遺産の継承	B1228
文化運動について	B0163
文化映画に望む	B0222
文化機銃・映画	B0312
文学	B0286, B0287, B0289, B0290, B0292, B0296
文学以前の現実―和田伝著『蟋虫と雀』	C0025
文学界消息	B0264
文学界二十年のあゆみ	B0678
文学賞の流行	C0091
文革に黒幕はいないか	C0526
文学の季節	B0203
文学の行方	C0047
文学は衰えたか	C0514
文化交流こそ外交の真髄―改めたい排他的な国民性	B1275
文化功労者の三作家に	C0770
"文化国家日本"の転機	C0644
「文化国家」に労した四年―初代文化庁長官をやめて	B1248
文化財	C0558
文化財―破壊と保護 文化庁開設して2年	C0712
文化再建について	B0379
「文化小感」	C0751
文化人のみた比島	C0055, C0056
文化戦線にて	B0320
文化庁長官に就任して	B1189
文化庁長官のため息	A0098, B1194
文化庁の憂鬱	B1243
文化庁への期待	B1204
文化とはうるおいなり	B1198
文化とはなにか ぼくのやりたいこと	C0572
文化と文化庁のあいだ―佐藤総理との男の約束を守った四年間の長官生活	B1247
文化の動き 文化運動	B0381
文化の解放	B0371
文化の大衆性について	B0166
文化論	B0427
文芸会館成る	C0031
文芸作品の映画化	B0205
文芸時評	B0050, B0052, B0056, B0080, B0103, B0109, C0005～C0013, C0070～C0073
文芸銃後運動講演集	A0010
文芸銃後運動の感想	C0041, C0042
文芸十字軍	B0021
「文芸都市」其他に就いて	B0018
文芸都市の向動力	B0034
文芸の新体制について	C0049, C0050
文芸訪問	B0771, B0772, B0775, B0780, B0785
文庫版あとがき	A0140, F0276
文士劇今昔 ここにも著しい若手の進出	C0469
文士従軍	B0588
『文春』創刊の頃―五百号を機に	B0787
文壇	B0584
文壇空中楼閣	C0861
文壇今昔縦横談	B0497
文壇左派序説	B0543
文壇に新体制の機運を探る	C0045
墳墓の地	B0964
文明人	B0802
文六さんとケチ	C0705

【ヘ】

平行線時代	B1013
平衡の要望	B0233
米国の対日感情	C0646
兵士の物語	E0031
平凡	C0784
平凡な概観	D0065
平凡な非凡人	A0131, A0141
平和憲法下の国民らしく	C0694
平和憲法とは	C0815
平和世界の構想	B0462
平和な東北を歩いて思う	C0649
ベエ・ヴュー・ホテル	A0074
壁画焼失について	B0512
碧録の秘仏	B0836
北京にて―人間改造に疑問	C0502
ベトナム戦後	C0562
ペナント・レース回顧	C0414
ペニシリンに救われ	C0905
ベニス映画祭の受賞	C0249
ベニス市雑感	C0248

319

ベルギー外交官夫人の手記 ……………… C0212
ペルメル ……………………………………… B0552
ペン倶楽部大会に誰を招くか …………… B0156
偏見なき精神―文学論抄 ………………… D0017
編輯後記(『文学界』) ‥ B0452, B0456, B0458,
　　　　B0470, B0477, B0480, B0484, B0490
編輯者は現代文学を如何に見るか？ … B0216
ペン大会を思う …………………………… C0174

【ほ】

ボーイ・フレンド、ガール・フレンドは
　どう交際すべきか？ ………………… B0457
包囲の中で―恐るべき団結力 …………… C0504
貿易の世界 ………………………………… C0805
冒険家 ……………………………………… B0616
方言さまざま ……………………………… B1357
冒険小説について ………………………… B0919
暴言多謝 男から女へ …………………… B0523
豊作貧乏 …………………………………… C0133
放射線 ………………………………………
　　　C0576, C0579～C0583, C0586～C0589,
　　　C0591, C0594, C0596, C0599, C0603,
　　　C0606, C0610, C0612～C0619, C0621,
　　　C0624, C0626～C0630, C0632～C0638,
　　　C0640～C0643, C0645～C0647,
　　　C0649～C0651, C0653～C0662,
　　　C0668, C0680, C0690～C0695,
　　　C0697, C0699, C0701～C0706
放心の日々 美術研究所に就職 ………… C0678
放送番組のお目付役 ……………………… A0137
包丁にこめた初春の味 …………………… B1080
法と国民 …………………………………… C0532
暴徒はすぐ取り締まれ …………………… C0651
訪問・東郷青児 …………………………… B0844
謀略なき信頼感を ………………………… C0081
暴力学生は甘やかされている ‥ A0098, B1202
暴力禁止法 ………………………………… C0235
暴力団の取締り …………………………… C0305
朗かに黙々働く・学徒 …………………… B0363
北緯六十度の恋 ……………………… D0003, D0004
北岸部隊の歌 ……………………………… E0096
穆君の不慮の死をいたむ ………………… B0271
僕のグループ ……………………………… B0257
僕の軍刀 ……………………………… A0200, B0332
僕のヨーロッパ …………………………… B0714
北爆反対とミニスカート ……… A0098, B1179

呆ける ……………………………………… B0806
「欲しがりません」 ……………………… C0833
『ほしがりません』 ……………………… C0691
星のせい ……………………………… B1272, F0251
保守と革新 ………………………………… C0242
細川ガラシア夫人 ‥‥ E0043, E0063, E0072
保存ということは ………………………… B1233
蛍の国 ……………………………………… F0032
牡丹―北京の五月の朝に ………………… C0868
北海道の将来性 …………………………… C0660
北海道らしさを …………………………… C0296
ポッペン考―やるせない単純さ ………… C0882
ボーナス景気 ……………………………… C0542
ほめたり、けなしたり …………………… B1098
ボヤきの大岡 ……………………………… B0948
ボリショイのバレエ ……………………… C0168
堀辰雄の影法師 ……………………… A0084, B0072
本郷西片町 ………………………………… B1349
香港の朝 …………………………………… B1027
香港の危機 ………………………………… C0289
凡人閑話 …………………………………… B1331
凡人の論理 悲しい思い出はない ……… C0689
本当にリアルな目 ………………………… C0858
ほんとうの声はどこに …………………… C0635
本とネコと原稿紙―大仏次郎氏 ………… C0484
凡夫の陥穽 ………………………………… B1267
凡夫の体験 ………………………………… C0394
凡夫凡語―わが人生処方 ………………… B0745
本間公判より帰りて ……………………… B0373
本間将軍銃殺の判決まで―証人台に立
　ちて ……………………………………… B0372
本間雅晴―悲劇の将軍 …………………… E0015
本間雅晴中将と夫人 ………………… A0033, A0178
翻訳の問題 …………………………… C0053, C0054
翻訳物氾濫時代 …………………………… B0267
本欄と十八年 ……………………………… C0706

【ま】

マイクはなれて …………………………… B1138,
　　　B1139, B1142, B1143, B1146, B1214
薪ストーブ ………………………………… C0825
負ける掟 …………………………………… B0970
まさに「夢の夢」―あっという間に5点
　………………………………………………… C0367
正宗白鳥論 ………………………………… B0085
万三哉の死と信仰 ………………………… C0147

マ書簡の示唆する官吏のあり方―民主
　　的・能率的な公僕とは? ……………… B0472
マス・コミ需要と供給 ……………………… C0283
マス・コミによる平均化 …………………… C0182
貧しい未来への目 …………………………… C0841
先ずは御返事 ………………………………… B0133
まだまだ夜だ ………… A0069, C0396, F0136
街ッ子 ………………………………………… B1161
松下特使をねぎらう ………………………… C0148
「真夏の夜の夢」帝劇 ……………………… C0087
マニラ ………………………………………… A0074
マニラ倶楽部（英人倶楽部） ……………… A0074
マニラ今昔 …………………………………… C0215
マニラ退却 ‥ A0022, A0094, A0114, A0140,
　　B0520, B0525, B0533, F0031～F0033,
　　F0035, F0196, F0239, F0276
マニラにて思う ……………… A0082, C0216
マニラの町 …………………………………… B0375
マニラ法廷 …………………………………… C0086
真似る習慣 …………………………………… C0820
マヒ寸前の交通 ……………………………… C0376
迷い …………………………………………… B1024
迷う人迷えぬ人 ……… A0072, C0476, F0139
迷えぬ人―中島健蔵 ………… A0072, B1044
真夜中の客人 ………………………………… B0097
マラヤという新興国 ………………………… C0286
マラヤ旅行 …………………………………… C0285
マルタン・デュ・ガールの死 ……………… C0247
マルヌの一夜 ………………………………… B0724
マルロオとの再会 …………………………… B1270
マルロオのこと ……………………………… B1298
マルローに会って …………… C0264, C0265
満映を見る …………………………………… B0228
漫画について ………………………………… C0107
満洲行断章 …………………… A0011, A0188, B0226
満洲事変 あいまいな空気一掃 …………… C0679
満洲の叔父さん ……………………………… B0214
満洲の文学 …………………… A0011, B0251
万太郎の離縁状 ……………………………… C0830
万葉集 額田女王 …………………………… E0059

【み】

三井寺見ずじまい記 ………………………… C0443
未完成の日記―枯淡趣味へのそこはか
　　となき反感 …………………………… B0807
右か左か ……………………………………… B0936

三木清における人間の研究 ………… A0027,
　　A0095, A0115, B0554, B0823, F0039
みじめな戦勝国からの脱出 ………………… C0465
見知らぬ長島の声援者 ……………………… B1031
自らの道を歩くがよい ……………………… B0774
水野成夫と南喜一 …………………………… B0659
水は清かれ …………………………………… B1264
水原君の辞意は残念 ………………………… C0315
見たまま 聞いたまま
　　C0390, C0393, C0395, C0402, C0406,
　　C0408, C0412, C0417, C0419～C0421
道遠し …… A0059, A0081, A0083, A0109,
　　B0492, B0973, F0024, F0156, F0157, F0218
道への情熱 …………………………………… C0364
三つの名前 …………………………………… C0391
港の別れ ……………………………………… E0095
南の文化挺身隊 ……………………………… B0348
醜い日本を切捨てる―亀井勝一郎著
　　『現代人の研究』 ……………………… C0093
未亡人の子弟教育について ………………… B0386
都造り ………………………………………… C0302
都の西北 ……………………………………… B1323
宮本武蔵 ……………………………………… F0098
三好達治君をいたむ ………………………… C0478
見る …………………………………………… B1225
ミルボーの人の生活 ………………………… B0036
弥勒の跡 ……………………………………… B1328
みんなでやろう文化交流 …………………… B1383
みんな私が悪いのよ ………………………… C0276

【む】

むかしの人いまの人 ………………………… B1142
無口な個性の喪失―河上徹太郎を悼む
　　……………………………………………… C0917
むしろ好戦的な世相 ………………………… C0661
むしろ敗戦の惨状の露出 …………………… C0656
息子 …………………………………………… E0017
娘道成寺 ……………………………………… B0108
無性格時代 …………………………………… B1132
無責任の風土 ………………………………… B1154
夢想する放送 ………………………………… B0411
無題偶言 ……………………………………… B0012
無駄を嫌う人―舟橋聖一 …………………… A0072
無敵の空手! チョップ先生 ………………… E0088
むなしき空 …………………………………… B0981
無風の青春 …………………… B0600, F0059

無明と愛染 ・・・・・・・・・・・・・・・・・・・・・・ E0011

【め】

名医の定年 ・・・・・・・・・・・・・・・・・・・・・ B1063
"名園"ではない臨川寺の庭―理解に苦
　　しむ吉田澄夫氏の投書 ・・・・・・・・・ C0710
名犬と駄犬 ・・・・・・・・・・・・・・・・・・・・・・・ B1293
明治百年と文化財保護 ・・・・・・・・・・・ B1201
明治村の帝国ホテル ・・・・・・・・・・・・・ B1316
名女優ラシェル ・・・・・・・・・・・・・・・・・ B0033
名優吉田茂 ・・・・・・・・・・・・・・・・・・・・・ B0666
明朗に闊達に ・・・・・・・・・・・・・・・・・・・ B0359
メディチ家の人々 ・・・・・・・・・・・・・・ B0748,
　　　　B0750, B0752, B0755, B0758, B0761
目に余る子どもたち ・・・・・・・・・・・・・ C0351
目の抵抗 ・・・・・・・・・・・・・・・・・・・・・・・ A0104
目の前に日本機が… ・・・・・・・・・・・・・ C0894

【も】

もう安心、急に空腹感 ・・・・・・・・・・・ C0899
もう一度都民の声を ・・・・・・・・・・・・・ C0653
毛さんあれこれ ・・・・・・・・・・・・・・・・・ B1302
盲者の叫喚 ・・・・・・・・・・・・・・・・・・・・・ B0265
「もう戦争はよそうや」 ・・・・・・・・・・ C0405
もうたくさんだ―悪臭 ・・・・・・・・・・・ C0406
模型舞台 ・・・・・・・・・・・・・・・・・・・・・・・ B0039
もっと沈思黙考しよう ・・・・・・・・・・・ C0576
モナ・リザの招来は愚挙か ・・・・・・・ C0774
物ごとの判断 ・・・・・・・・・・・・・・・・・・・ C0702
もの申す! 現代日本の七不思議
　　・・・・・・・・・・・・・・・・・・・・ A0098, B1177
貰い物文化 ・・・・・・・・・・・・・・・・・・・・・ B1379
モラリスト岸田国士 ・・・・・・ A0216, B0742
モーリス・ドゥ・フェローディ ・・・ D0013
森茉莉とその良人 ・・・・・・・・・・・・・・・ B0878
モロ族の島々―戦時中も近づかず ・・・ C0873
モンパルナスの酒場 ・・・・・・・・・・・・・ B0399
文部大臣への注文 ・・・・・・・・・・・・・・・ B0846

【や】

八百長の横行 ・・・・・・・・・・・・・・・・・・・ C0171
やがて日本は世界一豊かな国になる
　　・・・・・・・・・・・・・・・・・・・・ A0098, B1200
野人・白洲次郎 ・・・・・・・・・・・・・・・・ A0029,
　　　　A0175, A0219, A0233, A0235, B0602
痩せた女 ・・・・・・・・・・・・・・・・・・・・・・・ B1043
八ツ目のカメラ ・・・・・・・・・・・・・・・・・ C0662
八幡製鉄では全優の学生は採用しませ
　　ん ・・・・・・・・・・・・・・・・・・ A0098, B1196
夜半 ・・・・・・・・・・・・・・・・・・・・・・・・・・・ A0074
敗れた知識人 ・・・・・・・・・・・・・・・・・・・ B0795
野暮が天下をとっちまった ・・・・・・・ B1305
野暮な話 ・・・・・・・・・・・・・・・・・・・・・・・ B0246
野暮な話―前号の井伏鱒二に答ふ ・・・ B0110
"野暮"を映す鏡 ・・・・・・・・・・・・・・・・・ C0145
山下奉文の悲劇 ・・・・・・・・・・・・・・・・・
　　　　A0033, A0178, A0193, A0203, B0677
山に登る ・・・・・・・・・・・・・・・・・・・・・・・ B1399
山の上の家 ・・・・・・・・・・・・・・・・・・・・・ C0847
山の伊達者―記録文学 ・・・・・・・・・・・ B0537
山本富士子の運命 ・・・・・・・・・・・・・・・ B1100
ヤンキー気質 ・・・・・・・・・・・・・・・・・・・ B0342

【ゆ】

由比ヶ浜 ・・・・・・・・・・ A0168, A0176, A0217
遺言状 ・・・・・・・・・・・・・・・・・・・・・・・・・ B0797
憂うつなクリスマス ・・・・・・・・・・・・・ C0621
"夕刊"も売ります文化庁"長官" ・・・ B1208
優秀で勤勉な国民 ・・・・・・・・・・・・・・・ C0766
友情と恋愛 ・・・・・・・・・・・・・・・・・・・・・ B0387
ゆうゆうたる老兵 ・・・・・・・・・・・・・・・ B0927
憂楽帳 ・・・・・・・・・ C0374, C0376〜C0378,
　　　　　C0380〜C0382, C0384〜C0388
幽霊軍艦の夢 ・・・・・・・・・・・・・・・・・・・ B0763
浴衣がけの徴用族 ・・・・・・・・・・・・・・・ B0672
雪どけ ・・・・・・・・・・・・・・・・・・・・・・・・・ C0341
雪の後 ・・・・・・・・・・・・・・・・・・ A0028, B0625
雪間草 ・・・・・・・・・・・・・・ A0035, C0101, E0084
雪もよし ・・・・・・・・・・・・・・・・・・・・・・・ B0664
往く人帰る人―山中放浪 ・・・・・・・・・ B0535
輸出映画一考 ・・・・・・・・・・・・・・・・・・・ B0194

作品名索引　　　　　　　　　　　　　りんし

輸送船 …………………… A0017, B0325
豊かな神話の風土 ………………… C0611

【よ】

酔いどれ船 ……………… A0056, F0107
妖怪 ……………………………… B0632
洋酒の掟を守り抜く―永井龍男氏の酒
　……………………………………… A0093
幼少のころ 記憶に薄い生地函館 …… C0663
養殖鮎 …………………………… C0790
要は精神にある ………………… C0049
余暇と余裕 ……………………… B1299
よきかな朋友―思い出は遠く懐かしい
　……………………………………… B0804
よき時代の東京大学 ……………… B0769
欲望輪廻 ………… A0026, B0578, E0014
横浜再建案 ……………………… B1036
横光さんの笑顔 ………………… A0162
横光さんの思い出 ………………………
　……… A0029, A0175, A0235, B0440
横光さんのこと ………… A0211, B0442
横光さんの神経 ………………… B0773
横光利一 ………………………… B1303
横光利一氏―機械、堀辰雄氏―聖家族
　……………………………………… B0060
横光利一の思い出 ……… A0212, B0443
横山隆一のこと ………… B1223, C0210
横山隆一のベレー ……………… B0674
与謝野よ がんばれ ……………… C0442
予算のゆくえ …………………… C0189
吉川幸次郎君のことなど ……… B1395
吉川さん・東光・私 …………… C0440
吉田さんについて ……………… A0090
吉田茂 …… A0091, A0164, B0771, B1162,
　　B1164, B1165, B1167, B1169～B1171
吉田茂さんとの初対面 ………… B1326
吉田茂氏と共にした好日 … A0080, B0803
吉田茂の怒り …………………… C0828
吉田元首相追悼番組をみて―日テレ「吉
　田氏をしのぶ」 ………………… C0535
由なきこと ……………………… B1281
由なきこと―高級紳士向きの店 … C0874
酔っぱらいの季節 ……………… C0417
世の中の明るさ暗さ …………… B0414
余白記 …………………… A0011, B0283
読み、書き、ついに倒れる ……… A0124

読みたい ………………………… B0117
夜の香 …………………………… B0091
夜の女王 ………………………… B0805
夜の蝶「ルミ」 ………………… B1094
夜の出来事 ……………………… B0667
ヨーロッパと日本 ……………… C0467
ヨーロッパの再発見 …………… B0716
欧羅巴の知性 …………………… A0011
ヨーロッパ拝見 ………… C0462～C0467
輿論の浮調子 …………………… B0249

【ら】

落日の首相官邸 ………………… B0843
ラディゲの小説 ………………… A0005

【り】

リイルアダン短篇選集 ………… B0297
力士の栄枯盛衰 ………………… C0375
リーグ観戦記 …………………… B0131
理屈より撓まぬ実践―民族文化の構築
　を考える ………………………… B1213
李香蘭の山口淑子 ……… B1113, B1114
離人 ……………………… A0015, B0347
律儀な吉川幸次郎 ……… A0159, B1363
リーチ氏の功績 ………………… C0812
立派な往生 ……………………… C0088
立派な遺言 ……………………… A0121
流感の退治策を ………………… C0200
流動するEEC …………………… C0466
理由なき反抗 …………………… C0574
緑林の友 ………………………… B0904
「旅愁」横光利一作 ……………… B0527
リラダン党―斎藤磯雄訳『リラダン全
　集』 ……………………………… C0090
隣国中共の姿 …………………… C0303
隣国の憂い ……………………… C0350
隣人 小林秀雄 ………… C0398～C0400

323

【る】

流転の婦人記者 ……………………… B1095
流転門 ……………………… A0015, B0111
ルネサンス伊太利亜と現代伊太利亜
　……………………… A0011, B0234
ルネサンスのパトロン …… B0748, B0750
ルール ……………………………… C0524
ルル子 ……………………………… E0004

【れ】

冷笑 ………………………………… B0604
レヴィ＝ストロス教授の滞日 ……… B1325
レヴェック神父 …………………… A0965
歴史的風土を護るもの ……………… B1232
歴史と常識 ………………………… C0854
歴史は眠る ………………………… E0107
歴史は一つの流れ ………………… C0735
歴史を黙らせるもの―勝手な解釈ばか
　り ………………………………… C0871
レジャー―あちらと日本 ………… C0402
"列強なみ"の日本 ……… C0472, C0473
烈日のもと ………………………… B0350
『檸檬』／〔梶井基次郎著〕 … A0218, B0078
恋愛事件 演出が縁、藤間春枝と … C0677
連載小説前金で一息 ……………… C0897
連戦連敗の中の終戦工作
　……………… A0091, A0164, B1164

【ろ】

ロイアル愛用の弁 ………………… B1262
老骨 ………………………………… B1368
老人と公園 ………………………… C0810
老童の嘆き ………………………… B0998
老齢 ………………………………… C0338
ロオレンスのチャタレ夫人 ……… B0095
六月号創作合評 …………………… B0040
六斎念仏、千灯会 ………………… C0600

六蔵と芸妓 ………………………… B0441
六代目の正体 ……………………… B0538
ロシア人 …………………………… C0680
ロシナンテに鞭打って …………… B0152
「ロベレ将軍」 ……………………… C0344
羅馬の春 ………… A0008, A0019, B0227
ロレンツォ・イル・マニフィコ ‥ B0758, B0761
ロンドン・パリ―縁台ばなし ……… B0268

【わ】

賄賂 ………………………………… B0643
〈わが演劇観〉 新劇に求めるもの ‥‥ A0031
若き日の銀座―生ける昭和文壇史
　………………………… A0226, B1238
わが交友名簿 ‥ A0029, A0175, A0235, B0561
わが声人の声 ……… B0922, B0924, B0926,
　　　　B0934, B0936, B0938, B0940, B0943
わが失恋紀行 懐かしき失恋 ‥ B0791, F0091
〈わが小説〉 『山中放浪』―フィリピン
　敗走記録 ………………………… C0423
わが青春、わが音楽そしてわが毒舌 ‥ B1134
〈わが東大時代の青春〉 よき時代の東京
　大学 ……………………………… A0158
わが友池島信平のこと …………… B1255
わが友の生涯 ……………………… B1387
若者の考え ………………………… C0811
若者よ、海外に雄飛を …………… C0652
わが家の教育基本法 ……………… C0447
わが家のしつけ …………………… C0096
"分らない"世論 …………………… C0151
「わからない」派 …………………… C0528
別れの対面旅行 …………………… C0826
別れは悲し ………………………… B0621
わき目もふらぬ人生 ……… A0170, B1386
忘れ得ぬ辰野先生 ………………… B0242
『忘れ得ぬ人々』／辰野隆著 ……… B0241
忘れたい日々 ……………………… B0524
話題の貧しさ ……………………… C0052
私たちの読書室―青い鳥 ………… B0448
私ときもの ………………………… B1210
私の越冬法 ………………………… B1355
私の希望と要求 …………………… B0473
私の憲法論 ………………………… C0433
私の言葉 …………………………… B0863
私の自叙伝―「今日出海・ルソン島脱出
　記」 ……………………………… F0282

作品名索引　　われら

わたしの自叙伝―ルソン島脱出記 E0124
私の人物案内 A0029,
　　A0175, A0235, F0064, F0065, F0329, F0383
私の好きな… ゴルフ B0746, F0086
私の生活と意見 B1022
私の名前 B0541
私の場合はかうだった―悲しみに出来る
　　だけ長く深く沈湎すること B0509
私のファン B0515
私の見た兄東光 B1315
私の見た谷崎さん B1381
私の見た東光の自画像 C0845
私の見たマルロー B1297
私の履歴書 A0102,
　　A0171, C0663～C0667, C0669～C0679,
　　C0681～C0689, F0202, F0203, F0305
わたり合う巨人対国鉄の作戦本部 B0867
"ワッハッハ!! 正月万才だよ" C0623
和平と名誉 C0565
笑う B1227
笑え勘平 C0124
笑え勘平より 消えた短剣 E0089
笑え勘平より 摩天楼の秘密 E0090
藁をつかむ A0087, B1029, F0128
悪い娘か B0789
われらいかに生くべきか! 作家の巻 B0494

325

今 まど子（こん・まどこ）中央大学名誉教授

　1932年神奈川県出身。1956年慶應義塾大学文学部図書館学科卒業。1960年イリノイ大学図書館学修士課程修了（MS in LS）、国際文化会館図書室、慶應義塾大学図書館学科図書室、東京大学アメリカ研究資料センター等に勤務。1969年獨協大学教養学部助教授、同大教授、1981年中央大学教授、2002年同大学を定年退職し名誉教授、現在に至る。
　著書・論文：『図書館学基礎資料』第8版（樹村房　2009）、『司書養成の諸問題』（中央大学人文研　2003）、「日本占領と図書館」（『中央大学文学部紀要』1992）ほか

人物書誌大系40

今 日 出 海

2009年7月30日　第1刷発行

編　者／今まど子
発行者／大高利夫
発行所／日外アソシエーツ株式会社
　　　　〒143-8550 東京都大田区大森北1-23-8 第3下川ビル
　　　　電話(03)3763-5241(代表)　FAX(03)3764-0845
　　　　URL http://www.nichigai.co.jp/
発売元／株式会社紀伊國屋書店
　　　　〒163-8636 東京都新宿区新宿3-17-7
　　　　電話(03)3354-0131(代表)
　　　　ホールセール部(営業)　電話(03)6910-0519

© Madoko KON 2009
電算漢字処理／日外アソシエーツ株式会社
印刷・製本／株式会社平河工業社

不許複製・禁無断転載　　　《中性紙三菱クリームエレガ使用》
《落丁・乱丁本はお取り替えいたします》
ISBN978-4-8169-2196-4　　　　Printed in Japan, 2009

『人物書誌大系』

刊行のことば

　歴史を動かし変革する原動力としての人間、その個々の問題を抜きにしては、真の歴史はあり得ない。そこに、伝記・評伝という人物研究の方法が一つの分野をなし、多くの人々の関心をよぶ所以がある。

　われわれが、特定の人物についての研究に着手しようとする際の手がかりは、対象人物の詳細な年譜・著作目録であり、次に参考文献であろう。この基礎資料によって、その生涯をたどることにより、はじめてその人物の輪郭を把握することが可能になる。

　しかし、これら個人書誌といわれる資料は、研究者の地道な努力・調査によりまとめられてはいるものの、単行書として刊行されているものはごく一部である。多くは図書の巻末、雑誌・紀要の中、あるいは私家版などさまざまな形で発表されており、それらを包括的に把え探索することが困難な状況にある。

　本シリーズ刊行の目的は、人文科学・社会科学・自然科学のあらゆる分野における個人書誌編纂の成果を公にすることであり、それをつうじ、より多様な人物研究の発展をうながすことにある。この計画の遂行は長期間にわたるであろうが、個人単位にまとめ逐次発行し集大成することにより、多くの人々にとって、有用なツールとして利用されることを念願する次第である。

　　1981年4月

　　　　　　　　　　　　　　　　　　　日外アソシエーツ

最新 文学賞事典2004-2008
A5・490頁　定価14,910円(本体14,200円)　2009.3刊

最近5年間の小説、評論、随筆、詩、短歌、児童文学など、文学関連の466賞を一覧できる「文学賞事典」の最新版。賞の概要（由来・趣旨、主催者、選考委員、賞金、連絡先等）と受賞者、受賞作品、受賞理由がわかる。

日本の文学碑
宮澤康造,本城靖　監修

1 近現代の作家たち
A5・430頁　定価8,925円(本体8,500円)　2008.11刊

2 近世の文人たち
A5・380頁　定価8,925円(本体8,500円)　2008.11刊

全国に散在する文学碑10,000基を収録した文学碑ガイド。各作家名・文人名から、碑文、所在地、碑種のほか、各作家・文人のプロフィールや参考文献も記載。「県別索引」により近隣の文学碑も簡単に調べられる。

読んでおきたい名著案内
教科書掲載作品 13000 （高校編）
阿武泉 監修　A5・920頁　定価9,800円(本体9,333円)　2008.4刊

読んでおきたい名著案内
教科書掲載作品　小・中学校編
A5・700頁　定価9,800円(本体9,333円)　2008.12刊

1949～2006年の国語教科書に掲載された全作品（小説・詩・戯曲・随筆・評論・古文など、高校編では俳句・短歌・漢文も）を収録。作品が掲載された教科書名のほか、その作品が収録されている一般図書も一覧できる。

短編小説12万作品名目録　続・2001-2008
B5・1,510頁　定価24,990円(本体23,800円)　2009.4刊

短編小説の作品名からその掲載図書（全集・アンソロジー）が調べられる目録。2001～2008年に刊行された短編小説を収載している図書1.5万点に掲載された作品のべ12万点を収録。

データベースカンパニー
日外アソシエーツ　〒143-8550　東京都大田区大森北1-23-8
TEL.(03)3763-5241　FAX.(03)3764-0845　http://www.nichigai.co.jp/